# 乌台诗案引论

邓新民 编著

重庆出版集团
重庆出版社

图书在版编目(CIP)数据

乌台诗案引论 / 邓新民编著. —重庆：重庆出版社，2024.7
ISBN 978-7-229-16141-5

Ⅰ.①乌… Ⅱ.①邓… Ⅲ.①诗歌研究—中国—北宋 Ⅳ.①I207.227.441

中国版本图书馆CIP数据核字(2021)第224271号

## 乌台诗案引论
WUTAI SHIAN YINLUN
邓新民　编著

责任编辑：廖建明
责任校对：刘小燕
装帧设计：李南江

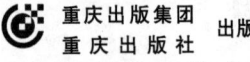
重庆出版集团
重庆出版社　出版

重庆市南岸区南滨路162号1幢　邮政编码：400061　http://www.cqph.com
重庆出版社艺术设计有限公司制版
重庆市鹏程印务有限公司印刷
重庆出版集团图书发行有限公司发行
E-MAIL:fxchu@cqph.com　邮购电话：023-61520646
全国新华书店经销

开本：787mm×1092mm　1/16　印张：26.75　字数：420千
2024年7月第1版　2024年7月第1次印刷
ISBN 978-7-229-16141-5
定价：88.00元

如有印装质量问题，请向本集团图书发行有限公司调换：023-61520678

版权所有　侵权必究

# 代 序

《乌台诗案引论》的写作缘起于两年前另外一个写作设想,当时曾着手写作《古诗与传播》,设想是讨论古诗(包括谚、谣、词、曲等)当中有关传播观念的一些内容。写作过程中,发现许多现象的理论诠释指向一个观点:古代也有自媒体。前些年在一篇论文(这篇论文的引用频数,根据 CNKI 的数据,2021 年 12 月 12 日在新闻传播类 21 万余篇论文中列第 4 位。)中提出了"自媒体的核心是基于普通市民对于信息的自主提供与分享"[①]这个观点。这一观点的隐含前提是"人类总是在探索自主传播和分享信息的低代价方法",而需要的代价低到普通人都能使用,并且实际上被广泛使用的媒体,就是自媒体。这个探索经历了数千年,产生了口头传播、题壁、揭帖这几种典型的古代自媒体。认识古代自媒体实际上可以更深入地认识自媒体,例如,可以为目前还存在的,用"举牌""拉横幅"等宣示观点的手段提供传播学的解释。觉得这是一个值得探讨的课题,于是开始转而写作《古代也有自媒体》。

《古代也有自媒体》计划中有一些古代自媒体的案例,乌台诗案就是其中之一。在收集资料的过程中,发现众多相关研究中,矛盾很多。诸如:同一个问题有不同结论,同一件事情有不同说法,同一个史料有不同解释。原为写一个一两

---

① 邓新民.自媒体:新媒体发展的最新阶段及其特点[J].探索,2006(2):134—138.

万字的介绍收集材料,结果一环一环被材料内容牵动,看了近六百篇文章,电脑中存下了六七十万字的摘录。看的过程中发现,一些作者在写自己的论文时,对之前相关论题的文献搜集阅读不够。类似的问题还有一些,在搜集材料过程中,始终浮现出来,于是决定把前面两个内容先放下,写一写乌台诗案。

为了具体说明,举两个例子谈谈自己的感受。这个书稿初稿完成是在举国抗击新冠肺炎的过程中,感谢CNKI在这个期间还坚持推出新的论文,以此期间推出的论文引出案例。

一个案例是关于文献搜集阅读不够,可能造成不良后果。2020年2月17日《北京日报》发表了一篇《苏轼与"圣散子方"》①,文中介绍了苏轼因乌台诗案谪居黄州时,突发瘟疫,苏轼求得"圣散子方","合此药散之,所活不可胜数",文中还详细介绍了药方的配伍,并列举了之后苏辙在筠州(治今江西高安)疫病中应用此方和苏轼在杭州瘟疫中应用此方取得的"杭之民病,得此药全活者,不可胜数"的效果。文章中给出详细药方,列举多次疗效,在疫病过程中就产生了认为此方能够对付目前疫病的可能。两天后《中华读书报》发表的另一篇文章《苏东坡与公共卫生》也说:"'圣散子'是一剂兼具治病与防疫两大功用的'广谱'神药。"②但事实上此方并不一定总是有效的。之前多年已经有不止一篇论文谈及这个问题。早在1985年有论文《名家之言,不可全信——读苏轼的〈"圣散子方"序〉有感》提道:"临床效果如何? 宋代有人著书记载。哲宗绍圣年间进士叶梦得《避暑录话》中说,由于苏轼为此方作序,'宣和以后,此药盛行于京师,太学诸生信之尤笃,杀人无数,今医者悟,始废不用'。较叶梦得稍晚的医学家陈无择著《三因极一病证方论》时,为诫后人慎之,特将苏轼之序全录下,并在'圣散子方'后加了评语:'此药以治寒疫,因东坡作序,天下通行。辛未年,永嘉瘟疫,被害者不可胜数,往往顷时。'"③而"到了明代又忘记了先前的教训,'圣散子方'再度流行,明俞弁的《续医说》云:'圣散子方,因东坡先生作序,由是天下神之。'"【明】弘治癸丑年,吴中疫疠大作。吴邑令孙磐,令医人修合圣散子,遍施街衢,并以其方

---

① 郑学富.苏轼与"圣散子方"[N].北京日报,2020-02-17(11).
② 莫砺锋.苏东坡与公共卫生[N].中华读书报,2020-02-19(03).
③ 南东求.名家之言,不可全信——读苏轼的《"圣散子方"序》有感[J].书林,1985(3).

刊行。病者服之,十无一生,率皆狂躁昏瞀而卒'"①。提到类似问题的论文还有若干,如果前述文章作者在写作过程中以"圣散子"为关键词检索阅读一下,说明一下不能滥用,就能有效避免产生误解了。

另一个案例是关于乌台诗案中苏轼坐牢天数,引用错误数字的论文数比用正确数字的多。这本是一个极为简单的问题,史料记载,苏轼被捕后押解到京师,元丰二年八月十八日投入大牢,至当年十二月二十九日出狱,大数是130天(有论者记为"百三十一日"②或"132天"③④)。这里摘录的是2020年2月8日发表在《语文教学之友》上的《苏轼和他的超然台、乌台、啸台》,文中有言⑤:

由文字引发的"乌台诗案",经由好事者发酵,快速地催生出超乎寻常的致命的毒性。狱中的103天,在斗室之中,在方寸之地,苏轼舔舐自己亲手酿造的"毒药",……

注意,这里苏轼在牢狱中的天数是"103天"。这正是我笔记中梳理的若干问题之一,这个简单问题反映了目前学术研究上的某种时髦的东西,这里只说现象。首先,这个"103天"肯定不是根据史料计算得来的,而是从其他文献中引用来的;为了找到这个源头,查询到最早论及乌台诗案的并使用"103天"这个数据的论文出现在2006年,这篇论文的被引用频次在CNKI的统计中只有1次,但从用词特征上看,大概有三分之一引称"103天"的文章是用了此文的数字(例如,此文中用了"濒临被砍头的境地"一语,有四十余篇文章在用"103天"的同时,用了"濒临砍头""濒临杀头""几近被砍头的境地"之类);其次,使用"103天"这个数字的文章大都没有交代数字的来源或者算法;再次,称"103天"的文章比称"130天"的文章多,在CNKI检索并逐文查询落实,至2021年12月12日所见,有130多篇文章使用了"103天"或者"一百零三天"这个数据,有近110篇文章使用了"130天"或者"一百三十天"这个数据;另外,使用"103天"数据的文章中有许

---

① 牛亚华.《圣散子方》考[J].文献,2008(2):114—119+2.
② 武守志.苏子杂谈(续)[J].兰州教育学院学报,1997(2):2—9.
③ 肖根胜.修衣正冠史为镜[J].人大建设,2014(9):36—37.
④ 王继ույ.从汴京到黄州路上[M]//徐州市人民政府、中国苏轼研究学会.第24届中国苏轼学术研讨会论文集(诗文书画卷).2021:9.
⑤ 田舜龙.苏轼和他的超然台、乌台、啸台[J].语文教学之友,2020,39(2):46—48.

多篇与中学教学有关,有的干脆就是提供给学生阅读的内容。这样一来乌台诗案时苏轼在狱中103天这一判断就进入了社会记忆(直到2021年11月发表的与中学教育有关的论文中还有"乌台诗案被困狱中 103 天"[①]的说法,本文完成前看到的最后一篇讲乌台诗案中苏轼坐牢"103天"的文章发表日期是2021年12月13日[②])。通过类似方式进入到社会记忆的类似判断还有不少。

  用"引论"的方式写,是写作过程中的一个重要决定。

  根据收集的材料,写成研究乌台诗案的综述没有问题,要写成专著也不难。但看到材料中一些矛盾的讨论,特别是有些论者讨论某一问题时,反映出对于早先对相关问题讨论的文献远远了解不够。想到前若干年在担任图书馆馆长的时候,曾提出返聘若干退休教授,专门进行一些专题的材料收集梳理工作,为相关的研究者,特别是青年研究者提供一个较快掌握相关领域状况,特别是该领域前沿状况的"快车道"。自己对这个"快车道"的设想是整理一些介于文摘与综述之间的阅读材料。这个设想后来由于操作上的一些困难,没有得到实施。但自己采用这个方法编写的一些材料受到好评。

  "引论"一般用于指称对于某专题的概括性论述,类似于"绪论";但也有其他用法。比如,我所读过的第一部冠名"引论"的书是华罗庚的《高等数学引论》,就是引导学生登堂入室进入数学知识领域的一部既有讲义性质又有专著特点的著作。

  这里使用"引论"一词指称"引导读者了解相关专题讨论情况的材料,这个材料介于文摘等二次文献和综述等三次文献之间,是按一定观点组织起来的某专题众多论述的引文集合"。

  引语成文古即有之,陈望道在《修辞学发凡》中归纳了"明引"和"暗引"两类。"一方明示那一部分是引用语,一方就用引用语代本文。"[③]苏轼所创"檃栝体"或写作"隐括体"应当就是一种暗引文体,不过将其进一步发展为"文引"和"意引","文引"即"括文,忠实原作,尽量地使用原作的字词句";"意引"即"括意,出以己

---

[①] 贺晓青.由2021年新高考Ⅰ卷所考古诗引发的思考[J].语文教学与研究,2021(11).
[②] 陈海娴.苏轼的思想及文学作品浅论[J].品位·经典,2021(23).
[③] 陈望道.修辞学发凡[M].2版.上海:上海教育出版社,1997:103.

词"。①陈望道还列举了一个极端的例子,清代诗集《香屑集》全部900余首诗皆为集句而成,特别是集首之序全文3000余字,600句四六骈文全部集自古代诗文。陈望道认为,"明引法臃肿的发展,从此便没有余地了"。其实,我们经常使用的一些资料汇编,就是应用的明引,而综述之类则会使用比较多的暗引。

引论似乎也可以称为"论引"——相关议论的引述,不过此词完全生造,一时难为读者接受。

使用引论的作用:

一是让读者比较容易地看到全局。以乌台诗案为例,新来的研究者要阅读过往的全部研究文献是比较困难的。用引论的方式可以提供一个看到全貌的"快车道"。

二是通过适当编辑方式显露社会记忆中容易忽略部分。前面举例提到,在社会记忆中,有些问题是可能出现偏差的。这里以"文同赠诗"问题为例。多数文献认为"当苏轼出任杭州通判成行之前,文同以诗相劝,有'北客若来休问事,西湖虽好莫吟诗'诗句相赠。②在本书"办案者"部分中"沈括"一节的最后讨论了这个问题。而游任遽(1985)认为"文同赠诗"并不存在,并进行了详细有说服力的讨论,认为,虽然"谈诗者几乎无人不知,也几乎无人不信",但"核以文、苏的行事和两家的诗集,却原来是子虚、乌有之谈"。③当代许多研究者对于文同上述诗句的存在也是认同的,但对于游任遽(1985)论文的论述没有进行讨论。造成了几乎一致认为"文同赠诗"存在的社会记忆,而认定此乃"子虚、乌有之谈"几成一家独唱。在笔者逐一检视摘录的近190篇提到"西湖虽好莫吟诗"或者"西湖虽好莫题诗"的论文中,除游任遽(1985)之外,仅有两篇论文提出疑问,一是罗琴(2001)④,在引《石林诗话》后,按文同编年文集的评说指出:"此记如果属实,

---

① 吴承学.论宋代隐括词[J].文学遗产,2000(4):82.
② 简究岸.乌台诗案——北宋湖州知府苏轼[J].观察与思考,1999(12):26—27.
③ 游任遽.论文同诗[J].温州师专学报(社会科学版),1985(2):1—12.
④ 罗琴.文同与二苏的交游及交往诗文系年考[J].西南民族学院学报(哲学社会科学版),2001(10):70—75.

则送行诗当为寄诗。"二是白振奎(2016)[①]则列举了一些与赠诗有近似意思的史料,认为"此则材料虽非信史,但符合文同、苏轼的性格特点,合情入理,可资参考"。[②]此"赠诗"由于进入当时的笔记,搞得后世"谈诗者几乎无人不知,也几乎无人不信",不能不说是一个值得注意的现象。在引论中这类问题应当采用适当的编辑方式将其突出,使其不被众多反面意见淹没,给人以更深的印象,至少让人注意到其意见的存在。

三是通过文献内在关系提示创新可能。研究的创新,很重要的一个途径是发现信息之间新的联系,提出为了反映这些新的联系需要的一些新的概念,而适当的文献编辑整理方式可以为读者提供这方面的方便。

1980年代初,国内出现了一个关于创新的理论——"信息交合论",这个理论基于如下两条公理:[③]

公理(1):不同信息的交合可以产生新信息。

公理(2):不同联系的交合可以产生新联系。

由此可以推出一些定理,其中有一条是:

新信息、新联系在相互作用中产生。

因此信息的相互作用(交合)可以产生新的信息,即令信息增殖,达到创新的效果。

信息增殖系统分两大类:

①自体增殖:指信息复制现象。如录音、复印、基因复制等。

②异体增殖:不同质信息的交合导致新信息产生的现象。新产生的信息称子信息。产生子信息的信息称父本信息与母本信息。如钢笔做母本、望远镜做父本,两者交合可产生子信息:钢笔式单筒望远镜。

信息的一种基本表达形式就是词,共词实际上就是将信息放在一起,以便发

---

[①] 白振奎."行之以中道"——对文同在熙宁变法期间政治态度的考察[M]//新宋学(第五辑).复旦大学出版社,2016(00):60—68.

[②] 罗琴.文同与二苏的交游及交往诗文系年考[J].西南民族学院学报(哲学社会科学版),2001(10):70—75.

[③] 国泰.信息交合论[J].北京社会科学,1986(04):10—14.

现其内在的联系(相互关系),进而发现新的关系。

"古代也有自媒体"这一命题(见第九部分)实际上就是这个过程的结果:

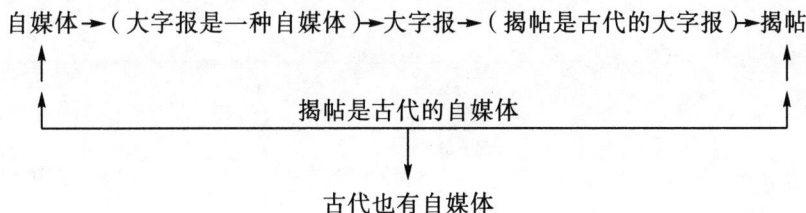

在引论的编写过程中,尽可能注意"便于发现内在联系""进而发现新的关系"这个问题。

为了体现"引论"写法的特点,文中,楷体字是笔者串联文摘的文字,宋体字是引用的文摘,等线体是文摘引用的其他文献,是文摘中的文摘。少数地方在引文中需要一点简短的说明或者注释性文字则使用方括号括起来的楷体。对于引文中原有的注释则采用放在圆括号内夹注的方式,注释的形式则按照原有的形式,由于引用文章年代跨度较大,注释格式有点五花八门,就没有统一了。

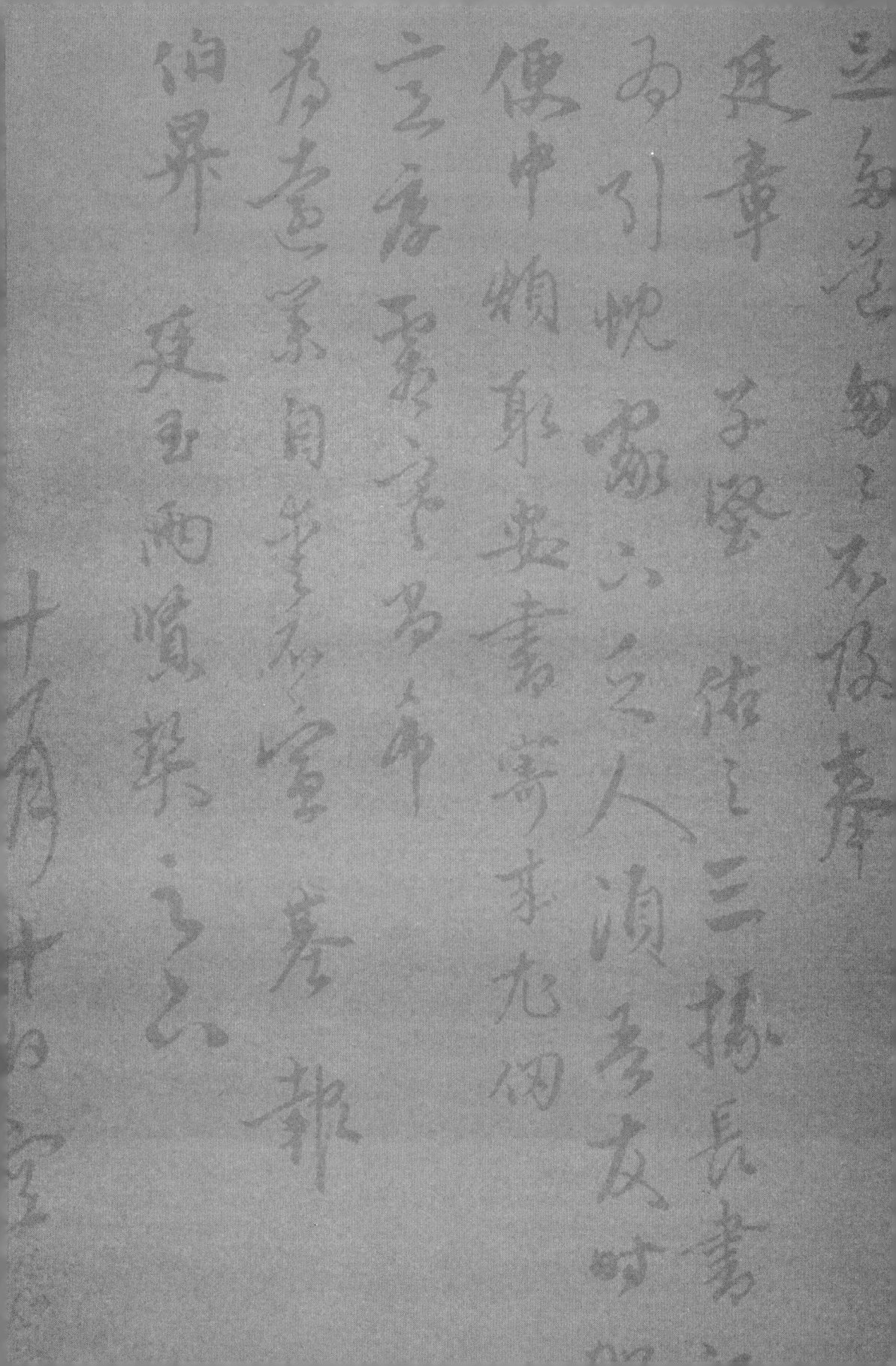

廷章子堅佑之三撥長書
而引妣窆之入須吾友吋
便中頻耳熒書寄求未伵
言唐雲等名帀
為意窯自筆硯窒參報
伯昇廷玉兩幀槩子共
十月廿日空

狱中生活 四四

审判 四六

结案文书的解读 五九

苏轼是否受到刑讯拷打 六九

## 叁 涉案诗文

涉案诗文 八〇

狱中诗 一〇一

## 肆 办案者

群体 一一二

李定 一一九

舒亶 一二四

崔台符和张璪 一二九

沈括 一三三

# 目录

代序 一

## 壹 乌台诗案的版本

版本源流 二
《函海》本 五
《忏花庵》本 六
《丛话》本 七
《诗谳》本 九
《眉山诗案广证》 一一
百家注和施顾注 一一
《重编东坡先生外集》 一六
一些误传 二六
版本关系 二九

## 贰 案件过程

程序总说 三二
劾奏与立案 三六
逮捕与押送 四〇

小人诽谤说 二二一
王安石清洗说 二三四
党争说 二四〇
神宗主导说 二五九
多种因素说 二七八

捌 乌台诗案的传媒因素
弹劾的真正出发点 二八六
版印书籍 二九二
石刻和邸报 二九九
不同意见 三〇三

玖 乌台诗案与自媒体
古代也有自媒体 三〇八
自媒 三一一
苏轼的传播意识 三二一
苏轼与自媒体 三二九

## 伍　救援活动

范镇　一六〇

王诜　一六一

张方平　一六二

苏辙　一六五

王安礼和吴充　一六六

章惇和王安石　一六八

曹太后　一六九

## 陆　五载黄州住

相关制度　一七四

五年综论　一七六

五年分论　一八一

经济状况　一九四

附录：东坡黄州生活创作系年　二〇四

## 柒　乌台诗案的起因

罪有应得说　二一九

题壁 三三八

传抄 三四六

自媒体与诗案 三五〇

拾 乌台诗案与东坡精神

东坡精神的概括 三五六

自适、旷达 三六四

体察民生疾苦 三八一

附表：引用文献 四〇四

# 壹 乌台诗案的版本

·乌台诗案引论·

乌台诗案是少数留下比较完整材料的古代与媒体有关的案件。对于流传下来的材料，学者们进行了认真的研究。研究的最主要依据是历史上流传下来的文字材料。

刘德重(2002)讨论了《关于苏轼"乌台诗案"的几种刊本》①（为阅读方便，在文中加入了一些小标题）：

苏轼乌台诗案，即苏轼44岁时下御史台狱一案。因御史台别称"乌台"，案情涉及诗文，故史称此案为"乌台诗案"。

北宋神宗元丰二年(1079)七月，苏轼在知湖州任上，因朝中监察御史何大正、舒亶，御史中丞李定，国子博士李宜之等人上札进状，举发其以诗文"谤讪朝政"，被自湖州追回。八月十八日，下御史台狱勘问，十二月二十七日结案，责授检校水部员外郎充黄州团练副使，本州安置。这就是"乌台诗案"的大致始末。

## ·版本源流·

苏轼此案，朝野震惊，士林关注。结案之后，苏轼狱中供状及有关档案资料随即被抄录流传，后又刊印成书，并有各种不同的版本。笔者所见，为以下几种：

（一）胡仔《苕溪渔隐丛话》前集卷四二至卷四五所收，约三卷半，以下简称《丛话》本；

（二）题作朋九万的《东坡乌台诗案》一卷，为李调元《函海》乾隆本、道光本第四函、光绪本第六函所收，以下简称《函海》本（《丛书集成初编》本据此排印）；

（三）题作朋九万的《乌台诗案》一卷，为宋泽元《忏花庵丛书》所收，附有宋泽元所辑《杂记》一卷，以下简称《忏花庵》本；

（四）题作周紫芝的《诗谳》一卷，为曹溶《学海类编》所收（《丛书集成初稿》本据此排印）。

---

① 刘德重.关于苏轼"乌台诗案"的几种刊本[J].上海大学学报(社会科学版),2002(6):5—9.

关于苏轼诗案早期流传情况,在《诗谳》卷末所附周紫芝"题跋"中有如下记载:

公(苏轼)就逮百有余日,凡御史追捕讯鞫之辞,率坐诗语讥谤,故当时款牍好事者往往争相传诵,谓之《诗谳》。予前后所见数本,虽大概相类,而首尾详略多不同。今日赵居士携当涂储大夫家所藏以示予,比昔所见加详,盖善本也。

周紫芝(1082—1155)生活年代较早,身跨南北两宋。此文未署年月,但至迟亦应在南宋初期。从这段记载中,可见当时苏轼诗案已被"争相传诵",称作《诗谳》,并有首尾详略不同的多种本子。但周紫芝没有提到这些本子是否印行,估计当时还是以手抄本形式流传的。

胡仔《苕溪渔隐丛话》前集卷四二则有如下记载:

余之先君,靖康间尝为台端,台中子瞻诗案具在,因录得其本,与近时所刊行《乌台诗案(一作"话")》为尤详,今节入《丛话》,以备观览。

胡仔《苕溪渔隐丛话》前集编撰于南宋高宗绍兴年间,其序作于绍兴十八年(1148),而最后编定在孝宗初年。这段记载中称其父为"先君",当写于其父胡舜陟(1083—1143)卒后;其中又有"近时所刊行"一语,可知在绍兴十三年(1143)以后,至迟在孝宗隆兴年间(1163—1164),苏轼诗案已经刊行,书名也已题作《乌台诗案》或《乌台诗话》。胡仔所依据的是胡舜陟在钦宗靖康年间(1126—1127)任侍御史时从御史台保存的原案直接"录得"的抄本,较刊本"为尤详"。胡仔"节入"的《丛话》本三卷半,也应较刊本为详,可见当时的刊本还是比较简略的。

时代稍晚的周必大(1126—1204),也曾亲眼见到过苏轼原案的真迹。他的《二老堂诗话》"记东坡乌台诗案"一则中有如下记载:

元丰己未,东坡坐作诗讪谤,追赴御史狱。当时所供诗案,今已印行,所谓《乌台诗案》是也。靖康丁未岁(1127),台史随驾挈真案至维扬,张全真参政时为中丞,南渡取而藏之。后张丞相德远为全真作墓志,诸子以其半遗德远充润笔,其半犹存全真家。余尝借观,皆坡亲笔。凡有涂改,即押字于下而用台印。

考周必大《二老堂诗话》此则前有"老人十拗"一则,其中有"丁巳岁,余年七十二"一语。"丁巳岁"为宁宗庆元三年(1197),知该书为其晚年所作。周必大于孝宗淳熙十四年(1187)拜右丞相,又进左丞相,他从张全真后人处借阅诗案原件可能即在此前后。据其记述,靖康南渡时,诗案原件尚完整保存在御史台(故胡舜陟尚能自原案抄录),至南渡后则被御史中丞张全真取走家藏。张全真卒后,其中一半被作为润笔送给张德远,剩余一半仍为张全真诸子所保存。周必大所见即此剩余的一半。此后,原案下落已不可考。

在周必大上述记载中,也说到"当时所供诗案,今已印行,所谓《乌台诗案》是也"。但他未说及详略如何,不知与胡仔所见刊本是否相同。胡仔、周必大也均未提及所见刊本的卷数、编者或刊行者。

明确著录所见刊本卷数、编者的是南宋后期的陈振孙(？—约1261),他在《直斋书录解题》卷一中作了如下记述:

《乌台诗话》十三卷,蜀人朋九万录东坡下御史狱公案,附以初举发章疏及谪官后表章书启诗词等。

朋九万其人,除此处冠以"蜀人"外,一无可考。他所编的《乌台诗话》有十三卷之多,当与胡仔所见较为简略的刊本不同;而书名题作《乌台诗话》,又与周必大所见题作《乌台诗案》者不同。可见南宋时期流传的苏轼诗案不仅有多种抄本,也有多种刊本。朋九万所编《乌台诗话》十三卷本除收苏轼在狱中所写供词外,前后还增加了"初举发章疏"和"谪官后表章书启诗词等",当是后出而转详的刊本。明人曹学佺(1573—1646)在《蜀中广记》中还记有《乌台诗话》十三卷,似此本至明代犹存。

至清代四库馆臣编纂《四库全书》时所见《乌台诗案》,虽仍题作朋九万编,但仅一卷,书名作《诗案》不作《诗话》,与陈振孙所著录者不同。此本前面虽有"初举发章疏",后面却无"谪官后表章书启诗词等",也与十三卷本不同。四库馆臣将此本与《丛话》本相核校,其内容仅比《丛话》本多一二事,"其余则条目皆同",因而疑此本为"后人摭拾(胡)仔之所录,稍傅益之,追题朋九万名,以合于振孙之所录,非九万本书欤"(《四库全书总目·史部传记类存目·〈乌台诗案〉提要》)。

四库馆臣所据为编修汪如藻家藏本,仅录为存目加以提要,并未收入《四库全书》。今人所编《四库全书存目丛书》也未收录,则此本亦不可复见。

在笔者所见几种刊本中，《诗谳》本有明显作伪痕迹，放在后面专门论述；《丛话》本节自直接"录得"的抄本，笔者原以为应较接近原案，但经与《函海》本对照发现，《丛话》本不仅经过节录，且有较大改动；《函海》本则基本上保存了诗案原貌，惟刊印错漏较多；《忏花庵》本出自《函海》本，对其中疏误有所校订。

现以《函海》本为例，与《忏花庵》本、《丛话》本逐一比较。

## ·《函海》本·

先看《函海》本。

《函海》本前有李调元序，后附《续资治通鉴纲目》一则（记苏轼诗案始末），正文可分为三个部分：

第一部分收有《监察御史里行何大正（按：《忏花庵》本校订作"何正臣"，又注："《宋史》本传作何正言"）札子》、《监察御史里行舒亶札子》、《国子博士李宜之状》、《御史中丞李定札子》及《御史台检会送到册子》五篇文字，前四篇当即所谓"初举发章疏"，第五篇为御史台收到题名《元丰续添苏子瞻学士钱塘集》册子后所上奏文。据舒亶札子中有"印行四册，谨具进呈"一语，知此《钱塘集》册子为舒亶所呈苏轼罪证，朝廷将其移送御史台作为审讯苏轼的依据。

第二部分为苏轼在狱中所写供状，计40篇。首篇自述生平履历；末篇自述在狱中招供情状，表示"甘服朝典"；中间38篇为所招诗文供词，内涉及诗47首，文（包括书信、赋、记、表、碑文等）15篇。

这些供状，前面均有小标题，一篇一段，篇内不再分段，惟遇"朝旨"等字则换行或空格以示"抬头"；除首篇自述履历外，各篇均以"一"字领起，如"一与王诜干涉事""一与王巩干涉事"等，为一事一供之供词定式；供词中每招一诗，往往紧接一句"（此诗）除无讥讽外"，以示该诗并非通篇讥讽，故多不录全诗，仅摘其中数句，招认有讥讽之意；供词中涉及他人之诗，亦往往紧接一句"（此诗）即无讥讽"，先为他人开脱，然后再供己作；供词篇末，多附有数句招供说明，如"轼八月二十二日在台,虚称言盐法之为害等情由,逐次隐讳,不说情实;二十四日再勘方招。其诗系册子内"。所谓"册子",当即御史台所掌握的《钱塘集》;供状中凡前已招认而后又涉及者,供词内均注明"已在王诜项内声说""已在苏辙项内声说"等,不再重复。

据此,似可认定《函海》本所收苏轼供状确为原案实录。惟状前小标题疑非原案所有,或系编者所加。

第三部分为御史台结案奏文,其中列举涉及本案者名单,计"收苏轼有讥讽文字,不申缴入司"者王巩等29人,"承受无讥讽文字"者章传等42人;末为《御史台根勘结案状》。

关于《函海》本的来源,李调元在序中称出自其"所得宋本","此本遇朝旨等字俱抬头,其为宋人定本无疑"。李调元又据明高儒"《百川书志》载《乌台诗案》一卷,云:宋祠部员外郎直史馆知湖州遭时群小构成诗祸拘禁之卷案也",定此本"为《百川书志》所见之本,非(陈振孙)《直斋书录》所见之(十三卷)本也";而十三卷本"谪官后文乃后人附益之耳"。据此,则此本当早于陈振孙所见之十三卷本。可能是朋九万先编成此本,后来再被扩充成十三卷本。

## ·《忏花庵》本·

再看《忏花庵》本。

《忏花庵》本系据《函海》本校订重刻,除前面多《四库提要》1篇、宋泽元《叙》1篇,后面另附《杂记》一卷12则外,其他内容全同,故不再详述。宋泽元在《叙》中说:

李雨村(调元)原刻草率从事,书中脱漏错误之处,更仆难数,读者为之不谦。予因笔砚余闲,检家藏典籍为之旁搜侧讨,凡校正补苴三百余字;间有可疑者,按注于本条之下;其无可订正者,悉仍其旧。又摘取诸书干涉诗案者,别为《杂记》十二则,附勒于后。

宋泽元对《函海》本"校正补苴"达"三百余字",可见《函海》本原刻错漏之多。然经笔者细核,书中仍有一些疏误处,宋泽元未能补正。如所供送张方平诗一状中称:"轼意言晋元帝时,人物衰谢,不意复见张方平之文章才气,以讥讽今时风俗衰薄也。"晋元帝时,如何复见宋人张方平?上下语意显然脱节。笔者以《丛话》本校之,方知"人物衰谢"后,尚有"不意复见卫玠之清谈风流,亦如今时人物衰谢"19字,《函海》本原刻脱漏,《忏花庵》本亦未能补出。

尽管如此,宋泽元毕竟在校订上下过一番功夫,《忏花庵》本错字较少,刻印也较清晰,比较便于阅读。

## ·《丛话》本·

再看《丛话》本。

《丛话》本与《函海》本(或《忏花庵》本)比较,有以下三点明显不同:

一是在内容上,《丛话》本以收诗为主。

《函海》本第一部分"初举发章疏"、第三部分御史台奏文及结案状,《丛话》本均未收;第二部分苏轼40篇供状,《丛话》本也只收与诗有关的供词,仅附及赋1篇,书信2封,其他内容均被删除。

《丛话》本计收苏轼供诗48首,多《函海》本1首(当为《函海》本所佚),另47首相同。但《函海》本供词多不录全诗,只摘引诗中数句招认;《丛话》本则在供词前将全诗录出。有些诗篇幅较长,且狱中已有诗集册子,苏轼没有必要在供词中重录全诗,很可能是胡仔编撰《丛话》时为便于读者"观览"而补入的。

二是在编排上,《丛话》本按诗分则。

《函海》本按供状编排,存其原貌;《丛话》本既要补出全诗,便不得不拆散供状,以诗为单元分开编排,如《函海》本"与王诜干涉事"一状中,供出《腊月游孤山寺》、《戏子由》、《山村》(三首)、《开运盐河》、《题韩干画马》等诗;《丛话》本即按诗题分成5则,一则一段,使之与《丛话》全书的诗话体例相一致。

三是在文字上,《丛话》本不仅有所删节,也有所改动。

为了说明问题,不妨摘引两段完整的文字加以比较:

熙宁八年五月,轼知密州内,于本州常山泉水处祈雨有应,轼遂立名为"云泉"。九年四月癸卯,立石常山之上,除无讥讽外,云:"堂堂在位,有号不闻。"以讥讽是时京东连年蝗旱诉闻,邻郡百姓诉旱,官吏多不接状,依法验收灾伤,致令怨叹之声,盈于上下,当时之人,耳如不听,故记有嗟呼之词也,去年祭常山回,与同官习射放鹰,作诗一首,题在本州小厅上,除无讥讽外,云:"圣朝若用西凉簿,白羽犹能效一麾。"意取西凉州主簿谢艾事,艾本书生也,善能用兵,故以此自比;若用轼为将,亦不减谢艾也。故作放鹰诗云,圣朝若用轼为将,不减尚父能鹰扬。轼在台供说,即不系册子内。(《函海》本,个别错字据《忏花庵》本校正)

知密州日,因祭常山回,与同官习射放鹰,作诗云:"青盖前头点皂旗,黄茅冈下出长围。弄风骄马跑空立,趁兔苍鹰掠地飞。回望白云生翠巘,归来红叶满征衣。圣朝若用西凉簿,白羽犹能效一挥。"意取西凉州主簿谢艾本是书生,却善用兵,意以自比,言圣朝若用轼为将,不减谢艾也。(《丛话》本)

二者相较,可见《函海》本系照录原状,而《丛话》本则做了较大删改。在《丛话》本这段文字中,一是删:不收常山碑文,删去首尾及"题在本州小厅上,除无讥讽外"数句;二是补:习射放鹰诗(按:诗题当作《祭常山回小猎》)被全文补出;三是改:前后文字经过加工精简。

由此可见,胡仔所谓"节入《丛话》",实际上已不仅仅是删节,而是在内容上、编排上、文字上都作过改动。究其原因,当与胡仔编撰《丛话》的目的和《丛话》本身的性质有关。《丛话》本为诗话汇编性质,胡仔将苏轼诗案"节入《丛话》",目的不在于保存诗案原貌,而是要把诗案纳入诗话,便于读者阅读。从诗话的角度看,《丛话》本作这些改动是必要的,是为了使其内容、编排、文字尽可能符合诗话体例的要求,但从保存诗案原始资料的角度看,则不及《函海》本、《忏花庵》本优。

## ·《诗谳》本·

最后，再来看题作周紫芝的《诗谳》。

《诗谳》一卷，前引《东坡先生年谱》《闻见录》等六段文字；中收苏轼"供诗"22首，均录全诗，诗前列标题，诗后低一格加"谳案"二字摘录有关供词，间及诗话、笔记；末附周紫芝"题跋"。全书篇幅不及《丛话》本三分之一。

宋泽元在《忏花庵》本《叙》中曾论及此书：

东坡乌台诗案，刊之于《学海类编》及《艺苑搜奇》（按：《艺苑搜奇》本未见，《中国丛书综录》亦未著录）者为周紫芝撰，刊之于《函海》者为朋九万撰。周书过涉简略，于原谳札子供状及被劾序记文表概未之录，非善本也。

宋泽元虽指出"周书过涉简略"，"非善本也"，但并未怀疑《诗谳》"为周紫芝撰"。实则此书可疑之处甚多，题作周紫芝当系伪托。兹考辨如下：

其一，关于所收"供诗"。

在《诗谳》所收22首诗中，有2首并非苏轼供状中所供之诗，显系误收。一首是《御史狱中遗子由》，诗后无供词，而附以本诗小序："予以事系御史狱，府吏稍见侵，自谓不能堪，死狱中，不得一别子由，故作诗授狱卒梁成，以遗子由。"从诗题和小序均可知此诗是苏轼在狱中写给苏辙的诀别诗，而非供状诗。另一首是《塔前古桧》（按：诗题当作《王复秀才所居双桧二首》之一），诗后也无供词，而缀以《石林诗话》《闻见近录》《苕溪渔隐丛话》三则。据《石林诗话》一则载，苏轼下狱后，时相王珪曾面奏神宗，称其咏桧诗"根到九泉无曲处，世间惟有蛰龙知"有"不臣之意"，神宗"本无意深罪之"，说："诗人之词，安可如此论！彼自咏桧，何预朕事！"此奏遂被否定。又据《闻见近录》一则载，王珪所奏，实出自舒亶。而舒亶所上《札子》中却未举此诗，可知此诗原不在《钱塘集》册子中。又据《苕溪渔隐丛话》一则载，在审讯中狱吏也曾问及此诗"有无讥讽"，东坡答云："王安石诗：'天下苍生望霖雨，不知龙向此中蟠'。此龙是也。"狱吏为之一笑。王诗说的是天上蟠龙，苏诗说的是地下蛰龙，苏轼在这里引王诗为自己开脱，显然比较牵强，但狱吏可能知道神宗无意深究，遂也不再追问，而是一笑了之。既如此，苏轼自然也不会再将此诗写入书面供状。可见此诗虽与诗案有关，却不在供状之内。《诗谳》误收以上二诗，恰恰成为其作伪的破绽。

其二，关于所引诗话、笔记。

苏轼原案，是御史台正式审讯档案，一般不会引用诗话、笔记。而《诗谳》中录引诗话、笔记竟有10余则之多，显为原案所无，而系编者妄加。且此10余则诗话、笔记，均见于《苕溪渔隐丛话》，不需翻检之劳，只从《丛话》中转录即可。其最可疑者，是录自《丛话》后集的两则：一则即上述狱吏审问咏桧诗，见于《丛话》后集卷三〇；另一则是对苏轼题咏景物的评论，见于《丛话》后集卷二九。（按：胡仔《丛话》后集编成于孝宗乾道三年（1167），而周紫芝卒于高宗绍兴二十五年（1155），决不可能见到身后之书。这是《诗谳》作伪的又一破绽，也是其书决非出自周紫芝的铁证。）

其三，关于周紫芝的"题跋"。

《诗谳》卷末所附周紫芝"题跋"，确为周紫芝语气，故颇能惑人。但其中只说见到"赵居士携当涂储大夫家所藏"本，并未说拟将此本印行，不像是跋语。笔者因疑此文系自他处移来，遂遍检周紫芝《太仓稊米集》，果于其卷四七"杂文十二首"中发现有《读〈诗谳〉》一文，与今本《诗谳》所附"题跋"一字不差。原来所谓"题跋"，确实是从周紫芝集中抄出移植的。至此，《诗谳》的作伪伎俩，可谓真相大白。

综上所述，苏轼诗案流传之初，曾有题作《诗谳》的抄本，周紫芝见过这一抄本，并写有《读〈诗谳〉》一文。后此本不传。今本《诗谳》则是后人自《苕溪渔隐丛话》前后集中摘录拼凑而成，又从周紫芝集中抄出《读〈诗谳〉》一文充作"题跋"，假托周紫芝之名刊行。据此，可断定今本《诗谳》确系伪书。又，今本《诗谳》最早见于曹溶《学海类编》，而"曹溶《学海类编》喜造伪书"（《四库全书总目·诗文评类存目·〈东坡诗话〉提要》），故极有可能作伪者即是曹溶。

## ·《眉山诗案广证》·

萧名娆(2010)除讨论了上述版本之外,对《眉山诗案广证》作了简介[①]:

清张鉴《眉山诗案广证》六卷(清光绪十年江苏书局刊本)

清代文字狱不断兴起,清人张鉴特别针对苏轼乌台诗案之狱编纂此书。全书凡六卷,分为"史原""印案""缀简""琐述"、"附载"。在今传版本当中,此本卷数最多,是以胡仔《苕溪渔隐丛话》为底本,再依查慎行《补注东坡先生编年诗》中所引朋九万本加以校订,并附录各种相关数据,相当完备(见〔清〕张鉴:《眉山诗案广证》,卷二,页五下—页六上,《腊月游孤山》后案语,《四库未收书辑刊》本,拾辑2—759)。但编者未见诗篇与供状较完整的《函海》本,是较为可惜之处。

## ·百家注和施顾注·

百家注即《王状元分类集注东坡先生诗》,施顾注即施元之、顾禧、施宿的《注东坡先生诗》,李晓黎(2016)提醒注意百家注和施顾注中的《乌台诗案》[②]:

乌台诗案的文本流传,学界也做了认真的梳理,达成了一定的共识:乌台诗案的文字记录在南北宋之交便被广为传抄刻印,今有三种文本传世,分别是朋九万的《东坡乌台诗案》、胡仔的《苕溪渔隐丛话》和周紫芝的《诗谳》。三种文本中,《苕溪渔隐丛话》宋元刻本序列清晰,递相传续,《东坡乌台诗案》和《诗谳》早期的宋元刻本皆已失传,今可得见的是清人收入丛书的刻本,前者为李调元《函海》本和宋泽元《忏花庵丛书》本,后者为曹溶《学海类编》本;内容上,《东坡乌台诗案》为御史台记录,最接近历史的原貌,《苕溪渔隐丛话》在文字和编排上较多人为的

---

[①] 萧名娆.乌台诗案诠释问题的再思考[D].新北:淡江大学,2010.
[②] 李晓黎.百家注和施顾注中的《乌台诗案》[J].西南交通大学学报(社会科学版),2016,17(2):32—36.

改动和调整,《诗谳》则有明显作伪的痕迹,当是后人借周紫芝之名从《苕溪渔隐丛话》中摘录拼凑而成(相关成果可参以下两篇文章:刘德重《关于苏轼"乌台诗案"的几种刊本》,刊于《上海大学学报》2002年第6期;内山精也《〈东坡乌台诗案〉流传考》,见《传媒与真相——苏轼及其周围士大夫的文学》第140—173页,上海古籍出版社2013年版)。

然而,为学界所忽视的一个方面是,宋人的两种苏诗注本——王十朋的《王状元分类集注东坡先生诗》(百家注)和施元之、顾禧、施宿的《注东坡先生诗》(施顾注)中,频频引用当时刊行的《乌台诗案》的文字,其中有不少问题值得去追究:百家注和施顾注分别在哪些诗中引用了《乌台诗案》?是否与今可知见的乌台诗案的涉案诗歌完全相合?二者的摘引有无突出的特点?摘引的文字能不能在文献上提供新的补充?本文拟对这些问题逐一进行讨论。

田国良(1986)对这两个文献作过说明[1]:

南宋注苏轼诗的很多,到了王十朋注轼诗时,就收集了90多人的注释。在所有注本中,唯有王十朋注和施元之注最有名。

### (一)王注本

《王状元集注分类东坡先生诗》是现存最早的苏诗辑注集,题王十朋注,但也有人怀疑是托王十朋之名以行世。但是,目前尚无足够证据否定该注本是王十朋所为。况且,这个注本在宋代就有人记载,如王树《野客丛书》中就有王十朋集注坡诗一条。

十朋,字龟龄,号梅溪,温州乐清(今属浙江)人,卒于乾道七年(1171)。杨氏《楹书偶录》说"梅溪集注成于乾道间",应是十朋晚年的事了。王注本实际上是前所提"十注本"的推广。其自序云:"十注本""事之载者,十未能五,故常有窥豹之叹"。因此,在"十注"的基础上,汇九十六家注辑成一书,题名"集百家注",是取其成数,即如杜诗千家注,韩柳文五百家注相仿。

---

[1] 田国良.苏轼著作在宋代的编集、注释和刊刻[J].图书馆,1986(2):10—14.

王注苏诗在南宋有各种版本。王注原本25卷,亦据吕注本,分78类。后有建阳黄善夫家塾刻本25卷,又有建安虞平斋务本书堂刻本25卷(上述建阳本、建安本北京图书馆有藏)。另外,陆氏《藏书志》还载有宋刊30卷本。

诚如识者言,王注本确多有失当之处。

但注诗为难事,以苏轼学富才大,方言小说以至嬉笑怒骂、里媪灶妇都写入诗中,因而注苏诗更难。至于汇辑群家,考证群籍,删重去伪,更是难上加难。因此,即使博学如十朋,错漏亦所难免。况且,后人刊印王注本,往往出现一些有意无意的删并错乱。清人吴骞在他的《拜经楼诗话》就说到过这一点。可见,王注本中的许多错误,并非原本中所有。总的看来,王注本终不失为一个较好的本子。在苏诗诸注本中,唯有此本流传最广,影响最大。后人再注本诗,无不参考此本。

### (二)施注本

施元之,字德初,吴兴人,高宗绍兴间进士。施元之在为官方面用心邪僻,近于酷吏,而在注释苏诗方面却立下了不可磨灭的功绩,所撰《注东坡先生诗》42卷(其中编年诗39卷,和陶诗2卷,帖子遗诗1卷)获后人一致称道。

《注东坡先生诗》非施一人作,而世人称"施注苏诗",是因为施元之首创为主之故。参加注释的还有顾禧和施宿(元之子)。陈振孙《直斋书录解题》卷二十说得很清楚:"《注东坡先生诗》四十卷,年谱、目录各一卷,司谏吴兴施元之德初与吴郡顾景蕃共为之。元之子宿从而推广,且为年谱,以传于世,陆放翁为作序。"

元之与顾禧的《注东坡先生诗》完稿后,至嘉泰间由施宿刊行于世,并请陆游作序。所以,施本的刊行已后于王注本30多年。

《注东坡先生诗》经过了施氏父子及顾禧前后数十年努力,才得以成书。此书采用编年注释,大量吸取以前各注家成果。征引浩博,考据精核,引用各书较王注更为确切,且标明书名。并在每一诗题下作一小传,阐明诗旨。凡此等等,为读苏诗提供了方便。此书传世后因有错漏处亦为后人引责。

现在北京图书馆藏有宋嘉泰刊《苏东坡先生诗》残帙4卷(十一、十二、二十

五、二十六卷),可能就是施宿刊本。施宿刊本后55年,至景定间,字迹已经模糊,于是,郑羽删除其中71577个字,共计179版,重新刊印。

李晓黎(2016)通过百家注和施顾注中关于《乌台诗案》的记载,讨论了一些值得注意的问题[①]:

乌台诗案中的涉案诗歌,朋九万《东坡乌台诗案》收录51首,胡仔《苕溪渔隐丛话》收录46首。将二者放到一起进行比对,除去相同的部分后,可知有6首诗见于《东坡乌台诗案》而不见于《苕溪渔隐丛话》,即《和述古冬日牡丹四首》其二、其三、其四,《宿余杭法喜寺后绿野堂望吴兴诸山怀孙莘老学士》、《人日猎城南会者十人以身轻一鸟过枪急万人呼为韵得鸟字》、《遍蝗至浮云岭山行有怀子由弟二首》其二;有一首诗见于《苕溪渔隐丛话》而不见于《东坡乌台诗案》,即《次韵黄鲁直见赠古风二首》其二。故两者相合,学界今可知见的涉案诗歌共52首。

百家注引用了52首涉案诗歌中的36首,有16首未引用;施顾注引用了52首涉案诗中的27首,有25首未引;百家注和施顾注皆引用的涉案诗歌共21首,百家注和施顾注皆未引用的涉案诗歌共10首;百家注引而施顾注未引的涉案诗歌共15首,施顾注引而百家注未引的涉案诗歌共6首。

百家注中所引《乌台诗案》的文字,除有一处看不清注家所出(《赠孙莘老七绝》其一)、一处未注明注家(《送范景仁游洛中》)外,其余皆出自以下五个注家之手:赵次公、师尹、程缜、孙倬、李厚。

从引用的频率上看,赵次公最高,其对《乌台诗案》的引用出现在23首涉案诗中;师尹次之,其对《乌台诗案》的引用出现在8首涉案诗中;程缜、孙倬、李厚对《乌台诗案》的引用各出现在1首涉案诗中。

在使用的角度方面,百家注除了借《乌台诗案》释诗,还不时借《乌台诗案》校勘、系年,体现出较大的灵活性。如《送曾子固倅越得燕字》一诗,赵次公于题下出注,借《乌台诗案》以系年:"以先生《诗案》考之,此熙宁三年诗也";《山村五绝》

---

① 李晓黎.百家注和施顾注中的《乌台诗案》[J].西南交通大学学报(社会科学版),2016,17(2):32—36.

题下,赵次公亦云:"按《诗案》云:'此五绝是熙宁六年所作'"。校勘的例子则见于《风水洞二首和李节推》(其二)末句"世事渐艰吾欲去,永随二子脱讥讒"之下,赵次公先是引《乌台诗案》以佐证其对诗中讽刺之意的把握,随后又借《乌台诗案》以校勘:"《诗集》作'吾欲出',《诗案》作'吾欲去',从《诗案》。"〔王十朋.增刊校正王状元分类集注东坡先生诗(元建安虞平斋务本书堂刊本)[C]//四部丛刊(影印本).上海:商务印书馆,1919:55.〕

在文献补遗方面,据赵次公注,我们可以补出一首不见于今可知见的52首涉案诗歌的涉案之作,这是其文献价值之一,尤其不应被忽视。卷十三《以双刀遗子由子由有诗次其韵》"胡为穿窬辈,见之要领寒。吾刀不汝问,有愧在其肝"句下,赵次公注云:"《诗案》曾供此诗,自'胡为穿窬辈'至此,云以诋当时邪佞之人耳"。〔王十朋.增刊校正王状元分类集注东坡先生诗(元建安虞平斋务本书堂刊本)[C]//四部丛刊(影印本).上海:商务印书馆,1919:246.〕朋九万《东坡乌台诗案》和胡仔《苕溪渔隐丛话》皆未收录此诗,故据此我们可以将涉案诗歌的总数上升到53首。

施顾注中所引《乌台诗案》的文字主要集中在施元之、顾禧所作的句中注中,施宿补作的题下注中只出现了一次(《次韵答邦直子由五首》)。

形式上,句中注和题下注对《乌台诗案》的表述截然不同:但凡引到《乌台诗案》,句中注一律题作《乌台诗话》,题下注则题作《乌台诗案》。虽然名字不同,但从内容文字上看,《乌台诗话》与《东坡乌台诗案》基本保持一致,名异而实同。

在使用的角度方面,跟赵次公一样,施宿也能够在释诗的同时,借《乌台诗案》对苏诗进行补遗。卷十二《次韵答邦直子由五首》题下注云:

东坡《诗案》云:"李清臣答弟辙诗二首,批云'可求子瞻和'。轼却作诗二首和李清臣,其内一首首句云'五十尘劳尚足留'。"集中失载此诗,今附于后。又云"轼用弟辙韵与李清臣六首",盖东坡次韵通为八首,集中止有四首,今收《诗案》一首,犹佚其三也。(施元之,顾禧,施宿.增补足本施顾注苏诗[M].台北:艺文印书馆,1980:17.)

百家注没有补入《诗案》中论及的"五十尘劳尚足留"1首,故只有4首,题作

《次韵答邦直子由四首》。尽管施宿这里仅止于文献上的辑佚，没有进一步引录《诗案》对此诗的分析，然对比百家注，其利用《诗案》进行文献补遗的思路和尝试，还是很有价值的。

## ·《重编东坡先生外集》·

朱刚(2018)认为"明刊《重编东坡先生外集》卷八十六就是记录'乌台诗案'的另一种文本"[①]：

实际上，"朋九万"《东坡乌台诗案》已经成为现代学者研究"乌台诗案"的最重要史料。考察这个文本，可以发现它虽然将许多内容统编为一卷，但全书的结构仍井然可观。因为各段落前都有小标题，如"监察御史里行何大正札子""御史台检会送到册子""供状""御史台根勘结桉状"等，"供状"之下还分出"与王诜往来诗赋""与李清臣写超然台记并诗""次韵章传"等细目，条理非常清晰("朋九万"《东坡乌台诗案》，《丛书集成》第0785册据清代《函海》本排印，上海：商务印书馆1939年版)。这些小标题中有的看来不太合适(详下)，似非御史台原卷所有，估计是编者加上去的。大体上，我们可以把这个文本区分为三个部分：

1. 弹劾奏章和罪证。奏章共有4篇，即监察御史里行何大正、监察御史舒亶、国子博士李宜之、御史中丞李定的弹劾状；后面一段小标题"御史台检会送到册子"，交代"诗案"的主要罪证，是杭州刊版的《元丰续添苏子瞻学士钱塘集》。

2. 供状。这部分先概述了苏轼的简历，然后是针对许多具体作品有无讥讽之意的审讯记录，即"供状"，约40篇，此是全书主体，最后有一段小标题为"中使皇甫遵到湖州勾至御史台"的文字，简叙"诗案"的审讯经过。

3. 结案判词。这部分小标题为"御史台根勘结桉状"，美国学者蔡涵墨(Charles Hartman)通过细密的解读，推断其主要内容实为大理寺的判词，即根据

---

[①] 朱刚."乌台诗案"的审与判——从审刑院本《乌台诗案》说起[J].北京大学学报(哲学社会科学版),2018,55(6):87—95.

御史台的审讯材料,由大理寺对此案所作的判决。[蔡涵墨(Charles Hartman),The Inquisition against Su Shih: His Sentence as an Example of Sung Legal Practice, *Journal of the American Oriental Society*,第113卷第2期,1993年。卞东波译:《乌台诗案的审讯:宋代法律施行之个案》,《中国古典文学研究的新视镜——晚近北美汉学论文选译》,合肥:安徽教育出版社,2016年版,第187—212页。]

以上三个部分中,最后一部分的小标题不太合适,其内容未必为御史台原卷所有,但看来也不像是大理寺判词的原貌,至少文本中并未以大理寺判词的面目呈现。所以这部分应该出于《东坡乌台诗案》的编者即"朋九万"之手,他杂取了有关资料编辑出这部分文字,用来交代"乌台诗案"的结果,使全书内容显得完整。第二部分最为详细,占了最大篇幅,可以相信是从负责审讯的御史台所存案卷或其副本过录的。至于第一部分的弹劾奏章,我们不能确定是否御史台原卷所有,但对于全书来说,为了交代"诗案"的起因,它们是必要的。

作为一个记录了案件起诉、审讯、判决之全过程的文本,以"供状"为主要部分,当然是合理的。不过"供状"之所以被过录得如此详尽,还有一个原因,就是它们包含了对涉案诗歌的权威解读,而这正是《东坡乌台诗案》的读者对此书最大的关注点。特殊的机会让苏轼这样一位大诗人必须老老实实地解说自己的作品,这当然比一般的诗话更能引起受众的兴趣,使此书迅速流行。我们由此可以推测,"供状"部分被编者删削的可能性很小。为了满足读者的期待,他应该竭其所有提供全部资料,而这资料的最初来源无疑是御史台。所以,鉴于《东坡乌台诗案》的主体部分出自御史台,我们不妨称之为"诗案"的"御史台本",尽管其"供状"之外的部分也可能有别的来源。

与此相比,明刊《重编东坡先生外集》卷八十六就是记录"乌台诗案"的另一种文本,其卷首标题如下:

中书门下奏,据审刑院状申,御史台根勘到祠部员外郎、直史馆苏某为作诗赋并诸般文字谤讪朝政案款状。

按北宋的制度,审刑院对案件进行复核,其判决意见经由中书门下奏上。标题的文字与此制度相符,可以判断这个文本来自审刑院。其总体篇幅比《东坡乌台诗案》要小,结构上也有异同。开头部分并没有抄录弹劾奏章,而是一段苏轼的简历;接下来,主体部分也是供状,分了"一与王诜干涉事""一与李清臣干涉事""一与章传干涉事"等30余篇,篇数和每篇的文字都比《东坡乌台诗案》所录"供状"要少,但前后次序是一致的,内容上基本重合,可以认为是御史台提供的"供状"的一个缩写本。值得注意的是最后一部分,与《东坡乌台诗案》的"御史台根勘结桉状"有不少相似文字,但看起来更像一篇完整而有条理的结案判词,先简单地引用了御史们弹劾奏章的要点,然后是判决意见,最后根据皇帝圣旨记录判决结果。这样,从"供状"被缩写和结案判词显得整饬的文本特征来看,《外集》这一卷很可能就是审刑院上奏文件的忠实抄录,亦即"乌台诗案"的"审刑院本"。《外集》的最初编辑,一般认为是在南宋时代(参考刘尚荣:《〈东坡外集〉杂考》,收入氏著《苏轼著作版本论丛》,成都:巴蜀书社,1988年版),编者有可能获得审刑院文件的副本。

如上所述,这个"审刑院本"与"御史台本"有所差异,兹将两种文本的异同之点列为下表:

| 文本 | 御史台本("朋九万"本) | 审刑院本(《外集》本) |
| --- | --- | --- |
| 结构 | 弹劾奏章(全)<br>审讯供状(详细,接近原貌)<br>结案判词(简略、杂乱) | 弹劾奏章(无,其要点在结案判词中被简单引录)<br>审讯供状(简略,缩写本)<br>结案判词(相对详细、整饬) |
| 性质 | 经过编辑的文本 | 可能是原始文件的抄录 |

应该说明的是,由于"供状"被缩写,对于把"诗案"当作诗话来看待的读者而言,这个"审刑院本"的意义也许不大,《外集》的这一卷文本历来不太受到关注,估计就是这个原因。但是,如果我们把两种本子的"供状"仔细比对,仍可以发现很有意思的现象,下文再详。更重要的是,"审刑院本"相对详细而且条理整饬的结案判词,可以帮助我们重新考察这个案件的审判情况。

戴建国(2019)对朱刚的意见提出了修正[①]：

今传朋本系后人根据御史台所藏案卷及其他诗案材料编撰而成。然因编者不了解宋代制度，将司法审判过程中属于不同程序的断案内容混杂在一起，出现标题取名不当和编排错误。[刘德重认为"小标题疑非原案所有，或系编者所加"。参见氏撰《关于苏轼"乌台诗案"的几种刊本》，《上海大学学报》2002年第6期。朱刚也指出：有的小标题"似非御史台原卷所有，估计是编者加上去的"。参见氏撰《"乌台诗案"的审与判——从审刑院本〈乌台诗案〉说起》，《北京大学学报》(哲学社会科学版)2018年第6期。]朋本虽存在不少问题，但保存了诸多史料。将重编本与陈振孙所录本作比较，也有明显不同。就司法制度研究而言，除朋本外，重编本也是研究苏轼诗案的重要史料，因此有必要弄清这个文本的史料来源。将重编本和朋本作一比较，可以发现两者在内容、文字详略、编排次序上互有不同。朱刚先生为此曾做过分析列表。为方便阐述观点，笔者也制成一表如下：

**朋本、重编本对照表**

| 朋本 | 重编本 |
| --- | --- |
| 1. 御史台官员何正臣、舒亶、李定的弹劾札子，外加国子博士李宜之奏状，文字详备完整。 | 1. 苏轼供状，文字简略。 |
| 2. 苏轼供状，文字详备。 | 2. 苏轼招供的与臣僚之间往来的相关诗文，计30篇，文字简略。 |
| 3. 苏轼招供的与臣僚之间往来的相关诗文，计38篇，文字详备。 | 3. 御史台官员何正臣、舒亶、李定的弹劾札子，文字极为简略，无国子博士李宜之奏状。 |
| 4. 苏轼招供的具体过程，较详备。 | 4. 所叙苏轼招供过程十分简略。 |
| 5. 涉案的其他官员姓名及圣旨处理意见。 | 5. 无。 |
| 6. 苏轼罪名与判决文字，杂乱无章。 | 6. 苏轼罪名与判决文字，叙述清晰。 |

重编本收录的文字，无论是苏轼与臣僚之间往来的相关诗文，还是御史台官员何正臣、舒亶、李定的弹劾札子都较朋本简略，并没有完整的全录，只是叙其要点。例如何正臣、舒亶、李定三人的弹劾札子加起来总计才200多字，而朋本所

---

[①] 戴建国."东坡乌台诗案"诸问题再考析[J].福建师范大学学报(哲学社会科学版)，2019(3)：143—155.

录三人的弹劾札子有1500多字,字数悬殊。重编本收录的苏轼诗文篇数也远少于朋本,此外还缺乏司法审判过程的具体信息,唯有狱案最后判决文字清晰明了,优于朋本。相比之下,朋本判决文字部分显得杂乱无章。

朱刚先生认为重编本《乌台诗案》是北宋审刑院复核此案后上奏的文本,将其称作"审刑院本"。对此,笔者的看法不同。在展开讨论之前,有必要交代审刑院的职责。《续资治通鉴长编》载:

(景德四年秋七月)诏自今官吏犯赃及情理惨酷有害于民、刑名疑误者,审刑院依旧升殿奏裁,自余拟定用刑,封进付中书门下施行(原注:《会要》云:诏审刑院,凡有法寺奏断公案,皆具详议奏覆,今后宜令本院,除官吏赃私渝滥、为事惨酷及有刑名疑误者,依旧奏覆,其余刑名已得允当,即具封进,仍以黄帖子拟云:"刑名委得允当,乞付中书门下施行")。(〔宋〕李焘:《续资治通鉴长编》卷六六,景德四年秋七月戊辰,北京:中华书局,2004年,第1470页。)

"升殿奏裁",是指向皇帝奏报取旨。神宗熙宁年间曾任知审刑院的苏颂对审刑院的职责也有过清晰的表述:

凡州郡重辟之疑可矜,若一命私犯罪笞以上之罚,与夫律令格敕之当更者,皆先由大理寺论定,然后院官参议,议合然后核奏,画旨,送中书案实奉行,其慎重如此。(〔宋〕苏颂撰,王同策等点校:《苏魏公文集》卷六十四《审刑院题名石柱记》,北京:中华书局,2004年,第979页。)

所谓"画旨",是指奏报得到皇帝的批示。综合以上史料可知,凡重大案件皆须经大理寺检法量刑,送审刑院审核覆议,覆议无误,奏报皇帝定夺后,由中书颁下执行。应该说宋太宗当初设立审刑院,有夺宰相权的用意。

在宋代诏狱的司法审判过程中,中书门下扮演的角色,是接受皇帝的裁决圣旨,予以审核,如发现皇帝的裁决有问题,可提出意见,奏报皇帝修正;如无不当者,即颁给有关部门执行。这是出于制度的设计,以减少最高决策层的失误。中书门下不能先接受审刑院的诏狱结案奏报,再转奏给皇帝。即使如制度规定,有些案件审刑院核定无误后,"封进付中书门下",中书门下也只是颁下施行,而非再由中书门下向皇帝奏报。事实上,苏轼一案,由御史台审讯,经大理寺、刑部和

审刑院量刑覆议,皇帝裁决后,是由中书门下用敕牒颁布执行的。我们看重编本最后一段文字:

某人见任祠部员外郎直史馆,并历任太常博士,合追两官,勒停。犯在熙宁四年九月十日明堂赦、七年十一月二十日南郊赦、八年十月十四日赦、十年十一月二十七日南郊赦,所犯事在元丰三(二)年十月十五日德音前,准赦书,官员犯人入己赃不赦,余罪赦除之。其某人合该上项赦恩并德音,原免释放。准圣旨,牒奉敕,某人依断,特责授检校水部员外郎,充黄州团练副使,本州安置。

其中所谓"准圣旨,牒奉敕",是通常中书门下接受皇帝圣旨后颁下执行的文书所特有的文字。有学者指出,"北宋前期,皇帝批准的民政公事,由中书门下负责转牒有关机构执行"。这种由中书门下(元丰改制后由尚书省)转发敕书的公牒,又称"敕牒"。[朱瑞熙:《中国政治制度通史》第六卷(宋代),北京:人民出版社,1996年,第166页。]元丰改制前,除敕牒外,中书门下日常公务文书还有"札子"。如熙宁四年(1071),御史中丞杨绘言:"比者,畿邑之民求诉助役之不便,陛下需发指挥,令取问民之愿与不愿而两行之,中书门下已作札子,坐圣旨颁下。"(《续资治通鉴长编》卷二二三,熙宁四年五月庚子,第5428页)"坐圣旨颁下",说的就是中书门下以札子颁布圣旨【以下略去案例数则】。

根据以上实例,我们对照一下重编本《乌台诗案》,其卷首标题云:"中书门下奏,据审刑院状申,御史台根勘到祠部员外郎、直史馆苏某为作诗赋并诸般文字谤讪朝政案款状",从其标题及整个"案款状"的行文特色分析,不难发现与前述南宋尚书省札子颇为相似。据此可以推断重编本《乌台诗案》应来源于中书门下颁布的政务公文。

根据学者的研究,北宋前期中书门下札子与敕牒的运用是依据事情的大小来定的,敕牒通常用于较大的事情(李全德:《从堂帖到省札——略论唐宋时期宰相处理政务的文书之演变》,《北京大学学报》2012年第2期)。我们在朋本《乌台诗案·中使皇甫遵到湖州勾至御史台》既看到有"中书省札子"的记载(按:"中书省"之"省"字当系衍字,元丰二年前,宋尚未重建三省体制,中书省并无实际职能),同时也在重编本看到有"准圣旨,牒奉敕"的记载。前者是神宗就苏轼审讯过程中某一具体问题的批示,后者是对苏轼案的最终判决。自然后者事体为大。因此重编本收载的《乌台诗案》当是源自于中书门下敕牒,是据中书门下敕牒抄录而成。不过抄录者并没有照原样抄录,而是有所改动。如重编本的卷首标题称"中书门下奏,据审刑院状申,御史台根勘到祠部员外郎、直史馆苏某为作诗赋并诸般文字谤讪朝政案款状",所谓"中书门下奏"当是"中书门下敕牒"之误写,显然是后人传抄时不了解宋代制度而改写所致。此外,重编本与朋本一样,都没有具体显示哪些文字内容是大理寺的量刑意见,哪些是刑部、审刑院的覆核意见。通常大理寺的量刑意见谓"法寺称",刑部、审刑院的覆核意见称"看详"(《玉照新志》卷四载:"中兴初政治宋齐愈退翁狱断案……法寺称:宋齐愈系谋叛,不道已上皆斩,不分首从。敕:犯恶逆以上罪至斩,依法用刑。宋齐愈合处斩,除名。犯在五月一日大赦前,合从赦后虚妄,杖一百,罚铜十斤,情重奏裁。"《全宋笔记》第6编第2册,郑州:大象出版社,2013年,第182—183页。〔宋〕李心传《建炎以来朝野杂记》乙集卷十二《岳少保诬证断案》载:"法寺称:律有临军征讨稽期三日者斩,其岳飞合依斩刑私罪上定断,合决重杖处死。看详:岳飞坐拥重兵于两军未解之间,十五次被受御笔,并遣中使督兵,逗留不进……委是情理深重。敕:罪人情重法轻,奏裁。"《全宋笔记》,第176—177页。这里的"看详"即刑部的覆核意见)。这些文字都被抄录者省略了。重编本凡涉及苏轼姓名,皆称"苏某"而不称"苏轼",当是后来的抄录者出于对苏轼的敬仰而避的讳。

就乌台诗案来说,是一件诏狱,皇帝强势介入,自有其特有的审判程序,非一般案件可比。以往的研究并未充分注意宋代的诏狱审理制度。有的学者认为御史台审讯,经大理寺断案后,将断案意见呈送皇帝作最后判决,忽略了其中还有刑部和审刑院审核程序。宋代的司法制度十分周密,在大理寺检法量刑后,为防其失误,又设置了刑部、审刑院覆议审核制度,以纠其误(参见戴建国:《宋代鞠、谳、议审判机制研究——大理寺、审刑院职权为中心》,《江西社会科学》2018年第1期)。

赵晶(2019)在文书运作视角下对相关的文本进行了"再探"①：

(一)关于"审刑院本"

《重编东坡先生外集》卷八六所录文本首尾两段分别是：

中书门下奏，据审刑院状申，御史台根勘到祠部员外郎、直史馆苏某为作诗赋并诸般文字谤讪朝政案款状。

(中略)

其某人合该上项赦恩并德音原免释放。准圣旨，牒奉敕：某人依断，特责授检校水部员外郎、充黄州团练副使，本州安置。(〔宋〕苏轼撰，〔明〕毛九苞编：《重编东坡先生外集》，四库全书存目丛书编纂委员会编《四库全书存目丛书·集部》第11册影印浙江图书馆藏明万历三十六年康丕扬维扬府署刻本，济南：齐鲁书社，1997年，第565、575页。)

朱刚根据标题，认为这是一份审刑院通过中书门下奏上判决结果的文件，所以将它定性为"审刑院本"。

然而，"牒奉敕"是唐宋时期敕牒的格套用语，且敕牒的体式可表现为前半部分是奏状，"牒奉敕"之后是皇帝对于奏请的裁决(具体示例，可参见中村裕一：《隋唐王言の研究》，东京：汲古书院，2003年，第160页；张祎：《制诏敕札与北宋的政令颁行》，北京大学历史学系2009年博士学位论文，第106—114页；李全德：《从堂帖到省札——略论唐宋时期宰相处理政务的文书之演变》，《北京大学学报(哲学社会科学版)》2012年第2期，第106—116页)。在《重编东坡先生外集》卷八六所载的文本中，"其某人合该上项赦恩并德音原免释放"以前的部分包括了苏轼的简历、供状、大理寺的定罪与量刑建议等，是"审刑院状申"的内容，而"准圣旨，牒奉敕"之后就是皇帝的最终裁决，从形式上看，这应是一份相对完整的敕牒，关于这一判定，详见戴建国：《"东坡乌台诗案"诸问题再考析》，待刊(编者按：见本刊第3期。赵晶此文与戴建国文同期发表)。只不过省略了"牒至准敕，故牒"之后宰相系衔、签押、日期等信息。

---

① 赵晶. 文书运作视角下的"东坡乌台诗案"再探[J]. 福建师范大学学报(哲学社会科学版),2019(3):156—166+172.

因此，将它径直定性为"审刑院本"，只能说明其前半部分内容的来源，却无法体现整个文本的文书特征。

(二)关于"御史台本"

朱刚把署名"朋九万"的《东坡乌台诗案》本区分为"弹劾奏章和罪证""供状""结案判词"三个部分，认为最后一部分的内容未必为御史台原卷所有，第二部分"可以相信是从负责审讯的御史台所存案卷或其副本过录的"，至于第一部分的弹劾奏章，也不能确定是否御史台原卷所有(朱刚：《"乌台诗案"的审与判——从审刑院本〈乌台诗案〉说起》，《北京大学学报(哲学社会科学版)》2018年第6期，第88页)。

我们首先择要录出被朱刚称为"弹劾奏章"的第一部分内容：

御史台根勘所。元丰二年七月四日，准中书批送下太子中允、权监察御史里行何大正〔应作"正臣"〕札子：(中略)元丰二年三月二十七日垂拱殿进呈。奉圣旨：送中书。

太子中允、集贤殿校理、权监察御史里行舒亶札子：(中略)元丰二年七月二日崇政殿进呈。奉圣旨：送中书。

国子博士李宜之状：(中略)乞赐根勘。

右谏议大夫、权御史中丞李定札子：(中略)元丰二年七月二日崇政殿进呈。奉圣旨；后批四状并册子七月三日进呈。奉圣旨；送御史台根勘闻奏(〔宋〕朋九万撰：《东坡乌台诗案》，王云五主编《丛书集成》初编第0785册据《函海》本排印本，上海：商务印书馆，1939年，第1—4页)。

其中包含了一些有益于讨论的信息，说明如下：

第一，目前我们所看到的带有标题、进行过分段处理的文本具有极强的误导性。事实上，从整段行文来看，四份文书都是根据皇帝的批复"送御史台根勘闻奏"，在元丰二年七月四日被送到御史台根勘所的，"准中书批送下"是一个总括性的动作，对象包括后录的四份文书。

第二，在"奉圣旨：后批四状并册子七月三日进呈"中，"四状"应该是指何正臣、舒亶、李宜之、李定的奏状，册子是指舒亶所呈、题名为《元丰续添苏子瞻学士钱塘集》全册。因此，此处"奉圣旨"所示意见并不是专门针对于李定奏状的批复，而应涵盖前面已被"送中书"的何正臣、舒亶奏状以及未标示处理意见的李宜之奏状。

第三，四状首次进呈神宗之后，其中两状被明确标记了处理决定"送中书"，另外两状应该也是类似处理，否则就不会有"七月三日进呈"四状的要求。而从舒亶、李定进呈奏状的时间来看，此时案件的推进步骤十分紧密，七月二日将奏状送"中书"，七月三日又进呈神宗，七月四日就送御史台根勘所。这在《续资治通鉴长编》中也有体现，如它将李定、舒亶的奏状系于当年七月己巳条下，并记载了神宗的处断决定"诏知谏院张璪、御史中丞李定推治以闻"，而在李定请求"选官参治，及罢轼湖州，差职员追摄"之后，神宗又"令御史台选牒朝臣一员乘驿追摄"（〔宋〕李焘撰，上海师范大学古籍整理研究所、华东师范大学古籍研究所点校：《续资治通鉴长编》卷三〇一"神宗元丰二年七月己巳"条，北京：中华书局，1995年，第7265—7266页）。

所以这一部分并不仅仅是"弹劾奏章"那么简单。而且根据皇帝的决定，中书门下已将"四状并册子"送给御史台根勘所，那么这些内容当然有可能来自御史台原卷。

其次，我们再来看该本最后一部分的结尾：

（前略）奉圣旨：苏轼可责授检校水部员外郎、充黄州团练〔应补入"副"字〕使，本州安置，不得签书公事（〔宋〕朋九万撰：《东坡乌台诗案》，第33页）。

这与《重编东坡先生外集》所载内容基本相同，也是神宗对于该案的最终裁定。因为苏轼所下为御史台狱，此案为御史台根勘，对于苏轼的处理决定不可能不抄送御史台，所以这部分内容很可能也来源于御史台存档的原卷。

值得注意的是，此处用了"奉圣旨"三字，这就有两种可能性：

第一，相对于敕牒的格套用语"牒奉敕"，北宋元丰改制以前的中书札子通常使用"奉圣旨"【举例略】。围绕同一件事情，敕牒与中书札子的内容、体式和功能皆有差别，发送的对象也不相同。由此再来考虑乌台诗案，最终裁断文书的运作情况或许是，中书札子先发给御史台，让他们着手处理结案、押解等工作，如苏轼

"令御史台差人转押前去"黄州(《续资治通鉴长编》卷三〇一"神宗元丰二年十二月庚申"条,第7333页),而敕牒则发给苏轼本人。

第二,从前述第一部分所引皇帝对于何正臣、舒亶奏状的批复"送中书"来看,"奉圣旨"在这里并非是中书札子的格套用语,只是单纯表达遵奉皇帝旨意而已。这在《重编东坡先生外集》所载文本中也有同样表述:

据监察御史里行何正臣札子,(中略)奉圣旨:送中书。及权监察御史舒亶札子,(中略)奉圣旨:送中书。权御史中丞李定札子,(中略)奉圣旨:送御史台根勘闻奉〔应为"闻奏"〕(〔宋〕苏轼撰,〔明〕毛九苞编:《重编东坡先生外集》,第574页)。

所以《东坡乌台诗案》结尾处的"奉圣旨"也可能并非照录文书原文,那么中书门下发给御史台的文书也可能是敕牒。

当然,限于目前的材料,我们还无法在上述两种可能性中作出取舍。只不过,无论当时的真实情况为何,御史台曾接到过承载皇帝最终裁断的下行文书这一点应该是没有问题的。所以我们认为,署名"朋九万"的《东坡乌台诗案》所载全部内容可能都出自御史台存档的原卷。这也与内山精也所梳理的"诗案"文本流传的两种途径相吻合,即无论是留有苏轼笔迹的案卷原本,还是据案卷转写的抄本,都出自御史台(内山精也著,朱刚译:《〈东坡乌台诗案〉流传考——围绕北宋末至南宋初士大夫间的苏轼文艺作品收集热》//《传媒与真相——苏轼及其周围士大夫的文学》,上海:上海古籍出版社,2005年,第144—147页)。

## ·一些误传·

王伟(2010)认为"林语堂搞错了将'乌台诗案'大白于天下的人"[①]:
是谁将"乌台诗案"大白于天下的呢?

---

① 王伟:林语堂搞错了将"乌台诗案"大白于天下的人[EB/OL].[2010-09-06]. http://blog.sina.com.cn/s/blog_5a78a7c60100kt16.html.

林语堂《苏东坡传》中说:"幸亏诗人陆游曾编有一本历史,其中包括所有审问苏东坡的亲笔文件。现在我们还有一本书叫《乌台诗案》,'乌台'是御史台监狱的名称。此书包括四件弹劾本章、审问记录全部,苏东坡的口供、证物,和最后的判词。陆游勤于写日记,对苏东坡留在身后的手稿和拓片特别爱好,这些遗物是苏东坡死后六七十年他才见到的。他曾说出这本书的经过。北宋在靖康元年(1126)灭亡时,朝廷官员都向杭州逃难,尽量携带珍贵的文件。在扬州,一个名叫张全真的政府官员看到这一份手稿,从朝廷档案里抽出来。后来,张全真死后,一位姓张的宰相,受张全真的后人请求为先人作一篇墓志铭。这位宰相要以那份手稿为代价。那家后人只答应交出一半,另一半作为传家之宝。陆游记载说,他看见全部手稿都是苏东坡手写的,还有改正之处,都由苏东坡签名,再盖上御史台的官印。我们不敢确言今日流传下来的这本书是完全根据陆游所见的那本手稿,不过内容却记载了朝廷公报的细节,包括苏东坡对自己那些诗句的解释。"

林语堂先生的观点,陆游看见了苏东坡手写的全部手稿;是陆游将"乌台诗案"大白于天下的。

李国文先生在《走进苏东坡》一文中写道:"多亏南宋的陆游,还有一位朋九万,因为当时的中央政府,各部衙门,从开封逃到临安,好多官方文档资料散落人间,他得以从内档中,整理出版了一本'乌台诗案',使我们知道这宗迫害大师的史实。这书中收录了苏轼被捕入狱的全部文件,包括审讯记录、口供和所谓的诗文证据。……"

李国文先生这是采用了林语堂先生的说法。这段文字除了陆游,还出现了宋人朋九万。文中的"他",不知道是指的这二人中哪一个。如果是说两个人,怎么的也得说成"他们"吧。这真让人觉得"丈二和尚摸不着头脑"。

《四库全书总目提要》有《乌台诗案》一卷,编修汪如藻家藏本,旧本题宋朋九万编,即"苏轼御史台狱词也"。案周必大《二老堂诗话》曰:"元丰己未,东坡坐作诗讪谤,追赴御史狱。当时所供《诗案》,今已印行,所谓'乌台诗案'是也。靖康丁未岁,台吏随驾挈真案至维扬。张全真参政时为中丞,南渡取而藏之。后张丞相德远为全真作墓志,诸子以其半遗德远充润笔,其半犹存全真家。余尝借观,皆坡亲笔。凡有涂改,即押字于下,而用台印云云。是必大亲见真迹,然不言与刊版有异同。……"

这里说《四库全书总目提要》中《乌台诗案》是宋朋九万编的,看到东坡全部手稿真迹的是周必大,没有陆游什么事。《四库全书总目提要》对《东坡乌台诗案》该书编者含糊其词,怀疑是后人摭拾胡仔《苕溪渔隐丛话》所录,稍附益之,追题朋九万名,以合于陈振孙所录。而清代学者周中孚《郑堂读书记》开篇就明确指出,四库所收一卷本《东坡乌台诗案》为朋九万所编。但不管怎么说,都没有陆游什么事。

据周必大撰《二老堂诗话》,有《记东坡乌台诗案始末》一文:"元丰己未,东坡坐作诗谤讪,追赴御史狱。当时所供《诗案》,今已印行,所谓'乌台诗案'是也。靖康丁未岁,台吏随驾挈真案至维扬。张全真参政时为中丞,南渡取而藏之。后张丞相德远为全真作墓志,诸子以其半遗德远充润笔,其半犹存全真家。余尝借观,皆坡亲笔。凡有涂改,即押字于下,而用台印。……"

这段话说:元丰己未(1079),东坡作诗谤讪朝廷,被收监关入御史台。当时东坡所交代供述的诗案材料,现在都已经刊印流传了,这就是所谓的"乌台诗案"。钦宗靖康丁未年(1127),北宋覆亡后,宋室由开封迁都余杭时,御史台的官吏将涉及苏东坡的"乌台诗案"文档和一些主要卷宗南运。到达扬州后,御史中丞张守(字全真)将这些真迹全部取出,运回家中收藏起来。张守死后,他的儿子请丞相张浚(字德远)为其父撰墓志,以一半手稿充作润笔酬金,其余一半为张守子孙的传家宝。南宋人周必大说:他曾在张全真家借过半部手稿阅读,亲眼看到乌台诗案卷宗的真迹,供词确系东坡手书,凡有涂改之处,都一一画押于下,加盖御史台的大印。

这些资料表明,看到"乌台诗案"卷宗真迹的是周必大无疑。陆游又是在哪看到的呢?哪些典籍记载了呢?他又是怎样将"乌台诗案"大白于天下的呢?难道是林语堂老先生搞错了?

## ·版本关系·

[日]内山精也著,朱刚等译:《〈东坡乌台诗案〉流传考》中对上述各版本之间的关系用图形表述如下①:

其中的一些版本简称如下:

五注:绍兴年间刊本《集注东坡先生诗前集》

王注:南宋刊本《增刊校正王状元集注分类东坡先生诗》

施顾注:南宋刊本《注东坡先生诗》

广记:明弘治年间刊本《诗林广记》

外集:明万历年间刊本《重编东坡先生外集》八十六卷

说郭:清顺治年间宛委山堂刊本《说郭》

查注:清查慎行《补注东坡先生编年诗》

纪事:清厉鹗《宋诗纪事》

---

① 内山精也.《东坡乌台诗案》流传考[M]//传媒与真相——苏轼及其周围士大夫的文学.朱刚,等译.上海:上海古籍出版社,2013:140—173.

图　版本关系图

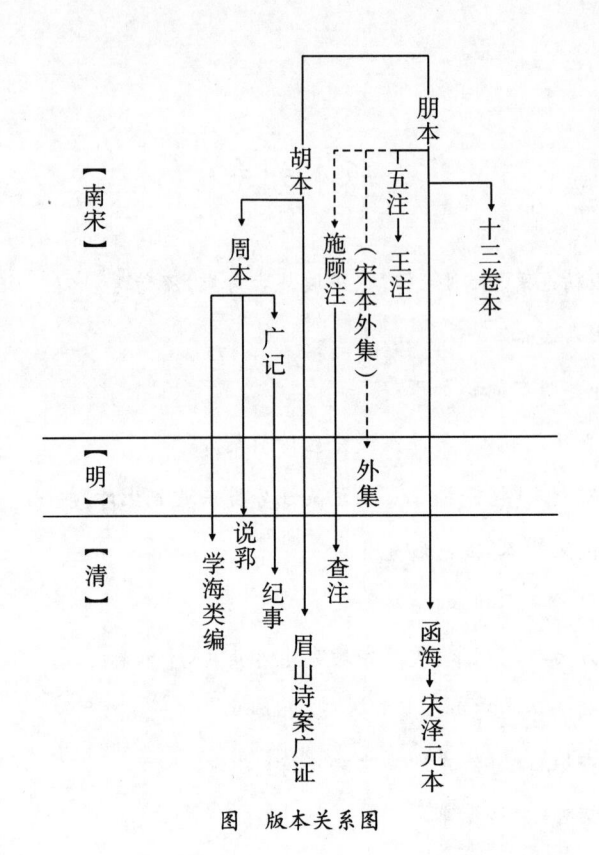

# 贰 案件过程

·乌台诗案引论·

## ·程序总说·

郭艳婷(2014)对乌台诗案所涉及的司法程序进行了梳理[①]：

**乌台诗案的司法审判程序**

(一)劾奏

乌台诗案是由4份状子引起的,告状的人包括一位御史台的长官、两位御史、一位国子博士。御史台是专门的监察机关,监察御史的职责就是"分察百僚",依法弹劾涉嫌犯罪的官员。御史们弹劾苏轼是履行法定职责,而李宜之的控告则说明官员之间相互纠举也能够启动案件调查和审讯。

(二)立案

从乌台诗案中可以看到,启动对官员的调查审讯是有条件的。所有的弹劾奏章都提供了苏轼犯罪的证据——涉嫌讥讽朝政、心怀怨望的诗文。皇帝接到状子,征求中书省的意见后决定立案是有事实基础的,即已经有证据证明犯罪发生。所有调查和审讯决定都是由皇帝本人做出,调查和审讯机关、官员也是由皇帝指定,苏轼诗案指定的审讯机关是御史台,御史台别称乌台,因此本案就被称为乌台诗案。

(三)逮捕

立案之后,皇帝立即做出罢免苏轼湖州知州的决定,同时令御史台选派官吏去湖州勾摄苏轼,中使皇甫遵和御史台官吏赶赴湖州执行逮捕、押解任务。此时的苏轼已被控犯罪,按照皇帝命令需押赴京城御史台狱接受审讯。执行逮捕时,对涉嫌犯罪官员是否采取强制措施必须听从皇帝的命令。皇甫遵在临行前向皇帝请示,可否将苏轼每晚都关押到回京所经地方的牢房里,神宗认为只是根究吟

---

[①] 郭艳婷.从乌台诗案看北宋官员犯罪司法程序的特点[J].常州大学学报(社会科学版),2014,15(1):57—61.

诗事，不需关押。(孔凡礼.苏轼年谱[M].北京：中华书局,1998：454)

皇甫遵到湖州恣意威吓，使人心疑惧，但也只敢催逼上路，"顷刻之间，拉一太守，如驱犬鸡"(孔凡礼.苏轼年谱[M].北京：中华书局,1998：452)，却不敢使用械具，更不能监禁。

(四)审讯

苏轼诗案是皇帝交给御史台审讯的案件，即所谓"制勘"，又称"诏狱"。皇帝委派主持审讯此案的官员是御史中丞李定和知谏院张璪，使用御史台的监狱及其属吏。审讯的主要目的是追取苏轼的有罪供述。追取的过程并不顺利，苏轼开始只供认《山村》诗讥讽时政，拒不承认其他诗文干涉时事。因怕牵连亲友，更不承认与他人文字往还。审讯官员出示了收集到的诗文证据，反复勘问，八天以后，苏轼招认，做出了根勘结论。

"李定、何正臣、舒亶杂治之，侵之甚急"，李定、张璪是皇帝委派的主审官员，何正臣、舒亶是御史台的监察御史，而直接逼取口供的还有御史台的狱吏，这些身份卑微的差役对苏轼进行詈骂侮辱，为取口供不择手段。隔壁牢房的苏颂有诗描述当时的情形："遥怜北户吴兴守，通宵诟辱不忍闻"，自注云："所劾歌诗有非所宜言，颇闻镌诘之语"。(周必大.二老堂诗话·记东坡乌台诗案[M].北京：中华书局,2004：667—668)这些诟辱苏轼的人就是逼取口供的御史台的狱吏。(狱吏作威作福的事情并不罕见，宋朝另一件诏狱——著名的岳飞案载：岳飞下大理寺狱，"飞初对吏，立身不正而撒其手。旁有卒执杖子，击杖子作声叱曰：'叉手正立！'飞竦然声喏而叉手矣。既而曰：'吾尝统十万军，今日乃知狱吏之贵也。'"徐梦莘：《三朝北盟会编》卷二百六，绍兴十一年十月十三日条，上海古籍出版社1987年版，第1488页。)

除诗文之外，还讯问苏轼与驸马都尉王诜的交往及请托情事。

乌台诗案中，没有发现使用刑具和拷讯的记录。根据刑不上大夫的礼制原则，审讯享有议、请、减的朝廷命官，原则上是不适用刑讯的。

(五)录问

录问是指案件审讯结束后，检法官议刑前，对徒以上的重大案件，差派未参加审讯且依法不应回避的官员对案犯进行提审,核实口供,以防止冤案的发生。也就是说凡是有可能判处徒刑以上的案件,要派专人讯问犯罪人口供是否属实。本案中,十一月三十日御史台根勘结束之后,朝廷委派权发运三司度支副使陈睦录问,此时苏轼若有冤情,可以推翻原供,或称审讯时受到不公对待,皇帝将另行指派其他官员重新审讯,即翻异别推。由于苏轼没有翻异,陈睦的录问也就迅速结束,案件被移交大理寺。

(六)拟判

御史台的审讯结束,案件材料和根勘结论送往大理寺,由大理寺根据犯罪事实检断法条,做出判决意见。"御史台既以轼具狱,上法寺,当徒二年,会赦当原"。

大理寺的判决意见认为:

熙宁三年至元丰二年十月德音前,苏轼与驸马都尉王诜交通往来,王诜多次向其索取祠部度牒、紫袈裟等物,准律:不应为事理重者杖八十断,合杖八十私罪。又到台累次虚妄不实供通,准律:别制下问按推,报上不以实,徒一年,未奏减一等,合杖一百私罪。作诗赋等文字讥讽朝政缺失等事,到台被问,便具因依招通,准律:作匿名文字,谤讪朝政及中外臣僚,徒二年;准敕:罪人因疑被执,赃状未明,因官监问自首,依按问欲举自首;又准刑统,犯罪按问欲举而自首,减二等,合比附徒一年,私罪系轻,更不取旨。

作诗赋及诸般文字寄送王诜等,致有镂版印行,各系讥讽朝廷及谤讪中外臣僚,准敕:作匿名文字谤讪朝政及中外臣僚,徒二年,情重者奏裁。

根据这个判决意见,苏轼触犯了三项罪名,第一,交通王诜,受请托索取官府度牒,属"不应为"罪,合杖八十私罪(《宋刑统·杂律·违令及不应得为而为》:诸不应得为而为之者,笞四十;谓律、令无条,理不可为者。事理重者,杖八十。疏议曰:杂犯轻罪,触类弘多,金科玉条,包罗难尽。其有在律令无有正条,若不轻重相明,无文可以比附。临时处断,量情为罪,庶补遗阙,故立此条。情轻者,笞四十;事理重者,杖八十);第二,到诏狱之后,不如实供述罪行,属于报上不以实,当徒一年,因尚未奏明皇帝,减一等,合杖一百私罪[《宋刑统·名例·以官当徒除名免官免所居官》:私罪,谓私自犯及对制诈不以实、受请枉法之类。议曰:私罪,谓不缘公事,私自犯者,虽缘公事,意涉阿曲,亦同私罪。对制诈不以实者,对制虽缘公事,方便不吐实情,心挟隐欺,故同私罪。《宋刑统·诈伪·伪造宝印符节》:若别制下问、案、推(无罪名,谓之问;未有告言,谓之案;已有告言,谓之推),报上不以实者,徒一年,未奏者,各减一等];第三,作匿名文字谤讪朝政和中外臣僚,当徒二年。在审讯中,苏轼有两种情节,一种是一问便招认(如山村诗),属于按问欲举自首,减罪一等,徒一年;私罪,情节较轻,不用奏裁。另外一种是将匿名讪谤文字寄送他人且有镂版印行,审讯时又拒不招认,情节严重,徒二年,奏裁。

根据当时的法律,大理寺作出判决结果:

准律:犯私罪以官当徒者,九品以上,一官当徒一年;准敕:馆阁贴职许为一官,或以官或以职,临时取旨。据案:苏轼时任祠部员外郎、直史馆,曾历任太常博士。其苏轼合追两官,勒停放,准敕比附定刑,虑恐不中者奏裁。(朋九万.东坡乌台诗案[M].台北:宏业书局,1968:6)

### (七)圣裁

御史台审讯结束,大理寺拟判完毕,将案犯的供状、审讯记录、证据材料、判决意见一并呈送皇帝。我们在乌台诗案的记载中看到,除案卷材料外,就连苏轼在狱中预作的遗诗都呈送给了皇帝,"东坡坐诏狱,御史上其寄黄门之诗"。皇帝根据案卷材料,在大理寺判决的基础上做出处罚:苏轼可责授检校水部员外郎充黄州团练副使,本州安置,不得签书公事。苏轼追两官(直史馆、太常博士),当徒二年。保留员外郎的官充黄州团练副使,不得签书公事,其实就是停职。

对于苏轼的处罚结果是依照律文和编敕做出的,并未法外施刑。和北宋不同时期触犯相同罪名的官员相比较,也可得出同样的结论。如苏轼被指控的一项罪名是报上不以实,依律当判徒一年私罪。真宗大中祥符五年(1012),知绵州李说报上不以实,罚铜十斤私罪(李焘.长编[M].北京:中华书局,1986:1773);天圣六年(1028)二月,内园副使王世融上书诈不实,法寺议罪当追官勒停,贬为内殿承制、监虢州税(李焘.长编[M].北京:中华书局,1986:2464);熙宁十年(1073【1077】)十月,皇城使阎士良报上不以实,夺两官,勒停(李焘.长编[M].北京:中华书局,1986:6991)。准律:犯私罪以官当徒者,九品以上,一官当徒一年;五品以上官员可以纳铜赎罪,流外官员处罚不能以官当徒,只能追官勒停。

苏轼被指控的另一项罪名是谤讪朝政和中外臣僚,依法当徒二年。开宝六年(973)六月,商州司法参军雷德骧为文讪谤朝廷,知州奚屿"召德骧与语,潜遣吏给德骧家人取得之,即械系德骧,具事以闻",上贷其罪,削籍徙灵武(李焘.长编[M].北京:中华书局,1986:303);至道元年(995)五月,王禹偁谤讪朝政,翰林学士、知审官院兼通进、银台、封驳司罢为工部郎中、知滁州(宋史编纂者.宋史·张璪传[M].北京:中华书局,1966:9795);天禧三年(1019)五月,荆湖南路提点刑狱官李仲容、同提点刑狱官王遵诲奏左谏议大夫、知郓州戚纶有讪上语,绐责授岳州团练副使(李焘.长编[M].北京:中华书局,1986:2146);在著名的进奏院案中,王益柔醉作《傲歌》,涉嫌讪谤,由殿中丞、集贤校理贬为监复州税,并落校理(宋史编纂者.宋史·张璪传[M].北京:中华书局,1966:9634);庆历八年(1048)十一月,李淑作周陵诗,有"不知门外倒戈回"之句,国子博士陈求古上淑诗石本,且言辞涉谤讪,下两制及台谏官参定,皆以谓引喻非当,遂黜之。以翰林学士、兼端明殿学士、翰林侍读学士、礼部侍郎、知制诰、史馆修撰落翰林学士,依前端明殿学士、兼翰林侍读学士,加龙图阁学士、集贤殿修撰、知应天府、兼南京留守司(宋史编纂者.宋史·张璪传[M].北京:中华书局,1966:9741);元祐七年(1092),曾肇以宝文阁待制知颍州,时方治实录讥讪罪,降为滁州(宋史编纂者.宋史·张璪传[M].北京:中华书局,1966:10394)。就处罚结果而言,苏轼案的处罚结果符合当时的法律规定,与北宋时期触犯相同罪名的官员处罚结果相比,也很相似。

## ·劾奏与立案·

阮延俊(2012)在其学位论文《论苏轼的人生境界及其文化底蕴》中,对乌台诗案的劾奏与立案过程进行了如下叙述(其中关于沈括的内容,在《办案者》一章中有讨论)①：

乌台诗案的导火线是从沈括起。据王铚《元祐补录》记载：

沈括素与苏轼同在馆阁，轼论事与时异，补外。括察访两浙，陛辞。神宗语括曰："苏轼通判杭州，卿其善遇之。"括至杭，与轼论旧，求手录近诗一通，归即签贴以进，云词皆讪怼。轼闻之，复寄诗。刘恕戏曰："不忧进了也？"其后李定、舒亶党论轼诗置狱，实本于括云。元祐间，轼知杭州，括闲废在润，往来迎甚恭，轼益薄其为人。(见《续资治通鉴长编》卷301)

沈括于熙宁六年(1073)察访两浙时，回京后向神宗皇帝呈送东坡手录的新诗，并贴上标签注明其"词皆讪怼"，神宗却隐忍未发。六年后，面对四通弹劾文，神宗则不会那么隐忍不发了。待到元丰二年(1079)三月二十七日，监察御史里行何正臣札子，其云：

臣伏见祠部员外郎、真【直】史馆、知湖州苏轼《谢上表》，其中有言："愚不识时，难以追陪新进；老不生事，或能牧养小民。"愚弄朝廷，妄自尊大，宣传中外，孰不惊叹。夫小人为邪，治世所不能免，大明旁烛，则其类自消。固未有如轼为恶不悛，怙终自若，谤讪讥骂，无所不为。道路之人，则又以为一有水旱之灾、盗贼之变，轼必倡言归咎新法，喜动颜色，惟恐不甚。今更明上章疏，肆为诋销，无所忌惮矣。夫出而事主，所怀如此，世之大恶，何以复加！昔成王戒康叔以助王宅天命，作新民，人有小罪非眚，乃惟终不可不杀。盖习俱污陋，难以丕变，不如是，不足以作民而新之。况今法度未完，风欲未一，正宗大明赏诛，以示天下。如轼之恶，可以止而勿治乎？轼所为讥讽文字，传于人者甚众，今犹取镂板而紫于市者进呈。伏望陛下，特赠留神。(《忏花庵书》,《乌台诗案》宋朋九万撰，山阴宋泽元瀛士校刊)

苏轼于元丰二年二月从徐州移知湖州，四月二十日抵达，进《湖州谢上表》。这里监察御史里行何正臣札子引用苏轼《湖州谢上表》，而时间却是三月二十七日，此记载有误。这时候神宗皇帝还是隐忍未发。经几月的策划，新党人物的阴谋出笼，他们有计划地弹劾了苏轼。元丰二年七月二日一起进三通弹劾文，监察

---

① 阮延俊.论苏轼的人生境界及其文化底蕴[D].武汉：华中师范大学，2012.

御史里行舒亶札子：

　　臣伏见知湖州苏轼，近谢上表，有讥切时事之言。流俗翕然，争相传诵；忠义之士，无不愤惋。且陛下自新美法度以来，异论之人，固不为少。然其大，不过文乱事实，造作谗说，以为摇夺沮坏之计；其次，又不过腹非背毁，行察坐伺，以幸天下之无成功而已。至于包藏祸心，怨望其上，讪读谩骂，而无复人臣之节者，未有如轼也。盖陛下发钱以本业贫民，则曰，"赢得儿童语音好，一年强半在城中"；陛下明法以课试郡吏，则曰，"读书万卷不读律，致君尧舜知无术"；陛下兴水利，则曰，"东海若知明主意，应教斥卤变桑田"；陛下谨盐禁，则曰，"岂是闻韶解忘味，迩来三月食无盐"。其它触物即事，应口所言，无一不以讥谤为主。小则镂板，大则刻石，传播中外，自以为能。其尤甚者，至远引衰汉梁窦专朝之士，杂取小说燕蝠争晨昏之语，旁属大臣而缘以指斥乘舆，盖可谓大不恭矣。然臣切考历古以来书传所载，其间扰攘之世，上之人虽有失德之行、违道之政，而逆节不轨之臣，苟能正其短以动摇人心，亦必回容顾避，自托于忠顺之名而后敢出此。恭惟陛下躬履道德，立政造士，以幸天下后世，可谓尧舜之用心矣。轼在此时，以苟得之虚名，无用之曲学，官为省郎，职在文馆，典领寄任，又皆古所谓二千石。臣独不知陛下何负于天下与轼辈，而轼敢为悖慢，无所畏忌，以至如是。且人道之所自立者以有义，而无逃于天地之间者，义莫如君臣。轼之所为，忍出于此，其能知有君臣之义乎！夫为人臣者，苟能充无义之心，往以为利，则其恶无所不至矣。然则陛下其能保轼之不为此乎？昔者治古之隆，责私议之殊说，命之曰不收之民，狃于奸宄，败常乱俗，虽细不宥。按轼怀怨天之心，造讪上之语，情理深害，事至暴白。虽万死不足以谢圣时，岂特在不收不宥而已。伏望陛下体先王之义，用治世之重典，付轼有司，论如大不恭，以戒天下之为人臣子者。不胜忠愤恳切之至。印行四册，谨具进呈。(同上)

国子博士李宜之状：

　　昨任提举淮东常平，过宿州灵璧镇，有本镇居止张硕秀才，称苏轼与本家撰《灵璧张氏园亭记》，内有一节，称曰："古之君子不必仕，不必不仕；必仕则忘其身，必不仕则忘其君。譬之饮食，适于饥饱而已。然士罕能蹈其义，赴其节。处者安于故而难出,出者狃于利而忘返。于是有违亲绝俗之讥,怀禄苟安之弊。"宜之看详上件文字,义理不顺;言"不必仕",是教天下之人必无进之心,以乱取士之法。又轼言"必不仕则忘其君",是教天下之人无尊君之义,亏大忠之节。又轼称"譬之饮食,适于饥饱而已,然士罕能蹈其义,赴其节",宜之详此,即知天下之人,仕与不仕,不敢忘其君,而独轼有"必不仕则忘其君"之意,是废为臣之道。又轼称"处者安于故而难出,出者狃于利而忘返。于是有违亲绝俗之讥,怀禄苟安之弊",显涉讥讽,乞赐根勘。(同上)

御史中丞李定札子:

右谏议大夫权御史中丞李定札子:臣切见知湖州苏轼,初无学术,滥得时名,偶中异科,遂叨儒馆。及上圣兴作,新进仕者,非轼之所合。轼自度终不为朝廷奖用,衔怨怀怒,恣行丑诋;见于文字,众所共知。或有燕蝠之讥,或有窦梁之比,其言虽属所憾,其意不无所寓,讪上骂下,法所不宥。臣切谓,轼有可废之罪四,臣请陈之:昔者尧不诛四凶,而至舜则流放窜殛之,盖其恶始见于天下。轼先腾沮毁之论,陛下犹置之不问,容其改过。轼怙终不悔,其恶已着,此一可废也。古人有言曰教而不从,然后诛之,盖吾之所以俟之者尽,然后戮辱随焉。陛下所以俟轼者可谓尽矣,而狂悖之语,日闻中外,此二可废也。轼所为文辞,虽不中理,亦足以鼓动流俗,所谓言伪而辨;当官侮慢,不循陛下之法,操心顽愎,不服陛下之化,所谓行伪而坚,言伪而辨,行伪而坚,先王之法当诛。此三可废也。《书》:"刑故无小。"知而为,与夫不知而为者异也。轼读史传,岂不知事君有礼,讪上有诛?肆其愤心,公为诋訾,而又应制举对策,即已有厌弊更法之意,陛下修明政事,恕不用己,遂一切毁之,以为非是。此四可废也。而尚容于职位,伤教乱俗,莫甚于此。臣伏惟陛下,动静语默,惟道之从;兴除制作,肇新百度。谓宜可以于变天下,而至今未至纯者,殆以轼辈虚名浮论足以惑动众人故也。臣叨预执法,职在纠奸;罪有不容,其敢苟止?伏望陛下断自天衷,特行典宪。非特沮乖戾之气,抑亦奋忠良之心。好恶既明,风俗自革,有补于世,岂细也哉!(同上)

在此不厌其繁,陈列了四人的弹劾文,从文中可见其串通的阴谋,都是在弹劾苏轼的大不恭之罪。神宗欲当一位有为皇帝,自从登基后就推行新法,但历经十年未见起色，反而弊端日多，几乎已经走到进退两难的尴尬地步。苏轼在外任期间，目击这些弊端，便用诗文来寄托己见，本来也是诗人即兴而作，而四人的弹劾文却扭曲其意，认为是讪上骂下、愚弄朝廷、讥讽新法，"道路之人，则又以为一有水旱之灾、盗贼之变，轼必倡言归咎新法，喜动颜色，惟恐不甚"。这样的论调说中了神宗的心病，面对这样的弹劾文，再怎么爱惜人才也不会隐忍不发了。于是元丰二年七月三日，神宗给知谏院张璪和李定下诏，逮捕苏轼押回京师审讯。

## ·逮捕与押送·

曾枣庄(1980)整理了关于逮捕与押送苏轼进京的情况[①]：

神宗最初不愿追究，但在御史台众口一词的围攻下，他只好命令御史派人把苏轼拘捕入京问罪。李定感叹"人才难得"，但他的本意是指找不到一个逮捕苏轼的"如意"的人。太常博士皇甫遵自告奋勇，愿去拘捕苏轼。他在离京前，要求途中夜间把苏轼寄监。神宗不允，说："只是根究吟诗事，不消如此。"皇甫遵领旨后，同其儿子立即离京，奔赴湖州。

皇甫遵为捕苏轼，昼夜兼程，其行如飞。驸马都尉王诜是苏轼的好友，他得知消息后，立即派人驰告南京（今河南商丘）的苏辙，要他火速告知湖州的苏轼。皇甫遵到润州（今江苏镇江）后，其子因病求医诊治，耽搁了半天。结果苏辙的人先到一步，苏轼已得知消息。皇甫遵到达后，直接奔赴湖州公堂，左顾右盼，面目狰狞。苏轼问权知州事无颇如何是好，无颇说事已如此，无可奈何，只好出见。苏轼来到公堂，皇甫遵视若无人，沉默不语，气氛十分紧张。苏轼只好先开口："轼自来激恼朝廷多，今日必是赐死。死固不敢辞，乞归与家人诀别！"皇甫遵这才慢吞吞地说："不至如此！"无颇试探地问道："太常博士必有文书？！"皇甫遵厉声问他是什么人。当无颇说他是权知州事后，皇甫遵才交出文书。打开一看，只不过是一般拘捕文书，大家才松了一口气。（朋九万《眉山诗案广证》）

---

[①] 曾枣庄.论眉山诗案[J].四川师院学报(社会科学版),1980(3):59—64+88.

皇甫遵要苏轼立即起程。苏轼与家人告别,妻子王闰之哭得死去活来。从前,宋真宗曾召见隐士杨朴,问他能否作诗。杨说不能。真宗问临别有没有人作诗送行。杨说只有老妻作了一首诗送他:"且休落魄贪杯酒,更莫猖狂爱吟诗。今日捉将官里去,这回断送老头皮。"真宗听后大笑,就把杨朴放回去了。苏轼看见妻子哭得这样伤心,就讲了这个故事,并风趣地对她说:"子独不能如杨处士妻,作诗送我乎?"这句话把王闰之也逗笑了(周紫芝《诗谳》)。王氏派长子苏迈随同苏轼入京,以便沿途照顾苏轼。二狱卒押苏轼出城登舟,"郡人送者雨泣,顷刻之间,拉一太守,如驱鸡犬"(《眉山诗案广证》)。苏轼后来也说:"(李)定等选差悍吏皇遵(即皇甫遵),将带吏卒,就湖州追摄,如捕寇贼。"(《杭州召还乞郡状》)

苏轼被捕后,御史台又抄了苏轼的家,搜查苏轼所作诗文。苏轼后来回忆当时的情况说:"轼始就逮赴狱,有一子稍长,徒步相随。其余守舍皆妇女幼稚。至宿州(今安徽宿县),御史符下,就家取文书。州郡望风,遣吏发卒,围船搜取,老幼几怖死。既去,妇女恚骂曰:'是好著书,书成何所得?而怖我如此!'悉取烧之。比(等到)事定,重复寻理,十亡其七八矣!"(《东坡集》卷二十九《黄州上文潞公书》)若不遭这次浩劫,苏轼的作品今天当流传更多。

苏轼在途中和狱中都曾准备自杀。舟行至太湖芦香亭下停宿,当晚月色如昼,碧波无际。苏轼望着冷冷的银月和茫茫的碧波沉思:自己被捕入京,必定下狱,审讯中难免牵连他人。若能两眼一闭,投身湖中,顷刻之间,岂不烦恼尽消,万事大吉?但自己虽死得痛快,而弟弟苏辙必不独生,岂不害了弟弟?加之看守很严,苏轼才未举身赴清湖。来到京城苏轼又想绝食求死,但不久神宗遣使到狱中约敕,苏轼察觉神宗无意杀他,这才未自杀。

阮延俊(2012)对于逮捕与押送苏轼的过程有如下叙述[①]:

元丰二年七月三日御史中丞李定派太常博士皇甫遵(《孔氏谈苑》作"僎",苏轼《状》作"遵","僎""遵"同音,当是记音)往湖州逮捕苏轼押回京师审讯,皇甫遵

---

① 阮延俊.论苏轼的人生境界及其文化底蕴[D].武汉:华中师范大学,2012.

于元丰二年七月二十八日到达湖州,于八月十八日回到京师。关于苏轼被拘捕之事《孔氏谈苑》有记载:

苏轼以吟诗有讥讪,言事官章疏狎上,朝廷下御史台差官追取。是时李定为中书丞,对人叹息,以为人才难得,求一可使逮轼者少有如意。于是太常博士皇甫僎被遣以往。僎携一子二台卒倍道疾驰。驸马都尉王诜与子瞻游厚,密遣人报苏辙。时为南京幕官,乃亟走介往湖州报轼,而僎行如飞,不可及,至润州,适以子病求医留半日。故所遣人得先之,僎至之日,轼在告,祖无颇权州事。僎径入州厅,具靴袍秉笏立庭下,二台卒夹侍,白衣青巾,顾盼狞恶,人心汹汹不可测。轼恐,不敢出,乃谋之无颇。无颇云:"事至此,无可奈何,须出见之。"轼议所以服,自以为得罪,不可以朝服。无颇云:"未知罪名,当以朝服见也。"轼亦具靴袍秉笏立庭下。无(无颇)、职官皆小帻立轼后。二卒怀台牒,拄其衣若匕首然;僎又久之不语,人心益疑。轼惧曰:"轼自来激恼朝廷多,今日必是赐死,死固不辞,乞归与家人诀别。"僎始肯言曰:"不至如此。"无颇乃前曰:"大博必有被受文字?"僎问谁何?无颇曰:"无颇是权州。"僎乃以台牒授之,乃开视之,只是寻常追摄行遣耳。僎促轼行。二狱卒就执之。即时出城登舟,郡人送者雨泣。顷刻之间,拉一太守如驱犬鸡。此事无颇目击也(《忏花庵书》,《乌台诗案》宋朋九万撰,山阴宋泽元瀛士校刊,《东坡乌台诗案杂记(十二则)》,第四则)。

苏轼被拘捕场面何等残酷,虽然这里也有点过分渲染、夸大其实,如文中说:"'轼自来激恼朝廷多,今日必是赐死,死固不辞,乞归与家人诀别。'僎始肯言曰:'不至如此。'"说是皇甫遵连告别时间也不肯给苏轼,其实苏轼也有跟家人诀别的,只不过可能是他家人听到他被捕的消息赶来的,苏轼在《题杨朴妻诗》中说:"真宗既东封,访天下隐者,得杞人杨朴,能为诗。召对,自言不能。上问临行有人作诗送卿否? 朴言:'无有。惟臣妻一绝云:"且休落魄贪杯酒,更莫猖狂爱吟诗。今日捉将官里去,这回断送老头皮。"'上大笑,放还山,命其子一官就养。余在湖州,坐作诗追赴诏狱,妻子送余出门,皆哭。无以语之,顾老妻曰:'子独不能如杨处士妻作诗送我乎?'妻不觉失笑,余乃出。"(《苏轼文集》第68卷,第2161页)又在《杭州召还乞郡状》一文中回顾这拘捕场面,有言:"定(李定)等选差悍吏皇遵,将带吏卒,就湖州追摄,如捕寇贼。臣即与妻子诀别,留书与弟辙,处置后事。"(同上,第32卷,第912页)但一位太守"如驱犬鸡"那样残酷的被拘捕却是事实,苏轼在《杭州召还乞郡状》一文中也说"如捕寇贼",可见李定、舒亶、何正臣等人对苏轼的仇恨。

翟璐(2013)在其学位论文《宋代笔记中的苏轼》中对宋代笔记里押解苏轼的记录进行了梳理[①]:

"郡人送者雨泣,顷刻之间,拉一太守,如驱犬鸡。"在被押解的途中,苏轼曾试图投水自杀。"诗案"大约20【12】年后,元祐六年(1091)五月十九日上奏的《杭州诏还乞郡状》回顾他自从出仕以来,意见常为台谏所攻击,如果被诏还中央,那么势必再度陷入权力斗争,被以台谏为中心的诽谤中伤的漩涡所淹没,对此深感恐惧的他希望当权者重新考虑诏还的命令,同时请求再任地方官。其中回顾"诗案"如下:

……李定、何正臣、舒亶三人,构造飞语,酝酿百端,必欲致臣于死。先帝初亦不听,而此三人执奏不已,故臣得罪下狱。定等选差悍吏皇遵,将带吏卒,就湖州追摄,如捕寇贼。臣即与妻子诀别,留书与弟辙,处置后事,自期必死。过扬子江,便欲自投江中,而吏卒监守不果。到狱,即欲不食求死。而先帝遣使就狱,有所约敕,故狱吏不敢别加非横。臣亦觉知先帝无意杀臣,故复留残喘,得至今日。([宋]苏轼著,孔凡礼点校:《苏轼文集》卷三二,中华书局,1986年版,第911页)

仓促被捕的苏轼对事件的发展完全无法预测,确信自己一旦被交入御史台官吏之手,必然会有很多人被连坐逮捕,不如自尽,不过一瞬间便了结了。被押解渡江之际,试图投水自杀,因苏轼被严密监视而自杀未果。入狱之后,又曾有绝世【食】自杀的念头。《孔氏谈苑》与之所记载的略有出入:

苏子瞻随皇甫僎追摄至太湖芦香亭下,以柂损修完。是夕,风涛顷洞,月色如画。子瞻自惟仓卒被拉去,事不可测,必是下吏,所连逮者多,如闭目窘身入水,则顷刻间耳。既为此计,又复思曰,不欲辜负老弟。弟谓子由也。言己有不

---

[①] 翟璐.宋代笔记中的苏轼[D].郑州:河南大学,2013.

幸,则子由必不独生也。由是至京师,下御史狱。李定、舒亶、何正臣杂治之,侵之甚急,欲加以指斥之罪。子瞻忧在必死,掌服青金丹,即收其余窖之土中,以备一旦当死,则并服以自杀。(〔宋〕孔平仲:《孔氏谈苑》卷一,《丛书集成初编》,商务印书馆,1940年版,第4—5页)

  据上文,押解至太湖时苏轼欲投水自尽,忽然想到弟弟苏辙,于是未投水。入狱之后,他又暗备了毒药,倘若被判死刑,便随时准备服毒自杀。以上两种说法之间,有长江或太湖,绝食或服毒的差异。《孔氏谈苑》记载不同或出于传闻,但也可能苏轼途中欲两次投水寻短见。又,苏轼于七月二十八日在湖州被捕后即匆匆上路,因官船修舵而停泊太湖当在次日,即七月二十九日(晦日)。孔氏称是夕"月色如昼",不合事实。但是以上两则共同之处在于,它们都证实了从被捕到入狱期间苏轼在心理上曾被逼到走投无路的境地。

## ·狱中生活·

  翟璐(2013)还对宋代笔记中苏轼在狱中情况的记录进行了梳理[①]:
  苏轼在狱中,自料必死而留诗于苏辙,有二首即《予以事系御史台狱,狱吏稍见侵,自度不能堪,死狱中,不得一别子由。故作二诗授狱卒梁成以遗子由》:

  圣主如天万物春,小臣愚暗自亡身。百年未满先偿债,十口无归更累人。
  是处青山可埋骨,他年夜雨独伤神。与君世【今】世为兄弟,再结来生未了因。

  柏台霜气夜凄凄,风动琅珰月向低。梦绕云山心似鹿,魂惊汤火命如鸡。
  眼中犀角真吾子,身后牛衣愧老妻。百岁神游定何处,桐乡知葬浙江西。
  〔宋〕苏轼著,〔清〕冯应榴辑注,黄任轲、朱怀春校点:《苏轼诗集合注》卷一

---
[①] 翟璐.宋代笔记中的苏轼[D].郑州:河南大学,2013.

九,上海古籍出版社,2001年版,第976页)

这两首诗都是苏轼自料其死的悲壮内容,被狱吏虐待恐无生还之机,不能跟苏辙告别,所以作绝命诗托狱卒转送苏辙。前文《孔氏谈苑》中载"李定、舒亶、何正臣杂治之,侵之甚急,欲加以指斥之罪"证实了"狱吏见侵"的状况,可见审问的严酷程度,苏轼狱中生活的难以忍受。

也有文章指出,在苏轼写作上述两首诗的背后,还有他冷静的算计,即他认为自己被严密监管,神宗会马上看到这两首诗。据叶梦得《避暑录话》记载:

苏子瞻元丰间赴诏狱,与其长子迈俱行。与之期:送食惟菜与肉,有不测则撤二物而送以鱼。使伺外间以为候,迈谨守。逾月忽粮尽,出谋于陈留,委其一亲戚代送,而忘与其约。亲戚偶得鱼鲊送之,不兼他物。子瞻大骇,知不免。将以祈哀于上,而无以自达。乃作二诗寄子由,祝狱吏致之。盖意狱吏不敢隐,则必以闻。已而果然。神宗初固无杀意,见诗益动心,自是遂益欲从宽释,凡为深文者拒之。([宋]叶梦得:《避暑录话》卷下,《丛书集成初编》,商务印书馆,1940年版,第79页)

苏轼和陪他进京的长子苏迈事先约好,利用送入牢房的食物种类的变化,将事态的急变尽早通知狱中的苏轼。有次委托一位亲戚给苏轼送饭的时候,忘记把这个约定告诉亲戚,亲戚刚好送去了鱼,表示大难临头之意,致使苏轼贸然认为死罪难免的信号。他想设法哀求神宗皇帝,但是没有方法,结果就用了表面上寄给苏辙的两首诗,实际上写了请求神宗怜悯的内容,故意让神宗看到。《邵氏闻见录》卷一三,以及两宋之交的曾敏行的《独醒杂志》卷四,也记载此诗引起了神宗的怜悯,而减轻了量罪。

但是在《孔氏谈苑》中也提到了这两首诗,却谓苏轼自言"使轼万一获免,则无所恨。如其不免,而此诗不达,则目不瞑矣"([宋]孔平仲:《孔氏谈苑》卷一,《丛书集成初编》,商务印书馆,1940年版,第5页)。拜托近日对他怀有好意的狱卒转交给苏辙,并说如果不免一死,而诗又未送达苏辙,则虽死而不能瞑目。结果狱卒将此诗收藏在枕中,等苏轼出狱后交还给他。据此说法,那么神宗和苏辙都没有及时读到这两首诗,与《避暑录话》和《独醒杂志》等的记载内容全然相反。

如上所述,对于寄诗给苏辙的有关情况,文献记载有相当的差异。若按《避暑录话》为实情,则连苏轼自谓的"狱吏稍见侵,自度不能堪"的事实也几乎成了虚构,但是苏轼被关押到御史台狱的时候,和苏颂仅一墙之隔。苏轼的宗叔苏颂,是年九月被诬就狱,和苏轼仅一墙之隔,苏颂获得昭雪,被无罪放【赦】免之后,把在御史台狱的体验写入诗作。《苏魏公文集》卷十有《己未九月,予赴鞠御史,闻子瞻已被系。予昼居三院东阁,子瞻在知杂南庑,才隔一垣,不得通音讯。因作诗四篇,以为异日相遇,一噱之资耳》七律四首。《元丰己未三院东阁作十四首》其五有"遥怜北户吴兴守,诟辱通宵不忍闻"。此二句下还附有自注:"时子瞻自湖守追赴台劾,尝为歌诗,有非所宜言,颇闻镌诘之语。"这些是从第三者的角度,客观地证实了台官对苏轼的审问极为严酷。苏轼的《晓至巴河口迎子由》也形容了牢房的环境:"去年御史府,举动触四壁。幽幽百尺井,仰天无一席。"(〔宋〕苏轼著,〔清〕冯应榴辑注,黄任轲、朱怀春校点:《苏轼诗集合注》卷一九,上海古籍出版社,2001年版,第1024页)因为有苏轼自己的叙述和在场者苏颂的证言,"狱吏见侵"这一事实是不可否认的。略去文献间的龃龉,得出的一致看法是,总体上到十月上旬为止,对苏轼来说,全然无法预测的危迫状况仍在延续。

## ·审判·

朱刚(2018)在论文《"乌台诗案"的审与判》中对乌台诗案的审判过程进行了还原[①]:

《续资治通鉴长编》在元丰二年十二月庚申苏轼贬黄州条下,回顾"诗案"审理的过程云:

初,御史台既以轼具狱,上法寺,当徒二年,会赦当原。于是中丞李定言……(李焘:《续资治通鉴长编》卷三〇一,上海:上海古籍出版社1986年影印版,第

---

① 朱刚."乌台诗案"的审与判——从审刑院本《乌台诗案》说起[J].北京大学学报(哲学社会科学版),2018,55(6):87—95.

2829页）

这里的"法寺"就是大理寺,御史台把审讯结果交给大理寺,然后由大理寺作出判决。《长编》的这一回顾虽然十分简单,却可以证实"鞫谳分司"的司法制度确实被应用于"乌台诗案"。当然《长编》并未详细引录大理寺的判决内容,只是概括为两个要点："当徒二年,会赦当原。"

审刑院的职责是复核案件,通过中书门下奏上判决意见,我们在该文本最后的结案判词的部分,可以看到不少与大理寺判词相似的文字,这说明审刑院重复或者说支持了大理寺的有关判决。就司法领域来说,这已经是"终审"了,当然北宋的司法程序还要给皇帝保留最后"圣裁"的权力。实际上,皇帝的"圣裁"往往包含了法律之外的比如政治影响方面的考虑。当我们从司法角度考察"乌台诗案"时,"审刑院本"提供了该案被如何判决的最终记录。

于是,我们现在有了较为充足的条件,还原出"诗案"在审判方面的基本过程,可以分为如下四个环节：

1. 御史台的审讯

《长编》没有记明御史台把审讯结果提交给大理寺的具体时间,但《东坡乌台诗案》记得很清楚,其"御史台根勘结桉状"中有以下文字：

御史台根勘所,今根勘苏轼、王诜情罪,于十一月三十日结案具状申奏。差权发运三司度支副使陈睦录问,别无翻异。续据御史台根勘所状称,苏轼说与王诜道……

御史台于元丰二年十一月三十日奏上审讯结果。这也就是说,从苏轼被押至御史台的八月十八日起,直至十一月底,"诗案"都处在审讯即"根勘"阶段。值得注意的是除了苏轼外,还专门提到驸马王诜,他是神宗皇帝的妹夫,属于皇亲国戚。北宋的规矩,不许士大夫跟皇亲国戚交往过于密切,所以御史台把苏轼与王诜相关的诗文当作审讯的重点,"供状"中的第一篇就是"与王诜往来诗赋"（"审刑院本"作"一与王诜干涉事"）。

审讯的结果就是"供状",值得注意的是"供状"的分篇情况,反映出审讯的特殊方式。每一篇"供状"都具备基本的形态,即"与某人往来诗赋"或"与某人干涉事"等。也就是说,每篇都涉及另一个人(首先是王诜,其他如李清臣、司马光、黄庭坚等),苏轼与之发生了诗文唱和或赠送的关系,这些诗文被列举出来,追问其中是否含有讥讽内容。为什么要采用这样的审讯方式呢?宋人常作反面的理解,说这是李定为首的御史台想要把更多的人牵连进去。但如果从正面理解,恐怕跟这个案件本身的追责范围有关。它要获取的"罪证"必须是苏轼写了给别人传看,从而产生了"不良影响"的作品。换言之,如果仅仅是苏轼自己写了,没有给别人看,就不作为"罪证"。实际上,"供状"并没有包括苏轼在元丰二年以前所写讥讽"新法"的全部诗文。我们现在读《苏轼诗集》《苏轼文集》《东坡乐府》可以发现更多的"讥讽"作品,但它们不属于李定等人追问的范围。如此,成为审讯对象的诗文都要与另一个人相关,故"供状"就以相关人为序,以"与某人干涉事"的形态分列了大约40篇,而篇幅最大的就是跟王诜相关的第一篇。

然而,如果仔细比对"御史台本"和"审刑院本"的两份"供状",却能发现微妙的差异。"御史台本"的"供状"中有一篇专门就苏轼与苏辙的往来诗歌进行审讯的交代记录,而"审刑院本"把这一篇完全削除了;"御史台本"还涉及了苏轼与参寥子道潜唱和的诗歌,而"审刑院本"简写为"和僧诗",不出现"道潜"这个名字。这说明什么呢?御史台看来什么都审,审出来就当作"罪证"。但审刑院的官员似乎认为,把兄弟之间私下来往的文字当作"罪证"是不合适的,除非他们抄给别人去看;至于僧人,既已离俗出家,就没有必要去写明他的名字了。所以,无论是有意还是无意,审刑院的官员在缩写"供状"的过程中自然地保持了司法官员的专业立场,而这正是审刑院与御史台的不同之处。当然"审刑院本"的"供状"也并非完全不涉及苏辙,苏轼写给苏辙的诗,传给了王诜去看,这样的诗就算"罪证",而若只局限在兄弟之间,则在"审刑院本"中不被列入"罪证"。

把御史台的这种审讯方式理解为有意牵连更多人入案,也不是毫无根据。比如跟司马光相关的那篇"供状",视作"罪证"就非常勉强。司马光应该是御史台最想要牵连进去的人,但苏轼自熙宁四年出京外任后,与远居洛阳的司马光并无密切的文字来往。所以御史台只找到一首苏轼寄题其"独乐园"的诗,那原本并未刻在《元丰续添苏子瞻学士钱塘集》中(《苏轼诗集》卷十五题为《司马君实独乐园》,北京:中华书局1982年版。《东坡乌台诗案》则称之为"寄题司马君实独乐园","供状"注明"此诗不系降到册子内",是御史们通过审讯或别的途径获得)。而且全诗只是赞美司马光,并未明确反对别人。但审讯的结果是,赞美司马光有宰相之器,就是讥讽现任宰相不行。

2. 大理寺的初判

大约从十二月起,"诗案"进入了判决阶段。如果陈睦的"录问"很快完成,交给大理寺,那么大理寺的初判可以被推测在十二月初。

如前所述,《东坡乌台诗案》所谓的"御史台根勘结桉状",其实包含了大理寺的判词,其内容已经蔡涵墨详细解读,这里不拟复述。《长编》则将其要点概括为:"当徒二年,会赦当原。"换言之,大理寺官员通过非常专业的"检法"程序,判定苏轼所犯的罪应该得到"徒二年"的惩罚,但因目前朝廷发出的"赦令",他的罪应被赦免,那也就不必惩罚。需注意的是,这个判决等于将御史台在此案上所下的功夫一笔勾销。

我们从《长编》也可以找到当时的大理寺负责人。此书记载,元丰元年十二月重置大理寺狱,知审刑院崔台符转任大理卿(李焘:《续资治通鉴长编》卷二九五,第2770页)。那么,次年对"乌台诗案"作出如上初判的大理寺,是在崔台符的领导下。

3. 御史台反对大理寺

大理寺的初判显然令御史台非常不满,乃至有些恼羞成怒。《长编》在叙述了大理寺"当徒二年,会赦当原"的判决后,续以"于是中丞李定言""御史舒亶又言"云云,即御史中丞李定和御史舒亶反对大理寺判决的奏状。他们向皇帝要求对苏轼"特行废绝",强调苏轼犯罪动机的险恶,谓其"所怀如此,顾可置而不诛乎?"(李焘:《续资治通鉴长编》卷三〇一,第2829、2830页)

御史台提出对大理寺初判的反对,大约也在十二月初,或稍后。不过李定和舒亶的两份奏状并不包含司法方面的讨论,没有指出大理寺的判词本身存在什么错误,只说其结果不对,起不到惩戒苏轼等"旧党"人物的作用。从上引"御史台根勘结桉状"中的那段文字也可以看出,为了增强反对的力度,御史台在"供状"定稿已经提交后,还继续挖掘苏轼的更多"罪状",尤其是与驸马王诜交往中的"非法"事实。鉴于官员与贵戚交结的危险性,御史台此举的用心不难窥见。

4. 审刑院支持大理寺

在负责审讯的御史台与负责判决的大理寺意见矛盾的情形下,负责复核的审刑院的态度就很重要了。我们从《外集》所载"审刑院本"的结案判词可以看出,审刑院的官员顶住了御史台的压力,非常鲜明地支持了大理寺"当徒二年,会赦当原"的判决,并进一步强调赦令的有效性。对这个结案判词的解读留待后文,此处先考察一下"诗案"发生时审刑院的情况。

据《长编》记载,就在"诗案"正处审理过程之中,元丰二年冬十月甲辰,知审刑院苏寀卒(李焘:《续资治通鉴长编》卷三〇〇,第2819页)。此后,《长编》并未记载朝廷任命新的审刑院长官。而至次年,即元丰三年八月己亥,审刑院并归刑部(李焘:《续资治通鉴长编》卷三〇七,第2876页),该机构不再独立存在。可见,"乌台诗案"几乎就是北宋审刑院作为独立机构处理的最后案件之一。在"诗案"的"审刑院本"被写成之时,苏寀已卒,新的长官是谁,或者有没有新的长官,都不可知。审刑院在这样的情况下不顾御史台的反对,向朝廷提交了支持大理寺的判词,体现了北宋司法官员值得赞赏的专业精神。也许,我们可以认为当时同属司法系统的大理卿崔台符对此具有影响,在转任大理卿之前,他曾长期担任知审刑院之职。

"审刑院本"的存在,不仅能帮助我们了解"乌台诗案"被判决的过程(以往我们大抵只关注其审讯的阶段,而实际上在元丰二年的最后一个月,"诗案"在总体上已进入判决阶段,虽然御史台为了搜集更多"罪证",还在继续审问苏轼)。根据这个文本的最后部分即结案判词,我们还可以对"诗案"的判决结果重新加以认识。传统上,我们习惯于将苏轼遭遇"诗案"以后的结果表述为"以罪贬黄州",但从司法角度来说,这个表述其实是不能成立的,因为判决结果非常明确地显示,他的"罪"已被依法赦免。

参照《长编》等史籍的记载,"审刑院本"的结案判词可以被梳理为三个要点:一是定罪量刑,苏轼所犯的罪"当徒二年";二是强调赦令对苏轼此案有效,"会赦当原",也就是免罪;三是根据皇帝圣旨,对苏轼处以"特责",贬谪黄州。以下逐次展开。

1."当徒二年"

这是《长编》对大理寺初判内容的概括,"审刑院本"结案判词,在概述了御史台弹劾、审讯的过程后,列出三条定罪量刑的文字:

一、到台累次虚妄不实供通。准律,别制下问,报上不实,徒一年,未奏减一等。

二、诗赋等文字讥讽朝政阙失等,到台被问,便因依招通。准敕,作匿名文字,谤讪(讪)朝政及中外臣僚,徒二年。又准《刑统》,犯罪案问欲举,减罪二等,今比附,徒一年。

三、作诗赋寄王诜等,致有镂板印行,讽毁朝政,又谤讪中外臣僚。准敕,犯罪以官当徒,九品以上官当徒一年。准敕,馆阁贴职许为一官。或以官,或以职,临时取旨。

把前两条加起来,大概就得出"徒二年"的结果了。蔡涵墨解读的大理寺判词似乎在细节上比此更复杂一些,但他依据的"御史台根勘结桉状"是个看上去较为错乱的文本,对具体细节加以追究颇为困难。要之,从结果来说,大理寺、审刑院在量刑方面保持了一致,与《长编》的概括也相符。

这里还有必要简单复述一下蔡涵墨的相关分析。他指出御史台最初对苏轼的指控是"指斥乘舆",即辱骂皇帝,这在传统上属于"十恶",为不赦之罪,可判死刑。但从实际情况看,对批评皇帝的言论如此定罪,已"有悖于宋代的法律理论与实践"。按照他对大理寺判词的解读,"大理寺的官员明显与御史台的推勘者保持着距离,他们拟定适用的法律"。也就是说,司法官员避免了笼统定性的断罪方式,他们根据专业知识,引用"律""敕"和《刑统》的具体条文来进行判决,得出"徒一年""徒二年"之类的具体量刑结果。我们在以上引文中可以看到,审刑院的官员也采取了相同的判决方式。而且,《宋史·崔台符传》中提到的,由王安石所定,被举朝反对,却获得崔台符支持的"案问欲举"法(大意是被审讯时能主动交代,可减罪二等),也被应用于苏轼此案的判决。这也许可以解释"供状"中的某些文字,无论是御史台的记录本,还是审刑院的缩写本"供状",大都记明所涉的苏轼诗文哪些是在"册子"(即作为罪证的《元丰续添苏子瞻学士钱塘集》)内,哪些并非"册子"原载而是犯人主动交代的。

再看上面引文的第三条。这一条文字有些费解,因为其所述苏轼的罪状与第二条基本重复。但后面的主要内容,是"准敕"说明"以官当徒"的方法,这意味着所谓"徒二年"也并不真正施行,而可以用褫夺苏轼官职的方式来抵换。

2."会赦当原"

这也是《长编》对大理寺初判内容的概括。但在"朋九万"《东坡乌台诗案》的"御史台根勘结桉状",即蔡涵墨认为包含了大理寺判词的部分,我们找不到与此相应的具体表述,而"审刑院本"的判词中却有颇为详细的一段:

某人见任祠部员外郎直史馆,并历任太常博士,合追两官,勒停。犯在熙宁四年九月十日明堂赦、七年十一月二十日南郊赦、八年十月十四日赦、十年十一月二十七日南郊赦,所犯事在元丰三[这个"三"字应当是"二"字之讹,元丰二年十月庚戌(十五日)的德音,是因太皇太后曹氏病危而发,见《续资治通鉴长编》卷三〇〇:"庚戌,以太皇太后服药,德音降死罪囚,流以下释之。"(第2820页)]年十月十五日德音前,准赦书,官员犯人入己赃不赦,余罪赦除之。其某人合该上项赦恩并德音,原免释放。

此处先确认了"以官当徒"的结果,即追夺两官,以抵换"徒二年",结果是"勒停"即勒令停职。然后,列举了自苏轼有"犯罪事实"以来,朝廷颁发过的四次赦令,以及当年十月十五日新下的德音,认为它们对苏轼一案都是有效的。所以,苏轼的"罪"已全部被赦免,应该"原免释放"。这里难以确定的是,被免罪的苏轼是不是不必再接受用来抵换"徒二年"的"追两官,勒停"之处罚,而可以保留原来的官职?或者官职和赦恩相加才抵换了"徒二年",苏轼依然被"勒停"?无论如何,苏轼被释放时已是无罪之身,这一点应该没有疑问。

在《东坡乌台诗案》的"御史台根勘结桉状"中,可以与"审刑院本"的这段文字相对照的,是如下一段:

据苏轼见任祠部员外郎直史馆,并历任太常博士,其苏轼合追两官,勒停,放。

这里的"勒停"后面跟个"放"字,似不相衔接,很可能中间脱去了有关赦令的叙述,而"放"字所属的文句应相当于"审刑院本"中的"原免释放"。这当然只是推测,但大理寺的初判估计是包含了"会赦当原"之内容的,这些内容无助于满足《东坡乌台诗案》的读者对苏诗解读的兴趣,故被编者删略,或者竟是文本流传过程中造成的脱简。根据"审刑院本",我们可以补出这方面的内容。

值得注意的还有"准赦书,官员犯人入己赃不赦,余罪赦除之"一句,它表明前文确认的苏轼所犯"报上不实""谤讪朝政"等"罪"是在可被赦除的范围内,只要苏轼没有"入己赃"即收受赃款赃物,他就没有不赦之"罪"了。这令我们回想到《东坡乌台诗案》所载元丰二年十一月三十日后御史台继续审讯苏轼的内容:

续据御史台根勘所状称,苏轼说与王诜道:"你将取佛入涅槃及桃花雀竹等,我待要朱繇、武宗元画鬼神。"王诜允肯言得。

熙宁三年以后,至元丰三年十一月十五日德音(此处"元丰三年十一月十五日",亦当作"元丰二年十月十五日",同前注)前,令王诜送钱与柳秘丞,后留僧思大师画数轴,并就王诜借钱一百贯……

这是在"供状"定本已经提交,乃至大理寺已经作出初判后,御史台对苏轼罪状的继续挖掘。很明显,此时御史台审问的主题不再是某篇诗文是否讽刺朝政,其调查工作聚焦在了苏轼与王诜的钱物来往。这并非"诗案"被起诉的本旨,是不是因为大理寺的判词也引用了"官员犯人入己赃不赦,余罪赦除之"的赦令,所以御史台此后便努力朝"入己赃"的方向去调查取证呢?果然如此,则为了入苏轼于不赦之罪,御史台亦可谓煞费心机矣。然而,至少负责复核的审刑院并不认为这些钱物来往属于赃款赃物。

"审刑院本"的判词强调了赦令的累积和有效性,给出了"原免释放"这一司法领域内的最终判决。虽然真正的终裁之权还要留给皇帝,但它表明了北宋司法系统从其专业立场出发处理"乌台诗案"的结果。皇帝有权在法外加恩或给予惩罚,法官则明确地守护了依法判决的原则。并不是任何时代所有法官都能做到这一点的。对于北宋神宗时代司法系统的专业精神,我们应予好评。在这个系统长期主持工作的崔台符,史书对他的酷评看来不够公正。

3."特责"

"朋九万"编《东坡乌台诗案》的末尾记载了皇帝最后对苏轼的处置:

奉圣旨:苏轼可责授检校水部员外郎,充黄州团练副使,本州安置,不得签书公事。

这个处置也被记录在"审刑院本"的末尾,但文字稍有差异:

准圣旨牒,奉敕,某人依断,特责授检校水部员外郎,充黄州团练副使,本州安置。

虽然后面似乎脱去了"不得签书公事"一句,但前面对圣旨的意思转达得更具体一些,"依断"表明皇帝也认可了司法机构对苏轼"当徒二年,会赦当原"的判决,本应"原免释放",但也许考虑到此案的政治影响,或者御史台的不满情绪,仍决定将苏轼贬谪黄州,以示惩罚。值得注意的是,在"责授检校水部员外郎"前,"审刑院本"有一个"特"字,透露了在法律之外加以惩罚的意思。《续资治通鉴长编》对此事的表述,也与此相同,在引述了李定、舒亶反对大理寺初判的奏疏后,云"疏奏,轼等皆特责"(李焘《续资治通鉴长编》卷三〇一,第2830页)。这"特责"意谓特别处分。换言之,将苏轼贬谪黄州并不是一种"合法"的惩罚,它超越了法律范围,而来自皇帝的特权。说得更明白些,这就是神宗皇帝对苏轼的惩罚。

当然,《长编》把宋神宗的这一决定表述为他受到御史台压力的结果,后者本来意图将苏轼置于死地,而神宗使用皇帝的特权,给予他不杀之恩。《宋史·苏轼传》对"乌台诗案"的表述也与此相似:

御史李定、舒亶、何正臣摭其表语,并媒蘖所为诗以为讪谤,逮赴台狱,欲置之死,锻炼久之不决。神宗独怜之,以黄州团练副使安置。(《宋史》卷三三八《苏轼传》,第10809页)

照这个说法,宋神宗对苏轼"独怜之",给予了特别的宽容,才饶其性命,将他贬谪黄州。类似的表述方式在传统史籍中十分常见,其目的是归恶于臣下而归恩于皇上,经常给我们探讨相关问题带来困惑。其实这种说法本身经不起推敲。固然,与御史台的态度相比,神宗的处置显得宽容;但御史台并非"诗案"的判决机构,既然大理寺、审刑院已依法判其免罪,则神宗的宽容在这里可谓毫无必要。恰恰相反,"审刑院本"使用的"特责"一词,准确地刻画出这一处置的性质,不是特别的宽容,而是特别的惩罚。

戴建国(2019)根据"传世的乌台诗案相关史料","结合宋代司法制度,将案件的立案审判过程考述于下"[①]:

学界有些成果对苏轼一案的司法审判多有误解,现据传世的乌台诗案相关史料(主要资料来源于朋九万《东坡乌台诗案》,其他资料则注出处),结合宋代司法制度,将案件的立案审判过程考述于下。

监察御史里行何正臣最早在例行监察公事中发现了苏轼诗文作品中讥讽新政的问题,首先于元丰二年三月二十七日由垂拱殿上奏弹劾苏轼。然神宗未发表处理旨意,这表明苏轼讥讽新政的问题起初并未引起神宗关注。

直到三个多月后的七月二日,监察御史里行舒亶、御史中丞李定由崇政殿上章弹劾苏轼,将收集到的证据《元丰续添苏子瞻学士钱塘集》册子一并奏上,加之国子博士李宜之也有举报状,"乞赐根勘",这才受到神宗的重视。七月三日(己巳)神宗"诏知谏院张璪、御史中丞李定推治以闻"(《续资治通鉴长编》卷二九九,元丰二年七月己巳,第7266页),将臣僚前后所奏四状以及御史台收集到的证据册子批给中书门下,中书门下颁给御史台根勘所审理。

七月四日,御史台根勘所又收到中书门下颁下的神宗圣旨:"令御史台选牒朝臣一员乘驿追摄"(朋九万:《东坡乌台诗案》,《丛书集成》初编本,第4页;《续资治通鉴长编》卷二九九,元丰二年七月己巳,第7266页),将苏轼逮送御史台根勘所受理,使之成为诏狱。神宗并派遣身边的宦官皇甫遵前往监捕。

七月二十八日皇甫遵等到湖州逮捕苏轼,八月十八日押至御史台审讯(按:朋九万《东坡乌台诗案》误将"八月十八日赴御史台出头"写成"六月十八日赴御史台出头")。

---

[①] 戴建国."东坡乌台诗案"诸问题再考析[J].福建师范大学学报(哲学社会科学版),2019(3):143—155.

十月十五日神宗御宝批:"见勘治苏轼公事,应内外文武官曾与苏轼交往,以文字讥讽政事,该取会验问看若干人闻奏。"朋本于《御史台检会送到册子》一节云:

检会送到册子,题名是《元丰续添苏子瞻学士钱塘集》,全册内除目录更不抄写外,其三卷并录付。中书门下奏:据审刑院、尚书刑部状,御史台根勘到祠部员外郎、直史馆苏轼为作诗赋并诸般文字谤讪朝政,及中外臣僚、绛州团练使驸马都尉王诜为留苏轼讥讽文字及上书奏事不实按并札子二道者。

在诏狱审判程序中,中书门下如有奏言,通常是对皇帝下达旨意后的回复。因此这里的中书门下奏,应是在十月十五日中书门下"奉御宝批,见勘治苏轼公事应内外文武官曾与苏轼交往,以文字讥讽政事,该取会验问看若干人闻奏"后对神宗的回复。(《东坡乌台诗案》"中使皇甫遵到湖州勾至御史台",第31页)

十一月二十一日,神宗的批复通过中书门下批送给御史台根勘所。这是朋本《中使皇甫遵到湖州勾至御史台》一节所言:"至十一月二十一日准中书批送下本所,伏乞勘会苏轼举主,奉圣旨:李清臣按后声说,张方平等并收坐。奉圣旨,王巩说执政商量等言,特与免根治外,其余依次结桉闻奏。"所谓"李清臣按后声说,张方平等并收坐",说的是这些人等苏轼审讯后再行处理。这涉及宋代法律"因罪人以致罪"法,这些官员收受苏轼讥讽朝政文字,"不申缴入司",都是因苏轼而受牵连坐罪。《宋刑统》载:

若罪人自首及遇恩原、减者,亦准罪人原、减法。议曰:"谓因罪人以得罪,罪人于后自首及遇恩原、减者,或得全原,或减一等二等之类,一依罪人全原、减、降之类。"(〔宋〕窦仪等详定,岳纯之校证:《宋刑统校证》卷五《名例律》,北京:北京大学出版社,2015年,第73页。)

根据法律,只有先等苏轼量刑定罪处理后,才能根据苏轼的量刑情况对李清臣等人作最后定罪处理。

十一月二十八日,神宗通过中书门下,批复权御史中丞李定所奏:"苏轼公事见结桉次,其苏轼欲乞在台收禁,听候敕命断遣"及"按后收坐人姓名"、差官"录问"请求。神宗圣旨"依奏",并"差权发运三司度支副使陈睦录问"。

陈睦于十一月三十日录问苏轼,"别无翻异"。此后,案件进入判决程序,送大理寺检法、刑部量刑定罪,呈交审刑院覆议,最后上奏神宗定夺。

朋本虽保存有较多的史料内容,但也存在随意抄录、编辑失当的讹误。如其所载《御史台根勘结桉状》,主要内容是大理寺、刑部和审刑院的量刑定罪的条款。按照宋代的诏狱审判制度,御史台作为审讯机构,其任务是负责把案件的违法事实审讯清楚,然后向神宗报告,由皇帝另派遣录问官录问口供。神宗差权发运三司度支副使陈睦录问,"别无翻异"后,审讯程序至此便告完成,接下来进入量刑定罪的程序。至于量刑定罪,属于大理寺、刑部和审刑院的职责,御史台不能参与。御史台向刑部、审刑院奏报的《根勘结桉状》内不可能有具体的判决量刑内容。因此朋九万编辑题为《御史台根勘结桉状》,名不副实。实际上录问"别无翻异"后,不可能有如其记载的下述活动:"续据御史台根勘所状称,苏轼说与王诜道:'你将取佛入涅槃及桃花雀竹等,我待要朱繇武宗元画鬼神。'王诜允肯言得。"这些内容实际上在前面的苏轼与他人诗文往来的供状中都已明确交代过了,并不是在御史台录问无翻异,审讯案结束后又冒出的新的审讯供状。事实上所谓"续据"云云,应该是审刑院向神宗奏报裁决的内容。朋本编辑失当,极易误导读者。

大理寺、刑部和审刑院的量刑覆核意见上奏后,李定和舒亶又继有奏状。他们主要基于御史的监督职责,从国家治理的政治层面发表意见,提出要重惩苏轼,以维护新政的贯彻实施,其实并没有再从司法审讯程序入手继续挖掘出新的罪状,因为案件已结案具状申奏,且经过录问官录问。按照司法制度规定,案子第一阶段的审讯程序已经结束。如果真有新的证据挖出来,按规定,必须再次向神宗皇帝申奏派遣官员录问,走规定的程序才能算数,否则是无效的证据(参见戴建国:《宋代刑事审判制度研究》,《文史》第31辑,1988年)。宋代文献中并没有再次录问的记载。

刘继增(2019)从监察学的视角考察,认为"乌台诗案"乃中国监察发展史上

"自立案件"之肇始：①

御史台奉旨根勘闻奏后即成立御史台根勘所。根勘所就是为彻查苏轼一案组成的专案组，"根勘"乃彻底调查之义。至此"乌台诗案"正式立案。《宋史》卷三百二十八《张璪传》载，"苏轼下台狱，璪与李定杂治"。龚延明《宋代官职辞典》为根勘所专立词条：

御史台根勘所，临时奉旨而设的临时机构。元丰二年，苏轼因写诗，被人控告涉讥讪皇帝，神宗下诏"送御史台根勘"，于是在御史台设根勘所，事已即罢。（龚延明．宋代官职辞典[Z]．北京：中华书局1997年4月第1版，第383页）

需要指出的是"乌台诗案"的立案，率先弹劾苏轼的是权御史里行何大正（何正臣），最后起关键作用的则是御史中丞李定的弹劾札子。弹劾苏轼的奏章作者除李宜之外，李定所任的御史中丞，为御史台实际长官，序位在御史大夫之下，但御史大夫实不除人，因此，御史中丞为御史台实际长官。何大正（何正臣）、舒亶任职为权监察御史里行，是御史台下辖三院之一的察院专职掌弹究公事并参与推勘台狱的官吏。

朋九万《东坡乌台诗案》载："十一月三十日，结桉具状申奏。差权发运三司度支副使陈睦录问，别无翻异。"它标志着御史台"根勘闻奏"的使命已经完成，全案移交司法机关。这里需要指出的是，熙宁五年（1072）有朝廷以大宗正丞李德刍罪恶彰明，差王陟臣根治，王陟臣背公向私掩覆其事，御史台官员弹奏，要求改换官员推鞫，诏送御史台劾问，却"元因本台官弹奏，显属妨碍"而转差权判刑部沈衡置司推鞫（〔宋〕李焘．续．资治通鉴长编[M]．北京：中华书局2004年9月第1版，第5585页）。而是次"乌台诗案"御史台依职弹劾，皇帝降旨由御史台"根勘闻奏"，御史台依旨组成根勘所"结桉具状申奏"，乃中国监察发展史上"自立案件"之肇始。

---

① 刘继增．监察学视域下的"乌台诗案"——以朋九万《东坡乌台诗案》为中心的考察[M]//四川省苏轼研究会．第23届中国苏轼学术研讨会论文集．2019：307—318．

## ·结案文书的解读·

蔡涵墨和卞东波(2015)[①]、朱刚(2018)[②]、赵晶(2019)分别对乌台诗案的结案文书进行了详细解读。赵晶(2019)的解读中对前两者皆有论及[③]：

**1."结桉状"如何分解**

被朱刚归类为《东坡乌台诗案》第一部分、名为"御史台检会送到册子"的那段文字,其实应被拆分为两大部分(以"/"相隔断)：

检会送到册子,题名是《元丰续添苏子瞻学士钱塘集》全册。内除目录更不抄写外,其三卷并录付。/中书门下奏,据审刑院、尚书刑部状,御史台根勘到祠部员外郎、直史馆苏轼为作诗赋并诸般文字谤讪朝政及中外臣僚,绛州团练使、驸马都尉王铣〔应为"诜"〕为留苏轼讥讽文字及上书奏事不实按并札子二道者。(〔宋〕朋九万撰:《东坡乌台诗案》,第4页)

其中只有前半部分属于"御史台检会送到册子",后半部分与《重编东坡先生外集》卷首所录标题近似。由此可见,《东坡乌台诗案》的编者杂糅了两件不同阶段的文书内容,将它们置于同一标题之下。

同样的情况亦见于第二部分"供状"的最后一段。该部分被命名为"中使皇甫遵到湖州勾至御史台",但除了该部分第一句与标题名实相副外,其余部分则叙述了后续审讯的环节,择录有一些与文书相关的信息(以"/"区分不同件文书)：

十月十五日,奉御宝批:见勘治苏轼公事,应内外文武官曾与苏轼交往,以文字讥讽政事,该取会验问看若干人闻奏。/至十一月二十一日,准中书批送下本

---

① 蔡涵墨,卞东波.乌台诗案的审讯:宋代法律施行之个案[M]//新宋学(第四辑).上海人民出版社,2015:363—382.
② 朱刚."乌台诗案"的审与判——从审刑院本《乌台诗案》说起[J].北京大学学报(哲学社会科学版),2018,55(6):87—95.
③ 赵晶.文书运作视角下的"东坡乌台诗案"再探[J].福建师范大学学报(哲学社会科学版),2019(3):156—166+172.

所，伏乞勘会苏轼举主，奉圣旨：李清臣按后声说，张方平等并收坐。奉圣旨：王巩说执政商量等言，特与免根治外，其余依次结桉闻奏。/又中书省札子：权御史中丞李定等，准元丰二年十一月二十八日札子，苏轼公事见结桉次，其苏轼欲乞在台收禁，听候敕命断遣。奉圣旨：依奏。按后收坐人姓名（后略）。（〔宋〕朋九万撰：《东坡乌台诗案》，第31页）

至于名为"御史台根勘结桉状"的第三部分，则更加错综复杂。参考上述对《东坡乌台诗案》文本的分析，我们大致可以确立一个信念，即不要为编者所加的标题迷惑，不要受限于目前所见文本的分段整理。以下尝试进行分解（分段方式照录《东坡乌台诗案》，但以【A】、【B】等符号相区隔，以便下文说明）：

【A】御史台根勘所今根勘苏轼、王诜情罪，于十一月三十日结桉具状申奏。【B】差权发运〔应为"权发遣"〕三司度支副使陈睦录问，别无翻异。【C】续据御史台根勘所状称，苏轼说与王诜道：你将取佛入涅槃及桃花、雀、竹等，我待要朱繇、武宗元画鬼神。王诜允肯言得。

【D】熙宁三年已后至元丰三〔应作"二"〕年十一月十五日德音前，【E】令王诜送钱与柳秘丞，后留僧思大师画数轴，并就王诜借钱一百贯，并为婢出家及相识僧，与王诜处许将祠部来取，并曾将画与王诜装褙。并送李清臣诗，欲于国史中载所论。【F-1】并湖州谢上表讥用人生事扰民。准敕：臣僚不得因上表称谢，妄有诋毁，仰御史台弹奏。又条：海行条贯不指定刑名，从不应为轻重。准律：不应为，事理重者，杖八十。断合杖八十，私罪。【F-2】又，到台累次虚妄不实供通。准律：别制下问按推，报上不以实，徒一年，未奏减一等。合杖一百，私罪。

【G】作诗赋等文字讥讽朝政阙失等事，到台被问，便具因依招通。准律〔应作"敕"〕：作匿名文字，谤讪朝政及中外臣僚，徒二年。准敕：罪人因疑被执，赃状未明，因官监问自首，依按问欲举自首。又准刑统：犯罪按问欲举而自首，减二等。合比附，徒一年，私罪，系轻，更不取旨。

【H】作诗赋及诸般文字寄送王诜等，致有镂板印行，各系讥讽朝廷及谤讪中外臣僚。准敕：作匿名文字，嘲讪朝政及中外臣僚，徒二年，情重者，奏裁。准律：犯私罪以官当徒者，九品以上，一官当徒一年。准敕：馆阁贴职，许为一官，或以官,或以职,临时取旨。据按苏轼见任祠部员外郎、直史馆,并历太常博士,其苏轼合追两官,勒停,放。【I】准敕:比附定刑,虑恐不中者,奏裁。其苏轼系情重,及比附,并或以官或以职。【J】奉圣旨:苏轼可责授检校水部员外郎,充黄州团练〔应补入"副"字〕使,本州安置,不得签书公事。(〔宋〕朋九万撰:《东坡乌台诗案》,第32—33页)

关于这部分定罪、法条适用、量刑建议的分析,蔡涵墨、近藤一成皆有详细讨论(蔡涵墨著,卞东波译:《乌台诗案的审讯:宋代法律施行之个案》//王水照、朱刚编:《新宋学》第4辑,第369—377页;近藤一成:《東坡の犯罪——〈乌台詩案〉の基礎的考察》,氏著《宋代中国科举社会の研究》,汲古书院,2009年,第378—381页)。川村康也曾逐一考析相关法源(川村康:《〈東坡乌台詩案〉中の律·勅·刑统遗文》,《東洋法制史研究会通信》第9号,1995年5月,第7—9页)。但仍有许多未能通解之处,需要仔细推敲解释的可能性。如【D】部分所列德音置于此处,致使【C】【E】的案情叙述断裂,殊不可解。征诸《重编东坡先生外集》卷八六,我们不难发现【D】是一个被过分节略的文句:

犯在熙宁四年九月十日明堂赦、七年十一月二十日南郊赦、八年十月十四日赦、十年十一月二十七日南郊赦,所犯事在元丰三〔应作"二"〕年十月十五日德音前,准赦书,官员犯人入己赃不赦,余罪赦除之。(〔宋〕苏轼撰,〔明〕毛九苞编:《重编东坡先生外集》,第575页)

这些恩赦也见载于《续资治通鉴长编》《宋史》《宋大诏令集》等文献中(参见聂雯:《宋代"常赦不免"考述》附录一"宋代赦降总表"//陈景良、郑祝君主编:《中西法律传统》第15卷,中国政法大学出版社,2019年版)。那么《东坡乌台诗案》的编者为何要将【D】部分插在此处,而不是像《重编东坡先生外集》那样,将它插在"其某人合该上项赦恩并德音原免释放"这一处理建议前呢?

朱刚曾指出:"此时御史台审问的主题不再是某篇诗文是否讽刺朝政,其调查工作聚焦在了苏轼与王诜的钱物来往。这并非'诗案'被起诉的本旨,是不是因为大理寺的判词也引用了'官员犯人入己赃不赦,余罪赦除之'的赦令,所以御史台此后便努力朝'入己赃'的方向去调查取证呢?"(朱刚:《"乌台诗案"的审与判——从审刑院本〈乌台诗案〉说起》,《北京大学学报(哲学社会科学版)》2018年第6期,第94页)这个说法虽有启发性,但并不完全准确。

我们认为,这些事实并非是御史台"继续挖掘"而来的"罪状",因为无论是《东坡乌台诗案》还是《重编东坡先生外集》,在苏轼的相关"供状"部分,财物往来与诗文往来的供述杂糅在一起(如〔宋〕朋九万撰:《东坡乌台诗案》,第6—10页;〔宋〕苏轼撰,〔明〕毛九苞编:《重编东坡先生外集》,第565—567页),并非由前后两个调查文本叠加而成,而且"续据御史台根勘所状"的意思是"接着"根据御史台根勘所状,而非根据御史台根勘所"续"状。

当然,此处特意将苏轼供状部分的这些内容标举出来,确实可能如朱刚所说,反映了御史台要坐实苏轼等赃罪、排除赦书适用的目的。只不过,御史台表达这些意见的时间,应该是在得知大理寺检法与审刑院详议结果后、神宗作出最终裁决前,即据《续资治通鉴长编》卷三〇一所载,御史台官员李定、舒亶在得知大理寺检法量刑建议"当徒二年,会赦当原"之后纷纷上奏,要求严惩相关涉案人等。虽然相关言论与此处所载在内容上并不吻合,但它们的论罪方向是一致的,如舒亶所谓"驸马都尉王诜,收受轼讥讽朝政文字及遗轼钱物……既乃阴通货赂,密与燕游"等。(《续资治通鉴长编》卷三〇一"神宗元丰二年十二月庚申"条,第7333—7334页)

若上述推测可以成立,那么这就提示我们需要注意,在神宗对诏狱案件作出最终裁决前,御史台是可以获悉大理寺"谳"后、审刑院"议"后的上奏内容,否则他们如何获知相关结果并在神宗作出最终裁决前进行抗辩努力呢?而且御史台的这一抗议理由并非全无合理之处。从"供状"来看,熙宁八年(1075),成都僧惟简托苏轼求紫衣师号,苏轼将本家所收画一轴送给王诜;当年又有相国寺僧思大师托苏轼求紫衣师号,以数轴画作为报酬,苏轼转而拜托王诜,最终换得"紫衣二道",前引"御史台根勘结桉状"【C】中的"你将取佛入涅槃及桃花、雀、竹等,我待要朱繇、武宗元画鬼神",就是苏轼与王诜的分赃协定(〔宋〕朋九万撰:《东坡乌台诗案》,第6页)。这种行为的定罪量刑至少可以适用《宋刑统》卷一一《职制律》"请求公事"条、"受人财而为请求"条、"有事以财行求"条:

诸有所请求者,笞五十(谓从主司求曲法之事。即为人请者,与自请同。);主司许者,与同罪。已施行者,各杖一百。

诸受人财而为请求者,坐赃论,加二等;监临、势要,准枉法论。与财者,坐赃论减三等。

诸有事以财行求,得枉法者,坐赃论;不枉法者,减二等。即同事共与者,首则并赃论,从者各依己分法。(〔宋〕窦仪等撰,薛梅卿点校:《宋刑统》,北京:法律出版社,2000年,第196—197页)

所谓的"坐赃论",指的是适用《宋刑统》卷二六《杂律》"坐赃致罪"条:

诸坐赃致罪者,一尺笞二十,一匹加一等;十匹徒一年,十匹加一等,罪止徒三年。(〔宋〕窦仪等撰,薛梅卿点校:《宋刑统》,北京:法律出版社,2000年,第461页)

因此,我们认为,蔡涵墨所持"苏轼或王诜的行为似乎并没有触犯任何法规,特别是发放'紫衣'的规定",进而将它们归入"不应为",与【F-1】所涉《湖州谢上表》的讥讽断为同一性质的行为(蔡涵墨著,卞东波译:《乌台诗案的审讯:宋代法律施行之个案》//王水照、朱刚编:《新宋学》第4辑,第369—371页),恐怕是不准确的。这当然还有两条旁证:

第一,参考【G】、【H】部分,它们都是事、罪、罚一一对应的叙述模式,那么【F-1】部分引敕条"臣僚不得因上表称谢,妄有诋毁",也只能针对"湖州谢上表讥用人生事扰民"一项,而"海行条贯不指定刑名"指的也是前引敕条只是要求"御史台弹奏",并未对臣僚"因上表称谢,妄有诋毁"的行为规定相应的刑责,这些都无法统括【E】部分列举的诸种行为。

第二,在《重编东坡先生外集》所载文本的相应段落中(〔宋〕苏轼撰,〔明〕毛九苞编:《重编东坡先生外集》,第574页),文字清晰可辨者三段,分别是"到台累次虚妄不实供通""诗赋等文字讥讽朝政阙失等,到台被问便因依招通""作诗赋寄王诜等,致有镂板印行,讽毁朝政,又谤讪中外臣僚",可逐一对应【F-2】、【G】、【H】;而在"到台累次虚妄不实供通"之前有两列残行,可辨析的文字大概有"准(后阙六字)有讪毁,御史台(后阙四字)行条贯不(后阙)",对应的是【F-1】,并未涉及前述赃罪问题。

综上所述，我们可以将名为"御史台根勘结桉状"的部分重新进行分解：

【A】来自"御史台根勘结桉状"。

【B】陈述审讯结束之后的录问程序，应该也有相应的文书来源。

【C】、【D】、【E】应当都是"续据御史台根勘所状"的内容，可能来源于御史台官员李定、舒亶等抗议大理寺所"谳"与审刑院所"议"结果的奏状，目的是将苏轼等排除在恩赦适用之列。只不过，《东坡乌台诗案》的编者在编集过程中不仅删掉了恩赦的具体行文，还将【D】插在了【C】、【E】之间，导致文脉断裂，无从理解。

【F-1】、【F-2】、【G】、【H】是关于苏轼罪刑认定与法律适用的意见。这些内容可能同时见载于大理寺"谳"后所作的文书、审刑院"议"后所作的文书、承载神宗最终决断的敕牒（或中书札子）。

【J】来自敕牒（或中书札子）。

至于【I】的性质，则详见下一节的讨论。

**2. 恩典还是特责**

诏狱的审理程序相当复杂（详见戴建国：《宋代诏狱制度述论》，第249—253页）。每一阶段都可能存在臣下奏闻、皇帝下旨、中书批送等环节，如前引《东坡乌台诗案》所载"供状"之"中使皇甫遵到湖州勾至御史台"部分就显示了这种文书上行、下达的频繁程度，而"御史台根勘结桉状"有如此复杂的文书来源构成，也有相应的制度渊源。

《续资治通鉴长编》卷三二"太宗淳化二年八月己卯"条载：

凡狱具上奏者，先由审刑院印讫，以付大理寺、刑部断覆以闻，乃下审刑院详议，中覆裁决讫，以付中书，当者即下之，其未允者，宰相复以闻，始命论决。（《续资治通鉴长编》，第717—718页）

此后，虽然太宗在淳化四年（993）下诏，大理寺详决的案件"勿复经刑部详覆"（《续资治通鉴长编》卷三四"太宗淳化四年三月壬子"条，第748页），但在乌台诗案发生前的元丰元年，神宗又恢复了刑部的权限，"其应奏者并天下奏案，并令刑部、审刑院详断"。（《续资治通鉴长编》卷二九五"神宗元丰元年十二月丁巳"条，

第7186页)

　　据此,在御史台具狱上奏以后,至少需要经历大理寺断后奏闻、刑部与审刑院覆议后奏闻、皇帝最终决断等程序。这些程序在《东坡乌台诗案》文本中皆有相应体现,如前引《东坡乌台诗案》第一部分"御史台检会送到册子"中的"中书门下奏,据审刑院、尚书刑部状"就明确体现了元丰元年所恢复的刑部之权(此为《重编东坡先生外集》所阙),前述"奉圣旨"等体现了神宗的决断。至于苏轼的罪刑认定与法律适用自然是大理寺的权责范围,即使如前所述,这些内容可能为大理寺、刑部与审刑院所奏文书乃至于敕牒(或中书札子)所共享,但其源于大理寺的奏状应无问题。

　　除此之外,《东坡乌台诗案》是否还保留有其他阶段性文书的内容?我们仔细比对了《东坡乌台诗案》与《重编东坡先生外集》两个文本,发现前者所收"御史台根勘结桉状"中的【I】部分未见于后者:"准敕:比附定刑,虑恐不中者,奏裁。其苏轼系情重,及比附,并或以官或以职",这为我们考察相关程序与苏轼的罪刑议定提供了一些线索。

　　以下先将苏轼的行为、定罪、量刑整理为一个表格:

| | 行为 | 定罪 | 量刑 |
| --- | --- | --- | --- |
| 1 | 湖州谢上表讥用人生事扰民 | 不应为,私罪 | 从重,杖八十 |
| 2 | 到台累次虚妄不实供通 | 报上不以实,私罪 | 未奏,杖一百 |
| 3 | 作诗赋等文字讥讽朝政阙失 | 作匿名文字,谤讪朝政及中外臣僚,私罪 | 自首,徒一年 |
| 4 | 作诗赋及诸般文字寄送王诜等,致有镂板印行 | 作匿名文字,谤讪朝政及中外臣僚 | 徒二年,情重者奏裁 |

　　蔡涵墨认为,关于行为4的陈述除了最后一句"情重者奏裁"外,其余皆与行为3相同,因此"此句可能是后人增补到上引刑律中去的",而二者的区别是,行为3是作诗讥谤朝廷,行为4是刊刻及传播这些文字(蔡涵墨著,卞东波译:《乌台诗案的审讯:宋代法律施行之个案》,第372、374页);近藤一成认为,根据"二罪

以上俱发从重"的原则,对行为4的处罚表述应是最终判决,是对行为1、2、3的合并处罚(近藤一成:《东坡の犯罪——〈乌台诗案〉の基础的考察》,第379页);朱刚认为,将行为2、3的量刑加在一起,就得出了"徒二年"的结果,至于行为4的表述,"文字有些费解,因为其所述苏轼的罪状与第二条基本重复"。(朱刚:《"乌台诗案"的审与判——从审刑院本〈乌台诗案〉说起》,《北京大学学报(哲学社会科学版)》2018年第6期,第92—93页。需要说明的是,朱刚对于这部分罪刑的解说依据的是《重编东坡先生外集》,如前所述,该本所载的罪刑部分残缺了有关行为1的叙述,因此朱刚仅仅列举了后三种罪行)。关于行为4的分析,蔡涵墨与朱刚的意见有相似之处,但这个真的只是简单的重复或是敕文有后人增补的部分么?近藤一成引述的"二罪以上俱发从重"自然是当时通行的法律原则,这也就否定了朱刚的"累加"说,但是如果行为4的表述是重罪(行为3)吸收轻罪(行为1、2)之后的最终结果,那么建议的刑责理应是"徒一年",怎么会是"当徒二年"(《续资治通鉴长编》卷三〇一"神宗元丰二年十二月庚申"条,第7333页)、"合追两官"呢?

首先,我们认为"情重者奏裁"之句应非后人增补,而是所引敕条的原文,而且行为4也绝非是对行为3的简单重复或是对前面3种定罪量刑合并吸收的最终表述。原因在于,行为4区别于行为3的一个重要量刑情节是"寄送王诜等,致有镂板印行"。换言之,作诗赋等文字讥讽朝政阙失可以是一个私下的行为,自娱自乐。一旦被发现,就适用行为3所对应的罚则。但如果将这些文字寄送给他人,且还公开印行,其犯罪的社会危害性就完全不同了。这也就是"谤讪朝政及中外臣僚"这项敕定罪名之所以设计"情重者奏裁"的原因所在,即犯罪情节严重的,需要皇帝来做量刑决断。只有在皇帝不认为这是"情重"的情况下,才能适用该敕条所定的基本刑罚"徒二年"。

之所以大理寺在行为4部分并未提及"按问欲举"的减刑情节,恐怕是因为刊刻的《元丰续添苏子瞻学士钱塘集》是苏轼下狱的导火索,如何正臣称"轼所为讥讽文字,传于人者甚众,今犹取镂板而鬻于市者进呈"、舒亶称"印行四册,谨具进呈取进止"(〔宋〕朋九万撰:《东坡乌台诗案》,第1—2页),而苏轼本人入御史台狱时,不但没有"按问欲举",如"六〔应为"八"〕月十八日赴御史台出头,当日准问目,方知奉圣旨根勘",而且还百般抵赖,如"除山村诗外,其余文字并无干涉时事""其余前后供析语言因依等不同去处,委是忘记,误有供通,即非讳避"等(〔宋〕朋九万撰:《东坡乌台诗案》,第31页),因此此项罪行无法适用《刑统》此条而减刑。

至于行为3之所以能够适用减刑,是因为御史台当时没有确切地掌握除了《钱塘集》之外其他讥讽诗赋的证据,而苏轼在受讯期间"供通自来与人有诗赋往还人数姓名"(〔宋〕朋九万撰:《东坡乌台诗案》,第31页),这在"供状"中有充分体现,如他与王诜之间的诗文往来,只有"腾日游孤山诗、戏子由诗、山村诗,元准圣旨,系降印行册子内诗,其后杞菊赋、超然台记、韩干马诗、开运盐河诗即不系朝旨降到册子内",又如"轼供出所与清臣唱和诗,即不系朝旨降到册子内"。(〔宋〕朋九万撰:《东坡乌台诗案》,第9、12页。关于哪些诗赋见于《钱塘集》、哪些诗赋为苏轼所招供,可参见近藤一成:《东坡の犯罪——〈乌台诗案〉の基础的考察》,第372—376页)根据《宋刑统》卷五《名例律》"犯罪已发未发自首"条规定"即因问所劾之事而别言余罪者,亦如之"(《宋刑统》,第82页),苏轼在这些罪行上可以享受减刑待遇。

其次,前述未见于《重编东坡先生外集》的【I】部分"准敕:比附定刑,虑恐不中者,奏裁。其苏轼系情重,及比附,并或以官或以职"为我们提示了另一些需要皇帝决断的事项:

(1)"比附定刑"可能指的是对行为3、4的判断,因为苏轼与其他人之间的诗文往来、刊印的《元丰续添苏子瞻学士钱塘集》绝非"匿名文字",是否能够比附此条定罪、量刑,需要皇帝决断。

其实,《宋刑统》卷一〇《职制律》"指斥乘舆"条还规定了一种情况,与苏轼等行为颇为相近:"言议政事乖失而涉乘舆者,上请",疏议的解释是"谓论国家法式,言议是非,而因涉乘舆者,与'指斥乘舆'情理稍异,故律不定刑名,临时上请"。(《宋刑统》,第186页)

(2)所谓"情重",或许是指前述"作匿名文字,谤讪朝政及中外臣僚"的"情重",又或许是指苏轼的罪行总体而言情节严重,适用上述这些法律都嫌太轻。

北宋时,大理寺断罪多有"取旨为文"的情况。如真宗曾在大中祥符五年(1012)声称"一成之法,朕与天下共守。如情轻法重、情重法轻之类,皆当以理裁断,具狱以闻"(《续资治通鉴长编》卷七八"真宗大中祥符五年九月丁卯"条,第1782页),要求大理寺自行裁断,但收效并不明显。两年后他再度下诏重申"大理寺断狱宜依条处罪,其情轻法重者,具状实封以闻"。原因是当时有人抱怨"法官以临时取旨为文"(《续资治通鉴长编》卷八二"真宗大中祥符七年四月甲子"条,第1871页)。到哲宗元符二年(1099)编修《刑房断例》时,负责的左司员外郎曾旼也曾建议:"勘会申明,颁降断例系以款案编修刑名件下检断,其罪人情重法轻、情轻法重,有荫人情不可赎之类,大辟情理可悯并疑虑,及依法应奏裁者自合引用奏裁,虑恐诸处疑惑,欲乞候颁降日令刑部具此因依申明,遍牒施行"(《续资治通鉴长编》卷五○八"哲宗元符二年四月辛巳"条,第12106页),由此可知当时请求奏裁的情况。而到了政和六年(1116),徽宗颁布的《遵守法重情轻上请法御笔手诏》称"民以罪丽法,情有轻重,则法有增损。故开封、大理旧立情重法轻、情轻法重取旨之文"(《宋大诏令集》卷二○二《政事五十五》"刑法下",北京:中华书局,1962年,第752页),可见在此之前"情重法轻、情轻法重取旨"已成了制度。

(3)"或以官或以职",是指前引"准敕:馆阁贴职,许为一官,或以官,或以职,临时取旨",对于以官当徒而言,究竟是要拿官来当罪,还是馆阁之职来当罪,需要"临时取旨"。

总而言之,大理寺其实无法直接根据上述法条作出确定的定罪、量刑建议,只能通过上书奏闻的方式,来请求皇帝决断。因此,是否认可大理寺的检法建议、是否适用其他更为严重的罪刑规定、是否考虑御史台提出的苏轼等犯有赃罪的情节等,这都是神宗乾纲独断的权力范围,甚至就是否适用赦免而言,亦可由神宗的意志为定,否则舒亶如何上书建议"原情议罪,实不容诛,乞不以赦论"?(《续资治通鉴长编》卷三○一"神宗元丰二年十二月庚申"条,第7334页)司马光在元丰五年自书的《遗表》中提及王安石以峻法驱逐反对派,"彼十恶盗贼,累更赦令,犹得宽除,独违新法者,不以赦降去官原免,是其所犯重于十恶盗贼也"

〔宋〕司马光:《遗表》//曾枣庄、刘琳主编:《全宋文》卷一一一七五《司马光四》,上海:上海辞书出版社,合肥:安徽教育出版社,2006年,第168页)。如果王安石都有这样的排除赦降适用的能力,何况是神宗呢?

因此,在御台"结桉"以后,神宗排除了对苏轼罪行的"情重"定性,免去了对苏轼等坐赃之罪的追究,同意适用累次所颁降的赦书,这不能不说是"皇恩浩荡"。我们不应该忽略在定罪量刑过程中皇权本应发挥的关键性作用,而一味强调大理寺如何作出免罪判决、审刑院如何支持这一判决,并由此推论神宗在无罪判决之上给予了苏轼特别惩罚。事实上,大理寺之所以能作出免罪判决,那也是请示神宗之后的结果。如果神宗认为"情重法轻",比附罪名与刑罚更为严重的法条,且这一罪名又属于"常赦所不免",那么苏轼所受到的处罚将绝不会止于"责授""安置"而已(关于责授、安置的处罚机理,以及苏轼兄弟的"安置"生活,可详见梅原郁:《宋代司法制度研究》,东京:创文社,2006年,第591—598页)。如果以现代法制进行类比说明,神宗所为其实是先免除苏轼的刑事责任,再给予行政处分,在恩典之下略施薄惩,既体现了皇权的恩威并济,也适当安抚了御史们的情绪。

## ·苏轼是否受到刑讯拷打·

对于乌台诗案中的一些基本问题,由于资料的缺失以及对现有资料的不同解读,存在一些不同看法,其中苏轼在乌台诗案审讯过程中是否受到刑讯拷打,就是一个。在这个问题上有两种对立的意见,一种认为有,一种认为没有。

余秋雨(2002)对苏轼在乌台诗案中受到刑讯拷打说得十分肯定:[1]
究竟是什么罪? 审起来看!
怎么审? 打!

---

[1] 余秋雨.山居笔记[M].上海:文汇出版社,2002.

提供的依据是：

一位官员曾关在同一监狱里，与苏东坡的牢房只有一墙之隔，他写诗道：

遥怜北户吴兴守，诟辱通宵不忍闻。

通宵侮辱、摧残到了其他犯人也听不下去的地步，而侮辱、摧残的对象竟然就是苏东坡！

后面我们会看到，有无双方都把"遥怜北户吴兴守，诟辱通宵不忍闻"的诗句作为自己的论据。同一史料在不同论者手中可以成为对立观点的论据，这的确是一件有趣的事情。本章中这诗句重复了多次，被论者作了不同的解释，就是为了引起对这一现象的注意。

王文龙(2000)认为"威刑相加"是乌台诗案这种文字狱的主要表现之一：①

乌台诗案作为封建专制制度下一起完整形态的文字狱，主要表现为以下四点：……(三)威刑相加。犯官就逮入狱，失去人身自由，御史台以刑讯逼供，不容申辩。《二老堂诗话·记东坡乌台诗案》谓苏颂在狱中有诗云："遥怜北户吴兴(即湖州)守，诟辱通宵不忍闻。"自注云："所劾歌诗有非所宜言，颇闻镌诘之语。"(孔凡礼《苏轼年谱》卷十八有解说，可供参考)《诗谳》亦云："凡御史追捕迅鞫之辞，率坐诗语讥谤。"均可见逼供之甚。乌台诗案中所供尤为铁证。一是所涉宽泛。张舜民《画墁录》云："元丰中，诗狱兴，凡馆舍诸人与子瞻和诗，罔不及。"牵涉面之广可想而知。今存诗案尚有多处有"此诗即无讥讽"一类供词。既无讥讽，何必阑入？这些诗作无端被作践，显系当日淫威所致。二是妄自认罪。如《送李清臣》一诗作于熙宁末，李氏差修国史，苏轼以诗送别，希望李氏能在国史中将其在仁宗朝所进论25篇载入。诗中有"载我当时旧《过秦》"之句，以贾谊所作《过秦论》比喻自己"论往古得失"的文章，原本无可厚非，而诗案中却有"轼妄以贾谊自比"云云，其迹近于自诬。如此自诬，无异于给自己勒紧脖子上的绳索，这是在高压之下失去心理常态的结果。三是随意上"纲"。如作于判杭时的《八月十五日观潮》诗云："吴儿生长狎涛渊，冒利轻生不自怜。东海若知明主意，应教斥卤变桑田。"次句"盖言

---

① 王文龙.乌台诗案纵横谈[J].盐城师范学院学报(人文社会科学版),2000(3):12—17.

弄潮之人为贪官中利物,致其间有溺死者,故朝旨禁断"。后两句是诗人有慨于此,故作一时兴到语,因为果真"斥卤变桑田",则吴儿可安于农桑之事,不至于"冒死轻生"了。如此命意,何罪之有？而供状中竟说是"讥讽朝廷水利之难成",这真是风马牛不相及,荒唐之至！但我们倘若翻检舒亶在诗狱前所上的札子,或许可使真相大白："陛下兴水利,则曰'东海若知明主意,应教斥卤变桑田'。"两人的口吻何其相似乃尔！在诗狱中,一个是握有生杀予夺大权的审判官,而另一个却是任人宰割的阶下囚,其中的奥妙难道还不昭然若揭吗？苏轼事后在《杭州召还乞郡状》中曾提到那场"梦魇"："党人疑臣复用,而李定、何正臣、舒亶三人,构造飞语,酝酿百端,必欲致臣于死。"可见此中包含着多少隐衷、多少冤抑啊！所以我们与其说是被害者的随意上"纲",毋宁说是迫害者的深文罗织。

莫砺锋(2007)根据告发者的劾状与苏轼最后的供状对比,认为苏轼除了受到"笞楚"之外,还受到诱骗:①

仔细比较御史们的奏弹与东坡的供状,两者不但若合符契,而且后者简直是对前者的进一步引申和深化！东坡经过御史和狱吏的逼供和反复的"再勘",终于一一招认了他们所要求的罪名,这又一次证实了那句有名的古语——"笞楚之下,何求不得"。况且御史们除了逼供外还有其他高招,那就是诱骗。当时有一位士人出卖诗策,里面用了"墨君"一词,因此下狱。李定、何正臣审讯其事,要以指斥君主之罪论处。或许是由于东坡曾写过一篇《墨君堂记》,李、何就对东坡说："学士素有名节,为何不替他招认了这个罪名？"(此事孙升《孙公谈圃》卷上有载,但语意欠明,东坡《墨君堂记》中的"墨君"乃指文同所画的墨竹,但是文中说："凡人相与号呼者,贵之则曰公,贤之则曰君,自其下则尔、汝之。虽公卿之贵,天下貌畏而心不服,则进而君、公,退而尔、汝者多矣。"似乎语含讽刺,况且"墨"字本有贪黩之意,不知那位朝士所用的"墨君"是否与东坡此文有关,也不知李定等人诱骗东坡认罪是否与此有关,录以待考)幸亏东坡没有上当,否则又要罪加一等。

---

① 莫砺锋.乌台诗案史话之二:柏台霜气夜凄凄[J].古典文学知识,2007(6):38—45.

何柏生(2017)认为苏轼遭受了"刑讯逼供的折磨",并对"刑不上大夫"进行了分析:①

"乌台诗案"中,东坡先生这样的高官也要遭受刑讯逼供的折磨。

大臣苏颂因受人诬陷而下狱,与东坡先生的牢房相连。他通宵听到的不是大诗人的吟唱,而是御史们对大诗人的辱骂声甚至扑打声。他留下了两句诗:"遥怜北户吴兴守,诟辱通宵不忍闻",记录下了审讯官的虎狼面目和东坡先生的悲惨境况。

中国古代有句非常闻名的话语:"刑不上大夫,礼不下庶人。"虽然对这句话的解释有分歧,但一般认为"刑不上大夫"是贵族、高官享有的一种特权。有人认为先秦存在许多刑上大夫的实例,便怀疑这句话反映的问题曾经存在过。其实,我们今天强调法律面前人人平等,但实际中却有许多不平等的实例,不能由此否认法律中就没有这样的规定,只能证明许多人未曾模范遵守法律。所以说"刑不上大夫"是一个原则规定,具体执行中违犯其规定的比比皆是,因为许多实例也可证明"刑上大夫"的现象存在过。

与此针锋相对的意见是乌台诗案中苏轼没有受到刑讯拷打。

郭艳婷(2014)认为:②

乌台诗案中,没有发现使用刑具和拷讯的记录。根据刑不上大夫的礼制原则,审讯享有议、请、减的朝廷命官,原则上是不适用刑讯的。

蔡涵墨和卞东波(2014)则认为:③

---

① 何柏生.东坡先生的法律人生[J].法学,2017(9):57—67.
② 郭艳婷.从乌台诗案看北宋官员犯罪司法程序的特点[J].常州大学学报(社会科学版),2014,15(1):57—61.
③ 蔡涵墨,卞东波.1079年的诗歌与政治:苏轼乌台诗案新论[J].励耘学刊(文学卷),2014(2):88—118.

看来就因为神宗的亲自介入,才使苏轼免遭皮肉之苦。

对于苏轼开始时不招认,而后来招认,蔡涵墨和卞东波的解释是:

一开始,苏轼还极力称自己是无辜的;但随着审讯强度的加大,主事者在全国范围内,从苏轼友人那里搜罗到更多的犯忌的诗与通信。10月20日,面对案子中其他关键人物的招供,苏轼也不得不"供通"(全盘招供),并开始交代涉嫌诗歌中的问题。

李裕民(2009)认为动刑强迫招认仅仅是简单的想象,并对"没有用刑"进行了详细的论证:①

有人说,这次审讯是靠动刑,强迫苏轼招供的。这仅仅是简单的想象,或是根据一般情况所作的推测。实际上,在审讯过程中,一没有用刑,二是整人者和被整者之间经过一番复杂的较量。诏狱用刑是经常的,为什么说这次审讯没有用刑?理由如下:

(1)有关这一案件的材料保留至今的非常多,但都没有说到用刑。

(2)苏轼事后多次提及此事,从来没有说到对他用了刑。

(3)另有一位在隔壁经常听到审讯苏轼的人——苏颂,用诗写下了当时的情景(《元丰己未三院东阁作》凡十四首,此其五):

遥怜北户吴兴守,诟辱通宵不忍闻。自注:"时苏子瞻自湖守追赴台劾,尝为歌诗有非所宜言,颇闻镌诘之语。"

他只是听到责问、侮辱、谩骂声,而没有【提到】拷打声。

苏颂另有一诗,其题甚长,录如下:

《己未九月,予赴鞫御史,闻子瞻先已被系,予昼居三院东阁,而子瞻在知杂南庑,才隔一垣,不得通音息,因作诗四篇,以为异日相遇一噱之资耳》。(苏颂《苏魏公文集》卷一〇,北京:中华书局,1988)

此题说明苏颂是因为另一案子被叫去查问,就住在隔壁,这基本上可以算是"现场证人"。

---

① 李裕民.乌台诗案新探[J].宋代文化研究,2009(2).

(4)元祐六年(1091)五月十九日,苏轼在《杭州召还乞郡状》中追述这一段历史时说:"到狱即欲不食求死,而先帝遣使就狱有所约敕,故狱吏不敢别加非横,臣亦觉知先帝无意杀臣。"(《苏轼文集》卷三二,911页)神宗很清楚:苏轼无意反皇帝,只是反新法。因此,神宗只想刹住这股反新法之风,就达到目的了。神宗爱其才,并不想杀他,一旦他死在狱中,会使神宗蒙上容不下奇才的恶名。所以神宗特地派人到狱中作交代。这样的举动,审判官当然心里明白,不敢随便动刑。

(5)苏辙《为兄轼下狱上书》云:"轼之将就逮也,使谓臣曰:'轼早衰多病,必死于牢狱'。"(苏辙《栾城集》卷四七,《四部丛刊》本)这说明,当时苏轼的身体很差,经不起折磨,如果真是用刑,早就没命了。

戴建国(2019)则对苏轼在乌台诗案中受到了刑讯拷打进行了详细分析:①

苏轼在御史台狱受审,有没有受到刑讯拷打,不少研究者对此问题或避而不谈,或云根据刑不上大夫的礼制原则,朝廷命官原则上不适用刑讯,苏轼没有遭遇拷打(郭艳婷:《从乌台诗案看北宋官员犯罪司法程序的特点》,《常州大学学报》(社会科学版)2014年第1期)。由于神宗的亲自介入,"苏轼得以免遭皮肉之苦"(蔡涵墨撰,卞东波译:《1079年的诗歌与政治:苏轼乌台诗案新论》//《中国古典文学研究的新视镜——晚近北美汉学论文选译》,合肥:安徽教育出版社,2016年,第157页)。然而揆诸史籍,这种说法存在疑点。

宋承唐制,司法审讯,犯人不招供,法律规定可以用刑逼供:"诸应讯囚者,必先以情,审察辞理,反复参验,犹未能决,事须讯问者,立案同判,然后拷讯,违者,杖六十。"(《宋刑统校证》卷二九《断狱律》"不合拷讯者取众证为定",第397页)《天圣令》规定:"诸察狱之官,先备五听,又验诸证据,事状疑似犹不首实者,然后考掠。"(《天圣令》卷二七《狱官令》//天一阁博物馆、中国社会科学院历史研究所天圣令整理课题组校证:《天一阁藏明抄本天圣令校证》,北京:中华书局,2006年,第417页)。虽然《宋刑统》卷二九《断狱》规定:"诸应议、请、减,若年七十以

---

① 戴建国."东坡乌台诗案"诸问题再考析[J].福建师范大学学报(哲学社会科学版),2019(3).

上、十五以下及废疾者,并不合拷讯,皆据众证定罪,违者,以故、失论。"所谓"诸应议、请、减"者,指七品以上官,享有不得拷讯的法律特权(《宋刑统校证》卷二九《断狱律》"不合拷讯者取众证为定",第395—396页)。不过这一源于唐律的规定,即使在唐代司法审讯中也没有被认真执行。例如武则天在位期间利用酷吏打击政敌,《旧唐书》卷一八六《来俊臣传》云:"则天于是于丽景门别置推事院,俊臣推勘必获,专令俊臣等按鞫,亦号为新开门,但入新开门者,百不全一。……囚人无贵贱,必先布枷棒于地,召囚前曰:'此是作具'。见之魂胆飞越,无不自诬矣。"(《旧唐书》卷一八六《来俊臣传》,北京:中华书局,2002年,第4838页)

宋文献中不见实施此条法律的记载。天圣七年制定的《天圣令》,虽还保留有对五品官的司法特权:"诸决大辟罪,……五品以上,听乘车,并官给酒食,听亲故辞决。"(《天圣令》卷二七《狱官令》//《天一阁藏明抄本天圣令校证》,第415页)但也有对五品以上官特权的废除,如附录于宋令正文后不再行用的唐令第3条:"诸决大辟罪,皆于市。五品以上犯非恶逆以上,听自尽于家。七品以上及皇族若妇人犯非斩首者,绞于隐处。"(《天圣令》卷二七《狱官令》//《天一阁藏明抄本天圣令校证》,第420页)其中涉及五品以上官及六品、七品官处决时的司法待遇,宋已不再实施。

这里有必要考察一下元丰时期发生的其他诏狱审讯案例。元丰元年(1078)发生一起太学诏狱,涉案人员众多,不少人受到严刑拷讯,御史中丞刘挚为此奏云:"无罪之人,例遭棰楚,号呼之声,外皆股栗。臣闻论者谓近年惨辱冤滥,无如此狱。"(〔宋〕刘挚:《忠肃集》卷四《论太学狱奏》,北京:中华书局,2002年,第90页)再如同一年的相州诏狱,《续资治通鉴长编》载:

知谏院蔡确既被旨同御史台按潘开狱,遂收大理寺详断官窦苹、周孝恭等,枷缚暴于日中凡五十七日,求其受赂事,皆无状。中丞邓润甫夜闻掠囚声,以为苹、孝恭等,其实他囚也。润甫心非确所为惨刻而力不能制。确引陈安民置枷于前而问之,安民惧,即言尝请求文及甫。……明日润甫在经筵独奏:"相州狱事甚冤,大理实未尝纳赂,而蔡确深探其狱,支蔓不已,窦苹等皆朝士,榜掠身无完肤,皆衔冤自诬,乞亟结正。"……(黄)履、(李)舜举至台,与润甫、确等坐帘下,引囚于前,读示款状,令实则书实,虚则陈冤。前此碻屡问囚,有变词者,辄笞掠。及是,囚不知其为诏使也,畏狱吏之酷,不敢不承。独窦苹翻异,验拷掠之痕,则无之。(《续资治通鉴长编》卷二八九,神宗元丰元年夏四月乙巳,第7059—7060页)

御史中丞邓润甫对蔡确的审讯方式极为反感。这段史料可注意者有四点:一是详断官窦苹、周孝恭等,被枷缚暴于日中凡五十七日,这种折磨与拷讯没有实质区别。二是窦苹、周孝恭为大理寺详断官,据《宋史·职官志》载:"国初大理正、丞、评事皆有定员,分掌断狱。其后,择他官明法令者,若常参官则兼正,未常参则兼丞,谓之详断官。"(《宋史》卷一六五《职官志》,北京:中华书局,1985年,第3899页)换言之,详断官乃指由常参官充任的大理寺正和由未常参官充任的大理寺丞。根据北宋前期的官制,大理寺正、丞,官品皆在六品以上。[〔宋〕孙逢吉:《职官分纪》卷十九《大理》载,北宋前期沿唐制,大理寺正为从五品下,大理寺丞为从六品上(文渊阁《四库全书》本,第923册,第468—469页)。又《宋史》卷二八七《陈彭年传》载陈彭年由秘书郎任大理寺详断官。《宋史》卷三〇〇《陈从易传》、三〇三《田京传》、三二六《蒋偕传》载陈从易、田京、蒋偕三人皆由著作佐郎而任大理寺详断官(《宋史》,第9978、10051、10519页)。秘书郎、著作佐郎,据《职官分纪》卷十六《秘书省》载,在北宋前期官品为从六品上(第923册,第395、401页)]然而邓润甫奏言中并没有引用《宋刑统》关于七品以上官不得拷讯的法律规定。如果此规定在宋代仍然有效实施的话,他不会不言。相反法律规定,犯人不招供可以适度用刑,但是超过度就属用刑深刻了。邓润甫是针对蔡确用刑惨刻而上奏的,而不是说不能对官吏用刑。三是蔡确"引陈安民置枷于前而问之",示意将用刑,"安民惧"。陈安民为相州签书判官,如果法律确有规定不能对官员用刑,陈安民有什么可怕的,蔡确自然也无法用刑具威吓陈安民。四是蔡确先前"屡问囚,有变词者,辄笞掠",这些囚犯被打怕了,以至于当神宗派遣的官员正式录问口供时,却不敢据实翻供。窦苹虽未被拷掠,并不能代表别的官员未被拷掠,窦苹或许自诬以求免拷讯。

苏轼为从六品官,在押受审将近四个月,审讯过程颇为曲折,从文献记载来看,有证据显示苏轼遭受了刑讯。朱熹就曾明确说过:"东坡下御史狱,拷掠之甚。苏子容时尹开封,勘陈世儒事。有人言文潞公之徒尝请托之类,亦置狱(原注:子容与东坡连狱,闻其有考掠之声,有诗云云)。"([宋]黎靖德:《朱子语类》卷一三〇《本朝四》//《朱子全书》,上海:上海古籍出版社,合肥:安徽教育出版社,2002年,第18册,第4061—4062页)苏子容即苏颂。元丰二年,苏颂因受陈世儒诏狱牵连,"是秋亦自濠州摄赴台狱",与苏轼同被关押于御史台狱,两人所囚之地,"才隔一垣"。苏颂曾作诗云"遥怜北户吴兴守,诟辱通宵不忍闻"。自注云"谓所劾歌诗有非所宜言,颇闻镌诘之语"。([宋]周必大:《文忠集》卷一七八《二老堂诗话下·记东坡乌台诗案》,文渊阁《四库全书》本,第1149册,第30页)苏颂所言颇为委婉,但朱熹却认为是苏轼遭拷掠的证据。朱熹担任过州、军长官和江西提刑,对于宋代刑讯制度的规定,不会不清楚。如果确有七品以上官不可拷讯的规定,他自然不会下此断语。朋本《东坡乌台诗案》载曰:

当月二十日,轼供状时,除山村诗外其余文字并无干涉时事。二十二日,又虚称更无往复诗等文字。二十四日,又虚称别无讥讽嘲咏诗赋等应系干涉文字。二十四日,又虚称即别不曾与文字往还。三十日却供通自来与人有诗赋往还人数、姓名,又不说曾有黄庭坚讥讽文字等因依,再勘方招……([宋]朋九万:《东坡乌台诗案》,第31页)

苏轼在八月二十日、二十二日、二十四日的三次审讯中并不承认有干涉时事之诗,直到三十日,"却供通自来与人有诗赋往还人数、姓名"。从所载"再勘方招"来看,苏轼多半是承受不了包括刑讯在内的各种折磨。苏轼本人在《御史狱中遗子由》序亦云:"予以事系御史台狱,府吏稍见侵,自谓不能堪,死狱中,不得一别子由。"所言十分婉转,但其背后隐含的或许就是朱熹所说的状况。

# 叁 涉案诗文

·乌台诗案引论·

## ·涉案诗文·

以下将乌台诗案各版本收录的涉案诗文以表格方式罗列,表格内容除各篇题目外,分为两个部分。第一部分罗列了该篇在各种版本文献中的页数(这部分主要依据萧名嫱《乌台诗案诠释问题的再思考》[1]和李晓黎《百家注和施顾注中的〈乌台诗案〉》[2]);第二部分主要是朋九万《东坡乌台诗案》中苏轼的相关供述,参考《忏花庵》本校改了个别文字,标点参考了四川大学中文系唐宋文学研究室编《苏轼资料汇编》[3]中的相关部分,少数地方补充了其他文献的内容(取自其他文献部分,首部用粗体字标明来源),主要是《东坡乌台诗案》中未记录而其他文献中提及者(例如第32《次韵黄鲁直见赠古风二首(其二)》、第77《以双刀遗子由子由有诗次其韵》)。

关于表格中页码部分说明如下:

(一)"集":指现行点校本。

1."诗":孔凡礼点校,《苏轼诗集》,中华书局出版。

2."文":孔凡礼点校,《苏轼文集》,中华书局出版。

3."词":邹同庆、王宗堂著,《苏轼词编年校注》,中华书局出版。

4."年谱":孔凡礼撰,《苏轼年谱》,中华书局出版。前述集中未收诗文,年谱中有系年者,则标明年谱页数。

(二)"乌":宋朋九万《东坡乌台诗案》,《百部丛书集成》影印清李调元《函

---

[1] 萧名嫱.乌台诗案诠释问题的再思考[D].新北:淡江大学,2010.
[2] 李晓黎.百家注和施顾注中的《乌台诗案》[J].西南交通大学学报(社会科学版),2016,17(2):32—36.
[3] 四川大学中文系唐宋文学研究室编.苏轼资料汇编上编(二).北京:中华书局,1994.

海》本。

（三）"忏"：宋朋九万《乌台诗案》，《丛书集成续编》影印清宋泽元《忏花庵丛书》本。

（四）"苕"：宋胡仔《苕溪渔隐丛话》，人民文学出版社点校本。

（五）"眉"：清张鉴《眉山诗案广证》，《四库未收书辑刊》影印清光绪十年江苏书局刊本。

（六）"谳"：宋周紫芝《诗谳》，《百部丛书集成》影印清曹溶《学海类编》本。

（七）百家注和施顾注栏中，"百家注"为四部丛刊本《增刊校正王状元集注分类东坡先生诗》，"施顾注"为台湾艺文印书馆刊《增补足本施顾注苏诗》；数字表示注本引用当时流行的《乌台诗案》的文字出现的页码，○表示注本在注释的时候，未引当时流行的《乌台诗案》。因为施顾注是每卷重新编排页码，故表中大写的数字表示卷数，小写的数字表示卷中的页码。如该栏空白，表示原表中没有涉及此诗文。这两栏依照《百家注和施顾注中的〈乌台诗案〉》文中表格，该文表格未载者空白。

| 李杞寺丞见和前篇，复用元韵答之（腊月游孤山） ||||||||
|---|---|---|---|---|---|---|---|
| 集 | 乌 | 忏 | 苕 | 眉 | 谳 | 百家注 | 施顾注 |
| 诗7—319 | 9、42 | 8、40 | 288 | 卷二4 | 无 | 307 | 四17 |
| 1 | 熙宁六年内，《游孤山》诗寄诜，除无讥讽外，有："误随弓旌落尘土，坐使鞭棰环呻呼。"以讥讽朝廷，新法行后，公事鞭棰之多也。又曰："追胥保伍罪及孥，百日愁叹一日娱。"以讥讽朝廷，盐法收坐同保妻子移乡法太急也。又曰："岁荒无术归亡逋，鹄则易画虎难摸。"意取马援言："画鹄不成犹类鹜，画虎不成反类狗。"言岁既饥荒，我欲出奇画赈济，又恐朝廷不从，乃似画虎不成反类狗也。 |||||||

| 戏子由 ||||||||
|---|---|---|---|---|---|---|---|
| 集 | 乌 | 忏 | 苕 | 眉 | 谳 | 百家注 | 施顾注 |
| 诗7—324 | 9 | 9 | 288 | 二6 | 无 | 281 | 四22 |

续表

| | |
|---|---|
| 2 | 并《戏子由》云："任从饱死笑方朔,肯为雨立求秦优。"意取《东方朔传》"侏儒饱欲死",及《滑稽传》优旃谓陛楯郎："汝虽长,何益,乃雨立。我虽短,幸休居。"言弟辙家贫官卑,而身材长大,所以比东方朔、陛楯郎;而以当今进用之人,比侏儒、优旃也。又云："读书万卷不读律,致君尧舜知无术。"是时朝廷新兴律学,轼意非之。以谓法律不足以致君于尧舜,今时又专用法律而忘诗书,故言我读万卷书,不读法律,盖闻法律之中无致君尧舜之术也。又云："劝农冠盖闹如云,送老齑盐甘似蜜。"以讥讽朝廷,新闻提举官,所至苛细生事,发谪官吏,惟学官无吏责也。弟辙为学官,故有是句。又云："平生所惭今不耻,坐见疲氓更鞭棰。"是时多徒配犯盐之人,例皆饥贫。言鞭棰此等贫民,轼平生所惭,今不耻矣。以讥讽朝廷,盐法太急也。又云："道逢阳虎欲与言,心知其非口喏唯。"是时张靓、俞希旦作监司,意不喜其人,然不敢与之争议,故毁诋之为阳虎也。 |

| | 山村五绝(其三) | | | | | | | |
|---|---|---|---|---|---|---|---|---|
| | 集 | 乌 | 忏 | 苕 | 眉 | 瀛 | 百家注 | 施顾注 |
| 3 | 诗9—438 | 10 | 9 | 289 | 二7 | 3 | 457 | 六28 |
| | 又《山村》诗第三首云："烟雨蒙蒙鸡犬声,有生何处不安身。但令黄犊无人佩,布谷何劳也劝耕。"轼意是时贩私盐者,多带刀杖,故取前汉龚遂,令人卖剑买牛,卖刀买犊曰："何为带牛佩犊!"意但将盐法宽平,令人不带刀剑而买牛犊,则自力耕,不劳劝督也。以讥讽朝廷,盐法太峻不便也。 ||||||||

| | 山村五绝(其二) | | | | | | | |
|---|---|---|---|---|---|---|---|---|
| | 集 | 乌 | 忏 | 苕 | 眉 | 瀛 | 百家注 | 施顾注 |
| 4 | 诗9—438 | 10 | 10 | 289 | 二7 | 3 | 457 | 六28 |
| | 又第二首云："老翁七十自腰镰,惭愧春山笋蕨甜。岂是闻韶解忘味,迩来三月食无盐。"意山中之人,饥贫无食,虽老亦自采笋蕨充饥;时盐法峻急,僻远之人无盐食,动经数月。若古之圣人,则能闻韶忘味,山中小民,岂能食淡而乐乎!以讥讽盐法太急也。 ||||||||

| | 山村五绝(其四) | | | | | | | |
|---|---|---|---|---|---|---|---|---|
| | 集 | 乌 | 忏 | 苕 | 眉 | 瀛 | 百家注 | 施顾注 |
| 5 | 诗9—438 | 10 | 10 | 290 | 二7 | 3 | 457 | 六28 |
| | 第四首云："杖藜裹饭去匆匆,过眼青钱转手空。赢得儿童语音好,一年强半在城中。"意言百姓虽得青苗钱,立便于城中浮费使却;又言乡村之人,一年两度夏秋税,又数度请纳和预买钱,今此更添青苗助役钱,因此庄家子弟多在城中,不着次第,但学得城中语音而已。以讥讽朝廷新法,青苗、助役不便。 ||||||||

续表

| 汤村开运盐河雨中监役 | | | | | | | |
|---|---|---|---|---|---|---|---|
| 集 | 乌 | 忏 | 苕 | 眉 | 谳 | 百家注 | 施顾注 |
| 诗7—388 | 11 | 10 | 291 | 二8 | 无 | ○ | ○ |

6

又《差开运盐河》诗云:"居官不任事,萧散羡长卿。胡不归去来,留滞愧渊明。盐法星火急,谁能恤农耕。薨薨晓鼓动,万指罗沟坑。天雨助官政,泣愁淋衣缨。人如鸭与猪,投泥相溅惊。下马荒堤上,四顾但胡姗。浅路不容足,又与牛羊争。归田虽贱辱,岂识泥中行?寄语故山友,慎勿厌藜羹。"轼为是时卢秉提举盐事,擘画开运盐河,差夫千余人。轼于大雨中部役,其河只为般盐,既非农事,而役农民,秋田未了,有妨农事。又其河中间,有涌沙数里,轼宣言开得不便。轼自嗟泥雨劳苦,羡司马长卿,居官而不任事;又愧陶渊明,不早弃官归去也。农事未休,而役夫千余人,故云"盐事星火急,谁能恤农耕"。又言:"百姓已劳苦不易,天雨又助官政劳民,转致百姓疲役,人在泥水中,辛苦无异鸭与猪。"又言:"轼亦在泥中,与牛羊争路而行,若归田,岂识于此哉!"故云:"寄言故山友,慎勿厌藜羹,而思仕宦。"以讥讽朝廷,开运盐河,不当以妨农事也。

| 薄薄酒二首并引 | | | | | | | |
|---|---|---|---|---|---|---|---|
| 集 | 乌 | 忏 | 苕 | 眉 | 谳 | 百家注 | 施顾注 |
| 诗14—687 | 11 | 11 | 无 | 无 | 无 | | |

7

当年并熙宁九年内,作《薄薄酒》,又《水调歌头》一首。

| 水调歌头·丙辰中秋,欢饮达旦…… | | | | | | | |
|---|---|---|---|---|---|---|---|
| 集 | 乌 | 忏 | 苕 | 眉 | 谳 | 百家注 | 施顾注 |
| 词集上—173 | 12 | 11 | 无 | 无 | 无 | | |

8

当年并熙宁九年内,作《薄薄酒》,又《水调歌头》一首。

| 后杞菊赋并引 | | | | | | | |
|---|---|---|---|---|---|---|---|
| 集 | 乌 | 忏 | 苕 | 眉 | 谳 | 百家注 | 施顾注 |
| 文1—4 | 12、42 | 11、40 | 310 | 二8 | 无 | | |

9

复有《杞菊赋》一首并引,不合云:"及移守胶西,意其一饱,而始至之日,斋馆索然,不堪其忧。"以非讽朝廷,新法减削公使钱太甚,斋酝厨薄,事皆索然无备也。

| 超然台记 | | | | | | | |
|---|---|---|---|---|---|---|---|
| 集 | 乌 | 忏 | 苕 | 眉 | 谳 | 百家注 | 施顾注 |
| 文11—351 | 12、14 | 11、13 | 351 | 无 | 无 | | |

10

续表

| 10 | 轼又作《超然台记》云:"始至之日,岁比不登,盗贼满野,狱讼充斥。"意言连年蝗虫盗贼狱讼之多。以非讽朝廷政事阙失,并新法不便所致。及云:"斋厨索然,日食菊。"以非讽朝廷。新法减削公使钱太甚。又于上件年分,节次抄写上件诗赋等,寄与王诜。 |||||||

| 11 | 与王晋卿书 |||||||
|---|---|---|---|---|---|---|---|---|
| | 集 | 乌 | 忏 | 苕 | 眉 | 谳 | 百家注 | 施顾注 |
| | 年谱15—342 | 12 | 11 | 无 | 无 | 无 | | |
| | 熙宁九年,轼写书与王诜,为一婢秋蟾,欲削发出家作尼,并有相识僧行杭州人,各求祠部一道。当说与王诜,自后未取。 |||||||

| 12 | 喜长春(殢人娇·王都尉席上赠侍人) |||||||
|---|---|---|---|---|---|---|---|---|
| | 集 | 乌 | 忏 | 苕 | 眉 | 谳 | 百家注 | 施顾注 |
| | 词集上—197 | 12 | 12 | 无 | 无 | 无 | | |
| | 约熙宁十年二月到京,王诜送到茶果酒食等。三月初一日,王诜送到简帖,来日约出城外四照亭中相见。次日,轼与王诜相见,令姨六七人出,斟酒下食。数内有情奴,问轼求曲子,轼遂作《洞仙歌》一首、《喜长春》【词集无此词,言"今故以此补之"】一首与之。 |||||||

| 13 | 洞仙歌·咏柳 |||||||
|---|---|---|---|---|---|---|---|---|
| | 集 | 乌 | 忏 | 苕 | 眉 | 谳 | 百家注 | 施顾注 |
| | 词集上—200 | 12 | 12 | 无 | 无 | 无 | | |
| | 三月初一日,王诜送到简帖,来日约出城外四照亭中相见。次日,轼与王诜相见,令姨六七人出斟酒下食。数内有情奴,问轼求曲子,轼遂作《洞仙歌》一首、《喜长春》一首与之。 |||||||

| 14 | 书韩干牧马图 |||||||
|---|---|---|---|---|---|---|---|---|
| | 集 | 乌 | 忏 | 苕 | 眉 | 谳 | 百家注 | 施顾注 |
| | 诗15—721 | 12 | 12 | 291 | 无 | 无 | 220 | ○ |
| | 次日,王诜送韩干画马十二匹,共六轴,求跋尾,不合作诗,云:"王良挟矢飞上天,何必俯首求短辕。"意以骐骥自比,讥执政大臣无能尽我才,如王良之御者,何必折节干求进用也。 |||||||

| 15 | 宝绘堂记 |||||||
|---|---|---|---|---|---|---|---|---|
| | 集 | 乌 | 忏 | 苕 | 眉 | 谳 | 百家注 | 施顾注 |
| | 文11—356 | 13 | 13 | 无 | 无 | 无 | | |

| 15 | 熙宁五年内，巩言："王诜说，贤兄与他作《宝绘堂记》，内有'桓灵宝之走舸。王涯之复壁，皆留意之祸也。'嫌意思不好，要改此数句。"轼答云："不使则已。"即不曾改。 |
|---|---|

人日猎城南，会者十人，以"身轻一鸟过，枪急万人呼"为韵得鸟字

| 集 | 乌 | 忏 | 苕 | 眉 | 谳 | 百家注 | 施顾注 |
|---|---|---|---|---|---|---|---|
| 诗18—917 | 13 | 13 | 无 | 二27 | 无 | ○ | ○ |

16  轼先与将官雷胜并同官寄居等一十人出猎等诗各一首。计十首。并无讥讽。轼后批："请定国，将此猎诗转示晋卿都尉，当输我一筹也。"

和李邦直沂山祈雨有应

| 集 | 乌 | 忏 | 苕 | 眉 | 谳 | 百家注 | 施顾注 |
|---|---|---|---|---|---|---|---|
| 诗15—734 | 14 | 14 | 292 | 二10 | 无 | ○ | 十二11 |

17  熙宁十年，轼知徐州日，六月内李清臣因沂山龙祠祈雨有应作诗一首寄轼，其诗曰："南山高峻层，北山亦嶒峨。坐看两山云出没，云行如驱归若呼呼，始觉山中有灵物。郁郁其焚兰，罩罩其击鼓。祝屡祝，巫屡舞。我民无罪神所怜，一夜雷风三尺雨。岭木兮苍苍，溪水兮央央。云散诸峰互明灭，东阡西陌农事忙，庙闭山空音响绝。"轼后作一首与李清臣，其诗云："高田生黄埃，下田生苍耳。苍耳亦已无，更问麦有几？蛟龙睡足亦解嚬，二麦枯时雨如洗。不知雨从何处来，但闻吕梁百步声如雷。试上南城望城北，际天菽粟青成堆。饥火烧肠作牛吼，不知待向秋成否？半年不雨坐龙慵，但怨天公不怨龙。今年一雨何足道，龙神社鬼各言功。无功日盗太仓粟，嗟我与龙同此责。劝农使者不汝容，因君作诗先自劾。"此诗除无讥讽外，有不合言：本因龙神慵懒不行雨，却使人心怨天公。以讥讽大臣不任职，不能燮理阴阳，却使人怨天子。以天公比天子，以龙神社鬼比执政大臣及百执事。轼自言无功窃禄与大臣无异。当时送与，李清臣来相谒，戏笑曰："承见示诗，只是劝农使者不管恁他事。"

次韵答邦直、子由五首（其五）

| 集 | 乌 | 忏 | 苕 | 眉 | 谳 | 百家注 | 施顾注 |
|---|---|---|---|---|---|---|---|
| 诗15—742 | 15 | 15 | 292 | 二11 | 10 | ○ | 十二17 |

18  李清臣答弟辙二首，于诗后批云："可求子瞻和。"云："匙饭盘蔬强少留，相逢何物可消忧？缘君未得酒中趣，与我谩为方外游。草乱不容移马迹，山雄全欲逼城楼。济时异日须公等，莫狎翩翩海上鸥。"轼却作诗二首和李清臣，其内一首云："五十尘劳尚足留，闭门却欲治幽忧。羞为毛遂囊中颖，未许朱云地下游。无事会须成好饮，思归时欲赋登楼。羡君幕府如僧舍，日向城西看浴鸥。"朱云，汉成帝时，乞斩张禹。汉成帝欲诛之，朱云曰："臣得下从龙逢、比干游，足矣。"龙逢，夏桀臣；比干，商纣臣，皆因谏而死。轼为屡言新法不便，不蒙施行，以朱云自比，

续表

| 18 | 意言至明之世，无诛戮之事。故轼未许与朱云地下游。王粲是魏武时人，因天下乱离，故粲在荆州依托作《登楼赋》，赋中有怀乡思归之意。轼为屡言新法不便，不蒙施行，有罢官怀乡思归之意，亦欲作此赋也。|
|---|---|
| 19 | 次韵答邦直、子由五首（其二）<br><br>\| 集 \| 乌 \| 忏 \| 若 \| 眉 \| 谳 \| 百家注 \| 施顾注 \|<br>\|---\|---\|---\|---\|---\|---\|---\|---\|<br>\| 诗15—740 \| 16 \| 15 \| 293 \| 二12 \| 无 \| ○ \| ○ \|<br><br>轼又用弟辙韵，与李清臣六首，内一首云："城南短李好交游，箕踞狂歌总自由。尊主庇民君有道，乐天知命我无忧。醉呼妙舞留连夜（注云：邦直家中，舞者甚多），闲作新诗断送秋，潇洒使君殊不俗。樽前容我揽须不？"|
| 20 | 台头寺与中送李邦直赴史馆，分韵得忆字人字，兼寄孙巨源二首（其二）<br><br>\| 集 \| 乌 \| 忏 \| 若 \| 眉 \| 谳 \| 百家注 \| 施顾注 \|<br>\|---\|---\|---\|---\|---\|---\|---\|---\|<br>\| 诗15—761 \| 16 \| 16 \| 293 \| 二14 \| 11 \| 387 \| 十三8 \|<br><br>清臣差修国史，轼赋诗二首送清臣，其诗内一首云："珥笔西归近紫宸，太平典策不缘麟。付君此事全书汉，载我当时旧过秦。门外想无千斛米，墓中知有百年人。看朱两眼明如镜，休把春秋坐素臣。"谓轼于仁庙朝，曾进论二十五首，皆论往古得失。贾谊，汉文帝时人，追论秦之得失，作《过秦论》，《史记》载之。轼妄以贾谊自比，意欲李清臣于国史中载轼所进论，故将诗与李清臣。|
| 21 | 次韵答章传道见赠<br><br>\| 集 \| 乌 \| 忏 \| 若 \| 眉 \| 谳 \| 百家注 \| 施顾注 \|<br>\|---\|---\|---\|---\|---\|---\|---\|---\|<br>\| 诗9—424 \| 17 \| 16 \| 293 \| 二14 \| 无 \| 314 \| 六20 \|<br><br>熙宁六年正月，作诗次章传韵，和答云："马融既依梁，班固亦事窦。效颦岂不欲，顽质谢镌镂。"所引梁冀、窦宪，并是后汉时人，因时君不明，遂跻显位骄暴窃威福用事。而马融、班固二人皆儒者，并依托之。轼诋毁当时执政大臣，"我不能效班固马融，苟容依附也"。|
| 22 | 寄刘孝叔<br><br>\| 集 \| 乌 \| 忏 \| 若 \| 眉 \| 谳 \| 百家注 \| 施顾注 \|<br>\|---\|---\|---\|---\|---\|---\|---\|---\|<br>\| 诗13—631 \| 17 \| 17 \| 307 \| 三15、四2 \| 无 \| 290 \| ○ \|<br><br>熙宁八年四月十一日，轼作诗送刘述云："君王有意诛骄虏，椎破铜山铸铜虎。联翩三十七将军，走马西来各开府。"是时朝廷遣使诸路点检军器及置三十七将官，轼将谓今上有意征讨胡虏，以讥讽朝廷，诸路遣使及置将官，张皇不便。又云："南山伐木作车轴，东海取鼍漫战鼓。汗流奔走谁敢后，恐乏军资污刀斧。甲保连村团未编，方田讼牒纷如雨。尔来手实降新书，决剔根株穷脉缕。诏书恻怛信深厚，吏能浅薄空劳苦。"以讥讽朝廷法度屡更，事目烦多，吏不能晓。又云："况复年来苦|

| 22 | 饥馑,剥啮草木啖桑土。今年雨雪颇应时,又报蝗虫生翅股。忧来洗盏欲强醉,寂寞虚斋卧空瓶。公厨十日不生烟,更望红裙踏筵舞。(注云:近斋厨索然,可笑。)"又云:"近来屡得山中信,只有当归无别语。犹将鼠雀偷太仓,未肯衣冠挂神武。"意谓迩来饥馑,飞蝗蔽天之甚。以讥讽朝廷,政事阙失,新法不便之所致也。又云:"酒食无备,斋厨索然。"以讥讽朝廷,行法减削公使钱太甚,公事既多,旱蝗又甚,二政巨藩,尚如此窘迫,所以言山中故人,寄信令归,但轼贪禄,未能便挂衣冠而去也。又云:"四方冠盖闹如云,归作二浙湖山主。"以讥讽朝廷近日提举官,所致生事苛碎,故刘述乞宫观归湖山也。 |
|---|---|
| 23 | 径山道中次韵答周长官兼赠苏寺丞 |
|   | 集 乌 忏 苕 眉 谳 百家注 施顾注 |
|   | 诗10—497　19　18　308　三17　无　315　七27 |
|   | 熙宁六年,因往诸县提点,到临安县,有知县大理寺丞苏舜举,来本县界外太平寺相接。轼与本人为同年,自来相知,本人见轼,复言舜举数日前入州,却被训狐押出。轼问其故,舜举言我擘画得户供通家业役钞规例一年,甚简,前日将去,呈本州诸官,皆不以为然。呈转运副使王庭老等不喜,差急足押出城来。轼取其规例看详,委是简便,因问训狐事。舜举言自来闻人说一小话,云:"燕以日出为旦,日入为夕;蝙蝠以日入为旦,日出为夕。争之不决,诉之凤凰。凤凰是百鸟之王。至路次逢一禽,谓燕曰:'不须往诉。凤凰在假。'或云:'凤凰渴睡。'今不记其详,都是训狐权摄。"舜举意以话戏笑王庭老等不知是非。隔得一两日,周敦、李行中二人亦来临安,与轼同游径山。苏舜举亦来山中相见,周敦作诗一首与轼,即无讥讽。次韵和答,兼赠舜举云:"餔糟醉方熟,洒面唤不醒。奈何效燕蝠,屡欲争晨暝。"其意以讥讽王庭老等,如训狐不分别是非也。 |
| 24 | 次韵周开祖长官见寄 |
|   | 集 乌 忏 苕 眉 谳 百家注 施顾注 |
|   | 诗19—981　19　19　309　三19　无　337　十七21 |
|   | 元丰三【二】年六月十三日,轼知湖州,有周敦作诗寄轼,轼答云:"政拙年年祈水旱,民劳处处避嘲呕。河吞巨野那容塞,盗入蒙山不易搜。事道故因惭孔孟,扶颠未可责由求。"此诗自言迁徙数州,未蒙朝廷擢用,老于道路,而所至遇水旱盗贼,夫役数起,民蒙其害,以讥讽朝廷事阙失,并新法不便之所致也。又云:"事道故因惭孔孟,扶颠未可责由求。"以言已仕而道不行,则非事道也,故有惭于孔孟。孔子责由求云:"危而不持,颠而不扶,则将焉用彼相矣!"颠谓颠仆也,意以讥讽朝廷大臣,不能扶正其颠仆。 |
| 25 | 颖州出别子由二首(其一) |
|   | 集 乌 忏 苕 眉 谳 百家注 施顾注 |

续表

| 25 | 诗6—278 | 20 | 19 | 294 | 二15 | 无 | 381 | 〇 |
|---|---|---|---|---|---|---|---|---|
| | 熙宁四年十月,轼赴杭州时,弟辙至颍州相别,后十一月到杭州本任,作颍州别子由诗云:"至今天下士,去莫如子猛。"为弟辙曾在制置条例,充检详文字。争议新法,不合,乞罢。说弟辙去之果决,意亦讥讽朝廷新法不便也。 ||||||||

| | 捕蝗至浮云岭山行疲苶有怀子由弟二首 ||||||||
|---|---|---|---|---|---|---|---|---|
| 26 | 集 | 乌 | 忏 | 苕 | 眉 | 谳 | 百家注 | 施顾注 |
| | 诗12—579 | 20 | 20 | 无 | 二15 | 无 | 301 | 〇 |
| | 当年十二月内,轼初任杭州寄子由诗云:"独眠林下梦魂好,回首人间忧患长。杀马破车从此誓,子来何处问行藏?" ||||||||

| | 初到杭州寄子由二绝(其一) ||||||||
|---|---|---|---|---|---|---|---|---|
| 27 | 集 | 乌 | 忏 | 苕 | 眉 | 谳 | 百家注 | 施顾注 |
| | 诗7—314 | 20 | 19 | 294 | 二15 | 6 | 〇 | 四12 |
| | 又云:"眼看时事力难胜,贪恋君恩退未能。"意谓新法青苗助役等事,烦杂不可辨,亦言己才力不能胜任也。 ||||||||

| | 游径山 ||||||||
|---|---|---|---|---|---|---|---|---|
| 28 | 集 | 乌 | 忏 | 苕 | 眉 | 谳 | 百家注 | 施顾注 |
| | 诗7—347 | 20 | 20 | 294 | 二16 | 无 | 〇 | 四43 |
| | 熙宁六年内,《游径山留题》云:"近来愈觉世议隘,每到胜处差安便。"以讥讽朝廷之用人,多是刻薄褊隘之人,不少容人过失,见山中宽闲之处为乐也。 ||||||||

| | 八月十五日看潮五绝(其四) ||||||||
|---|---|---|---|---|---|---|---|---|
| | 集 | 乌 | 忏 | 苕 | 眉 | 谳 | 百家注 | 施顾注 |
| | 诗10—484 | 21 | 20 | 295 | 二17 | 7 | 458 | 七15 |
| 29 | 熙宁六年任杭州通判,因八月十五日观潮,作诗五首,写在本州安济亭上,前三首并无讥讽,至第四首云:"吴儿生长狎涛渊,冒利忘生不自怜。东海若知明主意,应教斥卤变桑田。"盖言弄潮之人,贪官中利物,致其有溺而死者,故朝旨禁断。轼谓主上好兴水利,不知利少而害多,言"东海若知明主意,应教斥卤变桑田"。言此事之必不可成,讥讽朝廷水利之难成也。 ||||||||

| | 答黄鲁直书 ||||||||
|---|---|---|---|---|---|---|---|---|
| 30 | 集 | 乌 | 忏 | 苕 | 眉 | 谳 | 百家注 | 施顾注 |
| | 文52—1531 | 22 | 21 | 295 | 二18 | 无 | | |

| 30 | 元丰元年二月内,北京国子监教授黄庭坚,寄书二封并古诗二首与轼。其书内一节云:"伏惟阁下学问文章,度越前辈;大雅岂弟,博约后来。立朝以正言见排,补郡辄上课最。可谓声实于中,内外称职。"其古风六首,第一首云:"江梅有嘉实,结根桃李场。桃李终不言,朝露借恩光。孤芳忌皎洁,冰霜空自香。古来知鼎实,此物升庙廊。岁月坐成晚,烟雨青已黄。得升桃李盘,以远亦见尝。终然不可口,掷置官道傍。但取本根在,弃捐庸何伤?"第二首云:"长松出涧壑,千里闻风声。上有百尺盖,下有千岁苓。小草有远志,相依在平生。医和不病世,深根且固蒂。人言可医国,何用大早计。大小材则殊,气味苦相似。"轼答书一封,除无讥讽外,云:"观其文以求其人,必轻外物而自重者,今之君子,莫能用也。"谓近日朝廷进用之人,不能援进庭坚用之也。 |

| 31 | 次韵黄鲁直见赠古风二首(其一) |

| 集 | 乌 | 忏 | 苕 | 眉 | 谳 | 百家注 | 施顾注 |
|---|---|---|---|---|---|---|---|
| 诗16—835 | 22 | 21 | 295 | 二18 | 无 | 321 | ○ |

及依韵答和古风云:"嘉谷卧风雨,莨莠登我场。陈前邊方寸,玉食惨无光。"以讥今之小人胜君子,如莨莠之阙夺嘉谷。又云:"大哉天宇间,美恶更臭香。君看五六月,飞蚊隐回廊。兹时不少假,俯仰霜叶黄。期君看蟠桃,千岁终一尝。顾我如苦李,全生依路傍。纷纷不足惜,悄悄徒自伤。"意言君子小人,进退有时,如夏月蚊虻纵横,至秋月息。比庭坚于蟠桃,进必迟;自比苦李,以无用全生。又《诗》云:"忧心悄悄,愠于群小。"以讥讽当今进用之人,皆小人也。 |

| 32 | 次韵黄鲁直见赠古风二首(其二) |

| 集 | 乌 | 忏 | 苕 | 眉 | 谳 | 百家注 | 施顾注 |
|---|---|---|---|---|---|---|---|
| 诗16—836 | 无 | 无 | 295 | 二18 | 无 | 321 | 十一16 |

据《苕溪渔隐丛话》前集·卷四十三,又云:"空山学仙子,妄意笙箫声。千金得奇药,开视皆豨苓。不知市人中,自有安期生。君今已度世,坐阅霜中蒂。摩挲古铜人,岁月不可计。阆风安在哉?要君相指似。"此诗即无讥讽。 |

| 33 | 祭文与可文 |

| 集 | 乌 | 忏 | 苕 | 眉 | 谳 | 百家注 | 施顾注 |
|---|---|---|---|---|---|---|---|
| 文63—1941 | 22 | 22 | 无 | 无 | 无 | | |

元丰元年二月三十日,轼作《文同学士祭文》一首,寄黄庭坚看,此文除无讥讽外,云:"道之难行,哀哉无徒!岂无友朋?逝莫告予。"意言轼属曾言新法不便,不蒙朝廷施行,轼孤立无徒,故人皆舍之而去,无有相告语者。以讥讽当今进用之人与轼故旧者,皆以进退得丧易其心,不存故旧之义。 |

| 34 | 王元之画像赞 |

续表

| | 集 | 乌 | 忏 | 苕 | 眉 | 谳 | 百家注 | 施顾注 |
|---|---|---|---|---|---|---|---|---|
| 34 | 文21—603 | 23 | 22 | 无 | 无 | 无 | | |

元丰元年六月,王纷寄到曾祖禹偁内翰神道碑示轼,求轼题碑阴。轼于当月五日,寄与王纷,此文除无讥讽外,不合云:"使其不幸而立于众邪之间,安危之际,则公之所为,必将惊世绝俗,使斗筲穿窬之流,心破胆裂。"意谓今日进用之人为众邪,又言今时所行新法,系天下安危,故言"众邪之间,安危之际"也。又谓:"天子今时进用之人,皆'斗筲穿窬之流',皆以讥讽朝廷进用之人,并新法不便也。"又云:"纷纷鄙夫,亦拜公像,何以占之?有泚其颡。"亦以讥讽今时进用之人,谓之鄙夫。言拜公之像,心愧而汗颡也。

| | 送刘攽倅海陵 | | | | | | | |
|---|---|---|---|---|---|---|---|---|
| | 集 | 乌 | 忏 | 苕 | 眉 | 谳 | 百家注 | 施顾注 |
| 35 | 诗6—242 | 24 | 23 | 296 | 二19 | 13 | 379 | ○ |

熙宁三年,刘攽通判泰州,轼作诗云:"君不见阮嗣宗,臧否不挂口。莫夸舌在齿牙牢,是中惟可饮醇酒。"言当学阮籍口不臧否人物,惟可饮酒,勿谈时事。意以讥讽朝廷,新法不便不容人直言,不若耳不闻,而口不问也。

| | 广陵邀三同舍,各以其字为韵,仍邀同赋·刘贡父 | | | | | | | |
|---|---|---|---|---|---|---|---|---|
| | 集 | 乌 | 忏 | 苕 | 眉 | 谳 | 百家注 | 施顾注 |
| 36 | 诗6—294 | 24 | 23 | 296 | 二20 | 无 | | |

熙宁四年十月内,赴杭州通判,到扬州,有刘攽并馆职孙洙、刘挚,皆在本州。偶然相聚数日,别后轼作诗三首,各用逐人字为韵,内寄刘攽诗云:"去年送刘郎,醉语已惊众。如今各漂泊,笔砚谁能弄。我命不在天,羿彀未必中。作诗聊遣意,老大佣讥讽。夫子少年时,雄辩轻子贡。迩来再伤弓,戢翼念前痛。广陵三日饮,相对怳如梦。况逢贤主人,白酒泼春瓮。竹栖已挥手,湾口犹屡送。羡子去安闲,吾邦正喧哄。"言杭州监司所聚,是时初行新法,事多不便也。

| | 次韵刘贡父、李公择见寄二首(其一) | | | | | | | |
|---|---|---|---|---|---|---|---|---|
| | 集 | 乌 | 忏 | 苕 | 眉 | 谳 | 百家注 | 施顾注 |
| 37 | 诗13—645 | 24 | 23 | 297 | 二21 | 9 | | |

熙宁六年九月内,轼《和刘攽寄秦字韵》诗云:"白发相看两故人,眼看时事几番新。"以讥讽朝廷,近日立新法,事尤多也。

| | 刘贡父见余歌词数首,以诗见戏,聊次其韵 | | | | | | | |
|---|---|---|---|---|---|---|---|---|
| | 集 | 乌 | 忏 | 苕 | 眉 | 谳 | 百家注 | 施顾注 |
| 38 | 诗13—649 | 25 | 23 | 297 | 二21 | 10 | 323 | ○ |

续表

| 38 | 当年十一月内,刘攽闻人唱轼新作诗一首,相戏寄轼,即无讥讽,轼和本人诗一首云:"十载漂然未可期,那堪重作看花诗。门前恶语谁传出?醉后狂歌自不知。刺舌君今犹未戒,炙眉我亦更何词。相从痛饮无余事,正是春风最好时。"除无讥讽外,不合引贺拔甚以锥刺其子舌以戒言语事戏刘攽;又引郭舒狂言王敦炙其眉以自比。皆讥时人不能容狂直之言也。 |
|---|---|

| 39 | 赠孙莘老七绝(其一) |||||||
|---|---|---|---|---|---|---|---|
| | 集 | 乌 | 忏 | 苕 | 眉 | 谳 | 百家注 | 施顾注 |
| | 诗7—406 | 25 | 24 | 298 | 二22 | 5 | 274 | 六4 |
| | 熙宁五年十二月作诗。因任杭州通判日,蒙运司差往湖州,相度堤堰利害,因与湖州知州孙觉相见,轼作诗与孙觉云:"若对青山谈世事,直须举白便浮君。"轼是时约孙觉并坐客,如有言及时事者,罚一大盏。虽不指时事,是亦轼意言时事多不便,更不可说,说亦不尽。 |

| 40 | 赠孙莘老七绝(其二) |||||||
|---|---|---|---|---|---|---|---|
| | 集 | 乌 | 忏 | 苕 | 眉 | 谳 | 百家注 | 施顾注 |
| | 诗7—407 | 25 | 24 | 298 | 二22 | 6 | ○ | 六5 |
| | 又云:"天目山前渌浸芜,碧澜堂下看衔舻。作堤捍水非吾事,闲送苕溪入太湖。" |

| 41 | 宿余杭法喜寺后绿野堂望吴兴诸山怀孙莘老学士 |||||||
|---|---|---|---|---|---|---|---|
| | 集 | 乌 | 忏 | 苕 | 眉 | 谳 | 百家注 | 施顾注 |
| | 诗7—342 | 25 | 24 | 无 | 无 | 无 | ○ | ○ |
| | 又次年寄诗云:"徙倚秋原上,凄凉晚照中。水流天不尽,人远意何穷。问堞知秦过,看山识禹功。稻浓初吠蛤,柳老半书虫。荷背风翻白,莲腮雨退红。追游慰迟暮,觅句效儿童。北望苕溪转,遥怜震泽通。烹鱼得尺素,好在紫髯翁。"上件诗除无讥讽外,不合云:"作堤捍水非吾事,闲送苕溪入太湖。"轼为先曾言水利不便,却被转运司差相度堤堰。轼本非兴水利之人,以讥讽时世,与昔不同而水利不便然也。 |

| 42 | 送钱藻出守婺州得英字 |||||||
|---|---|---|---|---|---|---|---|
| | 集 | 乌 | 忏 | 苕 | 眉 | 谳 | 百家注 | 施顾注 |
| | 诗6—240 | 26 | 25 | 298 | 二23 | 无 | 380 | 三3 |
| | 熙宁三年三月,作诗送钱藻知婺州。旧例馆阁补外任,同舍钱送。席上众人,先索钱藻诗,欲各分韵作送行诗。钱藻作五言绝句一首,即无讥讽,轼分得英字韵,作古诗一首,送钱藻云:"老手便郡郡,高怀厌承明。聊纡东阳绶,一濯沧浪缨。平生好山水,未到已先清。过家父老喜,出郭壶浆迎。子行得所愿,怊怅居者情。吾君方急贤,日旰伏延英。黄金招乐毅,白璧赐虞卿。子不少自愧,高义空峥嵘。古称 |

续表

| 42 | 为郡乐,渐恐烦敲搒。临分敢不尽,醉语醒还惊。"此诗除无讥讽外,言朝廷方急贤才,多士并进,子独远出为郡,不少自强勉求进,但守道义,意讥当时之人急进也。又言青苗助役既行,百姓输纳不前,为郡者不免用鞭棰催督,醉中道此语,醒后还惊,恐得罪朝廷,以讥讽新法不便之故也。 |||||||||

| 43 | 送张安道赴南都留台 ||||||||
||集|乌|忏|苕|眉|谳|百家注|施顾注|
||诗6—269|27|26|299|二24|无|381|○|
|熙宁四年五月中,轼将赴杭州,张方平陈乞得南京留台。本人有诗一首送轼,轼只记得落句云:"最好乘湖游禅扉。"其余不记,即无讥讽,却有一诗送本人云:"无人长者侧,何以安子思。"意以子思比方平之贤,言朝廷当坚留要任,不可令闲也。|||||||||

| 44 | 张安道见示近诗 ||||||||
||集|乌|忏|苕|眉|谳|百家注|施顾注|
||诗17—874|27|26|299|二24|无|332|十五20|
|元丰元年八月内,张方平令王巩将诗一卷来徐州,题封曰《乐全堂杂咏》,拆开看,乃是张方平旧诗,今不记。其词即无讥讽。轼作一诗题卷末。其词云:"人物已衰谢,微言难重寻。清谈未足多,感时意殊深。"轼言晋元帝时,卫玠初过江左,不意永嘉之末,复闻正始之音。轼意言晋元帝时,人物衰谢,不意复见卫玠之清谈风流,亦如今时人物衰谢,不意复见张方平之文章才气,以讥讽今时风俗衰薄也。意以卫玠比方平,故云"清谈未足多,感时意殊深"。言我非独多卫玠清谈,但感时之人物衰谢,微言难继,此意殊深远也。又云:"少年有奇志,欲和南风琴。荒林蜩螗乱,废沼蛙蝈淫。遂欲掩两耳,临文但噫喑。"意言轼少年,本有志欲和天子熏风之诗,因见学者皆空言无实,杂引佛老异端之书,文字杂乱,故以"荒林废沼"比朝廷新法,屡有变改,事多荒废,致风俗虚浮,学者诞妄,如蜩螗之纷乱,故遂掩耳不欲论文也。又云:"萧然王郎子,来自缑山阴。云见浮邱伯,吹箫明月岑。遗声落淮泗,蛟鼍为悲吟。"以王子晋比王巩,以浮邱伯比方平也。"顾公正王度,《祈招》继愔愔。"据《左氏》,楚灵王欲求九鼎于周,求地于诸侯。其臣令尹子革谏王,其《诗》曰:"《祈招》之愔愔,式昭德音。思我王度,式如玉,式如金。形民之力,而无醉饱之心。"楚灵王不能用,以及于难,其事节止于此,但轼不记其词。轼欲张方平勿为虚言之诗,当作讥讽朝廷政事阙失,如祭父作《祈招》之诗也。轼封题云:"上还宣徽太尉丈文,表侄蜀人苏轼谨封。"令王巩将与张方平收却。|||||||||

| 45 | 次韵刘贡父、李公择见寄二首(其二) ||||||||
||集|乌|忏|苕|眉|谳|百家注|施顾注|
||诗13—645|28|27|300|三1|7|||

续表

| 45 | 熙宁八年六月,李常来字韵诗一首与轼,即无讥讽。轼依韵和答云:"何人劝我此中来?弦管生衣甑有埃。绿蚁沾唇无百斛,蝗虫扑面已三回。磨刀入谷追穷寇,洒涕循城掩弃骸。为郡鲜欢君莫笑,何如尘土走章台?"此诗讥讽朝廷,新法减削公使钱太甚,及造酒不得过百石,致管弦生衣甑有尘,及言蝗虫盗贼灾伤饥馑之甚,以讥讽朝廷政事阙失,及新法不便之所致也。 |

| 46 | 滕县公堂记 ||||||||
|---|---|---|---|---|---|---|---|---|
|| 集 | 乌 | 忏 | 苕 | 眉 | 谳 | 百家注 | 施顾注 |
|| 文11—377 | 29 | 28 | 无 | 无 | 无 | | |
|| 元丰元年七月,为王安上作《公堂记》。轼知徐州,滕县赞善大夫范纯粹修葺本州庙宇,极齐整。本官替去。轼作《滕县公堂记》一首与范纯粹,交代知县王安上寺丞,立石在本县,即不曾寄范纯粹,其《记》多不具载,此《记》大率讥讽朝廷,新法已来,减削公使钱,裁损当直公人,不许修造屋宇,故所在官舍,例皆坏陋也。 |

| 47 | 广陵邀三同舍,各以其字为韵,仍邀同赋　刘莘老 ||||||||
|---|---|---|---|---|---|---|---|---|
|| 集 | 乌 | 忏 | 苕 | 眉 | 谳 | 百家注 | 施顾注 |
|| 诗6—294 | 29 | 28 | 300 | 三1 | 无 | 464 | 三39 |
|| 熙宁四年十月,轼赴杭州通判,到杭州。有刘挚为作台官言事谪降湖南,并一般馆职孙洙、刘攽,皆在扬州。偶然相聚数日,别后轼作诗三首,各用逐人字为韵。内赠刘挚诗,云诗寄刘挚,因循不曾写寄本人,只曾与孙洙诗一处写寄刘洙,其赠刘挚诗云:"莫落江湖上,遂与屈子邻。"意谓屈原放逐潭湘之间,而非其罪,今刘挚亦谪官湖南,故言与屈子相邻近也。缘是时闻说刘挚为言新法不便责降,既以屈原非罪比挚,即是谓挚所为当,以讥讽朝廷新法不便。又云:"士方在田里,自比渭与莘。出试乃大谬,刍狗难重陈。"庄子诋毁孔子,言孔子所言皆先王之陈迹也。譬如已陈之刍狗,难再陈也。轼意以讥讽当时执政大臣,在田里之时,自比太公伊尹及出而试用,大谬戾,当便罢退,不可再施用也。 |

| 48 | 寄刘挚书 ||||||||
|---|---|---|---|---|---|---|---|---|
|| 集 | 乌 | 忏 | 苕 | 眉 | 谳 | 百家注 | 施顾注 |
|| 年谱17—405 | 30 | 29 | 无 | 无 | 无 | | |
|| 元丰元年九月十八日,写书寄刘挚云:"定国见临数日,有诗可取。" |

| 49 | 次韵潜师放鱼 ||||||||
|---|---|---|---|---|---|---|---|---|
|| 集 | 乌 | 忏 | 苕 | 眉 | 谳 | 百家注 | 施顾注 |
|| 诗17—882 | 30 | 29 | 301 | 三2 | 无 | 258 | 十五28 |

续表

| 49 | 元丰元年四月中,作《次韵潜师放鱼》诗一首。轼知徐州日,有相识浙僧道潜来相看,同在河亭上坐,见人打鱼,其僧买鱼放生,后作诗一首,即无讥讽。轼依韵和诗一首与本人云:"疲民尚作鱼尾赤,数罟未除吾颡泚。"《左传》云:"如鱼赤尾,横流而方扬兮。(原注:鱼劳则尾赤。)"是时徐州大水之后,役夫数起,轼言民之疲病,如鱼劳而尾赤也。"数罟"谓鱼网之细密者。又言民既疲病,朝廷又行青苗助役,不为除放,如密网之取鱼也。皆以讥讽朝廷,新法不便,所以致大水之灾也。 |
|---|---|

| 50 | 日喻 |||||||| 
|---|---|---|---|---|---|---|---|---|
| | 集 | 乌 | 忏 | 苕 | 眉 | 谳 | 百家注 | 施顾注 |
| | 文64—1980 | 31 | 29 | 无 | 无 | 无 | | |
| | 元丰元年,轼知徐州。十月十三日,在本州监酒,正字吴琯锁厅得解,赴省试。轼作文一篇,名为《日喻》。以讥讽近日科场之士,但务求进,不务积学,故皆空言而无所得,以讥讽朝廷更改科场新法不便也。 |||||||| 

| 51 | 钱公辅(君倚)哀词 |||||||| 
|---|---|---|---|---|---|---|---|---|
| | 集 | 乌 | 忏 | 苕 | 眉 | 谳 | 百家注 | 施顾注 |
| | 文63—1964 | 31 | 30 | 无 | 无 | 无 | | |
| | 熙宁七年五月,轼自杭州通判,移知密州,道经常州,见钱公辅子世雄。公辅已身亡,世雄要轼作公辅哀辞,轼之意,除无讥讽外,云:"载而之世之人兮,世悍坚而莫容。"此言钱公辅为人方正,世人不能容。为公辅曾缴王畴枢密词头,因此谪官,后来朝廷亦不甚进用。意以讥讽责降公辅非罪,及朝廷不能进用公辅也。又云:"子奄忽而不返兮,世混混吾焉则。"意以讥讽今时之人,正邪混淆,不分曲直,吾无所取则也。 |||||||| 

| 52 | 盐官大悲阁记 |||||||| 
|---|---|---|---|---|---|---|---|---|
| | 集 | 乌 | 忏 | 苕 | 眉 | 谳 | 百家注 | 施顾注 |
| | 文12—386 | 32 | 30 | 无 | 无 | 无 | | |
| | 熙宁八年,轼知徐州日,有杭州盐官县安国寺相识僧居则,请轼作《大悲阁记》。意谓旧日科场,以赋取人,赋题所出,多关涉天文、地理、礼乐、律历,故学者不敢不留意于此等事;今来科场以大意取人,故学者只务空言高论,而无实学。以讥讽朝廷更改科场法度不便也。 |||||||| 

| 53 | 凫绎先生诗集叙 |||||||| 
|---|---|---|---|---|---|---|---|---|
| | 集 | 乌 | 忏 | 苕 | 眉 | 谳 | 百家注 | 施顾注 |
| | 文10—313 | 32 | 31 | 无 | 无 | 无 | | |
| | 熙宁七年,轼知密州日,颜复寄书与轼云:为先父讳太初自号凫绎先生求作文集引序。轼遂讥讽朝廷更改法度,使学者皆空言不便也。 ||||||||

| | 和述古冬日牡丹四首(其一) | | | | | | | |
|---|---|---|---|---|---|---|---|---|
| 54 | 集 | 乌 | 忏 | 苕 | 眉 | 谳 | 百家注 | 施顾注 |
| | 诗11—525 | 32 | 31 | 301 | 三4 | 6 | 262 | ○ |
| | 熙宁六年,任杭州通判时,知州系知制诰陈襄,字述古。是年冬十月内,一僧寺开牡丹数朵,陈襄作诗四绝。轼尝和云:"一朵妖红翠欲流,春光回照雪霜羞。化工只欲呈新巧,不放闲花得少休。" | | | | | | | |
| 55 | 和述古冬日牡丹四首(其二) | | | | | | | |
| | 集 | 乌 | 忏 | 苕 | 眉 | 谳 | 百家注 | 施顾注 |
| | 诗11—526 | 33 | 31 | 无 | 无 | 无 | ○ | ○ |
| | 又云:"当时只道鹤林仙,解遣秋花发杜鹃。谁信诗能传造化,直教霜栎放春妍。" | | | | | | | |
| 56 | 和述古冬日牡丹四首(其三) | | | | | | | |
| | 集 | 乌 | 忏 | 苕 | 眉 | 谳 | 百家注 | 施顾注 |
| | 诗11—526 | 32 | 31 | 无 | 无 | 无 | ○ | 八5 |
| | 又云:"花开时节雨连风,犹向霜林染烂红。漏泄春光私一物,此心未信出天工。" | | | | | | | |
| 57 | 和述古冬日牡丹四首(其四) | | | | | | | |
| | 集 | 乌 | 忏 | 苕 | 眉 | 谳 | 百家注 | 施顾注 |
| | 诗11—526 | 33 | 31 | 无 | 无 | 无 | ○ | ○ |
| | 又云:"不愤清霜入小园,故将诗律变寒喧。使君欲见蓝关咏,更请韩郎为染根。"此诗皆讥讽当时执政大臣,以比化工,但欲出新意擘画,令小民不得暂闲也。 | | | | | | | |
| 58 | 司马君实独乐园 | | | | | | | |
| | 集 | 乌 | 忏 | 苕 | 眉 | 谳 | 百家注 | 施顾注 |
| | 诗15—732 | 33 | 31 | 301 | 三4 | 11 | 203 | ○ |
| | 熙宁十年,司马光任端明殿学士,提举西京崇福宫,在西洛葺园号独乐。轼于是年五月六日,作诗寄题,除无讥讽外,云:"先生独何事,四方望陶冶。儿童诵君实,走卒知司马。""抚掌笑先生,年来效暗哑。"四海苍生,望司马执政。陶冶天下,以讥讽现在执政,不得其人。又言儿童走卒,皆知姓字,终当进用。司马光字君实,曾言新法不便,与轼意合。既言终当进用,亦是讥讽朝廷,新法不便,终当用司马光;光却暗哑不言,意望依前攻击。 | | | | | | | |

续表

| 送曾子固倅越得燕字 | | | | | | | |
|---|---|---|---|---|---|---|---|
| 集 | 乌 | 忏 | 苕 | 眉 | 谳 | 百家注 | 施顾注 |
| 诗6—244 | 33 | 32 | 302 | 三6 | 13 | 378 | ○ |

59　熙宁三年内,送到曾巩诗简。曾巩字子固,是年准敕通判越州。临行,馆阁同舍旧例钱送。众人分韵,轼探得燕字韵,作诗一首,送曾巩云:"醉翁门下士,杂沓难为贤。曾子独超轶,孤芳陋群妍。昔从南方来,与翁两联翩。翁今自憔悴,子去亦宜然。贾谊穷适楚,乐生老思燕。那因江鲙美,遽厌天庖膻。但苦世论隘,聒耳如蜩蝉。"讥讽朝廷进用多刻薄之人,议论褊隘,聒喧如蜩蝉之鸣,不足听也。又云:"安得万顷池,养此横海鳣。"以此比曾巩横才也。

| 答曾巩书 | | | | | | | |
|---|---|---|---|---|---|---|---|
| 集 | 乌 | 忏 | 苕 | 眉 | 谳 | 百家注 | 施顾注 |
| 佚文汇编拾遗上2646 | 34 | 32 | 302 | 三7 | 14 | | |

60　又熙宁五年十一月二十三日,轼《答曾巩书》,除无讥讽外,其间有:"赋役毛起,盐事峻急,民不聊生。"意言新法不便,烦碎如毛之穴,又加盐事太急,处刑罚,民不堪命。

| 湖州谢上表 | | | | | | | |
|---|---|---|---|---|---|---|---|
| 集 | 乌 | 忏 | 苕 | 眉 | 谳 | 百家注 | 施顾注 |
| 文23—653 | 34 | 33 | 无 | 一6 | 无 | | |

61　元丰二年四月二十九日,赴任湖州,谢上表云:臣"荷先帝之误恩,擢置三馆,蒙陛下之过听,付以两州"。陛下"知其愚不适时,难以追陪新进,察其老不生事,或能牧养小民"。轼谓馆职多年,未蒙不次进用,故言"荷先帝之误恩。擢置三馆,蒙陛下之过听,付以两州"。又见朝廷近日进用之人,多是少年,及与轼议论不合,故言"愚不适时,难以追陪新进"。以讥讽朝廷进用之人,多是循时迎合。又云:"察其老不生事,或能牧养小民,"以讥讽朝廷,多是生事骚扰以夺农时。

| 从富阳新城,李节推先行三日,留风水洞见待 | | | | | | | |
|---|---|---|---|---|---|---|---|
| 集 | 乌 | 忏 | 苕 | 眉 | 谳 | 百家注 | 施顾注 |
| 诗9—430 | 35 | 33 | 302 | 三7 | 14 | 54 | ○ |

62　熙宁七年为通判杭州,于正月二十七日游风水洞。有本州节推李佖,知轼到来,在彼等候。轼到乃留题于壁。其卒章不合云"世上小儿夸疾走,如君相待今安有?"以讥世之小人,多务急进也。其诗即不曾写与李佖。

续表

| 63 | 风水洞二首和李节推(其二) | | | | | | | |
|---|---|---|---|---|---|---|---|---|
| | 集 | 乌 | 忏 | 茗 | 眉 | 谳 | 百家注 | 施顾注 |
| | 诗9—432 | 35 | 33 | 303 | 三8 | 7、8 | 55 | 六25 |
| | 当年再游风水洞又云:"世事渐艰吾欲去,永随二子脱讥谗。"意谓朝行新法,后来世事日益艰难,小人多务谗谤。轼度斯时之不可以合,又不可以容,故欲弃官隐居也。 | | | | | | | |

| 64 | 和刘道原寄张师民 | | | | | | | |
|---|---|---|---|---|---|---|---|---|
| | 集 | 乌 | 忏 | 茗 | 眉 | 谳 | 百家注 | 施顾注 |
| | 诗7—333 | 35 | 34 | 303 | 三8 | 15 | 289 | 四30 |
| | 熙宁六年,轼任杭州通判。有秘书刘恕字道原,寄诗三首。轼依韵和,即不曾寄张师民。师民者,亦不曾识。除无讥讽外,云:"仁义大捷径,诗书一旅亭。相夸绶若若,犹诵麦青青。腐鼠相劳吓,高鸿本自冥。颠狂不用唤,酒尽渐须醒。"此诗讥讽朝廷近日进用之人,以仁义为快捷方式,以诗书为逆旅,俱为印绶爵禄所诱,则假六经以进。如《庄子》所谓"儒以诗礼发冢",故云"麦青青"。 | | | | | | | |

| 65 | 和刘道原见寄 | | | | | | | |
|---|---|---|---|---|---|---|---|---|
| | 集 | 乌 | 忏 | 茗 | 眉 | 谳 | 百家注 | 施顾注 |
| | 诗7—331 | 36 | 34 | 303 | 三9 | 8、9 | 289 | ○ |
| | 又云:"小人之顾禄,如鸱鸢以腐鼠吓鸿鹄,其溺于利,如人之醉于酒,酒尽则自醒也。"又云:"敢向清时怨不容,直嗟吾道与君东。坐谈足使淮南惧,归去方知冀北空。独鹤不须惊夜旦,群乌未可辨雌雄。庐山自古不到处,得与幽人仔细穷。"轼为刘恕有学问,性正直,故作此诗美之。因以讥讽当今进用之人也。恕于是时自馆中出监酒务,非敢怨时之不容。马融谓郑康成:"吾道东矣。"故比之。汲黯在朝,淮南寝议,又以比恕之直。又韩愈云:"冀北马群遂空。"言馆中无人也。嵇绍昂昂如独鹤在鸡群,又《淮南子》:"鸡之将旦,鹤知夜半。"又以刘恕比鹤,谓众人为鸡也。《诗》曰:"具曰予圣,谁知乌之雌雄?"意言今日进用之人,君子小人杂处,如乌不可辨雌雄。 | | | | | | | |

| 66 | 送蔡冠卿知饶州 | | | | | | | |
|---|---|---|---|---|---|---|---|---|
| | 集 | 乌 | 忏 | 茗 | 眉 | 谳 | 百家注 | 施顾注 |
| | 诗6—252 | 36 | 35 | 303 | 三10 | 无 | 382 | ○ |

续表

| 66 | 熙宁五年二月内，大理少卿蔡冠卿，准敕差知饶州。轼作诗送之曰："吾观蔡子与人游，掀逐笑语无不可。平时倜傥不惊俗，临事迂阔乃过我。横前坑穽众所畏，布路金珠谁不裹？迩来变化惊何速，昔号刚强今亦颇。怜君独守廷尉法，晚岁却理鄱阳柁。莫嗟天骥逐羸牛，欲试良玉须猛火。世事徐观真梦寐，人生不信长坎坷。知君决狱有阴功，他日老人酬魏颗。"除无讥讽外，云："横前坑穽众所畏"，以讥当时朝廷用事之人，有逆其意者，则设坑穽以陷之也。又云："布路金珠谁不裹"，以讥讽朝廷用事之人，有顺其意者，则以利诱之，如以金珠布路也。又云："迩来变化惊何速，昔号刚强今亦颇。"以讥士大夫为利所诱胁，变化以从之，虽旧号刚强，今亦然也。又云："怜君独守廷尉法"，言冠卿屡与朝廷争议刑法，以致不进用，却出守小郡也。又云："莫嗟天骥逐羸牛"，轼以冠卿比天骥，以进用不才比羸牛，轼意以讥讽朝廷进用之人不当也。又云："欲试良玉须猛火"，良玉经火不变，然后为良，言冠卿经历艰阻折挫，节操不改，如良玉也。又云："世事徐观如梦寐，人生不信长坎坷。"为冠卿屡与朝廷争议刑法，致不进用，言人事得丧，古来譬如梦幻，当时执政必不常进，冠卿亦不常退。故云"人生不信长坎坷"也。|

| 67 | 宝墨堂记 |
| | | 集 | 乌 | 忏 | 苕 | 眉 | 谳 | 百家注 | 施顾注 |
| | | 文11—357 | 38 | 36 | 无 | 无 | 无 | | |
| | 熙宁五年内，轼往通判杭州日，太子中舍越州签判张次山，有书求轼作本家《宝墨堂记》。除别无讥讽外，云："蜀之语曰：'学书者纸费，学医者人费。'此言虽小，可以喻大。世好功名者，以其未试之学，而骤出之于政，其费人岂特医者之比乎？"轼以谓学医者当知医书，以穷疾之本原，若今庸医瞽伎，投药石以害人性命。意以讥讽朝廷进用之人多不练事，骤施民政，喜怒不常，其害人甚于庸医之末习。|

| 68 | 送杭州杜、戚、陈三掾罢官归乡 |
| | | 集 | 乌 | 忏 | 苕 | 眉 | 谳 | 百家注 | 施顾注 |
| | | 诗10—510 | 38 | 37 | 305 | 三11 | 无 | 383 | 七38 |
| | 熙宁五年，杭州录参杜子方，司户陈珪，司理戚秉道，各为承勘本州姓裴人家女使夏沈香投井，姓裴人家女亦在内，身死不明事。当时夏沈香，只决臀杖二十，放。后来本路提刑陈睦，举驳上件公事，差秀州通判张若济通勘，决杀夏沈香。前项三官，因此冲替。意提刑陈睦及勘官张若济驳勘不当致此。三人无辜失官，轼作诗送之云："秋风瑟瑟鸣枯蓼，船阁荒凉夜悄悄。正当逐客断肠时，君独歌呼醉达晓。老夫平生齐得丧，尚恋微官失轻矫。君今憔悴归无食，五斗未可秋毫小。君今失意能几时？月啖虾蟆行复皎。杀人无验中不快，此恨终身恐难了。徇时所得无几何，随手已遭忧患绕。期君已似种宿麦，忍饥待食明年麨。"此诗除无讥讽外，云："君今失意能几时，月啖虾蟆行复皎。"意取卢仝月蚀诗云："传闻古来说，月蚀虾蟆精。"卢仝意比朝廷为小人所蒙蔽也。轼亦言杜子方等本无罪，为陈睦、张若济蒙蔽朝廷，以致冲替逐人，后当感悟牵复。|

续表

| | 三槐堂铭 | | | | | | | |
|---|---|---|---|---|---|---|---|---|
| | 集 | 乌 | 忏 | 苕 | 眉 | 谳 | 百家注 | 施顾注 |
| 69 | 文19—570 | 39 | 38 | 无 | 无 | 无 | | |
| | 元丰二年八月九日，与王巩写《次韵黄鲁直》诗，所有讥讽，在黄庭坚项内声说，及十月中王巩书来，求轼作本宅《三槐堂记》，其父王素字仲仪真赞，除无讥讽外，云："吾侪小人，朝不谋夕。相时射利，皇恤厥德。庶几侥幸，不种而获。不有君子，其何能国？"言祖宗朝若无此有德君子，安能建国乎，以言王旦父子也。 | | | | | | | |

| | 王仲仪真赞 | | | | | | | |
|---|---|---|---|---|---|---|---|---|
| | 集 | 乌 | 忏 | 苕 | 眉 | 谳 | 百家注 | 施顾注 |
| 70 | 文21—604 | 39 | 38 | 无 | 无 | 无 | | |
| | 其真赞，除无讥讽外，云："平居无事，商功利，课殿最，诚不如新进之士。至于缓急之际，决大策，安大众，呼之不来，麾之不散，唯世臣巨室为能。"意以讥讽当今进用之人，止可商功利，课殿最而已。若缓急安众决策，须旧臣有德之人，素所畏服者。又云："使新进之人当之，虽有韩白之勇，良平之奇，岂能坐胜？"有才而德望未隆者，纵有韩信、白起之勇，张良、陈平之智，亦不如世臣宿将，人素畏服，成功速也。又云："彼妻人子既陋且寒，终劳永忧，莫知其贤。"意以讥讽当今进用之人，出于贫贱，意见鄙检，空多劳忧，不足为利也。 | | | | | | | |

| | 和钱安道寄惠建茶 | | | | | | | |
|---|---|---|---|---|---|---|---|---|
| | 集 | 乌 | 忏 | 苕 | 眉 | 谳 | 百家注 | 施顾注 |
| 71 | 诗11—529 | 40 | 38 | 305 | 三12 | 无 | 252 | 八8 |
| | 熙宁六年，轼任杭州通判日，因本路运司差往润州勾当公事，经过秀州。钱凯字安道在秀州监酒税，曾作台官，始于秀州与之相见。得凯作诗一首，送茶与轼，复与诗一首谢之。除无讥讽外，云："草茶无赖空有名，高者妖邪次顽犷。"以讥世之小人，乍得权用，不知上下之分，若不谄媚妖邪，即须顽犷狠劣。又云："体轻虽欲强浮沉，性滞偏工呕酸冷。"亦以讥世之小人，体轻浮而性滞泥也。又云："其间绝品非不佳，张禹纵贤非骨鲠。"亦以讥世之小人如张禹，虽有学问，细行谨饬，终非骨鲠之人。又云："收藏爱惜待嘉客，不敢包裹钻权幸。此诗有味君勿传，空使时人怒生瘿。"以讥世之小人，有以好茶钻要贵者，闻此诗当大怒也。 | | | | | | | |

| | 送范景仁游洛中 | | | | | | | |
|---|---|---|---|---|---|---|---|---|
| | 集 | 乌 | 忏 | 苕 | 眉 | 谳 | 百家注 | 施顾注 |
| 72 | 诗15—717 | 41 | 39 | 306 | 三13 | 无 | 385 | ○ |

续表

| 72 | 熙宁十年二月三日,范镇往西京。轼作诗送之。轼昨知密州得替,到关城外,借得范镇园安泊。镇,乡里世旧也。其诗除无讥讽外,云:"小人真暗事,闲退岂公难。"意以讽今时小人以小才而享大位,暗于事理,以进为荣,以退为辱。范镇前为侍郎,难进易退,小人不知也。又云:"言深听者寒。"轼谓镇旧日多论时事,其言深切,听者为恐。意言镇当时所言,皆不便事也。 |
|---|---|

| 73 | 寄常山回小猎 |||||||||
|---|---|---|---|---|---|---|---|---|---|
| | 集 | 乌 | 忏 | 苕 | 眉 | 谳 | 百家注 | 施顾注 |
| | 诗13—647 | 41 | 39 | 307 | 三14 | 9 | ○ | ○ |
| | 熙宁八年五月,轼知密州。内于本州常山泉水处祈雨有应,轼遂立名为云泉。九年四月癸卯,立石常山之上。除无讥讽外,云:"堂堂在位,有号不闻。"以讥讽是时京东连年蝗旱诉闻,邻郡百姓诉旱,官吏多不接状依法检收灾伤,致令怨叹之声,盈于上下。当时之人,耳如不听,故记有嗟呼之诗。去年祭常山回,与同官习射放鹰,作诗一首,题在本州小厅上。除无讥讽外,云:"圣朝若用西凉簿,白羽犹能效一挥。"意取西凉州主簿谢艾事。艾本书生也,善能用兵,故以此自比。若用轼为将,亦不减谢艾也。故作《放鹰》诗云:"圣朝若用轼为将,不减尚父能鹰扬。" |

| 74 | 次韵子由与颜长道同游百步洪相地筑亭种柳 |||||||||
|---|---|---|---|---|---|---|---|---|---|
| | 集 | 乌 | 忏 | 苕 | 眉 | 谳 | 百家注 | 施顾注 |
| | 诗15—735 | 42 | 40 | 307 | 三14 | 无 | ○ | ○ |
| | 熙宁十年,知徐州日,观百步溪,作诗一篇。即无讥讽。有本州教授舒焕,字尧文,和诗云:"先生何人堪并席?李郭相逢上舟见。残霞明灭日脚沉,水面沉云天一色。磷磷石若铁林兵,翻激奔冲精甲日。岸头旗帜簇五马,一橹飞艎信未下,入夜寒生波浪间,汗衣如逐秋风干。相忘河鱼互出没,得性沙鸟鸣间关。委蛇二龙乃神物,游乐诸溪诚为难。筑亭种柳恐不暇,天下龙雨须公还。"上件诗意无讥讽。《苕溪渔隐丛话》卷四十五·东坡八:知徐州日,作《观百步洪诗》云:"平明坐衙不暖席,归来闭合闲终日。卧闻客至倒屣迎,两眼蒙笼余睡色。城东泗水步可到,路转河洪翻雪白。安得青丝络骏马,蹵踏飞波柳阴下,奋身三丈两蹄间,振鬣长鸣身自干。少年狂兴久已谢,但忆嘉陵绕剑关;剑关大道车方轨,君自不去归何难。山中故人应大笑,筑室种柳何时还?" |

| 75 | 灵壁张氏园亭记 |||||||||
|---|---|---|---|---|---|---|---|---|---|
| | 集 | 乌 | 忏 | 苕 | 眉 | 谳 | 百家注 | 施顾注 |
| | 文11—368 | 43 | 41 | 无 | 无 | 无 | | |
| | 元丰二年三月二十七日,与张硕秀才撰《宿州灵壁镇张氏兰皋园记》,即无讥讽。 |

| 76 | 王复秀才所居双桧二首(其二)(非审讯诗) |
|---|---|

续表

|  | 集 | 乌 | 忏 | 苕 | 眉 | 谳 | 百家注 | 施顾注 |
|---|---|---|---|---|---|---|---|---|
| 76 | 诗8—412 | 无 | 无 | 312 | 四1 | 4、5 | | |
| | 据《苕溪渔隐丛话》后集·卷三〇,狱吏问:"桧诗'根到九泉无曲处,世间惟有蛰龙知'有无讥讽?"东坡答云:"王安石诗云:'天下苍生望霖雨,不知龙向此中蟠',此龙是。"狱吏为之一笑。 |

|  | 以双刀遗子由子由有诗次其韵 |
|---|---|
| | 集 / 乌 / 忏 / 苕 / 眉 / 谳 / 百家注 / 施顾注 |
| 77 | 诗18—928 / 无 / 无 / 无 / 无 / 无 |
| | 《百家注》卷十三·《以双刀遗子由子由有诗次其韵》,"胡为穿窬辈,见之要领寒。吾刀不汝问,有愧在其肝"句下,赵次公注云:"《诗案》曾供此诗,自'胡为穿窬辈'至此,云以诋当时邪佞之人耳。" |

|  | 御史台狱中遗子由(非审讯诗) |
|---|---|
| | 集 / 乌 / 忏 / 苕 / 眉 / 谳 / 百家注 / 施顾注 |
| 78 | 诗19—998 / 无 / 无 / 无 / 四2 / 16 |
| | 《诗谳》诗后无供词,而附以本诗小序:予以事系御史狱,府吏稍见侵,自谓不能堪,死狱中,不得一别子由,故作诗授狱卒梁成,以遗子由。 |

## ·狱中诗·

除了前述涉案诗文,目前流传下来的与此案密切相关的有苏轼被拘捕后和在狱中所作之诗12首:

《吴江岸》(诗19—998);

《予以事系御史台,狱吏稍见侵,自度不能堪,死狱中,不得一别子由,故作二诗授狱卒梁成,以遗子由,二首》(诗19—998)【见前章《狱中生活部分》】;

《己未十月十五日,狱中恭闻太皇太后不豫,有赦,作诗》(诗19—1000);

《十月二十日,恭闻太皇太后升遐,以轼罪人,不许成服,欲哭则不敢,欲泣则不可,故作挽词二章》(诗19—1000);

《御史台榆、槐、竹、柏四首》(诗19—1002);

《十二月二十八日,蒙恩责授检校水部员外郎、黄州团练副使,复用前韵二首》(诗19—1005)

阮延俊(2012)解读了《吴江岸》和《己未十月十五日,狱中恭闻太皇太后不豫,有赦,作诗》二首①:

被拘捕之事,犹如晴天霹雳,苏轼的那种惊恐张望、一时不知所措的心态,在被押回京师路上仍然持续着。苏轼在《吴江岸》一诗中云:

晓色兼秋色,蝉声杂鸟声。壮怀销铄尽,回首尚心惊。(《苏轼诗集》卷19,第998页)

这首诗是东坡赴台狱过吴江时所作,从中我们可以感受到他当时"壮怀"被"销铄尽"的惊恐心态,同时此诗也表露出他对自己少年气盛的行为的后悔。如他刚出狱的那天作的两首诗,第二首有句云:"塞上纵归他日马,城东不斗少年鸡。"(《苏轼诗集》卷19,第1006页)

通过《己未十月十五日,狱中恭闻太皇太后不豫,有赦,作诗》一诗:

庭柏阴阴昼掩门,乌知有赦闹黄昏。汉宫自种三生福,楚客还招九死魂。

纵有锄犁及田亩,已无面目见丘园。只应圣主如尧舜,犹许先生作正言。

可以看出苏轼此时的后悔和反思之心态。这首的最后两句可以视为苏轼自己对将来的誓愿文。虽然还在狱中,还被日夜逼供,但他也相信会有出狱的那一天的。这时候的心态格外喜悦,同样的庭柏同样的乌鸦,但跟刚入狱和后来完全不同,此时一切都变得很亲切。

阮延俊(2012)还引述了曹太后救助苏轼的相关材料,并苏轼哀悼曹太后之诗:

元丰二年(1079)八月十九日,苏轼入狱一日后,太皇太后曹氏即诏神宗皇帝曰:

---

① 阮延俊.论苏轼的人生境界及其文化底蕴[D].武汉:华中师范大学,2012.

"官家何事数日不怿?"对曰:"更张数事未就绪,有苏轼者,辄加谤讪,至形于文字。"太皇曰:"得非轼、辙乎?"上惊曰:"娘娘何自闻之?"曰:"吾尝记仁宗皇帝策试制举人罢归,喜而言曰:'朕今日得二文士,谓苏轼、苏辙也。然吾老矣,度不能用,将以遗后人不亦可乎?'"因泣问二人安在。上对以轼方系狱。则又泣下。上亦感动,始有贷轼意。(〔北宋〕方勺撰《泊宅编》卷一,《唐宋史料笔记丛刊》,中华书局)

这时候神宗已经被太皇太后所感动,故"始有贷轼意"。太皇太后哭的可能是为了仁宗皇帝的一片苦心,如今快如泡影。十月十五日太皇太后病重,神宗欲大赦天下,以祈祷延寿,太皇太后说:"不需赦天下凶恶,但放了苏轼足矣。"(〔南宋〕陈鹄《耆旧续闻》卷二,《宋元笔记丛书》,上海古籍出版社)但神宗当天降诏大赦天下,凡死罪以下的囚犯一律释放。大赦未能挽回曹太后的生命,五天以后她便逝世了。曹氏病危之时的训言乃至去世对狱中的苏轼极其有利。此时狱中的苏轼闻讯后,悲痛异常,作诗二首以示哀悼,其诗云:"巍然开济两朝勋,信矣才难十乱臣。原庙固应祠百世,先王何止活千人。和熹未圣犹贪位,明德虽贤不及民。月落风悲天雨泣,谁将椽笔写光尘。未报山陵国士知,绕林松柏已猗猗。一声恸哭犹无所,万死酬恩更有时。梦里天衢隘云仗,人间雨泪变彤帷。《关雎》《卷耳》平生事,白首累臣正坐诗。"(《己未十月二十日,恭闻太皇太后升遐,以轼罪人,不许成服,欲哭则不敢,欲泣则不可,故作挽词二章》,《苏轼诗集》卷19,第1000页)

梁慧敏(2015)对苏轼在曹太后"升遐"后"选择'乌角巾'表达当时处境和身份下的内心情感",有如下记述[①]:

在中国古代,服饰仪制所代表的身份认同具有更深的文化含义。清褚人获《坚瓠集》"东坡巾"条记载:

明苏郡守胡可泉缵家与客登虎丘,见戴角巾者三人,往来自如。可泉召而问之,答曰:"生员。"以"奚冠"命题,各试一破,皆塞责应命。因问其所冠者何冠。

---

① 梁慧敏.诗人之笠:杜甫和苏轼戴笠肖像史及其文化意蕴[D].上海:华东师范大学,2015.

答曰:"东坡巾。"可泉曰:"若等既知为东坡巾,然东坡何为用此巾?"三人相顾无以对。客从旁解释,遣之。客亦不解,请问其故。可泉曰:"昔东坡被论坐图圉中,所戴首服,则常服不可也,公服不可也,乃制此巾以自别,后人遂名曰'东坡巾'。是乃东坡之囚巾耳。今但慕其名,而不究其义,适为可笑。"(〔清〕褚人获,《坚瓠集》,上海:上海古籍出版社,2012,第244页)

这是关于"东坡巾"来源颇为详细的记载,帽饰的选择和创制并非仅为苏轼的喜好和一时审美风尚,而是在严格的礼制规定下,作为士大夫典范的苏轼一方面考虑自己的囚徒身份,一方面要为对他有国士之知的曹太后服丧,故选择"乌角巾"表达当时处境和身份下的内心情感。同时作挽词《十月二十日,恭闻太皇太后升遐,以轼罪人,不许成服,欲哭则不敢,欲泣则不可,故作挽词二章》,"未报山陵国士知","一声恸哭犹无所,万死酬恩更有时"。"东坡巾"后来成为宋明时期士大夫中风靡不衰的一款帽饰,正如上引材料中所言,普通生员或已不知这一服饰的真实来源和文化含义,而宋代苏轼同时的士人和明代如胡可泉郡守一般的士人却深知其意蕴,这是苏轼自觉将服饰作为身份认同的极好例证。

周克勤(2009)对《御史台榆、槐、竹、柏四首》有详细解读[①]:

榆

我行汴堤上,厌见榆阴绿。千株不盈亩,斩伐同一束。

及居幽囚中,亦复见此木。蠹皮溜秋雨,病叶埋墙曲。

谁言霜雪苦,生意殊未足。坐待春风至,飞英覆空屋。(苏轼.苏轼诗集.清王文诰辑注.中华书局,1982:1003.)

从"及居幽囚中,亦复见此木"来看,《榆》诗应为刚入狱时所作。诗的前四句描写汴堤上青枝绿叶的嫩榆树,后八句描写御史台枯枝败叶的老榆树。当时苏轼43岁,"厌见"嫩榆树,而老榆树"蠹皮溜秋雨,病叶埋墙曲"的形象与自己相似,显然苏轼是自比老榆树。苏轼对老榆树不是同病相怜,而是充满敬意,对其

---

① 周克勤.自信·自由·自尊·自若——苏轼《御史台榆、槐、竹、柏四首》中的士人心态[J].金陵科技学院学报(社会科学版),2009,23(3):38—41.

傲然霜雪、老而弥坚的精神赞颂有加。苏轼将要面对的是比自然界的霜雪更为严酷的政治上的暴风雪——台谏的陷害。

槐

忆我初来时,草木向衰歇。高槐虽惊秋,晚蝉犹抱叶。

淹留未云几,离离见疏荚。栖鸦寒不去,哀叫饥啄雪。

破巢带空枝,疏影挂残月。岂无两翅羽,伴我此愁绝。(苏轼.苏轼诗集.清王文诰辑注.中华书局,1982:1003.)

从"忆我初来时……哀叫饥啄雪"来看,《槐》诗应为冬天所作。纪昀认为《槐》诗:"借题抒意,正不必句句是槐(苏轼.苏轼诗集.清王文诰辑注.中华书局,1982:1004.)。"槐树在诗中的作用是与草木凋谢、雪花飘落一起说明季节的更替,并作为蝉与鸦的活动场所。苏轼这首诗的着眼点不在槐树,而在于槐树上的蝉与鸦。蝉即骆宾王《在狱咏蝉》中的蝉:"西陆蝉声唱,南冠客思深。那堪玄鬓影,来对白头吟。露重飞难进,风多响易沉。无人信高洁,谁为表予心?(骆宾王.骆临海集笺注[M].陈熙晋笺注.上海:上海古籍出版社,1985:159.)"苏轼的遭遇和所处环境与骆宾王相似,都是因言得祸,禁所旁都有槐树。《在狱咏蝉》序:"余禁所,禁垣西,是法曹厅事也,有古槐数株焉……每至夕照低阴,秋蝉疏引,发声幽息,有切尝闻……嗟乎!声以动容,德以象贤。故洁其身也,禀君子达人之高行;蜕其皮也,有仙都羽毛之灵姿(骆宾王.骆临海集笺注[M].陈熙晋笺注.上海:上海古籍出版社,1985:157.)。"苏轼以高洁的蝉自比,希望发出自己的呐喊声。

竹

今日南风来,吹乱庭前竹。低昂中音会,甲刃纷相触。

萧然风雪意,可折不可辱。风霁竹已回,猗猗散青玉。

故山今何有,秋雨荒篱菊。此君知健否,归扫南轩绿。(苏轼.苏轼诗集.清王文诰辑注.中华书局,1982:1004.)

从"故山今何有,秋雨荒篱菊"来看,《竹》诗应为秋天所作。竹子四季常绿、婀娜多姿、劲节虚心、坚韧挺拔,因而被世人赋予洁雅、谦虚、刚毅、坚贞等高贵品格。

苏轼极其爱竹，"可使食无肉，不可居无竹。无肉令人瘦，无竹令人俗。人瘦尚可肥，俗士不可医（苏轼．苏轼诗集．清王文诰辑注．中华书局，1982：448．）"。（《于潜僧绿筠轩》）

"吹乱庭前竹"的南风不是徐徐清风，应是阵阵狂风（"吹乱"，类本作"吹断"）（苏轼．苏轼诗集．清王文诰辑注．中华书局，1982：1016．）。竹象征苏轼人格，风则暗喻台谏咄咄逼人之势。"甲刃纷相触"描写的是风与竹之间的攻与守。苏轼为了维护自己的尊严，为了保护友人，与台谏进行了一场激烈的攻防战。

柏

故园多珍木，翠柏如蒲苇。幽囚无与乐，百日看不已。

时来拾流胶，未忍践落子。当年谁所种，少长与我齿。

仰视苍苍干，所阅固多矣。应见李将军，胆落温御史。（苏轼．苏轼诗集．清王文诰辑注．中华书局，1982：1004．）

从"幽囚无与乐，百日看不已"来看，《柏》诗应为冬天所作。诗中有两棵柏树，一是故园的翠柏，二是台狱的老柏。从"当年谁所种，少长与我齿"来看，故园的翠柏显然是苏轼的化身。"幽囚无与乐"说明苏轼想乐、找乐，只不过狱中无以为乐，于是苏轼将目光投向了台狱的老柏，将思绪放飞到故园的翠柏。回忆是美好的，因为现实有太多的不完美；回忆童年是快乐的，因为成年人有太多的不如意。"时来拾流胶，未忍践落子"，童年的苏轼是如此的纯真无邪，心地善良。老年的苏轼在《与子明兄一首》中说："吾兄弟俱老矣，当以时自娱。世事万端，皆不足介意。所谓自娱者，亦非世俗之乐，但胸中廓然无一物，即天壤之内，山川草木虫鱼之类，皆是供吾家乐事也（苏轼．苏轼散文全集[M]．北京：今日中国出版社，1996：1324）。"台狱中的苏轼即以柏树为乐，而且是"百日看不已"。这不是一种世俗之乐，而是对名利、穷达、祸福等人生世俗的超越，是对精神自由的追求。身体能被囚禁，但思想精神永远不可能被囚禁，随时随地都能找到生命之乐，在自然朴素中获得精神愉悦，即为旷达。

"应见李将军，胆落温御史"用了下面的典故：唐代李祐虽然骁勇善战、屡建功勋，但因违制进马150匹，遭到御史温造弹奏而股战汗流、胆战心惊。"仰视苍苍干……胆落温御史",苏轼的意思应为:"我仰望着苍翠的老柏树,心想它对发生在台狱的案子本来就见得多,应该目睹过李将军胆落温御史之事吧。"43岁的苏轼又何尝不是阅历丰富呢?苏轼饱读经史子集,对李将军胆落温御史等典故了然于心。苏轼久经官场,主张渐进式改革,既不追随王安石新党,也不附和司马光旧党,身处党争漩涡,屡遭排挤、外放、贬谪,也眼见台谏在党争中推波助澜、谋取私利。然而苏轼均能以旷达的情怀化解悲苦,乐观面对。李定、舒亶之辈的淫威虽然超过御史温造,但苏轼并不是李祐,早已做好心理准备,泰然自若,该交代的据实交代,该否认的坚决否认,于己于人都问心无愧。苏轼被抓时就做好了最坏的打算,"臣即与妻子诀别,留书于弟辙,处置后事……(苏轼.苏轼散文全集[M].北京:今日中国出版社,1996:193.)"(《杭州召还乞郡状》)即使死了也不后悔,"楚客还招九死魂(苏轼.苏轼诗集.清王文诰辑注.中华书局,1982:1000.)"(《己未十月十五日,狱中恭闻太皇太后不豫,有赦,作诗》),"是处青山可埋骨!(苏轼.苏轼诗集.清王文诰辑注.中华书局,1982:999.)"(《予以事系御史台狱……以遗子由,二首》其一)

如上文所述,按写作时间来编排,《竹》诗应在《槐》诗之前,苏轼的心路历程也更自然一些,但这并不影响对苏轼心态的整体把握,因为自信、自尊、自由、自若四种心态并非截然分开,依次出现,而是贯穿始终,只是因当时情形某种心态或强或弱。

中华民族几千年来把自然的美和人的道德情操相联系,认为二者相通,花草树木等被赋予深刻的道德含义,用来比喻君子之德。如孔子的"知者乐水,仁者乐山"。(《论语·雍也》)松、竹、梅被称为"岁寒三友",梅、兰、竹、菊被称为"四君子"等,都属于君子比德。《御史台榆、槐、竹、柏四首》有道德情操的表达,但更多的是苏轼士人心态的表达。

陈英仕(2019)评述苏轼在出狱当晚所作的两首诗[①]:

---

[①] 陈英仕.从苏轼贬官黄州前的仕途论其人格与旷达思想之初步建立[J].远东通识学报,2019(1).

甫经九死一生历劫归来的苏轼,理应惊魂未定、戒慎恐惧才是,他因诗所累以致获罪遭贬,竟在出狱当晚又作了两首诗。

其一:

百日归期恰及春,余年乐事最关身。出门便旋风吹面,走马联翩鹊啅人。

却对酒杯浑是梦,试拈诗笔已如神。此灾何必深追咎,窃禄从来岂有因。

其二:

平生文字为吾累,此去声名不厌低。塞上纵归他日马,城东不斗少年鸡。

休官彭泽贫无酒,隐几维摩病有妻。堪笑睢阳老从事,为余投檄向江西。(苏轼:《十二月二十八日,蒙恩责授检校水部员外郎黄州团练副使,复用前韵二首》,收入苏轼著,傅成、穆俦标点:《苏轼全集》,上册,页236。)

第一首诗描写出狱时的愉悦心情及回顾此诗案的态度。"恰及春"三字语带俏皮,更似自我解嘲;把获罪认为是"窃禄"之故,所谓人红遭妒,而非真有实罪,似为自己发出不平之鸣。然宦海不定,受此害者又岂止一人,既成的事实何必追究,就把它当成梦一场,"余年乐事"才是最该关切的事情,反映其乐观、不自囿于过往不快的豁达个性。第二首则是对未来生活的展望,以及表达对苏辙代兄受过被贬筠州的愧疚。苏轼自知此次系声名所累,因文字入狱,虽大难不死,但往后运途祸福难料;可以确定的是,绝不学李定等"新进"作斗鸡取宠之徒,也绝不归隐逃避现实,让小人称心。在政治这条路上,一样会秉持初心,以如神之诗笔托事以讽,针砭时弊,不因外在环境的扭曲而败坏人格,随波逐流,改变行事作风。这等豪气,如同自己的价值宣言,也是对这一百三十余日冤狱的心得总结。

宋神宗元丰三年(1080)正月初一,苏轼在长子苏迈陪同下离开汴京,由御史台的差役押送启程前往黄州。

武守志(1997)在《苏子杂谈(续)》①中评述苏轼出狱时的诗:

苏子因诗得祸,元丰三年(1080)【应为元丰二年(1079)】八月十八日入台狱,至十二月二十九日(注:清王文诰《苏诗总案》云:"本集谢表二十九日准敕,年谱

---

① 武守志.苏子杂谈(续)[J].兰州教育学院学报,1997(2):2—9.

纪年录亦作二十九日,信为无误。独诗题作二十八日,而诗从各说部中集编入集,诗字既所传异同不一,其题未见无误,断无据补编之题乱不误之正集也。今并诗题改作二十九日。")获释出狱,计百三十一日。

苏子出狱,即有佳作出焉,且豪气未销,求自由自觉之心益切,诗文自此一变。【原诗略】百日"炼狱",苏子如大梦初醒,睡眼惺忪看人生,虽亦混沌,但困倦胧解,身心顿感清新。思获罪之由而无因可究者,盖为官食禄之人本为皇权奴隶,奴隶而思自由固有大罪,岂可"深追咎"!故苏子所谓"窃禄从来岂有因"者,实乃无因之因也。清人纪昀批点《苏文忠公诗集》卷十九有云:"此却少自省之意,晦翁讥之是。""少自省之意"者,犹今之"缺乏自我批评精神"之谓也,是知纪晓岚以东坡为咎由自取,故责其无悔改之意。纪昀卫"道",诗文多歌功颂德之作,其取朱熹之讥而责苏子"少自省之意",固其性也。朱子于东坡多有讥斥之言,盖因东坡诗文中之"个性解放"思绪于朱子之"道"暗有抵撼,故"于东坡憎而不知其善"也。

苏子居官场而获罪者,因文字之累也。不为文字而居官场,不亦可乎?然文字为东坡性命,不为文字则无东坡矣,岂可舍文字而求官乎!故诗狱甫解,又吟诗矣。"城东不斗少年鸡"者,云己之不附权贵,邀欢取荣,此东坡所以走笔如神也。为文字而离官场,如陶渊明之回归自然,不亦宜乎?然"休官彭泽贫无酒",东坡"休官",岂止"无酒"!无田可归,焉能"乐夫天命"。故苏子只能于官而离官,于世而出世,步入庄禅,以求"内在超越"。"内在超越"虽为精神之解放,然惟此唯有"如神"之"诗笔",惟此唯有美之创造。苏子出狱,计"余年之乐事",岂能无文哉!

# 肆 办案者

·乌台诗案引论·

这里的"办案者"主要是指告发者、弹劾者和审判者。

## ·群体·

余秋雨(2002)在《山居笔记》中的《苏东坡突围》一文中对乌台诗案这样定性:"一群大大小小的文化官僚硬说苏东坡在很多诗中流露了对政府的不满和不敬,方法是对他诗中的词句和意象作上纲上线的推断和诠释,搞了半天连神宗皇帝也不太相信,在将信将疑之间几乎不得已地判了苏东坡的罪"。并如此评述"围攻"苏轼的人们[①]:

那么,批评苏东坡的言论为什么会不约而同地聚合在一起呢?我想最简要的回答是他弟弟苏辙说的那句话:"东坡何罪?独以名太高。"他太出色、太响亮,能把四周的笔墨比得十分寒碜,能把同代的文人比得有点狼狈,引起一部分人酸溜溜的嫉恨,然后你一拳我一脚地糟践,几乎是不可避免的。在这场可耻的围攻中,一些品格低劣的文人充当了急先锋。

例如舒亶。这人可称之为"检举揭发专业户",在揭发苏东坡的同时他还揭发了另一个人,那人正是以前推荐他做官的大恩人。这位大恩人给他写了一封信,拿了女婿的课业请他提意见、辅导,这本是朋友间非常正常的小事往来,没想到他竟然忘恩负义地给皇帝写了一封莫名其妙的检举揭发信,说我们两人都是官员,我又在舆论领域,他让我辅导他女婿总不大妥当。皇帝看了他的检举揭发,也就降了那个人的职。这简直是东郭先生和狼的故事。就是这么一个让人恶心的人,与何正臣等人相呼应,写文章告诉皇帝,苏东坡到湖州上任后写给皇帝的感谢信中"有讥切时事之言"。苏东坡的这封感谢信皇帝早已看过,没发现问题,舒亶却苦口婆心地一款一款分析给皇帝听,苏东坡正在反您呢,反得可凶呢,而且已经反到了"流俗翕然,争相传诵,忠义之士,无不愤惋"的程度!"愤"是愤苏东坡,"惋"是惋皇上。有多少忠义之士在"愤惋"呢?他说是"无不",也就是

---

① 余秋雨.山居笔记[M].上海:文汇出版社,2002.

百分之百,无一遗漏。这种数量统计完全无法验证,却能使注重社会名声的神宗皇帝心头一咯噔。

又如李定。这是一个曾因母丧之后不服孝而引起人们唾骂的高官,对苏东坡的攻击最凶。他归纳了苏东坡的许多罪名,但我仔细鉴别后发现,他特别关注的是苏东坡早年的贫寒出身、现今在文化界的地位和社会名声。这些都不能列入犯罪的范畴,但他似乎压抑不住地对这几点表示出最大的愤慨。说苏东坡"起于草野垢贱之余","初无学术,滥得时名","所为文辞,虽不中理,亦足以鼓动流俗",等等。苏东坡的出身引起他的不服且不去说它,硬说苏东坡不学无术、文辞不好,实在使我惊讶不已。但他不这么说也就无法断言苏东坡的社会名声和世俗鼓动力是"滥得"。总而言之,李定的攻击在种种表层动机下显然埋藏着一个最深秘的元素:妒忌。无论如何,诋毁苏东坡的学问和文采毕竟是太愚蠢了,这在当时加不了苏东坡的罪,而在以后却成了千年笑柄。但是妒忌一深就会失控,他只会找自己最痛恨的部位来攻击,已顾不得哪怕是装装样子的可信性和合理性了。

又如王珪。这是一个跋扈和虚伪的老人。他凭着资格和地位自认为文章天下第一,实际上他写诗作文绕来绕去都离不开"金玉锦绣"这些字眼,大家暗暗掩口而笑,他还自我感觉良好。现在,一个后起之秀苏东坡名震文坛,他当然要想尽一切办法来对付。有一次他对皇帝说:"苏东坡对皇上确实有二心。"皇帝问:"何以见得?"他举出苏东坡一首写桧树的诗中有"蛰龙"二字为证,皇帝不解,说:"诗人写桧树,和我有什么关系?"他说:"写到了龙还不是写皇帝吗?"皇帝倒是头脑清醒,反驳道:"未必,人家叫诸葛亮还叫卧龙呢!"这个王珪用心如此低下,文章能好到哪儿去呢?更不必说与苏东坡来较量了。几缕白发有时能够冒充师长、掩饰邪恶,却欺骗不了历史。历史最终也没有因为年龄把他的名字排列在苏东坡的前面。

又如李宜之。这又是另一种特例,做着一个芝麻绿豆小官,在安徽灵璧县听说苏东坡以前为当地一个园林写的一篇园记中有劝人不必热衷于做官的词句,竟也写信给皇帝检举揭发,并分析说这种思想会使人们缺少进取心,也会影响取士。看来这位李宜之除了心术不正之外,智力也大成问题,你看他连诬陷的口子都找得不伦不类。但是,在没有理性法庭的情况下,再愚蠢的指控也能成立,因此对散落全国各地的李宜之们构成了一个鼓励。为什么档次这样低下的人也会挤进来围攻苏东坡?当代苏东坡研究者李一冰先生说得很好:"他也来插上一手,无他,一个默默无闻的小官,若能参加一件扳倒名人的大事,足使自己增重。"从某种意义上说,他的这种目的确实也部分地达到了,例如我今天写这篇文章竟然还会写到李宜之这个名字,便完全是因为他参与了对苏东坡的围攻,否则他没有任何理由被哪怕是同一时代的人写在印刷品里。我的一些青年朋友根据他们对当今世俗心理的多方位体察,觉得李宜之这样的人未必是为了留名于历史,而是出于一种可称作"砸窗子"的恶作剧心理。晚上,一群孩子站在一座大楼前指指点点,看谁家的窗子亮就拣一块石子扔过去,谈不上什么目的,只图在几个小朋友中间出点风头而已。我觉得我的青年朋友们把李宜之看得过于现代派、也过于城市化了。李宜之的行为主要出于一种政治投机,听说苏东坡有点麻烦,就把麻烦闹得大一点,反正对内不会负道义责任,对外不会负法律责任,乐得投井下石,撑顺风船。这样的人倒是没有胆量像李定、舒亶和王珪那样首先向一位文化名人发难,说不定前两天还在到处吹嘘在什么地方有幸见过苏东坡、硬把苏东坡说成是自己的朋友甚至老师呢。

莫砺锋(2008)如此述评"参与这场阴谋的人":①

李定等人是制造"乌台诗案"的罪魁祸首。"乌台诗案"最根本的起因当然是新旧党争,是新党为了镇压旧党而精心策划的一个阴谋,但是参与这场阴谋的人却是各怀鬼胎,有的人是想乘机公报私仇,有的人是想借此向执政者献媚以获富贵,他们公然造谣诽谤,甚至不惜自坏名节,从而把自己永远钉在历史的耻辱柱上。

李定,混迹于新党的投机者。在新政"青苗法"的弊病已大显于世时,他诡称其法"民便之,无不喜者"(《宋史》卷三二九《李定传》,中华书局,1985年,第30

---

① 莫砺锋.苏轼的敌人[J].学术界,2008(2):237—251.

册,第10601页),以谄事王安石,因而擢为御史中丞。此前李定任泾县主簿时,其庶母仇氏病死,他隐匿不报,以逃避服丧。这在当时是人所共知的丑闻,李定因此为世所诟病。即使后来李定被擢为崇政殿说书时,御史林旦还坚决反对:"不宜以不孝之人居劝讲之地。"(《宋史》卷三二九《李定传》,中华书局,1985年,第30册,第10602页)说来也巧,在李定尚未当上御史中丞时,发生了孝子朱寿昌万里寻母的事迹,满朝士大夫纷纷作诗赞美朱寿昌,积成卷轴,苏轼亲为撰序,表彰朱寿昌之行孝,并讥刺世上有母不养的不孝之人。苏轼自己的诗中则有"此事今无古或闻"和"西河郡守谁复讥"的句子(《朱寿昌郎中少不知母所在刺血写经求之十五年去岁得之蜀中以诗贺之》,《苏轼诗集》卷八,中华书局,1982年,第386页),后一句用了吴起母死不归的典故。李定见到苏轼的诗和序,以为是暗讽自己,便怀恨在心。一旦时机来临,李定便不遗余力地攻讦苏轼,甚至声称东坡"有可废之罪四",意即非处极刑不可。[〔宋〕朋九万:《乌台诗案》(《丛书集成初编》本)。按:本文所引李定等人诬陷苏轼的奏章,皆据此书,不一一注明]最可笑的是,李定在奏章中说东坡"初无学术,滥得时名",但是当他亲自对苏轼进行审讯逼供后,却对别人说:"苏轼诚奇才也!"众人听了都不敢对答,李定又自言自语地说,苏轼"虽二三十年所作文字诗句,引证经传,随问即答,无一差舛,诚天下之奇才也!"[王巩:《甲申杂记》(《丛书集成初编》本)]既然承认苏轼是天下奇才,却又一定要置之死地而后快,这不是挟私报复又是什么?

舒亶,反复无常的小人,其见风使舵、恩将仇报的伎俩在新党中仅次于吕惠中。舒亶本由张商英的提拔而登上高位,但他利用张对他的信任而出卖之,以谋取更高的官职。舒亶后来任职翰林时因"自盗为赃"而被朝廷惩罚,声名狼藉。舒亶在奏章中攻讦苏轼"包藏祸心,怨望其上",还说苏轼"无复人臣之节",并对东坡的诗文逐句曲解,惟恐引不起神宗的愤怒。居心险恶以至于此!

何正臣,原任监察御史里行,因在乌台诗案中向苏轼首先发难而获执政之欢心,事后得五品服、领三班使的升迁,是一个为了富贵利禄不择手段的无耻之徒。

张璪,原名琥,他善于窥测风向,左右逢源,堪称污浊宦海中的弄潮儿。元丰年间张璪官拜参知政事,朝臣群起而攻之,其中刘挚的话切中其要害:"初奉安石,旋附惠卿,随王珪,党章惇,谄蔡确。数人之性不同,而能探情变节,左右从顺,各得其欢心。"(《宋史》卷三二八《张璪传》,第30册,第10570页)张璪原是苏轼的进士同年,两人入仕后又在凤翔同事两年,交游颇密。张璪返回汴京时,苏轼还作《稼说》一文以送之。可是乌台诗案事起,张璪以知谏院的身份参与推治,竟蓄意置苏轼于死地。王安石的弟弟王安礼曾奉劝神宗宽恕苏轼,张璪竟闻讯而怒,当面责之,其惟恐苏轼得以免死的用心昭然若揭。

戴建国(2019)则认为"乌台诗案缘起于御史台官员的职守",将他们的言行"都视作迫害苏轼的党争行径,不免有牵强附会之嫌"。①

以往学界对苏轼一案的解读,多从新旧党争的视角进行诠释,有些学者过度解读乌台诗案与党争的关系,其实参与此案审判的官员,有些未必都与党争密切关联。北宋的御史台官员由天子选定,对天子负责,"自中丞以下,掌纠绳内外百官奸慝,肃清朝廷纪纲,大事则廷辩,小事则奏弹"(《宋会要辑稿》职官一七之一,第6册,第3449页),为天子耳目,具有相对独立的监察言事权力,并负责重大案件的审讯,职分所至,极易得罪人。宋神宗实施新政,在位期间任用的御史台官员,应该说大多忠于职守,颇具除奸务尽、舍我其谁的使命感,在强化吏治、肃正纲纪方面,发挥了重要作用。乌台诗案缘起于御史台官员的职守,弹劾苏轼的御史有三人:御史中丞李定,监察御史里行何正臣、舒亶。李定还与知谏院张璪一起奉诏负责审讯苏轼。除李定与王安石关系十分密切另当别论外,将何正臣、舒亶、张璪的言行都视作迫害苏轼的党争行径,不免有牵强附会之嫌。

最早上章弹劾苏轼的何正臣,虽为蔡确推荐,与王安石亦有诗文往来,但其秉公办事,实事求是。《宋史》并未言其政治上属于新党。何正臣曾云"幸得备言路,以激浊扬清为职"(《宋史》卷三二九《何正臣传》,第10613页),展现了其作为御史台官员应有的抱负。史载:"神宗更制,始诏川峡、福建、广南,之官罢任,迎送劳苦,其令转运司立格就注,免其赴选。"有人提出意见,认为:"土人知州非便,

---

① 戴建国."东坡乌台诗案"诸问题再考析[J].福建师范大学学报(哲学社会科学版),2019(3):143—155.

法应远近迭居,而川人许连任本路,常获家便,实太偏滥。"时任参知政事的王安石曰:"分远近,均劳佚也。中州士不愿适远,四路人乐就家便,用新法即两得所欲。"对此,何正臣没有迎合王安石,提出了与其相反的建言:"蜀人之在仕籍者特众,今自郡守而下皆得就差,一郡之官,土人太半,寮寀吏民皆其乡里亲信,难于徇公,易以合党。请收守令阙归之朝廷,而他官兼用土人,量立分限,庶经久无弊。"(《宋史》卷一五九《选举志》,第3722—3723页)结果何正臣的建言没有被采纳,可见其并非唯王安石马首是瞻。

《宋史》云何正臣知潭州,"时诏州县听民以家赀易盐,吏或推行失指。正臣条上其害,谓无益于民,亦不足以佐国用,遂寝之,民以为便"(《宋史》卷三二九《何正臣传》,第10613页)。所谓"以家赀易盐"乃熙丰时期实行的盐法,是神宗新政的一项内容。在实施过程中,有些地区的官吏强行抑配,从而成为百姓的一大负担。何正臣能直言其弊,实在难能可贵。《宋史》本传又说他在吏部侍郎任上,"嫚于奉职,铨拟多抵牾,事闻,以制法未善为解。王安礼曰:'法未善,有司所当,请岂得归罪于法?'乃出知潭州"。当时正值元丰改革官制,所谓何正臣"嫚于奉职,铨拟多抵牾",可以从另一角度反映出何正臣面对元丰改制,其自有的吏治思想与之发生冲突,以至于无所适从。这与《宋史》记载的何正臣勇于进取的形象大相径庭。这段史料背后的真情,可以解释为何正臣其实是在用一种消极无奈的方式对待元丰改革。细观何正臣熙丰时期的言行,无论如何都不能算是新党。

又如弹劾苏轼的监察御史里行舒亶,论者将其归为依附王安石的新党。然而值得注意的是其对苏轼一案涉及的驸马都尉王诜的弹劾。王诜字晋卿,能诗善画,"尚蜀国长公主"(《宋史》卷二五五《王全斌传》附,第8926页),为神宗的妹婿。史载,当大理寺、审刑院的审核判决意见上奏后,舒亶紧接着上言:

驸马都尉王诜,收受轼讥讽朝政文字及遗轼钱物,并与王巩往还,漏泄禁中语,窃以轼之怨望,诋讪君父,盖虽行路犹所讳闻,而诜恬有轼言,不以上报,既乃阴通货赂,密与燕游。至若巩者,向连逆党,已坐废停。诜于此时同罝论议,而不自省惧,尚相关通。案诜受国厚恩,列在近戚,而朋比匪人,志趣如此,原情议罪,

实不容诛,乞不以赦论。(《续资治通鉴长编》卷三〇一,元丰二年十二月庚申,第7334页)

舒亶的弹劾,对神宗来说不啻是个挑战。神宗与蜀国长公主之间感情甚笃,蜀国长公主多病,身体很差。神宗曾多次幸其第慰问,某次,"上继至,见主羸瘠,伏席而泣,堕泪沾湿。上自诊主脉,集众医,诘所以治疾状,亲持粥食之"。公主去世日,消息传来,神宗"未朝食即驾往,望第门而哭。赐主家钱五百万,辍朝五日,命入内副都知苏利涉治丧事,礼视秦国大长公主,毋拘令、式。追封越国,谥贤惠"(《续资治通鉴长编》卷三〇四,元丰三年五月己卯,第7408页)。在王诜被责仅仅过了四个月,神宗便诏"王诜复庆州刺史,听朝参。诜前坐苏轼夺官,蜀国长公主久病,上欲慰主心,故特有是命。及上视主疾问所欲,主但谢复诜官而已"(《续资治通鉴长编》卷三〇三,元丰三年四月辛亥,第7385页)。这也颇能说明神宗对其妹妹的眷顾之情。倘非情不得已,神宗是不会对自己的妹婿作如此处罚。

在此案中,舒亶并没有因王诜为神宗妹婿而有所畏惧和回避,他基于御史台官员的职责,勇于担当,不避皇亲,忠于职守,向神宗提出弹劾奏言。神宗是熙丰新政的发动者,从某种意义上可以说是新党的幕后总指挥,舒亶的弹劾等于给新政、新党,给神宗出了难题,神宗的妹婿与讥讽新政的苏轼过从甚密,收受苏轼讥讽朝政文字。神宗从维护新政大局出发,没有因舒亶的行为而对舒亶进行打压,也未因妹婿关系而袒护王诜。在处罚苏轼的同时,没有徇私情而豁免王诜。史载,"王诜追两官,勒停",为绛州团练使,对王诜的惩处力度仅次于苏轼。

此外,舒亶对新党中的重要人物章惇、曾布也都有弹奏。有学者指出"舒亶在元丰年间,积极参政议政,不囿于党派之见,奉职言事,忠贞刚直,多为中肯之言"(参见孙福轩:《北宋新党舒亶考论》,《浙江学刊》2012年第2期。关于舒亶对章惇、曾布的弹奏,孙福轩此文有详述)。《宋史》记载说,舒亶为谏院知院,"张商英为中书检正,遗亶手帖,示以子婿所为文。亶具以白,云商英为宰属而干请言路,坐责监江陵税。始,亶以商英荐得用,及是,反陷之"(《宋史》卷三二九《舒亶传》,第10604页)。《宋史》将此事记为舒亶的污点,但我们结合上述舒亶不避皇亲、弹劾王诜的奏言来看,这一事例正展示了舒亶秉公办事的原则,并不因张商英曾是自己的举荐官而假公济私。因此就舒亶弹劾苏轼及王诜的行为而言，更多的应是出于御史的职守而已，并非新旧党争关系使然。

## ·李定·

李定是弹劾者群体中被较为一致视为反面的一个"小人"。夏诗荷（2007）认为"'乌台诗案'是李定精心策划的诬告冤案"[①]：

宋神宗熙宁二年（1069）二月，王安石出任参知政事，辅佐宋神宗开始变法。九月颁行青苗法，实施中遭到守旧派的反对，举朝共争之。

熙宁三年（1070）四月，宋神宗与王安石极需来自基层对青苗法的支持。李定恰在此时被孙觉推荐来汴京。李定是王安石的学生，王安石立即推荐李定见宋神宗，李定得对御前，尽言青苗之便。宋神宗甚喜，欲任李定知谏院。宰相曾公亮认为前无选人授谏官之例，宋神宗改授李定为监察御史里行，御批送中书舍人、知制诰撰写诏书。四月十九日，御批送中书舍人、知制诰宋敏求，宋敏求以"旧制，须太常博士经两任通判方许举荐入台"。（赵汝愚. 宋朝诸臣奏议［M］. 上海：上海古籍出版社，1995：575.）因李定不具备任职资格，宋敏求拒绝起草诏书。宋神宗愤怒，将宋敏求撤职。二十一日，命中书舍人、知制诰苏颂起草李定任官的诏书。苏颂一方面为宋敏求详细辩解，另一方面提出李定刚由泾县主簿转秀州军事判官，骤升为监察御史里行，违背任官法，也拒绝起草诏书。宋神宗命工部郎中、中书舍人李大临起草诏书，李大临也封还了宋神宗的御批，拒绝起草诏书。

宋神宗的御批八次送舍人院，三舍人始终拒绝起草诏书，经过一个多月的激烈争论，仍无结果。成为举国上下，朝野震动的大事件。宋神宗再次与王安石商量，王安石说："陛下之威福，为私议所夺，失人君之道矣。"（李焘. 续资治通鉴长

---

[①] 夏诗荷. "三舍人议案""乌台诗案"与宋代政治［J］. 温州大学学报（社会科学版），2007（4）：20—25.

编[M].北京:中华书局,1987:5125.)宋神宗终于下定决心将苏颂、李大临撤职。苏颂、李大临虽被撤职,李定也未任御史台官,而改任通进银台司。苏颂因忠于职守,捍卫法制,宾客满门,人望益重。天下高其节,被誉为"三舍人之冠"。

关于乌台诗案的起因,当前学术界主要有四种不同的说法:第一是王安石清洗说;第二是新旧党争说;第三是才高取祸说;第四是攻击新法、罪有应得说。我认为上述说法都不够准确。李定是"乌台诗案"的制造者,从对他的评析中,可见"乌台诗案"的真正起因。这也是我们把"三舍人议案"和"乌台诗案"联系起来,给以评析的目的所在。

元丰二年(1079),"三舍人议案"九年之后。李定不仅任职御史台,而且被任命为御史中丞。他对苏颂坚阻诏命,使他不能任职御史台仍耿耿于怀。四月二十日,苏轼到湖州任知州,他给宋神宗写了《湖州谢上表》,其中说:"知其愚不识时,难以追陪新进;察其老不生事,或能牧养小民。"(苏轼.苏轼文集[M].北京:中华书局,1986:654.)李定等人认为是对皇帝不满,讽刺新法,搜集了苏轼的大量诗文,断章取义,罗织罪名,一手制造了"乌台诗案"。

"乌台诗案"是李定精心策划的诬告冤案,他纠集了御史台的下属官员何正臣、舒亶等,联合宰相王珪,必欲置苏轼于死地。八月十八日,宋神宗御批将苏轼下御史台狱勘问,使李定等人的诬告得逞,造成了株连深广的大冤案。

李定也没有忘记对苏颂的报仇雪恨,他任御史中丞后,两次对苏颂打击报复。第一次是元丰元年(1078)五月,苏颂知开封府,相国寺僧徒宗梵告住持行亲以寺院粥钱,还祥符县令孙纯之债。李定、舒亶经过密谋,找到了苏颂与孙纯有远亲这一借口,说苏颂故纵孙纯。苏颂因此冤案由开封府尹,贬知濠州。第二次是元丰二年(1079)九月,李定与舒亶把宋神宗关切过的陈世儒夫妇案,翻出重审,将苏颂逮捕到御史台狱,与苏轼只一墙之隔。苏轼、苏颂同时受审,案件的主审人都是李定,他终于可以报深仇大恨了。

阮延俊(2012)也持此议[①]:

---

[①] 阮延俊.论苏轼的人生境界及其文化底蕴[D].武汉:华中师范大学,2012.

苏轼的这场遭诗狱起因的伏笔应该逆追到熙宁三年(1070)当王安石破格推荐李定担任监察御史,被当时台谏、中书舍人、知制诰反对而中止。中书舍人苏颂八次送还御批(后苏颂亦为此举而买单,史称"三舍人议案",入狱后也是在苏轼的隔壁),他反对的理由是李定不具备任职资格。(见《续资治通鉴长编》卷二一〇、二一一,中华书局,5103、5121、5123页)(宋代的"资品选授之法"规定,御史宪台须从太常博士以上,中行员外郎以下,任二年通判者,奏举充职,如朝中难得上述资序相当之人,可行"兼权"。所谓"兼权",即与太常博士以上,中行员外郎以下,资品相当的官员。"未任通判或任职不满二年者,依制不准任监察御史")苏轼反对的理由是李定不孝,而这时刚好出现朱寿昌被召见神宗皇帝之事(同上卷二一二,六月癸亥条),朱寿昌刺血写《金刚经》祈佛,弃官寻从7岁失去的母亲,50年的四处寻求终于母子重逢的故事一时成为了士大夫间的美谈,苏轼对此也作了《朱寿昌郎中少不知母所在刺血写经求之五十年,去岁得之蜀中以诗贺之》(《苏轼诗集》卷八,386页)一首诗,赞扬他的孝行。诗中有句云"感君离合我酸辛,此事今无古或闻"。李定怀疑苏轼的诗文中暗刺他的不孝而怀恨在心,借机公报私仇。此事《邵氏闻见录》载:"李定,王介甫客也。定不持所生母仇氏服,苏子瞻以为不孝,恶之。定以为恨,后遂劾子瞻作诗谤讪朝政云"(《忏花庵丛书》,《乌台诗案》宋朋九万撰,山阴宋泽元瀛士校刊,《东坡乌台诗案杂记(十二则)》,第十则)。

张耀杰(1997)对于李定不为生母守孝一事分析如下[①]:

李定不为生母守孝一事更是当时一大公案。据陆游《老学庵笔记》记载,李定的生母仇氏最初为一富豪家的小妾,生下佛印和尚后转嫁给李问为妾,又生下李定,之后又第二次改嫁为郜氏之妾。按照孔老夫子本人"不丧生母"的先例,李定大可不必为仇氏之死守丧,然而当时任泾县主簿的李定还是以回家侍养老父的名义向朝廷请了长假,以表示对于仇氏的"心丧"。这本来是个陈年老账,只因为李定是王安石的学生,在熙宁变法中又积极支持王安石并因此得到升迁,反对

---

① 张耀杰.有话还须好好说——与李国文先生论苏东坡[J].东方艺术,1997(4):11—13.

派便以他为题目大做文章。在这样一场是非中,苏东坡所充当的是一个很关键的角色。首先,佛印与苏东坡过从甚密,李定家里的这桩隐私很有可能是由苏东坡给捅出去的。其次,当时有一个叫朱寿昌的人是李定的扬州同乡,生母刘氏是父亲朱巽的小妾,朱寿昌三岁时刘氏被出而转嫁给一个党姓人家。朱寿昌长大为官后父亲病故,他便放弃官位去寻访刘氏,历经50年直到熙宁变法时期才得以母子相见,正好为苏东坡一班人攻击李定提供了一个样板。苏东坡赞美朱寿昌孝行的诗句"感君离合我酸辛,此事今无古或闻""西河郡守谁复讥,颍谷封人羞自荐"就包含着对于李定的影射和讽刺,也就在李定心中埋下了仇恨的种子。

对于上述文字中"佛印与苏东坡过从甚密,李定家里的这桩隐私很有可能是由苏东坡给捅出去的"这个说法有不同意见。首先苏轼与佛印的交往,据喻世华(2013)考证,始于元丰三年(1080)六七月间,是乌台诗案之后的事情:①

大约元丰三年(1080)六七月间,苏轼与佛印开始交往。据《与佛印十二首(之一)》:"归宗化主来,辱书,方欲裁谢,栖贤迁师处又领手教,眷与益勤,感怍无量。数日大热,缅想山间方适清和,法体安稳。云居事迹已领,冠世绝境,大士所庐,已难下笔,而龙居笔势,已自超然,老拙何以加之。幸稍宽假,使得款曲抒思也。昔人一涉世事,便为山灵勒回俗驾,今仆蒙犯尘垢,垂三十年,困而后知返,岂敢便点浼名山!而山中高人皆未相识,而迎许之,何以得此,岂非宿缘也哉。向热,顺时自爱。"(孔凡礼.苏轼文集[M].北京:中华书局,1986:1868.)这是目前可考苏轼与佛印最早的交往记录。从"数日大热"看,当在六七月份,孔凡礼《三苏年谱》据此定为约作于到黄之初,即元丰三年(1080)六七月间。据《与佛印十二首(之四)》:"专人来,辱书累幅,劳问备至,感怍不已。腊雪应时,山中苦寒,法体清康。一水之隔,无缘躬诣道场,少闻謦欬,但深驰仰。"(孔凡礼.苏轼文集[M].北京:中华书局,1986:1869.)元丰四年他们保持着密切的通信联系。

武守志(2000)引用相关材料,说明《老学庵笔记》中关于李定生母的记载

---

① 喻世华.苏轼与佛印交游考[J].江苏大学学报(社会科学版),2013,15(4):104—108.

有误①：

陆放翁《老学庵笔记》卷一："仇氏初在民间,生子为浮屠,曰了元,所谓佛印禅师也。已而为广陵人国子博士李问妾,生定;出嫁郜氏,生蔡奴,故京师人谓蔡奴曰郜六。"据此,则佛印了元母仇氏二适于人,而了元、李定、蔡奴为同母生也。此即所谓了元异事,哲宗绍圣间即有传闻。东坡惠州《与王敏仲书》云："浮玉遂化去,殊不知异事,可闻其略乎？其母今安在？谤者之言,何足信也。"(《苏轼文集》卷五六)据《宋史》卷三二九《李定传》,定母仇氏死而定不服丧,为熙宁言官攻之,定自辩为"实不知为仇所生,故疑不敢服也"。是知定母仇氏早逝,而了元母仇氏元祐、绍圣间犹存。王文诰《苏文忠公诗编注集成总案》卷四十有谓："所谓浮玉即了元也,是时其母犹存,似又一仇氏也。当日已有谤言,无怪放翁信而载于笔记。若如其说,则蔡奴为元丰人,而定在熙宁中已为御史,亦不合也。了元仅一财富僧耳,其在浮玉,多得财物,又以其机警,从名公卿游,颇自骄倨,其出山而舆,至护卫百十人,骡摆相属于道,其为人所憎恶,宜矣。"此言了元骄倨,为人憎恶,故有谤言。然或有因与东坡交厚,当路耿耿,故有造谤者欤？

除了因不为生母守孝受到讽刺之外,赵健(2018)认为在另外一些问题上李定也对苏轼不满②：

李定贪恋高位,不服生母丧,苏轼曾写诗讥讽。此外,据说苏轼知徐州时,也直接奚落过李定的儿子：

东坡知徐州,李定之子某过焉。坡以过客故事宴之。其人大喜,以为坡敬爱之也。因起而请求荐墨。坡佯应曰："诺。"久之闲谈,坡忽问李："相法谓面上人中长一寸者,寿百年,有是说否？"李曰："未闻也。"坡曰："果若人言,彭祖好一个呆长汉。"李大惭而遁。【宋·杨万里《诚斋诗话》】

李定之子自作多情,错将苏知州的例行招待意会为对其的钟爱,便请求苏轼向朝廷推荐自己。苏轼不好当面拒绝,只好敷衍。可惜这位李某太不识趣,最终

---

① 武守志.苏子杂谈(续)[J].兰州教育学院学报,2000(1):9—15.
② 赵健.乌台诗案发微(一):缘起[J].寻根,2018(3):79—88.

遭到苏轼"呆长汉"的奚落。经过这些事件，李定对苏轼的不满是难免的。

戴建国（2019）认为对李定的看法应当尽可能客观一些（"亦有可议之处"）：①

即使是李定此人，亦有可议之处。元丰元年发生陈世儒与其妻谋杀母案，案事牵连同知枢密院吕公著。吕公著反对王安石实行青苗法新政，如要归属党争关系的话，应属旧党。在此案中，吕公著被诬曾受请托，为其外侄孙女，陈世儒妻李氏疏通关节，开脱罪行。时负责审理的御史中丞李定并没有就此站在新党的立场上罗织罪名，而是实事求是地奏报狱情。史载：

中丞李定等入对，即奏云："公著实未尝请求，特尝因垂拱退朝，（苏）颂与众从官泛言陈氏事，公著亦预闻尔。"欲用此辞以结狱。（《续资治通鉴长编》卷三〇三，元丰三年四月丁酉，第7376—7377页）

李定没有深文巧诋，态度十分明确。此例是无法解释当时党同伐异的党争关系的【当然不排除其中还有宋代制度保障，使其不得为所欲为的因素所起的作用】。

## ·舒亶·

对于舒亶，学者们根据历史资料，评价要正面一些。周建国（1997）认为：②

舒亶（1042—1103），字信道，号懒堂，明州慈溪人。英宗治平二年（1065）举进士第一。初授临海县尉，以斩使酒逐婶之民，投劾而去。神宗熙宁七年（1074）起为审官西院主簿。历秦凤路提刑、监察御史里行、知谏院、侍御史知杂事、知制诰、兼判司农寺、权直学士院等职。元丰五年（1082），拜御史中丞。六年，以妄奏尚书省不置录目之籍和违法支用厨钱事被劾，追两官勒停。废斥十余年，始复通

---

① 戴建国."东坡乌台诗案"诸问题再考析[J].福建师范大学学报（哲学社会科学版），2019(3)：143—155.
② 周建国.论新党舒亶及其文学创作[J].文学遗产，1997(2)：69—77.

直郎。徽宗崇宁元年(1102),起知南康军,改知荆南府。以开边有功,由直龙图阁进待制。次年卒,赠龙图阁直学士。

从政见和立场出发,舒亶在多年的台谏官任职上,力排反对新法的旧党人物。由他参与纠弹推勘的几起大狱,如同文馆狱、太学狱和"乌台诗案",都集中在元丰二年宜权监察御史里行之时。同文馆狱针对谏议大夫苏颂庇护虞部员外郎孙纯(纯是颂近亲)私贷官钱事,太学狱则因进士虞蕃诉讼太学生升舍不公而狱词涉及开封知府许将和太学官受贿事,"乌台诗案"则是针对知湖州苏轼作诗讥讪新法事。这些大狱接二连三,又是逮治旧党重臣(苏颂、许将、苏轼等),故轰动一时。就狱事而论,它们各有起因,违法情况亦自不同,但奉诏推究的舒亶等人却出于党派之见,不仅对旧党人物根究穷治,处罚过当,而且往往节外生枝,牵连过多。其中尤以纠弹苏轼酿成"乌台诗案"最得后人口实,被视为舒亶一生抹不去的污点,故需详加考辨。

新党派系中的李定、舒亶、张璪、何正臣和内侍冯宗道、国子博士李宜之等人,杂治苏轼,"力诋上前,必欲置之死地"(何薳《春渚纪闻》卷六)。甚至在苏轼具狱会赦时,李定奏言:"轼之奸愚,今已具服,不屏之远方则乱俗,再使之从政则坏法,伏乞特行废绝。"舒亶亦言:

收受轼讥讽朝政文字人,除王诜、王巩、李清臣外,张方平而下凡二十二人,如盛侨、周邠辈固无足论,乃若方平与司马光、范镇、钱藻、陈襄、曾巩、孙觉、李常、刘攽、刘挚等,盖皆略能诵说先王之言,辱在公卿士大夫之列,而陛下所尝以君臣之义望之者,所怀如此,顾可置而不诛乎?(《续资治通鉴长编》卷三〇一)

对于吟诗罹祸的苏轼,神宗本无意深罪,"只欲召他对狱,考核是非耳"(吕希哲《吕氏杂记》卷下),但在新旧两党穷治和力救活动各自展开的情形下,神宗只得居中而判(既不废斥,亦不赦免)。十二月,苏轼责授黄州团练副使,不得签书公事;苏辙、王诜、王巩同时贬斥;司马光、张方平、范镇等二十二人因收受苏轼讥讽文字不以上告,令各罚铜。

舒亶在"乌台诗案"中的所作所为,影响到他在历史上的声名成毁。对此,我们应作客观、冷静的分析。这里有几个要点:首先,苏轼吟诗作文攻击新法、讥刺时政,实有其事。熙宁四年(1071)王安石变法全面展开时,苏轼因政见不合,又因被新党谢景温诬奏贬运私盐事,满怀冤屈和不平离开朝廷;接着在通判杭州和徙知密州的六年外任上,他带有明显的政治偏见,不见新法之利惟见其害,因而在所作诗文中自觉或不自觉地讥讪新法。如《戏子由》《寄刘孝叔》等诗全面抨击新法(包括法治思想、新开提举官、保甲法、方田均税法、手实法等),《山村五绝》《八月十五观潮》等诗则对盐法、青苗法、农田水利法一一进行讽刺。这些诗文集中批评或讥刺新法和时政,又出自大家之手,其传之道路、播在人口影响巨大,势必给王安石变法带来不良后果。因此,李定、舒亶等人从维护新法的立场出发逮治苏轼,不难理解。不过,由于王安石变法存在弊端,苏轼又是"见事有不便于民者""缘诗人之义,托事以讽,庶几有补于国"(《亡兄子瞻端明墓志铭》),因此,这些讥讽文字也在客观上反映了民间疾苦和新法推行中存在的实际问题。从这个意义上说,又不能深罪苏轼。

其次,苏轼被指控为攻击新法、讥刺时政的诗文,有的纯粹是捕风捉影,深文周纳。典型例子是把《王复秀才所居双桧》诗诬为对神宗"不臣"。此诗通过描绘两棵桧树"凛然相对""直干凌空","根到九泉"亦"无曲处"的雄姿,借以抒发作者挺拔不屈的个性。叶梦得《石林诗话》卷上载,副相王珪据诗的后两句"根到九泉无曲处,世间惟有蛰龙知"穿凿附会:"陛下飞龙在天,轼以为不知己,而求知地下之蛰龙,非不臣而何?"神宗不满这种曲解,对曰:"诗人之词,安可如此论?彼自咏桧,何预朕事?"王巩《闻见近录》亦载此事:

……章子厚(即章惇)曰:"龙者非独人君,人臣皆可以言龙也。"上曰:"自古称龙者多矣,如荀氏八龙、孔明卧龙,岂人君也?"及退,子厚话之(指王珪)曰:"相公乃欲覆人之家族耶?"禹玉(珪字)曰:"此舒亶言尔。"子厚曰:"亶之唾,亦可食乎?"

从这两则记载可知,苏轼下狱后,王珪煽风点火,落井下石,不过是拾舒亶之余唾而已。舒亶既摘抉苏轼诗文,劾为"讥切时事",又捕风捉影,肆为危言倾人,及至劾奏王诜、司马光等人收受苏轼讥讽文字,株连党人,用心险恶。

第三,参与劾治苏轼的新党人物,亦要具体分析。据王铚《元祐补录》,"乌台诗案"肇始于沈括。苏轼通判杭州时,沈括奉命察访两浙农田水利和差役等事。"括至杭,与轼论旧,求手录近诗一通,归即签贴以进,云词皆讪怼。其后李定、舒亶党论轼诗置狱,实本于括云。"(丁传靖《宋人轶事汇编》卷十一引)到苏轼上《湖州谢表》,何正臣首起发难,劾轼"肆为诋诮"。李定身为御史中丞,在"乌台诗案"中主领其事,其弹劾之峻、追取之暴、按治之力,与舒亶不相上下。但李定此前与轼有过瓜葛(熙宁三年李定骤迁监察御史里行时,苏轼借孝子朱寿昌弃官寻母事,赋《贺朱寿昌郎中得母所在》诗讥刺定不服母丧,以此结怨),因而在按治苏轼狱事时就不仅出于党派之见,更是挟着个人私怨。这一点与舒亶有所不同。亶与苏轼既无交情,也无仇怨,虽然在"乌台诗案"中对苏轼力劾穷治,但主要是出于党派之见,出于维护新法的基本立场,而不是出于个人私怨。故宋末谢翱《舒临海故宅》诗云:"苏公下诏狱,谗者用事新。于此与有力,岂为重其身?"再联系舒亶的仕履行事,不难发现他政治立场坚定,始终站在新党一边,不与旧党人物相交结,也不依附权贵以取宠。他数居言职,秉公奉法,即使对新党同道违反法纪,亦不徇私情。突出的例子是元丰三年九月他知谏院时发生的两件事:一是奏劾中书检正张商英"与臣手简,并以其婿王沩之所业示臣","事涉干请"(《续资治通鉴长编》卷三〇八);二是奏劾知枢密院事薛向议养马事"(前后)反覆,无大臣体"(同上书,卷七五)。张商英于舒亶有荐举之恩,亶除审官西院主簿,即得商英之力,但亶不徇私情,他的弹劾致商英谪监江陵县税。薛向也是新党要人,但舒亶不囿于党派之见,奉职言事,他的弹劾又致薛向罢知颍州。他如曾布、章惇违纪,亦受其劾。因此,早在元丰二年三月,神宗御批表示赏识:"亶优于辞学,详于吏治,自丞属宪府,能以先后左右朝廷政事为己职责。"(同上书,卷二九七)也正因舒亶秉公奉法,不徇私情,不附权贵,才导致他在元丰六年因事废斥时,中外臣僚无一人予以援救的可悲结局。综观这些情况后,我们再来看舒亶在"乌台诗案"中的所作所为,就不难体察他穷治苏轼、株连党人的用心了。至于李宜之劾苏轼《张氏园亭记》"显涉讥讽",皇甫遵乘驿追捕,张璪主治狱事,冯宗道参与推勘,王珪落井下石等等,都启示我们:"乌台诗案"是新党一派对旧党一派的排斥打击。因此,后世史学家、评论家有把罪名独加于李定、舒亶身上的,这不完全符合历史事实;有把参与劾治苏轼的新党人物一概斥为"小人""鹰犬"的,则又出于党派之见和门户之私。

孙福轩(2012)认为:①

至于"乌台诗案",也应该作出具体分析,而不能归罪于舒亶一人。就苏轼而言,出于对国计民生的真切关怀,确实也写下了不少讥讽新法的诗篇,周紫芝的《诗谳》中就录有多篇。这些诗作,虽然在苏轼看来,是其真实性情的流露,也确实能深中新法的痛处,但不可否认的是,其中也蕴含着苏轼的意气之争。新党捕治苏轼并非完全是捕风捉影,深文周内;其二是和当时朋党之争的政治环境有着密切关系。宋代士大夫集政治、学术、文人为一体的复合型主体特征,以及"君子""小人"之辩的道德预设便埋下了党同伐异的政见之争,从宋初的庆历党争,发展到后来频繁、惨烈的熙丰、元祐、绍述、崇宁党争,已经由"议论争煌煌"的政见不同演化为意气相争、党同伐异的朋党之争了。深处于此种情境下的舒亶,自然也避免不了意气用事之嫌,这也是舒亶为后世非议的最为重要的原因。但从当时的情形来看,根治苏党,并非舒亶一人所为,据王铚《元祐补录》,沈括乃始作俑者,"括至杭,与轼论旧,求手录近诗一通,归即签贴以进,云词皆讪怼。其后李定、舒亶论轼诗置狱,实本于括云"(丁传靖:《宋人轶事汇编》卷十一,中华书局,2003年,第544页)。此后皇甫遵乘驿追捕、张璪主治狱事、王珪落井下石、李定居心叵测,是新党一派为维持新法而对旧派的排斥打击。对此,反而是苏轼看得比较清楚,苏轼于元祐三年十一月上疏就指出,元丰台谏炮制"乌台诗案","以倾陷善良","王安石实为之首",是新党的合力排击所致。文学史家、史学家把责任独推于舒亶一人,是不公正的。舒亶与苏轼既无交情,也无恩怨,至于说舒亶妒忌苏轼才名,更是无稽之谈。舒亶虽然才学比不上苏轼,但此时官位不低,在新党作家群中,其文学才能诚为翘楚,尤其是词作别树一格,取得了很大的成就,这在上节已经述及,此不赘。

从个人品行来看,舒亶纠劾苏轼,株连党人,用心虽险恶,但还主要是出于党

---

① 孙福轩.北宋新党舒亶考论[J].浙江学刊,2012(2):36—42.

派之见,出于维护新法的基本立场,这是他的一贯主张。舒亶自始至终都是站在新党一边,立场坚定,这与李定等人的挟私报复是不可同日而语的。沈松勤先生在其《北宋文人与党争》"乌台诗案与熙丰党争"一节归总时说:"要之,舒亶诸人在扮演'人主之耳目',暨'大臣之私人'的角色中,炮制'乌台诗案',与其说是'小人得志之秋,率意径行',倒不如说是北宋台谏制度所赋予的工具性能在党争中的具体表现,是士大夫在党争中志在当世、舍我其谁的主体精神与喜同恶异、党同伐异的主体性格相伴而行、合力共振的产物。"(沈松勤:《北宋文人与党争》,人民出版社,1998年,第137页)在这种风气的裹挟下,舒亶作为一名锐意求进的青年官员,其所作所为已是身不由己。

由上可以看出,舒亶虽然在新旧党争中,有意气之争,究治党人,必置于死地而后快的卑险心理,但主要还是从维护新法的立场出发,秉持公心而无个人私怨,在那个历史时代不是不可以原谅的。舒亶政治立场坚定,忠贞刚毅,不徇私情,精于吏治,上能忠君,下体民情,表现出一个成熟政治家的应有品格。后世史家、评论家把狱案(尤其是"乌台诗案")的罪名独加于舒亶、李定身上(舒亶和李定的情况又有所不同)是不够辩证的,也是不完全符合历史事实的。又从而把参与劾治苏轼党人的新党舒亶等人一概斥之为"小人",则又是没有对人物的处境和心理作出具体分析,尤其是对于舒亶、李定在新法中的表现以及维护新法的用心没有作出仔细考辨的前提而相提并论,更违于客观真实了。这也启示我们,断案历史人物的是非功过,要实事求是地勘定当时的历史语境,不能瞻一而不顾及其余。

## · 崔台符和张璪 ·

朱刚(2018)还原出"诗案"在审判方面的基本过程,可以分为如下四个环节:1. 御史台的审讯;2. 大理寺的初判;3. 御史台反对大理寺;4. 审刑院支持大理

寺。大理寺起着重要的作用。而此时大理寺负责人是崔台符：①

【对于大理寺的初判】《长编》则将其要点概括为："当徒二年,会赦当原。"换言之,大理寺官员通过非常专业的"检法"程序,判定苏轼所犯的罪应该得到"徒二年"的惩罚,但因目前朝廷发出的"赦令",他的罪应被赦免,那也就不必惩罚。需要注意的是,这个判决等于将御史台在此案上所下的功夫一笔勾销。

我们从《长编》也可以找到当时的大理寺负责人。此书记载,元丰元年十二月重置大理寺狱,知审刑院崔台符转任大理卿（李焘：《续资治通鉴长编》卷二九五,第2770页）。那么,次年对"乌台诗案"作出如上初判的大理寺,是在崔台符的领导下。

大理寺的初判显然令御史台非常不满,乃至有些恼羞成怒。《长编》在叙述了大理寺"当徒二年,会赦当原"的判决后,续以"于是中丞李定言""御史舒亶又言"云云,即御史中丞李定和御史舒亶反对大理寺判决的奏状。他们向皇帝要求对苏轼"特行废绝",强调苏轼犯罪动机的险恶,谓其"所怀如此,顾可置而不诛乎"？（李焘：《续资治通鉴长编》卷三〇一,第2829、2830页）

在负责审讯的御史台与负责判决的大理寺意见矛盾的情形下,负责复核的审刑院的态度就很重要了。我们从《外集》所载"审刑院本"的结案判词可以看出,审刑院的官员顶住了御史台的压力,非常鲜明地支持了大理寺"当徒二年,会赦当原"的判决,并进一步强调赦令的有效性。对这个结案判词的解读留待后文,此处先考察一下"诗案"发生时审刑院的情况。

据《长编》记载,就在"诗案"正处审理过程之中,元丰二年冬十月甲辰,知审刑院苏寀卒（李焘：《续资治通鉴长编》卷三〇〇,第2819页）。此后,《长编》并未记载朝廷任命新的审刑院长官,而至次年,即元丰三年八月己亥,审刑院并归刑部（李焘：《续资治通鉴长编》卷三〇七,第2876页）,该机构不再独立存在。可见,"乌台诗案"几乎就是北宋审刑院作为独立机构处理的最后案件之一。在"诗案"的"审刑院本"被写成之时,苏寀已卒,新的长官是谁,或者有没有新的长官,

---

① 朱刚."乌台诗案"的审与判——从审刑院本《乌台诗案》说起[J].北京大学学报（哲学社会科学版）,2018,55(6):87—95.

都不可知。审刑院在这样的情况下不顾御史台的反对,向朝廷提交了支持大理寺的判词,体现了北宋司法官员值得赞赏的专业精神。也许,我们可以认为当时同属司法系统的大理卿崔台符对此具有影响,在转任大理卿之前,他曾长期担任知审刑院之职。

崔台符(1024—1087)《宋史》有传,评价并不高:

> 崔台符字平叔,蒲阴人,中明法科,为大理详断官……入判大理寺。初,王安石定按问欲举法,举朝以为非,台符独举手加额曰:"数百年误用刑名,今乃得正。"安石喜其附己,故用之。历知审刑院、判少府监。复置大理狱,拜右谏议大夫,为大理卿。时中官石得一以皇城侦逻为狱,台符与少卿杨汲辄迎伺其意,所在以锻炼笞掠成之,都人惴栗,至不敢偶语。数年间,丽文法者且万人。官制行,迁刑部侍郎,官至光禄大夫。(《宋史》卷三五五《崔台符传》,北京:中华书局1985年版,第11186页)

从履历来看,他自"明法科"出身,从大理详断官、判大理寺、知审刑院,到大理卿,再到刑部侍郎,一直担任司法官员。虽然据史书的说法,他在政治上似乎属于"新党",执法方面也显得严苛,但在"乌台诗案"的判决上,他所领导的大理寺和具有影响的审刑院,却能顶住御史台的政治压力,保证苏轼获得合法的处置,并不在法律之外加以重判。

戴建国(2019)也认为:①

> 负责苏轼一案检法量刑的大理卿崔台符,因赞同王安石刑名之说,为王安石所提拔。《宋史》云:"王安石定按问欲举法,举朝以为非,台符独举手加额曰:'数百年误用刑名今乃得正。'安石喜其附已【己】,故用之。"(《宋史》卷三五五《崔台符传》,第11186页)然崔台符职掌的大理寺却能秉持司法公正,没有落井下石。此点,朱刚先生已论及之。如果站在党争的角度看,似乎崔台符应偏向王安石新党给与苏轼重刑才对,而实际量刑结果却是有利于苏轼的。当然不排除其中还

---

① 戴建国."东坡乌台诗案"诸问题再考析[J].福建师范大学学报(哲学社会科学版),2019(3):143—155.

有宋代制度保障,使其不得为所欲为的因素所起的作用。

对于乌台诗案中"以知谏院的身份参与推治"的张璪,也有正反两方面的评价。莫砺锋(2008)认为其"蓄意置苏轼于死地":①

张璪,原名琥,他善于窥测风向,左右逢源,堪称污浊宦海中的弄潮儿。元丰年间张璪官拜参知政事,朝臣群起而攻之,其中刘挚的话切中其要害:"初奉安石,旋附惠卿,随王珪,党章惇,谄蔡确。数人之性不同,而能探情变节,左右从顺,各得其欢心。"(《宋史》卷三二八《张璪传》,第30册,第10570页。)张璪原是苏轼的进士同年,两人入仕后又在凤翔同事两年,交游颇密。张璪返回汴京时,苏轼还作《稼说》一文以送之。可是乌台诗案事起,张璪以知谏院的身份参与推治,竟蓄意置苏轼于死地。王安石的弟弟王安礼曾奉劝神宗宽恕苏轼,张璪竟闻讯而怒,当面责之,其惟恐苏轼得以免死的用心昭然若揭。

戴建国(2019)则认为,张璪的表现是"其作为谏官的职业操守":②

再如奉命推治苏轼案的知谏院张璪,因王安石荐引,先后任同编修中书条例、知谏院、直舍人院。《宋史》除了说他数起大狱外,所记却颇有政迹:

杨绘、刘挚论助役,安石使璪为文诘之,辞,曾布请为之,由是忤安石意……卢秉行盐法于东南,操持峻急,一人抵禁,数家为黥徙,且破产以偿告捕,二年中犯者万人。璪条列其状,又言:"行役法以来最下户亦每岁纳钱,乞度宽羡数均损之,以惠贫弱。"后皆施行……判国子监,荐蔡卞可为直讲。建增博士弟子员,月书、季考、岁校,以行艺次升,略仿《周官》乡比之法,立斋舍八十二。学官之盛,近代莫比,其议多自璪发之。……详定郊庙奉祀礼文,议者多以国朝未尝躬行方泽之礼为非正,诏议更制。璪请于夏至之日,备礼容乐舞,以冢宰摄事。帝曰:"在今所宜,无以易此。"卒行其说。为翰林学士,详定官制,以寄禄二十四阶易前日省、寺虚名,而职事名始正。(《宋史》卷三二八《张璪传》,第10569—10570页)

---

① 莫砺锋.苏轼的敌人[J].学术界,2008(2):237—251.
② 戴建国."东坡乌台诗案"诸问题再考析[J].福建师范大学学报(哲学社会科学版),2019(3):143—155.

助役法即新政免役法,杨绘、刘挚等上奏力陈其害,王安石命张璪撰文反驳,被张璪拒绝了。看来王安石虽对张璪有恩,但张璪并未紧跟王安石,对免役新法持保留态度。其在职,勤于政务,多有建树。韦骧所撰《张璪行状》载张璪初入仕,任凤翔府户曹参军,时苏轼为凤翔府签书判官,两人曾有交往,苏轼"尝与公为考辞曰:'缓与利而急与义,利其外而介其中。'"苏轼对张璪的评介颇高,早年两人关系应不错。《张璪行状》又云张璪"弹击权贵,无所依避"。神宗曾称赞张璪在知谏院任上"能秉义以言,无所阿附,正色不挠,多所发明"。(〔宋〕韦骧:《钱塘韦先生文集》卷十六《故大资政张公行状》,国家图书馆藏清抄本)观其言行,并非溜须拍马、一味跟风式的人物,将其奉命推治苏轼说成是迫害苏轼的新党行为,是忽视了其作为谏官的职业操守。

## ·沈括·

沈括与乌台诗案的关系的讨论,起源于《续资治通鉴长编》引录的宋人笔记中的一段话。祖慧(2003)引用并进行了分析:[①]

李焘在《续资治通鉴长编》卷三〇一,元丰二年十二月庚申条后,引录了王铚《元祐补录》中的一段记述:

括素与苏轼同在馆阁,轼论事与时异,补外。括察访两浙,陛辞,神宗语括曰:"苏轼通判杭州,卿其善遇之。"括至杭,与轼论旧,求手录近诗一通,归则签贴以进,云词皆讪怼。轼闻之,复寄诗。刘恕戏曰:"不忧进了也?"其后,李定、舒亶论轼诗置狱,实本于括云。元祐中,轼知杭州,括闲废在润,往来迎谒恭甚。轼益薄其为人。

对于《元祐补录》所载内容的可信度,学界有不同的看法:张荫麟认为这是宋代野史的"凭空谤造"。包伟民在否定"乌台诗案"与沈括有关的同时又指出,元丰二年以前,确有人缴进苏轼诗词,并推断说《元祐补录》的记载是"有一定根据

---

[①] 祖慧.沈括与王安石关系研究[J].学术月刊,2003(10):52—59.

的"(包伟民:《沈括事迹献疑六则》,载《宋史研究集刊》,浙江古籍出版社1986年出版)。

需要指出的是,目前所见有关此事的记载大多引自《元祐补录》,如《苏诗总案》《直斋书录解题》等,尚无其他史料来验证王铚的说法,即便是受害人苏轼也不曾有类似的叙述。李焘对此事也颇有疑惑,他在引录《元祐补录》的同时又谨慎地说:"此事附注,当考详,恐年月先后差池不合。"既然年月先后存在差误,就不能排除有张冠李戴之嫌。因此,我们不能仅凭这条无法证实的史料对沈括的为人妄加评判。

余秋雨(2002)对此是采信的,并据此对沈括的人品进行了批判:①

我真不想写出这个名字,但再一想又没有讳避的理由,还是写出来吧:沈括。这位在中国古代科技史上占有不小地位的著名科学家也因忌妒而陷害过苏东坡,用的手法仍然是检举揭发苏东坡诗中有讥讽政府的倾向。如果他与苏东坡是政敌,那倒也罢了,问题是他们曾是好朋友,他所检举揭发的诗句,正是苏东坡与他分别时手录近作送给他留作纪念的。这实在太不是味道了。历史学家们分析,这大概与皇帝在沈括面前说过苏东坡的好话有关,沈括心中产生了一种默默的对比,不想让苏东坡的文化地位高于自己。另一种可能是他深知王安石与苏东坡政见不同,他投注投到了王安石一边。但王安石毕竟也是一个讲究人品的文化大师,重视过沈括,但最终却得出这是一个不可亲近的小人的结论。当然,在人格人品上的不可亲近,并不影响我们对沈括科学成就的肯定。

孙建华(2009)则将沈括的行为进行了具体化描述,除了告密,把审判用刑都算到了沈括的名下:②

沈括与苏轼是好朋友,这两名在历史上都有杰出贡献的大家,最终却分道扬镳。沈括在其中扮演了不光彩的角色。自古文人相轻,进而相轧相害是常有的

---

① 余秋雨.山居笔记[M].上海:文汇出版社,2002.
② 孙建华.沈括的三张面孔[J].国学,2009(4):43—47.

事情。皇帝在沈括面前夸奖苏东坡，沈括心中产生了一种默默的对比，不想让苏东坡的文化地位高于自己，于是检举揭发苏东坡诗中有讥讽朝廷之意。章惇等人便以苏轼的诗作为证据，指控他"大逆不道"，想置他于死地。【此说不对。乌台诗案时章惇是救援者之一。】一场牵连苏轼39位亲友，100多首诗的大案便因沈括的告密震惊朝野。这就是著名的"乌台诗案"。

当时，北宋神宗皇帝任用王安石实行变法，以司马光为首的旧党坚决反对，总是阻挠新政实施。所以，当时在朝野内外以王安石为首的新党和以司马光为首的旧党，是势不两立的。可是，苏轼一向是个不会见风使舵的人，他总是实话实说，所以遭到了新旧两党的厌恶。起先苏轼反对变法，受到了新党的排斥；后来，旧党上台，苏轼出于实际情况的考虑又不同意全盘否定新法，遭到了旧党的戒备。再以后，新党又把旧党打了下去，为了争权夺利，又把苏轼归于旧党。沈括在政治上倾向于以王安石为首的新党，加之与苏轼的个人恩怨，就伺机陷害这位好朋友。

元丰三年【应为二年】，苏轼被调任为湖州太守，当时依照惯例，调职官员要写一份"谢恩表"，然后刊行在"邸报"（当时北宋官方的报纸）上。他在表上写的一些话又让新旧两党产生了愤恨。表中有这样几句话，意思是这样的："皇上您知道我愚昧，难以追随那些新进的权贵，又不能适应形势；可是您看在我虽然已经年老，却不爱生事，就派我去管管小民……"在他的这份"谢恩表"里，"新进""生事"这两个词让人听出了弦外之音。谁是"新进"？谁又爱"生事"？人们对新党一阵嘲笑，沈括当然对苏轼就更为不满了。他于是趁机向皇上奏了一本，说："苏轼的谢恩表讥讽时事，包藏祸心，怨恨皇上，讥谤讪上，渎职谩骂而没有人臣之节，现在人们已经在争相传诵，他这一举措实在是搞得朝野轰动，万死也不足以谢皇上。"另外，沈括还从苏轼写的诗文中摘出了60多条词句作为证实苏轼不满朝廷的材料，他诋毁苏轼"讪上骂下"，还举出具体的例子："陛下教群吏学法令，他却说'读书万卷不读律，致君尧舜知无术'；陛下发青苗钱，本来是接济贫民，他却说'赢得儿童语音好，一年强半在城中'；陛下推行盐法，他却说'岂是闻韶解忘味，迩来三月食无盐'……"沈括大肆毁谤在先，接着，御史中丞李定也跟着上表,还列举了四点苏轼该杀的理由。一时间,苏轼因为一份"谢恩表"竟然惹祸上身。皇帝将这件案子发到御史台处理。不久,苏轼就从湖州被抓回京城,过了一个月,又被关进御史台监狱。

起初,苏轼并不承认自己有怨谤之心,只是说其中的一些诗句的确反映了民间疾苦。可是后来,在沈括的吩咐下,手下对苏轼进行了轮番的审讯和折磨,苏轼一个儒生,实在忍受不了这种心理上的屈辱和肉体上的疼痛,所以就承认自己有罪,还写了"供词"。

幸好,宋神宗觉得苏轼是一名不可多得的人才,在反复考虑之后动了恻隐之心。后来,神宗又看到苏轼在狱中写的诗,更是不准备杀苏轼了,所以就赦免了他。这首诗是这样写的:

圣主如天万物春,小臣愚昧自忘身。百年未了须还债,十口无家更累人。
是处青山可埋骨,他时夜雨独伤神。与君今世为兄弟,更结来生未了因。

苏轼因诗句差点被杀,又因诗句获救,真是值得庆幸。而沈括在"乌台诗案"扮演的丑陋角色,却是他人生的一个污点,让我们看到了一名杰出天才的另一面。

"以各级党政干部、企事业干部,宣传、理论和教育工作者为主要阅读对象"的《前线》杂志,在2019年最后一期中发表了齐人的《苏东坡的"朋友圈"》[①]一文,用沈括之例,说明苏轼"做人也太失败了":

最可恶的是,还有的朋友落井下石,置昔日友谊于不顾,充当陷害朋友的帮凶。著名的乌台诗案中,揭发他最狠、害他最重的,就是昔日朋友沈括。他与东坡素有诗词交往,因见与东坡不同政见的王安石势大,便想改换门庭。他将苏东坡送给他的诗文加以解释标注,并把自己读这些诗文的臆想汇总在一起,诬告苏东坡诗文里有对朝廷的讽刺。这份诬告"有理有据",提供了打击苏东坡的重磅

---

① 齐人.苏东坡的"朋友圈"[J].前线,2019(12):93.

炮弹,直接导致了乌台诗案,险些要了东坡的命。

朋友要是都这样,这世情也太凉薄,这人生也太不值得留恋,东坡做人也太失败了。

喻世华(2014)认为王铚关于苏、沈关系的记载不能当信史①:

自余秋雨《苏东坡的突围》提到沈括告密导致"乌台诗案"后(余秋雨.苏东坡的突围[M]//余秋雨的历史散文.郑州:河南文艺出版社,2008:37.),不少论者相继发表了不少类似论文,如果查"中国知网",在"关键词"栏输入"沈括"含"苏轼"搜索,文章虽然只有区区13篇,除6篇是有关《苏沈良方》的,其余的都是有关沈括的一些负面论述,比如王伟的《科学巨人,政治矮子——话说沈括其人》(王伟.科学巨人,政治矮子——话说沈括其人[J].文史天地,2011(4):47—49.)、孙建华的《沈括的三张面孔》(孙建华.沈括的三张面孔[J].国学,2009(4):43—47.)、刘法绥的《沈括的劣迹及其他》(刘法绥.沈括的劣迹及其他[J].书屋,2010(5):78—80.)。沈括与苏轼的关系成了沈括的梦魇,"告密"公案给沈括形象蒙上了浓重的阴影,对此有必要做实事求是的认真分析。

众多论文关于沈括"告密"公案的理论依据,均来自王铚《元祐补录》的一段记载:

《沈括集》云:括素与苏轼同在馆阁,轼论事与时异,补外。括察访两浙,陛辞,神宗语括曰:"苏轼通判杭州,卿其善遇之。"括至杭,与轼论旧,求手录近诗一通,归则签贴以进,云词皆讪怼。轼闻之,复寄诗。刘恕戏曰:"不忧进了也?"其后,李定、舒亶论轼诗置狱,实本于括云。元祐中,轼知杭州,括闲废在润,往来迎谒恭甚。轼益薄其为人。

此事附注,当考详,恐年月先后差池不合(李焘.续资治通鉴长编[M].北京:中华书局,1995.)。

这段文字有四点值得注意:

---

① 喻世华.苏轼与沈括的一段公案——沈括"告密"辩[J].湖南城市学院学报,2014,35(5):72—75.

一是"括素与苏轼同在馆阁"是否属实。考苏轼与沈括生平,沈括与苏轼(包括苏洵、苏辙)的交往实在不多,下面将其交往情况梳理于后:

最初交往大致在嘉祐八年。孔凡礼《三苏年谱》嘉祐八年条载:"沈括记苏洵言张咏(乖崖、忠定)知成都府时礼成都府知录参军事。洵或晤沈括。"(孔凡礼.三苏年谱[M].北京:北京古籍出版社,2004:416.)

《梦溪笔谈·续笔谈》载:

成都府知录虽京官,例皆庭参。苏明允常言,张忠定知成都府曰,有一生,忘其姓名,为京寺丞录事参军,有司责其庭趋,生坚不可,忠定怒,曰:"唯致仕即可免。"生遂投牒乞致仕,自袖牒立庭中,仍献一诗忠定,其间两句曰:"秋光都似宦情薄,山色不如归意浓。"忠定大称赏,自降阶执生手,曰:"部内有诗人如此而不知,咏罪人也。"遂与之升阶置酒欢语终日,还其牒,礼为上客(沈括.梦溪笔谈[M].北京:中华书局,2009.)。

沈括为仁宗嘉祐八年(1063)进士,苏洵是年亦在京师,他们在京师或许有交往,但从上面的记叙实在看不出相互间有什么交情。沈括与苏轼最有可能"同在馆阁"大致在两个时间段。

一为治平二三年间。苏轼于治平二年(1065)"正月,还朝,判登闻鼓院"(颜中其.苏东坡佚事汇编[M].长沙:岳麓书社,1984:385.),治平三年(1066)"春,直史馆"(颜中其.苏东坡佚事汇编[M].长沙:岳麓书社,1984:387.);治平二年(1065)"九月,沈括赴京担任编校昭文馆书籍"(祖慧.沈括评传[M].南京:南京大学出版社,2004:461、459.)。从两人的仕宦经历看,苏轼与沈括"同在馆阁"的时间为治平三年春。但治平二三年属于苏轼的多事之秋,先是治平二年五月王弗病逝,接着是治平三年四月苏洵病逝,苏轼即护丧回籍。沈括与苏轼同在三馆的时间很短,职业生涯交集时间并不长,也没有留下相互交往的记录。

二为熙宁初年。熙宁元年(1068),"沈括迁馆阁校勘……八月,母亲许氏卒于京师……沈括辞官,护送母亲灵柩回杭州"(祖慧.沈括评传[M].南京:南京大学出版社,2004:461、459.);熙宁元年(1068)"十二月,苏轼同子由还朝"。(颜中其.苏东坡佚事汇编[M].长沙:岳麓书社,1984:387.)很显然,两人熙宁元年并没有机会谋面。熙宁四年(1071),"沈括服丧期满,返京复职。十一月,诏大理寺丞、馆阁校勘沈括迁检正中书刑房公事"(祖慧.沈括评传[M].南京:南京大学出版社,2004:460.);而熙宁四年(1071)"四月,上批苏轼出通判杭州……夏末秋初出都"(颜中其.苏东坡佚事汇编[M].长沙:岳麓书社,1984:391.)。同样很明显,两人熙宁四年没有机会谋面。

由此可以看出,"括素与苏轼同在馆阁"是一个经不起推敲的伪命题。换句话说,苏轼与沈括是老朋友、老相识是不成立的。从苏轼诗文看,苏轼与沈括唯一的一次交往发生在元祐六年苏轼从杭州回京路过润州时,苏轼作有《书沈存中石墨》:

陆士衡与士龙书云:"登铜雀台,得曹公所藏石墨数瓮,今分寄一螺。"《大业拾遗记》:"宫人以蛾绿画眉。"亦石黑之类也。近世无复此物。沈存中帅鄜延,以石烛烟,作墨坚重而黑,在松烟之上,曹公所藏,岂此物也耶?(孔凡礼校.苏轼文集[M].北京:中华书局,1986:2224.)

这则文字,也是苏轼与沈括唯一有关的私人文字,王铚说得比较含糊是在"元祐中",孔凡礼《三苏年谱》载于元祐四年(1089)六月条。(孔凡礼.三苏年谱[M].北京:北京古籍出版社,2004:2019.)这其实都是不确的,应为元祐六年(1091)苏轼回京路过润州时所作。

二是"括察访两浙……括至杭,与轼论旧,求手录近诗一通,归则签贴以进,云词皆讪怼"。沈括"察访两浙"的具体情况是这样的:熙宁六年(1073)"六月,奉命相度两浙路农田水利、差役等事,兼察访";熙宁七年(1074)"三月,太子中允兼史馆检讨沈括加同修起居注"(祖慧.沈括评传[M].南京:南京大学出版社,2004:460.)。苏轼当时的情况如何呢?熙宁六年(1073)二月至九月,苏轼循行属县;熙宁六年十一月,赴常润赈灾,熙宁七年(1074)六月自常润回杭(颜中其.苏东坡佚事汇编[M].长沙:岳麓书社,1984:393.)。从上面的情况可以看出,沈括奉命察访两浙农田水利期间,苏轼一直在外检查工作、赈灾。虽然如此,沈括作为钦差大臣,苏轼作为地方官员,相互应该有交往,"求手录近诗一通"是有可能的,"归则签贴以进,云词皆讪怼"也是有可能的,因为沈括本身就身负"兼察访"的政治任务。即使沈括"归则签贴以进",但并没有给苏轼造成不利的政治后果:熙宁七年(1074)九月,苏轼以子由在济南,求为东州守,以太常博士、直史馆权知密州军州事,十一月到密州。苏轼不但没有遭受处罚,而且还由通判循例升为知州。这里实际存在两种可能:一是沈括根本没有"签贴以进",二是神宗皇帝见到"签贴以进"觉得没有必要惩罚。

三是"李定、舒亶论轼诗置狱,实本于括云"。

这是想当然之辞,"李定、舒亶论轼诗置狱"是个复杂的政治问题,非"本于括"可以解释,笔者后面有详细分析。

四是李焘的批语:"此事附注,当考详,恐年月先后差池不合"。写作《续资治通鉴长编》的李焘是苏轼的同乡,对新党人物沈括并没有太多好感,认为"当考详",已经含蓄地表达了对王铚这段记叙的保留态度。

综上所述,王铚关于沈括告密的记叙,建立在一系列推理基础上。"同在馆阁"是立论基础,如果能够坐实,才有出卖老朋友一说——"签贴以进,云词皆讪怼";而"李定、舒亶论轼诗置狱,实本于括",则是采用以果推因的方法。"同在馆阁"缺乏事实根据,苏轼与沈括就不是所谓朋友关系,即使"签贴以进,云词皆讪怼"也只是政治立场问题,也就不存在出卖朋友的问题,小人、劣迹的说法也就缺乏了道德依据。因此,李焘才有"当考详"的审慎表示。众多论者将王铚的记叙当信史,缺乏李焘"考详"的史识,以此来论证沈括的"劣迹"无疑是不严肃和不严密的。

喻世华并进一步说明乌台诗案的发生非沈括"签贴以进"造成①:

沈括引起现代知识分子愤慨的,无疑是他出卖朋友、"签贴以进"导致了"乌台诗案"这一文字狱。通过上面的分析可以发现,沈括出卖朋友的论点不能成立,因为苏轼与沈括本来就不是朋友。至于认为"签贴以进"导致了"乌台诗案",其实是把复杂的政治问题简单化了,采用的是由果推因。这不是考察历史的正确方法。"乌台诗案"本身不是一个法律案件,而是一个政治案件,其发生有着复

---

① 喻世华.苏轼与沈括的一段公案——沈括"告密"辩[J].湖南城市学院学报,2014,35(5):72—75.

杂的原因(喻世华.休戚相关荣辱与共——论苏轼与王巩的交谊[J].江苏科技大学学报(社会科学版),2013(2):50—58.)。

首先与当时的基本国策有关。这要与当时的"国是"联系才能看清楚,对于"国是"的确定及其作用,王水照、朱刚先生曾有非常精辟的论述:"到熙宁二年……为了统一思想,克制异论,遂正式重提'国是'概念……'新法'一旦被确定为'国是',就成了由国家法权保证其实施的基本路线,反对者容易被指为反对朝廷。"(王水照,朱刚.苏轼评传[M].南京:南京大学出版社,2004:353.)"正因为'新法'后来成了'国是',所以苏轼熙宁二三年公然攻击'新法'不被治罪,而在熙宁后期用诗歌暗讽'新法'就要被捕。"(王水照,朱刚.苏轼评传[M].南京:南京大学出版社,2004:354.)这是"乌台诗案"之所以发生的最重要或者最根本的原因。但为什么"诗案"没有在熙宁七年沈括"签贴以进"(姑且认为"签贴以进"是真实的事实)时发生,而在元丰二年发生呢?这就牵涉第二个问题。

第二与元丰初年的政治形势有关。元丰初年(1078)的政治形势极为微妙。熙宁七年(1074),王安石罢相;熙宁八年(1075),王安石复相,王安石随即与其政治继承人吕惠卿反目,吕惠卿为此离开朝廷;熙宁九年(1076),王安石第二次罢相。在执行新法的代表人物严重分裂相继离开朝廷的情况下,神宗皇帝只能以吴充、王珪为相。吴充缺乏改革精神,王珪更被称为"三旨宰相"。在这样的情况下,励精图治的神宗皇帝只能亲上一线推动变法,但变法并不顺利,遇到普遍的阻力。在这样的情况下,要顺利推动变法就必须杀一儆百,神宗皇帝在这个时候选择苏轼作为惩戒对象无疑是最合适的:苏轼不是元老重臣,但名气很大,惩戒苏轼可以给张方平、司马光等反对新法的重臣造成敲山震虎的效果。这是"乌台诗案"刚揭发就被迅速处理的关键所在。《续资治通鉴长编》在记叙御史中丞李定,御史舒亶、何正臣对苏轼的指控后载:

诏知谏院张璪、御史中丞李定推治以闻。时定乞选官参治,及罢轼湖州,差职员追摄。既而帝批,令御史台选牒朝臣一员,乘驿马追摄,又责不管别致疏虞状;其罢湖州朝旨,令差去官赍往。(李焘.续资治通鉴长编[M].北京:中华书局,1995.)

请注意"诏知""追摄""乘驿马追摄""不管别致疏虞状""罢湖州朝旨,令差去官赍往"这一系列举动,最高统治者神宗皇帝接到对苏轼的指控后马上对苏轼罢官、逮捕,处理迅速而果断。这就让我们一步步接触到"乌台诗案"的核心人物——神宗皇帝。

第三与神宗皇帝直接相关。笔者认为,不但认为沈括是"乌台诗案"的始作俑者没有多少根据,即使通常所谓《湖州谢上表》招致李定、舒亶报复的说法也是隔靴搔痒。李定不孝敬母亲,舒亶贪污学生伙食费,"乌台诗案"办案人员的个人操守确实存在相当大的问题,为当时士大夫所不齿,但他们都是为皇帝服务的,只有皇帝才能决定"乌台诗案"的走向。台谏本来是监督、制衡宰相甚至皇帝权力的机构,但自王安石利用台谏打击政敌后,台谏变成了统治者打击政敌、推行政策的工具。李定、舒亶等台谏人员无非迎合了神宗皇帝的旨意而已,更不要说沈括的"签贴以进"。

弄清上面这些问题后,再来看王铚的记叙,得出"乌台诗案"与沈括告密没有关系应该是站得住脚的。皇帝没有在沈括"签贴以进"的熙宁七年惩办苏轼,而在元丰二年(1079)惩办苏轼,其实与上面所述诸多因素有关。

另外还须说到的一点是,元丰二年(1079)七月乌台诗案发生时,沈括刚好复龙图阁侍制回到京师。回到京师的沈括,史书中并没有积极参与迫害苏轼的记录。

李裕民(2009)对王铚的历史和对此事的说法进行了详细分析,认为是不可信的,明确提出:沈括没有诬陷苏轼:[1]

应特别注意,【李焘引用王铚所言之后的】最后两句话,表明李焘对王铚记载的真实性有怀疑,时间上"差池不合","当考详",可惜他没有顾上考证就搁下了。而以后,人们没有注意这一席至关重要的话,不加分析地引用了王铚的记载。目前所见的有南宋施宿的《东坡先生年谱》、陈振孙的《直斋书录解题》,清代王文诰的《苏诗总案》,民国时丁传靖的《宋人佚事汇编》,现在又被收入孔凡礼新作《苏

---

[1] 李裕民.乌台诗案新探[J].宋代文化研究,2009(2).

轼年谱》。余秋雨更是将其写入长篇散文《苏东坡突围》中。这似乎成了公认的事实了。它真的可考吗？在考证之前，不妨先了解一下作者。

王铚字性之，北宋末南宋初人，比苏轼、沈括晚两代。著作颇多，有《雪溪集》《王公四六话》《默记》传世。他有一个毛病，就是好作伪书，据他同时代的张邦基说，他至少作有四种伪书。(张邦基《墨庄漫录》卷二："近时传一书曰《龙城录》，云柳子厚所作，非也。乃王铚性之伪为之。其梅花鬼事，盖迁就东坡诗'月黑林间逢缟袂'及'月落参横'之句耳。又作《云仙散录》，尤为怪诞，殊识破后之学者。又有李歜注杜甫诗及注东坡诗事，皆王铚之一手，殊可骇笑，有识者当自知之。")洪遇、朱熹都说他作伪书。(朱熹《晦庵集》卷七一《偶读漫记》："或云王铚性之、姚宽令威多作赝书。"《四部丛刊》本。洪道《容斋随笔》卷一六："何子楚云，《续萱录》乃王铚之所作而托名他人。"上海：上海古籍出版社，1996)。特别有意思的是，自己爱作假，却把别人的真的说成是假的，最明显的例子是，明明是张师正作的《括异志》《倦进杂录》，偏要说是魏泰伪作(邵博《邵氏闻见后录》卷一六，125页，北京：中华书局。参拙作《四库提要订误》增订本，354页，北京：中华书局，2005)。说起来魏泰还是长他两辈的亲戚——王铚是曾布的孙女婿，魏泰则是曾布的妹夫[陆游《老学庵笔记》卷七"道辅(魏泰字)之姐嫁子宣(曾布字)"。王铚妻为曾布孙女，曾纡之女。参《老学庵笔记》卷八，王明清《挥尘【麈】后录》卷一、卷八]。他为什么要这样做，令人费解。总之，他的诚信记录是很差的。这样一位作者写的《元祐补录·沈括传》，我们能随便相信吗？现在我们具体分析一下，它到底存在什么问题。

"括素与苏轼同在馆阁"，按沈括于治平二年(1065)九月二十五日编校昭文馆书籍并参与详定浑天仪。熙宁元年(1068)八月适馆阁校勘，次年八月遭母丧。苏轼治平二年(1065)直史馆，次年四月居父丧。所谓"同在馆阁"，并不是在同一个馆阁，而是不同的馆，能在一起的时间就是治平二年九月二十五日至次年四月，共半年多。两人在这段时间内都没有留下互相交往或诗歌唱和的任何记录，看来并没有多深的交情。

"轼论事与时异补外"，指熙宁四年(1071)六月由判官告院出外通判杭州，直到熙宁七年(1074)九月知密州。事远在"同在馆阁"后五年多。两事并不相连。所谓"论事与时异",是苏轼对王安石的许多变法措施有不同意见。

"括察访两浙",时在熙宁六年(1073)六月戊子,"命太子中允、集贤校理、检正中书刑房公事沈括相度两浙路农田水利差役等事兼察访"(《长编》卷二四五,5969页),直到次年三月。从他在这期间上奏的内容看,主要是农田水利差役灾荒等事,所谓察访是考察两浙监司是否到各州县实行监督的情况,并没有考察州县官的任务。

"陛辞,神宗语括曰:'苏轼通判杭州,卿其善遇之'",这一情节不太可信。苏轼被打发出京去杭州,不仅是苏轼对新法的观点与王安石的观点不同,还因为王安石的亲戚谢景温告他乘官船时捎带做买卖。司马光不相信有此事,他跟神宗说,当时欧阳修、韩琦送苏轼厚礼,远比做这小买卖赚的钱多,苏轼都不收。王安石则坚持谢说得对。神宗也认为苏轼"非佳士"。后来派人把艄工、篙手等抓来,"考掠取证",证明确无此事,才罢休(《长编》卷二一五,5232页,熙宁三年九月己丑;《苏轼文集》卷三二,911页)。翰林学士范镇推举苏轼任谏官,神宗不但没有听从,反而罢去了范镇翰林学士之职。当苏轼准备去杭州之前,参知政事冯京想在最后一刻留住这位人才,向神宗推荐苏轼直舍人院,但神宗还是不同意(《长编》卷二二二,5343页,熙宁四年二月辛酉,记载云:"上不答")。在这样一个背景下,才将苏轼打发出去的,神宗怎么会专门让沈括去照看苏轼呢?真要怕苏轼没人照顾,留在京城不就什么问题都解决了吗?如果"善遇"是指不要去挑苏轼的毛病,上面已说过,沈括这次并没有考察州县官的任务,谈不上挑不挑毛病的问题。

"括至杭,与轼论旧,求手录近诗一通,归则签贴以进,云词皆讪怼。"沈括当时是王安石非常信任的改革派,宋神宗在派沈括去浙时,曾问王"此事必可行否"?王回答"括乃土人,习知其利害,性亦谨密,宜不敢轻举。"(《长编》卷二四六,5989页,熙宁六年八月乙亥)而苏轼是反新法的,苏轼明确地说,自己写的讽刺新法的诗寄给两种人:一是"与朝廷新法时事不合"者,二是"朝廷不甚进用之人"。在"乌台诗案"中列举了这批人的名单,共24人,没有沈括。因为沈括与这两个条件完全相反,他是新法派,而且是在变法时期才受到重用,连连提拔的。

苏轼与沈括之间并没有什么共同语言，苏轼怎么可能将自己反新法的诗送给新法派沈括呢？退一万步说，如果真有此事，神宗当时就会处理苏轼，但并不见任何动作。相反，在沈括回京之后，神宗将苏轼由通判杭州升为知密州。

"轼闻之，复寄诗，刘恕戏曰'不忧进了也'","戏"就是开玩笑，刘恕此时远在江西南康编写《资治通鉴》的长编，与苏轼相隔一千多里，两人怎么会当面开玩笑呢？

"其后，李定、舒亶论轼诗置狱，实本于括云。"置狱在元丰二年，与沈括去浙相隔四年多，两事在时间上并不相连，若真是起于沈括，"词皆讪怼"乃是重磅炮弹，李、舒等五人的弹章中为什么都没有提呢？苏轼在供词中老老实实将所有涉及讥讽内容，自熙宁二年至元丰二年（1069—1079）间的诗都作了交代，唯独没有与沈括之诗。这十年所有和他有诗歌来往的人，他都说了，其中收到其有讥讽内容诗的人有王巩等29人，收到其无讥讽内容诗的人有章传等47人，然而都没有沈括。可见"李定、舒亶论轼诗置狱实本于括"之说，纯属捏造。

"元祐中，轼知杭州，括闲废在润，往来迎谒恭甚，轼益薄其为人。"按苏轼知杭州在元祐四年（1089）三月，七月到杭州。他经过润州（今浙江嘉兴），沈括当时还在秀州（今浙江嘉兴），直到九月二十二日朝廷容放沈括自由居住时才离开秀州去润州。两人不可能在润州见面，怎么谈得上"在润，往来迎谒恭甚"呢？

以上证明：王铚《元祐补录·沈括传》的记载是根本不可靠的，苏轼给沈括诗，沈括加以笺注后上告神宗之说均属子虚乌有，所谓"乌台诗案"本于沈括之说更是无稽之谈。

刘帼超（2017）通过对乌台诗案所涉诗文进行统计，提出了一个值得注意的分析角度，认为苏轼在熙宁七年（1074）有一个重要的转折，是年开始现实批判性诗作一是数量减少，二是转向含蓄。背后应当发生了改变苏轼创作态度的事件。①

觉察到世论之隘后，苏轼诗文也从直接现实的讥讽转向含蓄化讥讽，个体感

① 刘帼超.《乌台诗案》与苏轼的讥讽之作[J].新国学，2017，14(1):120—136.

受的成分进一步加强。其中,熙宁七年(1074)是一个比较重要的时间点。据表2【表已略去】,熙宁四年到七年,苏轼现实性批判诗作的创作达到高峰,共计七题九首。未收入《乌台诗案》的直接批判之作《吴中田妇吟》《雨中游天竺灵感观音院》《鸦种麦行》也作于此时。而从当年开始,现实批判性的创作大大减少,且收入《乌台诗案》的熙宁七年之作,只有《凫绎先生诗集叙》一篇。则熙宁七年应当发生了改变苏轼创作态度的事件。根据现有材料,沈括献诗发生的时间很有可能在熙宁七年,苏轼创作的转变,似乎更能证实献诗的真实性。但据笔者浅见,献诗一说疑点颇多,时间、人物,都有可考之处。

沈括献诗,源出《元祐补录·沈括传》。原书已佚,李焘《续资治通鉴长编》卷三百一"元丰二年十二月庚申"条引以为注文:

【略】

"括察访两浙"发生在熙宁六年,回京是熙宁七年三月左右的事。材料说"归则签贴以进,云词皆讪怼",则献诗在熙宁七年。此材料先后被南宋施宿《东坡先生年谱》、陈振孙《直斋书录解题》,清代王文诰《苏诗总案》,民国时丁传靖《宋人佚事汇编》,孔凡礼《苏轼年谱》等引用,似为定论。然最早引用此材料的《续资治通鉴长编》却觉得"此事附注当考详,恐年月先后差池不合"。

李裕民先生的《乌台诗案新探》(收入《宋代文化研究》第17辑,成都:四川大学出版社,2009年,第281—285页),对沈括诬陷苏轼事进行了详细的分析。他通过对《元祐补录·沈括传》的逐句批驳,以及该书作者王铚善作伪的质疑,得出沈括没有诬陷苏轼的结论。其考证有的很有说服力,有的稍显牵强。以下,笔者将参考李裕民先生的做法,对《续资治通鉴长编》所引《元祐补录·沈括传》的真伪略作议论。

(一)"同在馆阁"的问题

沈括为嘉祐八年(1063)进士,中进士后授扬州司理参军(张荫麟《沈括编年事辑》将沈括中进士系于嘉祐五年,胡道静《沈括事略》以为张将沈括的生年往前提了一年,所以中进士的时间应是嘉祐八年而非五年。此事李裕民未收。见张荫麟《沈括编年事辑》,《清华学报》第11卷第2期,第321—358页;胡道静《沈括事略》,载《新校正〈梦溪笔谈〉》,北京:中华书局,1975年,第314—317页)。据《宋会要辑稿·选举》三三之一〇"(治平二年)九月二十五日,宣州泾县主簿林希编校集贤院书籍,扬州司理参军沈括编校昭文馆书籍"(徐松《宋会要辑稿》第120册,北京:中华书局,1957年,第4760页),沈括入馆阁的时间应是治平二年(1065)(胡道静《沈括事略》、张家驹《沈括事迹年表》皆以为沈治平三年入昭文馆,因宋代官员三年一考,按常例,沈括应在嘉祐八年的三年后调入馆阁。二者似未看到《宋会要辑稿·选举》的记载材料。见胡氏《沈括事略》,见于其著作《新校正〈梦溪笔谈〉》,第347页;张氏《沈括事迹年表》,见于其著作《沈括》,上海:上海人民出版社,1978年,第237页。此事包伟民《沈括事迹献疑六则》中也有考订,见徐规主编《宋史研究集刊》,杭州:浙江古籍出版社,1986年,第306页)。据施宿、王宗稷等苏轼年谱,苏轼于治平二年二月至京师,寻召试馆职,除直史馆[施宿《东坡先生年谱》:"(治平)二年乙巳……寻召试馆职,除直史馆。"王宗稷《东坡先生年谱》:"(治平)二年乙巳……以近例召试秘阁,皆人三等,得直史馆。"参王水照《宋人所刊三苏年谱汇编》,上海:上海古籍出版社,1989年,第36、322页]。治平三年(1066)四月,苏轼父丧,归蜀。也就是说,沈、苏二人同在馆阁是治平二年九月至三年四月间,大概有七个月,但并不在同一个馆,期间二人也没有相互诗文来往。

(二)"与轼论旧"的问题

苏轼集中与沈括相关的,仅《书沈存中石墨》一篇:

陆士衡与士龙书云:"登铜雀台,得曹公所藏石墨数瓮,今分寄一螺。"《大业拾遗记》:"宫人以蛾绿画眉。"亦石黑之类也。近世无复此物。沈存中帅鄜延,以石烛烟,作墨坚重而黑,在松烟之上,曹公所藏,岂此物也耶?(《苏轼文集》第2224页)

"沈存中帅鄜延"事,发生在元丰三年六月至元丰五年间。沈括元丰三年六月改鄜延路经略使。元丰五年,因措置乖方,责授均州团练副使,随州安置。元丰三年至五年间,东坡在黄州。此句疑点在于,第一,如果沈、苏二人旧交甚好,苏轼集中关于沈括的诗文不应只有这一篇。第二,元丰二年十二月苏轼出狱,责受黄州团练副使。写此文时,乌台诗案刚过不久,如果沈括之前真有献诗,刚经历过诗祸的苏轼是否能与之文字往来?

(三)"复寄诗刘恕戏曰"的问题

此句比较常见的断句法是"(轼闻之),复寄诗刘恕,戏曰……",李裕民先生的断法是"(轼闻之),复寄诗,刘恕戏曰……"。李先生据此认为,刘恕此时正在江西南康编写《资治通鉴》的长编,不能与苏轼当面开玩笑,所以不实(参李裕民《乌台诗案新探》,《宋代文化研究》第17辑,第285页)。但疏漏在于"复寄诗"的对象是谁并未交代清楚。笔者认为传统的断法比较妥当,而这句话的真正破绽在于,按时间推算,苏轼与刘恕的来往诗作中,并没有得知"沈括献诗"后之作。按有关材料的说法,沈括献诗是熙宁七年三月左右事,苏轼知道消息的时间,应当更晚。苏轼的诗歌中,提到刘道原的时间最晚的一篇是《和苏州太守王规甫侍太夫人观灯之什余时以刘道原见访滞留京口不及赴此会二首》,这是苏轼常、润赈灾期间(熙宁六年十一月至熙宁七年五月)作,"观灯"二字说明诗作于正月十五元夕前后,当是熙宁七年元夕。此时沈括应该尚未回京。而刘道原此时应在江西辅助司马光修书,来探望苏轼也不能久留。从此之后到元丰元年刘恕去世,二人再无诗歌往来。

沈括献诗真实性值得怀疑,当继续考证。然乌台诗案前,似已有针对苏轼的献诗讥谤事。苏辙《为兄轼下狱上书》曰:"顷年通判杭州,及知密州,日每遇物,托兴作为歌诗,语或轻发。向者,曾经臣寮缴进陛下,置而不问。"(《栾城集》卷三十五,第777页)系于熙宁九年(1076)的苏轼作《七月五日二首(其一)》有"避谤诗寻医,畏病酒入务"。此诗作于密州任上。施注云:"法令所载,'寻医'为去官,'入务'为住理,诗中所用盖出此。"大概是不作诗、不饮酒之义(诗、注均见《苏轼诗集》第690页)。不作诗的理由是"避谤",说明此前或有针对其作品的谤讥。随后的《赵郎中见和戏复答之》有:"赵子吟诗如泼水,一挥三百八十字。奈何效我欲寻医,恰似西施藏白地。"(《苏轼诗集》第691页)"西施藏白地"语出白居易《简简吟》"不肯迷头白地藏","白地藏"大概是平庸、泯然众人之意,用在此处,是说赵郎中像自己一样停笔不作诗,是对其才能的浪费。这两句是对前两句的进一步引申、发挥。

针对这三条材料,笔者认为:献诗事可能发生在苏轼密州任上。首先,苏轼于熙宁九年七月提到"避谤",按常理推断,此时"谤"应该刚出现不久,如果是熙宁七年献诗,而熙宁九年苏轼方有回应,似乎太过迟缓。其次,苏辙《为兄轼下狱上书》也提到了"顷年通判杭州,及知密州",如果献诗发生在杭州任时,为何要提"知密州"?而李焘《续长编》提到的"恐年月先后差池不合",与这两条材料是否也有关系?(内山精也《"东坡乌台诗案"考》得出的结论类似,他根据苏辙《上书》"及知密州",判断这次献诗发生在熙宁九年末以降的一二年间,并引施宿《东坡先生年谱》"至京师,有旨不许人【入】国门,寓城外范蜀公园"为暗示。详见《传媒与真相——苏轼及其周围士大夫的文学》第208—209页。不过,苏轼《七月五日二首》就提到"避谤"的话,事件的发生时间应该早于熙宁九年七月五日)

然而,熙宁七年毕竟是苏轼"讥讽"创作的一个转折点,这与沈括奉命巡察两浙,似不无关系。李裕民先生驳斥沈括献诗时,认为沈括前往两浙,主要针对农田水利、差役等事,并没有监察官员的职责(参李裕民《乌台诗案新探》,《宋代文化研究》第17辑,第284页)。然《续资治通鉴长编》"相度两浙路农田水利、差役等事"后,便有"兼察访"三字。"察访"包括的范围甚广,可以"察访"新法的实行情况,也可以"察访"官员,等等。事实上,根据沈括察访期间发回的奏议看,他也担负了监察官员,特别是监察官员执行新法情况的职责:

两浙察访沈括言:"常州无锡县逃绝、诡名挟佃约五千余户,及苏州长洲县户长陪纳税有至二百余缗,已选官诣逐州根究,及虑人户隐蔽,已出榜召人告首,州县官吏能悉心究见欺弊,许令改正,更不问罪。其隐陷税苗课利人,限两月自陈,特免追毁。"从之。

两浙路察访沈括言:"泗州都盐务免纳船户,而以官盐等第敷配,并给历抑配居民、寺观,违法",诏淮南东路转运提举盐事司根治以闻。后实有抑配状,而官已罢去,获免。(两处引用见《续资治通鉴长编》第6077—6078、6124页)

两浙是当时的财赋重地,其新法执行情况与新法成败直接相关;它又是旧党的聚集地,杭州有陈襄、苏轼,湖州有孙觉,所以神宗派人去巡察新法执行情况、监督官员,都是可以理解的。这也可以解释神宗为何如此重视此次选派之人,《续资治通鉴长编》熙宁六年七月乙亥记有:"检正中书刑房公事沈括辟官相度两浙水利,上曰:'此事必可行否?'王安石等曰:'括乃土人,习知其利害,性亦谨密,宜不敢轻举。'上曰:'事当审计,无如郑宣妄作,中道而止,为害不细也。"(《续资治通鉴长编》卷二四六,第5986页)皇帝的这一举动,对苏轼等旧党是一种警示。苏轼虽爱发讥讽,但对"世论"还是有一定的自觉性和警惕意识,他受到警示后在创作上有所收敛,也是人之常情。

不过,苏轼的讥讽诗并没有因两浙巡察或献诗而销声匿迹。类似于《湖州谢上表》这样的包含了牢骚和暗讽的作品依然存在;作为罪证的《钱塘集》也不可逆转地传播流通开来。再加上台谏的作用,乌台诗案的发生在当时党争的政治背景下,某种程度上已经是必然。

巩本栋(2018)则认为沈括献诗"事出有因",但由于沈括不懂诗,其"意见并未特别受重视"[①]:

最先把苏轼作诗讽刺新法举报给朝廷的,是他的朋友沈括。熙宁六年(1073),沈括以检正中书刑房公事的身份到浙江巡查新法实行的情况,看到苏轼的诗稿,认为涉嫌诽谤朝政,便随手抽出上呈神宗。这就为苏轼后来的被捕遭查,埋下了祸根[参见李焘《续资治通鉴长编》卷三〇一"元丰二年十二月庚申"条引王铚《元祐补录》第12册,中华书局2004年版,第7336页。李裕民认为此事不可能是沈括所为(参其《乌台诗案新探》),然我们则认为事出有因]。沈括曾笑话杜甫写古柏的诗句"霜皮溜雨四十围,黛色参天二千尺","四十围,乃是径七尺,无乃太细长乎"(沈括:《梦溪笔谈》卷二三,影印文渊阁《四库全书》第862册,台湾商务印书馆1985年版,第833页),可见他是不太懂诗的。所以,沈括的意见并未特别受重视。

---

① 巩本栋."东坡乌台诗案"新论[J].江海学刊,2018(2):192—198.

简究岸(1999)论述沈括告密一事时,谈到苏轼不听文同相劝之事①:

沈括与苏轼曾同在馆阁任职,交情甚笃。但沈括是支持变法的。沈括是杭州人,在家乡遇见故友,应酬之余难免诗歌唱和,沈括离杭州时向苏轼索句,恰好苏轼不久前下乡察看过民情,认为新法弊多扰民,感慨良多,遂作《山村》绝句三首抄送沈括。不料沈括回朝后,竟将三首诗呈上复命,并指出诗中多讥讽时政之处。

其实苏轼在变法派与守旧派这场斗争中,也曾回避,亲朋好友也多次规劝,但终因他秉性直爽,好议时政,难逃劫难。熙宁四年推行新法之初,苏轼就自请外任,以避政敌锋芒,于当年任杭州通判。当苏轼在朝数次上书议论朝政时,他的亲弟苏辙和表兄即出"成竹在胸"典故的剑南梓潼的文同都对他讥讽时政的做法苦口相劝,但苏轼不以为然。当苏轼出任杭州通判成行之前,文同以诗相劝,有"北客若来休问事,西湖虽好莫吟诗"诗句相赠。但苏轼虽避开京城,但哪里轻易改掉关心国事、议论朝政的脾气。果然不久"北客"沈括即从汴京来;苏轼也难做到在西湖之畔"莫吟诗",不久就因诗酿成祸患。这就出现了前述沈括到杭州要去三首《山村》诗这件事。

游任逮(1985)对于文同给苏轼写送行诗"北客若来休问事,西湖虽好莫吟诗"的问题进行了详细分析②:

相传这两句是1071年苏轼自汴京出为杭州通判时文同写给苏轼的送行诗句。上句劝苏轼从此对朝政少管闲事,下句戒他不要作诗讥讽时事。

这个传说最早见于北宋末年叶梦得《石林诗话》卷中第六条:

熙宁初,时论既不一,士大夫好恶纷然。(文)同在馆阁,未尝有所向背,时子瞻(苏轼)数上书论天下事,退而与宾客言,亦多以时事为讥诮,同极以为不然,每苦口力戒之,子瞻不能听也。出为杭州通判,同送行诗有"北客若来休问事,西湖虽好莫吟诗"之句。及黄州之谪,正坐杭州诗语,人以为知言。

---

① 简究岸.乌台诗案——北宋湖州知府苏轼[J].观察与思考,1999(12):26—27.
② 游任逮.论文同诗[J].温州师专学报(社会科学版),1985(2):1—12.

130年后,南宋罗大经又把文同这两句诗转录在《鹤林玉露》乙编卷四的《诗祸》条。到了南宋末年,大儒王应麟著《困学纪闻》,又把这两句诗录在卷十八的《评诗》中。

这两句诗经三次传录,特别是录入《困学纪闻》这部名著里,自后谈诗者几乎无人不知,也几乎无人不信。但是核以文、苏的行事和两家的诗集,却原来是子虚、乌有之谈。

游任逵认为"北宋末年党祸既作,苏轼的诗文遭到禁毁,文同子孙怕受牵累,把文同跟苏轼来往的诗文,有的抽掉,有的改窜","这两句诗是真是假不能从版本、辑佚上来寻求答案"。

照叶梦得说,这两句诗是文同当苏轼出任杭州通判离京时写的,时间是熙宁四年无疑,且看这一年前后文、苏两人的行止吧。

| 纪年 | 文同 | 苏轼 |
| --- | --- | --- |
| 神宗熙宁三年庚戌(1070) | 文同53岁,自蜀还京师,任太常礼院兼编修大宗正司条贯,时执政(指王安石)欲兴事功,多所更厘创造,附丽者众,根排异论,文同独远之。及与陈荐等议宗室袭封事,执据典礼,坐非是,夺一官,再清乡郡,以太常博士知陵州。(宋范百禄《宋故尚书司封员外郎充秘阁校理新知湖州文公墓志铭》) | 苏轼35岁,至京师,除监官告院,兼判尚书祠部,权开封府判官。作《送文与可出守陵州》诗。(宋施宿《东坡先生年谱》上) |
| 熙宁四年辛亥(1071) | 54岁,春自京师归罚赴陵州(《丹渊集》卷二十八《陵州谢上任表》,又卷四《种榆》诗小序,家诚之编《石室先生年谱》) | 36岁。六月乞外补,通判杭州。六月出京,至陈州,时苏辙(子由)为陈州学官,九月离陈州,十一月抵杭州。(施宿《年谱》上),十二月作《腊月游孤山访惠勤惠思》,(《东坡题跋》卷三) |
| 熙宁五年壬子(1072) | 55岁,在陵州任。冬,罢去。(家诚之编《石室先生年谱》) | 37岁,在杭州通判任。作《戏子由》诗。(施宿《年谱》上) |

据上表，熙宁四年六月苏轼出为杭州通判，就在这个月份离开京师。文与可这一年春初已归蜀赴陵州(四川仁寿)，三月五日到陵州任。《陵州谢上任表》是与可亲自写的。有具体的月日，最为可据。这证明文与可不可能六月在开封给苏轼送行，更无所谓送行诗了。

辨明这两句诗非文同所作，是很重要的，因为牵涉到文同对熙宁新法的态度问题。

游任逑引文同《将赴洋州书东谷旧隐》一诗，说明其"对熙宁新法持消极态度最明显"，"因为是地方官，不得不勉强应付"。

苏轼到杭州后大写其诗，首先是到任不到一个月游西湖，作《腊日游孤山访惠勤惠思》诗。这篇诗文与可就有和韵之作，而且作了两篇(见《丹渊集拾遗》卷上)，其第一篇叫《和子瞻游孤山》有云：

子瞻凤咮新结庐，日哦其间兴不孤。

平生美志自偿足，休问满眼生萑蒲。

其第二篇叫《再和》，有云：

过客休夸衡与庐，天下此景君勿孤。

欲将文字写物象，当截无限得江蒲。

文同对子瞻苏轼的游湖吟诗，是如此的欣赏与鼓励，哪里会有"西湖虽好莫吟诗"之说呢？

苏轼在杭州通判任上写的诗，后来被当作反对新法、讥讽朝廷的罪证，传世的《乌台诗案》，在每首诗上都加案语，其中熙宁五年写的《戏子由》一篇，加的案语尤其多。恰巧是这篇诗，文同也有和作。今将苏唱文和两篇录出如下。

**戏子由　　苏轼作**

宛丘先生长如丘，宛丘学舍小如舟。(宛丘即陈州，指苏辙。时苏辙为陈州学教官)

常时低头诵经史，忽然欠伸屋打头。

斜风吹帷雨注面,先生不愧旁人羞。

任从饱死笑方朔,肯为雨立求秦优!

眼前勃蹊何足道,处置六凿须天游。

读书万卷不读律,致君尧舜知无术。(《乌台诗案》云:"是时朝廷新兴律学,轼意非之,以谓法律不足以致君于尧舜。")

劝农冠盖闹如云,送老齑盐甘似蜜。(《乌台诗案》云:"讥讽朝廷新开提举官,所至苛细生事,发谪官吏,惟学官无吏责也。")

门前万事不挂眼,头虽长低气不屈。

余杭别驾(轼自称)无功劳,画堂五丈容旗旄。

重楼跨空雨声远,屋多人少风骚骚。

平生所惭今不耻,坐对疲氓更鞭棰。(《乌台诗案》云:"是时朝廷多徒配犯盐之人,例皆饥贫。言鞭棰此等贫民,轼平生所惭,今不耻矣。以讥讽朝廷盐法太急也。")

道逢阳虎呼与言,心知其非口诺唯。(《乌台诗案》云:"是时张靓、俞希旦作监司,意不喜其为人,然不敢与争议,故毁诋之为阳虎也。")

居高志下真何益,气节消缩今无几。

文章小技安足程,先生别驾旧齐名。

如今衰老俱无用,付与时人分重轻。


**子瞻《戏子由》依韵奉和    文同作**

子由在陈穷于丘,正若浅港横巨舟。

每朝升堂讲书罢,紧合两眼深埋头。

才名至高位至下,此事自属他人羞。

犹胜俣俣彼贤者,手把翟籥随群优。

岌如老鹤立海上,退避不与鹜鸨游。

文章岂肯用一律?独取无间有神术。

所蓄未尝资己身,掆掆恰如蜂聚蜜。

有时七日不火食，支体虽羸心不屈。
陵阳谬守卑且劳，马前空愧持旌旄。
平生读书若臾诟，老大下笔侵离骚。
贫且贱焉真可耻，欲挞群邪无尺棰。
安得来亲绛帐旁，日与诸生供唯唯。
须知道义故可乐，莫问功名能得几。
君子道远不计程，死而后已方成名。
千钧一羽不须校，女子小人知重轻！

　　诗中的"陵阳谬守"，指陵州知州，乃文同自称，文同于熙宁五年冬罢陵州知州，故知此诗即作于此年，与苏轼原诗作于同一年。苏轼原诗确是讥讽了熙宁新法，而文同这篇和诗对苏辙的被压抑更为愤愤不平。他赞扬苏辙远非那些执篦秉翟跟着优伶起舞的"贤者"可比，只恨自己无力量鞭挞群邪。苏辙是因为反对新法被出为河南推官，这一年到陈州任穷学官的。两篇诗一唱一和，都是为朝政而发，绝不是"休问事、莫吟诗"。如果文同真的写了那样的送行诗，岂不是自打嘴巴吗？

　　以上所列足以说明文同对熙宁新法的态度以及对苏轼杭州诗的支持，而叶梦得说文同是"不撄世故""未尝有所向背"云云，全不可信。

　　从苏轼为文同而写的70篇诗文中，我们也可以得到关于这个问题的反证。这70篇写于文同生前的53篇，写于其死后的17篇，并无一篇一句提到文同曾戒他作诗的事。这事原无隐讳之必要，何况文与可是苏轼终身爱重的年长的亲友，如果确实有过劝阻作诗的话，即使当时不曾听从，岂不是日后写悼念文字的好材料吗？

　　当代许多研究者对于文同上述诗句的存在也是认同的，但对于游任运（1985）论文的论述没有进行讨论。兹举数例于后。

潘殊闲(2005)在其博士论文《叶梦得研究》中引述了《石林诗话》卷中第六条一段记载文同规劝苏轼的佚事相关文字后,评述道[①]:

这段话最为鲜明地反映了传统文人与政治的那种"剪不断,理还乱"的复杂情感。四库馆臣说这是叶梦得讥苏轼"不能听文同"(《石林诗话》提要)。其实这是大大的偏见。叶梦得对苏轼是崇拜的,此段文字活画出苏轼不羁的性格和旷达的胸怀,也透露出叶梦得本人的惋惜,而无一点讥刺的味道。事实上,叶梦得本人也是敢于抗言直谏的,前面已有陈述,为此,叶梦得也吃了不少苦头。叶梦得这里的叹惋,完全是站在一个爱怜的角度。所以,后人对此多有积极回馈。《苕溪渔隐丛话》前集卷三十九、明董斯张《吴兴备志》卷二十八、明曹学佺《蜀中广记》卷一百三等书都作了转引。宋王应麟《困学纪闻》卷十八、宋罗大经《鹤林玉露》乙编卷之四等书亦作了引述。

杨胜宽(2000)在其论文《苏轼与苏门文人集团的形成》中,也正面引用了文同诗句[②]:

苏轼在王安石推行新法时,频繁上书言事,且通过诗"托事以讽",在政坛显得很活跃。文同时在馆阁,对苏轼的言行"每苦口力戒之",主要是担心他多言遭忌,被政敌暗算。果然,不久苏轼被出为杭州通判,远离政治权力中心。临别之际,文同作送行诗,有"北客若来休问事,西湖虽好莫吟诗"之诫(见叶梦得《石林诗话》)。

李真真(2010)在其博士论文《蜀党与北宋党争研究》中引用了罗大经在《鹤林玉露》中的相关文字[③]:

宋人罗大经曾总结这次"乌台诗案"事发的原因:

东坡文章,妙绝古今,而其病在于好讥刺。文与可戒以诗云"北客若来问事,西湖虽好莫吟诗",盖深恐其贾祸也。乌台之勘,赤壁之贬,卒于不免。(罗大

---

[①] 潘殊闲.叶梦得研究[D].成都:四川大学,2005.
[②] 杨胜宽.苏轼与苏门文人集团的形成[J].乐山师范高等专科学校学报,2000(1):27—34.
[③] 李真真.蜀党与北宋党争研究[D].济南:山东大学,2010.

经《鹤林玉露》乙编卷四,第188页)

吴增辉(2011)在其博士论文《北宋中后期贬谪与文学》也肯定性地引用了相关内容①:

一些士人也已经嗅到越发浓重的文化专制气息,熙宁新法推行之后,苏轼因反对新法而自请通判杭州,文同即在离京时劝他"北客若来休问事,西湖虽好莫吟诗"。(叶梦得《石林诗话》,何文焕《历代诗话》,中华书局2004年版,第217页。)

在笔者逐一检视摘录找到的近190篇提到"西湖虽好莫吟诗"或者"西湖虽好莫题诗"的论文中,除游任逯(1985)之外,仅有两篇论文提出疑问,一是罗琴(2001)②,在引《石林诗话》后,按文同编年文集的评说指出:"此记如果属实,则送行诗当为寄诗。"二是白振奎(2016)③认为"此则材料虽非信史,但符合文同、苏轼的性格特点,合情入理,可资参考"。其论述如下:

文同不仅本人以"中道"处世,也同样以"中道"智慧劝诫挚友苏轼,叮嘱其收敛锋芒,以免引火烧身。熙宁五年春在知陵州任上,文同《依韵和子瞻游孤山二首》其二,对苏轼加以劝诫:"问子瞻,何江湖,乃心魏阙君岂无?……此身之外何赢余,栩然而寐其觉蘧。请看湖上人名逋,此子形相谁解摹?"文同希望苏轼学庄而逃于物累之外,如西湖边梅妻鹤子的林和靖,尽人生之乐而避其祸灾。熙宁五年春的另一首《寄题杭州通判胡学士官居诗四首》,其三《方庵》诗的小序曰:"又言:堂后有屋正方,谓之方庵。同按:《释名》:'庵,圜屋也。'"文同以《释名》为依据,指出苏轼"方"与"庵"二字连用的矛盾,实际上是借题发挥,不时地寻找机会对苏轼加以劝诫。文同诗曰:"众人庵尽圆,君庵独云方。君虽乐其中,无乃太异常?劝君刓其角,使称着月床。自然制度稳,名号亦可详。东西南北不足辨,左

---

① 吴增辉.北宋中后期贬谪与文学[D].上海:复旦大学,2011.
② 罗琴.文同与二苏的交游及交往诗文系年考[J].西南民族学院学报(哲学社会科学版),2001(10):70—75.
③ 白振奎."行之以中道"——对文同在熙宁变法期间政治态度的考察[M]//新宋学(第五辑).复旦大学出版社,2016(00):60—68.

右前后谁能防？愿君见听便如此，鼠蝎四面人恐伤。"文同劝苏轼化方为圆，或者说是坚持内方外圆，内在本质具刚方之性，但外在处事则须圆融，令敌无隙可找。这是方、圆之间转换的辩证法，是老子"曲则全，枉则直"的人生智慧的启示。不幸被文同言中，故有后来元丰初年的"乌台诗案"。同一年，文同又撰《纡竹记》一文，以告诫苏轼。文同称曾入山采药，见二竹，其中一才三尺，"未脱箨时蝎害之使然尔"；一为垂岩压制，"力不得竞，乃求虚以伸，所趣抵碍无所容，屈己自保，生意愈坚，蟠空缭隙，拳局以进，伏磝碛，蔽蓊萝，曾莫知其历寒暑之何许也"，"其所以若是者，夫岂得已哉！今也就其所以不得已者而名之曰'纡'。"他并为之画《纡竹图》。"纡"而求生，"屈己自保"以"求虚以伸"。退是为了进，屈是为了伸，这是屈伸进退的辩证法，这同样是老子"曲则全，枉则直"的启示。

宋代叶梦得《石林诗话》卷中载文同与苏轼之间的轶事，对文同的政治预见性描写得颇为传奇："熙宁初，时论既不一，士大夫好恶纷然，同在馆阁，未尝有所向背。时子瞻数上书论天下事，退而与宾客言，亦多以时事为讥诮。同极以为不然，每苦口力戒之，子瞻不能听也。出为杭州通判，同送行诗有'北客若来休问事，西湖虽好莫吟诗'之句。及黄州之谪，正坐杭州诗语，人以为知言。"此则材料虽非信史，但符合文同、苏轼的性格特点，合情入理，可资参考。

# 伍　救援活动

·乌台诗案引论·

乌台诗案中不少人参与了救助苏轼的活动。对于参与其事的士大夫，刘兴亮(2011)罗列了一个简要的表格①：

| 参与救助苏轼的士大夫 |||
| --- | --- | --- |
| 姓名 | 官职 | 被划派别 |
| 张方平 | 太子少师 | 旧党 |
| 范镇 | 致仕 | 旧党 |
| 王安礼 | 直舍人院 | 新党 |
| 苏辙 | 签书应天府判官 | 旧党 |
| 王诜 | 驸马都尉 | 无 |
| 章惇 | 翰林学士 | 新党 |
| 吴充 | 同中书门下平章事 | 无 |

另有一些重要人物不在此表中，如王安石和曹太后。许多论者对这些救助者的活动进行了讨论，分述如下：

## ·王诜·

在沈括、李定、舒亶、何正臣、张璪等人的构陷下，"乌台诗案"事发。前往湖州捉拿东坡先生的官员刚一出发，驸马王诜就给苏辙通风报信，赶在官员到达之前，让苏辙把消息传达给东坡先生。②【其实乌台诗案之前的苏轼还不能称为东坡，东坡是苏轼贬谪黄州时期给自己的一个号（《宋史·苏轼传》说："轼与田父野老，相从溪山间，筑室于东坡，自号'东坡居士'。"）。引用文献中许多没有注意这

---

① 刘兴亮.试论北宋后期士风之转变——以苏轼"乌台诗案"为中心[MM]//珞珈史苑(2011年版).武汉：武汉大学出版社,2012:177—195.
② 何柏生.东坡先生的法律人生[J].法学,2017(9):57—67.

个问题,对不同时期的苏轼都用东坡称之,在引用时就不一一说明了。]

莫砺锋(2007)在《乌台诗案史话》中叙述了王诜给苏轼报信的情况①:

逮捕东坡的圣旨刚下达,营救东坡的活动也同时展开。驸马王诜最早得到消息,他立即派人赶往南都告诉子由,让他向东坡及时通报。子由闻讯大惊,派人星夜奔赴湖州,好让东坡事先有个思想准备。两拨互不相知的人马在暗中赛跑,不料皇甫遵"忠于王命",带着一伙人日夜兼程,其行如飞,子由派出的人根本赶不上。幸而皇甫遵走到润州,其子突然得病,不得不停下来医治,耽搁了半天,子由所派的人才抢先一步到了湖州。东坡接到通报,自觉事态严重,凶多吉少,就写信给子由,托他照管家人。接着又主动请假销职,让通判祖无颇代理知州职务。七月二十八日,东坡刚与祖无颇交接完毕,皇甫遵一伙就凶神恶煞般地闯进了州府衙门。(东坡后来在《杭州召还乞郡状》中回忆湖州就逮的过程说:"悍吏皇遵将带吏卒,就湖州追摄,如捕寇贼。臣即与妻子诀别,留书与子由处置后事。"孔凡礼《苏轼年谱》卷十八也说:"就逮,与妻子诀别,留书与弟辙,处置后事。郡人送者雨泣。"意谓东坡留书与子由事在皇甫遵到达湖州州衙以后。然据《孔氏谈苑》卷一、《萍洲可谈》卷二等书记载,皇甫遵到达州衙后当场命令兵士逮捕东坡,并立即押解出城。揆诸情理,东坡作书与子由当在接到子由报信之后,皇甫遵到达之前。)

## ·范镇·

东坡入狱,朝野震动。东坡的知交多属旧党,此时已遭贬斥,在自身难保的情势下,他们大多敢怒而不敢言,但还是有人奋不顾身地上书营救。最早上书的是范镇。②

---

① 莫砺锋.乌台诗案史话之二:柏台霜气夜凄凄[J].古典文学知识,2007(6):38—45.
② 莫砺锋.乌台诗案史话之三:营救与出狱[J].古典文学知识,2008(1):44—49.

范镇是苏轼走上仕途的知遇恩人,嘉祐二年(1057)礼部省试时,范镇当知贡举;嘉祐六年(1061)贤良方正能直言极谏科考试时,范镇当御试的考官;熙宁三年(1070)范镇推荐苏轼担任谏官,但事未成而得罪于新党。苏轼被逮时他已退居许昌,御史谏官知道两人的关系,故遣人来范镇居所索取他与苏轼往来的文字,他不但不避嫌疑,反而还上书营救。其书早已失传,但从《苏轼文集·范景仁墓志铭》可以得到证实:"轼得罪,下御史台狱,索公与轼往来书疏文字甚急。公犹上书救轼不已。"(《苏轼文集》卷十四《范景仁墓志铭》,中华书局,1986年,第440页)[1]

# ·张方平·

阮延俊(2012)记叙了张方平救助苏轼的情况[2]:

张方平也是苏轼仕途上的恩人,嘉祐元年(1056)通过父亲介绍,在成都拜见了知州张方平,他推荐苏轼参加了开封府试。苏轼下狱之时,张方平已经退居南都,得知也愤然上疏,其疏曰:

臣读春秋传,晋叔向被囚,时祁奚老矣,闻之,乘驿而见执政韩起,为言叔向谋而寡过,惠训不倦,宜蒙宥之意。起与之同乘,以言诸公而免之。祁奚不见叔向而归,盖祁奚之言为国,非私叔向也。今日传闻有使者追苏轼过南京,当属吏。臣不详知轼之所坐,而早尝识其为人,起远方孤生,遭遇圣明之世,然其文学实天下之奇才。向举制策高等,而犹碌碌无以异于流辈。陛下振拔,特加眷鍾,由是材誉益著。轼自谓见知明主,亦慨然有报上之心。但其性资疏率,阙于审重,出位多言,以速尤悔。顷年以来,闻轼屡有封章,特为陛下优容。四方闻之,莫不感叹圣明宽大之德,而尤轼狂易轻发之性。今其得罪,必缘故态。但陛下于四海生灵,如天之无不覆冒,如地之无不持载,如四时之无不化育,于一苏轼岂所好恶! 伏惟英圣之主,方立非常之功,固在广收材能,使之以器。若不弃瑕含垢,则人才

---

[1] 阮延俊.论苏轼的人生境界及其文化底蕴[D].武汉:华中师范大学,2012.
[2] 阮延俊.论苏轼的人生境界及其文化底蕴[D].武汉:华中师范大学,2012.

有可惜者。昔季布亲窘高祖,夏侯胜诽谤世宗,鲍永不从光武,陈琳毁诋魏武,魏徵谋危太宗,此五臣者,罪至大而不可赦者也。遭遇明主,皆为曲法而全之,卒为忠臣,有补于世。自夫子删诗,取诸讽刺,以为言之者足以戒。故诗人之作,其甚者以至指斥当世之事,语涉谤黩不恭,亦未闻见收而下狱也。唐韩愈上疏宪宗,以为人主事佛则寿促。此言至不顺,宪宗初大怒欲诛之,其后思之曰:"愈亦是爱我。"今轼但以文辞为罪,非大过恶,臣恐付之狴牢,罪有不测。惟陛下圣度,免其禁系,以全始终之赐,虽重加谴谪,敢不甘心!臣自念朽质,上荷异恩,今伏在田庐,无复涓埃之补。窃慕祁奚虽老,犹不忘公室而申请叔向之义,僭越上言,自干鼎钺。(《续资治通鉴长编》卷三〇一)

据刘安世所言,张方平这封上书未上呈,《元城先生语录解》记载:"元丰二年,秋冬之交,东坡下御史狱,天下之士痛之,环视而不敢救。时张安道致仕在南京,乃愤然上书,欲附南京递,府官不敢受,乃令其子恕持至登闻鼓院投进。恕素愚懦,徘徊不敢投。其后东坡出狱,见其副本,因吐舌色动久之。人问其故,东坡不答。后子由亦见之,云:'宜吾兄之吐舌也,此事正得张恕力。'或问其故,子由曰:'独不见郑崇之救盖宽饶乎?其疏有云:"上无许(许伯,宣帝皇后父)、史(史高,宣帝外家)之属,下无金(金日䃅【磾】)、张(张安世)之托。"此语正是激宣帝之怒尔。且宽饶正以犯许、史辈有此祸,今乃再评之,是益其怒也。且东坡何罪?独以名太高,与朝廷争胜耳。今安道之疏乃云:"其文学实天下之奇才也。"独不激人主之怒乎?但一时急欲救之,故为此言矣。'仆曰:'然则是时救东坡者,宜为何说?'先生曰:'但言本朝未尝杀士大夫,今乃开端,则是杀士大夫自陛下始,而后世子孙因而杀贤士大夫,必援陛下以为例。神宗好名而畏议,疑可以止之。'"(〔宋〕马永卿编、〔明〕王崇庆《元城先生语录解》卷下,四库全书本)

王世焱(2018)引用了更多的材料[①]:

张方平从儒家经典《春秋传》谈起,以叔向被囚比苏轼之坐,然后强调他很早

---

[①] 王世焱.与其所交,金石弗渝——论苏东坡与张方平忘年之契的情谊[J].中国苏轼研究,2018(2):241—254.

便赏识苏轼,希望神宗珍惜人才。又以季布、夏侯胜、鲍永、陈琳、魏徵五臣为例,五人虽犯上,而明主曲法全之。且苏轼之作虽语涉讥谤而不恭,但并非罪大恶极,望神宗"免其禁系"。他虽已辞官归家,但也不忘朝廷,而"申请叔向之义,僭越上言,自干鼎钺",不惧怕被治罪。

北宋方勺在《泊宅编·卷七》中记载了张方平仗义力救苏轼的事迹:

东坡就逮下御史狱,张安道上书力陈其可贷之状。刘莘老、苏子容同辅政,子容曰:"昨得张安道书,不称名,但着押字而已。"莘老曰:"某亦得书,尚未启封。"令取视之,亦押字也。二事人罕知,故记之。(〔宋〕方勺撰,许沛藻、杨立扬点校《泊宅编》,中华书局1983年版,41页)

南宋周紫芝也在《诗谳》中记载张方平惜才拯救苏轼的情形:

元丰二年,东坡下御史狱,天下之士痛之,环视而不敢救。时张安道在南京,愤然上疏,欲附南京递,府官不敢受,乃遣其子恕持至登闻鼓院投进。恕素愚懦,徘徊不敢投。后东坡出狱,见其副本,因吐舌色动久之。问其故,东坡不答。后子由亦见之,云:"宜吾兄之吐舌也,此事正得张恕力。"或问其故,子由曰:"独不见郑崇之救盖宽饶乎?其疏有云:上无许、史之属,下无金、张之托。此语正是激宣帝怒尔。且宽饶正以犯许、史辈有此祸,今乃再讦之,是益其怒也。且东坡何罪?独以名太高,与朝廷争胜耳。今安道之疏,乃云其文学实天下之奇才也,独不激人主之怒乎?但一时急欲救之,故为此言耳。"仆曰:"然则是时救东坡者,宜为何说?"先生曰:"但言本朝未尝杀士大夫,今乃开端,则是杀士大夫自陛下始,而后世子孙因而杀贤士大夫,必援陛下以为例。神宗好名而畏议,疑可以止之。"(〔宋〕周紫芝录《诗谳》,商务印书馆1939年版,11页)

尽管其子张恕"徘徊不敢投",也幸而因此避免了"激人主之怒",但张方平欲救苏轼于危难中的急切可见一斑。

## ·苏辙·

苏辙《为兄轼下狱上书》曰①:

臣闻困急而呼天,疾痛而呼父母者,人之至情也。臣虽草芥之微,而有危迫之恳,惟天地父母哀而怜之。臣早失怙恃,惟兄轼一人,相须为命。今者窃闻其得罪逮捕赴狱,举家惊号,忧在不测。臣窃思念,轼居家在官,无大过恶,惟是赋性愚直,好谈古今得失,前后上章论事,其言不一。陛下圣德广大,不加谴责。轼狂狷寡虑,窃恃天地包含之恩,不自抑畏。顷年通判杭州及知密州日,每遇物托兴,作为歌诗,语或轻发,向者曾经臣寮缴进,陛下置而不问。轼感荷恩贷,自此深自悔咎,不敢复有所为。但其旧诗已自传播。臣诚哀轼愚于自信,不知文字轻易,迹涉不逊,虽改过自新,而已陷于刑辟,不可救止。轼之将就逮也,使谓臣曰:"轼早衰多病,必死于牢狱,死固分也。然所恨者,少抱有为之志,而遇不世出之主,虽龃龉于当年,终欲效尺寸于晚节。今遇此祸,虽欲改过自新,洗心以事明主,其道无由。况立朝最孤,左右亲近,必无为言者。惟兄弟之亲,试求哀于陛下而已。"臣窃哀其志,不胜手足之情,故为冒死一言。昔汉淳于公得罪,其女子缇萦,请设为官婢,以赎其父。汉文因之,遂罢肉刑。今臣蝼蚁之诚,虽万万不及缇萦,而陛下聪明仁圣,过于汉文远甚。臣欲乞纳在身官,以赎兄轼,非敢望末减其罪,但得免下狱死为幸。兄轼所犯,若显有文字,必不敢拒抗不承,以重得罪。若蒙陛下哀怜,赦其万死,使得出于牢狱,则死而复生,宜何以报!臣愿与兄轼,洗心改过,粉骨报效,惟陛下所使,死而后已。(《苏辙集·栾城集》卷二五,中华书局)

莫砺锋(2008)对这份奏章进行了分析②:

子由的奏章措词谨慎,但旨意恳切,他首先颂扬神宗有宽容之德,并极有分

---

① 引自:阮延俊.论苏轼的人生境界及其文化底蕴[D].武汉:华中师范大学,2012.
② 莫砺锋.乌台诗案史话之三:营救与出狱[J].古典文学知识,2008(1):44—49.

寸地为东坡开脱:"臣窃思念,轼居家在官,无大过恶,唯是赋性愚直,好谈古今得失,前后上章论事,其言不一。陛下圣德广大,不加谴责。轼狂狷寡虑,窃恃天地包含之恩,不自抑畏。顷年通判杭州及知密州日,每遇物托兴,作为诗歌,语或轻发,向者曾经臣寮缴进,陛下置而不问。轼感荷恩贷,自此深自悔咎,不敢复有所为。但其旧诗,已自传播,……不可救止。"然后又转达东坡的悔过之意以及改过自新的愿望:"轼之将就逮也,使谓臣曰:'轼早衰多病,必死于牢狱。死固份也,然所恨者,少抱有为之志,而遇不世出之主,虽龃龉于当年,终欲效尺寸于晚节。今遇此祸,虽欲改过自新,洗心以事明主,其道无由。'"最后申述自己的手足之情,并乞求神宗的宽恕:"况立朝最孤,左右亲近,必无为言者。惟兄弟之亲,试求哀于陛下而已。臣窃哀其志,不胜手足之情,……臣欲乞纳在身官,以赎兄轼,非敢望末减其罪,但得免下狱死为幸!"可惜如此情文并茂的一份奏章竟如石沉大海,毫无反响。

## · 王安礼和吴充 ·

阮延俊(2012)引述了王安礼和吴充救助苏轼的相关史料[①]:

王安石的胞弟王安礼和宰相吴充在神宗面前为苏轼说话,王安礼进曰:

"自古大度之君,不以语言谪人。按轼文士,本以才自奋,谓爵位可立取,顾碌碌如此,其中不能无觖望。今一旦致于法,恐后世谓不能容才,愿陛下无庸竟其狱。"上曰:"朕固不深谴,特欲申言者路耳,行为卿贳之。"既而戒安礼曰:"第去,勿漏言。轼前贾怨于觽,恐言者缘轼以害卿也。"始,安礼在殿庐,见御史中丞李定,问轼安否状,定曰:"轼与金陵丞相论事不合,公幸毋营解,人将以为党。"至是,归舍人院,遇谏官张璪忿然作色曰:"公果救苏轼耶,何为诏趣其狱?"安礼不答。其后狱果缓,卒薄其罪。(《续资治通鉴长编》卷三〇一)

关于宰相吴充面谏,吕本中《杂说》云:

---

[①] 阮延俊.论苏轼的人生境界及其文化底蕴[D].武汉:华中师范大学,2012.

苏子瞻自湖州以言语刺讥,下御史狱,吴充方为相,一日问上:"魏武帝何如人?"上曰:"何足道!"充曰:"陛下动以尧舜为法,薄魏武固宜,然魏武猜忌如此,犹能容祢衡。陛下以尧舜为法,而不能容一苏轼,何也?"上惊曰:"朕无他意,止欲召他对狱,考核是非尔,行将放出也。"(《续资治通鉴长编》卷三〇一)

王安礼和吴充都用激将法为苏轼求赦免。先夸神宗是"动以尧舜为法"的"大度之君",后说苏轼是人才,而古今"大度之君"皆召纳四方之人才,吴充的陷阱甚妙,二人的谏言几乎说服了神宗,在营救苏轼的活动中献出极大的帮助。

莫砺锋(2008)分析道[①]:

吴充虽是王安石的姻亲,但对新法却持保留意见,为人也很正直。东坡下狱后的一天,吴充从容地问神宗说:"陛下认为魏武帝是什么样的人?"神宗回答说其人不值一提。吴充又问:"陛下一举一动都以尧舜为楷模,当然会鄙视魏武帝。然而魏武帝这么好猜忌的人,尚且能容忍祢衡。陛下以尧舜为榜样,反而容不下一个苏轼,这又是为什么呢?"神宗大惊,说:"朕并没有其他意思,只是想召他到御史台来当面说清是非而已,不久就会放他出去的。"其次是直舍人院同修起居注王安礼,王安礼是安石的胞弟,但他在政治上并不唯其兄之马首是瞻。一天王安礼当面对神宗说:"自古以来豁达大度的君主,都不因言论而处罚臣民。苏轼是个文士,才学高而官位低,难免有些怨言。一旦真的绳之以法,只怕后人会说陛下容不得人才,希望陛下中止这件官司。"神宗回答说:"朕本来不想深究其罪,不过要让御史们言路畅通而已,我就为你宽恕他吧。"他接着又告诫王安礼:"你千万不要把刚才的话说出去,苏轼得罪的人很多,只怕御史们知道了会迁怒于你。"

---

[①] 莫砺锋.乌台诗案史话之三:营救与出狱[J].古典文学知识,2008(1):44—49.

## ·章惇和王安石·

何正泰(2001)记叙了章惇在王珪诬告苏轼时"从旁解之"[1]：

在舒亶等人看来，"指斥乘舆"最钢鞭的材料是苏轼写的一首"双桧"诗：

凛然相对敢相欺，直干临空未要奇。根到九泉无曲处，世间唯有蛰龙知。(《王复秀才所居双桧二首》之一)

这首诗写双桧"直干临空"，凛然不可侵犯，却无意与别的乔木争奇斗胜。即使它的根部在地下艰难延伸，也不挠不屈。这种突兀性格，恐怕只有地下蛰龙知道。要说这首诗有所寄托，那就是表现作者自己临事不苟，刚挺正直，绝不俯仰随俗的可贵品格。可是，舒亶却怂恿宰相王珪出面，在宋神宗面前诬告苏轼。

元丰间，苏子瞻系御史狱，神宗本无意深罪之。时相(王珪)进呈，忽言："苏轼于陛下有不臣之意。"神宗改容曰："轼固有罪，然于朕不应至是，卿何以知之？"时相因举轼《桧》诗云："'根到九泉无曲处，世间唯有蛰龙知。'陛下龙飞在天，轼以为不知己，而求地下之蛰龙，非不臣而何？"神宗曰："诗人之词，安可如此论！彼自咏桧，何预朕事？"时相语塞。(章)子厚亦从旁解之，遂薄其罪。(《石林诗话》)

对于王珪的故意曲解，有意陷害，连宋神宗也觉得过分讨厌，因而说"彼自咏桧，何预朕事"，弄得王珪无言以对。关于《双桧》诗中，对龙的理解，章子厚在神宗面前"从旁解之"时，宋神宗与章子厚有同样的看法。

章子厚曰："龙者，非独人君，人臣亦可以言龙也。"上曰："自古称龙者多矣！如荀氏八龙，孔明卧龙，岂人君也。"(《闻见近录》)

阮延俊(2012)引述了《诗谳》中的记载[2]：

旧宰相王安石和翰林学士章【原文误为"张"，下同】惇也有表态和进言：

---

[1] 何正泰.苏轼"乌台诗案"述评[J].四川教育学院学报,2001(S2):113—116.
[2] 阮延俊.论苏轼的人生境界及其文化底蕴[D].武汉:华中师范大学,2012.

余尝见章丞相《论事表》云:"轼十九擢进士第,二十三应直言极谏科,擢为第一,仁宗皇帝得轼,以为一代之宝,今反置在囹圄,臣恐后世以谓陛下听谀言而恶讦直也。"旧传,元丰间朝廷以群言论公,独神庙惜其才,不忍杀。大丞相王文公曰:"岂有圣世而杀才士者乎?"当时议以公一言而决。呜呼,谁谓两公乃有是言哉。盖义理人心所同,初岂有异,特论事有不合焉。([宋]周紫芝《诗谳》,商务印书馆,1939年12月1版,第12—13页)

章惇是苏轼朋友也是新党人物,他谏言的基调与上书的谏言基调基本相同,连退居金陵的新法的领袖人物王安石也有表态,从章惇的谏言可见"岂有圣世而杀才士者乎?"虽然只有一句话,但也可以说明当时人们心目中苏轼是人才不能杀之。

对于王安石,陈歆耕(2019)认为①:

苏东坡与王安石同为中国士人中罕有的君子、圣人,虽曾因政见不同而有过冲突,但相互包容,成为历史佳话。宋神宗元丰二年(1079),苏东坡因写讥切时弊的诗文,遭人构陷,被逮捕入狱,处于随时可能被送上断头台的危险境地,史称"乌台诗案"。有不少官员上疏营救。已退隐金陵的老宰相王安石发话:"安有圣世而杀才士乎?"王安石虽已退隐,但在神宗心中仍有极大分量。此案"以公(王安石)一言而决",东坡免予一死,被贬为黄州团练副使。(见《诗谳》,转引自曾枣庄《论乌台诗案》)

## ·曹太后·

阮延俊(2012)引述了曹太后救助苏轼的相关材料②:

元丰二年(1079)八月十九日,苏轼入狱一日后,太皇太后曹氏即诏神宗皇帝曰:

---

① 陈歆耕.林语堂《苏东坡传》的偏见与硬伤[J].文学自由谈,2019(3):47—55.
② 阮延俊.论苏轼的人生境界及其文化底蕴[D].武汉:华中师范大学,2012.

"官家何事数日不怿?"对曰:"更张数事未就绪,有苏轼者,辄加谤讪,至形于文字。"太皇曰:"得非轼、辙乎?"上惊曰:"娘娘何自闻之?"曰:"吾尝记仁宗皇帝策试制举人罢归,喜而言曰:'朕今日得二文士,谓苏轼、苏辙也。然吾老矣,度不能用,将以遗后人不亦可乎?'"因泣问二人安在。上对以轼方系狱。则又泣下。上亦感动,始有贷轼意。(〔北宋〕方勺撰《泊宅编》卷一,《唐宋史料笔记丛刊》,中华书局)

这时候神宗已经被太皇太后所感动,故"始有贷轼意",太皇太后哭的可能是为了仁宗皇帝的一片苦心,如今快如泡影。十月十五日太皇太后病重,神宗欲大赦天下,以祈祷延寿,太皇太后说:"不需赦天下凶恶,但放了苏轼足矣。"(〔南宋〕陈鹄《耆旧续闻》卷二,《宋元笔记丛书》,上海古籍出版社)但神宗当天降诏大赦天下,凡死罪以下的囚犯一律释放。大赦未能挽回曹太后的生命,五天以后她便逝世了。曹氏病危之时的训言乃至去世对狱中的苏轼极其有利。此时狱中的苏轼闻讯后,悲痛异常,作诗二首以示哀悼,其诗云:"巍然开济两朝勋,信矣才难十乱臣。原庙固应祠百世,先王何止活千人。和熹未圣犹贪位,明德虽贤不及民。月落风悲天雨泣,谁将椽笔写光尘。未报山陵国士知,绕林松柏已猗猗。一声恸哭犹无所,万死酬恩更有时。梦里天衢隘云仗,人间雨泪变彤帷。《关雎》《卷耳》平生事,白首累臣正坐诗。"(《己未十月二十日,恭闻太皇太后升遐,以轼罪人,不许成服,欲哭则不敢,欲泣则不可,故作挽词二章》,《苏轼诗集》卷十九,第1000页)

莫砺锋(2008)对此解读如下[①]:

皇宫里地位最为尊崇的太皇太后曹氏也出面为东坡说话了。当时曹太后有病,神宗每天退朝后都要到后宫去看望祖母。一天曹太后看到神宗神色不悦,便心疼地拉住他的手问:"官家为什么一连几天不高兴?"神宗回答说:"国事艰难,有好几件新政还没有头绪。有个叫苏轼的人动辄加以诽谤,甚至写成文字。"曹太后问:"莫非就是轼、辙兄弟中的一个?"神宗大吃一惊,问道:"太后怎么会知道这个人?"曹太后说:"我还记得当年仁宗皇帝亲自策试举人回来,很高兴地说:

---

① 莫砺锋.乌台诗案史话之三:营救与出狱[J].古典文学知识,2008(1):44—49.

'朕今天为子孙得到了两个太平宰相！'就是指的苏轼、苏辙。他还说：'我老了，恐怕来不及重用他俩了。但是可以留给后人，不也很好吗？'"于是曹太后问这二人现在何处，神宗说苏轼正关在牢狱里。曹太后听了黯然泪下，说："因为写诗而下狱，莫非是受了仇人的中伤？我的病势已经很重了，不可以再有冤屈之事来伤害中和之气！"到了十月间，曹太后的病情进一步恶化，神宗想要大赦天下为太皇太后祈寿，曹太后又说："不须赦免天下的凶恶之人，只要放了苏轼就够了。"十月十五日，神宗降诏大赦天下，凡死罪以下的囚犯一律释放。大赦未能挽回曹太后的生命，五天以后她便逝世了。东坡在狱中听到讣闻，又获悉曹太后曾为自己说话，悲痛异常，作诗二首以示哀悼，其第二首尤其感人："未报山陵国士知，绕林松柏已猗猗。一声恸哭犹无所，万死酬恩更有时？梦里天衢隘云仗，人间雨泪变彤帷。关雎卷耳平生事，白首累臣正坐诗！"

朝臣们接二连三地为东坡说情，最后连曹太后都出面了，神宗不能再无动于衷，于是他指派陈睦到御史台去复审，经核对有关材料，核定东坡的罪名是以文字讪谤朝政及中外臣僚，按律应处徒刑二年，适逢大赦，应予开释。此论一出，李定一伙大为惊慌，眼看着神宗要对东坡网开一面，他们如何甘心？于是李定再上奏章，反对赦免东坡："古之议令者，犹有死而无赦。况轼所著文字，讪上惑众，岂徒议令而已？轼之奸慝，今已具服，不屏之远方则乱俗，再使之从政则坏法。乞特行废绝，以释天下之惑！"舒亶也再奏一章，不但力陈东坡罪不容诛，而且丧心病狂地要求诛杀受东坡牵连的其他人员，他说："收受轼讥讽朝政文字人，除王诜、王巩、李清臣外，张方平而下凡二十二人，如盛侨、周邠辈，因无足论。乃若方平、司马光、范镇、钱藻、陈襄、孙觉、李常、刘攽、刘挚等，盖皆略能诵说先王之言，辱在公卿士大夫之列，而陛下所当以君臣之义望之者，所怀如此，顾可置而不诛乎？"御史们耸人听闻的谗言使得神宗又犹豫起来，对东坡产生了新的疑虑，于是他决定派一个小太监到狱中去探看虚实。一天夜里，东坡刚刚睡下，突然牢门打开了，一个人走进来，把手里的包袱放在地上当作枕头，倒头便睡。东坡不知底细，又不便打听，便只管自己睡觉。到了四更天，鼻息如雷的东坡忽然被人推醒，那人连声对东坡说："恭喜学士，恭喜学士！"说罢便拿起包袱匆匆离去。原来那人就是神宗派来的小太监,他回宫后向神宗据实禀报,神宗获知东坡心胸坦然,便相信他确实没有什么大逆不道的念头,于是决定结案,并绕开那些御史,从禁中特派冯宗道前往御史台复按案情,于十二月二十六日降诏定谳。东坡得到的处罚是革去祠部员外郎和直史馆两职,责授检校水部员外郎充黄州团练副使,本州安置,不得签书公事,并令御史台差人押解前往贬所。受此案牵累的人士也分别受到惩处:王诜追两官、勒停;苏辙由著作佐郎、签书应天府判官贬为监筠州盐酒税务;王巩由正字贬为监宾州盐酒务,令开封府差人押出京城,立即赴任;收受东坡意含讥讽的文字又不主动上缴的张方平、司马光等22人分别罚铜30斤或20斤;另有接受了东坡的文字但是其中并无讥讽之意的章传等47人不予论处。

# 陆 五载黄州住

·乌台诗案引论·

## ·相关制度·

要了解苏轼贬谪黄州五年的情况,对当时的相关规定应当有所了解,马建红(2012)对苏轼贬谪黄州涉及的相关制度作了一个比较全面的介绍[1]:

安置是唐代即出现的流徙,但并非常制。宋代始有安置之法,作为宋代"谪宦"类型之一,它和居住都是针对获罪命官而设置的处罚,有其特定对象、处置方式和对安置者的特定待遇。

**安置的对象**

宋人张端义言:"安置待执宰、侍从官;居住待庶官。"([宋]张端义.贵耳集[M].丛书集成初编影印本.1937:20)也就是说,待制以下的官员很少有被安置者。但苏轼被贬黄州之后的"黄州团练副使,本州安置",却是个例外。因为此前的苏轼并不是侍从官,也非宰执,而是二千石的地方官。不过,其后来被贬惠州、追贬儋州之前,确实曾担任过掌"外制"和"内制"以及翰林学士兼侍读等侍从官。

**安置者的官职**

安置者一般不除名,多授散官,因此宋人言:"散官则安置,追降官分司则居住,祖宗制也。"([元]脱脱.宋史[M].中华书局,1985:12327)宋代散官共有十等,而安置者常授的主要是节度副使、节度行军司马、团练副使和州别驾四种。这在苏轼贬谪经历中都可以得到证明。贬谪黄州时,苏轼所充任的是黄州团练副使、本州安置;谪居黄州之后的安置担任的是移汝州团练副使,贬谪安置惠州时,先后担任建昌军司马和宁远军节度副使,最后贬儋州,责授琼州别驾、昌化军安置。

**安置者赴安置地方式**

受安置处罚的高级官员具有较大的人身自由,到安置地不必押解,只需使臣

---

[1] 马建红.由苏轼贬谪生涯看宋代贬责中的安置[J].中小企业管理与科技(下旬刊),2012(5):180—181.

护送前往即可。苏轼被贬惠州之时,其门生张耒就派去了两个兵丁护送。苏轼在答张文潜四首中提及:"来兵王告者,极忠厚,方某流离道路时,告奉事无少懈……当时与同来者顾成,亦极小心。"(孔凡礼点校.苏轼文集[M].中华书局,1986:卷52)

**安置者的住房待遇**

受安置处罚的官员不必住在官府的厢房里,可赁屋而居,也可自建房屋。这看似是保证安家人的人身自由,实则是不顾其安居。这从苏轼的谪居条件可以得到证明。苏轼初到黄州时,寄居于定慧院僧舍,后全家迁居到临皋亭。在赴黄州路上,苏轼还曾跟弟弟商量"买柯氏林"以安家立业,后来在州城旧营地的所谓"东坡"造了几间屋,称为"雪堂"。苏轼初到惠州时,知州詹范出于与苏轼的私交深厚照顾他住到三司使行衙皇华馆的合江楼里,但这是违背常规的,故而十几天后苏轼即迁居到偏僻的嘉祐寺。当苏轼打算终老于惠州时,便倾其所有积蓄,在惠州白鹤峰下筑了一座精心设计的新居。他初到儋州后,先住在官舍里。但次年即被朝廷派去的按察使逐出官舍。于是,苏轼在他黎族学生的帮助下在城南的桄榔林筑起了土房。从苏轼被逐后的居住情况可以看出,被处以安置处罚的逐臣并没有可以居住官舍的待遇,要么寄居于寺观,要么自行筑房。

**安置者的俸禄**

安置者多被赋以不厘散官,所以尚有一定的俸给。但从苏轼的贬谪经历看,似乎并不是如此。苏轼初贬黄州时,实际已经领不到俸禄,这从他的文集中多次提到诸如"廪禄相绝""廪入既绝"等词可见一斑(孔凡礼点校.苏轼文集[M].中华书局,1986:卷49)。正是为了衣食问题,苏轼才在马正卿的帮助下得了一块数十亩的荒地,亲自耕种,种些稻谷之类,这就是后来的"东坡"。由此可见,官府给予安家人所谓的俸禄是有名无实。

**安置者的活动权限**

安置者无需"呈身",但也需"所在州常切检察,无令出城及致走失,仍每季具姓名申尚书省"(谢深甫编纂,戴建国点校.庆元条法事类[M].中国珍稀法律典籍续编.第一册,黑龙江人民出版社,2003:587)。故而苏轼的《临江仙·夜归临皋》一词中因有"长恨此生非我有"和"小舟从此逝,江海寄余生"等句子引发的谣传吓得当地知州赶到苏轼住处,结果发现他"鼻鼾如雷,犹未兴也"。(叶梦得.避暑录话[M].四库全书本.卷上)除此之外,安置者因为并无实权,所以有充分的自由支配的时间去游玩、交友、著述和修炼,故而苏轼就是利用其谪居之生活,创造出了非凡的文学作品。这也是苏轼将其一生功业归于三处谪居之地的原因。

## ·五年综论·

武守志(1997)记述了苏初到黄州的情况①:

**苏子抵黄州**

苏子既贬谪黄州(在今湖北省北部长江北岸,原为黄冈县,现改市),敕令御史转押前去。元丰三年(1080)正月一日公挈长子迈出京,四日至陈州(治宛丘,今河南淮阳),吊文同之丧,抚视诸孤,止于其家以待子由。时子由因苏子事贬谪筠州酒盐,其婿文同子逸民拟将载父丧归蜀,故苏子至陈州必待子由至而商议家事。十月【当为"日"】,子由从南都(河南商丘)来陈,三日而别。十四日苏子别文逸民,遂行。道经蔡州(治今河南汝南)、新息(今河南息县),渡淮至光山(今河南光山),游净居寺。二十日过麻城(今湖北麻城东北)至岐亭(今湖北新洲),访故人陈慥,留五日。二十五日别陈慥,二月一日抵黄州。《初到黄州》诗曰:

自笑平生为口忙,老来事业转荒唐。长江绕郭知鱼美,好竹连山觉笋香。

逐客不妨员外置,诗人例作水曹郎。只惭无补丝毫事,尚费官家压酒囊。

苏子此诗自嘲之意甚明。自嘲如苦笑,较呐喊更有意味。然则,观其《到黄州谢表》,有谓"仁圣矜怜,特从轻典。赦其必死,许以自新。祗服训辞,惟知感涕"云云,则欲"苦笑"而不能,强作违心之语,如近世之"关牛棚"而"早请示"然。哀哉!

---

① 武守志.苏子杂谈(续)[J].兰州教育学院学报,1997(2):2—9.

吴丹和王翠霞(2017)对苏轼在黄州五年的全过程作了介绍①：

这场从天而降的祸事,对苏轼的打击不可谓不大。从御史台牢房走出来的他,心境是很复杂的。一方面,关押在御史台一百来天的他,完全不知道自己能否保全性命,而被贬黄州这个结果意味着黄州给了苏轼生的机会,黄州是他的重生之地,他的心中是有着劫后重生的欣喜的。但是另一方面,当年的他,在京城一举成名,皇帝誉为宰相之才,重臣延为座上之宾；而如今的他,空有官职,无权参与公事,只是由当地州郡看管的犯官,性质近于流放。面对如此复杂的心境,面对如此大的落差,苏轼是如何克服的呢？他又是最终如何成为了那个真正意义上名满天下的"东坡居士"呢？

**(一)寓居定惠院**

元丰三年(1080)二月一日,苏轼与长子苏迈到达贬所黄州,定惠院位于黄州城的东南,环境清幽,是他们来到黄州的第一个居所。在寓居定惠院的日子里,我们看到的是一个独自反思的"罪人"。

苏轼刚到黄州便写下了《初到黄州》以抒怀。在苏轼眼中,"乌台诗案"让他的事业转向荒唐,几篇无辜的诗句却被人利用大做文章,他是不甘心的,才会自嘲"自笑平生为口忙"。对于这场无端的祸事,他虽不服罪,可无奈必须遵守皇命,只是惭愧无法弥补任何事情罢了。这时的他开始反思了,有"看花叹老忆年少,对酒思家愁老翁"(丁永淮,梅大圣.苏东坡黄州作品全编[M].武汉:武汉出版社,1999:22)的感叹；有"心困万缘空,身安一床足"(丁永淮,梅大圣.苏东坡黄州作品全编[M].武汉:武汉出版社,1999:22)的感慨。这时的他,在反思着自己从前的道路,在反思着儒家"致君尧舜"的思想,在反思如何借助佛家思想来超越。

在《与王定国书》中,他这样写道:"罪大责轻,得此已幸,未尝戚戚。但知识数人缘我得罪,而定国为己所累尤深,流落荒服,亲爱隔绝。每念至此,觉心肺间便有汤火芒刺。"对于自己贬官的遭遇,他虽无奈却可以接受,可是因为自己而连累好友,对于他而言更加痛苦,正如他所说的那样"觉心肺间便有汤火芒刺"(丁

---

① 吴丹,王翠霞.从苏轼到苏东坡——以苏轼黄州作品为考察中心[J].湖北经济学院学报(人文社会科学版),2017,14(9):73—75.

永淮,梅大圣.苏东坡黄州作品全编[M].武汉：武汉出版社,1999:409)。他不愿意因自己再连累好友亲人,所以初到黄州的他选择了孤独地面对挫折,"往还断尽"(丁永淮,梅大圣.苏东坡黄州作品全编[M].武汉：武汉出版社,1999:425)。

### (二)迁居临皋亭

定惠院并不是一个长久的住所,特别是当家人来到黄州之后。此时,苏轼的当务之急便是寻找一个新的住所。在好友、鄂州知州朱寿昌的帮助下,元丰三年(1080)五月二十九日,苏轼一家迁居临皋亭。临皋亭,原是一座属于官府的水驿,在黄州朝宗门外,今黄冈市黄州区江边。二十几人居住在此显得十分拥挤,但比之定惠院还是足够家人一起居住的。这时的苏轼,已是一个寻求慰藉的"幽人"。

他在诗《迁居临皋亭》中表现了他当下的状态："全家占江驿,绝境天为破",对于临皋亭这处新的住所,他还是比较满意的,只是"饥贫相乘除,未见可吊贺",举家迁至临皋亭这与世隔绝之佳境,自是好事,但不免于饥寒,好与坏便相互抵消了。可是,这绝佳的风景,在当时的苏轼看来,只不过是"借眼风雨过"罢了。这足以见得迁居临皋亭的苏轼,并无欣赏美景的心绪。心绪不好,并不仅仅表现在视美景于无物,更表现在他《武昌铜剑歌》中的"君不见凌烟功臣长九尺,腰间玉具高挂颐"反衬自己报国无门的悲感。这时的他,还是低落的,苦闷的,需要慰藉的。

### (三)斋居天庆观

元丰三年(1080)十一月,苏轼开始了为期49天的斋居天庆观的生活。虽然他在天庆观只生活了近50天的时间,但是对他之后的心态变化产生了巨大的影响,因此笔者把斋居天庆观这个阶段定为元丰三年(1080)到元丰四年(1081)四月躬耕东坡前的那段时间。这时候的苏轼,已成长为"渐趋适应"的"闲人"。

这时候的苏轼已作《易传》九卷和《论语说》五卷。其实,从来到黄州之后,苏轼便开始了准备工作。从寓居定惠院时《黄州春光杂书四绝》的"夜就寒光读《楚辞》",《次韵乐著作野步》的"寂寞闲窗《易》粗通",到迁居临皋亭时《与王定国十五首》(十一)中的"某自谪居以来,可了得《易传》九卷,《论语说》五卷",《与腾达道二十二首》(十三)中的"某废闲无所用心,专治经书。一二年间,欲了却《论语》

《书》《易》";再到斋居天庆观时《黄州上文潞公书》中的"到黄州,无所用心,辄复覃思于《易》《论语》,端居深念,若有所得,遂因先子之学,作《易传》九卷,又自以意作《论语说》五卷"。足以看出他这段时间潜心读书创作,以此排解心中之苦闷,来适应黄州的生活。

苏轼幼年便开始接触道家思想,但是真正开始斋居道观49日便是从元丰三年(1080)始。这在尺牍《答秦太虚书》中有所说明,"吾侪渐衰,不可复作少年调度,当速用道书方士之言,厚自养炼。谪居无事,颇窥其一二。已借得本州天庆观道堂三间,冬至后,当入此室,四十九日乃出"。正是因为他闲来无事,而且到黄州水土不服,身体状况不好,便可以斋居养身炼气。除此之外,他在面对粮食费用已断绝来源的状况下,想到了节俭的好方法并予以告之,"但痛自节俭,日用不得过百五十。每月朔便取四千五百钱,断为三十块,挂屋梁上,平旦用画叉挑取一块,即藏去叉,仍以大竹筒别贮用不尽者,以待宾客。此贾耘老法也"。这些都可以看出苏轼开始了慢慢地适应黄州的生活,他不得签书公事便潜心读书创作,是个"闲人"。

**(四)躬耕东坡**

经济问题一直是苏轼黄州时期最迫切、最现实的一大问题。正如他在元丰三年(1080)十一月与秦观的尺牍中所说的那样,"廪入既绝,人口不少,私甚忧之"(丁永淮,梅大圣.苏东坡黄州作品全编[M].武汉:武汉出版社,1999:441)。就算苏轼"痛自节俭",但还是止不住手头的积蓄即将告罄。对于一直有官职有俸禄的他来说,他不知道他可以做些什么当做谋生的手段。幸得好友马正卿相助,使得苏轼有了荒地数十亩可供躬耕,他将这些荒地取名为"东坡",开始了心怀百姓的"农人"之路。

元丰四年(1081)二月开始,苏轼自号"东坡居士"亲自带领全家早出晚归,开垦荒地,这样的生活对于苏轼而言无疑是陌生的,因此他才在《东坡八首》中书词抒发感怀:

余至黄州二年,日以困匮。故人马正卿哀余乏食,为于郡中请故营地数十亩,使得躬耕其中。地既久荒为茨棘瓦砾之场,而岁又大旱,垦辟之劳,筋力殆尽。释耒而叹,乃作是诗,自愍其勤。庶几来岁之入,以忘其劳焉!

这片被苏轼命名为"东坡"的土地,位于郡城东门外的小山坡上,约有五十余亩,是片极为贫瘠的荒地。想要开垦这片荒地,对于毫无农垦经验的苏轼来说十分地困难。但他知道在仔细勘察全境后制作计划,并随着具体情况具体分析,还善于向农夫请教,就像苏轼本人所说的那样,"吾上可陪玉皇大帝,下可陪卑田院乞儿,眼前见天下无一个不好人"(王水照. 王水照说苏东坡[M]. 北京:中华书局,2015:26)。正是他与家人的勤奋与认真,终于获得了收获。苏轼不仅在东坡地上勤于耕种,而且还关心国家大事、百姓兴亡。

躬耕东坡的苏轼,已从那个独自反思的"罪人",寻求慰藉的"幽人",渐趋适应的"闲人"走向"心怀百姓"的"农人"。他在与圆通禅师的尺牍中这样写过,"自绝禄廪,因而布衣蔬食,于穷苦寂淡之中,却粗有所得,未必不是晚节微福"。躬耕东坡虽然要付出巨大的体力,但他的心灵确实得到了慰藉,也可以看出他就是林语堂先生说的那个"乐天派"的苏轼。在与李公择的尺牍中,苏轼也是惦念着百姓,这样心怀百姓的苏轼,让人深感敬重。

**(五)著书雪堂**

自元丰三年(1080)二月抵达黄州开始,苏轼一直努力地克服政治身份的落差,致力于适应黄州的生活,终于,在元丰五年(1082),苏轼完全融合于黄州,成为了地地道道的"齐安民"。同年二月,苏轼于东坡修筑草屋五间,并命名为"雪堂"。这时的苏轼,终于由独自反思的"罪人"一步步蜕变为具有自由人格的"新人"。

雪堂建成之后,苏轼白天在田间耕耘劳作,晚上在雪堂读书创作。这时候的他,心中还是比较惬意的。这种心境在他与好友的尺牍中均有表现,就像在《与子安兄书》中的"近于城中得荒地十数亩,躬耕其中。作草屋数间,谓之东坡雪堂,种蔬接果,聊以忘老";在《与李公择书》中的"某见在东坡,作陂种稻,劳苦之中,亦自有乐事。有屋五间,果菜十数畦,桑百余本,身耕妻蚕,聊以卒岁也"。

## ·五年分论·

莫砺锋(2008)认为"五年的黄州生涯不仅为东坡的诗文注入了新的活力,而且使他的人生态度更加坚毅、沉稳。从这个意义上说,不仅'东坡居士'这个别号产生于黄州,连东坡这个人物也是诞生在黄州",从多个层面讨论了苏轼五年黄州生活(引文中小标题为引者所加)①:

**东坡的恐惧心理并不是杯弓蛇影,而是有真实原因的**

黄州并非真正的世外桃源,东坡也不是真正的世外高士。经历了乌台诗案的东坡毕竟不是从前那个心高气傲、睥睨公卿的英迈朝士了,130个日日夜夜的铁窗生涯在他心灵上留下了沉重的阴影。几年前沈括将东坡"词皆讪怼"的诗稿上呈神宗,东坡听说后还与刘恕开玩笑说:"这下不用发愁没人进呈皇上了!"如今的东坡不再有那样的豪情逸致了,他来到黄州后不敢多写诗文,故人沈辽求东坡为其诗集作序,又求为其所居的"云巢"作记,蜀中的中江(今四川中江)县令程建用来信求作亭记,东坡一概谢绝。好友滕元发来信请他写一篇《萧相楼记》,东坡回信推辞说:"记文固愿挂名,岂复以鄙拙为解。但得罪以来,未尝敢作文字。"后来成都胜相院的僧人来求他作《经藏记》,东坡屡辞不得,勉强写了,还写信给滕元发说明理由:"《经藏记》皆迦语,想酝酿无由,故敢出之。"蔡承禧捐资助建的南堂落成后,东坡作《南堂五首》以志喜并寄给蔡承禧,还向他"乞不示人"。友人傅尧俞遣人来求近作,东坡亲书《赤壁赋》寄之,但叮嘱他"深藏不出"。即使是给弟子写信,东坡也担心会惹来什么意外,他曾给李之仪写了一封长信,结尾再三叮咛:"自得罪后,不敢作文字。此书虽非文,然信笔书意,不觉累幅,亦不须示人。必喻此意!"东坡的恐惧心理并不是杯弓蛇影,而是有真实原因的。李定等人眼睁睁地看着东坡逃脱了死罪,哪肯善罢甘休?元丰三年(1080)十二月,朝廷使淮南转运使追查东坡在徐州任上没有及时觉察李铎、郭进等人谋反一事,已到

---

① 莫砺锋.黄州东坡史话之四:"东坡五载黄州住"[J].古典文学知识,2008(6):54—61.

黄州一年的东坡上奏申辩,说明了当时曾派程棐缉盗的事实,但直到次年七月才降旨免罪。其实东坡在李铎起事前早就专门上书陈述当地的治安态势,并献治盗之法,可谓未雨绸缪,但李定等人蓄意谋害东坡,吹毛求疵,捕风捉影,无所不用其极。在这种形势下,东坡岂敢掉以轻心。东坡自比"惊起却回头"的孤鸿,绝不是无病呻吟。后人往往过分夸大了东坡性格中旷达乐观的一面,甚至误认为他在黄州时也总是心情愉快。其实东坡曾在给赵晦之的信里明言:"处患难不戚戚,只是愚人无心肝尔,与鹿豕木石何异!"

**关心朝政国事**

然而东坡素来把范仲淹的名言"先天下之忧而忧"当作座右铭,他身在黄州的山巅水涯,其心却无时不在关心着朝政和国事。元丰四年(1081),西夏发生内讧,宋王朝乘机伐夏,经王珪、蔡确等人议定,分兵五路大举进攻西夏。没想到小胜之后,灵州(今宁夏青铜峡)、永乐(今陕西米脂西北)两次大败接踵而至,数十万人全军覆没。东坡对这场战事非常关心,曾写信问滕元发说:"西事得其详乎?虽废弃,未忘国家虑也。"等到败讯传来,东坡悲愤交加,他不敢有所议论,便借着书写友人张舜民诗作的机会哀悼阵亡将士:"白骨似沙沙似骨,将军休上望乡台!"东坡已经没有资格向朝廷贡献意见,便用间接的方式予以表达,他曾多次为人代拟奏章,还曾写信给章惇说徐州地处南北襟要,自古就是用武之地,但是"兵卫微弱",提醒官居参知政事的老友多予注意。泸州附近的少数民族乞弟叛乱,东坡写信给淮南转运副使李琮,详细论述讨平乞弟的方略,指出必须恩威并用,方能事半功倍,并让李琮转告朝廷。

**关注民间疾苦**

当然,此时东坡更多的注意力转向了民间疾苦。东坡一向关注民生,他在各地做官时常常深入穷乡僻壤访贫问苦。但是身为通判或知州的东坡即使轻车简从、态度和蔼,也难以深入到百姓中间。他在徐州时曾到农村劝农,那些村姑虽然没有躲进闺房,但她们匆匆地抹上红妆,穿着节日才穿的茜罗裙,簇拥在篱笆门口"看使君",她们是不会对这位贵客说出心里话的。如今的东坡不同了,他已经混迹于渔樵农夫之间,正像他写给李之仪的信中所说:"得罪以来,深自闭塞。

扁舟草履,放浪山水间,与渔樵杂处,往往为醉人所推骂,辄自喜渐不为人识。"既然喝醉的平头百姓胆敢"推骂"东坡,既然邻居的老农敢于指点东坡如何种麦,他们与他交谈时就不会有任何顾忌。于是东坡真正地深入民间,他终于能近距离地仔细观察百姓的衣食住行和悲欢休戚了。

黄州有很多渔民,他们以江河为田,以鱼虾为粮,全家人都住在搭建在木排上的竹棚里,活像是一群食鱼为生的水獭,当地人称呼他们为"渔蛮子"。有一天东坡遇到一个"渔蛮子",便饶有兴趣地与他交谈一番,结果发现他们的生活非常艰辛。由于长年生活在狭小低矮的竹棚里,渔蛮子的个子都很矮小,而且一个个弯腰驼背的。他们正是没有田地可以耕种,才不避寒暑生活在风雨飘摇的水面上。他们最怕朝廷一旦下令对渔舟征收赋税,所以再三叮嘱东坡不要告诉朝中那些善于聚敛的大臣!

黄州还有"溺婴"的陋俗。元丰五年(1082)正月,寓居武昌的蜀人王天麟来访,偶然说起岳州、鄂州一带的百姓一般只养育二男一女,如再有生养,就在婴儿刚落地时浸在冷水里淹死,女婴惨遭溺死的尤其多。有些父母溺婴时心有不忍,便转过身去,闭着双眼用手按住浸在水里的婴儿,婴儿咿咿呀呀挣扎好一阵才断气。东坡听说后,难过得几天吃不下饭,他做梦都没想到会有这样的人间惨剧!于是他立即写信给鄂州知州朱寿昌,希望他运用官府的力量严厉禁止这个陋俗。后来东坡又发现原来黄州也有"溺婴"之习,便与热心肠的古耕道商议,由古耕道出头组织了民间慈善团体"育儿会",向本地富户募捐,每户每年出钱十千,多捐不限。东坡虽然囊中羞涩,也带头认捐十千。募来的钱款用以购买粮食、布匹、棉絮等育婴用品,然后寻访那些无力抚养婴儿的穷苦人家,给予救济,以阻止溺婴。东坡认为,只要婴儿落地几天内不被溺杀,则父母的恩爱已经产生,以后即使鼓励他们杀婴,也断断不肯下手了。果然,经过育儿会的努力,黄州的溺婴之风终于得以铲除。

**保持乐观旷达**

东坡在黄州时经济拮据,处境艰难,若是常人,不知要如何地痛不欲生、怨天尤人,然而东坡却以随遇而安的心态对待逆境,以坚毅刚强的意志克服困难,他不但啸傲于赤壁风月,而且继续关心国计民生。人们都把东坡在黄州的行为归因于旷达的人生观,此说固然有理,但更重要的原因却是东坡的道德修养和淑世情怀。刚毅近仁,仁者必刚,高尚的道德修养和深挚的淑世情怀使东坡具有一副铁石心肠。他在黄州写给滕元发的信中自称:"平生为道,专以待外物之变。非意之来,正须理遣耳!"可见乌台诗案虽然来得非常突然,但东坡的内心却早储备了足以应对各种灾祸的精神力量。东坡刚到黄州时,好友李常来信安慰其不幸遭遇,东坡在回信中自表心迹说:

示及新诗,皆有远别惘然之意,虽兄之爱我厚,然仆本以铁石心肠待公,何乃尔耶?吾侪虽老且穷,而道理贯心肝,忠义填骨髓,直须谈笑于死生之际。若见仆困穷,便相于邑,则与不学道者大不相远矣。兄造道深,中必不尔,出于相好之笃而已。然朋友之意,专务规谏,辄以狂言广兄之意尔。虽怀坎壈于时,遇事有可尊主泽民者,便忘躯为之,祸福得丧,付与造物!

正因东坡具有如此心胸,他才能在艰难困苦的窘境中保持乐观旷达的潇洒风神,旷达仅为其表,坚毅才是其里。所以东坡在开荒种地的余暇并不一味地放浪山水、啸傲风月,他也抓紧时机读书、著书,那间四壁画满雪景的雪堂成为东坡这位"素心人"潜心学术的书斋。东坡对人说他在黄州"专读佛书",其实他也认真地研读经史。有一次黄州的州学教授朱载上前来访问,家僮进去通报了,却不见东坡出来。朱载上在外等候了好久,东坡才匆匆走出,并道歉说刚才正在做当天的功课,故此耽搁了一会。朱载上没想到名满天下的东坡竟然还要做功课,便好奇地探问其内容。东坡说是手抄《汉书》。朱载上说像东坡这样的天才,读书过目不忘,哪里还用抄书?东坡笑着摇头,说他已是第三遍抄《汉书》了。他介绍其抄书的方法是,第一遍每一段落取三字为题,第二次取两字为题,如今则取一字为题。东坡还让朱载上任意从书架上取下一册《汉书》,随意翻开一页,举出该段中的一个字,东坡便接着此字倒背如流。朱载上钦佩不已,他后来教训其子朱新仲说:"东坡尚且如此刻苦,你这种中等天资的人岂能不下苦功!"东坡向来留意经学,他对王安石的三经新义非常不满,如今摆脱了公务的烦扰,便动手撰写《论语说》《易传》等著作。元丰五年(1082),东坡写完了《论语说》五卷,装订成册后寄给文彦博,托他保管书稿。《易传》本是苏洵未及完成的遗稿,东坡认为《易经》本是一部忧患之书,如今身在忧患之中,正好可以动手续写《易传》,但是全书要到18年后南迁儋州时方才定稿。

由于东坡在黄州时不敢多作诗文,便把兴趣转移到填词和书画上来。东坡以前也喜爱书画,只是时间有限,不能多作。如今谪居多暇,前来求字求画的人又多,东坡几乎每天都要挥毫泼墨,如今留传世间的东坡墨迹,以写于黄州的为最多。东坡还慷慨地把书画作品随意赠人,在东坡写于黄州时期的书信中,涉及赠书赠画的不胜枚举。家住武昌的王齐愈有一个儿子名叫王禹锡,他酷爱东坡的书法,由于东坡常到王家做客,王禹锡是个年轻人不知顾忌,便任意向东坡乞求墨宝。三年下来,他居然积储了两大箱的东坡墨迹。后来王禹锡要到汴京进太学读书,临行前把收藏东坡墨迹的两口箱子牢牢地锁好,再交给父亲保管,弄得王齐愈哭笑不得。东坡在黄州饱看了风雨晦明中竹丛树林的各种姿态,他的画技有了长足的进步,笔下的枯木、竹石深得自然之趣。有一天东坡渡江到王齐愈家做客,乘着酒兴挥毫画竹数幅。有人问他为何画中之竹如此清瘦,东坡作词回答说:"记得小轩岑寂夜,廊下,月和疏影上东墙。"原来他是参照着月光下的竹影作画的,难怪一枝一叶无不栩栩如生。当然,东坡笔下那些挺拔瘦劲的竹子和夭矫盘曲的枯木其实是自我人格的外化,这正是文人画最宝贵的内在精神。

**词创作的巅峰**

东坡在黄州写信告诉老友王巩:"文字与诗,皆不复作。"他没有提到词,是否偶然的疏忽呢?不是的,东坡在黄州作文作诗都比较少,只有词的数量不减反增。东坡一生中写诗的时间长达39年,平均每年作诗超过60首。东坡一生中写词的时间有32年,平均每年作词不足10首。他在黄州生活了四年零三个月,平均每年作诗不足43首,低于一生的平均数。但此期每年所作的词却多达19首,远高于一生的平均数。尤其值得注意的是,东坡在黄州所写的79首词中,名篇之多,远非其他时期可比,黄州堪称东坡词创作的巅峰时期。由于词在当时人的眼里只是遣情娱兴的小道,它不会包含什么政治内涵或重大意义,所以乌台诗案中受到追查的作品全都是诗文,即使是刻意要对东坡文字吹毛求疵的御史们也没有从东坡的词作中去寻找什么罪证。这样,当东坡怀着忧谗畏讥的心情来到黄州后,词就成为他抒情述志的最佳文体了。元丰五年(1082)三月,东坡前往蕲水访友,在途中夜饮酒家,醉后踏着月光走到一条溪桥上,酒力发作,就在桥畔倒头便睡。次日清晨醒来,在桥柱上题了《西江月》一首:

　　照野弥弥浅浪,横空隐隐层霄。障泥未解玉骢骄,我欲醉眠芳草。

　　可惜一溪风月,莫教踏碎琼瑶。解鞍欹枕绿杨桥,杜宇一声春晓。

东坡到达蕲水以后,与友人同游清泉寺,发现一条清澈见底的兰溪竟然向西而流,不由得联想起那有名的古诗"百川东到海,何时复西归。少壮不努力,老大徒伤悲",又想起白居易的诗句"黄鸡催晓丑时鸣,白日催年酉时没",便写了一首《浣溪沙》:

　　山下兰芽短浸溪,松间沙路净无泥,潇潇暮雨子规啼。

　　谁道人生无再少,门前流水尚能西,休将白发唱黄鸡!

这两首词的内容和主题都是很适宜用诗来表达的,东坡却以词代诗,这分明是别有用心的文体选择。当然,这也说明东坡在任何环境中都保持着旺盛的创作热情,诗也好,词也好,只是他倾吐心声的不同文学样式而已。

**离开黄州**

　　东坡在黄州一住五年,但他始终是朝野注目的人物。元丰六年(1083)四月,曾巩逝世。恰巧东坡这年春天害了红眼病,已有一个多月闭门不出,于是人们纷纷相传东坡与曾巩同日而死。消息传到汴京,神宗向正在身边的蒲宗孟打听,蒲说外面是有这个传说,但不知真假。正要吃饭的神宗放下饭碗,连声叹息说:"人才难得,人才难得!"后来得知消息不确,神宗便有起用东坡之意。次年正月,神宗亲书手札:"苏轼黜居思咎,阅岁滋深,人才实难,不忍终弃。"并下诏改授东坡汝州团练副使,也就是让东坡"量移"得离汴京近一些,这是将要起用东坡的一个信号。三月初,东坡接到朝廷的诰命,这意味着他要离开居住五年的黄州了。消息传开,人们纷纷为东坡饯行,前来求字求画的人更是络绎不绝,东坡一一应承,忙得不亦乐乎。借住了五年的临皋亭和借种的荒地当然要归还给官府,东坡自己建造的雪堂则留给好学的潘大临、大观兄弟居住。东坡又委托潘丙照看乳母任采莲的坟墓,让那位慈祥的老人安宁地长眠于此。四月上旬的一天,东坡率领全家离开黄州前往武昌。他们在茫茫夜色中渡过长江,突然,从江北的黄州城传来了隐隐的鼓角之声,这声响夹杂在澎湃的江涛声中,显得格外悲壮。但在东坡耳中,这熟悉的鼓角声是多么亲切!黄州,这座早被东坡认作第二故乡的小山城,它在东坡的人生历程中是多么重要的一座里程碑啊!

江梅玲(2020)用苏轼初往黄州和到黄州一年之后两首诗的对比,分析了苏轼从"断魂"到"返魂"的变化:①

他在赴黄州途中写下了《红梅二首》,之后他一再地提及"红梅",可见梅花在他心中,有着特殊的意义。《红梅二首》其一如下:

春来幽谷水潺潺,的砾梅花草棘间。一夜东风吹石裂,半随飞雪度关山。

何人把酒慰深幽,开自无聊落更愁。幸有清溪三百曲,不辞相送到黄州。(张志烈,马德富,周裕锴.苏轼全集校注诗集[M].石家庄:河北人民出版社,2010:2136—2137)

从这首诗可以看出:

苏轼是戴着沉重的精神枷锁来到黄州的。初到黄州,他对黄州的生活一时难以适应,颇有不如意之处。其"断魂"的具体表现大致可以分为三个方面。一是对自我价值的怀疑;二是对外界的恐惧与疏离;三是对黄州生活的忧虑。

经过一年的时间,苏轼前往岐亭,途中回想起了自己之前的境况,写下了可与之前梅花绝句相互对照的一首七律:《正月二十日,往岐亭,郡人潘、古、郭三人,送余于女王城东禅庄院》。全诗如下:

十日春寒不出门,不知江柳已摇村。稍闻决决流冰谷,尽放青青没烧痕。

数亩荒园留我住,半瓶浊酒待君温。去年今日关山路,细雨梅花正断魂。(张志烈,马德富,周裕锴.苏轼全集校注诗集[M].石家庄:河北人民出版社,2010:2237)

---

① 江梅玲.从"断魂"到"返魂"[J/OL].赣南师范大学学报[2020-01-22].http://kns.cnki.net/kcms/detail/36.1346.C.20200103.1508.022.html.

这首诗与一年前的《红梅》诗描绘了基本相同的景物，却展现出了完全不一样的景象。《红梅》诗中梅花不畏严寒独孤生存，而此诗上来就写春天已在不知不觉中到来。诗歌的第二句从听觉和视觉两个方面写了初春之景色。流水携冰块从谷中流出，火烧过的地方已经被青青绿草所覆盖，呈现出一片生机盎然之景象。此时苏轼正准备拜访在岐亭隐居的好友陈季常。这一年多来，他在黄州结识了新的好友潘生、古生和郭生，彼此建立了深厚的友谊。第三句写几个朋友为他饯行。不管是"荒"还是"浊"，都可以看出物质条件的有限性。但是友人相留，浊酒可温，可以从中体味到浓浓的温暖之意。"数亩荒园留我住，半瓶浊酒待君温"正是对之前"何人把酒慰深幽"的直接回应。

逐渐走出心灵困境的苏轼又想起了一年前，他正在赶往黄州的路上戚戚苦行。"细雨梅花正断魂"一句化用了杜牧"清明时节雨纷纷，路上行人欲断魂"的诗句。梅花凄凉断魂，正是作者境况的自谓，而这"细雨梅花"正见证了诗人心境与处境的转变。

苏轼对梅花情有独钟，在贬谪之后，他创作了很多梅花诗。"就现有的资料，我们可以毫不夸张地说：苏轼的这种'寒梅情结'贯穿其一生。"（张志烈.独笑深林谁敢侮——说苏轼黄州咏花诗[J].乐山师范学院学报，2002（2）：15—20.）苏轼在贬谪到惠州的时候也曾经提到这相隔一年间的梅花诗作。《十一月二十六日松风亭下梅花盛开》有："春风岭上淮南村，昔年梅花曾断魂。"自注有："昔予赴黄州，春风岭上见梅花，有两绝。明年正月，往岐亭道上，赋诗云：'去年今日关山路，细雨梅花正断魂。'"张志烈先生称："苏轼后来屡次提到这两首诗，可以窥见其极不寻常的意义。"（张志烈.独笑深林谁敢侮——说苏轼黄州咏花诗[J].乐山师范学院学报，2002（2）：15—20.）"寒梅"确实象征着一种逆境中生存的精神力量，而苏轼之所以在贬谪时期反复提及，更重要的原因是这一年的时间是他人生很重要的一个转折点。元丰三年的《红梅》绝句是他在人生低谷的情绪抒写，是他身处逆境中不知如何自处的写照。他第一次遭受人生的重大挫折，领会了"断魂"的深刻痛楚，故而使他难以忘怀。可以说，贬谪黄州是他人生中最落魄最惶恐的时分，之后无论被贬惠州还是儋州，苏轼都未曾"魂断"，这是因为他在黄州找到了"返魂"之道。

孙立静(2019)认为,黄州是苏轼人生的重要驿站,在这里他"完成了从一个俗人到超人的转变"①:

苏轼在黄州完成了从一个俗人到超人的转变,从风风雨雨到无风无雨无晴的转变。在黄州,苏轼已经跨越了"看山不是山、看水不是水"的阶段,走向"任你红尘滚滚,我自清风朗月"的人生境界。有人说,心有东坡词,人生无难事。人生再多的风雨,经过东坡的过滤,都变成了一片晴空。苏轼为我们撑起了一把伞,撑出了一片晴朗的天空,愿我们活得像他一样明亮和豁达。如果迷茫仍在,就再读读他的文字吧!

宋神宗打算起用苏轼的时间,王豪(2019)认为"应该是在元丰四年"②:

在研究苏轼生平时,《亡兄子瞻端明墓志铭》可以说是最原始最权威的资料之一,可是与《东坡先生年谱》(宋人施宿作)、《宋史·苏轼传》(元人脱脱等撰)对比来看,有一处尤其值得注意,即宋神宗意欲重新起用因"乌台诗案"贬谪黄州的苏轼的时间存在着不小的差异。

先来看苏辙《亡兄子瞻端明墓志铭》:

五年,上有意复用,而言者沮之。上手札徙汝州,略曰:"苏轼黜居思咎,阅岁滋深,人才实难,不忍终弃。"未至,上书自言有饥寒之忧,有田在常,愿得居之。书朝入,夕报可。士大夫知上之卒喜公也。会晏驾,不果复用。至常,以哲宗即位,复朝奉郎,知登州。至登,召为礼部郎中。(曾枣庄,舒大刚.三苏全书[M].北京:语文出版社,2001.)

再来看施宿《东坡先生年谱》元丰四年辛酉条:

诏命直龙图阁曾巩充史馆修撰,专典国史。上初欲用先生,王珪难之,乃用巩,明年以不合意罢之。(王水照.宋人所撰三苏年谱汇刊[M].北京:中华书局,

---

① 孙立静.黄州:苏轼人生的重要驿站[N].语言文字报,2019-12-11(6).
② 王豪.从苏辙《亡兄子瞻端明墓志铭》谈"乌台诗案"前后的神宗与苏轼[J].扬州教育学院学报,2019,37(2):27—31.

2015.）

最后来看《宋史·苏轼传》（卷三百三十八）：

三年，神宗数有意复用，辄为当路者沮之。神宗尝语宰相王珪、蔡确曰："国史至重，可命苏轼成之。"珪有难色，神宗曰："轼不可，姑用曾巩。"巩进《太祖总论》，神宗意不允，岁手札移轼汝州，有曰："苏轼黜居思咎，阅岁滋深，人才实难，不忍终弃。"轼未至汝，上书自言饥寒，有田在常，愿得居之。朝奏，夕报可。（脱脱.宋史[M].北京：中华书局，1977：10809.）

通观这三则材料，有两点值得注意：其一，神宗意欲重新起用苏轼的时间；其二，神宗起用苏轼的理由。先来说第一点，苏辙《亡兄子瞻端明墓志铭》言"五年"（元丰五年），《宋史》言"三年"（元丰三年），施宿《年谱》云"四年"（元丰四年），这就给苏轼的生平研究蒙上了一层阴影，令人疑惑不辨。

那么，到底是在哪一年或者哪一段时间内，神宗想要重新起用苏轼呢？回答这个问题，需要探究神宗重新起用苏轼的缘由。苏辙在《亡兄子瞻端明墓志铭》中并未言明神宗起用苏轼的理由，施宿和《宋史》均说是神宗欲以修国史为由重新起用苏轼。苏轼自元丰三年（1080）到达黄州之后，一直到元丰七年正月（1084）才接到神宗命其"移居汝州"的手札，苏轼并未参与修国史。那么，神宗想重新起用苏轼，而最后并未成行，其原因何在？施宿和《宋史》都认为是当时的权臣王珪的阻谏，事实果真如此吗？

神宗修国史一事，洪迈《容斋三笔》卷四"九朝国史"条说得很清楚：

本朝国史凡三书，太祖、太宗、真宗曰三朝，仁宗、英宗曰两朝，神宗、哲宗、徽宗、钦宗曰四朝。虽各自纪事，至于诸志若天文、地理、五行之类，不免凡复。元丰中，三朝已就，两朝且成，神宗专以付曾巩使合之。巩奏言："五朝国史，皆累世公卿、道德文学，朝廷宗工所共准裁，既已勒成大典，先宜辄议损益。"诏不许，始谋纂定，会以忧去，不克成。（洪迈.容斋三笔[M].上海：上海古籍出版社，2015.）

另李焘《续资治通鉴长编》卷三百十四己酉条：

手诏：朝散郎、直龙图阁曾巩，素以史学见称士类，方朝廷叙次《两朝大典》，宜使与论其间，以信其学于后。其见修《两朝国史》将毕，当与《三朝国史》通修成书，宜与巩充史馆修撰，专典史事，取《三朝国史》先加考详，候《两朝国史》成一处修定，仍诏巩管勾编修院。(李焘，黄以周.续资治通鉴长编[M].上海：上海古籍出版社，1986：7609.)

从上述两条材料看，神宗欲修国史一事发生在元丰四年，那么苏辙《亡兄子瞻端明墓志铭》和《宋史》为什么一个说是五年，一个说是三年呢？他们所说的关于神宗意欲起用苏轼的理由是否也是指"修国史"一事呢？

《宋史·苏轼传》的资料来源主要是苏辙的《亡兄子瞻端明墓志铭》，比较二文便可知，无论是苏轼生平的顺序，还是所经历之事大多相同。如果说神宗在贬苏轼到黄州的第一年，即元丰三年（1080）就想重新起用苏轼，那么必然在朝局中引起不小的轰动，刚刚"处理"完苏轼，便急于重新起用他，既不合情也不合理。再加上《宋史》由于修撰时间较短，只有两年半的时间，修撰者逊于其他朝代，讹误甚多。其言"三年，神宗数有意复用，辄为当路者沮之"。宋代史料有关元丰三年（1080）的记载均未见有神宗起用苏轼的记载，虽应慎重，但就目前来看，《宋史·苏轼传》应为在编史时误抄所致，其本意应该是苏辙所说的"五年"。

那么，苏辙所说的"五年"神宗意欲重新起用苏轼的理由是什么呢？或者仅仅是神宗有意起用呢？查《续资治通鉴长编》《宋史纪事本末》《皇朝编年纲目备要》《纲鉴易知录》关于元丰三年至七年的记载，神宗意欲起用苏轼的史料记载只有一个——欲用苏轼修国史。那么苏辙作为苏轼最亲密的人，苏轼的亲弟弟，他会记错时间吗？或者是他明知何时，而故意写错呢？这个问题先按下不表，稍后再行叙述。

综上，有史料记载的情况下，神宗意欲修国史而重新起用苏轼应该是在元丰四年。苏辙《亡兄子瞻端明墓志铭》记载不准确，《宋史》沿袭其误而更误，其本意也应是元丰"五年"。

《亡兄子瞻端明墓志铭》云："五年，上有意复用，而言者沮之。上手札徙汝州，略曰：'苏轼黜居思咎，阅岁滋深，人才实难，不忍终弃。'未至，上书自言有饥寒之忧，有田在常，愿得居之。书朝入，夕报可。"可见苏辙所云"五年"并不属实，应为"四年"。那么苏辙何以如此写,是记错了时间还是故意为之?苏辙作为苏轼人生中最值得托付的人之一,其对苏轼经历之事可以说最为清楚,他不应该记错。那么,他为何故意这样写?细读此段文字,以文章句式来说,极为短暂有力,以"未知""书朝入、夕报可""不果复用"等字眼,意欲迅速将苏轼在黄州的经历一笔带过。从前后文关照来看,"上手札徙汝州"之事按史实是在元丰七年,而按照苏辙行文,似乎给人一种此事发生在五年,而不是七年。"而言者沮之"后并无"七年"或者"后"等表示前后关系的字样(《宋史·苏轼传》有类似字眼,表达发生之事有前后时间上之关系)。

苏辙为何如此?现在看来,苏辙既已受苏轼之遗命,为其撰写墓志铭,那么苏轼之意,苏辙必当知之。苏轼之意何在?苏轼的一生都在为政治理想奋斗,无论赵宋王朝怎么对待他,他依然尽心为国,忠于社稷,神宗皇帝如此打压他,苏轼并未有一丝怨言。所以,苏辙是知道哥哥心意的,他故意将时间往后推移一年,变成了"五年",同时又以笔法加快叙述过程,造成时间之流逝,同时也为哥哥树立了形象,平息了可能到来的关于苏轼之死带来的天下士林的震动,为皇室保足了"颜面"。

王豪强调"神宗爱惜苏轼之才华","但因'新法'要坚定不移地走下去,反对新法的苏轼是不能重新起用的"。①

元丰末年,神宗下手札使苏轼移居汝州(今河南汝阳),结束了苏轼在黄州极为困苦的五年。可以说,神宗在元丰末年面对"新法"弊端丛生的局面,产生了新旧党人两用的想法,正如王水照在《苏轼评传》中所言:"他(神宗)明白旧党也是一个人才资源,弃之不用本是浪费,只要自己坚持'国是'不变,旧党的人才也是可以用来为其'圣政'效力的。"(王水照,朱刚. 苏轼评传[M]. 南京:南京大学出版社:2004。)正如神宗手札中所言"苏轼黜居思咎,阅岁滋深,人才实难,不忍终弃",本着为国储材的目的终于让苏轼挪了挪窝,可惜还未授予重任,便撒手而去。但还有一则材料,可以看出神宗对于苏轼还是欣赏的,《续资治通鉴》卷八十

---

① 王豪. 从苏辙《亡兄子瞻端明墓志铭》谈"乌台诗案"前后的神宗与苏轼[J]. 扬州教育学院学报,2019,37(2):27—31.

己卯条载：

是夕，轼对于内东门小殿，既承旨，太皇太后忽宣谕轼曰："官家在此?"轼曰："适已起居矣。"太皇太后曰："有一事欲问，内翰前年任何官职?"轼曰："汝州团练副使。"曰："今何官?"曰："臣备员翰林，充学士。"曰："何以至此?"轼曰："遭遇陛下。"曰："不关老身事。"轼曰："必是出自官家。"曰："亦不关官家事。"轼曰："岂大臣荐论耶?"曰："亦不关大臣事。"轼惊曰："臣虽无状，必不敢有干请。"曰："久待要学士知此是神宗皇帝之意，当其饮食而停箸看文字，则内人必曰：'此苏轼文字也。'神宗每时称曰：'奇才，奇才！'但未及用学士，而上仙耳。"轼哭失声，太皇太后与上左右皆泣。已而命坐赐茶，曰："内翰直须尽心事官家，以报先帝知遇。"轼拜而出，彻金莲烛送归院。（毕沅．续资治通鉴[M]．北京：中华书局，1958：1095）

材料中以高太后的口吻表明了神宗爱惜苏轼之才华的态度，苏轼虽远在黄州，但神宗没有忘记他，时时关注他，以"奇才"称之，但因"新法"要坚定不移地走下去，反对新法的苏轼是不能重新起用的。

王豪还指出"苏轼在黄州的五年是他政治生涯中的磨难"，"可是对于文学史来说，功莫大焉"，"苏轼的一大批传世名作"，"都是在黄州完成的"。

"乌台诗案"发生之后，神宗对于苏轼的态度是有变化的。神宗在"乌台诗案"发生之后，碍于言者的态度还有苏轼反对新法的身份，不得不将苏轼贬谪，但他从未忘记苏轼，在新法实行的后期，神宗有感于"人才难得"，决定起复旧党，但还未大展拳脚便抱恨而终。苏轼在黄州的五年是他政治生涯中的磨难，究其原因既有当局者的反对，还有自己对于新法的态度，而这一态度必然导致新党对他的不容，间接上也导致了他政治生涯的低谷，这也反映了当时新旧党争的残酷。可是对于文学史来说，功莫大焉。苏轼的一大批传世名作，如《赤壁赋》《后赤壁赋》《记承天寺夜游》《黄州寒食诗（帖）》《答李端叔书》等，都是在黄州完成的。

## ·经济状况·

苏轼贬谪黄州时期的经济状况大体有两种说法,一是"非常贫困"说,认为"每月只4.5贯的俸禄","陷入极度赤贫的状态,甚至有冻馁之忧";二是"善于称穷"说,认为苏轼在黄州时家庭积蓄丰厚,拥有"巨大的经济实力","不至于出现每月只能支付四千五百钱生活费的窘况","足以支持他一家二十余口在黄州的各项生活费用。自称'为穷之冠'的苏轼,实在不能算穷"。苏轼夸张地称穷,"无非是为了取得最高统治者的悯怜和朝野舆论的同情而已"。

### 非常贫困说

王茜(1999)对苏轼的黄州经济状况有这样的描述①:

苏轼在黄州的生活非常拮据,为了生存,他亲自参加垦荒、造屋。"筋力殆尽"的劳动,不仅没有使他萎缩、厌倦,反而带给了他从没体验过的快乐。在《东坡八首》中,他这样描述自己的劳动情景:"端来拾瓦砾,岁旱土不膏。崎岖草棘中,欲刮一寸毛。喟然释耒叹,我廪何时高。"俨然已成为一名真正的农人,像他们一样地劳作、一样地忧喜。"种稻清明前,乐事我能数。毛空暗春泽,针水闻好语。分秧及初夏,渐喜风叶举。月明看露上,——珠垂缕。秋来霜穗重,颠倒相撑拄。但闻畦垄间,蚱蜢如风雨。新春便入甑,玉粒照筐筥。我久食官仓,红腐等泥土。行当知此味,口腹吾已许。"经历了劳动的全过程后,苏轼品尝到的是收获的喜悦,这是他在官宦任上,难以体会的。苏轼在劳动过程中还获得了一些过去不懂的知识:他感激农夫的提醒,使他的禾苗免受到霜冻:"投种未逾月,覆块已苍苍。农夫告我言,勿使苗叶昌。君欲富饼饵,要须纵牛羊。再拜谢苦言,得饱不敢忘。"纵观《东坡八首》,其基调是一种恬淡的喜悦,没有感伤,没有抱怨,更没有哀愁。诗中的一切都表现了诗人的真:认真的态度、真诚的心愿、真实的痛苦和感

---

① 王茜.一蓑烟雨任平生——黄州时期的苏轼[J].中州大学学报,1999(3):51—53.

受。这都表明：苏轼的劳动既不同于道家归隐田园式的自命清高、沽名钓誉；也不同于儒家落魄潦倒时不得已而为之的局促。它是一种安时处顺、任其自然的人生经历，是一种脱离世俗功利和肉体痛苦的生命活动。

黄州时期的苏轼，虽然也放浪山水间，高唱"野饮花间百物无，杖头惟挂一葫芦"、"谁能伴我田间饮，醉倒惟有支头砖"，但他始终未颓废，也并非"惟酒是务""无所用心"。他从未停止过对生命的热爱和对人生意义的孜孜探索，个人处于逆境，仍执着地追求有益于世，而不是颓靡不振，去悠游林下或及时行乐。

黄州时期的苏轼，境遇很不好，但他仍很关心民间的疾苦。"但令人饱我愁无"的思想始终贯穿于他在黄州的生活实践中。在赴贬途中，他首先想到的是冻饿中的穷苦百姓："伫立望原野，悲歌为黎元。"当苏轼得知鄂州有些地方的人，因为穷困不愿抚养女婴，许多女婴刚出生就被父母溺死时，竟"闻之辛酸，为食不下"。他马上给鄂州太守朱寿昌写信，希望尽快采取措施，纠正恶习。当他发现黄州也有这种情况时，便带头捐款，并亲自出面筹建"救儿会"来救护女婴。"若多活得百个小儿，亦闲居一乐事也。吾虽贫，亦当出十千。"十千是当时苏轼全家两个多月的生活费，他慷慨乐施达到了自苦的程度。苏轼还用诗偶刺时弊，如《五禽言》中，借布谷鸟之口道出农民"不辞脱裤溪水寒，水中照见催租瘢"的辛苦。在《鱼蛮子》中，他也直呼："人间行路难，踏地出赋租。"对处在压迫和剥削下的劳动人民寄予了深切的同情。苏轼在当时以戴罪之身，写下这样托事以讽的诗，是需要多么大的勇气啊。

易玲（2009）也认为苏轼在黄州"流放生活物质条件极为艰苦"[①]：

东坡初到贬地的"喜"实际上是故作解脱，佯装旷达，是抑郁心境下的表层情绪性宣泄。宋王朝不杀士大夫，贬谪就是最重的惩罚。贬谪毕竟是个严酷的事实，流放生活物质条件极为艰苦："空床敛败絮，破灶郁生薪。"（《大寒步东坡赠巢三》）乃至家中"饥鼠号寒饿"（同上）。元丰三年五月，在给参知政事章子厚的信中，苏东坡描绘了初来黄州的生活处境："……僻陋多雨，气象昏昏也。鱼稻薪炭

---

[①] 易玲."乌台诗案"后苏东坡的心态变迁[J].安徽文学（下半月），2009（4）：346.

颇贱,甚与穷者相宜。……现寓僧舍,布衣蔬食,随僧一飨,差为简便。……廪禄相绝,恐年截问遂有饥寒之忧。"生活窘迫至此,在《答秦太虚》《答李公择》中都有类似记载。苏轼的身体状况也一再出现问题,初到黄州水土不服;其后又接连患过腹泻、中暑、眼疾等病(《与朱鄂州书》《与李方叔书》《与陈朝请书》等曾详细提及)。生活于偏僻小城自是枯寂乏味,"江边弄水挑菜便过一日"(《与王元直》)。祸不单行,"平生亲友,无一字见及,有书与之亦不答"。东坡不免悲从中来。《迁居临皋亭》诗看似心淡无境,实则饱含苦涩。

吕斌(2010)认为苏轼黄州时期,"每月只 4.5 贯的俸禄","每天的费用支出不得超过 150 文钱","勉强能维持一家人盐菜钱":①

这一时期,苏轼的生活非常贫困。被贬黄州后,苏轼的身份是黄州团练副使本州安置,后任汝州团练副使常州安置。安置法相当于流放,或称为贬谪、徙等。官员被安置者须接受当地官府的监视,不得签书公事,被安置者还须自行租赁房屋居住或自己盖房居住,他们的俸给仅相当于正式官员中最低的簿尉的 1/2 或 1/3,与他们在位时相比,相当于无俸。所以,苏轼当时的俸禄与此前相比,少了很多,生活陷入困窘。

他每月只 4.5 贯的俸禄,维持一家人的开支及应酬之用,是很困难的,苏轼只好给自己定一条规矩,每天的费用支出不得超过 150 文钱。据《宋史·食货上六》记载,北宋开封府对失去劳动能力的"居养人"的救济,每人每天的酱菜柴盐钱的供给是 10 文,那么即使按这个标准,如果按一家 10 口人计算,150 文钱勉强能维持一家人盐菜钱。

薛颖(2012)分析苏轼贬谪黄州时期的经济状况,对于收入和支出进行了估算,认为其"陷入极度赤贫的状态,甚至有冻馁之忧"②:

贬谪时期的苏轼俸禄很少,近乎绝俸,经济上陷入赤贫状态。

---

① 吕斌.苏轼的经济状况及其思想、创作[J].三峡大学学报(人文社会科学版),2010,32(S1):142—147.
② 薛颖.北宋官员苏轼的经济状况探析[J].历史教学(下半月刊),2012(8):7—12.

第一,俸禄收入

苏轼贬谪时期俸禄的具体情况见下表:

**苏轼一生贬谪及俸禄情况表**

| 时间 | 职务 | 月俸(千) | 绫(匹) | 绢(匹) | 罗(匹) | 棉(两) | 职钱(千或石) | 禄(石) | 职田 |
|---|---|---|---|---|---|---|---|---|---|
| 1080 | 贬黄州团练副使本州安置 | 4.5 | | 3 | | 7 | | 5 | |
| 1084 | 谪移汝州团练副使常州安置 | 4.5 | | 3 | | 7 | | 5 | |
| 1094 | 贬宁远军节度副使惠州安置 | 4.5 | | 3 | | 7 | | 5 | |
| 1097 | 贬琼州别驾昌化军安置 | 4.5 | | | | | | 2 | |
| 1100 | 舒州团练副使永州安置 | 4.5 | | 3 | | 7 | | 5 | |

然而,如此低的俸禄有时还不能完全落实,所谓实物折俸,即折支。如苏轼在《初到黄州》一诗中说到了这件事:"逐客不妨员外置,诗人例作水曹郎。只惭无补丝毫事,尚费官家压酒囊。"苏轼自注云:"检校官例折支,多得退酒袋"(王文诰辑注、孔凡礼点校.苏轼诗集[M].北京:中华书局,1982:1032),是指官法酒用余之废袋抵薪俸。

第二,亲友的馈赠和接济

贬谪时期因俸禄很低有时得靠接受亲友馈赠方能维持最基本的生存。如苏轼给陈季常的信中说:"柴炭已领,感怍!感怍!"(孔凡礼.苏轼文集[M].北京:中华书局,1986:1566)又如,故人马正卿为其购得黄州东坡之地,与家人勠力耕种,曾收大麦20余石;其他,如羊面、酒果、绢、丝等也时有馈赠。但即使日子过得很艰难,有时也会拒绝他人的厚赠,如苏轼《与某宣德书》说:"自黄迁汝,亦蒙公厚饷。当时邻于寒饣孚,尚且辞避。"(孔凡礼.苏轼文集[M].北京:中华书局,

1986:2447)

而支出方面作者估算如下：

在宋代中后期维持最低生活标准，每人每月大约是1石左右的粮食和1.5贯的日常生活费用。整个两宋时期皮谷每石价格在200文、300文至500文之间[黄冕堂.中国历代粮食价格问题通考[J].文史哲，2002(2):41]，按照谷价最高500文，人口数量30人计算，日常粮食消费折合钱数是每月15千(贯)，外加45贯的日常生活费用，两项合计，苏轼一家维持正常生活就得60贯左右。苏轼为官时期的大部分时光养活30人左右不仅可以做到衣食无忧，且应该能有所结余而变为家庭的积蓄，以备不测。但到了贬谪时期，苏轼的生活则会因这么庞大的家累而陷入极度赤贫的状态，甚至有冻馁之忧。

**善于称穷说**

何忠礼(1989)对苏轼在黄州期间的经济状况进行了详细考证，对"十千是当时苏轼全家两个多月的生活费"，"经济拮据，处境艰难，若是常人，不知要如何的痛不欲生、怨天尤人"的说法有一些不同看法[①]：

苏轼在致友人秦观书中，曾说到这样一件事：

初到黄〔州〕，廪入既绝，人口不少，私甚忧之。但痛自节俭，日用不得过百五十，每月朔，便取四千五百钱，断为三十块，挂屋梁上。平旦，用画叉挑取一块，即藏去叉。仍以大竹筒别贮用不尽者，以待宾客。此贾耘老法也。度囊中尚可支一岁有余，至时别作经画(《苏轼文集》卷五二《答秦太虚七首》之四)。

贾耘老，名收，耘老乃其字，湖州乌程人。他家境贫困，然颇有诗名，苏轼与之酬唱甚多，在此自谓这种独特的用钱方式，便是向他学来的。

苏轼这段话，后来引起了许多人的兴趣，它或被当作"俭约"的一个典范而广为流传，或被看成反映元丰年间物价状况的一条史料而备受重视。但是，对于其中所称之"日用不得过百五十"的用途，却很少有人加以考释。惟近年刘益安同

---

[①] 何忠礼.苏轼在黄州的日用钱问题及其他[J].杭州大学学报(哲学社会科学版)，1989(4):126—134.

志说道:"此例虽不确知苏东坡在黄州贬所的家庭人口数,但每月4500文尚能维持一家的最低生活,如果,'痛自节俭',还能略有节余。"(刘益安:《略论北宋开封的物价》,《中州学刊》1983年第4期)很显然,他认为150文乃是维持苏轼全家一天的基本生活费用。

诚然,关于"日用"钱一语,可以有多种解释,它既可指日常一般性的零用,亦可指一天所需的基本生活费用。不过,依笔者浅见,此处若将其理解成后者,似乎并不妥当。

据苏轼自称,他初到黄州时,"郡中无一人旧识者"(《东坡志林》卷一《别文甫子辩》),次年,有故人马正卿者哀其乏食,"为于郡中请故营地数十亩,使得躬耕其中"(《苏轼诗集》卷二一《东坡八首序》,中华书局点校本,下同)。

换言之,至少在苏轼抵黄州近两年之后,才有可能从新开垦的土地(东坡)上获得些许收获以补家用,在此以前,所有一切皆得用钱购买。而古往今来,大凡非穷困潦倒至无隔宿之粮的人家,总是按旬月买进柴米油盐等生活必需品,不会逐日进行采购。因为这样做既达不到节约目的,又有无穷麻烦,对于这种简单的生活道理,苏轼不可能不知道。故我们以为,这150文实非维持苏轼全家一天的基本生活费用,而是供他个人一天的零星开支,亦即通常所称之"零用钱"。

作者分析了当时的薪俸制度,分析了苏轼之前同是贬谪为团练副使的田锡和王禹偁留下的诗文,认为"团练副使的月俸为二十千","苏轼贬为黄州团练副使时的俸禄"也当为此数。但在之后的一篇论文[何忠礼.宋代作为责授官的团练副使及其俸禄考[J].宋代文化研究,2009(02):162—170.]中明确:"该文对责授官的团练副使的俸禄考证有误,特予说明。"

作者分析,苏轼在黄州时一家有20余口:

苏轼谪居黄州时,一次在致友人王齐愈兄弟信中说道:"仆以元丰三年二月一日到黄州,时家在南都,独与儿子迈来郡中,无一人旧识者。"(《东坡志林》卷一《别文甫子辩》)说明他初到黄州时,身边尚只有长子苏迈一人,至于家里其他人,则仍居于河南商丘,即信中所称之南都是也。但是,我们从稍后苏轼所撰之《乳母任氏墓志铭》(《苏轼文集》卷一五)中得悉,同年八月,其乳母任氏以72岁高龄卒于黄州临皋寓所,可知苏轼父子抵黄州不久,全家亦随之迁来了。故《答秦太虚书》中所谓的"人口不少",无疑是指阖家团聚于黄州的人口数。

元丰七年春,苏轼奉命量移汝州,赴汝途中,他上表自言饥寒,请求移居置有田产的常州。表中有"自离黄州,风涛惊恐,举家重病,一子丧亡。今虽已至泗州,而资用罄竭,去汝尚远,……二十余口,不知所归"(《苏轼文集》卷二三《乞常州居住表》)云云。从中可以确知苏轼一家在黄州有20余口的事实。

作者根据对当时物价的考证,以"极为便宜的粮价作标准,计算出苏轼全家一天所需米钱,正好为60文"。"当时贫苦百姓的生活水平来看,每人每天酱菜柴盐钱的支出,大约亦需10文左右。""谪居黄州的苏轼一家,生活虽然清苦了些,但每人每天的酱菜柴盐钱,大概不会低于受救济者和苦力的水平。如是,60文的食米加上200文的酱菜柴盐,每天仅此二类就须耗去260文。"

何况,苏轼全家的各种支出,还远远不止此数,魏泰《东轩笔录》卷一四载:"范文正公(仲淹)在睢阳掌学,有孙秀才(复)者索游上谒,文正赠钱一千。明年,孙生复道睢阳谒文正,又赠一千。因问:'何为汲汲于道路?'孙秀才戚然却色曰:'老母无以养,若日得百钱,则甘旨足矣。'文正曰:'吾观子辞气非乞客也,二年仆仆,所得几何?而废学多矣。吾今补子为学职,月可得三千以供养,子能安于为学乎?'孙生再拜大喜。"按范仲淹掌学睢阳在仁宗天圣之初,时物价比较低廉,而出身贫寒、沦于乞客地位的孙复母子俩人,一天尚需百文生活费,与之比较,黄州物价虽说极贱,但作为有20余口的左迁官员家庭,若一天没有数百文生活费,恐怕是很难度日的。

苏轼贬官黄州五年,政治上郁郁不得志,经济上收入甚微。有时为了改善生活,"种蔬接果,聊以忘老"(《苏轼文集》卷六〇《与子安兄》),还亲率僮仆劈荆棘、拾瓦砾,开荒种植于东坡之上,这些确为事实。加之,苏轼又善于称穷,他常在奏札及书翰中渲染自己的窘境,说什么"憔悴非人""饥寒并日""为穷之冠""亲友至于绝交"等等。其真实目的,无非是为了取得最高统治者的怜悯和朝野舆论的同情而已。但这样一来,就给人造成一种印象,似乎此时的苏轼,确实已经陷入了穷苦不堪的境地。

事实上，他思想上的苦闷潦倒固不待言，生活上且依然过得舒适、自在，经济上也看不出十分拮据。这方面的情况，在其诗文中有着大量反映。

众所周知，苏轼既是一位才思横溢、遐迩闻名的大诗人，也是一位过惯了豪华生活的士大夫，平日里虽然认为自奉甚俭，实际上还是过着"卯酒困三杯，午餐便一肉"的生活（《苏轼诗集》卷二〇《二月二十六日，雨中熟睡，……，还作此诗，意思殊昏昏也》）。

他每次外出，总是饮得酩酊大醉而归。因嫌村酒不佳，便以"百钱一斗"的代价自配蜜酒，并遍赠亲友。送友人的礼物也十分优厚，如一次是"鲤鱼三百枚，黑金棋子一副，天麻煎一篮（《东坡续集》卷四《与滕达道二十三首》之九，《四部备要》本，下同），一次是新茶（建溪新饼，乃名茶）二十一片（《苏轼诗集》卷二二《生日，王郎以诗见庆次其韵，并寄茶二十一片》）。这些物品虽为土产，其值皆在千文以上。

苏轼的交游颇广。即使他身负罪责，屈居僻壤，仍然"往来书疏如山"（《苏轼文集》卷五九《与上庆源十三首》之五），探望者络绎不绝。其中，如陈慥、李常、郭选、古耕道、潘邠老、陈师仲、米芾、张舜民、董钺、参寥等文人学士，都先后来会。知黄州徐大受（后为杨寀）、通判孟震等地方官，亦竭力与苏轼周旋。叶梦得《避暑录话》卷上谓："子瞻在黄州及岭表，每旦起，不招客相与语，则必出访客。……设一日无客，则歉然若有疾。其家子弟尝为予言之如此也。"看来并非虚语。

因为无所事事，所以他不是在家饮酒赋诗，接待宾客，就是与友人泛长江、吊赤壁，到处游山玩水，以消磨岁月。一次，"复与数客饮江上，夜归，江面际天，风露浩然。有当其意，乃作歌辞，所谓'夜阑风静縠纹平，小舟从此逝，江海寄余生'者，与客大歌数过而散。翌日，喧传子瞻夜作此辞，挂冠服江边，拿舟长啸去矣。郡守徐君猷闻之，惊且惧，以为州失罪人，急命驾往谒，则子瞻鼻鼾如雷，犹未兴也"（《避暑录话》卷上）。这件事，可谓苏轼那种逍遥自在生活的最生动一例。由此观之，如果苏轼个人每天没有150文零用钱，无论如何不可能有如此舒适的生活、广泛的应酬和四处游玩的雅兴。

最后，约略谈一下苏轼谪居黄州时的家庭积蓄。苏轼初抵黄州时曾自言"度囊中尚可支一岁有余",若据此推算,当时的积蓄实不足一百千。可是,这个数字是被大大缩小了的,恐怕也是其称穷的一种表现。证据之一是:同乡范镇因不满王安石变法,熙宁末请求退居许州,后来就在那里建立了新居。元丰六年,他遗书苏轼,劝其筑室许上,以为归老之计。苏轼复书云:"蒙示谕欲为卜邻,此平生之至愿也。寄身函丈之侧,旦夕闻道,又况忝姻戚之末,而风物之美,足以终老,幸甚幸甚。但囊中止有数百千,已令儿子持往荆渚买一小庄子矣,恨闻命之后,然京师尚有少房缗,若果许为指挥从者干,当卖此业,可得八百余千,不识可纳左右否?"(《东坡续集》卷五《答范蜀公四首》之二)范镇是苏轼的长辈。他们之间的交谊一直很深,故此语不会作假。证据之二是:苏轼在荆渚(即宜兴荆溪)以二百千佃得胡姓一庄子后,又拟拿出数百千在彼处继续购置土地,他在与友人杨元素信中云:"胡田先佃后买,所谓抱桥深浴,把缆放船也。……尚有二百千省,若须使,乞示谕,求便附去。见陈季常慥云:京师见任郎中其孚之子,欲卖荆南头湖庄子(去府五六十里,有米五百来石),厥直六百千,先只要二百来千,余可迤逦还。不知信否?"(《苏轼文集》卷五五《与杨元素十七首》之九,参校《东坡续集》卷五)以上可以窥知苏轼家庭积蓄之丰厚和他对土地无限占有的欲望。正因为有着这样巨大的经济实力,才足以支持他一家20余口在黄州的各项生活费用。自称"为穷之冠"的苏轼,实在不能算穷。当然,由于与以前的境况相比,苏轼此时的经济来源已大大恶化,为了适应这种变化了的情况,他不得不"痛自节俭",采取非常措施以控制自己过分的花费了。

关于苏轼在黄州作为责授团练副使,其俸禄究竟有无,陈文龙(2014)在《宋代责授团练副使俸禄考》一文中有如下讨论[①]:

用以安置贬谪官的团练副使有俸禄,而且是全俸,但全发折支(黄宽重云:"苏轼任官以来,并未置产营业,贬谪黄州后,俸禄更加减少。"《苏东坡贬谪黄州的生活与心境》,收入同著《南宋军政与文献探索》,新文丰出版公司,1990年版,第419页)责授团练副使俸禄会减少,黄先生的这个意见是对的,但该文论述重

---

① 陈文龙.宋代责授团练副使俸禄考[J].武汉:华中国学,2014(2):91—94.

点不在具体俸禄问题，对此未做过多论证。叶烨曾指出："宋代受贬谪官员并非没有俸禄，但贬谪之官往往低微，相应的俸禄也自然微薄，而且可能全由实物充当，如此一来与无俸没有多大差别。"（见叶烨《北宋文人的经济生活》，百花洲文艺出版社，2008年版，第134页）这个说法是正确的，只是表述不够肯定，也没有做充分的论证）。这个说法既有制度条文的支持，诸个案例亦可得到合理解释。

以茶和退酒袋为俸禄折支物是非常普遍的。王栐云："国初士大夫俸入甚微，簿尉月给三贯五百七十而已，县令不满十千，而三之二又复折支茶、盐、酒等，所入能几何！"（《燕翼诒谋录》卷二，中华书局，1997年版，第13页）何忠礼对"检校官例折支，多得退酒袋"的解释是：苏轼可以领取若干瓶官酒，并多得一些退酒袋的钱（何忠礼：《宋代作为责授官的团练副使及其俸禄考》，见《宋代文化研究》第十七辑，四川大学出版社，2009年版，第167页）。酒作为俸禄折支也很常见，但苏轼并没有提到官酒，因此何氏的解释不成立。苏轼所得团练副使俸禄折支就是退酒袋（压酒囊）。朱彧云："余大父至贫，挂冠月俸折支得压酒囊，诸子幼时用为胫衣。"（《萍洲可谈》卷三，中华书局，2007年版，第165页）朱彧祖父为朱临，"挂冠月俸"即致仕官俸料，宋代大部分时期，致仕官给半俸，且以他物充（苗书梅：《宋代官员选任和管理制度》，河南大学出版社，1996年版，第540—544页）。这就是用压酒囊当做俸禄折支的例子。俸禄发折支，可能存在诸多问题：官府对折支物估价太高；所发物并非官员生活必需品，往往品色不好，拿到市场上卖不到多少钱。范仲淹就曾说："国家折支，物色朽腐无算，又所估太高。"（《范仲淹全集·范文正公文集》卷一九《奏致仕分司乞与折支全俸状》，凤凰出版社，2004年版，第381页）《隆平集》卷一一云："三司所给特支，物恶而估直高。"（王瑞来校证：《隆平集校证》，中华书局，2012年版，第335页）官府发放给官员或士兵的官物，均存在物色不好且估价高的问题。这就是为何王禹偁有团练副使全俸折支，却在诗中多次说"无俸"的原因。【苏轼也有类似的说法。】折支物换来的钱太少，相比于未贬官之前的待遇来说，这点收入太微不足道了。

# ·附录:东坡黄州生活创作系年①·

宋神宗元丰二年十二月二十六日,苏东坡贬为黄州团练副使。他自京城开封出发,经陈州、蔡州,过新息,渡淮水,往光山,于元丰三年一月二十五日到麻城,二月一日抵黄州。

**元丰三年(1080)　45岁**

**一月**　二十日,东坡度关山。其时梅花盛开,作《梅花二首》。过万松亭,见麻城县令张毅植万松于道周,多凋谢,作《万松亭》和《戏作种松》诗。遇"狂人"张憨子,作《张先生》和《记张憨子》诗文。二十五日至岐亭,老友陈季常以隆重礼仪迎接。住静庵,被陈宴请五日,作《岐亭》(之一)、《陈季常所蓄〈朱陈村嫁娶图〉二首》和《临江仙·细马远驮双侍女》以赠之。二十七日,宿黄冈庶安乡,作《题丫头山》诗。

**二月**　一日,东坡到达黄州贬所,进《到黄州谢表》。抒发初到时的感受,作《初到黄州》和《黄州春日杂书四绝》。与太守徐君猷相识,徐"相待如骨肉"。东坡寓居定惠院,闭户却扫,或随僧蔬食,或往村寺沐浴,寻溪傍谷钓鱼、采药,或扁舟草履,放浪山水间;作《定惠院寓居月夜偶出》二首、《卜算子·缺月挂疏桐》,以孤鸿自况。游安国寺,结识僧首继连;作《安国寺浴》《安国寺寻春》。辄散步逍遥于海棠树下,作《寓居定惠院之东,杂花满山》《诉衷情·海棠珠缀一重重》和黄州监酒税乐京野步等诗词。东坡以梅、海棠和孤鸿自喻,表明他初到黄州的孤寂而高洁的心态。并致信难友王定国、门生秦太虚和朋友徐司封。同乡人王齐愈三兄弟寓居武昌,东坡横江访问,作《王齐万秀才寓居武昌县刘郎洑》诗。二十六日,雨中熟睡,强起出门,还作诗,第二天冒雨登四望亭,下至种鱼塘,遂自乾明寺

---

① 饶学刚.东坡黄州生活创作系年[J].黄冈师专学报,1997(2):42—47.

前东冈上归,作诗二首。

**三月** 寒食日渡江至武昌(今鄂州市)车湖,住数日还。陈季常来信请东坡寄居武昌并置田亩,东坡回信谢绝之。黄州天庆观牡丹盛开,东坡冒雨观赏并作诗。乐京送酒、天庆观醮,东坡作诗以谢之。宣州通判、蜀人杜君懿之子杜沂游武昌,以酴醾花、菩萨泉为饷,东坡作诗以志之。进士潘丙来访,与之渡江去樊口,饮酒店中。东坡见武昌农夫皆骑秧马扯秧以减轻劳动负担,甚是高兴。后贬惠州,路过庐陵,便将此技术推广,后复推广到广东、海南岛。淮南西路提刑李公择以诗来慰,东坡作报书,即写有著名的"吾侪虽老且穷,而道理贯心肝,忠义填骨髓,直须谈笑于死生之际"名言的信。可见东坡浩然之气,不减当年。寓居武昌的殿直王天麟来访东坡,东坡得知黄鄂间溺婴严重,遂致信鄂州太守朱寿昌,作《黄鄂之风》以志之。

**四月** 上文潞公彦博书,言其子迈徒步相随到达黄州。无所用心,辄复覃思于《易》《论语》。深春浓罩定惠院,茂林修竹,百鸟交鸣,东坡用诗人梅尧臣禽言体作《五禽言五首》和《黄州》诗。陈君式来订交,日必造门。朱寿昌时致馈遗,东坡答书。与杜沂等游武昌西山并题名。为杜沂记其父杜君懿所蓄诸葛笔。武昌酌菩萨泉送侄婿王子立,以《归来引》送王归筠州。杜门不出,答好友李琮书和王定国书。

**五月** 表兄文与可丧过黄州,东坡作《再祭文与可文》,并致信李公择。与可子文逸民辞别东坡回归成都故乡。十一日,梦食石芝,作诗。与杜沂同游武昌寒溪西山寺,览观吴王岘、九曲亭、菩萨泉、庐州、樊口诸胜,作《游武昌寒溪西山寺》和《鳊鱼》诗,并致信陈季常与杜沂。江岸裂出古铜剑,武昌供奉官郑文得之转赠东坡,东坡作《武昌铜剑歌》。正月十四日,东坡兄弟别于陈州,二月中,子由奉嫂同安君及侄儿迨,过自宋登舟,缭绕江淮,五月将至黄州,东坡以诗迎之。二十七日,遇大风,舟滞磁湖,东坡晓至巴河口迎之并作诗。二十九日,东坡全家迁居临皋亭,作迁居诗文和《南乡子晚景落琼杯》词以贺之。并致信同僚和朋友范子丰、司马温公、吴子野、王庆源、章子厚、朱寿昌、陈季常,以抒发他寓居临皋、享受大自然之乐趣。作《净因院画记》,阐述了他的哲学美学观。

**六月** 与子由同游武昌寒溪西山,作诗。至九曲废亭,游樊山,作《记樊山》。朱寿昌送酒,东坡作报书:珍惠双壶,遂与子由屡醉,公之德也。九日,子由将赴筠州盐酒税任,和磁湖阻风韵以送之。送子由至刘郎洑,饮别王齐愈家,是时子由夫人史氏泊舟九江以待之。岐亭监酒税胡定之来黄看望东坡。致信陈季常,告知临皋风物,借《易》家文字。陈季常第一次来访,郡中旧州诸豪争欲邀致之,东坡戏作陈孟公诗。进士潘原(昌宗)买扑被禁,东坡致信朱寿昌。

**七月** 东坡与夫人王闰之在黄州度过第一个七夕,愿永不分离,作《菩萨蛮七夕,黄州朝天门上作,二首》。为柳絮飞时暮春之闺怨,东坡作《水龙吟次韵章质夫〈杨花词〉》。致信朱寿昌,言建安章子厚之兄章质夫家善琵琶者乞作歌词,东坡将韩愈《听颖师琴诗》隐括成《水调歌头昵昵儿女语》词以赠之。定惠院颙师于竹下开啸轩,东坡作诗。为了告知临皋雪斋清境生活,东坡致信法师言上人。

**八月** 六日,夜潦方涨,月出房、心间,风露浩然,东坡与长子迈游赤壁;会辩才、参寥两禅师使者,致书并作《秦太虚题名记》赠参寥。十五日,怀念子由,作《西江月黄州中秋》。宾州知州马处厚将赴宾州,顺访东坡于临皋,东坡致信王定国。为了抒发乐居临皋之心情,作《和何长官六言次韵五首》。乳母任采莲病逝。东坡纳王朝云为妾。

**九月** 九日,与徐君猷饮于涵晖楼,东坡作《南乡子重九,涵晖楼呈徐君猷》,并致信王定国。十二日,自跋胜相院经藏记。十五日,读《战国策》,作《商君功罪》,提出学习商君务本力农的主张。陈季常妹夫蹇序辰提举江西常平,将过黄州,东坡答书,东坡独自游赤壁,自徐公洞还,作《记赤壁》。

**闰九月** 致信好友毕仲举,言及临皋风物,生活清然。二十五日,读国史补书杜羔事,并致信朱寿昌。内弟王元直自蜀使人来问状,东坡致答书。游赤壁,作《赤壁洞穴》。

**十月** 九日,作《菩萨蛮回文,四时闺怨》四首赠君猷。李公择自舒州来访,共论秦观,并致书。致信李公择,告知企请光州知州曹九章之子曹焕为子由之婿事和自己杜门谢客之近况。东坡还与李游武昌寒溪西山寺,发思古之幽情,李请记,东坡作《菩萨泉铭》。闻堂兄子正中舍于九月逝世,东坡作祭文。侍奉苏家三代人的乳母任采莲八月仙逝,十月二十四日,葬之黄冈东坡丘地,东坡满含泪水,作墓志铭。庐州通判柳真龄以铁拄杖赠东坡,相传此为钱镠故物,东坡作诗以谢之。观好友张师正所蓄辰砂,作诗。又作《次韵子由病酒肺疾发》诗以慰子由。

**十一月** 冬至日,谢客入天庆观,燕坐其中,给门生秦太虚,好友蔡景繁、刘器之、王定国、滕达道等人写信,告知在观内修炼近况和心情,并作《阴丹阳炼》《阳丹阴炼》专文。在给秦太虚写的一封长信中,详尽叙述自己贬黄初年家庭变化、养炼修身、余悸心理、贫苦生活、交朋结友等的真实情况。

**十二月** 十五日,淮南转运司取勘徐州任,不觉察事,初答同僚李端叔书,具体阐述了老庄归真返朴思想,即"得罪以来,深自闭塞,扁舟草履,放浪山水间,与渔樵杂处,往往为醉人所推骂。辄自喜渐不为人识,平生亲友无一字见及,有书与之亦不答,自幸庶几免矣"。十八日,东坡忆及曾得到蜀人蒲永升山水画24轴,作《书蒲永升画后》(又名《画水记》)。二十日,总结绘画理论,又作《石氏画苑记》,并致信画家石幼安。撰《易传》,作《凤咮砚铭》,并致信滕达道、李端叔、王定国,告知他专治经书,一二年间,了得《论语》《易》,又可作《书传》,开始写《书义》等文章。他在《上文潞公书》中说:"到黄州无所思,覃思《易》《论语》若有所得。"东坡以书史为乐,比从仕废学,少免荒唐。除夕,与川僧清悟游车湖,书赠王齐愈。题文甫家桃符,戏书王文甫家。游欧阳院,观古编钟,并写文以记之。梦神考召入小殿赐宴,作宫人裙靴铭。探讨书法艺术之源流,推出一种重要的书论,题欧阳修、蔡襄书跋和书清悟墨。代李琮论京东盗贼状,作《王仲仪真赞》。

## 元丰四年(1081) 46岁

**一月** 同僚滕达道自池州徙安州,来访东坡。神降郭兴宗家,东坡与潘丙等往观之,作《子姑神记》《仙姑问答》《少年游玉肌铅粉傲秋霜》。二十日,东坡二往岐亭,潘丙、古耕道、郭兴宗送至女王城东禅庄院,东坡作怀念关山诗。二十一日宿团风镇,二十二日岐亭道上见梅花,作诗赠季常,至静庵,劝陈不要杀生,作《岐亭》(之二)诗。遇救鹿人王翊,作戒杀文以志之。与陈季常行于山中,得应梦罗汉,遂载以归,作《应梦罗汉》。返黄过团风镇,访新生洲作诗。从岐亭回黄州,获白阳镜,作《书所获镜铭》并诗,还致信苏门六君子之一的李方叔。

**二月** 东坡生活困匮,挚友马正卿为他请故营地数十亩,东坡躬耕其中,作《东坡八首》并致信子安兄、杨元素、王定国、李公择、孔毅甫、章子厚、李通叔等好友,津津乐道躬耕之情趣。自号东坡居士。为潘推官母李氏作挽词。

**三月** 东坡野游,闻黄人群聚讴歌,土人谓之山歌,作《书鸡鸣歌》。东坡侄婿王适自筠来谒,同游武昌西山,酌菩萨泉以送之并作诗。得王元龙治大风方,东坡作《钱子飞施药》。

**四月** 八日,饭僧于安国寺,作《应梦罗汉记》。黄州通判任师中逝世消息传来,东坡哀伤不已,作祭文和挽词。陈季常第二次来访东坡,适时王齐愈、王齐万过江,潘丙、古耕道亦至,同祭于师中庵,东坡代为祭文。

**五月** 五日,去徐君猷家同饮,颂徐守之功德,作《少年游端午赠黄守徐君猷》。十一日,为书家唐林夫作六家书跋。

**六月** 二十三日,陈季常第三次来访东坡,会客中有善琴者,出所藏宝琴以弹之,东坡为陈季常作《杂书琴事十首》《杂书琴曲十二首》《偶书赠陈处士》。

**七月** 二日,东坡作《谢徐州失觉察妖贼放罪表》。海印禅师将赴峨眉,东坡作《送海印禅师偈》送行。三苏的发现者、推荐者参知政事张方平生日,东坡以铁拄杖作寿礼并寄诗二首。东坡生活极端困难,但痛自节俭以度之,并致信王定国。

**八月** 十五日,与客饮江亭,醉甚,书郑元舆绢纸。

**九月** 九日,重阳怀旧,作《定风波重阳,括杜牧之诗》。二十二日,书《归去来》集字诗。与潘原失解后饮酒作诗。

**十月** 九日,黄州继任通判孟震置酒秋香亭,与东坡、君猷共饮,敬献尊词,颂徐守之功德,东坡亦作《定风波两两轻红半晕腮》。二十日,书昔游吴江垂虹亭记。因官方禁酒甚严,徐君猷、孟震皆不饮酒,戏作诗。二十一日,致信武昌主簿吴亮,披露官方捕私酒的罪行,作《饮酒说》。二十二日,访王齐愈于车湖,座上得陈季常书,报是月四日,宋将种谔领兵打败西夏,东坡作《闻捷》《闻洮西捷报》。与滕达道书,公开东坡此时的爱国情怀,虽废弃,未忘为国家虑也。与马正卿饮于东禅庄院,书孟东野诗,再书马梦得穷。

**十一月** 二日,雨后微雪,东坡应徐守君猷之邀,饮于临皋,见麦青未苏,作《浣溪沙》词三首,第二天酒醒,企望来年丰收,又作二首。大雪又在纷下,东坡送牛尾狸给徐君猷。侄安节赴试后前来看望东坡,夜坐倾谈,东坡作诗,并作堂兄子明诗跋。十五日,成都宝月大师惟简派遣悟清来求胜相院经藏碑。东坡将所得的赵棠舍利授之,作舍利记。雪后宿乾明寺,作诗,为安节书摩利支经并作跋。冬至日,与安节饮酒乐甚,使作《黄钟梁州》,令小童快舞一曲,醉后作《记安节饮》,并赠安节诗。临行前,东坡为诵二伯父中都公送宫师下第归蜀诗十四首以赠之。又作《四时词四首》。

**十二月** 闻李公择出按行,抵光州,相约会于岐亭。一日,东坡自东门出陆,夜宿团风镇;二日晚,东坡第三次去岐亭,住静庵。李公择至,留住数日,东坡作《岐亭》(之三)以志之。和陈季常雪中赏梅并作诗,书大雪事,对舍外无薪米者,无限同情,难过得彻夜未眠。雪中怀念朱寿昌,作《江神子大雪,有怀朱康叔使君》《满江红寄鄂州朱使君寿昌》。二十五日,大雪始晴,作梦回文诗二首。许安世书来,言房州三朵花,作诗。

**是年** 又作子由栖贤寺记跋。致信文潞公(文彦博),言已完成《易传》九卷、《论语说》五卷的撰写任务。为陈季常作《方山子传》,为陈父作《陈公弼传》。为宝月大师惟简作成都胜相院经藏记。应纯道人将适庐山,求东坡羹颂以行。陈师仲主簿在杭州为东坡编述《超然》《黄楼》二集,东坡答谢书,作陈吏部诗跋。

## 元丰五年(1082) 47岁

**一月** 二日,宜都令朱嗣先来访,东坡为此书欧阳修黄牛庙诗。胜相院经藏碑成,悟清辞归,东坡致信宝月大师。表现贬居第三年的旷达心情,东坡作《满庭芳·蜗角虚名》。再现贬居长江边的生活,又作《水龙吟·小沟东接长江》。十七日,梦扁舟渡江中流,回望栖霞楼中歌乐杂作,舟人言:间邱公显方会客,觉而异之,作《水龙吟小舟横截春江》《水龙吟楚山修竹如云》。二十日,与潘丙、郭兴宗出郭寻春,和去年是日同至女王城诗。过汪若谷家,作诗并《天篆记》。王天麟再次渡江来访,言及岳鄂间溺儿俗,东坡致信朱寿昌,使立赏罚,以变此风。同时,与古耕道、继连组织育儿会,继连书其出入,古耕道掌其米绢。为堂兄子正逝世作祭文。

是春旱,东坡参与打井,作《浚井》诗。梅花盛开,作《红梅三首》,后改作《定风波·咏红梅》词。又作《二虫》《柏石图》《谢人惠云巾方舄二首》。

**二月** 筠州太守毛国镇将《归来》求赠言,东坡为之书《归去来词》作跋。和子由寄题孔平仲江州官草庵。陈季常第四次来访东坡,东坡作见过三首和《阮郎归·梅花》词。弘扬发现和培养四学士之风,答好友李昭玘书。东坡得废圃于东坡之胁,筑室五间,因成于大雪中,又绘雪于四壁,榜曰东坡雪堂,作《雪堂记》。这是他人生转折的里程碑。邻近四五郡皆送酒,东坡合置一器中,谓之"雪堂义樽"。以雪堂酒为义樽,身耕妻蚕,聊以卒岁。雪堂南挹四望亭之后邱,西控北山之微泉,如同陶渊明斜川之风光,作《江神子·梦中了了醉中醒》以赞美之。久旱逢甘雨,东坡次韵好友孔毅父三首。毛滂自筠州来访,游于东坡,饮酒唱和,东坡和毛滂法曹诗。好友李元直送雪堂篆字榜,东坡作谢书。游武昌,题名西山。

**三月** 三日,作陶渊明饮酒诗跋,提出著名的"饥寒常在身前,声名常在身后,二者不相待,此士之所以穷也"的士大夫人生周期率。寒食日雨中,徐守君猷分新火,东坡作《寒食雨二首》《徐使君分新火》诗。七日,东坡相田沙湖,道中遇雨,作《定风波·莫听穿林打叶声》,并致信陈季常。过黄氏家得吕道人沈泥砚。蕲水多腴田,往求不遂。东坡得臂疾,县尉潘原在县界迎接,送至麻桥名医庞安常家,住数日,臂疾愈,与庞医游清泉寺,作《浣溪沙·山下兰芽短浸溪》。夜过酒家,饮酒醉,策马至溪桥,卧于上,作《西江月·照野浅浪》贴于桥柱上。将领徐禧拜见东坡。十一日还,书《单庞二医》《庞安常善医》《记安常针术》《口目相语》,并致信胡道师。还去车湖王齐愈家达轩评书,作《四花相似说》,并书赠王齐愈之子王禹锡秀才。画家米芾来访,住于东坡雪堂,与东坡观画师吴道子画释迦佛。因问画竹法,东坡使贴观音纸于壁上,即起作两枝竹,补以枯树怪石赠之。好友董钺来黄,游雪堂,有卜邻意。东坡依《归去来辞》,作《哨遍·为米折腰》,使家僮扣牛角而歌之;又和董钺《满江红·忧喜相寻》,并将词连信寄朱寿昌,因董系朱寿昌介绍与东坡认识的。送建溪双井茶、谷帘泉与徐守侍女胜之,作《西江月·龙焙今年绝品》。

**春上**　东坡患眼疾和疮疖。

**四月**　同僚杨绘来访,谈及东坡旧日赠词:天涯同是伤流落;且感六客同集湖州,作和诗答元素。同君猷去民家饮酒食肉,作《煮猪头颂》和《二红饭》。

**五月**　以怪石供佛印,作《怪石供》并书。绵竹道士杨世昌来访,善作蜜酒,东坡作《蜜酒歌》。陈季常第五次来访东坡,以一揞巾为赠,东坡作诗谢之。问大冶长老乞桃花茶栽东坡,作诗以志之。与子由游武昌西山,得与寺僧共建九曲亭,嘱子由为记,东坡作跋《题九曲亭记》,其中有元鸿横号黄檗岘名句。西山戏题武昌王居士。

**六月**　元结陂湖荷花盛开,东坡又题:"皓鹤下浴红荷湖",赠王齐愈、王齐万、孔平仲。久旱得雨,东坡作雪堂种植诗,并书赠古耕道。东坡与诸友往来雪堂与临皋之间,经黄泥坂,大醉,作《黄泥坂词》。王适、曹焕来访,东坡作《归来引》以赠之,又作《渔家傲·些小白须何用染》,使曹焕寄曹九章,王适辞东坡赴筠州任。暑毒来临,东坡致信好友朱寿昌、张天觉、李方叔,作《寒热偈》。作钱公辅遗教经跋寄好友钱世雄。好友张舜民贬郴州,绕道来访,东坡与之同游武昌樊山、寒溪、菩萨泉等。舜民自述从征灵武兵败,东坡记事作诗。东坡取舜民《渔父》诗意,同情贫苦渔民而作《鱼蛮子》。

**七月**　追求清凉高洁的生活幻境,东坡作《洞仙歌·冰肌玉骨》。与长子迈夜坐作联句诗。十三日,作中都公举进士谢启跋以归子明。王定国自宾州寄诗,东坡作和诗六首。十六日,壬戌之秋,七月既望,苏子与道士杨世昌泛舟赤壁湖,作《赤壁赋》。

**八月**　十五日,即景思家,作《念奴娇·中秋》;游赤壁矶,"高吟大江东去,浪淘尽千古风流人物"之绝唱,作《念奴娇·赤壁怀古》,此词为东坡文艺创作高峰标志的代表作,誉传千古。

**九月**　九日,徐守君猷携酒于栖霞楼,东坡作《醉蓬莱·重九上君猷》。

**十月**　十五日,与客携酒与鱼,出雪堂,过黄泥坂,到临皋,再游赤壁,感"江流有声，断岸千尺，山高月小，水落石出"云云，作《后赤壁赋》，并帖赠杨世昌。上述赤壁两赋一词，均是标志着东坡文艺创作高峰在黄州的力作之一。闻麻城主簿李台卿在庐州逝世，东坡作吊词。徐禧永乐兵败，城陷身亡，东坡作吊唁诗和《永洛事》。淮南转运使蔡承禧与东坡会于临皋，并帮助营造南堂。书《怪石供》以供刻石之用。

**十一月** 书雪堂四戒。

**十二月** 十三日，作李康年篆心经跋。书赠陈季常诗。十九日，郭兴宗、古耕道置酒赤壁矶，为东坡祝寿。正在酒酣时，进士李委作新曲《鹤南飞》以贺之，东坡作《李委吹笛》《失题》诗答谢之，并书赠范子丰。东坡第四次去岐亭，住静庵，继续对季常劝戒杀，书戒杀事，作《岐亭》（之四）诗。监鄂州酒税张商英过黄州，东坡与其会于徐君猷家，作诗和《减字木兰花》五首赠四侍女；又作《菩萨蛮·赠徐君猷笙妓》。

**是年** 还为同僚陈君式罢任，书李少卿诗；为庐山道人崔闲作《醉翁操》；书李岩老棋；书庞安常赠李廷珪墨。陆维忠道士来访，言及陈太初得道事。将王齐愈赠送之苕砚遗嫂弟蒲宗孟并作铭叙。作《服胡麻赋》。闻欧阳发（伯和）逝世，东坡作祭文。为章质夫画木石丛条作书。弟子王子中自彭城来访，东坡致信好友李昭玘。书买田事；书杜甫屏迹诗。杜舆自临淮来游为题字说后，东坡促杜舆归作书。

## 元丰六年（1083） 48岁

**一月** 三日，东坡在临皋亭点灯会客作诗。二十，复出东门，仍用前韵作诗。致信蔡景繁、陈季常，言及生活近况。同乡巢元修自四川来访，受命承当东坡二子适、过塾师之重任。大寒至东坡，请巢元修饮酒并作诗。有慨于蒲传正，为解嘲作《东坡》《元修菜》诗。东坡同苏寿明、巢元修一道，送应托僧往游庐山，作《送僧应托偈》。作《日日出东门》诗。牢城失火，潘丙举家奔雪堂。东坡去信巢元修，巢自车湖归。崔闲馆于雪堂，致同僚陈章书。致信蔡景繁，告知董毅父仙逝。

**二月** 东坡又逍遥于定惠院海棠树下,仍以海棠自奋,作《海棠》诗。

**三月** 寒食日,与郭兴宗渡寒溪,吴亮提壶野饮。郭为挽歌,四座凄然,东坡改白乐天诗以《瑞鹧鸪》词牌歌之。张梦得谪齐安,出观所藏郭忠恕画山水屋木一幅,东坡作画赞。参寥自杭州来访,东坡与之同游武昌西山,记梦参寥饮茶诗。以怪石供参寥,作《后怪石供》。与王殿直书,言君猷四月末离开黄州,杨君索接替太守任。二十五日,与子由书,言及修养之道。又作《记黄州妇》。雪堂夜饮,醉归临皋,作《临江仙·夜饮东坡醒复醉》词,闹出了戏弄徐太守之小闹剧。

**四月** 一春卧病,逾月方安,又害目疾。作寄周安孺茶诗。徐君猷受罢黄州太守。与往岁一样,东坡同徐守君猷游安国寺,饮酒竹间亭,继连请名,东坡命名曰"遗爱亭",并代巢元修作记,以颂徐守之功德。

**五月** 八日,为杨道士书,赞扬杨系一多才多艺的道人。南堂落成,东坡作诗贺之,并录寄蔡承禧。与杨元素书,杨派其弟杨庆基来黄,同东坡议买庄田事,东坡致信杨绘;陈季常报荆南庄田事,第六次来黄,事未议成。东坡作《满庭芳·三十三年》词。徐君猷离黄去湘,东坡作《好事近·红粉莫悲啼》以送之。

**六月** 再现六月景事,东坡作《鹧鸪天·林断山明竹隐墙》。还书赠古氏,赞美古耕道的嘉观。风毒攻右目,几失明,东坡致信同僚和好友陈朝请、蔡景繁、范景仁、上官彝、杨元素等,言及卧病半年,终未清快,只好杜门僧斋。二十日,为黄檗答子由问疾颂。文学家曾巩卒于临川,有人传谣东坡亦同时仙逝,与唐诗人李贺一般。神宗询问左丞蒲宗孟,叹息,连饭都吃不下;范景仁在许昌闻之掩面大哭,欲化金帛之类,派李成伯查询,始得东坡害疮疖讯,并未仙逝。湖州六客之一吴子野过黄州,东坡病甚,难尽款意。陈季常妻亡故,妹夫蹇序辰悼亡,东坡作慰疏。

**闰六月** 闻同僚陈襄逝世,东坡致信陈章。二十四日,书士琴赠主簿吴亮,又题沈君琴。彦正判官送古琴,适海印禅师自三衢至,令侍者快弄数曲,作论琴诗,并致信彦正判官。与李公择书,言自己春夏患疮疖、赤目之事。闻英宗时任宰相的富弼逝世,朝廷以太常少卿召回李公择,东坡致信叹之。张梦得营新居筑亭,东坡命名为快哉亭,并作《水调歌头·黄州快哉亭赠张偓佺》以贺之。十一月一日，子由作《快哉亭记》。

**七月** 作《初秋寄子由》《和王巩南迁初归》诗。好友孔毅父以诗戒饮酒，问买田，且乞墨竹，东坡作和诗。为孔毅父妻逝世作挽词。与孟亨之书，和门生黄鲁直食笋诗，传达自己食笋生活情趣。六日，渡江至刘郎洑，饮于王齐愈达轩，醉后画墨竹，集古句，作《定风波·雨洗娟娟嫩叶光》。十日，作吴道子地狱变相跋。十五日，画家孙叔静来访东坡，出观其先君苏洵手书宫师手迹，东坡作跋，叔静归去。书刘庭式事寄赵杲卿。

**八月** 二十三日，作《漱茶说》；二十七日，作《节饮食说》，提出著名的养生之道："一曰安分以养福，二曰宽胃以养气，三曰省费以养财。"与范子丰书，言及黄州稍西山麓传为周郎赤壁。

**九月** 重阳登栖霞楼，作《西江月·点点楼头细雨》，发出俯仰人间今古的感叹；又作《十拍子·暮秋》，产生一种人生如梦的虚幻感。二十七日，第四子干儿出生，东坡作自嘲诗《洗儿》，并致信蔡景繁，万般伤叹。

**十月** 贫子赵吉携子由书来见喜，东坡乐易遂留之，记赵吉与子由论神全，即《记赵贫子语》。十二日月夜，东坡过承天寺，访张梦得，散步庭中，心旷神怡，作《记承天寺夜游》。书张梦得所赠墨。十五日，记唐林夫惠诸葛笔。冬至日，书名僧令休砚。和蔡承禧海州石室诗，作《喜王定国北归第五桥》诗。为了炼丹有道，东坡虔心向光州朱元经道人学习，作《朱元经炉药》一文以颂道人高明之丹术。

**十一月** 九日，东坡为孟震跋子由所作君子泉铭。并作《孟仰之》。十二日，为张梦得书昆阳城赋。滕达道自安州赴阙，相约会于岐亭，东坡第五次前往岐亭。致信滕达道，逮往迎于黄陂。会雨雪间作，止于萧寺，晴日回到黄州。与杨君素、张公规游安国寺，东坡作《养生难在去欲》。徐君猷逝世于道，丧过黄州，东坡拊棺大哭，作祭文和挽词；为经纪其丧事，致信其弟徐大正。

**十二月** 八日，畅饮张梦得小阁，作《南柯子·卫霍元勋后》。书赠好友何圣可。又作《临江仙·冬夜夜寒冰合井》《临江仙·诗句端来磨我钝》。十九日，王适以诗来庆贺东坡生日，东坡寄茶21片并诗谢之。巢元修辞归眉山。二十七日，梦作祭春牛文。

**是年** 东坡与好友钱世雄书,问及遗教经跋收到与否,书范镇约居许下,今河南许昌事。赠参寥卵砚铭。饷李岩老法鱼。作王巩诗集叙。滕达道至阙,为飞语所中,将自明作书。曹焕来访,辞赴筠州,东坡作东轩长老诗以戏子由。得昙秀(芝上人)记梦弥勒殿事。和秦太虚梅花诗,再和潜师诗。与好友钦之书,言及去岁后赤壁赋书写事。作《瑶池燕·飞花成阵》(闺怨,寄陈季常)。

### 元丰七年(1084) 49岁

**一月** 与圆通禅师、徐得之、骞授之、苏子容、王庆源、滕达道、王定国书,言及蒙恩量移汝州信息。和秦观、参寥梅花诗,以赞其高洁的人格。夜过雪堂,闻崔闲弹晓角,记孟郊诗;第二天,馈崔闲酒并作诗帖。

**二月** 二日,与参寥、徐大正等人一道,从雪堂出发,寻访黄州诸胜,作上巳日诗。谒乳母任氏坟。又为师中庵题记。诉说贬居生活,东坡致信司马光。滕达道责筠州安置,以辩谤引疾疏草来质,东坡改为辩谤乞郡状并致信。

**三月** 三日,东坡与参寥、徐大正、崔闲携酒出游诸州诸胜,作诗。黄州主簿刘唐年馈油煎饼,东坡命名为"为甚酥"并作诗。四日,徐大正将赴闽中,后会难期,东坡作《记游定惠院》并诗以志之。筠州圣寿院有聪禅师来访,东坡作偈送之。西蜀好友杨耆来访,东坡以旧作扶风驿遇贫者诗赠之并送耆醵钱帖。闻同僚陈君式仙逝,东坡为文祭之。巢元修赠送家传秘方圣散子予东坡,东坡又赠与庞安常,作《圣散子叙》。神宗下诏:特授东坡检校尚书水部员外郎,汝州团练副使。东坡万般感谢,上《谢量移汝州表》。九日,为记与王齐愈往来识别事,作《赠别王文甫》,并致信。为送东坡,陈季常第七次来黄。作《浣溪沙·倾盖相逢胜白头》词。

**四月** 一日,东坡自黄移汝,留别雪堂,邻里二三君子饮酒言欢,东坡作《满庭芳·归去来兮》以谢之。又作《蝶恋花·送潘大临》。受杨元素之托,李仲览自江东来别,东坡致信以慰之。六日,应继连之请,作《黄州安国寺记》。七日,记张君宜医。作《别黄州》诗和参寥留别雪堂诗。王齐愈、王齐万、参寥、赵吉等人集于雪堂,送东坡东行,渡江过武昌,夜行吴王岘,闻黄州鼓角,东坡回望,凄然泪下作诗。

因风浪滞留磁湖,至车湖,王齐愈留二日,东坡作《再赠王文甫》以志之。十四日,顺游西塞山,作《鹧鸪天·西塞山边白鹭飞》《浣溪沙·西塞山边白鹭飞》《渔父》四首、《调笑令》两首、《减字木兰花·江南游女》。至磁湖访吴子上,获观宫师送其父中复罢犍为令赴阙引作跋。过程氏山居,观瀑布水,记参寥、陈季常答问事。顺访五祖寺,作《五祖寺》诗。王齐愈、王齐万、王齐雄之子王天常、王齐愈之子王禹锡、潘革、潘鲠、潘丙、潘原、潘大临、潘大观、古耕道、郭兴宗、何胜可及孙子何颉、韩毅甫、宗公颐,送东坡至磁湖;陈季常、参寥、乔仝等送至九江。陈还独自在九江守候至六月,等东坡从高安返回九江后才依依分手,东坡作《岐亭》(之五)以赠之。

# 柒 乌台诗案的起因

· 乌台诗案引论 ·

对于乌台诗案起因的各种说法,有不同的归纳,王树芳(1981)认为①:

对于这样一件在北宋历史上罕见的文字狱,历来说法却并不一致。总起来说有两种互相对立的说法:一是说苏轼讥讽朝政、谤讪中外臣僚,罪有应得。神宗朝的御史台作如是观;后世研究王安石者,在肯定王安石新法、批判保守派时,也往往作如是观。另一种说法则认为"乌台诗案"是一个大冤案。苏轼的弟弟苏辙最早提出这一看法。他在《东坡先生墓志铭》中说苏轼"徙知湖州,以表谢上,言事者挺其语以为谤,遣官逮赴御史狱"(见《苏东坡集》上册)。在这里,由于当时的现实环境,子由不可能说得更加彻底,只能这样吞吞吐吐,略而不详,但他毕竟最早透露了翻案的消息。后来宋人朋九万在《东坡乌台诗案》一书中,除了把这一案件的始末加以编排外,也加上了一句翻案式的叙述:"宋祠部员外郎直史馆知湖州遭时群小构成诗祸拘禁之案卷也。"(见《东坡乌台诗案》)这里虽有置评,但也是言之过简。元人撰《宋史·苏轼本传》,则完全袭用苏辙所写墓志铭中的说法,没有提出新的见解。

解放以后,在文学史著作中以及在研究苏轼的有关文章中,也仍然有这样两种截然相反的观点。有的说"苏轼因作诗讽刺新法,被捕下狱"(游国恩等《中国文学史》)。直至目前,有的仍然说苏轼"充当了顽固守旧派的死党,……他不仅写了大量奏折和文章反对新法,还写了大量诗词攻击新法,大造守旧倒退的舆论。变法派为了维护新法,不得不对他采取打击的措施:熙宁四年将他调离中央,元丰二年将他逮捕入狱"(段国超《似是一种失败心理》,载《齐鲁学刊》1980年第2期)。这是一种观点。另一种观点则认为苏轼的被捕入狱,是做了"统治集团内部争权夺利"斗争的"不幸者"(中国科学院文学研究所《中国文学史》)。有的认为:"'乌台诗案'的实质是:变法派中的极少数分子,以借口镇压反对派为名,对苏轼进行个人打击报复,并且通过苏轼,还对与苏轼发生社会关系而并非完全是政治上反对派的人们,进行一次大规模的公开打击。事实说明,'乌台诗

---

① 王树芳.亮节何由令世惊——关于"乌台诗案"的一点看法[J].嘉兴师专学报,1981(1):22—29+57.

案'是历史上极为罕见的'文字狱'之一"(颜中其《关于苏轼'念奴娇·赤壁怀古'的主题》,载《齐鲁学刊》1980年第2期)。

阮延俊(2012)则认为说法有四[①]:

关于乌台诗案的起因,当前学术界说法主要有四:一则王安石清洗说;二则新旧党争说;三则才高取祸说;四则攻击新法、罪有应得说。笔者认为乌台诗案的发生兼具其四因以及他性格狂傲,方正直言。

后来又有学者提出了第五种:神宗主导说。认为乌台诗案反映了"君主独裁、封建专制与士大夫积极'有为天下'之间的矛盾"[②],"宋神宗是制造这起冤案的主角"[③]。下面分述这五种意见以及综合性的"多种因素"说。

## ·罪有应得说·

段国超(1980)认为,苏轼"充当了顽固守旧派的死党","变法革新派为了维护新法,不得不对他采取打击的措施"[④]:

熙宁二年(1069),宋神宗破格起用王安石为参知政事,次年升任宰相,实行了变法。王安石变法的主要措施是"绝兼并之路",在一定程度上限制打击了大地主豪强兼并势力。以司马光为代表的大地主阶级顽固派,为了维护他们的既得利益,以儒家思想为武器,反对变革,并特别抬出儒家的"三畏"("君子有三畏,畏天命,畏大人,畏圣人之言")来恫吓王安石,希图阻止王安石的变法。王安石不顾顽固派的反对,坚持变法革新,针锋相对地提出了"三不足"("天变不足畏,

---

[①] 阮延俊.论苏轼的人生境界及其文化底蕴[D].武汉:华中师范大学,2012.
[②] 赵理直.揭示文豪的真面目——苏轼在乌台诗案中的被扭曲和被误读[J].中山大学学报论丛,2006(7):28—31.
[③] 李裕民.乌台诗案新探[J].宋代文化研究,2009(2).
[④] 段国超.似是一种失败的心理——就苏轼《念奴娇·赤壁怀古》的主题与刘乃昌同志商榷[J].齐鲁学刊,1980(1):78—80.

祖宗不足法,人言不足恤")的战斗口号。王安石不愧是列宁所说的"中国十一世纪时的改革家"。这场斗争,实质上是地主阶级内部比较开明进步的政治势力和腐朽守旧的政治势力之间的一场尖锐复杂的路线斗争。

那么,在这场斗争中,苏轼站在哪一边呢?他充当了顽固守旧派的死党,坚决站在司马光一边,从事反变法革新的一系列活动。他攻击王安石变法是"使其民知利而不知义,见刑而不见德";攻击新法"小利则小败,大利则大败,若力行不已,则乱亡随之"。在思想上,苏轼提出:"必畏天,必从众,必法祖宗。"这是儒家"三畏"的翻版,苏轼用来与王安石的"三不足"的朴素的辩证唯物主义思想相对抗,希图从根本上否定王安石变法的指导思想,达到反革新的目的。在政治上,苏轼提出:"结人心,厚风俗,存纲纪",用以反对王安石提出的"识时务,变风俗,立法度"的政治主张。他认为国家的强弱,不在废祖宗的法度,而在于巩固传统的道德、风俗,以及祖宗传下来的统治方法。他所谓"结人心",就是用儒家的道德去加强地主阶级内部团结,加强对劳动人民的思想统治;"厚风俗",就是固守旧的传统;"存纲纪",就是维护旧的制度。在手法上,苏轼鼓吹"忍小忿而就大谋"。另外,他不仅写了大量奏折和文章反对新法,还写了大量诗词攻击新法,大造守旧倒退的舆论。变法革新派为了维护新法,不得不对他采取打击的措施:熙宁四年(1071),将他调离中央,元丰二年(1079),将他逮捕入狱。

有人(2010)甚至认为乌台诗案是"多嘴"惹的祸[1]:

少说话没坏处。这是一句非常简单的话。不知道这句话是否会引起众多职场"菜鸟"的重视,也不知道有人是否会因此认为我这个职场"老油条"在倚老卖老。扪心自问,我觉得自己讲了一句真话。

本想举几个亲眼看到的例子,但担心有人对号入座,惹是生非,所以举几个历史人物的故事说说,希望大家理解少说话的好处。

提起苏轼苏东坡,稍微读了点书的人,大概无人不知道此公才高八斗、学富五车。然而造化偏偏弄人,所谓"世上到处都是有才华的穷人",东坡居士正是此

---

[1] 佚名.少说话没人把你当"哑巴"[J].工友,2010(2):46—47.

中人。

苏轼才华绝世却一生坎坷、屡遭打击，与他直言朝政、讽时讥世有很大关系。比如他针对王安石变法中推行的青苗法，写了一首《山村》的诗说："杖藜裹饭去匆匆，过眼青钱转手空。赢得儿童语音好，一年强半在城中"。大意说：百姓得了青苗钱，立即在城中过度消费。又如《秋日牡丹》："化工只欲呈新巧，不放闲花得少休"，这首诗虽属闲暇之吟，但也被牵强其中。苏轼被从湖州任上逮捕回京，无可奈何之下承认：化工比执政，闲花比小民，讽刺执政者扰民，云云。

苏轼被捕后，羁押在御史台，御史台古有乌台之称，此案故称"乌台诗案"。乌台诗案牵涉到一批主要反对宋神宗与王安石改革的政治人物，共计22人，其中包括苏辙（轼弟）、司马光、刘挚（日后为朔党领导人）。这些人之所以身陷囹圄，皆犯了一个相同的毛病：多嘴。

## ·小人诽谤说·

余秋雨（2002）在《山居笔记》中有《苏东坡突围》一文，文中对"一群大大小小的文化官僚"诬陷苏轼有如下描述：

苏东坡到黄州来之前正陷于一个被文学史家称为"乌台诗狱"的案件中，这个案件的具体内容是特殊的，但集中反映了文化名人在中国社会的普遍遭遇，很值得说一说。搞清了这个案件中各种人的面目，才能理解苏东坡到黄州来究竟是突破了一个什么样的包围圈。①

为了不使读者把注意力耗费在案件的具体内容上，我们不妨先把案件的底交代出来。即便站在朝廷的立场上，这也完全是一个莫须有的可笑事件。一群大大小小的文化官僚硬说苏东坡在很多诗中流露了对政府的不满和不敬，方法是对他诗中的词句和意象作上纲上线的推断和诠释，搞了半天连神宗皇帝也不太相信，在将信将疑之间几乎不得已地判了苏东坡的罪。

---

① 余秋雨.山居笔记[M].上海：文汇出版社，2002：84—85。

开始，苏东坡还试图拿点儿正常逻辑顶几句嘴，审问者咬定他的诗里有讥讽朝廷的意思，他说："我不敢有此心，不知什么人有此心，造出这种意思来。"一切诬陷者都喜欢把自己打扮成某种"险恶用心"的发现者，苏东坡指出，他们不是发现者而是制造者。那也就是说，诬陷者所推断出来的"险恶用心"，可以看作是他们自己的内心，因此应该由他们自己来承担。我想一切遭受诬陷的人都会或迟或早想到这个简单的道理，如果这个道理能在中国普及，诬陷的事情一定会大大减少。但是，在牢房里，苏东坡的这一思路招来了更凶猛的侮辱和折磨，当诬陷者和办案人完全合成一体、串成一气时，只能这样。终于，苏东坡经受不住了，经受不住日复一日、通宵达旦的连续逼供，他想闭闭眼，喘口气，唯一的办法就是承认。于是，他以前的诗中有"道旁苦李"，是在说自己不被朝廷重视；诗中有"小人"字样，是讽刺当朝大人；特别是苏东坡在杭州做太守时兴冲冲去看钱塘潮，回来写了咏弄潮儿的诗"吴儿生长狎涛渊"，据说竟是在影射皇帝兴修水利！这种大胆联想，连苏东坡这位浪漫诗人都觉得实在不容易跳跃过去，因此在承认时还不容易"一步到位"，审问者有本事耗时间一点点逼过去。案卷记录上经常出现的句子是："逐次隐讳，不说情实，再勘方招。"苏东坡全招了，同时他也就知道必死无疑了。试想，把皇帝说成"吴儿"，把兴修水利说成玩水，而且在看钱塘潮时竟一心想着写反诗，那还能活？①

刘子立(2010)对此进行了批判②：

笔者认为，《苏东坡突围》一文最大的症结就在于严重地混淆了文化与政治的定义。现代史家谈论史事，往往从经济入手，渐渐推至政治，最后才到文化等"上层建筑中的上层建筑"；虽然渐渐为人指摘落入俗套，但决不失为一种严谨有效的治学方法。但余秋雨先生的这篇大作，处处均从文化着眼，名人是"文化名人"，小人是"文化群小"；这尚且不打紧，余先生更是以文化作为解决一切历史问题的法宝，诸如神宗是善良的、被邪恶文化愚弄的皇帝，熙宁党争是完美文化人

---

① 余秋雨.山居笔记[M].上海：文汇出版社，2002：92—93。
② 刘子立.《苏东坡突围》——对历史的离奇阐释[J].宝鸡文理学院学报(社会科学版)，2010，30(2)：66—72。

格与中国"世俗机制"的较量……如此种种,不一而足。其实说起来,这也不是余先生的首创,宋代士人向来有高谈性命道德之学的习惯。一问乱世要如何匡扶天下,首先就是要化风俗、正人心,"君子喻与义,小人喻于利",结果宋人议论未定,金兵已至开封城下;文人清谈误国,向来如是。在这一点上,余先生倒是非常忠实地继承了当时的历史传统,只不过宋人换成了余先生,道德之学变成了文化口号。看似四平八稳,其实偏颇得无以复加。

令笔者比较感兴趣的是,余先生在《突围》一文中提出了两个很重大的文化命题:"小人"与"嫉妒"。同在《山居笔记》中的《历史的暗角》一文,以及在余先生的另一本散文集《霜冷长河》中的《关于嫉妒》一文,可以算是余先生自己做的最好的注脚。在总体上,我认为余先生将这两种困扰我们良久的问题拿出来讨论是很有价值的;但是在"小人"问题上,正如余先生在新版《山居笔记》前言中所说的"君子和小人这条重要界限的无处不在和难于划分"——是不是"无处不在"还有待商榷,但"难于划分"无疑是显而易见的。遗憾的是,在《突围》一文的具体创作中,余先生似乎丧失了这种敏锐的眼光;相反,处处严于"君子小人之辩",泾渭分明,不是君子就是小人。似乎不这样,就无以阐明"对于稀有人格在中华文化中断绝的必然和祭奠的必要"(《山居笔记·前言》)——这种"祭奠",无疑是要以一大批罪名确凿的小人形象作为祭品的。其实这种非此即彼的论调,在北宋的历次党争中,已经成为了一种基本的论调。最有名的应该算是司马光在《资治通鉴》中的这段话:

夫君子小人之不相容,犹冰炭之不可同器而处也。故君子得位,则斥小人;小人得势,则排君子。此自然之理也。(《资治通鉴》卷二四五记唐大和八年事)

看似理直气壮,其实无论是"君子"还是"小人",都没有给出一个起码的判定标准。于是,原本义正词严的"君子小人之辩"就很自然地流为了党派之间党同伐异的手段。称自己为君子,他人为小人,乃至衍变为得势者为君子,失势者为小人,使原本道德意义上的划分被赋予了非常浓厚的政治意义与功利意味——细心查看一下《全宋文》,便可发现基本上所有从政者都曾经被戴上"小人"的大帽子的。正如沈松勤先生所说,确立于欧阳修而盛行于熙宁以后的、用于解释和指导朋党之争这种两极理论("君子小人之辩"),是中国传统文化中线性思维的产物;而这种思维导致了该理论本身的严重缺陷。

从《突围》一文中,不论是对苏轼还是对其他人物的分析,余先生都没有脱离这种"线性思维"的藩篱,这庶几已经成为了中国人"集体无意识"之一。我认为,如何看待与改造这种思维方式,是较"小人""嫉妒"之类更有意义的文化课题。但是,如果我们摒弃了现实的因素,就会惊奇地发现在文本的表述中,简单的、大义凛然的、富有文化气息的永远都能获得更好的表达效果,这也无疑是当年党争中无论各派都频繁运用这种表达方式的原因之一。余先生是一位深深浸淫中国传统文化的学者,对其中奥妙无疑深得个中三昧。就余秋雨先生的学养而言,这种对史实的大规模改造大概是有意为之,而且这种完美的改造恐怕也并非一般人所能够任意为之的。从语境的创造上,余先生也的确很成功地将话题引到了文化问题的探讨上。但问题是,如果余先生想进行纯思辨意义上的思考,这么大规模的历史改造似乎没有必要;如果余先生想依托历史进行较为具体的个案分析,那么《突围》一文也未免太唐突史实了一点罢。

曹思彬(1984)认为苏轼确曾有诗含有讥讽,但有不少是李定等乱扣帽子无限上纲的:[①]

王安石变法后,苏轼确曾写过一些诗来讥讽朝政,借以反对新法,但有不少是御史中丞李定等人故意陷害苏轼而乱扣帽子,无限上纲的,因而发生了轰动一时的"乌台诗案"文字狱。苏轼首当其冲,被捕入狱问罪,险些丢了脑袋。幸得各方面的营救和说情,才改判贬谪湖北黄州。

王树芳(1981)为了说明乌台诗案是出于小人诽谤,在摘引了言臣们的弹劾札子中列举的苏轼罪行之后,概括道[②]:

尽管御史们指控的罪名很多,但归纳起来也不过只有两条,一是讥讽朝政,

---

[①] 曹思彬.苏轼创作动力及源泉之探讨[J].惠阳师专学报(苏轼研究专辑),1984(S1):48—52.
[②] 王树芳.亮节何由令世惊——关于"乌台诗案"的一点看法[J].嘉兴师专学报,1981(1):22—29+57.

即所谓讥切时事,厌弊更法,这是说苏轼反对新法,二是怨望其上,即所谓谤讪大臣而缘以指斥乘舆,这是说苏轼反对皇帝,把矛头直指神宗本人。在封建社会里,有了这两条可以说是犯了死罪,即使单凭"怨望其上""指斥乘舆"这一条也就可以杀头了。当时的御史们的意图也正是要置苏轼于死地。当然,最后苏轼并没有判处死刑,而只是贬谪黄州。这种处置与御史们的主观意图有很大差距,就中也可窥见"乌台诗案"实质的某种消息。我们为了弄清"乌台诗案"的实质,首先必须对这"两大罪状"进行具体分析。

对于怨望其上、指斥乘舆这条罪状,王树芳认为:

直接指控苏轼犯"怨望其上"罪的是舒亶,他在《札子》中说:"至于包藏祸心,怨望其上,讪谩骂而无复人臣之节者,未有如轼也。"

舒亶在《札子》里又说:"其尤甚者,至远引衰汉梁、窦专朝之事,杂取小说燕、蝠争晨昏之语,谤讪大臣而缘以指斥乘舆,盖可谓'大不恭'矣。"(见《东坡乌台诗案》)这里的所谓"远引衰汉梁、窦专朝之事",是苏轼借古人的事,来讥讽当时官居要位耍弄权术的"小人",并不是在骂皇帝。至于说燕、蝠争晨昏之语,既不是骂神宗的话,而且最先也不是苏轼讲的,而是苏舜举讲的。《乌台诗案》中有这么一段文字:"熙宁六年,(苏轼)到临安,苏舜举相接,言舜举数日前入州,却被训狐押出。……问训狐事,舜举言:燕以日出为旦,日入为昏,蝠以日入为旦,日出为昏,争之不决,诉之凤凰。至途次,逢一禽,谓燕曰,不须往诉,凤凰在假。或曰,凤凰渴睡,却是训狐权摄。'"(见《宋人轶事汇编》)这里的所谓权摄凤凰的训狐,是苏舜举讥讽转运使王廷老的,把它栽赃到苏轼身上,完全是错误的;何况,就其内容而论,也只是讥讽王廷老,根本不是指斥乘舆之词。

对于另外一条指斥乘舆的证据,文中叙述:

王珪在苏轼已系于大理狱时,向神宗说了苏轼有"不臣意",证据是苏轼的《王复秀才所居双桧二首》中的第二首两句诗:"根到九泉无曲处,世间惟有蛰龙知。"(见《苏东坡集》上册)王珪讥谗说:"陛下飞龙在天,轼以为不知己,而求之地下蛰龙,非不臣而何?"(见《石林诗话》)看来,这是直接背君叛主的话,材料过硬,难以驳倒。但神宗听了,却不以为然,驳道:"诗人之词安可如此论?彼自咏桧,何与朕事?(见《石林诗话》)并且说:"自古称龙者多矣,如荀氏八龙,孔明卧龙,岂人君耶?"(见《宋人轶事汇编》引《闻见近录》)在这里,当事者神宗本人作如是观,"不臣罪"自然不能成立;况且苏轼本人在狱中也矢口否认。

既然两条指斥乘舆证据都不能坐实。

御史台的最后根勘结论已不是"怨望其上""指斥乘舆"了,而改为"谤讪中外臣僚"。其实,"谤讪中外臣僚"应该说,不算什么罪名。封建社会中,臣僚之间的倾轧与排挤是司空见惯的事,他们之间的互相攻讦,不能成为判罪坐牢的依据。事实上,神宗朝以前的北宋王朝,也没有这样的先例。

对于"所谓苏轼讥讽朝政的诗",王树芳经过详细的分析,认为:

苏轼的讥讽文字,只不过是一个"见不善斥之如恐不尽"(见《东坡先生墓志铭》)的正直知识分子的心声。苏轼后来在回忆这次冤狱时曾说自己"故至今,坐此得罪几死。……世人遂以轼为欲立异同则过矣。妄论利害,搀说得失,此正制科人习气,譬之候虫时鸟,自鸣自已,何足为损益?"所以,对苏轼这时期所写诗文,根本不应该构成一个穷治深罪、株连极广的诗案。

因而王树芳提出:

苏轼正因为要坚持自己高风亮节而不能与新进们苟合,也正因为要发扬自己的高风亮节而对新进们又不能容忍,这就在根本上得罪了新进们,导致这些新进们或为了个人打击报复,或为了自己往上爬,兴起了这次文字狱。

在叙述了李定和舒亶的言行之后,王树芳认为:

根据以上分析,我们可以得出这样一个结论:"乌台诗案"是一个北宋历史上少有的文字狱,是一个大冤案。制造这个冤案的主谋是李定,舒亶起到了推波助澜的作用。他们以镇压反对派为名,行打击报复之实。那种认为苏轼是因为反对新法而被捕入狱的看法,显然是没有仔细考察"乌台诗案"的全过程而仓促得出的结论。我们认为这沉埋了近千年的冤案应该推翻。这对研究苏轼的创作和思想,也许不为无益。

曾枣庄(1980)认为眉山诗案(即乌台诗案)起因于"神宗最初不愿追究,但在御史台众口一词的围攻下,他只好命令御史派人把苏轼拘捕入京问罪"①。

眉山诗案是在王安石罢相三年以后发生的。熙宁九年(1076)王安石因守旧派的攻击和变法派内部的倾轧而第二次罢相后(从此,王安石闲居金陵,再未还朝),统治阶级内部围绕变法所进行的一场政争,逐渐演变成了排斥打击异己的斗争。苏轼在地方任上,政绩卓著。特别是在知徐州时,黄河决口,水汇徐州城下。苏轼亲率军民,筑堤防水,"过家不入",保全了徐州。神宗通令嘉奖苏轼说:"汝亲率官吏,驱督兵夫,救护城壁,一城生齿,并仓库庐舍,得免漂没之害"(《东坡续集》卷十二《奖谕敕记》)。苏轼的地方政绩,神宗对苏轼的奖誉,更激起了苏轼在朝廷的政敌要置苏轼于死地:"先帝(神宗)眷臣不衰,时因贺谢表章,即对左右称道。党人疑臣复用,而李定、何正臣、舒亶三人,构造飞语,酝酿百端,必欲置臣于死。先帝初亦不听,而此三人执奏不已,故臣得罪下狱。"(《东坡奏议集》卷九《杭州召还乞郡状》)

李定对苏轼的"执奏不已",除担心苏轼"复用"外,还包含有个人恩怨。在开始变法时,苏轼因反对新法而被迫离开朝廷,李定却因吹捧新法而从秀州判官一下子爬到了监察御史里行的高位。他因贪恋官位,不服母丧,为御史弹劾,苏轼也曾写诗讥刺他。从此他对苏轼怀恨在心。元丰二年(1079)四月,苏轼从徐州改知湖州,在《湖州谢上表》中说,陛下"知其(苏轼自指)愚不适时,难以追陪新进;察其老不生事,或能牧养小民"。"新进""生事"其语刺痛了李定等靠投机新法起家的暴发户,他们抓住这两句话,并重新搬出了苏轼那些"托事以讽"的诗文,群起攻击陷害苏轼,连章弹劾苏轼。李定说苏轼有四条"可废之罪":一是"怙终不悔,其恶已著",二是"傲悖之语,日闻中外",三是"言伪而辩""行伪而坚",四是"陛下修明政事,怨不用己"。何正臣说苏轼"愚弄朝廷,妄自尊大";"为恶不悛,怙终自若,谤讪讥骂,无所不为","有水旱之灾,'盗贼'之变,轼必倡言,归咎新法,喜动颜色,唯恐不甚。今更明上章疏,肆为诋诮,无所忌惮",要求对苏轼"大明诛赏,以示天下"。舒亶弹劾苏轼"包藏祸心,怨望其上,讪读言谩骂,而无复人臣之节者,未有如轼也"。(《东坡乌台诗案》)

---

① 曾枣庄.论眉山诗案[J].四川师院学报(社会科学版),1980(3):59—64+88.

神宗最初不愿追究,但在御史台众口一词的围攻下,他只好命令御史派人把苏轼拘捕入京问罪。李定感叹"人才难得",但他的本意是指找不到一个逮捕苏轼的"如意"的人。太常博士皇甫遵自告奋勇,愿去拘捕苏轼。他在离京前,要求途中夜间把苏轼寄监。神宗不允,说:"只是根究吟诗事,不消如此。"皇甫遵领旨后,同其儿子立即离京,奔赴湖州。

苏轼在《出狱次前韵》中说:"平生文字为吾累",事实正是这样。乌台诗案是一场颠倒黑白,无限上纲,罗织罪名的文字狱,其主要"罪证"即苏轼的《钱塘集》(通判杭州所作的诗文)、《超然集》(知密州时所作的诗文)和《黄楼集》(知徐州时所作的诗文)。虽早已不传,但现存宋人朋九万《东坡乌台诗案》、周紫芝《诗谳》、清人张鉴秋《眉山诗案广证》等所录的、当时被指控为攻击新法的二三十篇诗文,绝大部分仍保存在《东坡集》中。因此,这些诗文的性质,至今仍有案可稽。

涂普生(2015)认为"'乌台诗案'不是变法与反变法之争的产物,而是李定等人为一己私利而修筑的'桥头堡'"①:

"乌台诗案"的发生,究其原因主要有以下几个方面:

**(一)苏东坡对王安石变法的某些方面有意见**

在神宗皇帝起用王安石全面推行新政的时候,苏东坡并不在京城,而是在四川眉山为其父苏洵丁忧。公元1069年二月,苏东坡为其父丁忧期满返回开封(北宋京城)。此时,王安石被神宗任命为参知政事,并且按王安石的想法,朝廷成立了"制置三司条例司",具体负责变法事宜:王安石为了保障新法顺利推进,调整了御史台的人事安排,全面推行了"青苗法""农田水利法""免役法""保甲法"等9法。并且在神宗皇帝的支持下,在中央直辖三路进行新法试点。

当时,对于初返京城的苏东坡来说,他并不是全盘反对王安石变法,他只是在返回京城的途中,看到一些新法推行中的负面效应,听到一些基层民众对新法的负面反映,因而在思想上有些想法,甚至是抵触性的想法:这些想法包含着生活的真实,反映出新法的流弊。归纳起来,主要有几点:1.不能求治太急:认为改

---

① 涂普生.漫说"乌台诗案"[J].黄冈职业技术学院学报,2015,17(4):1—4.

革动机不错,做法不妥;大刀阔斧、暴风骤雨般地搞变法,社会承受不了,民众也承受不了。应该像农村老妪炖肉一样,"细火慢炖",应该是"事已成而迹不显,功已立而人不知"。2. 要增加国家财力,苏东坡主张"安万民,厚货财,省费用";而王安石主张则是"因天下之力以生天下之财,取天下之财以供天下之费"。3. 反对拿三路民众作为推行新法试点,苏东坡说,……以人之死生,试其未效之方,三路之民,岂非陛下赤子,而可试乎? 4. 不同意王安石关于科举考试取消诗赋明经诸科,而专以经义策论取士的建议。5. 不同意王安石进人太锐;王安石为了推进新法,首先拿御史台开刀。王安石在神宗皇帝的支持下,一次就清除了14名臣吏;其中御史台11人,谏官3人。王安石把自己的亲信李定、舒亶安排担任御史,把何正臣安排到御史台担任侍中。苏东坡知道王安石变法是宋神宗皇帝的意愿,是神宗皇帝支持的。而神宗非常器重苏东坡的才学,把苏东坡作为"储相"。神宗皇帝与苏东坡的关系不是一般的君臣关系。因此,对王安石变法,苏东坡不敢、也不会去全盘否定,只是在上述这么五点上有些意见,有些不同的想法。应该说,改革在当时来说是个新事物。任何新事物的出现,都会在社会上引发不同的意见和想法,这本是很正常的事。把持不同意见者,统统一律说成是反对派,未免失之偏颇,未免有失公正、公平。因此,并不能说苏东坡是新法的反对派,他只是反对新法的某些做法,而当时有些当权者就想拿影响力大的苏东坡开刀。

(二)上神宗皇帝书,使之成为变法的反对派

有人会说,不要以为苏东坡对于王安石变法,只是一个持不同意见者,而定之为反对者、反对派,失之偏颇,失之公正和公平。如何解释苏东坡上神宗皇帝书这一历史事实呢? 史料表明,苏东坡确实给神宗皇帝写了四个奏折。苏东坡此番之举,确实事出有因。前面已经说过,苏东坡对王安石变法确实有些意见和想法,他又是个"一吐为快"的人,可是苏东坡为父丁忧期满回到京城后不久的情况是:欧阳修已辞去一切职位,司马光已经请离京城了,范镇、文同、张方平等朝廷重臣,一个个都被王安石变革旋风卷走了。苏东坡心里有话无处可说,感到很孤独。京城里能够与苏东坡谈谈想法的,就只有前科状元刘恕了。苏东坡写诗给刘恕说:"京朋翩翩去略尽,惟吾与子独彷徨。"没想到,不几天,刘恕也被批准

辞职回家了。此时的苏东坡十分愁闷。他写诗道:"闭户时寻梦,无人可说愁。"他想来想去,觉得神宗皇帝比较器重自己,应该是可以与神宗皇帝说说心底话的。宋神宗熙宁四年初,苏东坡终于动手向神宗皇帝写奏折了。也许是苏东坡心里的话憋的时间过长,他连上神宗皇帝四个奏折:第一个是《议学校贡举状》;第二个是《谏买浙灯状》,被准奏;第三个是《上神宗皇帝书》(即史传万言书);第四个是《再上神宗皇帝书》。这四个奏折,除一个被准奏外,其余全如石沉大海。尽管如此,东坡反对变法之名已经坐实。

**(三)被诬陷贩私盐谋利,成其遭诬陷的前奏**

而此时,王安石弟媳之兄长谢景温,对苏东坡落井下石。他指控苏东坡当年用官船送父苏洵灵柩回四川途中,随船贩私盐谋利,并因之对苏东坡进行弹劾(最后查无实据)。谢景温奏请皇上将苏东坡安排到一个小县当判官。皇帝惜苏东坡之才,将苏东坡安排出京城,到杭州当通判。苏东坡是个犟人,对于王安石及其亲信的弹劾不屑于理会,连修表白辩也没有,任凭发落,自己携家带眷,径赴杭州上任去了。

这一离京而去,苏东坡在杭州、密州、徐州、湖州做了将近十年的地方官。从苏东坡被新党人物赶出京城,到杭州任通判,其直接原因是新党政治集团要排除异己,纯化朝廷。可拿到神宗皇帝面前的奏本都是指控苏东坡利用官船贩卖私盐谋私。可见当时,新党政治集团也没有拿到苏东坡反对变法的确切证据。顶多也就是认定苏东坡对王安石推行新法有意见、有想法。东坡却因此成为变法派要防范和排除的人物。

**(四)因抗洪有功受皇帝重奖而遭忌恨**

苏东坡离开京城到杭、密、徐、湖供职,做得是很不错的,政绩显著,深得老百姓爱戴,可以说是一代良官。他的执政思想内核,概括起来是六个字:忠君、爱国、惠民。在杭州,苏东坡做将近三年的通判,除邪扶正,有口皆碑。然后被提拔到密州当太守。这是苏东坡有生以来第一次当一把手。他在密州太守任上,不仅干得很卖力,而且干得很惬意。他带领密州人民战胜了蝗灾,战胜了饥荒;他填写了一首充满狂放情感的词《江城子》(老夫聊发少年狂)。两年后,调任徐州太守。三个月后,徐州以北约五十里处黄河向东方决口,淹没了几百平方。徐州城面临巨大的洪水威胁,苏东坡身先士卒,住在城墙上的抗洪棚子里,20多天没有回家过,经过将近一个月的抗洪斗争,战胜了这一特大洪灾。这是苏东坡在地方为官执政的顶峰。皇上得知这一胜利的消息后,重奖了苏东坡,使得苏东坡声名鹊起,震撼朝野。有道是,祸兮福所倚,福兮祸所伏。就在苏东坡任徐州太守将近两年后,公元1079年4月调任湖州太守不到3个月,御史台御史李定、舒亶,侍中何正臣向神宗皇帝呈递奏本,指控苏东坡欺君犯上、讥讽大臣、诋毁圣上、反对皇上提擢新人、乱取士之法、亏大忠之节,等等。他们指控的证据,就是从《苏子瞻学士钱塘集》中摘录的一些诗句拼成的罪状。皇帝震怒,责令御史台查办此案。于是,历史上便出现了"乌台诗案",便出现了苏东坡人生第一次负向转折。

**(五)《湖州谢上表》成为导火索**

值得特别注意的是,"乌台诗案"是发生在苏东坡任徐州太守、因抗洪功高超凡、受到皇上重奖之后,是发生在苏东坡到湖州任太守、他所写的《湖州谢上表》被李定等收到之后。稍加琢磨,不难发现,苏东坡徐州抗洪之功,使得李定、舒亶、何正臣顿生恐惧和杀机,他们害怕苏东坡如此受皇上赏识,将来有一天一定会回朝担任高官,到时他们这些人会不融于苏东坡。李定、舒亶、何正臣的疑窦、恐惧真的在一定程度上得到了印证。这个印证就是苏东坡到湖州任上时所写的《湖州谢上表》。苏东坡在《湖州谢上表》中这样写道:"愚不识时,难以追陪新进(指李定、舒亶、何正臣这些新提拔的新锐);老不生事,或能牧养小民。"这不过是苏东坡在神宗皇帝面前发的一点小牢骚。可这个《湖州谢上表》呈到京城,落到李定、舒亶、何正臣这些人手上,他们读后着实惊出一身冷汗。拿着《湖州谢上表》,李定、舒亶、何正臣立即在一起研究对策,剪除苏东坡。一致认为:此人(即苏东坡)不除,你我皆无宁日!于是决定向神宗皇帝告御状。

可告御状没有什么罪状可告,怎么办?李定、舒亶、何正臣等知道苏东坡有个"一吐为快"的性格,遇到什么事喜欢发个议论、喜欢写个诗什么的。从这种思路出发,他们找到了《苏子瞻学士钱塘集》(三卷),并且从这三卷诗集中寻章摘句,拼凑罪状。诸如"根到九泉无曲处,世间惟有蛰龙知""赢得儿童音语好,一年强半在城中""岂是闻韶解忘味,迩来三月食无盐""读书万卷不谈律,致君尧舜知无求""东海若知明主意,应教斥卤变桑田"……这样拼凑了20多条罪状(不少诗句与新法全然无关,纯属穿凿附会),写成奏表,呈予神宗皇帝。在奏表之上,他们还特地写上一句:"轼万死不足以谢圣时"。要求皇上判苏东坡以死刑。神宗皇帝看了奏表后,很震怒,随即下令,责成御史台办理此案。可以说《湖州谢上表》是"乌台诗案"的导火索。

**御史台制造冤案的实质**

从史实的分析中,不难看出"乌台诗案"中苏东坡的真实形象:第一,他不是反对王安石变法的死硬分子。苏东坡在外放杭州、密州、徐州、湖州做通判、做太守,没有做任何抵抗王安石新法的事情。而在司马光返朝为相,想全盘否定王安石变法时,苏东坡坚决反对。还因司马光听不进意见,东坡骂其是"司马牛"!这些可以说是明证,证明苏东坡不是要全盘否定变法,而是对王安石变法中的一些问题有看法、有不同意见。这应该是允许存在的不同政见。第二,"乌台诗案"之所以构成惊天大案,本质上不是为了顺利推行和有力保障王安石变法,也不是为了实现"富国强民"的皇上旨意,而是李定、舒亶、何正臣等获得巨大利益的既得利益者,为了保全其既得利益和位置而进行的以攻为守的"保卫战"。究其实质,"乌台诗案"不是变法与反变法之争的产物,而是李定等人为一己私利而修筑的"桥头堡"。以"乌台诗案"为据给苏东坡下个"反对王安石变法"的历史定论,是有悖历史真实的。第三,苏东坡确乎给了李定、舒亶、何正臣等人一些口实。尤其是苏东坡写的那个《湖州谢上表》,其中对变法发了些牢骚,表明了自己对国家和民生的"担心"。但是"牢骚"也好,"担心"也好,都不是针对王安石变法的,只是针对李定、舒亶、何正臣这些借王安石变法之机,行个人恩怨报复之实的人的。苏东坡此举,激发了李定、舒亶、何正臣等人采取告御状行动的决心,却丝毫不能说明苏东坡是反对王安石变法的中坚分子。

颜中其(1980)认为乌台诗案"的实质是,变法派中的极少数分子,以借口镇压反对派为名,对苏轼进行个人打击报复,并且通过苏轼,还对与苏轼发生社会

关系然而并非完全是政治上反对派的人们,进行一次大规模的公开打击"①:

  这里应该简单地提及一下"乌台诗案"问题。它发生在元丰二年(1079)六月苏轼当湖州太守任上。当时离开苏轼上书神宗反对王安石变法,离开苏轼作诗讥讽新法都已好几年,但监察御史里行何大正、舒亶,国子博士李宜之,御史中丞李定故意抓住苏轼《湖州谢上表》中的几句话,对他进行弹劾。主要罪名是"愚弄朝廷,妄自尊大","对新法肆为诋诮,无所忌惮";主要罪证是别人为苏轼所刻的一部诗集:《元丰续添苏子瞻学士钱塘集全册》。"乌台诗案"的全过程反映了当时统治阶级内部政治斗争的复杂性。当时新法的主要领袖王安石已经退出政治舞台,在神宗亲自指导下,新法并非"不断取得进展,规模越来越大,取得了胜利",而是有某些改变,有些人已在开始利用新法这块招牌。"乌台诗案"的实质是,变法派中的极少数分子,以借口镇压反对派为名,对苏轼进行个人打击报复,并且通过苏轼,还对与苏轼发生社会关系然而并非完全是政治上反对派的人们,进行一次大规模的公开打击。事实说明,"乌台诗案"是历史上极为罕见的"文字狱"之一,并不是一般所说苏轼由于反对了进步的王安石变法而遭到应有的打击所能完全说明得了的。

  王世焱(2019)认为,李定"巧借神宗之力报复苏轼与之过节"②:
  苏轼与李定的过节,表面是忠孝节义与寡廉鲜耻的猛烈碰撞,其实是苏轼反对王安石变法的结果。到了元丰二年,王安石虽已不在宰相位,但苏轼仍遭受文字狱,被鞫乌台入狱,可见苏轼不是反对王安石变法了,已经上升到反对宋神宗变法了。参知政事蔡确针对变法事宜曾对宰相吴充说:"且法,陛下所建立,一人协相而成之,一人挟怨而坏之,民何所措手足乎!"(李焘.续资治通鉴长编[M].北京:中华书局,1993:7249.)因此,李定看清形势,虽然也佩服与赞叹"苏轼诚奇才也"(王巩.甲申杂记[M].扬州:江苏广陵古籍刻印社,1983:91.),但还是巧借神宗之力报复苏轼与之过节。

---

① 颜中其.关于苏轼《念奴娇·赤壁怀古》的主题——与段国超同志商榷[J].齐鲁学刊,1980(2).
② 王世焱."乌台诗案"中苏轼与李定的交锋[J].新东方,2019(4):78—84.

## ·王安石清洗说·

李国文(1997)认为"乌台诗案""实际是王安石对政敌大清洗的一个部分"。是舒亶"秉承王的意思,给皇帝打了份报告……"①

胡玉平(2002)注意到在一些文艺作品中渲染和夸张了王安石贬斥苏轼的说法②：

元杂剧是一种"纯文学"产物,所塑造的形象和叙述的事件缺乏历史真实性,甚至与历史事实背道而驰,戏作历史。如无名氏《苏子瞻醉写赤壁赋》写东坡赴王(安石)宴,由于作[满庭芳]词,戏了王夫人,才被王上出贬黄州。[满庭芳]词曰:"香霭雕盘。寒生冰箸,画堂别是风光。主人情重,开宴出红妆。腻玉圆搓素颈,藕丝嫩新织仙裳。双歌罢,虚檐转月,余韵尚悠扬。人间何处,有司空见惯,应谓寻常。坐中有狂客,恼乱愁肠。报道金钗坠也,十指露春笋纤长。亲曾见、全胜宋玉,想像赋《高唐》。"读罢不过是戏宴之词而已。在第一折最后"(王云)苏轼去了。叵耐此人无礼。某请你家宴,小官侍妾,淫词戏却,更待干罢。我到来日见了圣人说过。一者此人不知黄州菊花谢,二者趁此机会,将他贬上黄州,趁了小官之愿。……"知史者读罢,尤觉可笑尔。但在一笑之后别忘了元杂剧"唱戏"的意义。

吴昌龄《花间四友东坡梦》里所写苏轼被贬的原因也是因为作[满庭芳]词,第一折:

(外扮苏东坡上,诗云)……天子问为何太湖石摧其一角！安石奏言:此乃是苏轼不坚。小官上前道:非苏轼不坚,乃安石不牢。天子大笑回宫,安石好生怀恨。……安石令俺为赋一词,小官走笔赋[满庭芳]一阕。谁想那女子就是安石

---

① 李国文.乌台诗案[J].随笔,1997(3).
② 胡玉平.论元杂剧对"乌台诗案"的叙事重写——以苏轼形象为中心研究[J].江西青年职业学院学报,2013,23(3):81—83.

的夫人。到次日,安石将小官的[满庭芳]奏与天子,道俺不合吟诗嘲戏大臣之妻,以此贬小官到黄州团练,就着俺去看菊花。

可见,王、苏两人似乎仇深似海,再加上"戏妻之恨",那么苏子瞻的悲剧上演也就在所难免。费唐臣《苏子瞻风雪贬黄州》开篇第一折就把苏、王二人的关系摆在势不两立的形势上:"(王安石上,开)……在朝诸官,多言不便,独翰林学士苏轼,十分与我不合。昨日上疏,说我奸邪,蠹政害民。我欲报复……我已着御史李定等,劾他赋诗讪谤,必致主上震怒,置之死地,亦何难哉。"明摆着的,王安石就是要对付他,苏轼确实也落得"风雪贬黄州",吃了不少苦头。第四折:"……[水仙子]臣也曾远无亲戚近无邻,臣也曾釜有蛛丝甑有尘。臣则为归家懒睹妻儿问,到如今布袍上有泪痕。"再有《诸宫调风月紫云庭》第四折:"[双调][新水令]当日个为多情一曲[满庭芳],曾贬得苏东坡也趁波逐浪。何况这莺花燕市客,更逢着云雨楚山娘。我凭那想像高唐,怎强如俺满意宿鸳鸯。"皆可为证。

杂剧刻画人物总是千姿百态,可在杂剧中苏东坡被贬黄州一事似乎不约而同地把原因归在[满庭芳]一词。这并非是巧合,而是对历史的一种映照和再现,在历史面前,任何文人都跳不过事实的门槛。故元杂剧并非无中生有地重写历史。

张崇信(2002)批判了"乌台诗案""实际是王安石对政敌大清洗的一个部分"的论断[①]:

《随笔》1997年第3期李国文先生的《乌台诗案》,有很多地方与史实不符。

一、在《乌台诗案》(以下简称《乌》)中,李先生断言:"乌台诗案""实际是王安石对政敌大清洗的一个部分",是舒亶"秉承王的意思,给皇帝打了份报告……"

王安石于熙宁九年(1076)辞去相位作江宁知府(未到职),第二年连知府的官职也辞掉了。而熙宁九年苏轼还在任密州太守呢!第二年苏轼调任徐州太守,在徐州一直干到元丰元年(1078)。元丰二年(1079)二月调任湖州太守。到

---

① 张崇信."乌台诗案"是王安石所为? ——对李国文先生《乌台诗案》一文的质疑[J].许昌师专学报,2002(3):60—63.

任后上表称谢。《谢表》中有两句牢骚："愚不识时,难以追陪新进";"老不生事,或能牧养小民"。这话刺痛了"新进"们。首先是何正臣弹劾苏轼,接着是李定、舒亶等上书言苏轼"罪在当诛"。七月派皇甫遵去逮捕苏轼,八月十八日入御史狱,十二月二十七日下旨释放。

"乌台诗案"发生在王安石退隐三年之后,李先生却说那是"王安石对政敌大清洗的一个部分"。王安石已经辞掉了一切官职,李先生却说当朝御史舒亶是"秉承王的意思给皇帝打了份报告……"这不是很可笑吗？事实是无情的。"乌台诗案"不仅不是"秉承王的意思",而且对李先生更有讽刺意味的是：苏轼获释出狱却有王安石援救之力！此案开始,隐居金陵的王安石不知道。他听说后立即上书神宗救苏轼。书中质问神宗："安有圣世而杀才士乎？"当时人说：乌台诗案"因荆公一言而决"。这话夸大了王安石的作用,苏轼获释是多种因素促成的。但王安石上书援救苏轼的事实,却可以证明李先生的论断是毫无根据的。

二、《乌》说：王安石"在整治他的文学劲敌方面,却是一个完全的小人。如果他不写诗不为文,只是一位当朝宰相的话,他对苏轼不会表现出太多的兴趣。坏就坏在他是一个文人,而文人要整文人的话,就混杂一种可怕的嫉妒心理……"

这段话是说：苏是王的文学劲敌,王嫉妒苏的文学才能,因此要狠整苏轼。

这纯是想象的话。王安石(1021—1086)比苏轼(1037—1101)大16岁,王中进士时,苏才5岁。欧阳修的《赠王介甫》云："翰林风月三千首,吏部文章二百年。老去自怜心尚在,后来谁与子争先……"他把王安石的诗比翰林李白,文章比吏部韩愈。可以说王安石已经在文学上成名了,而当时苏轼还没离开四川老家呢！

倒是有不少谈诗论文的书籍都记载有王安石和苏轼相互佩服称赞的话。例如：

1. 据《景定建康志》引杨湜《古今词话》："金陵怀古,诸公调寄《桂枝香》者三十余家,惟王介甫为绝唱。东坡见之叹曰：'此老乃野狐精也。'"

2. 元丰七年(1084)苏轼路过金陵拜访王安石,写了《次荆公韵四首》,第三首是和王的《北山》诗的。他对《北山》特别赞赏,和诗中充满深情："骑驴渺渺入荒陂,想见先生未病时。劝我试求三亩宅,从公已觉十年迟。"

3. 元祐元年(1086)立秋,王安石已逝世4个月了。苏轼祭西太乙宫神坛时,见安石旧日题壁诗:"柳叶鸣蜩绿暗,荷花落日红酣。三十六陂烟水,白头想见江南。""三十年前此地,父兄持我东西。今日重来白首,欲寻陈迹都迷。"苏轼注目良久赞叹不已,并立即和诗两首:"秋早川原净丽,雨余风日清酣。从此归耕剑外,何人送我池南?""但有樽中若下(若下村产美酒故以若下代酒),何须墓上征西(用曹操早年希望死后墓碑上能镌刻征西将军的典故)。闻道乌衣巷口(晋时王谢大族住乌衣巷),而今烟草萋迷。"

苏轼与王安石金陵会见时,王在病中不能同游钟山。苏与王胜之同游后,把作的诗给王安石看。诗中有两句,安石特别欣赏。扶几赞曰:"老夫平生所作诗无此二句。"另外据《西清诗话》载:这次苏王金陵会见之后,王对人称赞苏轼:"不知更几百年后方有如此人物!"苏、王彼此称赞佩服,有这么多实例。请问李先生能找出王安石嫉妒苏轼诗文才能的例子吗?

《乌》文先考证"小人"的源流,然后宣称王安石"是一个完全的小人"。李先生断言王安石是小人,大概没有看看与他同时代的名人怎样评价他吧。黄庭坚被"新党"整得死去活来,他在《跋王荆公禅简》中称赞王安石道:"予熟观其风度,直视富贵如浮云,不溺于酒利财色,一世之伟人也。"因激烈反对新法而遭贬谪的刘安世在《元城语录》中说:"金陵(指王安石,因他从20岁后即定居金陵,直至逝世)亦非常人……质朴俭素终生好学,不以官职为意。""平生行止无一渍(污点)。"

李先生不是断言王安石嫉妒苏轼要狠整苏轼吗?那么就看看苏轼怎样评价王安石吧。

元祐元年王安石逝世。当时哲宗10岁,由一贯反对变法的英宗皇后高太后主政,她立即任命因反新法而辞官的司马光当宰相。司马光正逐条废除新法。在这种政治气候中,苏轼奉命拟《追赠王安石太傅》的诏书。在诏中,他这样概括王的一生:"将有非常之大事,必生希世之异人。使其名高一时,学贯千载。智足以达其道,辩足以行其言;瑰丽之文足以藻饰万物,卓绝之行足以风动四方。用能于期岁之间,靡然变天下之俗。……方需功业之成,遽起山林之兴。浮云何有,脱屣如遗。屡争席于渔樵,不乱群于麋鹿。进退之美,雍容可观。"

"即便此诏系奉命而作,但也流露出苏轼对王安石的道德文章人品的敬仰之情。"(洪亮《放逐与回归——苏东坡及其同时代人》,江西百花洲文艺出版社,1993年12月版)

萧庆伟(1995)提出了此说中一个比较客观的说法,认为乌台诗案的原因,是因为王安石对苏轼"素恶其议论异己"[①]:

乌台诗案发生于北宋新党执政期间的元丰二年。是年,由王安石发起并主持的经济变革正趋于成熟和深化,同时由变革所带来的种种弊端也表露无遗。对于新法之弊,苏轼屡上书直言其害。而当其建议不被采纳时,一方面,苏轼即在其管辖区域,"每因法以便民,民赖于安"。(《宋史》卷三三八《苏轼传》)另一方面,又将新法之不便形诸诗文,在诗文创作中进一步表达其政见与忧思。由于王安石"素恶其(苏轼)议论异己"(《宋史》卷三三八《苏轼传》),所以,这些作品成了新党舒亶等攻击苏轼的凭借。时御史台诸人或由王安石荐,或由蔡确荐。李定"少受学于王安石"(《宋史》卷三二九《李定传》),及入京师,又言青苗得人,遂由王安石荐为监察御史里行。舒亶也因王安石荐而由临海尉擢权监察御史里行。何正臣,"元丰中,用蔡确荐,为御史里行"。(《宋史》卷三二九《何正臣传》)监察御史之责为分察六部,大事奏劾,小事举正。熙丰期间的监察御史迎合王安石推行新法之意,而以绝对维护新政作为最高原则。在此风气之下,苏轼涉谤时政的诗文创作自然成为他们攻伐的重点对象,更何况王安石"素恶其议论异己",故终致乌台诗案。

《宋史·苏轼传》云:苏轼"又以事不便民者不敢言,以诗托讽,庶有补于国"。因此我们说,这类诗歌实质上是苏轼政见的形象描述。它们无不体现出东坡关心国事、体恤民情的可贵精神。然新党以政治手段处之,则未免有斩尽伐绝之嫌。

---

① 萧庆伟.车盖亭诗案平议[J].河北大学学报(哲学社会科学版),1995(1):50—56+85.

李炜光(2012)则认为"可以说乌台诗案与王安石变法有关系,但跟王安石本人无直接的关系"①:

王安石与这一切有无直接关系?关于荆公与诗案的关系,大致有三种说法:

其一,政敌说。"诗案"发生在元丰二年(1079),而王安石早在三年前,也就是熙宁九年(1076)就离开政界了。那一年,王安石由于丧子的原因第二次罢相,去了江宁,最后连宰相都不干了。"诗案"是三年之后的事了,其时的宰相已是吕惠卿,怎能把"诗案"和王安石扯在一起呢?从熙宁二年王安石开始推行新法,到"诗案"发生,已经十年过去,苏轼没有放弃对新法的批评,王安石一直不以为然,在他断断续续执政的八年内,苏轼可以畅所欲言,王安石一直未加干涉,怎么他当宰相的时候不办苏轼,退隐山林多年后却想到要报复苏东坡了?吕惠卿确实是王安石提拔的,但王安石当政时,吕与王的政见已然不同了,他当时不陷害苏轼怎么会在王安石远离政坛以后,反而秉从他的什么意志,替他清洗所谓的"政敌"呢?所以,"政敌说"于理不通。

其二,嫉妒说。说王安石是因为嫉妒对手的才华而下毒手的,这纯属想当然。王、苏二人虽政见不同,但在才情文学上他们二人相互欣赏。王安石曾称赞东坡"子瞻,人中龙也";在读到"峰多巧障日,江远欲浮天"的东坡佳句时,抚几慨叹曰"老夫平生作诗,无此一句";苏东坡则称王安石"名高一时,学贯千古,智足以达其道,辩足以行其言"。相关的例子,在各自留传的作品中很容易找到,历史上也从没有留下任何王安石嫉妒苏东坡的记载,更不会因嫉妒而生仇恨陷对方于死地,这绝不是半山的为人。所以,"嫉妒说"同样站不住脚。

其三,小人说。林语堂在他写的《苏东坡传》中,把王安石称作"王安石那群小人",的确,"乌台诗案"的制造者李定、舒亶、何正臣等,历来被视为王安石的"朋党",王安石提拔的人、他的助手、学生和继承者,几乎都被官方修订的正史《宋史》列入奸臣的行列,他本人虽没有被列入其中,但也是被骂了一千多年。

苏轼和王安石都是从政的文人。他们有许多共同点,都是奇才,唐宋八大

---

① 李炜光.乌台诗案始末[J].读书,2012(3):69—78.

家,他俩就占了两家;他俩都具有高尚的人文精神,富有同情心,关心劳动人民的疾苦。他们各自的诗作中很多都反映了这方面的内容。但是,他俩政见不同,两人的关系也受到影响,逐渐疏远,最后闹到水火不容的地步。熙宁新法每推进一步,苏东坡都要写诗文讥讽,弄得王安石十分恼怒,苏东坡性情豪放,不拘小节,有时出口不让人,有时弄得王安石下不来台,利用手中的权力进行报复的事显然是有的。苏东坡半生颠沛流离,有一些就是王安石造成的。

客观地说,尽管王安石没有直接参与"乌台诗案",但也不能说与他毫无关系,起码是他起用的那些人,有几个是贤德君子呢?李定是王安石的学生,他表面上还尊重王安石,遵守他的教诲,但是他的私德、心胸、手段、志向,王安石怎么能担保呢?事实证明,正是李定,是这些小人制造了这个千古冤案。对此东坡的弟弟苏辙早就下过结论"东坡何罪,独以名太高"。实际上,不仅李定,王安石、苏东坡、宋神宗,大家都有小人的倾向,表现就是不能容人,气量狭窄,个人意气用事,政见不同导致朋友都做不成。这样的事,所见所闻实在太多,古来如此。所以,我们可以说乌台诗案与王安石变法有关系,但跟王安石本人无直接的关系。

## ·党争说·

李真真(2010)在其博士论文《蜀党与北宋党争研究》中对北宋党争有一个全景式的评述[①]:

历史上先后出现过的皇权以外的政治力量有外戚、宗室、后宫、宦官等。这些政治集团或彼此争权夺利,或相互勾结,对皇权构成威胁。他们的存在对于君主专制的封建政体,对于政局的稳定、人民的安居乐业都造成了十分消极的影响。他们往往产生于皇权衰弱之时。此一时期的皇帝或沉迷于声色犬马,不问朝政;或昏庸愚钝,无力控制政局;或处于冲龄,尚未有能力亲政。在此情形之下,各种政治力量便有机会登上历史舞台,上演一幕幕争权夺利的斗争。

---
① 李真真.蜀党与北宋党争研究[D].济南:山东大学,2010.

有宋一代,党争一直是与变法扯不开的话题,两者相克相生,互相纠结。变法是党争的导火索,而党争又是变法中不同势力相互较量的必然表现。北宋大规模的党争早在太宗时期便已萌芽,于仁宗景祐、庆历年间正式开始,经神宗时期的新旧党争,哲宗初年的朔、蜀、洛三党之争,绍圣时期的绍述新政,徽宗初年的"元祐党籍碑"事件,一直持续到北宋灭亡。其间高潮迭起,愈演愈烈,由最初士大夫之间的政见分歧逐步演化为党同伐异、喜同恶异的纯粹的意气之争,成为导致北宋灭亡的重要原因之一。北宋党争尽管频频发生,却有着与其他朝代不同之处。

其一,参与的各派政治力量完全是由官僚士大夫组成的,后宫、贵戚、宦官集团基本上没能形成对皇权构成威胁的独立的政治力量。而官僚士大夫则往往以座主、门生、故吏、同年、同乡、同宗、同族等关系作为彼此联结的纽带,结成朋党。在汲取以往朝代兴衰成败的经验教训时,宋代帝王十分清醒地看到历史上的宦官、外戚、宗室、后妃等集团弄权无一不曾给国家带来巨大的灾难。因此自开国起,君臣便制定了一系列的防范措施,日后更定为"祖宗家法",为历代谨守。

宋世典常不立,政事丛脞。一代之制殊不足言。然其过于前人者数事:如人君宫中,自行三年之丧,一也。外言不入于捆,二也。未及末命,即立族子为皇嗣,三也。不杀大臣及言事官,四也。此皆汉、唐之所不及,故得继世享国至三百余年。若其职官、军旅、食货之制,冗杂无纪;后之为国者,并当取以为戒。(顾炎武:《日知录集释(外七种)》卷十五,第1224页)

"外言不入于捆",出自《礼记·曲礼上》,王文锦先生解释为:"外边的话不要带进家门槛里。"(王文锦:《礼记译解》,第15页)"外边"指有关国政之事,而"家门槛里"可以理解为内宫,内宫不得干预朝政,以此杜绝后宫、宦官等势力威胁皇权,这是开国所制定的"祖宗家法"之一。而"不杀大臣及言事官",则从制度上确保了士大夫们的人身安全,解除他们的后顾之忧,使之畅所欲言,尽忠职守。皇帝虽拥有至高无上的权力,但是必须依靠某一群体来管理国家纷繁复杂的内政外事。考虑到诸多政治力量在历史上对权力的渴望及追逐所造成的深重灾难,而相比较之下士大夫群体所显现出的自律性及政治建树,促使宋代皇帝做出与士大夫群体"共治"的决定。两者从内外两方面对这几种政治势力采取了极力抑制的策略,并固定为"祖宗遗训",一直不容有丝毫的松懈,并由此造就了宋代"惟宋无女主、外戚、宗室、强藩之祸,宦寺虽为祸而亦不多"(柳诒徵:《中国文化史》,第516页)的政治局面。

其二,参与党争的士大夫都是"集官僚、文人、学者三位于一体的复合型人才"(王水照:《宋代文学通论》,第27页)。"这种有机的构成使宋代文人同时具有了参政主体、文学主体和学术主体,呈现出复合型的主体特征。"(沈松勤:《北宋文人与党争》,第1页)宋太祖赵匡胤经过对历史的反思,制定了"重文轻武"的基本国策。通过扩大科举,网罗社会各个阶层的知识分子,鼓励文人从政,使其成为为宋皇朝效力的官吏。同时崇文抑武,以此达到控制武臣、加强中央集权的终极目标。"集官僚、文人、学者三位于一体"的士大夫群体是北宋党争的主要参与者,他们之间的政见、文学、学术上的分歧是导致政争的原因。因此,在北宋党争由最初的政见之争逐步演化为熙宁后愈来愈严重的喜同恶异、党同伐异的过程中,形成了有别于其他时代朋党之争的一个鲜明特点,即以异党中人的"文字"作为攻击的重点。

庆历四年(1044),反对范仲淹新政的王拱辰发动"进奏院案",并借此劾奏王益柔所作《傲歌》中"醉卧北极遣帝扶,周公孔子驱为奴",有"谤讪周、孔"之意,宋祁、张方平"力言益柔作《傲歌》,罪当诛"(杨仲良:《皇宋通鉴长编纪事本末》卷三十八,第672页)从旁协助。由于益柔是范仲淹所举荐,王拱辰等人想借此动摇仲淹及新政之意昭然若揭。

元丰二年(1079),李定、舒亶等人摘取苏轼《湖州谢上表》中语句和此前所作诗句,以谤讪新政的罪名将苏轼逮捕入狱。经其弟苏辙、王安石等人的多方营救,苏轼幸免一死,被贬黄州。连同受牵连者包括苏辙、司马光、张方平、范镇等多达39人,并且都是反对新法的骨干,此即"乌台诗案"。

元祐四年(1089)五月,知汉阳军吴处厚上言蔡确贬谪安州时所做的诗文有讥谤朝廷、诬陷宣仁之意。以刘安世、梁焘为代表的台谏众人纷纷上章弹劾蔡确,遂责授左中散大夫、守光禄卿、分司南京,后再责英州。同时,曾为蔡确辩护的范纯仁、彭汝砺、王存等人亦遭贬黜,开启了士大夫贬谪岭南荆棘之地的先河,为哲宗亲政后大批旧党人士罢黜南蛮埋下隐患。此即"车盖亭诗案"。

绍圣四年,新党再次罗织"同文馆狱",借此打击元祐旧党。在党争的每个发展阶段,党派间无不通过这种方式对异党进行全面排挤。

其三,尽管北宋党争频发,却不是以皇权的削弱为前提。皇帝仍牢牢掌控着国家的最高决策权。宋代自开国起制定的建国、治国的方针大政,都是针对唐五代的历史经验教训而建立和制定的,以至后来沿袭为"祖宗家法"。这些国策无一不是以巩固、加深皇权为终极目标。有宋一代,宦官、宗室、后妃、外戚集团之所以自始至终都没有形成对中央皇权构成威胁的独立的政治力量,这与皇帝与士大夫对"祖宗家法"的谨守是密切相关的。熙宁变法时,宋代的君权与相权进入一个新的阶段,但仍没有背离"君尊臣卑"的原则。宋代士大夫阶层尽管担负着与皇帝共治天下的重任,成为维系、支撑宋王朝的主要政治力量,但却从不会篡夺皇权。这充分说明宋统治者所作的与士大夫群体"共治"天下这一决策的正确性。在"与士大夫共治天下"这一祖宗家法的影响下,宋代士大夫作为封建政体的重要组成,受到统治者的重视以及优待。而作为士大夫群体,也以与皇帝同治天下作为应有的政治权力。这种主人翁意识折射出了宋代特有的政治氛围,也使士大夫群体拥有了有别于其他朝代的气质。

莫砺锋(2007)对乌台诗案产生的背景、弹劾者们的动机和宋神宗的心态进行了分析①:

"乌台诗案"的档案材料基本上保存完整,御史们构陷东坡的奏状、东坡被逼招认的供状以及结案的文书都流传至今。20世纪中后叶盛行于神州大地的"专案组""外调取证""恶毒攻击罪""逼供信"以及深文周纳、株连亲友等伎俩,在"乌台诗案"中都能找到蛛丝马迹。原来那些自诩"史无前例"的现代御史们曾经偷偷地钻进历史的阴暗角落去乞灵于古代的亡灵。

经过十余年的动荡,宋神宗和王安石联手导演的新政逐渐走进了一条死胡

---

① 莫砺锋.乌台诗案史话之一:阴谋的出笼[J].古典文学知识,2007(4):38—43.

同。反对变法的元老大臣早被逐出朝廷，倡导变法的一些核心人物也已不在其位。在元丰二年(1079)的朝廷里，不但消失了王安石的身影，连"传法沙门"韩绛和"护法善神"吕惠卿也已相继离去。朝廷里虽然不再听得到反对新法的呼声，但人事纷争非但丝毫不见平息，反而变本加厉，日趋激烈。朝臣们朝秦暮楚，尔虞我诈，当初全凭着拥护新法而骤登高位的一帮新贵其实早已对新法毫无热情，但既然他们的荣华富贵是与新法同生共死的，所以他们最惧怕的事情就是一旦朝政有变，斥逐在外的旧党人物得以东山再起。如何继续打击旧党人物，尤其是如何把旧党人物中最孚人望又最有希望重返朝廷的中坚力量斩草除根，成为他们日夜谋划的当务之急。东坡虽然不是旧党中官位最高的人物，但是他刚正不阿，直言敢谏，连司马光都自叹"敢言不如苏轼"，王安石甚至把他看作司马光背后的谋主。旧党失势后，司马光等人绝口不言世事，东坡却继续抗议新法扰民，还在诗文中冷嘲热讽，俨然是代表整个旧党的政治发言人。而且东坡的诗文名满天下，新作一出便不胫自走，影响极大，远及异邦。凡此种种，都使新党将东坡视为必须除去的眼中之钉。权御史中丞李定，权监察御史里行何正臣、舒亶等人便是在同样动机的驱使下对东坡痛下毒手的。当然，李定曾怀疑东坡的诗文中暗刺其不孝而怀恨在心，借机公报私仇也是他必欲置东坡于死地的原因之一。因模棱两可而苟安于位的"三旨相公"王珪则是另一类情况，王珪是个明哲保身的油滑官僚，从熙宁到元丰，政局变幻有如翻云覆雨，朝臣更替则像走马灯，王珪却始终占据高位，成为宋神宗时代唯一的不倒翁。王珪对新法的制定实施无所献纳，他最关心的只是如何巩固自己的地位。既然东坡的声望如日中天且与日俱增，王珪当然会把他视为必须除去的隐患。至于另一位宰相吴充，正因受到王珪的倾轧而萌生去意，已经上书请求辞去相职，对于朝政不甚留意。刚被任为参知政事的蔡确则与王珪沆瀣一气，正日夜忙碌于结党营私、排斥异己。如果王珪蓄意打击东坡，蔡确是不会有任何异议的。

元丰二年(1079)的宋神宗，已经不像登基之初那样信心十足了。新政的弊端已相当明显，反对新政的旧党虽已尽数逐出朝廷，但反对的声浪仍不时地传进深宫来。自从熙宁新政以来，天灾不断，水、旱、蝗、雹、地震接连不断，反对新政者当然要把这些天灾说成是上天的警诫,即使神宗本人也是满心疑惧,所以他屡下罪己之诏,还接二连三地避正殿、减膳食,来表明对天诫的敬畏。熙宁七年(1074)郑侠所上的《流民图》,使身居深宫的神宗触目惊心,顿起暂停部分新法的念头。然而神宗毕竟是个胸怀雄才大略的皇帝,他对于自己为了富国强兵的目的而发动的变法决不肯轻易放弃,励精图治的他逐渐变得刚愎自用,也许王安石那句"人言不足恤"的名言常在他耳边响起。即使他非常尊敬的祖母太皇太后曹氏流着眼泪求他罢去新法,他都不肯轻易表态。当神宗的弟弟岐王赵颢向他泣涕进谏时,他竟然口出恶言:"是我败坏了国事吗!那么你来做皇帝好了?"怀有如此心态的神宗即使意识到新法的种种弊端,也决不能容忍臣下直言批评,更不能容忍臣下的冷嘲热讽。所以神宗对东坡的态度相当复杂,一方面他认识到东坡的绝代才华,很希望这样的杰出人才能为我所用。熙宁六年(1073)沈括察访两浙时,神宗曾叮嘱他善遇时任杭州通判的东坡。沈括回京后呈送东坡手录的新诗,并贴上标签注明其"词皆讪怼",神宗却隐忍未发。另一方面,神宗对东坡坚决不与新政合作的姿态非常不满,据说东坡在熙宁七年(1074)前往密州途中所作的《沁园春》一词曾传进皇宫,当神宗读到词中"用舍由时,行藏在我,袖手何妨闲处看"几句时,悻悻然地说:"且教苏某闲处袖手,看朕与王安石治天下?"这话也许是出于传闻,但对神宗的心态却描绘得惟妙惟肖。据《东坡乐府集选引》载,金代的元好问说东坡的《沁园春》词"极害义理,不知谁所作,世人误为东坡",又说神宗之言是"小说家"的伪造。后一点尚需待考,前一点则绝不可取,因为此词完全符合东坡当时的心态,并无"极害义理"之处。熙宁年间向朝廷推荐东坡的人不在少数,如熙宁七年(1074)李师中乞召东坡还朝,熙宁八年(1075)向经举荐东坡为侍从,熙宁九年(1076)李孝孙荐东坡为侍从,同年陈荐、苏澥又相继举之,王居卿、李察则举荐东坡"不次清要任使",熙宁十年(1077)陈襄荐东坡任词臣,直到元丰元年(1078)还有贾昌荐东坡为近侍,神宗却一概置之不理,这与他对东坡的不满很有关系。正因如此,当李定等人上奏诋毁东坡后,神宗果然大为震怒,当即下旨逮捕东坡,革去其湖州知州之职,押解到御史台来进行审讯,并指派知谏院张璪和李定负责审讯。"乌台诗案"是宋神宗亲自批准立案的,这是对宋太祖制定的不得以言罪人的"祖宗之法"的公然违背,也是熙宁新政中钳制舆论的政治风气导致的严重恶果,宋神宗对此难辞其咎。

莫砺锋(2008)认为乌台诗案沉重打击了旧党势力[①]:

北宋建国以来的第一场文字狱终于落下了帷幕。由李定等御史们出面充当打手,由地位更高的权臣在幕后指使的乌台诗案虽然没有完全达到东窗密谋时预定的目标,但毕竟沉重地打击了旧党的势力。司马光等旧党重要人物虽然只受到罚铜的象征性处罚,但毕竟名誉大损,从而大大降低了他们东山再起的可能性。年已七旬的张方平早已退休在家,但他在朝时因忠鲠敢言而受到新党的极端仇视,这次把他处于罚铜名单之首,分明不是出于偶然。而且王巩在此案中根本没有具体的罪状,却受到比东坡本人更加严厉的惩罚——贬往岭南的宾州,唯一的原因在于他是张方平的女婿,打击王巩等于打击其岳父。当然,本案最重要的结果是重重地惩罚了东坡,这个旧党中声望最高、才华最为杰出的人物,终于成了戴罪之身,他从此不再可能入朝任职,也不再可能对朝政有所讥评了。除了整个新党在政治上的全面胜利之外,发动此案的人们也各有所获,王珪终于清除了威胁其相位的一个隐患,李定终于报了私人的一箭之仇,张璪、舒亶等人既讨好了权臣,又替自己肃清了仕途上的潜在障碍,甚至连李宜之、皇甫遵等跳梁小丑也一定会额首以庆,因为他们从此就有希望飞黄腾达了。然而乌台诗案严重地危害了北宋皇朝的政治风气,宋太祖制定的不得以言罪人的法规被彻底破坏了,士大夫勇于言事的良好风气被严重摧残了,本以激浊扬清为职责的御史台沦落成排斥异己、钳制舆论的工具了,朝臣们互相倾轧、陷害的习气变本加厉了,新、旧党人之间的仇恨更加深刻了,双方打击政敌的手段更加冷酷无情了,小人夤缘营私的行为更加肆无忌惮了,宋神宗梦寐以求的国富兵强的理想也更加渺茫了。从这个意义上说,乌台诗案最大的输家就是宋神宗和他所代表的北宋皇朝。

---

[①] 莫砺锋.乌台诗案史话之三:营救与出狱[J].古典文学知识,2008(1):44—49.

莫砺锋(2008)认为乌台诗案是对"诗可以怨"这一传统的粗暴违反,开创了高压政治和文化专制的恶劣风气①:

乌台诗案最后由宋神宗亲自下旨定性,判定东坡犯了"作诗赋等文字讥讽朝政阙失"的罪行,并处以勒停两官、贬往黄州的惩罚。对东坡的处罚是重是轻,当时的人们肯定有种种不同的议论。但后人应该追问的却是,为什么"作诗赋等文字讥讽朝政阙失"便是犯罪?

从孔子开始,"诗可以怨"便成为中国诗歌的传统精神。一部《诗经》,其中讥刺时政的作品不胜枚举。汉儒解诗时提出的"美刺之说",堪称代表官方意识形态的诗学纲领,其中的"刺"与"美"平分秋色,同样都是受到封建统治者肯定的诗歌主题。相传上古时代曾有"采诗"制度,朝廷派出专人到社会上广泛地收集诗歌,借以了解民间疾苦以及百姓对朝政的议论。此事的真实性虽然无法证实,但至少说明古人在价值观上对它的肯定。如果从诗歌自身的性质来看,揭露社会弊病,讥刺政治的黑暗面,以及抒发诗人内心的牢骚哀怨,正是诗歌的根本价值之所在。从《诗经》到"古诗十九首",再到杜甫、白居易,"讥讽朝政阙失"正是诗歌史发出的最耀眼的一道光辉。然而东坡竟因此而获罪了,竟因此受到沉重的处罚了,连收受了东坡诗文的人也因此获罪了,无论从诗歌的政治功能还是文学功能来看,这都是对诗歌传统的粗暴违反。在以"文治教化"而傲视汉、唐的北宋,竟然发生了"乌台诗案"的文字狱,真是咄咄怪事。《宋史》卷二四二《慈圣光献曹皇后传》记载,曹太后闻知东坡因作诗下狱,对神宗说:"捃至于诗,其过微矣。"可见连居于深宫的太后都知道以诗罪人的"乌台诗案"是不该发生的。"乌台诗案"开创了高压政治和文化专制的恶劣风气,仅隔十年,重掌朝政的旧党如法炮制,制造了打击新党人物蔡确的"车盖亭诗案"。再过十多年,由宋徽宗、蔡京等人主导的文化专制变本加厉,不但下诏销毁东坡及司马光等人的文集之板,而且连司马光的史学巨著《资治通鉴》都险遭禁毁。以宋太祖制定"不得以言罪人"的"祖宗家法"为起点,以宋徽宗禁锢一切言论、甚至下诏禁止士大夫作诗为终点,北宋的政治生态和文化生态发生了每况愈下的大滑坡,"乌台诗案"正是这个下

---

① 莫砺锋.乌台诗案史话之四:涉案作品的文本分析[J].古典文学知识,2008(2):50—57.

滑过程中最显著的一个转折点。对此,宋神宗和李定等人是难辞其咎的。

周克勤(2002)认为"台谏兴办诗案的目的就在于党同伐异、消灭政敌,他们把同苏轼有交往的反对派都列入打击对象之中"①。

北宋统治阶级为了加强思想控制的需要,致使告讦成风,甚至私人信件也成了告讦的把柄。陈升之说:"时俗好藏去交亲尺牍,有讼,则转相告言,有司据以推诘……此告讦之习也。"(《宋史·陈升之传》,卷三一二,第10236页)苏轼则在《上韩丞相书》中认为:"昔为天下者,恶告讦之乱俗也,故有不干己之法,非盗及强奸,不得捕告。其后稍稍失前人之意,渐开告讦之门,而今之法,揭赏以求过者,十常八九。"北宋中叶以来党争激烈,喜同恶异、党同伐异的排他性、劣根性暴露无遗。党人利用最高统治者对臣下的猜忌心理,争相明察暗访、揭发检举,造成如后来陆佃所说的"以善求事为精神,以能讦人为丰采"的地步。(《宋史·陆佃传》,卷三四三,第10919页)庆历党争期间即有欧阳修的《与高司谏书》事件、石介《庆历圣德诗》事件、王益柔《傲歌》事件(参见《三千年文祸》第十一章第一节)。王安石变法之后,新旧党争,更为激烈。变法派不容许反对派谈论时事,贬斥新法。熙宁、元丰间兴起两大文字狱,一是郑侠之狱,二是东坡乌台诗案。从乌台诗案的一些涉案诗文与东坡供词可见当时对言论的控制情况:"'君不见阮嗣宗,臧否不挂口,莫夸舌在牙齿牢,是中惟可饮醇酒'……言当学阮籍口不臧否人物,惟可饮酒,勿谈时事,意以讥讽朝廷新法不便,不容人直言,不若耳不闻而口不问也。"(《送刘攽倅海陵》供词,《乌台诗案》第24页)"'刺舌君今犹未戒,炙眉我亦更何辞'……皆讥时人不能容狂直之言也。"(《刘贡父见余歌词数首,以诗见戏,聊次其韵》供词,《乌台诗案》第25页)"'嗟余与子久离群,耳冷心灰百不闻,若对青山谈世事,当须举白便浮君'……某是时约孙觉并坐客,如有言及时事者,罚一大盏;虽不指言时事是非,意言时事多不便,不得说也。"(《赠孙莘老七绝》(其一)供词,《苕溪渔隐丛话》前集第298页)

乌台诗案的发生与王安石变法及由此引起的党争确实密不可分。北宋因政

---

① 周克勤.乌台诗案研究[D].重庆:西南师范大学,2002.

治腐败、因循守旧而造成了积贫积弱的局面,中叶即出现了较大的财政危机和国防危机。集官僚、文士、学者三位于一身的北宋士大夫,既有志在当世的忧患精神以及变法图治的宏图伟愿,然而又因政见相左而分野。王安石和苏轼都主张革新朝政,但两人在具体革新主张上分歧很大。王安石强调变法,苏轼强调革新吏治。王安石确是一位立志改革的进步政治家,其变法目的在于富国强兵,增强抵御外侵的力量,巩固和加强封建统治。神宗继位,全面推行王安石的新法。变法主要是基于国家利益的考虑,如果推行顺利,百姓也可获得一些好处。然而事与愿违,北宋的官僚机构不仅庞大而且腐败,投机变法的贪官污吏在新法实施中营私舞弊,自谋其利。变法这件好事带来的好结果不多,甚至有些新条款的推行使百姓旧祸未除又添新灾。正如王安石的弟子陆佃所说:"法非不善,但推行不能如初意,还为扰民,如青苗是也。"(《宋史·陆佃传》,卷三四三,第10917页)主观意图、书面条文和客观实践效果并不一致。

苏轼是一个在政治上有很大抱负的诗人,持积极入世态度,对国家、社会、人民充满责任感,屡就重大政治问题陈述己见,备受朝野重视。早年他曾上书主张变法,但未被采纳。苏轼并不反对"变",问题是怎么"变",在应制科试所作《进策》中针对王安石的"患在不知法度",认为:"天下之所以大不治者,失在于任人而非法制之罪也。"熙宁四年(1071),苏轼为权开封府判官,写成7000多字的《上神宗皇帝书》,全面提出自己的政治主张,要求改革吏治,实施"渐变",反对新法大部分条款及其"骤变"的方法,因此受到以王安石为首的变法派的不满与排斥。之后,苏轼又在主考开封府时得罪王安石,被御史劾奏。京城难以立足,苏轼【主】动请求外放,先后任杭州通判,密州、徐州、湖州知州。

王安石变法期间,相当一部分元老重臣也因政见分歧,纷纷离开朝廷。王安石不得不重用一批支持新法的新进勇锐之人,其中不乏投机家,如吕惠卿、曾布、邓绾、李定以及后来的蔡京等,这些人推行新法的目的往往是迎合皇帝以扩大个人的财富与权势。熙宁九年(1076),因为守旧派的攻击和变法派内部的倾轧,王安石二度罢相,从此闲居金陵,再未还朝。之后,新法逐渐变质,开始由惠国向惠奸方面转化。赵冲说:"自秩与安石去位,天下官吏阴变其法,民受涂炭,上下循

默,败端内萌,莫觉莫悟。"(《宋史·常秩传》,卷三二九,第10596页)

东坡由于长期亲民而深知民间疾苦,执行新法又"常因法以便民,民赖以少安"。"初,公既补外,见事有不便于民者,不敢言,亦不敢默视也。缘诗人之义,托事以讽,庶几有补于国。"(《亡兄子瞻端明墓志铭》,《栾城集》卷二二,第1412页,1414页)。诗案之前就有人想陷害他,那些托事以讽的诗篇,曾经臣僚缴进,如沈括察访两浙时,求他手录近诗一通,返京后就"签贴以进",以为"词皆讪怼",但神宗却置而不问。(《续资治通鉴长编》,卷三〇,第2830页)

苏轼在地方任上,政绩卓著。特别是徐州防洪,亲率军民,筑堤防水,徐州城得以保全,神宗通令嘉奖:"汝亲率军吏,驱督兵夫,救护城壁,一城生齿,并仓库庐舍,得免漂泊之害"(《东坡续集》卷十二《奖谕敕记》,转引自曾枣庄《论眉山诗案》,四川师范学院学报1980年第3期第59页)。对这样一个百姓爱戴,君主奖誉的好官,群小却恨之入骨,他们害怕苏轼还朝重用,于是阴谋策划,欲置苏轼于死地。东坡后来在《杭州召还乞郡状》中称:"先帝眷臣不衰,时因贺谢表章,即对左右称道。党人疑臣复用,而李定、何正臣、舒亶三人,构造飞语,酝酿百端,必欲置臣于死。先帝初亦不听,而此三人执奏不已,故臣得罪下狱。"台谏兴办诗案的目的就在于党同伐异、消灭政敌,他们把同苏轼有交往的反对派都列入打击对象之中。当时,王安石罢相已有三年,乌台诗案与王安石无直接关系,却被台谏打着维护新法的幌子进行。王安石虽然有些刚愎自用,听不进不同意见,但他除了不重用反对派之外,并没有迫害过谁。王安石还向神宗进言救苏轼:"岂有盛世而杀才士者乎?"当时谳议以公一言而决(《诗谳》第17页)。

蔡涵墨、卞东波(2014)认为,对于乌台诗案"必须从推动'新法'的王安石(1021—1086)新党与反对'新法'的司马光(1019—1086)旧党之间博弈的语境加以审视"①:

还可以肯定的是,御史们选择苏轼作为他们办案的关键人物,是因为他交友

---

① 蔡涵墨,卞东波.1079年的诗歌与政治:苏轼乌台诗案新论[J].励耘学刊(文学卷),2014(2):88—118.

甚多，活动广泛，并与反王安石集团的人物多有文字之交。《乌台诗案》作为政治档案，必须从推动"新法"的王安石（1021—1086）新党与反对"新法"的司马光（1019—1086）旧党之间博弈的语境加以审视。大多数史学家认为，苏轼及其弟苏辙（1039—1112）作为"蜀党"的领袖，尽管他们在精神上坚持独立于新旧两党，但在绝大多数实际事务上，他们是站在司马光旧党一边的。苏轼在苏氏兄弟入仕之初的1069—1070年，就已经公开反对新法了。1071年，他就给神宗（1067—1085在位）上过著名的"万言书"，这是反王安石新法的经典文献之一（《经进东坡文集事略》卷二十四，《苏东坡集》第13册，卷十一，第38—50页）。因此，《乌台诗案》中大部分诗被看作敌视新法及新党的各种主张，并不是很奇怪的事。尽管神宗在元丰八年（1085）驾崩前一直支持新法，但激烈的党争，新政本身并没有带来切实的实惠，以及王安石新党内部的纷争，都消磨了神宗早先的热情。王安石于熙宁九年（1076）罢相，这使得新政没有了一个领导人物，也变得更容易被攻击。

即使这次针对苏轼的案子具体动机未明，但总的政治背景还是很清楚的。从政治上来说，这个案子可以很好地被视为继续新党路线者的先发制人，来阻止旧党团结起来，以免动摇他们在皇帝前的主导地位以及对政权的控制。乌台诗案的主导者李定和舒亶都是王安石新党早年的骨干。李定在诗案发生的前一年（1078）被任命为御史中丞。苏案也可能与元丰二年（1079）五月蔡确（1037—1093）被擢升为知枢密事有关。蔡氏早先也任职于御史台，他在御史台就因政治化办案而得到仕途上的高升（《宋史》卷四百七十一，第13698—13699页；《续资治通鉴》卷七十四，第1856页）。

还有另一种可能，这个案子在某种意义上是想通过敲打王诜，最终指向的是宣仁圣烈皇太后（1032—1093），她赞同旧党的政治态度是人所周知的，在她垂帘听政的元祐年间（1086—1093），旧党又重新得到启用。宣仁皇太后是英宗的皇后，神宗以及王诜妻子魏国大长公主（1051—1080）的母亲。众多后来参与"元祐更化"的人物都牵涉入苏轼的乌台诗案[这些人包括司马光、苏辙、黄庭坚、王巩、李常（1027—1090）、孙觉（1028—1090）、刘挚（1030—1097）、刘攽（1023—1089）

以及其他一些不重要的人物。与上面的假设相关的是李公麟(约1023—1106)所画的《西园雅集图》,此图画了16位士大夫在王诜私家园林西园聚会时的场景]。

另有一条重要的线索显示,针对苏轼的这个案子缘起可以追溯到1073—1074年,正好在王安石罢相前。根据相关资料,沈括(1031—1095)受命察访两浙,皇上让他去拜访苏轼,苏其时正任杭州通判。沈括趁访问之便,得到不少苏轼近作的诗稿,回到京城后,他就将这些诗呈于朝廷,并评论这些诗"词皆讪怼"。苏轼听说了沈括的举动,但对此并没有太在乎,直到李定和舒亶将苏轼的诗做成一个案子,这件事才变得严重起来。[王铚《元祐补录》(《汇编》第151则)。王氏援引的这则故事来源于沈括本人的说法。]

巩本栋(2018)认为乌台诗案是"党争背景下的产物","在文学史上也开启了一个诗歌讽喻传统被践踏、文学创作可以被横加干涉、无端打击的先例"[①]:
**"人间便觉无清气":"乌台诗案"的政治影响和文学接受**
如果说《乌台诗案》中的诗作具有重要的文学史意义的话,那么,作为政治事件的"乌台诗案",则几乎少有可取。

"乌台诗案"是北宋党争背景下的产物。孔子曰:"小子何莫学夫《诗》。《诗》可以兴,可以观,可以群,可以怨。迩之事父,远之事君,多识于鸟兽草木之名。"(《论语·阳货》,朱熹《四书章句集注》本,中华书局1983年版,第178页)讽刺社会政治生活中的丑恶现象,反映现实,以补察时政,原是诗歌创作的重要政治功能,是自《诗经》以来的中国古代诗歌创作的优良传统,原属正常。然而,在北宋新旧两派的思想政治斗争中,苏轼在诗歌中对新法的一些正常的批评,却被上纲上线,深文周纳,成了他反对新法、攻击朝廷大臣的罪证。围绕新法的争竞与以新法为界限的政治派别的对立,二者纠缠在一起,不但险些将苏轼置于死地,而且株连了一大批与苏轼有交往的士大夫。自宋初太祖即立碑太庙,"不得杀士大夫及上书言事人"(陆游:《避暑漫抄》,载陶宗仪《说郛》卷三九上,《四库全书》本)。

---

① 巩本栋."东坡乌台诗案"新论[J].江海学刊,2018(2):192—198.

然苏轼竟因作诗批评新法而被拘禁审查,几乎丧命。"祖宗家法"从此被破坏,因政治态度不同引发出政治派别的对立,新旧两党的界限由此愈加分明,两党之间的恩怨也愈发加深,宋神宗与李定、舒亶、何正臣等人皆难辞其咎。元丰八年(1085),随着神宗皇帝的去世,宣仁皇后高氏垂帘听政,司马光等旧派执政,尽废新法,章惇等新党中人也一一被排斥外任。观元祐初旧党人士频频上书抨击新党,亦绝不留情,必欲尽逐之而后快,新旧党争终不可解。待到哲宗绍圣亲政,新党重又上台,倡言绍述,政治翻覆,变本加厉,新党以更加严厉的手段打击旧党,政局遂不可收拾。

"乌台诗案"的出现,不只是在政治上产生了很多负面的影响,在文学史上也开启了一个诗歌讽喻传统被践踏、文学创作可以被横加干涉、无端打击的先例。"乌台诗案"过去仅十年,在北宋政坛上就出现了第二次诗案——"车盖亭诗案",只是这次的主角换成了新党中的蔡确。元祐四年(1089)四月,知汉阳军吴处厚笺释邓州知州蔡确诗《夏中登车盖亭绝句十首》上呈,以为其中有五篇词涉讥讪,"而二篇讥讪尤甚,上及君亲,非所宜言,实大不恭"(李焘:《续资治通鉴长编》卷四二五"元祐四年四月壬子"条,第10270页)。紧接着谏官吴安诗、刘安世、梁焘等亦接连上书,要求严惩蔡确。这简直与东坡"乌台诗案"时的情形完全相同。且看吴处厚的两篇笺疏:

矫矫名臣郝甑山,忠言直节上元间。古人不见清风在,叹息思公俯碧湾。(蔡确《夏中登车盖亭绝句十首》其七)

"右此一篇讥谤朝廷,情理切害,臣今笺释之。按唐郝处俊封甑山公,上元初曾仕高宗。时高宗多疾,欲逊位武后。处俊谏曰:'天子治阳道,后治阴德。……陛下奈何欲身传位天后乎?'由是事沮。臣窃以太皇太后垂帘听政,尽用仁宗朝章献明肃皇后故事。而蔡确谪守安州,便怀怨恨,公肆讥谤,形于篇什。处今之世,思古之人,不思于它,而思处俊,此其意何也?"

其十:喧豗六月浩无津,行见沙洲束两滨。如带溪流何足道,沉沉沧海会扬尘。(《夏中登车盖亭绝句十首》其十)

"'沧海扬尘',事出葛洪《神仙传》。此乃时运之大变,寻常诗中多不敢使,不知确在迁谪中,因观涢河暴涨暴涸,吟诗托意如何?"(李焘:《续资治通鉴长编》卷四二五"元祐四年四月壬子"条,第10270—10273页)

如果说李定等人的弹劾苏轼尚"有近似者"的话,那这里吴处厚的笺疏简直就是捕风捉影,曲意比附,无限上纲,与"东坡乌台诗案"中御史们的做法相比,真是有过之而无不及。

"车盖亭诗案"过去两年,东坡再次遭到诬陷。早在元丰八年(1085),东坡被批准退居常州,曾作七绝一首,本意在歌吟丰年,而对朝政绝无恶意。诗曰:"此生已觉都无事,今岁仍逢大有年。山寺归来闻好语,野花啼鸟亦欣然。"不料六年以后,却被御史中丞赵君锡、殿中侍御史贾易拈出,作为神宗皇帝去世不久、东坡暗自庆幸的罪证加以弹劾。其做法与"车盖亭诗案"如出一辙,牵合比附,令人齿冷。(参见《续资治通鉴长编》卷四六三"元祐六年八月"条、叶梦得《避暑录话》卷上所载)

不过,作为政治事件的"乌台诗案"和这一事件的特殊产物《乌台诗案》,在文学史上也并非全无意义。作为政治事件,它深刻影响了东坡的人生道路和文学创作发展;作为这一事件的记录的"诗案",其中虽有穿凿附会,上纲上线的成分,但毕竟"犹有近似者"。这就在某种程度上为我们了解这些作品提供了一些基本的背景材料,客观上有助于我们理解苏轼诗歌创作的内容和发展。苏轼的状词,在后人看来,似乎就如同他诗中的自注,甚至等同于其自撰的一部自道创作"本事"和解读诗意的"诗话"。于是其文学和文献的价值大为上升,至于御史们严辞逼供的背景,却逐渐淡化了。

南宋初赵次公在《东坡先生诗注》中便时称"先生诗话",施元之、顾禧《注东坡先生诗》引《乌台诗案》,则径作《乌台诗话》。陈振孙《直斋书录解题》卷一一"小说家类"著录此书,亦作《乌台诗话》。既是诗话,为注家所引就很正常了。南宋的苏诗注本、选本,像赵次公《东坡先生诗注》,王十朋《集百家注分类东坡先生诗》,施元之、顾禧《注东坡先生诗》等注本,凡注苏轼熙丰年间的相关诗作,便多引《乌台诗案》(施、顾注苏诗引《乌台诗案》的篇目、数量、异同等具体情况,可参李晓黎《百家注和施顾注中的乌台诗案》一文,《西南交通大学学报》2016年第2

期)。胡仔《苕溪渔隐丛话》前集卷四二论苏诗即节选《乌台诗案》,蔡正孙《诗林广记》后集卷四选苏诗亦节录《乌台诗案》,更不用说后世的各种苏诗注本、选本了(如《唐宋诗醇》《宋诗纪事》等)。他们几乎都不约而同地接受了《东坡乌台诗案》中对苏诗的解读,因为他们认为这就是诗人的夫子自道。

若非《乌台诗案》客观上为后人解读苏诗提供了重要的"本事"和文献资料,有些作品则后人未必能解。如《送杭州杜戚陈三掾罢官归乡》一首,《乌台诗案》曾详载此诗创作缘由。熙宁五年(1072),杭州裴姓家女孩坠井而亡,时裴家女佣夏沉香在井旁洗衣,裴家告至官府,州曹掾杜子房等三人判夏氏杖二十。次年,本路提刑陈睦以为不当,命秀州通判张若济重审此案。张杀夏氏,三曹掾被罢官。苏轼以为张若济判案过于严苛,因作此诗。诗中"杀人无验中不快,此恨终身恐难了"两句下,赵次公注就说得很明白。他说:"平时读此诗未痛解,及观先生《诗案》而后释然盖杭州录事参军杜子房、司户陈珪、司理戚秉道,各为承受勘夏香事,本路提刑陈睦举驳,差张若济重勘上件,三员官因此冲替。'月唊虾蟆行复皎',言陈睦、张若济蒙蔽朝廷。'杀人无验中不快',《诗案》作'终不决'。意者欲致夏香以死罪,而杜、陈、戚三掾不敢以死处之,则杀人为无凭验,终不决也。"(王十朋:《增刊校正王状元集注分类东坡先生诗》卷二〇,《四部丛刊初编》影印潘氏藏宋务本堂刊本)不但以诗案中材料得解诗意,且以诗案校订了原文。若非有夫子自道,则终是难解。

其他如《次韵周开祖长官见寄》,《乌台诗案》苏轼供状曰:"'政拙年年祈水旱,民劳处处避嘲讴。河吞巨野那容塞,盗入蒙山不易搜。'自言迁徙数州,未蒙朝廷擢用,老于道路,并所至遇水旱、盗贼、夫役数起,民蒙其害。以讥讽朝廷政事阙失。并新法不便之所致也。'事道'['事道固应惭孔孟,扶颠未可责由求'(苏轼撰,张志烈、马德富、周裕锴主编:《苏轼全集校注·苏轼文集校注》,河北人民出版社2010年版,第2050页)。]二句云云,以言已仕而道不行,则非事道也。故有惭于孔孟。孔子责由求云:'危而不持,颠而不扶,则将焉用彼相矣。'颠谓颠仆也。意以讥讽朝廷大臣不能扶正其颠仆。"(朋九万:《乌台诗案》"寄周邠诸诗"条,《丛书集成》初编本)若无《乌台诗案》所存案卷,诗意亦恐终嫌模糊。另如《和刘道原寄张师民》《次韵答邦直、子由》《送钱藻知婺州》《送蔡冠卿知饶州》等等，没有《乌台诗案》提供的材料，其诗意亦未必易解，也是很显然的。

总之，苏轼因作诗批评新法，讥刺新党，至被纠弹抓捕，虽有冤枉，但也事出有因，所谓"以讽谏为诽谤也"。我们今天重读这些诗作，重要的不是要为苏轼辩护，而是应客观分析，既指出其讽谏朝政、不满新党的一面，更应看到在上述讽谏、抨击背后所蕴含和反映的是一位正直的儒家士大夫对下层百姓的同情和党争背景之下其自身矛盾复杂的心态。《东坡乌台诗案》在苏轼诗歌的创作历程和宋诗史上占有重要地位，同时也在客观上为后人解读苏轼诗歌提供了相关的"本事"，具有重要的文献价值和文学史意义。

杨吉华（2019）分析了党争兴起的原因以及党争对于君子理想人格现实的破坏：①

在文人士大夫广泛受到重用的宋代，特别是北宋，科举取士每次动辄上百人，宋初的"三班吏员止于三百，或不及之"；到真宗天禧年间，"乃总四千二百有余"；而到神宗元丰三年时，"乃总一万一千六百九十"（李焘. 续资治通鉴长编[M]. 北京：中华书局，1986：7518）。这就给国家造成了官僚体制迅速膨胀乃至冗官之弊的严重问题。数量如此众多的官员，极容易因政见分歧和权位之争而发生冲突，甚至引发严重的党争。其间，虽然有直言不讳如苏轼者其论确实涉及是非曲直，但在党同伐异的复杂政治斗争旋涡中，特别是随着北宋中期王安石变法的实施，新旧两党之间势同水火的白热化斗争，正如清代王夫之在谈到宋代朋党之祸时指出的那样，他们之间往往"一唱百和，唯力是视，抑此伸彼，唯胜是求。天子无一定之衡，大臣无久安之计，或信或疑，或起或仆，旋加诸膝，旋坠诸渊，以成波流无定之宇"（王夫之. 宋论[M]. 北京：中华书局，1964：87）。如此一来，则文人士大夫遭人身攻击并被贬谪的命运，便使得曾经对他们而言具有强烈吸引力的君子理想人格追求，较多从理论上的道德预设让位于政治斗争的实际利益

---

① 杨吉华. 缺席的君子：苏轼理想人格追求的双重困境与自我突围[J]. 河南社会科学，2019，27（9）：49—57.

需要,不但使苏轼对与之同朝为官、同样具有较高文化素养的集文人、学者和官员为一身的宋代社会精英阶层的君子理想人格期许落空,也使得苏轼自己对君子理想人格的努力追求难以在现实社会生活中被肯定,从而造成了君子缺席的事实存在。

苏轼曾经说道:"臣闻朝廷以安静为福,人臣以和睦为忠。若喜怒爱憎,互相攻击,则其初为朋党之患,而其末乃治乱之机,甚可惧也。"(《再乞郡札子》)(孔凡礼.苏轼文集[M].北京:中华书局,1986:930)而事实上始于北宋的党争也正发展成为苏轼所"甚可惧"的局面。包括苏轼自己在内的许多人,如号称"不植党朋"(脱脱等.宋史[M].北京:中华书局,1985:10843)的吕大防、"不立党"的范祖禹等人,也都身不由己地被卷入党争之中:"是时既退元丰大臣于散地,皆衔怨刺骨,阴伺间隙,而诸贤者不悟,自分党相毁。至绍圣初,章惇为相,同以为元祐党,尽窜岭海之外,可哀也!"(邵伯温.邵氏闻见录[M].北京:中华书局,1983:146)从乌台诗案起,苏轼就深感自己空怀理想的无能为力,而在一定程度上将自己仕途的坎坷风波归因于君子缺席而小人得志的无奈。在乌台诗案发生后,他曾多次上书说自己皆因"小人告讦"而获罪,并向圣上指出此风若开,必将给国家带来不可挽回的损失:"今缘小人之告讦,遂听而是之,又从而行之,其源一开,恐不可塞。"(《论行遣蔡确札子》)(孔凡礼.苏轼文集[M].北京:中华书局,1986:837)于是,与"君子"相对的所谓"小人"的大量存在,成了苏轼君子理想人格现实缺席的重要破坏性力量所在。

在王安石变法中,由于苏轼与其学术政见殊异,王安石首先不容苏轼,导致二人之间私人关系交恶。时值神宗皇帝继位用人伊始,苏轼也还在朝廷,神宗多次欲用苏轼时,王安石均以各种理由拒绝,如"轼与臣所学及议论皆异,别试其事可也";(续资治通鉴长编拾补:卷四熙宁二年五月条与卷七熙宁三年三月条[M]//王水照,朱刚.苏轼评传.南京:南京大学出版社,2004:8)"轼才亦高,但所学不正……如轼辈者,其才为世用甚少,为世患甚大,陛下不可不察也"(续资治通鉴长编拾补:卷四熙宁二年五月条与卷七熙宁三年三月条[M]//王水照,朱刚.苏轼评传.南京:南京大学出版社,2004:73)等。面对王安石的这些说辞,苏轼开始时主要采取沉默态度,未与他发生正面冲突。至神宗皇帝将苏轼委任为"指陈得失"(《谏买浙灯状》)的谏言官,苏轼直接批评指陈新法得失后,进一步导致了王安石对苏轼更为剧烈的打击。苏轼也在工作职责的驱使下从由早期对新法采取相对沉默的态度转变为彻底的反对者。如:在熙宁二年(1069)十二月的《上神宗皇帝万言书》中力驳新法,与王安石发生了正面交锋。第二年,也就是熙宁三年(1070)二月,借王安石因韩琦上书谏青苗法而被迫离职之机,苏轼在《再上皇帝书》中,直言王安石为小人,希望神宗皇帝将其逐出朝廷;三月殿试之际,苏轼又作《拟进士对御试策》,对王安石"天命不足畏,众言不足从,祖宗之法不足用"的观点进行了言辞激烈的批驳。如此,则苏王二人之间的关系也在政治斗争中不断恶化,以至于王安石最后不惜指使姻亲编织罪名将苏轼弹劾出朝廷,使得这场本因政见分歧引起的政治斗争最终演化为朝臣之间的私人恩怨。"熙宁变法之初,当国者势倾天下,一时在廷,虽耆老大臣累朝之旧有不能与之力争,独先生立朝之日未久,数上书言其不便,几感悟主意;而小人嫉之,摈使居外。"(南宋施宿《东坡先生年谱》序言)(四川大学中文系唐宋文学研究所.苏东坡资料汇编:下编[M].北京:中华书局,1994:1645)苏轼也因此开始了长达八年的外任生涯。苏轼在为因反对变法而被王安石贬谪出京的刘攽所作的诗中写道:"君不见阮嗣宗,臧否不挂口,莫夸舌在齿牙牢,是中惟可饮醇酒。读书不用多,作诗不须工,海边无事日日醉,梦魂不到蓬莱宫。秋风昨夜入庭树,莼丝未老君先去。君先去,几时回?刘郎应白发,桃花开不开。"(《送刘攽倅海陵》)表现出了以君子自许的失意文官在现实政治斗争中不容于世的抑郁之情。然而,党派之间的斗争并没有随着苏轼等人的离京而停止,反对变法者继续群起而攻之,最终导致王安石在熙宁七年(1074)至八年(1075)短短两年的时间内相继罢相又复任。最后,迫于各种内外压力,王安石于熙宁九年(1076)辞官归隐。正如萧庆伟先生说的那样:"文人预政,则朝廷政治多因文人相激而成;反之,政治既成,文人亦时常为其所制。"(萧庆伟.北宋新旧党争与文学[M].北京:人民文学出版社,2001:112)这一点,在苏轼身上表现得特别突出。乌台诗案的发生,便是此祸因的结果。"朋党之兴,始于君子,宋之有此也。胜于熙丰,争于元祐,而烈于徽宗之世"(王夫之.

宋论[M].北京:中华书局,1964:86)。元丰二年(1079)七月,在王安石被罢相两年多后,其门生御史中丞李定、御史舒亶等人在收罗苏轼熙宁以来所作诗文的基础上,断章取义,妄加揣测,发动了震惊朝野的"文字狱",即"乌台诗案"。

## ·神宗主导说·

赵健(2018)认为"20世纪80年代以后,我国学者在对乌台诗案的考量中,重视神宗所扮演的'予舍予求'的角色,强调神宗才是乌台之勘的幕后黑手"①:

明清是文字狱的高峰,明末清初的王夫之,曾评价乌台诗案说:

宋人骑两头马,欲博忠直之名,又畏祸及,多作影子语巧相弹射,然以此受祸者不少,既示人以可疑之端,则虽无所诽讪,亦可加以罗织。观苏子瞻乌台诗案,其远谪穷荒,诚自取之矣。

王夫之自觉或不自觉根据当时的社会舆论环境来判断,苏轼写诗作文发泄不满,最终被逮下狱,是咎由自取。这反映出文字狱在当时社会上造成的影响,即人们不认同苏轼这种"多作影子语巧相弹射"的做法,认为是授人以柄。

20世纪80年代以后,我国学者在对乌台诗案的考量中,重视神宗所扮演的"予舍予求"的角色,强调神宗才是乌台之勘的幕后黑手。

随着社会发展,因言获罪愈来愈不为一般民众所理解。反映到对乌台诗案的认识上,一些学者的观点较20世纪80年代初的前辈有所倒退,与明末清初王夫之的议论相比也相形见绌。一方面,对事件本身的考察与对文本的分析越来越绵密;另一方面,对事件的认识却并没有在前人的基础上更进一步,反而是秉持着元祐党人的观点不放,一味地为苏轼鸣冤叫屈。对乌台诗案的理解,只能是将其放在北宋中期特定的历史脉络之中,以今度古,虽不可免,但今人的偏见,是值得读史者、治史者分外留意的。

---

① 赵健.乌台诗案发微(二):告发与处置[J].寻根,2018(4):100—108.

苏培安(1985)提出了乌台诗案"只有神宗才具备导演这一事件的权力,在他亲自主政之后,也只有他才有这种需要"。①

苏培安认为以李定、舒亶之力,根本掀不起这场风波。理由之一是之前王安石、吕惠卿这两位宰相级别的人物都没有办到:

首先在熙宁二年(1069)神宗准备重用苏轼时王安石横加刁难,还想把苏轼困于开封府推官的繁杂事务中。特别是苏轼进上《拟进士对御试策》,"言安石不知人,不可大用"之后,"安石大怒,其党无不切齿,争欲倾之,御史知杂谢景温首出死力弹奏"(见《东坡奏议集》卷九《杭州召还乞郡状》)。虽然神宗当时对王安石"一切屈己听之"(陆佃《陶川集》卷十一《神宗皇帝实录叙论》),唯独没有听从这次对苏轼的攻击。熙宁七年(1074),苏轼作《王莽》《董卓》二诗,攻击王、吕已至其极。当时他们仍居相位,吕惠卿尤其不能容人,却是缄口不言,略无回击,这是为什么呢?若论神宗对他们的倚重和他们的权势地位,李定等人望尘莫及。为什么他们干而不成或不敢做的事,在他们解职两三年后,却由李定等人轻易地成功了呢?若论对新法的影响,变法初期的反对巨浪,几乎窒息新生的新法。而苏轼正是其先锋。当时,他不仅未被治罪,反蒙神宗召问施政大计,并勒其"今后遇事即言"。同一行为,为什么对新法破坏作用最大时倒无罪,而新法已经全面推行十年后反而变成大罪?

"诗案"的所有罪证中,有反对新法或指责其流弊的,有讥刺早就存在的弊政而与新法无关的,也有曲解附会的。即使是直接针对新法,也是奉命"遇事即言"而"寓物托讽",希图"感悟圣意"。而如《王复秀才所居双桧》一诗被控为"不臣",连神宗也觉得过分牵强。至于"讪谤臣僚",根本不能定为大罪。这些,神宗非常清楚,根本未受蒙蔽。

为何独操生杀予夺大权的宋神宗在长达四个多月的时间中迟迟难以定谳?是为自己突改初衷,无以答天下而踌躇不决?是在有罪或无罪、严惩或宽宥的对立意见中举棋难定?还是蓄意让同情苏轼的人都出台表演?

通过对这些疑问的分析,苏培安认为:

---

① 苏培安.北宋"乌台诗案"起因管见[J].贵州文史丛刊,1985(3):56—62.

宰相和御史台根本不能制造这一案件,只有皇帝才独掌此权。当然,如果皇帝庸碌无能,溺于宴乐而荒于政事,也可能大权旁落。但是,宋朝立国以来就极力集权,制度早已健全。而且,神宗是个胸怀大志,颇有政治头脑的人。其父"英宗即位已自有性气要改作……神宗继之,性气越紧,尤欲更新之"。(朱熹《朱子语类》卷一三〇)于是,主持变法,多方改作,谋求他的"富国强兵"。他深知加强皇权的真谛,精通驾驭臣下的权术。他在位的18年中,两派斗争激烈,他却能牢牢地控制局势,使两派都对他感恩戴德,为其所用。熙宁年间,他对反变法派始终是"默降"而不深罪,就是那些有着两朝拥立大功的元老重臣也都相继降职外放;同时,他对变法派依靠重用却不放纵,陆续擢用了一大批变法分子。他对两派的抑制或支持,当然不是依据一方对另一方攻击的程度,而是,并且只能是依据其政治需要,因此,他的政治意图都一一得到贯彻。这样的皇帝,绝不会容许大权旁落,也不会容许臣下声名太高,与之争胜。所以,王安石、谢景温当年对苏轼的陷害,只能是因为神宗不予赞同而无法得逞。王、吕被骂为大奸贼董卓、王莽而未予报复,原因之一显然也是没有得到神宗首肯。李定之流根本不可能改变宋王朝"祈天永命"的祖宗遗制,他们只能仰承神宗的意旨行事。神宗过去需要苏轼"遇事即言",是因为自己尚无施政经验,既要兼听求明,又要让两派互相制约,而苏轼的直言和托讽,既出于自愿,也在一定程度上受了神宗怂恿。神宗自五年前首次罢王安石相开始,便渐渐不能容忍苏轼直率的批评,因为这些批评将不再是针对别人,而是直指自己了。于是,李定等人先意承志,充当了神宗惩治苏轼的急先锋。总之,熙宁年间被御史攻击的人不少,均可"施忠厚",苏轼在长达十年之中亦在此列。但是,到了元丰二年就不能继续沾"恩"。并且,以一人的"讪谤"罪而打击一大片。显然,此举是为了某种政治突破,是一次政治变化的重要环节。只有神宗才具备导演这一事件的权力,在他亲自主政之后,也只有他才有这种需要。

李裕民(2009)认为"宋神宗是制造这起冤案的主角",并分析了宋神宗为什么要制造这起文字狱①：

**宋神宗是制造这起冤案的主角**

这一起案子，在宋代称为诏狱，是皇帝下诏办的，而且由皇帝指定官员组成"特别法庭"加以审判，法庭审判完毕，上报定罪材料和处理意见，由皇帝作出最后裁决。这种诏狱，在皇帝年幼或昏庸无能时，也可能被权臣或宦官假借皇帝名义进行。但对宋神宗而言，不存在后一种可能性。

宋神宗是一位很想有一番作为的君主，在王安石的教导和鼓励下，他学会了独断，但他的水平并不高。熙宁八年，他下诏审理的赵世居案，办得并不公正，王安石非常不满，与之展开激烈的争论，甚至毫不客气地指出："自陛下即位以来，未曾勘得一狱正当，臣言非诬，皆可验覆也。"[李焘《续资治通鉴长编》(下引此书简称《长编》)卷二六四，6461页，熙宁八年五月丁卯，中华书局标点本]。宋神宗不得不对涉案的李士宁重新作了判决。从王安石的指责中，可以清楚地看到，神宗即位后的诏狱全是由他亲自操控的，而且办得都很糟糕。这起案子能例外吗？请看下列事实。

元丰二年（1079）三月二十七日，监察御史里行何正臣上奏，指责苏轼《湖州谢上表》"谤讪讥骂"反对新法。七月二日，御史中丞李定、监察御史里行舒亶、国子博士李宜之同时上奏，列举苏轼所作一文四诗，"讪上骂下""指斥乘舆"，要求"陛下断自天衷，特行典宪"。三日，宋神宗立即下达"圣旨送御史台根勘闻奏"（朋九万《乌台诗案》，见《苏轼资料汇编》上篇二，579—609页，北京中华书局。下引此书，不再注出处）。

接着，李定提出三点建议："乞选官参治，及罢轼湖州，差职员追摄。"神宗很快作出批示，命知谏院张璪、李定负责审讯，"令御史台选牒朝臣一员乘驿追摄"，"其罢湖州朝旨，令差去赍官往"（《长编》卷二九九，7266页，元丰二年七月己巳）。问题还没有查，就免官，且让"原告"李定负责审理案子，又让李定派人逮苏轼至京受审。显然，这是有罪推定，这一做法就是在封建帝王时代也是不正常的、不公正的。为什么上下配合得那么密切？这有两种可能：一是李定等人的举

---

① 李裕民. 乌台诗案新探[J]. 宋代文化研究，2009(2).

动出自神宗的授予，二是李定等人窥测神宗有意要整肃苏轼而上奏。不论是哪一种，神宗这一不同寻常的、迅速的举措，表明这一狱事，是神宗的意志在起决定性作用。

八月十八日，御史台开庭审理苏轼。此时，方正式通知苏轼，是"奉圣旨根勘"。

审讯取得进展，苏轼被迫承认写过讽刺性的诗文送给朋友。有了这些线索，李定等人上奏，要扩大取证范围。十月十八日，宋神宗下御宝批示："见勘治苏轼公事，应内外文武官，曾与苏轼交往，以文字讽刺政事，该取问看若干人闻奏。""御宝批"是皇帝个人的批示，盖上皇帝的大印就下达执行，说明在这一案件的辨理过程中，宋神宗不跟宰相等大臣商量，就独断专行了。据《吕本中杂说》，吴充方为相，一日，问上："魏武帝何如人？"上曰："何足道。"充曰："陛下以尧舜为法，薄魏武固宜，然魏武猜忌如此，尤能容祢衡，陛下以尧舜为法，而不能容一苏轼，何也？"上惊曰："朕无他意，止欲召他封狱考核是非尔，行将放出也。"（《长编》卷三一，7337页，元丰二年十二月庚申条注）宰相吴充主动问起苏轼事，神宗才作答。可见处理此事，神宗根本不和宰相商议。

十一月，神宗又连下两道圣旨："李清臣按后声说，张方平等并收坐""王巩说执政商量等言，特与免根治外，其余依次结案闻奏"。

十一月三十日，御史台结案闻奏。神宗派权发运三司度支副使陈睦复核，苏轼没有翻供。

御史台要求对苏轼虚以徒刑二年，云"准敕比附定刑，虑不中者奏裁"。

宋神宗在太皇太后、王安礼等人的劝说下，才作了较轻的处理。十二月二十六日，神宗下圣旨："苏轼可责授检校水部员外郎充黄州团练副使，本州安置，不得签书公事。"

以上可以看出，从确定诏狱到结案，历经100多天，宋神宗自始至终起着决定性作用。他才是制造这起文字狱的主角。

宋神宗为什么要制造这起文字狱呢？

从本质上讲，是为了维护自己的绝对权威。而苏轼对朝廷举措的不满触犯了他的权威地位。

按说,刚实行变法时,反对新法的言辞非常激烈者多的是,当时的处理只是贬官而已。苏轼也上过长篇奏章反对新法,神宗只是不采纳而已,并没有逮捕法办。现在,苏轼仅仅写点讽刺诗,发一发牢骚,为什么反倒要严惩?这是因为情况变了,熙宁时期,是神宗重用王安石进行变法,反对者都是冲着王安石去的。而自从熙宁九年(1076)十月王安石第二次罢相后,是神宗亲自在主持变法。此时,朝廷内基本上是清一色的变法派掌权,已经下台的反对派沉默了,而唯有苏轼还在嚷嚷,对变法冷嘲热讽,且由于他的文笔高超,传播中外,影响深远。这无疑是对皇帝权威的挑战,所以必须采取非常措施,把他压下去;同时也给其他反对派一个警示,起到杀一儆百的作用。

王文龙(2000)认为乌台诗案的根本原因是帝王独裁,强化对文人思想上的箝制[①]:

总的说来,汉、唐时代,特别是唐代,封建专制虽然有所加强,但在思想文化方面还有比较开放、宽松的一面。而到了赵宋时期,统治者鉴于前朝的历史教训与本朝起家的特殊手段,实行重文轻武的国策,在空前重用文人的同时,也空前强化了对文人思想上的钳制。这种不争的事实的存在,乃是封建专制制度自身发展的必然结果。厄运注定地要落到文人头上。在苏轼诗案前,已有"山雨欲来"之势。据南宋王明清《挥麈录·后录》卷六载,宣州汪辅之"熙宁中为职方郎中、广南转运使,蔡持正为御史知录,摭其谢上表,有'清时有味,白首无能',以谓言涉讥讪,坐降知虔州以卒。有文集三十卷行于世"。此处所述大概是宋代见于文字记载的最早的一起文字狱,而与苏轼诗案相隔仅数年之久。对于当时箭在弦上的政治气氛,以及渐趋严密的文网,敏感的文人已有所觉察。熙宁三年(1070),苏轼在馆阁时,毕仲游见其"因言语文章,规切时政",便"忧其及祸,贻书戒之"。(见洪迈《容斋随笔·四笔》卷一)他明确指出:"夫言语之累,不特出口者为言,其形于诗歌,赞于赋颂,托于碑铭,著于序记者,亦言也。"(着重号为笔者所

---

[①] 王文龙.乌台诗案纵横谈[J].盐城师范学院学报(人文社会科学版),2000(3):12—17.

加，下同)甚至为其敲起警钟："官非谏臣，职非御史，而非人所未非，是人所未是，危身触讳以游其间，殆由抱石而救溺也。"(见毕仲游《西台集》卷八)尤为引人注意的是，苏轼出判杭州时，其好友、表兄文同在送别诗中提出了"北客若来休问事，西湖虽好莫吟诗"的忠告。而苏轼却当作耳边风，"及黄州之谪，正坐杭州诗语，人以为知言"(见叶梦得《石林诗话》卷中)。【关于文同送别诗，参见《办案者·沈括》中所引游任逺所论。】

　　有学人指出："不管是熙宁党争还是元祐党争，实乃新学、蜀学、洛学之争的反映。"(薛瑞生《东坡词编年笺证·论苏东坡及其词》，三秦出版社1988年版)这是极为中肯的。在党争中，蜀学代表人物苏轼无疑充当了一个积极的角色。他在变法问题上与王安石的分歧由来已久，这是导致诗狱的一个远因。学界愈来愈认定苏、王同是改革派，只是在方式上有激进与渐进的不同，当是持平之论(关于苏、王分歧，论者多有研讨，兹不具论)。苏轼被构陷成狱时，王氏虽已退居金陵三年，但朝廷仍是新党执政，王氏的影响还在，能将此意挑明的，是田昼《王安礼行状》中的有关记载。当直舍人院王安礼相机向神宗进言，为苏轼开释时，李定劝阻道："轼与金陵丞相论事不合，公幸无营解，人将以为党。"(《续资治通鉴长编》卷三〇一引田昼文)这是一。其次，苏轼出判杭州及其后，从对民情的实际考察以及自己的政治见解出发，确实借作诗抒发了对新法不满的情绪，讥切时事，时或有之。当时贻人口实的《钱唐【塘】集》虽不传，但从诗集现存有关作品，特别是从诗案所涉作品中可以清楚地看出这一点。再次，苏轼在乌台诗案中的供状，也从一个侧面反映了党争的激烈与残酷。在供状中，苏轼动辄承认"讥讽朝廷"某法、某举措，旁及执政大臣、风俗人物，承认重在指陈"政事阙(缺)失""新法不便"。凡此种种，虽然明显有夸大的成分，但双方在党争中势不两立的情势是显而易见的。问题不在于苏轼是否持不同政见，而在于持不同政见是否大逆不道。"君子和而不同"(孔子语)，自古而然，况且新法尚在试行，利弊未最终见分晓。以新法划线，以持不同政见者为异端，必欲置之死地而后快，这不能算是党争造成的一种恶果。

　　乌台诗案作为封建专制制度下一起完整形态的文字狱，主要表现为以下四点：(一)权臣毁谤。诗狱前夕，御史中丞李定、监察御史里行舒亶及何正臣等交章弹劾，以苏轼文字为把柄，攻讦诋毁不遗余力。在他们的刀笔下，苏轼简直成了十恶不赦的乱臣贼子(参见《诗案》中李、舒、何三人《札子》)。正如《诗谳》所说："监察御史何正臣、舒亶辈交章力诋，皆以公愚弄朝廷，妄自尊大，宜大明诛罚，以厉天下，于是始有杀公之意焉。"而诸人所陈述的苏氏罪状，根本无须经过事实的验证和法律的裁定。(二)帝王独裁。学人杨胜宽根据宋人笔记的记载，断言"追捕苏轼下狱，主要是神宗的旨意"。他指出"纵容某些小人起诗狱迫害苏轼"，或者说"利用文人间的互相争斗伤害，坐收渔人之利"，使用"'杀鸡儆猴'之术"，这一切都是宋神宗(见《苏轼人格研究》第五章第三节，四川大学出版社1994年版)。这些论述都是鞭辟入里的。尽管宋神宗的所作所为，不是没有推行新法、富国强兵的积极目的，而以个人意志高于一切，顺我者昌，逆我者亡，不能不说是专制独裁的表现形式。(三)威刑相加。犯官就逮入狱，失去人身自由，御史台以刑讯逼供，不容申辩。《二老堂诗话·记东坡乌台诗案》谓苏颂在狱中有诗云："遥怜北户吴兴(即湖州)守，诟辱通宵不忍闻。"自注云："所劾歌诗有非所宜言，颇闻镌诘之语。"(孔凡礼《苏轼年谱》卷十八有解说，可供参考)《诗谳》亦云："凡御史追捕迅鞫之辞，率坐诗语讥谤。"均可见逼供之甚。乌台诗案中所供尤为铁证。一是所涉宽泛。张舜民《画墁录》云："元丰中，诗狱兴，凡馆舍诸人与子瞻和诗，罔不及。"牵涉面之广可想而知。今存诗案尚有多处有"此诗即无讥讽"一类供词。既无讥讽，何必阑入？这些诗作无端被作践，显系当日淫威所致。二是妄自认罪。如《送李清臣》一诗作于熙宁末，李氏差修国史，苏轼以诗送别，希望李氏能在国史中将其在仁宗朝所进论25篇载入。诗中有"载我当时旧《过秦》"之句，以贾谊所作《过秦论》比喻自己"论往古得失"的文章，原本无可厚非，而诗案中却有"轼妄以贾谊自比"云云，其迹近于自诬。如此自诬，无异于给自己勒紧脖子上的绳索，这是在高压之下失去心理常态的结果。三是随意上"纲"。如作于判杭时的《八月十五日观潮》诗云："吴儿生长狎涛渊，冒利轻生不自怜。东海若知明主意，应教斥卤变桑田。"次句"盖言弄潮之人为贪官中利物，致其间有溺死者，故朝旨禁断"。后两句是诗人有慨于此，故作一时兴到语，因为果真

"斥卤变桑田",则吴儿可安于农桑之事,不至于"冒死轻生"了。如此命意,何罪之有?而供状中竟说是"讥讽朝廷水利之难成",这真是风马牛不相及,荒唐之至!但我们倘若翻检舒亶在诗狱前所上的札子,或许可使真相大白:"陛下兴水利,则曰'东海若知明主意,应教斥卤变桑田'"。两人的口吻何其相似乃尔!在诗狱中,一个是握有生死予夺大权的审判官,而另一个却是任人宰割的阶下囚,其中的奥妙难道还不昭然若揭吗?苏轼事后在《杭州召还乞郡状》中曾提到那场"梦魇":"党人疑臣复用,而李定、何正臣、舒亶三人,构造飞语,酝酿百端,必欲致臣于死。"可见此中包含着多少隐衷、多少冤抑啊!所以我们与其说是被害者的随意上"纲",毋宁说是迫害者的深文罗织。四是颠倒黑白。熙宁五年,"杭州知录杜子方、司户陈珪、司理戚秉道,各为曾勘本州姓裴人家女使夏沉香投井,及姓裴人家小女孩在井内身死不明事,当时夏沉香只决脊杖放;后来本路提刑陈睦举驳上件公案,差秀州通判张若济重勘,决杀夏沉香,上件三员官,因此冲替。"(《苕溪渔隐丛话》前集卷四五)身为杭州通判的苏轼,对此自有发言权,他认为"驳勘不当,致此三人非罪失官"(《苕溪渔隐丛话》前集卷四五),便在《送杜子方陈珪戚秉道》诗中,为三人鸣不平。这本是正直敢言之举,是无可非议的,而其诗竟也入了诗案,成了苏轼的一个罪证。如此颠倒黑白的供状,不是刑讯逼供的产物又是什么!(四)以诗论罪。据《眉山诗案广证》,共涉及诗47首,文1篇(朋九万《东坡乌台诗案》则阑入文15篇)。苏轼之罪主要系之于诗,所以定名《乌台诗案》是恰当不过的。《孔氏谈苑》卷一记曹太后询问神宗:"今闻轼以作诗系狱,得非仇人中伤之乎?"可谓旁观者清,故能一语中的。诗案之所以是一起文字狱,以诗论罪是第一位的因素。

赵理直(2006)认为乌台诗案"近因是北宋新旧党争的产物,远因是君主独裁、封建专制与士大夫积极'有为天下'之间的矛盾"[1]。

首先要认定的是苏轼被定罪的大量诗并无讥刺之意而是被肆意践踏,扭曲

---

[1] 赵理直.揭示文豪的真面目——苏轼在乌台诗案中的被扭曲和被误读[J].中山大学学报论丛,2006(7):28—31.

误读。构陷者的随意上"纲",动辄就牵附上毁谤朝政,讥刺新法,甚至是悖慢圣上,可谓"构造飞语,酝酿百端,必欲置臣(苏轼)于死"(《杭州召还乞郡状》)。苏轼在当时高压之下失去了正常心态,把本无可厚非的诗自诬为有讥刺,妄自认罪。其次,就确有讥刺的诗篇而言,果如李定、舒亶、何正臣等所言意为攻讦朝政,讥刺新法,谩骂圣上吗?实际上这些诗的内容无非是表现新法实行不当给百姓带来的苦难,针对新法用人弊端发表看法,或是因新法对官吏克扣等现象,抒发一些不满情绪,以及对不满新法体恤民情的同道者的互相砥砺而已。按理而言,这些讥讽虽不怎么好听,但毕竟是出于"委曲救时弊、恤斯民之心"(沈作《寓简》卷四),源于"托事以讽,庶有补于国"的写作目的(苏辙《亡兄子瞻端明墓志铭》),而非出于一己之私。最后,乌台诗案中李定、舒亶等人利用主题先行,用索隐比附的方法,对诗义穿凿引申的技巧,主要是为了达到他们政治上排除异己的目的。所谓一石三鸟,干净利落地把一些坚决反新法分子,如司马光、范镇、张方平、苏氏兄弟等从统治集团的要害核心位置排挤下来,防止其以"异论相搅",阻挠新法的实施。此次诗案虽说是针对新法推行扫清道路,但也不排除个人公报私仇的动机。客观上打击了政敌,同时也造成了朝政中"一言堂"现象,一定程度上降低了统治效能。"乌台诗案最深刻的影响即在于它揭开了北宋新旧党争过程中以'文字'交互报复的序幕"(萧庆伟《北宋新旧党争与文学》第50页)。

  透视上述现象,我们会发现乌台诗案的实质再现了当权者的卑劣,凸现了苏轼在几乎举世盲从新法的高压形势下,仍能保持自身"独立之精神,自由之意志"的不凡人格。由于受庆历年间文人"每感激论天下事"的矫厉风节的熏染,苏轼对政治有超乎常人的热情和自信,文学创作不自觉地就成了他激论时事和表达不平心境的传声筒。乌台诗案中政治诗的创作是苏轼锐身自任、不畏艰难的经世情怀的突出表现,其中浓郁的讽谏干政意味,也是苏轼继承诗经现实主义创造精神的产物。它对苏轼来说无异于一场政治迫害,让苏轼创作渐渐疏远政治,热衷于陶冶性情,也就是说诗反映现实的功能一定程度上被扼杀了。

  乌台诗案中苏轼被误读的深层原因

  1. 政治方面。近因是北宋新旧党争的产物,远因是君主独裁、封建专制与士大夫积极"有为天下"之间的矛盾。北宋政治的特点是"皇帝与士大夫共治天下"（南宋·李焘《续资治通鉴长编》卷二十二），如此必然造成士大夫言事成风，既限制相权又限制君权的现象。而且这种"'共治'局面的恶果，则是因政治危机而引发改革与反改革之争，从而出现长达百年的党争"（张其凡《宋初政治探研》二）。从神宗熙宁二年（1069）到徽宗崇宁元年（1102）的33年间，历经三皇帝两太后，新旧党争迭起跌蹶，北宋的政治陷入了乱哄哄的党争之中。……为了整垮对手，新旧党争便在文字上痛下功夫，精心抓梳，罗织罪名，构筑文字狱，以图一鼓克敌。在这些借文字狱残害异己势力的党争中，不少刚正杰出之士和良善之辈频遭破坏，感叹"平生文字为吾累"的苏轼就是当时朋党之争的无辜牺牲品。在倾陷成风、党争激烈的宋王朝后半叶，一代文豪受到执政柄者的残酷迫害，受到宵小之徒的无耻攻击，这是对历史荒唐的亵渎！

新旧党争势不两立的斗争只是乌台诗案发生的直接导火线，更深层的原因是君主独裁的不断加强和宋代士人在原始儒学"民为邦本"基础上滋长起来限制君权的思想之间日益高涨的矛盾。……为了永保大宋王朝后代子孙无忧，"本朝鉴于五代藩镇之弊，遂尽夺藩镇之权，兵也收了，财也收了，赏罚刑政一切收了"（朱熹《朱子语类》卷一百二十八，中华书局，第3070页）。皇权也得到了空前的加强，相应的赵宋王朝的权力结构也发生了质的变化：以广大庶族士人为基础建立起典型的文官政府，士人获得了前所未有的从政机会，士风也得以重振，使得政治上的自断、自主、自信成士大夫们的群体自觉。苏轼虽然生长在当时远离政治中心的巴蜀，但仍能从历史人物和本朝前贤那濡染了这份士气。如其父论轼、辙二子说"……（苏轼）年少狂勇，未尝更变，以为天子之爵禄，可以攫取。……"（苏洵《上张侍郎第一书》）"奋励有当世志"的苏轼从一踏入政坛就雄心勃勃，"抗疏忘机猷，危言骇搢绅"（道潜《参寥子诗集》卷九），"……才高意广，惟己之是信。在元丰则不容于元丰……在元祐则虽与老先生议论，亦有不合处，非随时上下人也。……"甚至敢在神宗全力支持王安石变法的时候，针对新法的弊端，直"劝神宗忠恕仁厚、含垢纳污、屈己以裕人"（《上神宗皇帝书》）。诸如此类的史料不惮繁举，它们正说明了原始儒学"以道自任"的使命感和自信在苏轼身上的重现。

恰逢神宗是一个果敢、励精图治的皇帝。正是在这个强权皇帝的鼎力支持下，王安石才得以冲破种种障碍实施变法。苏轼作为反对派里的中间势力，以上书、创作、口议等多种方式"肆无忌惮"反对新法，影响颇广，在某种程度上是挑战神宗的权威，所以神宗才会下诏逮捕苏轼入狱。乌台诗案中苏轼的入狱、流放根本上是神宗巩固皇权，禁锢士大夫，推行专制的意旨，强化独裁的产物。

2.文学根源。首先，每个特定的社会制度关于文学艺术的价值观念群中都有一个处于核心部位的价值观念。中国古代几千年的封建制度注定了文学"言志"和"事君"的社会价值的传统文学观是浸润了封建文人士大夫的核心理念。于是中国文学先天就和政治有密切的关系，人们也习惯把文学和政治扯在一起。"文与政通""文与政同"，是文字狱发生和埋藏文人不幸命运的前提。恰逢宋代又是一个文治的社会，士人们普遍对政治、社会热切关注，"以天下为己任"的意识使得他们致力于经世济时、建功树业，实现自我的生命价值。这些必然影响宋代文人（往往集官僚、学者、文人于一身）的文学价值观，"缘诗人之义，托事以讽，庶几有补于国"（苏辙《亡兄子瞻端明墓志铭》）。可以说是对苏轼一生文学创作活动的总结。苏轼就提出"有为而作"的观点，强调文学为世用。所谓"言必中当世之过。凿凿乎如五谷必可以疗饥，断断乎如药石必可以伐病"（《凫绎先生诗集序》）。事实上苏轼乌台诗案中涉及的诗作中大多与政治的距离太近，有明显的政教功利色彩。除了直讥新法弊端的《山村绝句》等作外，另一系列感时叹世的诗作如《留题风水洞》等在某种程度上也可以看作是对现实的深化。加之这些诗作已经突破了儒家"温柔敦厚"的诗教藩篱，具有强烈的讽刺效果，因而苏轼的政敌们很容易从中扯出诸多怨谤、刺上的诗句作为所谓的证据，炮制骇人听闻的文字狱。其次，中国文人追求"言内意外"的比兴写作思路也是一个重要隐患。历史上，比兴起初只是解诗的标准，后来渐渐成为了评诗的标准，进而也在潜移默化地影响文人的构思方式，但从来就没多少真可称为比兴的诗。存在少量用比兴创作的作家也已不用《传》《笺》式"比兴"作诗，反而有楚辞式的譬喻式比兴有少许沿用。经过唐代陈子昂、李白、白居易等人的大力倡导后，"比兴"重新成为了最重要的文学观念之一，特别是宋"文以载道"说的深入人心以及宋代国势和政治的复杂化,"比兴"说更加有力了。不过此时的"比兴"已不是单纯修辞意义上的比兴,而是着眼于这种手法意味的作用。苏轼继承了这种古老的艺术传统,运用比兴、寄托颇为得心应手,诸如诗案中的"半年不雨坐龙慵,共怨天公不怨龙。今朝一雨聊自赎,龙神社鬼各言功"(《和李清臣沂山龙祠祈雨有应》),"嘉谷卧风雨,良莠登我场。陈前漫方丈,玉食惨无光"(《依韵答和黄庭坚古风》)等诗句客观上就造成了"言在此而意在彼"的效果。除此之外,苏轼娴熟运用内蕴丰富的典故也一样成了何正臣等人杜撰的突破口。此外,中国古代诗词文"微言大义"的阐释方式在乌台诗案中无疑已被舒亶、何正臣、李定等纯熟应用于解读苏轼诗了。他们直接把此间涉及的所有诗歌都看作政治和伦理的文本,为了符合他们既定的说诗主旨,他们不惜穿凿附会,发掘诗文中"微言大义",然后冠以种种大逆不道的罪名,足以置东坡于死地。乌台诗案发生后,迫于政治的威慑,北宋文学发展的自由空间自动缩减,文学创作和批评的生态环境逐渐恶化。

3. 苏轼本身的个性。以道自任、独立不惧、刚正不阿的品性和从政风格是更重要的原因。君子谋国,士志于道,士与君子都是以道自任,而不以贫贱穷达个人利害为关怀。这种士君子人格具有极大的包容性和感召力,成了宋代士人和后世文人推崇和效仿的人格范式。苏轼本人非常推崇"大臣以道事君"(《乐全先生文集叙》)的人格范式,即使在仕途遭遇众多挫折后,对人与对己中,他仍坚持这种信仰,如晚年所作《和陶贫士》中东坡盛赞夷齐自信其去,四皓自信其退,渊明自乐其退的高风亮节,"夷齐耻周粟,高歌诵虞轩。禄产彼何人?能致绮与园。古来避世士,死灰或余烟。末路亦可羞,朱墨手自研。渊明初亦仕,弦歌本诚言。不乐乃径归,视世嗟独贤"。正是这种信念孕育了苏轼胸中独立不惧的士气。所谓"见义勇于敢为,而不顾其害"(苏辙《亡兄子瞻端明墓志铭》),"直道谋身少,孤忠为国多"(徐积《节孝集补抄》)等都是苏轼无论立朝,还是外放的践行。砥砺士气,必然主张刚直敢言疾恶如仇,必然在变法大局已定、无人可阻挡的情况下,仍"不以一身祸福,易其忧国之心"(陆游《跋东坡帖》),苏门学士张耒在发挥东坡"刚者必仁"说后谓:"苏公行己,可谓刚矣!傲睨雄暴,轻视忧患,高视千古,气盖一世,当与孔北海并驱。"(张耒《书东坡先生赠孙君刚说后》)如此再加上性直,不懂外饰,必然会因"见愠于小人,而亦不苟同于君子"(真德秀《西山先生文集》卷五十三)。惨遭厄运,乌台诗案就是一系列厄运的开端。从另一方面讲,乌台之勘,沉重打击并淡化了苏轼与生俱来的奋厉当世的志向。"梦绕云山心似鹿,魂惊汤火命如鸡"(《狱中遗子由》),写出了苏轼惧死狱中的悲苦心态,"平生文字为吾累,此去声名不厌低。塞上纵归他日马,城东不斗少年鸡。"(《初到黄州》)表达了苏轼反省过去,发出从今以后厌弃声名的感慨。乌台诗案最后的结局决定了东坡命运的转向,开始改变前期儒家思想主导走向熔铸儒道佛的新文化人格的建构。

夏诗荷(2007)认为"大量专著与论文,只言李定等人制造冤案,不谈宋神宗应负的责任,而且美化宋神宗,认为是他在关键时刻主张对苏轼从轻处罚,才使苏轼得以贬谪黄州,这是不正确的"[①]:

【对于"三舍人议案"和"乌台诗案"】旧史书讳言宋神宗在两案中的重大过失是事出有因的。而建国后的大量专著与论文,只言李定等人制造冤案,不谈宋神宗应负的责任,而且美化宋神宗,认为是他在关键时刻主张对苏轼从轻处罚,才使苏轼得以贬谪黄州,这是不正确的。宋神宗是两案的第一责任人、造成冤案的祸首。下面我们分三方面,评析宋神宗的责任。

(一)明知李定品质恶劣,依然提拔重用

"三舍人议案"发生在熙宁三年(1070);"乌台诗案"发生在元丰二年(1079)。九年间,宋神宗已对李定的人品看得清清楚楚。李定为了做官,竟可以不服母丧,谎称自己不是仇氏所生。他在张诜泄密事件中,竟然知情不举,有悖于宋神宗的知遇之恩。他曾制造冤案,陷害杜大监的儿子杜灼:"求其赃罪不得,以他事坐之。"(丁传靖.宋人轶事汇编[M].北京:中华书局,1981:125)御史中丞贾昌朝曾上书宋神宗,认为李定应立即解官,宋神宗不听。

在李定的任用上,宋神宗与王安石一样,用人以"择术为先"。首先看你是否拥护新法,而不重视品德。可以说没有宋神宗对李定的违法重用,就不会有"三

---

[①] 夏诗荷."三舍人议案""乌台诗案"与宋代政治[J].温州大学学报(社会科学版),2007(4):20—25.

舍人议案"与"乌台诗案"。所以,宋神宗是两案的第一责任人。

(二)听任恶人诬告,是造成冤案的祸首

在"乌台诗案"之前,李定有三次通过诬告制造了冤案。宋神宗都十分清楚,并听之任之。上述诬告杜灼是其一;元丰元年(1078),李定为了报复苏颂,与舒亶诬告苏颂故纵孙纯之罪,此其二;元丰二年(1079)六月,李定与舒亶又诬告苏颂宽纵陈世儒夫妇,此其三。

这三个案件中,宋神宗都发现了案情与实际不符,但他并没有追究诬告者的罪责。下面我以陈世儒一案加以说明。陈世儒诬告案,李定与舒亶完全是投宋神宗所好。元丰二年(1079)六月,陈世儒夫妇案发,宋神宗在朝堂上对苏颂说此案应重判。耿直的苏颂却说他作为汴京的行政长官,不能干涉司法官员的判案。长官一有示意,执法者就会以情代法。此事立即传得沸沸扬扬,连远在中都(今山东汉上县)苏颂的亲戚辛光化,也写信给苏颂的儿子,劝苏颂听皇帝的话,从重判处。李定得知宋神宗之意向,就以陈妻李氏之母是吕公著的妹妹,而吕公著与苏颂关系密切,吕公著可能向苏颂求情。这完全是捕风捉影,没有任何事实根据。宋神宗还是批准了逮捕审讯苏颂。宋代的审案与判案是分别由御史台与大理寺执行的。要想诬告能够最后判刑,必须双方勾结。李定就勾结大理寺官员贾种民,私改苏颂的供词与案情,以便达到重判苏颂的目的。

邹浩《故观文殿大学士苏公行状》记载:"上览奏牍以为疑,诏御史求实状。御史反复究治无所得。乃诘大理狱吏所以得吕某请求之说。吏穷,吐实曰:'此乃大理丞贾种民增减其文而为之也,今其稿尚在家。'取而视之,信然。于是公得辨明。"(苏颂.苏魏公文集[M].北京:中华书局,1988:1212)宋神宗清楚地知道李定、舒亶勾结贾种民私改案卷与口供,这是执法犯法的大罪。但是,宋神宗并没有治李定之罪,还是把无罪的苏颂撤职了。这不是纵容诬告,制造冤案吗?

(三)明知无罪而责罚,是鼓励诬告

"乌台诗案"中,李定、舒亶、何正臣都欲置苏轼于死地。他们的奏书,都欲无限地上纲上线,诬陷苏轼攻击皇上,"指斥乘舆"。舒亶札子说:"至于包藏祸心,怨望其上,讪谩骂而无复人臣之节,未有如轼也。""陛下明法以课试群吏,则曰:

'读书万卷不读律,致君尧舜知无术'。陛下兴修水利,则曰:'东海若知明主意,应教斥卤变桑田。'陛下谨盐禁,则曰:'岂是闻《韶》解忘味,尔来三月食无盐'。"(李焘.续资治通鉴长编[M].北京:中华书局,1987:7266)

李定、舒亶等又与宰相王珪串通一气,陷害苏轼。叶梦得《石林诗话》记载:"元丰间,苏子瞻系大理狱。神宗无意深罪子瞻,时相进呈,忽言苏轼于陛下有不臣意。神宗改容曰:'轼固有罪,然于朕不应至是,卿何以知之?'时相因举轼《桧诗》'根到九泉无曲处,世间惟有蛰龙知'之句,对曰:'陛下飞龙在天,轼以为不知己,而求之地下之蛰龙,非不臣而何?'神宗曰:'诗人之词,安可如此论,彼自咏桧,何预朕事!'时相语塞。章子厚亦从旁解之,遂薄其罪。子厚尝以语余,且以丑言抵时相,曰:'人之害物,无所忌惮,有如是也!'"(何文焕.历代诗话[M].北京:中华书局,1981:327)

这是宋代当事人章惇对叶梦得说的话,文中的时相是副相王珪。宋神宗明确知道苏轼是不会攻击自己的,立即批驳了王珪的言论。问王珪怎知此诗时,王珪说是舒亶所告,但宋神宗对舒亶、李定连篇累牍的诬陷之词,却是一种鼓励的态度。

(四)只见诬告的案牍之词,不见其人的品德政绩

宋神宗不厌其烦地审阅李定、舒亶、何正臣等的诬告奏书,却不详察他们所罗织讪上的诗文,苏轼在给宋神宗的奏书中都如实地表达过。如上引讽刺盐法的诗:"尔来三月食无盐。"苏轼曾上书说:"两浙之民,以犯盐得罪者,一岁至万七千人。""民之贫而懦者或不食盐。往在浙中,见山谷之人,有数月食无盐者。"(苏轼.苏轼文集[M].北京:中华书局,1986:1400—1401)舒亶等所告讥讽青苗法的诗:"杖藜裹饭去匆匆,过眼青钱转手空。赢得儿童语音好,一年强半在城中。"苏轼在奏书中说:"官吏无状,于给散之际,必令酒务设鼓乐倡优,或关扑卖酒牌子。农民至有徒手而归者。但每散青苗,即酒课暴增,此臣所亲见而为流涕者也。二十年间,因欠青苗至卖田宅雇妻女投水自缢者,不可胜数。"(苏轼.苏轼文集[M].北京:中华书局,1986:478)

苏轼在诗中所说的"过眼青钱转手空","一年强半在城中",不正是上述青苗

法流弊的真实写照吗？李定等奏书中所引苏轼"难以追陪新进"，"谤讪中外臣僚"的诗文，苏轼也在奏书中向宋神宗多次表达过。苏轼在《上神宗皇帝书》中说："招徕新进勇锐之人……朴拙之人愈少，而巧进之士益多。"正是这些巧进之士，"朝辞禁门，情态即异；暮宿州县，威福便行。驱迫邮传，折辱守宰，公私劳扰，民不聊生"。"吏卒所过，鸡犬一空"（苏轼. 苏轼文集[M]. 北京：中华书局，1986：733）。苏轼上奏书，指陈时政，是在宋神宗鼓励下进行的。熙宁四年（1071）王安石欲变科举，苏轼献三言。宋神宗看后恍然大悟地说："吾固疑此，得轼议，意释然矣。"（脱脱. 宋史[M]. 北京：中华书局，1977：10804）宋神宗并急不可耐地于当天召见，问政策得失，并破格地嘱咐苏轼："虽朕过失，指陈可也。"（脱脱. 宋史[M]. 北京：中华书局，1977：10804）苏轼在奏书和诗文中，都敢于如实地表达自己的意见，针砭时弊，正说明他表里如一，正直敢言的好品质。

苏轼的政治表现也说明了他不是像李定等诬告的那样"指斥乘舆"，反对兴修水利。而是忠君爱民，带头兴修水利的好官。在杭州他开挖运河，修筑苏堤与民工和士卒在堤上吃饭；在徐州防洪抢险，临危不惧曾得到宋神宗的表彰。苏轼被捕入狱，杭州、徐州等地的民众为苏轼祈祷请愿，说明了民众对他的爱戴。对这样忠于朝廷的人定罪，宋神宗是难辞其咎的。

朱刚（2018）分析了"皇帝最后对苏轼的处置"，说明旧史书"归恶于臣下而归恩于皇上"是"经不起推敲的"①：

"朋九万"编《东坡乌台诗案》的末尾记载了皇帝最后对苏轼的处置：

奉圣旨：苏轼可责授检校水部员外郎，充黄州团练副使，本州安置，不得签书公事。

这个处置也被记录在"审刑院本"的末尾，但文字稍有差异：

准圣旨牒，奉敕，某人依断，特责授检校水部员外郎，充黄州团练副使，本州安置。

---

① 朱刚. "乌台诗案"的审与判——从审刑院本《乌台诗案》说起[J]. 北京大学学报（哲学社会科学版），2018，55(6)：87—95.

虽然后面似乎脱去了"不得签书公事"一句,但前面对圣旨的意思转达得更具体一些,"依断"表明皇帝也认可了司法机构对苏轼"当徒二年,会赦当原"的判决,本应"原免释放",但也许考虑到此案的政治影响,或者御史台的不满情绪,仍决定将苏轼贬谪黄州,以示惩罚。值得注意的是,在"责授检校水部员外郎"前,"审刑院本"有一个"特"字,透露了在法律之外加以惩罚的意思。《续资治通鉴长编》对此事的表述,也与此相同,在引述了李定、舒亶反对大理寺初判的奏疏后,云"疏奏,轼等皆特责"(李焘《续资治通鉴长编》卷三〇一,第2830页)。这"特责"意谓特别处分,换言之,将苏轼贬谪黄州并不是一种"合法"的惩罚,它超越了法律范围,而来自皇帝的特权。说得更明白些,这就是神宗皇帝对苏轼的惩罚。

当然,《长编》把宋神宗的这一决定表述为他受到御史台压力的结果,后者本来意图将苏轼置于死地,而神宗使用皇帝的特权,给予他不杀之恩。《宋史·苏轼传》对"乌台诗案"的表述也与此相似:

御史李定、舒亶、何正臣摭其表语,并媒孽所为诗以为讪谤,逮赴台狱,欲置之死,锻炼久之不决。神宗独怜之,以黄州团练副使安置。(《宋史》卷三三八《苏轼传》,第10809页)

照这个说法,宋神宗对苏轼"独怜之",给予了特别的宽容,才饶其性命,将他贬谪黄州。类似的表述方式在传统史籍中十分常见,其目的是归恶于臣下而归恩于皇上,经常给我们探讨相关问题带来困惑。其实这种说法本身经不起推敲。固然,与御史台的态度相比,神宗的处置显得宽容;但御史台并非"诗案"的判决机构,既然大理寺、审刑院已依法判其免罪,则神宗的宽容在这里可谓毫无必要。恰恰相反,"审刑院本"使用的"特责"一词,准确地刻画出这一处置的性质,不是特别的宽容,而是特别的惩罚。

对此,赵晶(2019)有不同的解读[①]:

我们不应该忽略在定罪量刑过程中皇权本应发挥的关键性角色,而一味强

---

① 赵晶.文书运作视角下的"东坡乌台诗案"再探[J].福建师范大学学报(哲学社会科学版),2019(3):156—166+172.

调大理寺如何作出免罪判决、审刑院如何支持这一判决,并由此推论神宗在无罪判决之上给予了苏轼特别惩罚。事实上,大理寺之所以能作出免罪判决,那也是请示神宗之后的结果,如果神宗认为"情重法轻",比附罪名与刑罚更为严重的法条,且这一罪名又属于"常赦所不免",那么苏轼所受到的处罚将绝不会止于"责授""安置"而已(关于责授、安置的处罚机理,以及苏轼兄弟的"安置"生活,可详见梅原郁:《宋代司法制度研究》,东京:创文社,2006年,第591—598页)。如果以现代法制进行类比说明,神宗所为其实是先免除苏轼的刑事责任,再给予行政处分,在恩典之下略施薄惩,既体现了皇权的恩威并济,也适当安抚了御史们的情绪。

戴建国(2019)认为乌台诗案"本质上说是宋神宗维护新政、肃正朝廷纲纪的产物","确实有党争的背景,但不能把涉及案子的所有人都往党争关系上挂靠"[①]:

苏轼一案,缘起于御史台官员的职守、例行公事的弹劾,是神宗实施新政背景下发生的一起诏狱,本质上说是宋神宗维护新政、肃正朝廷纲纪的产物。故有学者认为,从确定诏狱到结案,"宋神宗自始至终起着决定性作用"(李裕民:《乌台诗案新探》//《宋史考论》,北京:科学出版社,2009年,第25页)。其间虽有李定等人极力弹劾苏轼,罗织罪名,但其他台谏、司法官员,有的是本于职分,并不一定都隶属于党派之争,与党争其实没有太多的关联。实事求是地说,当时是不乏忠于职守的台谏官和司法官员的。党争是我们观察问题的一个重要视角,但不应是唯一的。苏轼诗案确实有党争的背景,但不能把涉及案子的所有人都往党争关系上挂靠。

---

[①] 戴建国."东坡乌台诗案"诸问题再考析[J].福建师范大学学报(哲学社会科学版),2019(3):143—155.

## ·多种因素说·

一些论者认为,乌台诗案难于归结为单一原因,而是多种因素交织作用的结果。

刘丽珈(2014)认为"'乌台诗案'的成因是复杂多重的,既有客观的,也有主观的,因此,研究'乌台诗案'的成因不能运用简单的线性思维,而应该运用辩证的立体的发散性思维"[①]。

余秋雨文章在探究苏轼陷于"乌台诗狱"的原因时认为:1. 小人诬陷:"一群大大小小的文化官僚硬说苏东坡在很多诗中流露了对政府的不满和不敬,方法是对他诗中的词句和意象作上纲上线的推断和诠释,搞了半天连神宗皇帝也不太相信,在将信将疑之间几乎不得已地判了苏东坡的罪。"即被诬陷而获罪。2. 舆论强压:"在专制制度下的统治者也常常会摆出一种重视舆论的姿态,有时甚至还设立专门在各级官员中找岔子、寻毛病的所谓谏官,充当朝廷的耳目和喉舌。"但由于缺乏"调查机制和仲裁机制,一切都要赖仗于他们的私人品质,但对私人品质的考察机制同样也不具备,因而所谓舆论云云常常成为一种歪曲事实、颠倒是非的社会灾难。……神宗皇帝为了维护自己尊重舆论的形象,当批评苏东坡的言论几乎不约而同地聚合在一起时,他也不能为苏东坡讲什么话了"。因此是舆论将苏轼推向了"乌台诗案"的深渊。3. 嫉恨:文中言"我想最简要的回答是他弟弟苏辙说的那句话:'东坡何罪? 独以名太高。'他太出色、太响亮,能把四周的笔墨比得十分寒碜,能把同代的文人比得有点狼狈,引起一部分人酸溜溜的嫉恨,然后你一拳我一脚地糟践,几乎是不可避免的"。并列举了舒亶、李定、王珪、李宜之、沈括等人的所作所为,说明他们对苏轼的嫉恨逸毁,主要是从心理学的角度探析了苏轼沉溺于"乌台诗案"的缘由。余秋雨先生的这些看法固然有一定的合理性,同时也注入了他一定程度的身世之感,带有一定的主观色彩,但这

---
[①] 刘丽珈.《苏东坡突围》之思考[J].乐山师范学院学报,2014,29(2):17—21.

是否是"乌台诗案"原因的全部呢？

笔者认为除上述缘由外,苏轼跌入"乌台诗案"的原因还应有以下一些:

**首先政见不和,遭受政敌残酷迫害。**

论及当时的政治背景,正是王安石变法之时,新、旧党之争甚为激烈,苏轼属于旧党,王安石则居新党之首,政见不和,尤其在对待王安石变法的问题上,苏轼基本上持反对态度,因此新党中的一些小人李定、舒亶、何正臣等就寻找苏轼诗中诗句诬陷他,……被诬获罪只是一个表象,实质上是由于政见不和,遭受政敌残酷迫害。

**再者苏轼直率、孤傲、自负的性格,是将自己置身于"乌台诗案"的又一个重要原因。**

苏轼的性格较为复杂,他既有乐观、豁达、超脱、幽默的一面,也有直率、自负、孤傲的一面。

苏轼在《与李公择》中言:"吾侪虽老且穷,而道理贯心肝,忠义填骨髓,直须谈笑于死生之际。"(《苏轼文集》卷五十一)黄庭坚给苏轼的挽联说:"文章妙天下,忠义贯日月。"说明他的性格是直率的,因此他忠于朝廷,面对王安石的变法直言不讳,苏轼在《杭州召还乞郡状》中向哲宗、高后坦言"是时王安石新得政,变易法度,臣若少加附和,进用可必"。但他"不忍欺天负心",决不像投机分子邓绾那样假意附和新法,"笑骂从汝,好官须我为之",而是以其严肃吏制的观点,力攻新法的激进和"失在于任人"的弊端,以致后来遭受政治迫害,陷于致命的"乌台诗案",从此仕途坎坷、人生波折。

他的自负、孤傲在《湖州谢上表》里可以看出,"伏念臣性资顽鄙,名迹埋微。议论阔疏,文学浅陋。凡人必有一得,而臣独无寸长"。苏轼平素自视甚高,因此在文中的自谦中可以感受到苏轼的不满与孤傲,他的孤傲使他看不起正当得势的政敌,故文中言道:"此盖伏遇皇帝陛下,天覆群生,海涵万族。用人不求其备,嘉善而矜不能。知其愚不适时,难以追陪新进;察其老不生事,或能牧养小民。"文中的"其"是指自己,而以"新进"指政敌,并以"难以追陪"表明自己决不与"新进"为伍的态度,以自己的"老不生事",反衬"新进"的"生事",表明自己的痛恨之情。文中还表明了自己在钱塘时"乐其风土""自得于江湖"的自傲自负之情,"吴越之人,亦安臣之教令",足以说明苏轼的孤傲、自赏,"敢不奉法勤职,息讼平刑。上以广朝廷之仁,下以慰父老之望"。用以表明他的勤政与良苦用心,同时暗中与"新进"形成对比,展示他的孤傲自负之情。表明自己与政敌势不两立,同时也授政敌以柄,惨遭诬陷,被捕下狱。因此,苏轼性格中直率、自负、孤傲的特点,也是他在政治风雨中将自己置身于"乌台诗案"的又一个重要原因。

从上可知,"乌台诗案"的成因是复杂多重的,既有客观的,也有主观的,因此,研究"乌台诗案"的成因不能运用简单的线性思维,而应该运用辩证的立体的发散性思维。

武守志(2004)认为"诗人在制度外思想,是招致文祸的根本原因",统治者则"有计划地编织文网,有目的地摧折文人","文祸与党祸交织,使诗祸长期延续"①:

综观"乌台诗案"及"乌台诗案"后东坡先生的生命遭际(武守志.读苏杂识[M].兰州:敦煌文艺出版社,2004.),我们大致可以看出北宋文字狱的几个特点:

**一是文祸中诗祸最多,诗人在制度外思想,是招致文祸的根本原因**

苏东坡称得上是中国中古时期的一位"世界级文豪",他的诗词写得好,文章写得好,学问也好,这首先是因为他有真思想。如果你细细品味他的诗文,你就会感受到东坡先生在诗词、散文和论文中反复言说着一个古老而恒久的思想主题:人如何从使人不成其为人的外间世界结构中解脱出来,按自己的意愿和本性自由自在地存在着。他理想中的生命安顿方式不过是做一个"常人"而已,有人的欲望,按人的本性去做自己愿意做的事,使自己快乐而无损于人。应该说在正常的社会里做这样一个"常人",是不成什么问题的。但传统中国的非公民社会却是个极不正常的社会,在这样一个极不正常的社会里要做一个正常的"常人",就需要有去"藩篱"以"释吾之缚而脱吾之靰"的勇气。所以他终其一生都在呐

---

① 武守志.中国诗的沉重[J].兰州教育学院学报,2004(4):3—11.

喊、挣扎,对扭曲人自由本性的"礼教"和剥夺个人生存权利的政府行为,时时发出引人深思的讥笑,这就注定他命运多厄。他在他不得不生存的制度中永远是个"高级罪犯"。所以,莫名其妙的那个"乌台诗案"和莫名其妙地被不断流放贬谪,表面上看是因为他写了"讥切时政"的诗,实际上却是因为"道大难容,才高为累",就是说制度容不下他的思想,官场最忌讳他的才高。

**二是有计划地编织文网,有目的地摧折文人**

赵宋王朝在"陈桥兵变,黄袍加身"的历史事件中感到"军人参政"的危险,于是,在上演了"杯酒释兵权"那一幕后,遂多用文人掌权。形式上重视礼遇文人,但实际上对文人的监控丝毫没有放松,利用已做了"奴隶总管(奴才)"的文人斗争不愿做奴隶的文人,心术深奥,花样翻新。在文祸后面总是紧跟着一批和权力套近乎并善于编织文网的文人,李定、舒亶、何正臣、林子中,还有被称为"科学家"的沈括以及大书法家蔡京,哪一个都可以称得上是"文化人"。正因为他们是"文化人",所以深知诗词中"怨"字的可利用性,形象化比喻的多元又为解释提供了穿凿附会的可能,于是他们通过笺注诗章给皇权憎恶的诗人制造罪状,把"敌人"轻而易举地送进牢狱。

"乌台诗案"正是这样一批文人给罗织出来的。"好名畏议"的宋神宗,根据"文化人"提供的罪状,下令逮捕苏轼,这个"世界级文豪"被从湖州太守任上像抓小鸡一样抓进"乌台",即中央御史台府衙的监狱。先抓后审,拷问的全是诗的问题,所以叫"乌台诗案"。苏轼是文人,欲加之罪"文化"上找,算是官场"阳谋"。找不出问题就逼,"遥怜北户吴兴守,诟辱通宵不忍闻",用的竟是现代"批斗"手法。据说宋神宗"爱才",终于没有杀他,而是把他谪放黄州"思过自新"。实际上是皇上"好名畏议",怕落个"圣世杀文人"的坏名声,就把他放了。不久,宋神宗又找他的麻烦,说他在徐州做太守时包庇过"妖人",要"取勘",即拘留审查。苏轼赶快写"谢表",宋神宗看到"谢表"上"无官可削,抚己知危"的话,笑着说:"畏吃棒也!"也就是说他看到这位高才名士被打怕了,心里感到高兴。说明宋神宗以摧折文人傲气取乐,是一种有目的的权力运作。

**三是文祸与党祸交织,使诗祸长期延续**

宋神宗对苏轼诗案的处理是贬谪黄州,"思过自新",应该说"乌台诗案"算是画上了句号,但事实上诗祸还在延续。苏东坡没有被摧折得低下头来,他一跨出"乌台"监狱的门便有好诗:"百日归期恰及春,余年乐事最关身。出门便旋风吹面,走马联翩鹊啅人。却对酒杯疑似梦,试拈诗笔已如神。此灾何必深追咎,窃禄从来岂有因。"(《苏轼诗集》[M].卷十九.)狂傲不改,气节不变。当宋神宗要他在黄州"思过自新"时,他居然采用了佛教禅定之法把自己的"过"和"过"由以产生的根源统统给否定掉了,他感到的只是身心的愉悦。"闭门思过"成了那种使人不成其为人的异化的精神扬弃。这不能不说是一次思想超越。表面上看是佛教禅学帮他跨过了生活门槛,实际上是他从"关于人的世界"中退出来,开始用思想讲话。从此他自觉地用长江式的诗词散文吐"思",开始用自己的生命建构中国文学美学的奇峰。但可惜他在宋神宗死后的一个特殊的"元祐更化"时期被起用了。待到哲宗亲政,特标"绍圣",起用元丰旧臣,苏轼又成了改变先帝"路线"的罪魁祸首,再次贬谪惠州。

苏轼在"元祐更化"时期究竟有什么"劣迹"呢?第一,司马光为相欲尽废熙宁新法,苏东坡不以为然,和司马光发生争论,当他知道司马光不能同意他的意见时,便申请调离中央,惹恼了司马温公,想借温公权势往上爬的一些官员,在温公死后,深恶苏轼"以直行己",于是群起而攻之;第二,讥笑程颐循古礼而"不近人情",与理学家程伊川结怨,群小欲进,附以党争,把苏轼推上了"蜀党"头子的险境;第三,司马光死后,元祐朝臣与元丰旧臣以及在朝官员之间为权力而展开明争暗斗,苏轼为求朝迁"安静",一再求退,极力设法离开权力中心,并建议对元丰旧臣宽容,不能无情打击,主张持中和合。这似乎没有一条是和司马光一起反对"熙丰路线"的。但苏轼还是被拉进"党祸",流放惠州。真正的原因还是那个"道大难容,才高为累",苏轼对那些争做"奴隶总管(奴才)"的文人是最为可怕的威胁,于是他被从权力中心赶出。

他谪放惠州,灵感突发,诗文更为超拔,并以待罪之身,行利民之事,做了许多老百姓欢迎的实事,生活还算不赖。他逐渐爱上了这个地方,打算长期住下去。一高兴写了《纵笔》诗一首:"白头萧散满霜风,小阁藤床寄病容。报道先生春睡足,道人轻打五更钟。"(《苏轼诗集》[M].卷四十.)他怎么也没有想到,正是这首小诗给他惹了大祸。他虽远在南边,但朝廷密切注意着他的一举一动。这首诗传到京城汴京,"执政闻而怒之,再贬儋耳"。这时的"执政"是东坡青年时期的朋友章惇,他很气恼苏轼还过得这么安闲适意,于是下了一道命令,把他从遥远的惠州再贬到儋州这个不毛之地。苏东坡过得比较安适,章惇为什么要生气呢?这无道理可讲。因为让爱讲自由的文人过得不自由,是权力本位社会制度的本性,章子厚作为这一"本位"组织结构中的人,体现出这一制度的非人道性,是不奇怪的。章惇不过是通过打击作为"元祐党人"的青年时期的朋友向皇权表"忠心",从而巩固他"执政"的地位。但他从连一点"怨"的痕迹都找不到的诗里给人家定罪,却大大发展了"乌台诗案"的文化权术的"魔术"性。

苏东坡生前遭文祸,死后也遭文祸。因为他虽然死了,但思想还活在"文"里,所以皇帝画家宋徽宗和宰相书法家蔡京,决心要消灭苏东坡的文章了。这就是所谓"禁苏文"。"禁苏文"是在消灭"元祐学术"的口号中进行的,从崇宁元年到宣和末的几十年里,政府在用全力剿灭"苏文",甚至弄到"诸士庶习诗赋者杖一百"(周密《齐东野语》[M].卷十六.)的程度,但"禁愈严而传愈多""禁愈急而文愈贵",待到北边的"敌人"围了汴京,移位开封府索取东坡文集时,北宋的"龙庭"便在"禁苏文"的运动中塌了下来。这几乎可以这样说:由于文祸与党祸的交织,"乌台诗案"笼罩了整个北宋时期。

中国文字狱经北宋"文化人"之手上了一个"新台阶"。苏东坡正是在中国文字狱上"新台阶"时蒙冤受害的。生时遭文祸,死后遭文祸,仅此一端即可判定东坡先生文字之真。

捌 乌台诗案的传媒因素

· 乌台诗案引论 ·

这个内容也可以归入引发乌台诗案的一个原因，但由于其具有技术与政治关系的特殊性，单独编为一章。

## ·弹劾的真正出发点·

日本学者内山精也和益西拉姆(2001)认为"印刷媒体和同时代文学结合这一中国文化史上大快人心的举措，以连苏轼也未能预料的态势迅速发展。然而这一值得纪念的历史性事件，在几年后御史台的弹劾下突然蒙上不祥的阴影"①：

北宋神宗元丰二年(1079)乌台诗案(以下简称"诗案")发生了，它使一名官员因使用诗歌这一具有"言之者无罪"的美好传统的文学形式而成为弹劾的对象。于是作为中国文学史上最初的不祥斑点，诗案常常被记载于各种文献中。苏轼也就自然成为蒙受小人攻讦的最大受害者，而以一个悲剧主人公的形象博得后世文人的莫大同情。在这里，本文并非想在诗案的众多历史评价里掺杂进任何一种异议，仅想在确认诗案的消极面的基础上，进一步解剖这一事件所体现的现代性——这一现代性在北宋中期以前的中国文学史上几乎不能看到。

我所说的诗案体现的现代性，就是指各种传播媒介日益普及的社会现象及其与诗案之间难以割舍的关系。在监察御史里行何正臣的札子里记载："(苏轼)所为讥讽文字，传于人者甚众，今取镂板而鬻于市者进呈。"同样舒亶的札子里也记着："小则镂板，大则刻石，传播中外。"(《忏花庵丛书》本《乌台诗案》)同时我们不能不想起在诗案发生前五年，郑侠上呈《流民图》一事成为王安石失势的一个大的开端(《续资治通鉴长编》卷二五二，熙宁七年四月)。

如上所述，在诗案产生的社会背景里，印刷、石刻以及画像三种传播媒体以

---

① [日]内山精也，益西拉姆.苏轼文学与传播媒介——试论同时代文学与印刷媒体的关系[J].新宋学(第一辑),2001(00):251—262.

不同形式或明或暗地登上社会政治舞台,各自扮演重要的角色。其中,形成最晚,但从传播速度、波及范围等方面来说,社会影响力最大的是印刷媒体。笔者在此最关注的是:诗案正是以印刷媒体——一种新兴的具有强大生命力的传播媒介——的形成为契机而产生的重大事件。

可以确认最晚在北宋中期的仁宗时代,同时代的信息已经开始用印刷媒体作为手段传向四方。

最早实现同时代文学与印刷媒体之结合的诗人是苏轼(1037—1101)。

如前所引,《乌台诗案》的《监察御史里行何正臣札子》的结尾记载着"今取镂板而鬻于市者进呈",《监察御史里行舒亶札子》里记载有"印行四册谨具进呈",另外《御史台检会送到册子》也有"御史台检会送到册子,题名是《元丰续添苏子瞻学士钱塘集》,全册内除目录更不抄写外,其三卷并录"的记载,具体的诗集名明确在录。从《乌台诗案》记述诗集的内容及诗集的名称,可以知道《钱塘集》是主要收集熙宁四年(1071)冬到熙宁七年(1074)秋苏轼任杭州通判时的文本。

其传播的范围,据御史台的说法达到这样的规模:"轼所为讥讽文字传于人者甚众"(何正臣札子),"小则镂板,大则刻石,传播中外"(舒亶札子)。苏辙在下面的文字里的记述证实了这种说法并非是为了使罪状成立而虚构的谎言:

顷年通判杭州及知密州日,每遇物托兴,作为歌诗,语或轻发,向者曾经臣寮缴进,陛下置而不问。轼感荷恩贷,自此深自悔咎,不敢复有所为。但其旧诗已自传播。(《栾城集》卷三六,《为兄轼下狱上书》)

这段文字是元丰二年苏轼成为御史台的阶下囚时,弟弟苏辙为其写下的救命请愿书里的一部分。和御史台完全站在对立面的苏辙也不得不承认苏轼的诗是"已自传播"。而且,上面这段文字也说明在乌台诗案以前,苏轼也还因为诗歌作品遭受过弹压,可以作为史传的补充资料[参照拙稿《东坡乌台诗案考(上)——北宋后期士大夫社会文学作品的传播及传播媒介》(宋代诗文研究会《橄榄》7,1998年7月)以及保苅佳昭《苏轼的超然台诗词——发生在熙宁九年的诗祸事件》(日本中国学会《日本中国学会报》51,1999年10月)]。

苏轼被关在监狱时,因为别的案子被拘留在御史台的苏颂(1020—1101),隔墙听到苏轼受到"诟辱通宵"的审问。后来,苏颂写下四首诗准备日后送给苏轼,其中第二首里有"文章传过带方州"的句子,注云:"前年,高丽使者过余杭,求市子瞻集以归"(《苏魏公文集》卷一〇,《己未九月,予赴鞠御史,闻子瞻先已被系。予昼居三院东阁,而子瞻在知杂南庑,才隔一垣,不得通音息。因作诗四篇,以为异日相遇一噱之资耳》诗)。

从熙宁九年四月开始,在近一年的时间里,苏颂停留在杭州[参看颜中其编《苏颂年表》(《苏魏公文集》附录,中华书局1988年版)],由此可以知道这期间,在杭州的书肆已经有苏轼的作品集上市。就是说高丽的使者买下苏轼的作品,并带到了国外。这是第三者说明当时苏轼作品的传播情况的事例,值得我们关注。

高丽使者买回去的集子,恐怕是熙宁年间印刷的。从御史台上呈的集子的题名上冠有"元丰续添"四个字可以推测,这个集子是增补本,很可能熙宁年间《苏子瞻学士钱塘集》已经刊行。如果这一推测正确,那么原集子也就是在苏轼离任杭州后不到两年之间刊行的。以此和欧阳修提到的"《宋文》"相比较,富弼《让官表》从写作到刊行经历了整整12年的时间,而《苏子瞻学士钱塘集》已将时间缩短到不到六分之一,同时在内容上,是狭义上的文学作品以个人专集的形式付诸出版。就这样,至和二年到熙宁末年的20年间,出版界确已取得了长足发展。如上所述,神宗的熙宁年间后半期,苏轼的诗集已经在民间印刷上市,并迅速"传播中外",直到遥远的高丽。印刷媒体和同时代文学结合这一中国文化史上大快人心的举措,以连苏轼也未能预料的态势迅速发展。然而这一值得纪念的历史性事件,在几年后御史台的弹劾下突然蒙上不祥的阴影。

上文作者有一个更进一步的概括:"苏轼的日甚一日的影响力","才是弹劾苏轼的最大动机和真正的出发点"[①]:

也就是说,当时的御史台之所以要弹劾苏轼,可能不是因为他写了许多批判朝政的诗歌这个事实,而是因为那些诗歌被各种媒体刊载并广泛传播这个社会

---

① [日]内山精也著.朱刚译."东坡乌台诗案"考——北宋后期士大夫的文学与传媒[M]//传媒与真相——苏轼及其周围士大夫的文学.上海:上海古籍出版社,2013:255.

现象。当然,这不是说苏轼写作批判诗的事实不被视为问题,这里只是想强调更大的问题在于他的作品在很大的范围内迅速传播、流布这一现象。而且,在这样的社会现象的背后,可以看到苏轼的日甚一日的影响力。笔者推测:对此的畏惧,才是弹劾苏轼的最大动机和真正的出发点。

杨挺(2007)认为乌台诗案引发的原因实际上是"由于印刷技术的广泛使用,使苏轼的作品传播迅捷而广远","成了政治观点的传播,已经影响到了政论的统一"①:

著名的"乌台诗案"中的罪与罚把问题的关键暴露得非常清楚。苏轼"作为诗文,谤讪朝政及中外臣僚,无所畏惮","奉圣旨送御史台根勘","狱司必欲置之死地",苏轼差点性命不保。苏轼到底犯了多大的罪呢?据舒亶的检举,苏轼确实利用诗歌表达了自己的不同政见,甚至对新政的嘲弄。但中国士大夫中"持不同政见"实在是非常普遍的事。白居易亦有"始得名于文章,终得罪于文章,亦其宜也"之叹,但当时的情况也不过是"众口籍籍,已谓非宜","众面脉脉,尽不悦矣",未有因此获死罪者。因吟几首嘲弄时政的诗,千年以来的"言之者无罪",变成了"必欲置之死地",发生在以"不杀士大夫"为祖宗家法的宋代,确实有些意外。

问题还得落实到印刷传播上来,事实上正由于印刷技术的广泛使用,使苏轼的作品传播迅捷而广远。监察御史里行何正臣的札子里说:"(苏轼)所为讥讽文字,传于人者甚众。"同样,御史舒亶的札子里也记着:"小则镂板,大则刻石,传播中外。"在他们看来,苏轼作品之广泛传播,不仅限于"不同政见"的个人表达,而成了政治观点的传播,已经影响到了政论的统一。自然,这里的查禁就有政治控制的意味了。其后徽宗崇宁元年(1102)的"元祐党禁",理宗宝庆时发生的"江湖诗案",都是通过对作者文集的禁毁来实施传播控制的。

出于对文祸的畏惧,宋代的文学观念发生了重大的改变。深受乌台诗案伤害的苏轼在《答刘沔都曹书》说:"平生以言语文字见知于世,亦以此取疾于人,得

---

① 杨挺.印刷传播语境下宋代文学的社会责任观念[J].求索,2007(11):180—182.

失相补，不如不作之安也。以此常欲焚弃笔砚，为暗默人。"都打算再也不作诗了，可见诗案对苏轼内心的严重伤害。对于作品传播的恐惧心态亦明确体现在朱熹身上。庆元之际，正值党禁，其弟子王岷欲将其文集传刻，朱熹却一再制止镂板。庆元四年（1198），朱熹作《答刘季章》极力阻止。朱熹认为文集编次锓木是"大祸之机"，"以自取祸"，作书力戒之，透露出朱熹对作品传播而获罪的极大恐惧。

被动的恐惧进而可以衍化为自觉的控制，乌台诗案之后的苏轼在《王定国诗集叙》中说：

昔先王之泽衰，然后变风发乎情，虽衰而未竭，是以犹止于礼义，以为贤于无所止者而已。若夫发于性，止于忠孝者，其诗岂可同日而语哉！

表面上看，从"发乎性"，到提出"止于忠孝"只是延续了《诗大序》中的"发乎情而止乎礼义"的成说，但结合乌台诗案之后的背景，苏轼对诗歌讽谏的态度变化就耐人寻味了，这里显然有着怨而不能怒的无可奈何以及性情中正的自觉规范。相此相类，晁补之对杜君章"文章不犯世故锋"的赞可，对苏轼后期文章"藏锋避世故"的称许，正表明了他对性情发抒不涉乎怒讦的认可。陈慥也通过对《诗三百》"悲不失正，怨不至怒，刺讥其时而非诽也"的评价，进行诗歌感情表达规范的标举与提倡。

但是，诗歌依然不能放弃它的讽谏责任，正如陈师道所说，"人臣之罪莫大于不怨"，除非"君臣之义尽"，君臣之间形同路人，否则"不怨则忘其君"，但"多怨则失其身"，又必须注意怨谏的过失责任。似乎费尽斟酌，陈师道提出了"仁不至于不怨，义不至于多怨"的中庸诗学原则。显然，在他眼里，诗歌仍然需要讽谏，但讽谏应该有个限度。这成为乌台诗案之后，宋代文人们的常见言论。

蔡涵墨和卞东波（2014）注意到乌台诗案审理中对王诜"最核心的指控是，王诜促成了三卷本的苏轼诗集《钱塘集》的刊行"，而"另一个刺激并触怒御史的因

素是苏轼诗歌流传的广度"①:

涉案人员中最重要的人物是王诜(1036?—1103?)。他出身高贵,又是驸马爷,曾尚英宗(1032—1067)第二女。苏轼供述与王诜关系的部分是《乌台诗案》中最长,也是最详细的(《丛书集成》本,第6—9页;《忏花庵丛书》本,7b—13a.)。供词叙述了两人十年来的交往,强调的不光是他们之间的文学交游,而且还有经济上、社交上以及艺术上的联系。王诜经常送一些价值不菲的礼物给苏轼,特别是一些字画;为苏轼提供很多材料来装裱他自己的画;又借钱给苏轼,为苏的外甥女筹办婚礼,也没有让苏轼偿还所借之钱。不过,最核心的指控是,王诜促成了三卷本的苏轼诗集《钱塘集》的刊行。此集中包含了苏轼私下写给王诜的诗,多有犯忌的内容。《乌台诗案》第一篇何正臣的札子特别提至"轼所为讥讽文字传于人者甚众,今犹取镂板而鬻于市者进呈"(《丛书集成》本,第1页;《忏花庵丛书》本,1b)。舒亶的指控也提到刊印之事(《丛书集成》本,第2页)。《钱塘集》中包括一些苏轼后来最喜欢的诗,如《戏子由》以及《山村五绝》(《苏轼诗集》卷七,第324—326页;卷七,第437—440页)。

供词很仔细地指出哪些诗出自于刻本《钱塘集》,哪些又是在后继调查中发现的。一开始,苏轼否认《钱塘集》中的诗是在讥刺朝廷的政策,只有《山村五绝》除外,因为这几首诗的讥讽实在太明显了。他否认又写了其他类似的诗。不过,御史们又审问了王诜以及其他相关人员(远在河北大名的黄庭坚亦在审问之列),并从他们那里重新得到苏轼所寄诗歌的手稿。苏轼面对的是不断增加的明显有讥刺之意的诗,而他最初一直不承认有这些诗。最显眼的是《开运盐河诗》,此诗形象地描绘了乡村的凋敝,而这完全是由国家贩盐政策造成的(《苏轼诗集》卷八,第388—390页;傅君劢《苏轼之诗》,第243—245页)。

另一个刺激并触怒御史的因素是苏轼诗歌流传的广度。何正臣第一篇札子就说:"谤讪讥骂,无所不为。道路之人,则以为一有水旱之灾,盗贼之变,轼必倡言,归咎新法(《乌台诗案》,《丛书集成》本,第1页;《忏花庵丛书》本,1ab)。赵翼

---

① 蔡涵墨,卞东波.1079年的诗歌与政治:苏轼乌台诗案新论[J].励耘学刊(文学卷),2014(2):88—118.

指出，要注意此案中印刷与文本传播之间的关键联系，并认为《钱塘集》之板行立刻使苏轼成为广为人知的诗人，也使御史们盯上了他(《瓯北诗话》，第64—65页)。

## ·版印书籍·

周宝荣(2003)讨论了苏轼诗集的出版情况①：

始于唐、盛于宋的雕版印刷，使书籍出版告别了抄写时代，具有了近代出版的指向意义，对士人的读书生活产生了重大影响。苏轼在《李氏山房藏书记》中写道："余犹及见老儒先生，自言其少时欲求《史记》《汉书》而不可得，幸而得之，皆手自书，日夜诵读，惟恐不及。近岁，市人转相摹刻诸子百家之书，日传万纸。学者之于书，多且易致如此。其文词学术，当倍蓰于昔人……"(曾枣庄.苏文汇评[M].成都：四川文艺出版社，2000.卷上)此文作于宋神宗熙宁九年(1076)十一月，苏轼文中所言之"近岁"，即北宋仁宗、神宗时期，这是一个雕版印刷迅猛发展、学术空前繁荣的时期。

景德二年(1005)，虽然国子监祭酒邢昺就雕版印书之事向真宗作专题报告说："国初不及四千，今十余万，经史正义皆具……今板本大备，士庶家皆有之。"(徐松.宋会要辑稿[Z].北京：中华书局，1957.职官二八之一)但印本书还远未走入士人的读书生活。比邢昺晚、比苏氏兄弟早的欧阳修，童年时曾寄居随州，发现了一本雕印的《昌黎先生文集》，珍爱有加。他记载说："予少家汉东。汉东僻陋，无学者；吾家又贫，无藏书。州南有大姓李氏者，其子尧辅颇好学，予为儿童时多游其家。见有弊筐贮故书在壁间，发而视之，得唐《昌黎先生文集》六卷，脱落颠倒无次序，因乞李氏以归。读之，见其言深厚而雄博。……集本出于蜀，文字刻画颇精于今世俗本，而脱谬尤多。凡三十年间，闻人有善本者，必求而改

---

① 周宝荣.从"乌台诗案"看苏氏兄弟的出版活动[J].河南科技大学学报(社会科学版)，2003(3)：18—22.

正之。其最后卷帙不足,今不复补者,重增其故也。"(欧阳修.欧阳文忠公集[M].四部丛刊本.居士外集卷《记旧本韩文后》)欧阳修后来成为文坛盟主,有许多聚书的便利条件,所以"藏书万卷",但他对少年时代拥有的第一本印本书别有一番笃深的感情,他说:"予于此本,特以其旧物而尤惜之。"(欧阳修.欧阳文忠公集[M].四部丛刊本.居士外集卷《记旧本韩文后》)欧阳修所说的"今"是什么时候呢?这个问题,从欧阳修的《李秀才东园亭记》中可以找到线索。欧阳修在该文中说,随州"独城南李氏为著姓,家多藏书,训子孙以学。予为童子,与李氏诸儿戏其家。……逆数昔时,则于今七闰矣"。《李秀才东园亭记》写于宋仁宗景祐元年(1034),"七闰"当为19年。所以,欧阳修于李家得韩文,当在大中祥符九年(1016)。根据《记旧本韩文后》中所说的"凡三十年间"推算,文中"今"时,应当在宋仁宗庆历六年(1046)。这与苏轼所言之"近岁",大体属同一时期。

明代学者胡应麟总结说:"魏晋以还,藏书家至寡。读《南北史》,但数千卷,率载其人传中。至《唐书》所载,稍稍万卷以上,而数万者尚希。宋世骤盛,叶石林辈弁山之藏,遂至十万。盖雕本始唐中叶,至宋盛行,荐绅士民,有力之家,但笃好则无不可致。"(胡应麟.经籍会通[M].北京:燕山出版社,1999.卷四)这段史料,常被出版史学者引用,但笔者觉得"至宋盛行"之说过于笼统,有必要进一步探究。上文征引欧阳修、苏轼等人的记载,可以帮助我们理出一个头绪:雕版印书至北宋中期盛行起来,对士人的读书生活产生了重大的影响。那么,从另一个角度来说,苏轼、苏辙兄弟是印本时代的读书人。

**《钱塘集》乃好事者所为**

"乌台诗案"的导火线——《钱塘集》,主要收录的是熙宁四年(1071)冬至熙宁七年(1074)秋苏轼在杭州通判任上的诗。苏轼是在因不满新法而辗转外任后,带着满腹牢骚去作诗的,正所谓"作为诗文,寓物讽,庶几流传上达,感悟圣意"。(苏轼.苏轼文集[M].北京:中华书局,1986.乞郡札子)这样,《钱塘集》便成了苏轼"讥讽时政"的罪证。

元丰二年(1079),监察御史里行何正臣、舒亶和御史中丞李定等人上札弹劾苏轼。李定在札子里列了苏轼四大罪状:"怙终不悔,其恶已著";"傲悖之语,日闻中外";"言伪而辨,行伪而坚";"一切毁之(指新法),以为非是"。(李焘.续资治通鉴长编[M].上海:上海古籍出版社影印本.卷二九九,元丰二年七月己巳条)舒亶指斥苏轼"应口所言,无一不以诋谤为主"。(李焘.续资治通鉴长编[M].上海:上海古籍出版社影印本.卷二九九,元丰二年七月己巳条)由于《钱塘集》已雕印刊行,所以传播甚广。何正臣在札子中说:"轼所为讥讽文字传于人者甚众。"舒亶还"上轼印行诗三卷",并且指出,苏轼诗文在当时广为传播的情况——"小则镂板,大则刻石,传播中外。"(李焘.续资治通鉴长编[M].上海:上海古籍出版社影印本.卷二九九,元丰二年七月己巳条)苏轼在台吏的威逼下,对"谤讪"之罪供认不讳。据宋人朋九万所辑的《东坡乌台诗案》记录,李定等人从苏轼诗中先后找出"谤讪"词、句计60余处,分布于《山村绝句》《观潮》《和陈述古十月开牡丹四绝》《次韵刘贡父李公择见寄二首》《祭常山回小猎》《寄子由》《赠孙莘老》等数十篇作品中。其中不少是李定等人罗织陷害,但也确实有许多诗句反映了苏轼对新法的不满。后世或目之为诬,忽视了苏轼诗文的新闻性。罗大经曾中肯地评说:"东坡文章,妙绝古今,而其病在于好讥刺。"(罗大经.鹤林玉露[M].北京:中华书局,1983.乙编卷"诗祸"条)黄庭坚说得更直接:"东坡文章妙天下,其短处在好骂。"(黄庭坚.豫章黄先生文集[M].四部丛刊本.卷九《答洪驹父书》)宋人所言苏轼诗文之"病",正是其生命力之所在也。苏轼能成为继欧阳修之后的文坛巨子,不仅仅是由于其诗文的艺术造诣深厚,更是因为他继承了自庆历以来士大夫"以言相尚"(王安石.临川先生文集[M].北京:中华书局,1959.卷七二《答曾子同书》),"皆好议论"(苏轼.苏轼文集[M].北京:中华书局,1986.《恩治论》)的传统,"是是非非,务穷尽道理乃已,不为苟止而妄随"(欧阳修.欧阳文忠公集[M].四部丛刊本.《居士集》卷二八《伊师鲁墓志铭》),所以,《宋史》称其"以诗话讽,庶有补于国"(脱脱.宋史[M].北京:中华书局,1977.《苏轼传》)。

《钱塘集》,全名《苏子瞻学士钱塘集》,并非苏轼本人集诗所辑所刊,而是民间好事者的逐利行为。所谓好事者,主要指两种人,一是书商,二是苏轼诗文的狂热爱好者。苏轼诗文盖世,家喻户晓。宋人毛滂在《上苏内翰书》中说:"先生之名满天下,虽渔樵之人、里巷之儿童、马医厮役之徒、深山穷谷之妾妇,莫不能道也。"(毛滂.东堂集[M].四库本.卷六)在这样的氛围之中,有不少狂热者,用今天的话说就是"追星一族"。陈师道之兄陈传道便是其中之一。他曾将苏轼知密州、知徐州时的作品分别收入《超然集》《黄楼集》。元祐年间,陈传道曾致信苏轼,欲为其刊行诗集,被苏轼谢绝。苏轼在回信中特意指出:"钱塘诗,皆率然信笔,一一烦收录,只以暴其短尔。某方病市人逐于利,好刊某拙文。欲毁其板,矧更令人刊耶?"(苏轼.苏轼文集[M].北京:中华书局,1986.卷五三《答陈传道五首》之二)苏轼所说的"钱塘诗",系指他在杭州任职时的诗作。他所说的欲毁之板,即指已为"逐利市人"雕行的《钱塘集》。

史实告诉人们,上边的断言是正确的。至元祐末年,苏轼作品刊行于世的集子并不很多,见于史载的有4种,除《钱塘集》外,还有《眉山集》《大苏小集》《东坡集》。从所收入的诗文来看,《眉山集》在《钱塘集》之后,王安石喜读,有《读眉山集次韵雪诗五首》《读眉山集爱其雪诗能用韵复次韵一首》为证(王安石.临川先生文集[M].北京:中华书局,1959.卷十七)。王安石虽未说明《眉山集》是否是印本,但这一问题被苏辙说得一清二楚。苏辙元祐四年(1089)出使契丹,辽燕京副留守邢希古令引接殿侍元辛传语苏辙云:"令兄内翰(谓臣兄轼)《眉山集》已到此多时,内翰何不印行文集?"(苏辙.栾城集[M].上海:上海古籍出版社,1987.卷四二《北使还论北边事札子五道》)《大苏小集》则是范阳书肆所刊,是张舜民于绍圣元年(1094)使辽时发现的。(王辟之.渑水燕谈录[M].北京:中华书局,1981.卷七)《东坡集》则是京师印本。苏仲虎曾言:"有以澄心纸求东坡书者。令仲虎取京师印本《东坡集》诵其中诗,即书之。至'边城岁莫多风雪,强压香醪与君别',东坡阁笔怒目仲虎云:'汝便道香醪?'仲虎惊惧,久之,方觉印本误以'春醪'为'香醪'也。"(邵博.邵氏闻见录[M].北京:中华书局,1983.卷十九)综上而言,《大苏小集》,于域外刊行,苏轼本人并未得一见;《眉山集》,荆公喜读,可见应是精品;《东坡集》,刊印于京师,且常放在苏轼手头。只有让苏轼招致牢狱之祸的《钱塘集》,才令他十分头痛,发誓"欲毁其板"。

郭志菊(2018)提出"分析宋代的文字狱勃然而兴的原因,有一点我们必须看到的,雕版印刷这一媒介技术的高度发达以及私编私刻书报的风行,'在客观上打破了皇室对知识的垄断,促进了知识自上而下的流动,也动摇了帝国的意识形态'"①:

宋代雕版印刷业的兴旺发达,对推动中国文化的生产和传播发展意义重大。张元济先生曾经评论宋代雕版印刷之意义时就说:"文化之源,系于书契;书契之利,资于物质。结绳既废,漆书竹简而已;笔墨代兴,乃更缣帛。后代蔡伦造纸,史称莫不从用,然书必手写,制为卷轴,事涉繁重,功难广远。越八百余年,而雕版兴。……至南北宋而极盛。西起巴蜀,东达浙、闽,举凡国监、官廨、公库、郡斋、书院、祠堂、家塾、坊肆无不各尽所能,而使吾国文化日趋于发扬光大之境。"(张元济.张元济全集(8)——宝礼堂宋本书录序言[M].北京:商务印书馆,2009:9)陈寅恪先生亦言:"华夏民族之文化,历数千年之演进,造极于赵宋之世。"(陈寅恪.邓广铭《宋史职官志考证》序[A].金铭馆丛稿二编[C].北京:三联书店,2001:277)这些成就与宋代雕版印刷技术的普及应用是分不开的。宋代版印媒介技术已达相当成熟之地步,印刷的速度和质量都大幅提升。据日本学者内山精也考证:"可以确认,至迟到北宋中期仁宗的时代,同时代的信息已经开始通过印刷媒体的刊载而传播到四方。"他考证认为《欧阳修全集·奏议集》中提到的《宋文》二十卷,就是同时代人的文章被印刷媒体刊载的确凿事例([日]内山精也.传媒与真相——苏轼及其周围士大夫的文学[M].上海:上海古籍出版社,2005:249)。雕版印刷技术的发展对整个宋代思想文化的发展是一个革命性的推动。雕版印刷技术的普及应用直接促成了文化领域的两大变化:一是编纂和著述的海量增长,宋代文人们不但著书立说的热情空前高涨,并且热衷编著,编前人的书、编自己的书、编总集、编别集;二是书籍的"多且易致",使得书籍这一媒介广泛普及,并带动知识、文化和思想的"下庶人",打破了王公贵族对文化知识的垄断,也打破了上层社会对思想的垄断。当然媒介传播环境的这一剧变,从

---

① 郭志菊.从版印媒介技术发展看宋代的文字狱及书禁报禁[J].新闻大学,2018(3):23—30+147.

文化层面到政治层面都对宋代的封建统治带来巨大的冲击，并直接引发了宋代文字狱和书禁报禁的规模性爆发。内山精也注意到这一问题，他考证认为"从至和二年到熙宁末年的大约二十年间，出版界有了长足的进步和发展"。可以确认，在乌台诗案发生的前后，"围绕士大夫言论的传媒环境有了前所未见的显著变化。特别像苏轼那样的士大夫，处在时代潮流的中心位置，经常在周围的关注目光之中展开文艺活动，传媒环境的变化在他们身上表现得最为快捷。当时的御史台说苏轼'所为讥讽文字，传于人者甚众'，并不仅仅是为突出苏轼罪状的言过其实之词"。（[日]内山精也.传媒与真相——苏轼及其周围士大夫的文学[M].上海：上海古籍出版社，2005：251—252）在这种新的传播环境下，过去文人们一直认为可以用于兴观群怨的诗文，由于书报的广泛传播而让统治者变得不堪忍受，因此文字狱和书报禁的兴起也就在情理之中了。

　　分析宋代的文字狱勃然而兴的原因，有一点我们必须看到的，雕版印刷这一媒介技术的高度发达以及私编私刻书报的风行，"在客观上打破了皇室对知识的垄断，促进了知识自上而下的流动，也动摇了帝国的意识形态"（李雨峰.枪口下的法律：中国版权史研究[M].北京：知识产权出版社，2006：19）。雕版印刷技术的迅速发展直接刺激诗文创作和编书著述活动空前活跃，社会思想和文化传播亦呈高度活跃状态，这让封建统治阶层产生了前所未有的危机感。宋代很多文字狱和书报禁的启动包括所罗织的罪名，都与所禁书报的广泛流布、广为传诵相关，像权臣秦桧于绍兴八年迫害枢密院编修官胡铨案，一个很重要的原因就是胡铨反对议和的疏奏被刻版印刷广为传之，一时洛阳纸贵，"金人募其书千金"（杨乾坤.中国古代文字狱[M].西安：陕西人民出版社，1999：192—194）。再如宋徽宗时荒于朝政，常常微服简从出游。此事被权臣蔡京在一次谢恩表中泄露，并被邸报全文刊出，结果"传之四方，使舆论大哗"，太庙斋郎方轸遂上书参劾蔡京，却不想徽宗竟然将奏疏送蔡京过目，蔡京怒火中烧，请将方轸下狱，结果方轸被流放岭南（杨乾坤.中国古代文字狱[M].西安：陕西人民出版社，1999：224）。至于宋代党争引发的历次书禁，亦多与盗版私印有关，如宣和五年七月，诏毁苏轼、司马光文集版，就是因为中书省上书称福建民间有私印和收藏苏轼、司马光文集者

(沈松勤.北宋文人与党争[M].北京:人民出版社,1998:172)。在很多情况下,这些禁毁诗文的私刻印刷和广为传播,又反过来加重了罪案的成立。这一点从"乌台诗案"中体现得最为典型。

元丰二年的"乌台诗案"起于苏轼的一纸"谢表":(苏轼)"徙知湖州,上表以谢。又以事不便民者,不敢言,以诗托讽,庶有补于国"。结果被主张变法的一派抓为把柄,台谏李定、御史舒亶等遂向神宗告发。御史舒亶上书称"轼近上谢表,颇有讥切时事之言,流俗翕然争相传诵,志义之士,无不愤惋。盖陛下发钱以本业贫民,则曰'赢得儿童语音好,一年强半在城中';陛下明法以课试群吏,则曰'读书万卷不读律,致君尧舜知无术';陛下兴水利,则曰'东海若知明主意,应教斥卤变桑田';陛下谨盐禁,则曰'岂是闻《韶》解忘味,尔来三月食无盐'。其他触物即事,应口所言,无一不以诋谤为主。小则镂板,大则刻石,传播中外,自以为能"。并把苏轼印行的三卷诗呈上御览。御史何正臣亦上言苏轼愚弄朝廷,妄自尊大。结果神宗一怒之下,下诏知谏院张璪、御史中丞李定"推治以闻"(李焘.续资治通鉴长编[M].北京:中华书局,2004:7266)。从舒亶开列的"罪状"可以看出,反对派们抓住参奏的把柄不仅是因为苏轼上谢表中有"讥切时事",诋毁变法,更重要的是印刷的诗文集"流俗翕然争相传诵","传播中外",造成了广泛的影响。在封建社会,皇帝乐于接受诤谏也是有条件的,即这些批评应该是直接说给皇帝听的,而一旦广播天下性质就变了,成了不折不扣的"诋谤",而造成这广播天下恶劣影响的原因则是"小则镂板,大则刻石",说到底是版印媒介发达惹的祸。朝廷当然也看到了这一点,于是一方面把苏轼贬为黄州团练副使,另一方面则对苏轼的诗文集雷厉风行地开展了查禁工作。不过社会的叛逆情绪自古皆然,苏轼的诗文集是愈禁愈奇,愈禁愈烈:"东坡诗文,落笔辄为人传诵。……是时朝廷虽尝禁止,赏钱增至八十万。禁愈严而传愈多,往往以多相夸。士大夫不能诵坡诗者,便自觉气索,而人或谓之不韵"(朱弁.曲洧旧闻[M].北京:中华书局,2002:204—205)。当时一般的书坊不敢再印苏轼的诗文集,把印板都毁掉了,但有贵戚家靠着后台,仍在私印售卖苏轼诗文集,结果是物以稀为贵,以至到了"率黄金斤易坡文十,盖其禁愈急,其文愈贵也"的地步(曾枣庄,刘琳等.全宋文[M].上海:上海辞书出版社;合肥:安徽教育出版社,2006:259)。

## ·石刻和邸报·

萧名娆(2010)还讨论了石刻和邸报与乌台诗案的关系[1]:

总共70篇涉案作品当中,有28篇确定刊载于《钱塘集》,37篇并未刊载其中,另有5篇因文献可能脱漏无法确定是否有刊载。也就是说,没有刊载的作品多达六成,这些作品多是苏轼写给朋友的酬赠唱和之作,并未在公开场合吟诵或题壁,而是私下往来传送。

在这里要注意的问题有两个:首先,自王安石推行新法以来,欲以经义取士。熙宁二年,神宗诏议更贡举法;熙宁三年骤然试策,令天下举子措手不及;熙宁四年,正式下令罢试诗赋,并于熙宁六年开科正式实施(祝尚书:《宋代科举与文学》,第二章《宋代进士科的考试》,页53—54)。从前面提到欧阳修所见的《宋文》二十卷和王安石《三经新义》的例子来看,出版业通常是与考试需求结合的,若科举风向转往经义,对于诗赋作品的注目应稍稍降温才是,更何况苏轼诗歌充满对朝政的失意,绝非新法派主考官能接受的。但是民间对于苏轼作品的喜爱却不减反增,或许可以推测:民间对于苏轼作品的爱好,除了纯艺术的欣赏之外,或许是出于对于新法的不赞成,而追求反对新法的声音。根据记载,苏轼是熙宁四年六月受命通判杭州的,他在杭州的日子里,京城发生了一件大事,即郑侠上书。据《宋史·郑侠传》记载:"侠知安石不可谏,悉绘所见为图","奏疏诣合门,不纳",于是他"假称密急,发马递上之银台司"。此事在当时影响极大,原因有二:一是因为郑侠曾是王安石极为器重的青年才俊。二是他上书的方式别出心裁。郑侠那幅"但经眼目,已可涕泣"的《流民图》立刻引起神宗的高度重视,但同时也使得"群奸切齿",被吕惠卿、邓绾等人诬为"狂夫之言",以谤讪之罪,编管汀洲。(〔元〕脱脱:《宋史》,卷三二一,列传第八十,《郑侠传》)从此事的发生,足见当时

---

[1] 萧名娆.乌台诗案诠释问题的再思考[D].新北:淡江大学,2010.

朝野上下反对声浪之大,以至于屡屡有民间意见反应回朝,但神宗恩对御史台弹劾反对者时,其所持的态度是虽然重视但仍不得不弹劾之的。

另外,虽然御史台为了一网打尽,极力向苏轼的朋友搜罗而来,但在这里必须思考的问题是:这六成的作品是否有其他的传播途径,让御史台知道这些作品的存在? 以下便说明其他传播方式与乌台诗案的关系。

**石刻和邸报的传播功能**

除了印刷版行,宋代另外还有两项重要的传播工具,即"石刻"和"邸报"。其效力或许不若书肆印刷出版来得全面,但与"乌台诗案"的发生有密切的关系。

(一)石刻

石刻并非宋代才产生的传播媒介,而是中国最古老的传媒之一,当时举凡名家诗文,都有石刻供人拓印,可流传久远,足见其在文化传播上的功能(朱传誉:《宋代新闻史》,台北:中国学术著作奖助委员会,1967年9月,页8—9)。但诗歌刻石是到了宋代才变得普及化,以苏轼来说,他写给朋友的信件都有人石刻印卖。在苏轼写给朋友的书信当中,散见着友人将其作品刻石后,复以拓本送给他的记载。另外也有朋友将自己作品刻石,而把拓本寄予苏轼的情形(内山精也先生曾将苏轼谈及作品刻石的书信做了详细的整里,详见氏著《传媒与真相:苏轼及其周围士大夫的文学》,页246,注一、二)。乌台诗案时御史台李定等人上奏弹劾文中即说到苏轼在当时才高名大,诗文落笔"流俗翕然争相传诵"、"小则镂板,大则刻石,传播中外"。乌台诗案后,他在黄州写给吴子野的信中便有"奉寄书简,且告勿入石,至恳至恳"(〔宋〕苏轼:《苏轼文集》,卷五七,《答吴子野七首》之四,页1735)之语。他题诗扬州寺壁,被人攻击有讪上之嫌,幸亏那首诗已经入石,洗刷了他的冤枉。这些都说明了石刻的传播功能及其与乌台诗案的关系。

(二)邸报

前辈学者已多注意到"邸报"与乌台诗案的关系,如林语堂以及崔铭、王水照合著的苏轼传记都有提到苏轼《湖州谢上表》经由"邸报"广为传播和御史台得以借此兴治乌台诗案的关系(详见林语堂原著,宋碧云译:《苏东坡传》,台北:远景出版公司,2004年7月12版,页197—198,以及王水照、崔铭著:《苏轼传:智者在苦难中的超越》,天津:天津人民出版社,2008年1月第二版,页128)。"邸报"为当时的朝廷官报,功用在于中央的消息迅速传达给地方官吏,是目前已知最早的印刷报纸。邸报由门下省都进奏院制作,内容主要以官吏的迁黜、朝臣的章奏、诏令、朝见与朝辞、谢表、大礼、刑狱、诗文等八类为主。邸报虽设有检阅审查的制度,但因地方州县对实时新闻的强烈需求,常未彻底审查便先行发布出去(朱传誉:《宋代新闻史》,第一章,页24—37)。现存欧阳修和苏轼等人写给朋友的书信当中,也经常提到从邸报上获得消息的情形。据此,可以归纳出邸报与乌台诗案的几点关系(关于欧阳修、苏轼从邸报获得消息的相关叙述,内山精也先生曾做了详细的整理,详见[日]内山精也:《传媒与真相:苏轼及其周围士大夫的文学》,页242,注一。而关于邸报的论述,参见该书页238—243,本文此处前三点系参考内山精也先生之说,第四点为考证文献所做出的补充)。

1. 唐宋邸报的不同

早在唐代便有邸报的出现,但由于唐代政治体制使得各藩镇拥州县自立,进奏院成员多为各藩镇的私人势力,邸报也经常为各单位分别制作,因此虽名称相同,但内容各异。到了宋代,政治机构总握于中央,宋代邸报的作用也具有遍及官僚社会全体的影响力,加以付梓印刷,使得其作为情报媒体的传播性,以及情报内容的统一性与确凿性都更为增强。

2. 谢表文体的特殊性

《乌台诗案》所收《御史台根勘所结案状》中,引用了《熙宁编敕》的其中一条:"诸臣僚不得因上表称谢,妄有诬毁,及文饰己过,委御史台纠奏。"([清]徐松辑,国立北平图书馆编印:《宋会要辑稿》,仪制七之二六,页1962下)这道敕令暗示着乌台诗案发生前,神宗熙宁年间谢表文体已存在着一个现象:表面上为大臣借谢表讥讽朝廷,实则御史台常将谢表作为弹劾依据。

3. 邸报的检阅审查与御史台的关系

邸报检阅审查制度始于熙宁四年新法施行期间,特设枢密院检详与中书检正共同担任,前面已经提到该审查制度并未确实执行。而当时御史台并不具有对上呈谢表进行审查的特权,一直到徽宗崇宁元年,御史台认为谢表现象加剧,强烈要求审查谢表,此后谢表上呈进奏院,便须实时抄录副本送往御史台,至此时御史台才开始拥有实时审查谢表的权力。据此可以推测:若非当时邸报的便利与盛行,御史台的李定等人便无法看到在乌台诗案中具有关键性的苏轼《湖州谢上表》一文,也不会有乌台诗案的发生。

4. 与"乌台诗案"类似的案件——汪辅之《谢表》案

根据记载,在乌台诗案发生前也曾有一个类似的《谢表》弹劾事件,即汪辅之《谢表》案。有关于汪辅之的史料记载不多,根据文献可知其人才华洋溢,但个性激进。景祐范吕之争时,汪辅之曾以书诮责富弼:"公为宰相,但奉台谏风旨而已。"(〔宋〕林駧:《古今源流至论》,后集,卷二,页十五下,"宰相台谏"条,《文渊阁四库全书》本)嘉祐二年考入制科第四等,而台谏以"无士行"罢之。("嘉祐二年诏举贤良方正而下九科,亦令采察文行,若不如所举,并坐举者。四年,旌德县尉汪辅之已试六论,过阁及殿试,亦考入第四等,而言者以无士行罢之。"〔清〕徐松辑,国立北平图书馆编印:《宋会要辑稿》,选举一一)。神宗时,以密函上书皇帝欲弹劾老臣文彦博,神宗皇帝反将弹劾状示予文彦博,并说:"辅之小臣,敢尔无礼,将别有处置。"〔〔宋〕邵伯温撰,李剑雄、刘德权点校:《邵氏闻见录》(北京:中华书局,2008年8月),卷十,页120—103〕之后汪辅之察觉政局不利于己,屡次求调,虽得到批准,但于赴职后遭到弹劾。

汪辅之,宣州人,少年有俊声。……熙宁中为职方郎中、广南转运使,蔡持正为御史,知杂摭其《谢上表》有:"清时有味,白首无能",以谓言涉讥讪,坐降知虔州以卒,有文集三十卷行于世。后数年,兴东坡之狱,盖始于此,而持正竟以诗谴死岭外。(事见〔宋〕王明清:《挥麈录·后录》,卷六,页六上—页六下,《景印文渊阁四库全书》。以及〔宋〕李焘:《续资治通鉴长编》,卷三三一,页十一,神宗元丰五年十一月癸巳条,《景印文渊阁四库全书》)

此事与"乌台诗案"有几点类似之处:第一,汪辅之和苏轼同是行为激进的争议性人物。第二,御史台是从到任的《谢表》中寻找生事的材料。第三,主导汪辅之案件的御史蔡确,在乌台诗案时任职参知政事的要职。《挥麈录》应是从这两个案件之间的关联和类同性来推测,此事和乌台诗案的发生有密切的关系,同时也可以证明在当时的环境条件下,"邸报"和《谢表》确实在这些案件中发挥了关键的作用。

## ·不同意见·

杨曦(2017)在肯定"印刷传媒可以作为研究宋代文学无疑是一个崭新的视角"的同时,认为"但也不宜将之过分放大,看作事件的本质"[①]:

本书(内山精也的《传媒与真相》)的乌台诗案研究,由三篇文章组成,即《〈东坡乌台诗案〉流传考——围绕北宋末至南宋初士大夫间的苏轼文艺作品收集热》(以下简称《流传考》)、《"东坡乌台诗案"考》(以下简称《诗案考》)和《苏轼文学与传播媒介》。

《流传考》探讨了本不应该被公开的审讯记录为何流出的问题。作者首先分析了《乌台诗案》的两条流传途径,即原本与抄本,又将眼光放大,阐述了靖康年间的政治环境以及北宋末至南宋初的"东坡热"这一文化氛围,勾勒出其流传过程,最后梳理了《诗案》的版本系统。乌台诗案研究虽多,但《流传考》对文献记载的梳理,较之前人更为深入。而且,作者也没有停留在纯文献层面的考证,而把这一现象放进当时文化环境中,使之更为立体、生动。

《诗案考》在《流传考》的基础上更进一步,"将这一事件与印刷媒体之间发生了深刻关系的事实作为焦点,以此为最大的关键点,重新分析这个事件"(177页)。《苏轼文学与传播媒介》则以苏轼在诗案前后的创作为中心,探讨了当时文学与传媒的关系,作为《诗案考》的补充。

《诗案考》细致地叙述了事件始末、同时代士大夫的反应,并由此延伸,分析了传统的诗歌观念及其社会效能的转变。之后,又从由苏轼对御史台的认识与新法政权下的言论环境延伸,指出庆历与熙宁年间台谏功能的差异,并追问台谏

---

[①] 杨曦.传媒视角,求真精神——读内山精也《传媒与真相:苏轼及其周围士大夫的文学》[J].文学研究,2017,3(1):142—151.

兴起疑狱的原因。在此基础上,点出诗案时代新的社会条件,即印刷传媒的出现,将之诗案发生的原因归于御史台对于印刷传媒的恐惧,认为这"才是弹劾苏轼的最大动机和真正的出发点"(255页)。最后总结了诗案对中国诗歌发展的恶劣影响。

值得注意的是,其"事件首尾"部分,综合正史与笔记小说,尝试还原事件的面貌,有超出研究对象本身的方法示范意义。陈寅恪先生曾说:"通论吾国史料,大抵私家撰述易流于诬妄,而官修之书,其病又在多所讳饰。"(陈寅恪:《顺宗实录与续玄怪录》,《金明馆丛稿二编》,生活·读书·新知三联书店2001年版,第74页)。就诗案来说,私家记录者的立场大多偏向旧党,价值取向影响了记录的客观性,同时,传闻异辞又导致记录纷纭歧出,甚至有完全相反的例子。而作者将涉及的史料,以写作时间为中心,并按记录者与苏轼本人关系的疏密,分类分级,在其可互相补充时视为等价,在其相互矛盾时加以抉择。陈先生说:"考史事之本末者,苟但于官书及私著等量齐观,详辨而慎取之,则庶几得其真相,而无诬讳之失矣。"《诗案考》对笔记小说的利用,正是一个绝好的示范。

不过,将印刷传媒力量视为事件的本质,笔者还有不同意见。

例如《朱寿昌郎中少不知母所在……》一诗,作者认为此诗被收入《钱塘集》的可能性很大,李定或可由此得知此诗的存在。这里,作者的论证存在两个不确定环节,不免缺乏说服力。而且,作者忽略了当时诗歌的传播方式绝不止印刷一途,还有手抄、石刻、题壁、口头传播等多种方式(参见王兆鹏《文学传播研究的层面》,《江汉论坛》2006年第5期,后收入《宋代文学传播探原》,武汉大学出版社2013年版)。换言之,即便此诗收入《钱塘集》,李定也完全可能不由此读到,更何况此诗是否收入《钱塘集》还是一个不确定事件。因此,不能以此说明传媒力量对御史台的影响。

又如"大则刻石,小则镂板"一语,本诸苏轼《谢欧阳内翰书》:"大者镂之金石,以传久远;小者转相摹写,号称古文。"摹写、镂板称为小,而刻石称为大,谭新红认为这说明"在宋人的意识中,刻石是一种比手抄甚至印刷都要优越的传播方式"(谭新红:《宋词传播方式研究》,武汉大学出版社2010年版,第126页),是否如此,尚须斟酌,但无疑启示我们,印刷传媒的影响应该被充分估计,但也不宜被过分估计。

传媒固然是一个重要且崭新的角度,但是也只是视角之一,由此所得也只能说是真相之一斑。将御史台对印刷传媒兴起的恐惧视为事件的本质,实际是把一个次要的影响因素放大了。

笔者认为乌台诗案发生的根本原因,还在于北宋中期以来专制集权体制的发展。换言之,"诗案"的表象在"诗",本质却在"案",借诗兴案的主导者实为御史台背后的宋神宗。叶坦、李裕民已发其端(参见叶坦《大变法:宋神宗与十一世纪的改革运动》,生活·读书·新知三联书店1996年版,第75页;又李裕民《乌台诗案新探》,《宋代文化研究》2009年第2期,后收入氏著《宋史考论》,科学出版社2009年版),近年来史学界也越加关注"后王安石时代"宋神宗的作用,在此意义上,其实宋神宗与苏轼的微妙关系更值得探讨。

而在上述观点基础上,作者推导出印刷传媒对中国诗歌发展有恶劣影响,也是值得商榷的。

作者说,印刷传媒的普及"切断诗歌与政治间令人怀念的传统","印刷传媒与同时代作家的关系,不得不以'诗案'这样最坏的形态开始,这是中国诗歌史的不幸,它给中国诗歌的发展带来的损失之大也无法估量"(265页)。诚然,进入刻本时代后,政治权力对于文学的管制骤然加剧。但在有印刷传媒之前,并非就没有诗案文祸,如刘禹锡"桃花诗案"即是一例。而且,在有印刷传媒之后,也不是所有诗案都与之有关,如稍后不久发生的"车盖亭诗案",作者就说"几乎是不具有社会影响力的作品"(260页),可它却是"造成北宋末冷酷的言论环境的最直接原因"(262页)。因此,诗歌与政治之间的紧张关系,不应归罪于印刷传媒这一本为中性的物质文化条件。

更进一步说,作者认为乌台诗案是"《诗经》(毛传)以来的传统诗歌观,亦即积极容认和支持诗歌干预政治的社会观念,在传播媒体(木版印刷)得以普及的新的社会状态下走向崩溃的标志"(140—141页)。

诗有美有刺,两者功能不同,前者始终是政治所需要的,而后者"主文而谲谏"的精神与政治之间,则仍以紧张关系为主。这种紧张关系始终存在,只不过在印刷传媒时代,由于传播广泛、知识普及,被凸显了而已。换言之,政治权力对《诗大序》观念的认知,与诗人创作中的认知,并不在同一层面。统治者否定《诗大序》的观念,并不意味着诗人创作中坚守的放弃,相反,在古典诗歌的相当一部分作品中,作者仍然在以曲折的方式表达对现实政治的关怀,在高压之下百折不挠,大节凛然,这也才是传统士大夫的真精神所在。笔者认为,在刻本时代来临之前,诗歌干预政治的观念也不会被统治者真正认可;在刻本时代到来之后,士大夫也不会真正放弃这一观念。

总之,印刷传媒无疑可以作为研究宋代文学一个崭新的视角,值得借鉴,但也不宜将之过分放大,看作事件的本质。

# 玖 乌台诗案与自媒体

·乌台诗案引论·

## ·古代也有自媒体·

说到自媒体,一般会认为这是一个非常现代的概念。的确,自媒体这个词的出现,不到20年历史。我们查询到的中文"自媒体"一词最早出现的记录,是在2003年1月一篇介绍博客的文章(伊洛.博客全息照[J].计算机,2003(Z1):72—75.)中谈到的:"有人说博客是自传统媒体、新媒体之后的第三代媒体。这句话说的是We-Media(或者可译作自媒体),考虑到Weblog也曾被叫做We-Blog,这样说也还有点渊源。"在CNKI指数分析中有数据显示1998年、1999年和2000年自媒体的中文发文量分别为2、1和1。按此记录,在2003年之前至少有4篇提到自媒体的文章。但我们没有查询到。按照自媒体一词出现的历史,似乎也不可能。因为丹·吉尔默是在2002年末提出自媒体概念,2003年1月在《哥伦比亚新闻评论》上发表了题为《下一时代的新闻:自媒体来临》(*News for the Next Generation: Here Comes "We-Media"*)的文章。在目前这个意义上使用这个词,当自此时开始。在数据分析的软件还没有足够智能化的当下,全文检索"自媒体"一词,可能会有歧义产生。例如,1999年第3期《国际新闻界》上有一篇《"默多克的克隆人"——伊丽莎白·默多克》,其中有"她有足够的机会证明自己不愧是出自媒体大亨之家"一语,会被检索出来,显然和"自媒体"没有关系。

然而,自媒体这个概念所指代的事物应当出现很早。要说明这一点,需要从根上分析一下自媒体到底是什么。

2006年我在一篇论文中试图描述自媒体的本质:"自媒体的核心是基于普通市民对于信息的自主提供与分享。"[①]并认为:"目前发展迅速应用日广的新媒体都具有这种自媒体特征。"在写作本文时(2019年8月31日)这篇论文在CNKI上的引用频数排在新闻与传媒类文献的第四位。一位在博士毕业论文中引用此

---

[①] 邓新民.自媒体:新媒体发展的最新阶段及其特点[J].探索,2006(2):134—138.

文的刘娜认为："自媒体作为新媒体发展的新形态，其特点可以用一句话概言，即：自媒体是由用户产生和传播内容（Users Generated Content，简称'UGC'）。"①对于广大的普通民众而言，一切人们能够低成本随意使用，方便传递信息的手段，就可以被称作自媒体。例如，传播学研究者魏永征、魏武辉认为"一种以个人作为信源端，影响力最大者可以遍布到全国甚至世界的自媒体"就是"大字报"。②有论者追究大字报的起源③：

从大量的古籍与史料看，古代的"私揭"和"匿名揭"（又称"谤书""白头帖""没头帖子"）以及历代农民起义中所发布张贴的"檄文""竹筹""揭帖""旗报"和"牌报"等等，在形式、性质与功能上，颇类似现代的"大字报"。

这实际上就涉及古代的自媒体了。

传递信息是人类的一个基本的需求，从古到今，人们都在探索如何有效地传播信息。能够低成本随意使用的手段，人们一直都在尝试。

在常规媒体条件下，个人试图向大量公众或者特定对象发言，是处处受阻的。这种阻力被称为进入的门槛高，人们如果要在常规媒体上发表意见，往往需要付出比较高的代价，这种代价有经济实力方面的，有社会地位方面的，有个人水平方面的，没有一定的代价无法进入常规媒体的视野。自媒体之所以能够为普通市民自主提供信息与分享信息的手段，其基本原因是进入门槛低，可以实现信息提供与分享的自主化，这可以说是自媒体最主要也是最根本的特点，其他的自媒体特点都是由此派生而来。

在现代，互联网成为了构建自媒体平台的基础设施。在古代，人们也在当时经济技术条件的支持下搭建了自媒体的平台。这些平台主要有：口头传播、题壁、揭帖等。清时曾有人批评时人弃"鸿儒伟人"之"名章巨什"于不顾，而专尚"游夫之口号、画客之题词"等"僻陋"之作的习气，将"口号"与"题词"并举。所谓"游夫之口号"正说明了口号是在作者不用纸笔面对受众情况下的即兴口吟。"画

---

① 刘娜.大学生虚拟人际交往的思想政治教育应对研究[D].沈阳：辽宁大学,2018.
② 魏永征,魏武挥：自媒体的力量——大字报与Blog的效用比较研究[EB/OL]（2008-11-11）.http://www.aisixiang.com/data/22174.html.
③ 邱建立.大字报的起源初探[J].沧桑,2006(5):20—21.

客之题词"即指题壁涂鸦之类。作者的批评是站在"正统"的角度,认为此类作品,虽非剽窃,"天真烂熳",但不过是"斗捷为工,取快目前",批评其创作的即兴性、随意性,而缺少严肃认真的论道说理。可见古代人们已经注意到这一类平台,并注意到其"斗捷为工,取快目前"的特点。①

对于自媒体的"交互"特点,古代广为流传的"红叶题诗"故事有非常形象的概括。

刘桂秋(2000)引述了较早记载"红叶题诗"故事的文献②:

"红叶题诗"的故事,在唐宋时的笔记中,凡四五见。其中较早记载这个故事的,是唐孟棨的《本事诗》。其书"情感第一"载:

顾况在洛,乘间与三诗友游于苑中,坐流水上,得大梧叶,题诗上曰:"一入深宫里,年年不见春。聊题一片叶,寄与有情人。"况明日于上游,亦题叶上,放于波中,诗曰:"花落深宫莺亦悲,上阳宫女断肠时。帝城不禁东流水,叶上题诗寄与谁?"后十余日,有人于苑中寻春,又于叶上得诗,以示况,诗曰:"一叶题诗出禁城,谁人酬和独含情。自嗟不及波中叶,荡漾乘春取次行。"

又唐范摅的《云溪友议》亦载此事,与《本事诗》中所记,大同小异,惟顾况第一次拾得的叶上题诗作:"旧宠悲秋扇,新恩寄早春。聊题一片叶,将去接流人。"按孟棨、范摅皆唐僖宗时人,《四库全书总目提要》谓《本事诗》《云溪友议》等书"以唐人说唐诗,耳目所接,终较后人为近"、"唐人轶事颇赖以传,亦谈艺者所不废也",可信度应该是比较大的;但这个故事最初可能只是在口耳相传,后来才被人采入书中,于是在当时便有了说法上的不同。此外,《云溪友议》还记载了另外一则"红叶题诗"的故事:

卢渥舍人应举之岁,偶临御沟,见一红叶,命仆搴来,叶上乃有一绝句,置于巾箱,或呈于同志。及宣宗既省宫人,初下诏,许从许百官司吏,独不许贡举人。渥后亦一任范阳,获其退宫人睹红叶而吁怨久之,曰:当时偶题随流,不谓郎君收

---

① [明]吴伟业.吴梅村全集(卷三十九)[M].李学颖集评标校.上海:上海古籍出版社,1990:1090.
② 刘桂秋.殷勤谢红叶 好去到人间——"红叶题诗"的故事和诗的解读[J].名作欣赏,2000(2):6—9.

藏巾箧。验其书,无不讶焉。诗曰:"水流何太急,深宫尽日闲。殷勤谢红叶,好去到人间。"

鲁茜(2007)对"红叶题诗"的文本流传进行了统计:①
"红叶题诗",据笔者初步统计,共69篇,有笔记小说、传奇小说、诗话、元杂剧、明清传奇。收录、流传形式多样,或作为单行本的小说或戏曲,或作为小说集、戏曲集、诗话总集、笔记,或作为丛书类书里的篇目流传保存下来,偶也见于他书。但其中亦有规律可寻,主要分为创作和记录两种类型,跨度主要集中在唐、宋、元、明四个朝代。

"红叶题诗"故事长时间广泛流传,固然与故事的人文特征有深刻的内在关系,而自媒体的交互特征在故事中的重要作用,不能不说是一个重要因素。

## ·自媒·

自媒体产生的原因是人们传播信息的需求,这种需求在当代有一个形象的词:"秀(SHOW)"。在中国古代文献中有一个相近的词,就是"自媒",其意与"自衒""自炫"一样,都与近年流行的"秀"含义相同,有炫耀、展示自己的意思。

自媒一词目前见到的最早出处是《管子·形势解第六十四》:②
明主之治天下也,必用圣人,而后天下治。妇人之求夫家也,必用媒,而后家事成。故治天下而不用圣人,则天下乖乱而民不亲也。求夫家而不用媒,则丑耻而人不信也。故曰:"自媒之女,丑而不信。"

---

① 鲁茜.论"红叶题诗"的文本流传[J].宜宾学院学报,2007(8):11—13.
② 管子·形势解第六十四.

对于《管子》的成书年代,学界大多认为是在先秦。张岱年认为:①

《管子》一书是齐国推崇管仲的学者依托管仲而写的著作汇集,可称为"管子学派"的著作。这些推崇管仲的学者可能亦是稷下学士,但只是稷下学者的一部分。

任继愈主编的《中国哲学发展史·先秦卷》也认为:②

管仲学派是战国时期齐人继承和发展管仲的思想而形成的一个学派,这个学派根据齐国的具体情况和文化传统,总结齐国社会改革的经验,为封建统治者提供一个完整的政治哲学体系。它和与鲁文化有渊源关系的孟荀学派(即儒家学派)以及产生于三晋的商韩学派(即法家学派)有着明显不同。

《列子·周穆王篇》中有一个寓言中用到自媒一词,是自我展示、自我推荐的意思:③

宋阳里华子中年病忘,朝取而夕忘,夕与而朝忘,在途则忘行,在室则忘坐,今不识先,后不识今。阖室毒之。谒史而卜之,弗占;谒巫而祷之,弗禁;谒医而攻之,弗已。鲁有儒生自媒能治之,华子之妻子以居产之半请其方。儒生曰:"此固非卦兆之所占,非祈请之所祷,非药石之所攻。吾试化其心,变其虑,庶几其瘳乎!"于是试露之,而求衣;饥之,而求食;幽之,而求明。儒生欣然告其子曰:"疾可已也。然吾之方密,传世不以告人。试屏左右,独与居室七日。"从之。莫知其所施为也,而积年之疾一朝都除。华子既悟,乃大怒,黜妻罚子,操戈逐儒生。宋人执而问其以,华子曰:"曩吾忘也,荡荡然不觉天地之有无。今顿识既往,数十年来存亡、得失、哀乐、好恶,扰扰万绪起矣。吾恐将来之存亡、得失、哀乐、好恶之乱吾心如此也,须臾之忘,可复得乎?"子贡闻而怪之,以告孔子。孔子曰:"此非汝所及乎!"顾谓颜回记之。

---

① 张岱年.齐学的历史价值[J].文史知识,1989(3).
② 任继愈等.中国哲学发展史·先秦卷[M].人民出版社,1983:347.
③ 列子卷第三·周穆王篇.

《列子》一书的成书时间，学界有分歧，大约有三种观点，一是成书于先秦；二是后人伪托，成书于魏晋；三是部分为先秦遗稿，魏晋人搜集编撰过程中加入了其他材料。按此，这里所用的自媒一词，可能出于先秦，最迟不会晚于魏晋。可见自媒这个词，很早就有了。其意与我们目前在现代自媒体上看到的"秀""晒"没有太大的区别。

中国传统文化正统，对于自媒是不推崇的，如管子中说的"自媒之女，丑而不信"。清人秦文超有诗《燕中吟》对自媒自炫进行了批判：①
贞女耻自媒，大儒耻自炫。古人藏岩穴，贤声动州县。
安车聘不出，明王犹北面。季代重制科，词章罗英彦。
士气日以靡，士心日以变。四方窃名流，被褐来畿甸。
滥刻诗与文，彼此相夸诞。朝暮马厩中，欲乘阍吏便。
东阁与西掖，千金重一见。是曰通声气，不惜身卑贱。
有时关节灵，凤池叨首荐。得意骄后生，衣钵相流传。
亦有不得志，奔竞日云倦。譬彼倚市门，色衰遭人谴。
穷通由彼苍，岂必事攀援。徒丧廉耻心，千秋污笔砚。
不见韩范辈，浩气留书卷。

事实上自媒是文人们世代相传的一种作派，理由是"不得不自媒"，"先贤亦自媒"。例如《三国志》中，"（曹）植常自愤怨，抱利器而无所施，上疏求自试曰：" ②

夫临博而企竦，闻乐而窃抃者，或有赏音而识道也。昔毛遂，赵之陪隶，犹假锥囊之喻，以寤主立功，何况巍巍大魏，多士之朝，而无慷慨死难之臣乎！夫自炫自媒者，士女之丑行也。干时求进者，道家之明忌也。而臣敢陈闻于陛下者，诚与国分形同气，忧患共之者也。冀以尘雾之微补益山海，荧烛末光增辉日月，是

---

① 晚晴簃诗汇·卷五十五.
② 三国志卷一九·魏书一九.

以敢冒其丑而献其忠。

以毛遂自荐为先例,说明在目的合理的前提下,自媒是允许的。

唐代诗人张祜,在请求韩愈推荐自己的诗中,用"先贤亦自媒"说明同样的道理:①

见说韩员外,声华溢九垓。大川舟欲济,荒草路初开。

耸地千浔壁,森云百丈材。狂波心上涌,骤雨笔前来。

后学无人誉,先贤亦自媒。还闻孔融表,曾荐祢衡才。

一些学者在分析乌台诗案时,讨论了苏轼的个人原因,不论是苏轼对自己"余天下之无思虑者也。遇事则发,不暇思也","言发于心而冲于口,吐之则逆人,茹之则逆余。以为宁逆人也,故卒吐之"的评价;还是为扇商题写扇面助其还债、用诗书写死刑判决等行为,都反映了其显露自己所思所想及过人才华的愿望。这实际上就是一种自媒。

王文龙(2000)对苏轼的性格上的原因有如下描述②:

从创作的角度看,乌台诗案所涉的诗歌作品相当一部分是确有寄托的。诗人或托物言志,或触景兴咏,或借人事以寄怀抱,委婉曲折地发抒了他对新法本身或推行过程中的弊端,以及执政者不满的情绪。那么,他为什么要用诗歌创作来同当权者唱反调?这当然不是出于他对政治斗争中风波险恶的无知(不排除有认识不足的一面),究其原因,约有四端:一是他与王安石在变法问题上有分歧,已如前述。这是最重要的一点。二是"奋厉有当世志"的政治抱负,同相对年轻气盛的年龄特征以及对朝廷感恩图报的思想相结合,因而在诗歌创作中表现出直面现实与人生的锐气,其心期在于兴利除弊,建功立业。诗案中"钱唐诗"几近半数,皆作于判杭期间,其时苏轼还不到40岁(初到杭州任时仅36岁),进取意

---

① 张祜:投韩员外六韵[M].全唐诗补编·全唐诗补逸·卷九.
② 王文龙.乌台诗案纵横谈[J].盐城师范学院学报(人文社会科学版),2000(3):12—17.

识比较强烈,我们只要读一读他移守密州时"何日功成名遂了"(《南乡子·和杨元素》词)这种即兴的吟唱,以及赴密州途中对"致君尧舜,此事何难"(《沁园春·赴密州早行马上寄子由》词)的夙志的感怀,便不难认知。他曾对晁端彦(美叔)说过:"某被昭陵(仁宗)擢在贤科,一时魁旧往往为知己,上赐对便殿,有所开陈,悉蒙嘉纳。已而章疏屡上,虽甚剀切,亦终不怒。使某不言,谁当言者?"(朱弁《曲洧旧闻》卷五)对朝廷的感戴之情与报效之忱溢于言表。三是在政治上不得志的某种怨愤情绪,有时也形之于诗。李定说:"轼自度终不为朝廷奖用,衔怨怀怒,恣行丑诋,见于文字,众所共知"(《诗案·御史中丞李定札子》),固然是别有用心的诬蔑与夸大,而苏轼在诗案中供认作于湖州的《答周邠》诗,"意自言迁徙数州,未蒙朝廷擢用,老于道路",则是比较可信的。不过这只是问题的一面,另一面则是苏轼所到之处,关心民瘼,多有惠政,为官一任,造福一方,百姓口碑载道。诗狱前在密、徐二州尤其如此。四是刚直敢言、胸无城府的个性。苏轼说过自己与陶渊明同病:"性刚才拙,与物多忤"(见中华书局1986年版孔凡礼点校《苏轼文集》附录《苏轼佚文汇编·与子由六首》之五)。在作于诗狱上年的《思堂记》中,自谓"余天下之无思虑者也。遇事则发,不暇思也",又说"言发于心而冲于口,吐之则逆人,茹之则逆余。以为宁逆人也,故卒吐之";这些都是苏轼对自己的外向型性格坦诚的自由。《曲洧旧闻》卷五也说:"东坡性不忍事,尝云如食中有蝇,吐之乃已。"他信奉的是《易经》中"无思""无为"的人生哲学(见《思堂记》)。所以在判杭时不顾利害,遇事辄发,一寓之于诗,简直成了一个不能已于言的人,也是有其性格上的原因。

　　王向峰(2000)在讨论苏轼的性格时,对其才高而自炫有生动的述评:[①]

　　苏轼为人性情直率,满怀单纯,里外透明,有时淳真得只是满身的书生气,做事如作诗,显得极其可爱。他在杭州为官时,接受了一份诉状,告一个制扇作坊主欠人绫绢钱不还,苏轼传讯其人,告曰:"某家以制扇为业,适父死,而又自春以来,连雨天寒,所制不售,非固负也。"苏轼听后觉得说的有理,对扇商说,你把卖

---

[①] 王向峰.论苏轼的诗性人格[J].沈阳大学学报,2000(1):86—91.

不出去的扇子取来,我帮你打开销路。当扇子拿来时,苏轼在扇子上连写带画,告诉他:你快去卖扇子还债吧。"其人抱扇泣谢而出,始逾府门,而好事者争以千钱取一扇,所持立尽;后空而不得者,空懊恨不胜而去。"苏轼使被告有钱还债,使原告得收欠债,皆大欢喜。可是除了才华横溢,又以助人为乐的苏轼之外,谁又能做得到呢?

苏轼在杭州做通判正义执法,不仅法度严明,有时施法治罪之后,情绪未尽,犹以诗为判词,展现诗家的本性。当时西湖灵隐寺有一个叫了然的和尚,唯凡心不得了然,与一妓女李秀奴相恋,为此把衣钵荡尽,秀奴拒绝与其往来,了然为此杀死了秀奴,被缉拿到官府,见其肤上刺字云:"但愿生同极乐国,免教今世苦相思。"苏轼依法判处了然的死刑,但判状却是一首词:"这个秃奴,修行特煞,灵山顶上空持戒,一从迷恋玉楼人,鹑衣百结浑无奈。毒手伤人,花容粉碎,空空色色今何在?臂间刺道苦相思,这回还了相思债。"以诗判罪犯以死刑,空前绝后,古今未见,可谓苏轼所创的诗的一个少有的用途。

苏轼在元丰二年八月以诗被李定、舒亶、何正臣等人加上"讥上害政"的罪名,被从贬所拘捕到京师,关进了御史台的监狱,成了被追查待判的罪犯。苏轼被从秋天一直折腾到年底,才被多方营救出狱,贬到黄州。在狱中霜寒月冷,铁镣银铛,"梦绕云山心似鹿,魂飞汤火命如鸡",身命不如鸡犬,他似乎明白了很多。此后他每见厨房中有待杀的小动物,他就联想到自己当年蹲监狱的情景,他总叫人把这些等人宰割的小动物放了,甚至后来还买鱼放生,以慰惊心。他在《善诱文》中自言心意:"吾得罪,处囹圄,何异鸡鸭之在庖厨?我今岂忍复杀彼之生命耶?"苏轼的这种"比量"的思维方法,加上以己度物、移情于物的体验,他完全把任人宰食的小动物人化了,己化了,它们都有了人的生命,以至是苏轼的一时化身。作为诗人,他虽不能主宰自身生命的生杀予夺,运命的浮沉穷通,但他却有权施仁慈、开生路于这些任人宰割的鸡鸭鱼鹅一类小生命身上。诗人无力推恩以保四海,但他的博爱心怀,却可泽及于一切可怜的生命之上。这就是诗性人格。

苏轼的这种率真之性,早在他出仕之始就已养成。在仁宗嘉祐六年,苏轼以对义第一的进士身份授为大理评事、签书凤翔府签判。苏轼在任上遇到的第二位太守是陈希亮。此人乃武人出身,办事精干坚决,治理地方颇有政绩,府内官员对他十分敬服,唯有苏轼不知俯服为何事,这不免时有矛盾发生。但陈苏二人最终并没有闹到不可开交的地步。陈太守一日雅兴发生,在府衙院内修建一座高于屋檐之上的观望台,并且自起名为"凌虚台",并委派苏轼写一篇《凌虚台记》刻于台碑之上。苏轼对于太守建台之事不以为然,他不仅把这个意思明确向太守陈述,当他拒绝不了写作任务时,他竟敢以不太含蓄的笔调,写了一篇对上司有如冷水浇头的反应酬之作《凌虚台记》。此文可以视为以后苏文、苏诗之一贯率直风格的开始点。苏轼在记中以"废兴成毁,相寻于无穷"的哲学,观照一切历史与现存的事物,说昔日此处是"荒草野田,霜露之所蒙翳,狐虺之所窜伏",谁也料不到今天会有台建于此地;然而又有谁会知道今日新成之台还会成为"荒草野田"呢?苏轼在记中真要把建台的陈太守和一切读到此记之人,都是上凌虚台看看终南山下一幕幕兴废成毁景象,以深切体悟一下常人所无的常情常理:"尝试与公登台而望,其东则秦穆之祈年、橐泉也,其南则汉武之长杨、五柞,而其北则隋之仁寿,唐之九成也。计其一时之盛,宏杰诡丽,坚固而不可动者,岂特百倍于台而已哉?然而数世之后,欲求其仿佛,而破瓦颓垣,无复存者,既已化为禾黍荆棘丘墟陇亩矣,而况于此台欤!夫台犹不足恃以长久,而况于人事之得丧,忽往而忽来者欤!而或者欲以夸世而自足,则过矣。盖世有足恃者,而不在乎台之存亡也。"此文写作时苏轼28岁,新科新仕,但他已具有儒家的以功德为恃,道家的以守常为本,佛禅的以不住为持的通而为一的思想修养,这是为人的诗性之真的思想来源。然而在政治场上不会抑制和隐藏自己的人是断然没有通达命运可言的。

赵健(2018)举例论说了苏轼自持才高,开玩笑得罪人的性格:[①]

"善嘲谑"的东坡先生也因为开玩笑得罪过人,据王直方《诗话》记载:

顾子敦有顾屠之号,以其肥伟也。故东坡《送顾子敦奉使河朔》诗云:"我友

---

① 赵健.乌台诗案发微(一):缘起[J].寻根,2018(3):79—88.

顾子敦,躯胆两俊伟。便便十围腹,不但贮书史。"又云:"磨刀向猪羊,酾酒会邻里。"至于云:"平生批敕手。"亦皆用屠家语也。子敦读之颇不乐。东坡遂和前篇,末句云:"善保千金躯,前言戏之耳。"

又据《东皋杂录》载:

顾子敦肥伟,号顾屠,故东坡《送行诗》有"磨刀向猪羊"之句以戏之。又尹京时,与从官同集慈孝寺,子敦凭几假寐,东坡大书案上曰:"顾屠肉案。"同会皆大笑。又以三十钱掷案上,子敦惊觉,东坡曰:"且快片批四两来。"

苏轼借着写送别诗嘲谑顾子敦,已经令人家"颇不乐",苏轼不得不再写诗解释说"前言戏之耳"。有这次的教训,苏轼本来不应该再开这样过头的玩笑,可是他竟然再次当着众人的面,嘲讽人家像杀猪的,这太令人难堪,难免取怨。

对吕大防,苏轼也毫不客气,竟敢开起吕宰相的玩笑:

东坡喜嘲谑,以吕微仲丰硕,每戏之曰:"公具有大臣礼,此《坤》六二所谓直方大也。"后拜相,东坡当制,有云:"果艺以达,有孔门三子之风;直方而大,得《坤》爻六二之动。"又尝谒微仲,值其昼寝,久之方见,便坐昌阳盆畜一绿龟,坡指曰:"此易得耳,唐庄宗时有进六目龟者,敬新磨献口号云:'不要闹,不要闹,听取龟儿口号,六只眼儿睡一觉,抵别人三觉。'"微仲不悦。

苏轼为人所怨,连神宗皇帝都心知肚明。乌台诗案中,王安礼为苏轼向神宗求情,神宗告诫王安礼不要将谈话内容泄露出去,以免与苏轼有怨的人趁机中伤。事实证明,神宗这个担心非常有先见之明。

轼既下狱,众危之,莫敢正言者。直舍人院王安礼乘间进曰:"自古大度之君,不以语言谪人。按轼文士,本以才自奋,谓爵位可立取,顾碌碌如此,其中不能无觖望。今一旦致于法,恐后世谓不能容才,愿陛下无庸竟其狱。"帝曰:"朕固不深谴,特欲申言者路耳,行为卿贳之。"既而戒安礼曰:"第去,勿泄言。轼前贾怨于众,恐言者缘轼以害卿也。"始,安礼在殿庐,见御史中丞李定,问轼安否状,定曰:"轼与金陵丞相论事不合,公幸毋营解,人将以为党。"至是,归舍人院,遇谏官张璪忿然作色曰:"公果救苏轼邪?何为诏趣其狱?"安礼不答。其后狱果缓,卒薄其罪。

神宗小心翼翼的告诫、李定充满恐吓意味的话语与张璪声色俱厉的质问，无不反映出一些人对苏轼的极度不满。

彭文良(2015)也列举了苏轼才高自媒得罪人的案例：①

苏东坡个性开朗，自觉天下无一个不是好人，曾自称"上可陪玉皇大帝，下可陪卑田院乞儿"，所以关于他的幽默故事，戏谑记载最多。其调侃对象也广，其中与同僚尤多，特别是与宋代戏谑之冠的刘攽。刘攽精于史学，才识过人，生性幽默，寓庄于谐，常不分场合嬉笑调侃。苏、刘两位幽默大师相聚，碰撞出的火花自是大放异彩。据史料记载：

刘贡父舍人，滑稽辨捷，为近世之冠。晚年虽得大风恶疾，而乘机决发，亦不能忍也。一日与先生拥炉于慧林僧寮，谓坡曰："吾之邻人，有一子稍长，因使之代掌小解。不逾岁，偶误质盗物，资本耗折殆尽，其子愧之，乃引罪而请其父曰：'某拙于运财，以败成业，今请从师读书，勉赴科举，庶几可成，以雪前耻也。'其父大喜，即择日具酒肴以遣之。既别且嘱之曰：'吾老矣，所恃以为穷年之养者子也。今子去我而游学，倘或侥幸改门换户，吾之大幸也。然切有一事，不可不记，或有交友与汝唱和，须仔细看，莫更和却贼诗，狼狈而归也。'"盖讥先生，前逮诏狱，如王晋卿、周开祖之徒，皆以和诗为累也。贡父语始绝口，先生即谓之曰："某闻昔夫子自卫反鲁，会有召夫子食者，既出，而群弟子相与语曰：'鲁，吾父母之邦也。我曹久从夫子辙环四方，今幸俱还乡里，能乘夫子之出，相从寻访亲旧，因之阅市否。'众忻然许之，始过阛阓，未及纵观，而稠人中望见夫子，巍然而来，于是惶惧相告，由、夏之徒奔踔越逸，无一留者。独颜子拘谨，不能遽为阔步，顾市中石塔似可隐蔽，即屏伏其旁，以俟夫子之过。已而群弟子因目之为避夫子塔。"盖讥贡父风疾之剧，以报之也（〔宋〕何薳. 张明华点校. 春渚纪闻[M]. 北京：中华书局，1983：95）。

贡父晚苦风疾，鬓眉皆落，鼻梁且断。一日，与子瞻数人小酌，各引古人语相戏。子瞻戏贡父云："大风起兮眉飞扬，安得壮士兮守鼻梁。"座中大噱，贡父恨怅

---

① 彭文良. 苏东坡的风趣与幽默述评[J]. 黄冈职业技术学院学报，2015，17(2)：13—18.

不已([宋]王辟之.吕友仁点校.渑水燕谈录[M].北京:中华书局,1981:125)。

刘攽晚年患病,鼻梁塌陷,苏轼即兴以孔门弟子故事,调笑之,"避夫子塔",即"避孔子塔",意即鼻孔塌。苏东坡身陷"乌台诗案",牵连了一大批师友,是其一生之痛,故刘攽笑其所作诗为贼诗,被牵连者"和却贼诗,狼狈而归也",皆是拿朋友的苦处来开玩笑。

苏轼贬黄州之后,在给友人的书信中对自己过去的"自媒"有一个反省,"譬之候虫时鸟,自鸣自已,何足为损益"[①]:

> 轼少年时,读书作文,专为应举而已。既及进士第,贪得不已,又举制策,其实何所有。而其科号为直言极谏,故每纷然诵说古今,考论是非,以应其名耳,人苦不自知,既以此得,因以为实能之,故诞诞至今,坐此得罪几死,所谓齐虏以口舌得官,真可笑也。然世人遂以轼为欲立异同,则过矣。妄论利害,搀说得失,此正制科人习气。譬之候虫时鸟,自鸣自已,何足为损益。轼每怪时人待轼过重,而足下又复称说如此,愈非其实。

> 木有瘿,石有晕,犀有通,以取妍于人,皆物之病也。谪居无事,默自观省,回视三十年以来所为,多其病者。足下所见,皆故我,非今我也。无乃闻其声不考其情,取其华而遗其实乎?抑将又有取于此也?此事非相见不能尽。

于文岗(2016)描述了苏轼在乌台诗案后发自内心的"自喜渐不为人识"[②]:

> 宋神宗元丰二年(1079),苏轼因"乌台诗案"被贬黄州。人生的"淬火"促使他反思:"一段树木靠着瘿瘤取悦于人,一块石头靠着晕纹取悦于人,其实能拿来取悦于人的地方,恰恰正是它们的毛病所在。"而自己过去最大的毛病也正是取悦于人、博取虚名、复日应酬、为他人活。他对儒家的仕宦思想产生怀疑,把生命从现实目的性的捆绑中解放出来。长江岸边,他除草种麦、畜养牛羊,把一块荒地开垦成著名的"东坡"。茶余饭后,听滚滚涛声、思千古风流,感到了官场争执

---

① 答李端叔书[M].苏轼著.孔凡礼点校.苏轼文集,北京:中华书局,1986:1432—1433.
② 于文岗.浮名喧嚣多自谦[J].前线,2016(5):79.

上无谓的生命浪费,思想也由"具体的政治忧患"转向"宽广的人生忧患"。苏东坡脱胎换骨,从备受皇帝赏识、名满天下的翰林大学士,一下子变成无人认识的世间凡夫。一次喝完酒,不小心撞上一地痞,把他打倒在地:"什么东西,你敢碰我?"苏东坡哈哈大笑,写信给朋友:"得罪以来,深自闭塞,扁舟草履,放浪山水间,与樵渔杂处,往往为醉人所推骂,辄自喜渐不为人识。"好一个"自喜渐不为人识"!"乌台诗案"29位大臣名士受牵连,朋友们不来信也不用回信了,没有了官场钩心斗角尔虞我诈,洗去了浮名之累与喧哗,在经历苦辣酸咸以后,愈知"淡"的可贵,在更高层次上再获"平淡是真"的凡人常态,"自喜"是发自内心的。

今天,处在浮名喧世的每个人,太需要"自喜渐不为人识"精神了!即使一时达不到这样的境界,至少也应有自知之明,弄明白拿破仑那句:不道德的事情中最不道德的,就是干自己力不胜任的事情。进而明白,那些五花八门、形形色色的"浪得虚名",不要也罢!并且越是浮名喧嚣,越应多多自谦。如是,社会才自然,人才活得老实、真实、踏实、扎实。否则:顺杆爬得高,一会地上找;鼻子青一色,脸胖头起包。

## ·苏轼的传播意识·

自媒用现代话语来表述可以说与自我传播和传播意识有密切关系。

乌尔其(2019)在其硕士论文《苏轼文学的自我传播》[①]中对苏轼的传播意识进行了评述:

苏轼是北宋最具影响力的文人,他有2700多首诗、300多首词、4800多篇文流传至今,这不仅得益于他优质的作品,还得益于他自身强烈的立身扬名意识。他在《答李方叔书》中云:"以此知人决不徒出,不有益于今,必有觉于后,决不碌碌与草木同腐也。"(苏轼撰,孔凡礼点校:《苏轼文集》第五十三卷,中华书局

---

① 乌尔其.苏轼文学的自我传播[D].海口:海南师范大学,2019.

1986年版,第1581页)在《与孙志康二首(其二)》中云:"自惟无状,百无所益于故友,惟文字庶几不与草木同腐,故决意为之。"(苏轼撰,孔凡礼点校:《苏轼文集》第五十六卷,中华书局1986年版,第1681页)认为只有文字不会似草木一般腐烂消失,其凭借自我文学作品扬名后世的愿望非常强烈,而这是有多方面原因的。

乌日其从苏轼所处的社会环境、个人的坎坷经历和前人影响三个方面讨论了苏轼传播意识形成的原因:

苏轼之所以会产生立身扬名的文学传播意识,与其所处时代不无关系,他生活在一个异常"重文"的时代。其时宋代刚刚结束唐末藩镇割据的局面,为了避免旧问题的重复发生,宋朝在立国之初,便决定采用重文抑武的国策。其"重文"最突出的表现,就是对"科举"的重视。当时太宗亲言"作宰相须是读书人",于是乎,"国家用人之法"改革为"非进士及第者,不得美官"。(司马光撰,李之亮笺注:《司马温公集编年笺注(第三册)》第三十卷,巴蜀书社2008年版,第326页)为了保证君主的绝对领导权,太宗采用严格的"糊名法"和"誊录法",这就在一定程度上为寒门弟子提供了凭借科举,立身扬名的机会。读书之风因之大盛,耐得翁《都城纪胜》云:"都城内外,自有文武两学。宗学、京学、县学之外,其余乡校、家塾、舍馆、书会,每一里巷须一二所,弦诵之声,往往相闻。"(灌圃耐得翁撰:《都城纪胜》,孟元老等著:《东京梦华录(外四种)》,古典文学出版社1956年版,第101页)王象之《舆地纪胜》云:"家乐教子,五步一塾,十步一庠,朝诵暮弦,洋洋盈耳"。(王象之编纂:《舆地纪胜》第一百三十三卷,中华书局1992年版,第3808—3809页)在如此风气推动之下,文人普遍拥有"读破文章随意得,学成富贵逼身来"(苏辙撰,陈宏天、高秀芳点校:《栾城集》第五卷,中华书局1990年版,第86页)的想法,苏轼生活在这样的时代背景之下,自然拥有凭借文章立身扬名的意识。他于22岁参加科考一举成名,26岁应制举,并以"贤良方正能言语极谏科"取入第三等,这是其立身扬名意识影响下的尝试,也是其政治生涯的开端。

在此之后的十多年,科举事业蒸蒸日上,读书风气大盛,社会对书本的需求大增,印刷媒介也因之而获得广泛发展。不但官方印制大量儒家经典,就连私家刻书业也兴盛起来。印刷凭借其"易成、难毁、节费、便藏"(张高评:《宋代雕版印刷与传媒效应》,《陕西师范大学学报(哲学社会科学版)》,2011年第4期,第45—57页)的功效迅速带来了良好的效应,文人的传播意识亦随着媒介的新变而受到潜移默化的影响。在苏轼入仕十多年后,其《眉山集》《钱塘集》等作品集率先被刊印,并进入更为广泛的传播领域,内山精也评价其《钱塘集》时称"这部诗集不是作家在晚年将一生的作品编纂成集而刊行的,而是在作家创作欲正旺盛的壮年时期刊行的,收录的是诗人当时最受世人关注的作品,从创作到上梓只有几年的时间,可以说它就是一部当代文学作品集。"([日]内山精也著:《庙堂与江湖——宋代诗学的空间》,复旦大学出版社2017年版,第148页)苏轼作品在当时即因印刷媒介而率先刊行,其作品上梓刊行的时间比同时代的文人更早,这不得不影响苏轼的文学传播意识,使其更加注重作品集的编辑质量及传播状况。

除了时代因素外,个人因素也影响苏轼的文学传播意识。苏轼的仕宦经历非常坎坷。他自幼接受儒家思想的深刻影响"奋力有当世志",步入仕途后,他深知自己担负的历史使命,始终以"危言危行,独立不回"(苏轼撰,孔凡礼点校:《苏轼文集》第三十二卷,中华书局1986年版,第911页)的政治操守自励。在目睹王安石变法的弊端后,他不顾个人安危,写下一系列政论文及劝谏诗,他常说"使某不言,谁当言者"(朱弁撰:《曲洧旧闻》第五卷,《宋元笔记小说大观》,上海古籍出版社2001年版,第2993页),因而,遭受了一场极其残酷的政治迫害。他一生经历三次贬谪,分别在黄州、惠州、儋州,所处时间之久,竟达十多年。因被贬谪,生活及事业方面处处受限,苏轼的济世之志难以实现,只能在作品中慨叹"哀吾生之须臾,羡长江之无穷"。生涯有限,天地无穷,如何超越短暂的人生,实现永恒的意义成了苏轼必须要面对的问题。他说"惟文字庶几不与草木同腐",认为只有文字可以帮助他实现扬名后世的目的。所以,仕途的坎壈和挫折促使他把更多的精力投入于文学创作中,苏轼有2700多首诗,贬居期达600多首,240多首编年词,贬居期达70多首,他还有数量众多的散文作品。尽管经历了"乌台诗案"这样的祸患,他仍坚持不懈地进行文学创作,可以想见,他对作品扬名后世做出的努力。他去世前在《自题金山画像》中云:"问汝平生功业,黄州、惠州、儋州"。(苏轼撰,王文诰辑注,孔凡礼点校:《苏轼诗集》第四十八卷,中华书局1982

年版,第2641页)就其政治事业而言,此话当然是自嘲。但对苏轼的文学创作来说,其盖世功业确实是在屡遭贬谪的逆境中建立的。

除了屡遭贬谪的仕宦经历影响苏轼文学传播意识以外,前人的文学传播实践,也对苏轼的文学传播意识有一定影响。苏轼于贬谪期间,崇敬、仰慕白居易,他们二人有相似的仕宦经历,均以文章知名,又因文章获罪。白居易在《与元九书》中说:"仆当此日,擢在翰林,身是谏官,月请谏纸。启奏之外,有可以救济人病,裨补时阙,而难于指言者,辄咏歌之。欲稍稍递进闻于上。上以广宸听,副忧勤;次以酬恩奖,塞言责;下以复吾平生之志。岂图志未就而悔已生,言未闻而谤已成矣。"(白居易撰,朱金城笺校:《白居易集笺校》第四十五卷,上海古籍出版社1988年版,第2792页)他写"为时""为事"的文章,遭遇诽谤,与苏轼写"寓物托讽"的文章,遭遇"乌台诗案"的情况相类,这也是苏轼喜欢并乐于接受白居易作品的原因。仕宦经历的坎坷,使白居易将更多精力投入到文学创作中,他曾对元稹说:"今所爱者,并世而生,独足下耳。然百千年后,安知复无如足下者出,而知爱我诗哉?"(白居易撰,朱金城笺校:《白居易集笺校》第四十五卷,上海古籍出版社1988年版,第2795页)表达了对千百年后作品不能流传后世的忧虑。在此扬名后世传播意识的影响下,白居易亲手编写诗文集,誊抄五部,一本置庐山东林寺藏经院,一本置苏州禅林寺经藏内,一本在东都圣善钵塔院律库楼,一本付侄龟郎,一本付外孙谈阁童。元稹《白氏长庆集序》中说白居易诗歌"二十年间,禁省、观寺、邮堠墙壁之上无不书,王公妾妇、牛童马走之口无不道。至于缮写模勒、炫卖于市井,或持之以酒茗者,处处皆是……自篇章以来,未有如是流传之广者"。(白居易撰,朱金城笺校:《白居易集笺校》第七十卷,上海古籍出版社1988年版,第3972—3973页)其作品在当时流传甚广。苏轼在其贬谪期间,接受这样一位与自己有相似人生经历的文人,对其自身的文学传播意识亦产生了一定影响,他不仅在贬谪期间创作大量作品,还于晚年亲自编集,并将亲自编写的作品集托付给弟弟苏辙。可以说,继承了白居易的传播意识。此外,苏轼的父亲苏洵、师长欧阳修等人在当时享有盛名,作品传于人者甚众。苏洵的作品闻名天下,《张方平集》记载"献其书于朝,自是名动天下,士争传诵其文,时文为之一变,称为老苏"。(张方平撰,郑涵点校:《张方平集》第三十九卷,中州古籍出版社1992年版,第717页)欧阳修的作品更是"天下莫不传诵,家至户到,当时为之纸贵"(朱弁撰:《曲洧旧闻》第三卷,《宋元笔记小说大观》,上海古籍出版社2001年版,第2974—2975页)。他们的作品传播广泛,对于年轻的苏轼来说,影响也是巨大的。

综上所述,宋代"重文抑武"的时代环境,影响苏轼的文学传播意识。其坎坷的仕宦经历及前人的传播实践亦影响苏轼的文学传播意识,致使其凭借作品立身扬名的愿望非常强烈。但仅有文学传播意识是不够的,其作品还须是精品,才能得以扬名后世。

乌尔其认为苏轼的文学精品传播意识,"力求以完美的形象呈现在读者面前":

苏轼有"惟文章不与草木同腐"的文学传播观念,希冀通过文章扬名后世。他深知作品以不完美的形象呈现在读者面前,则必定有损声誉,作品传之后世的概率也会大打折扣。所以,他对自己的作品要求很高,力求以完美的形象呈现在读者面前。具体表现为以下几方面。

其一,注重作品质量,力求以精品呈现。何薳《春渚纪闻》中记载:

薳尝于文忠公诸孙望之处,得东坡先生数诗稿,其和欧阳叔弼诗云:"渊明为小邑",继圈去"为"字,改作"求"字,又连涂"小邑"二字作"县令"字,凡三改乃成今句。至"胡椒铢两多,安用八百斛",初云"胡椒亦安用,乃贮八百斛",若如初语,未免后人疵议。又知虽大手笔,不以一时笔快为定,而惮于屡改也。(何薳撰:《春渚纪闻》第七卷,《宋元笔记小说大观》,上海古籍出版社2001年版,第2426—2427页)

苏轼在与欧阳修切磋诗艺时,对同一句话竟反复改了三次。他担心"后人疵议",所以对非常小的细节,都注意再三,可见其精益求精之态度。又有:

秦少章言:公尝言观书之乐,夜常以三鼓为率。虽大醉,归亦必披展,至倦而寝。然自出诏狱之后,不复观一字矣。某于钱塘从公学二年,未尝见公特观一书也。然每有赋咏及著撰,所用故实,虽目前烂熟,必令秦与叔党诸人检视而后出。

(何薳撰:《春渚纪闻》第六卷,《宋元笔记小说大观》,上海古籍出版社2001年版,第2418页)

苏轼因乌台诗案入狱,出狱后便不敢作诗,然而一旦创作引用前人故实,必定让秦观帮忙检查,可见他对作品质量的要求。他不仅在创作时反复斟酌、修改作品,力求精品传世,为保文章质量,亦在私下里下过很多功夫。《耆旧续闻》里记载了一则东坡日课的故事:

偶一日谒至,典谒已通名,而东坡移时不出。欲留,则伺候颇倦;欲去,则业已达姓名。如是者久之,东坡始出,愧谢久候之意,且云:"适了些日课,失去探知。"坐定,他语毕,公请曰:"适来先生所谓日课者何?"对云:"抄《汉书》。"公曰:"以先生天才,开卷一览,可终身不忘,何用手抄邪?"东坡曰:"不然,某读《汉书》,至此凡三经手抄矣。初则一段事,抄三字为题;次则两字;今则一字。"公离席复请曰:"不知先生所抄之书,肯幸教否?"东坡乃命老兵就书几上取一册至。公视之,皆不解其义。东坡云:"足下试举题一字。"公如其言,东坡应声,辄诵数百言,无一字差缺。凡数挑皆然。公降叹良久曰:"先生真谪仙才也!"他日以语其子新仲曰:"东坡尚如此。中人之性,岂可不勤读书邪!"新仲尝以是诲其子辂。(陈鹄撰:《耆旧续闻》第一卷,上海古籍出版社1993年版,第1页)

朱载上去东坡家做客,等了很久,东坡仍不出现。待其出现时,忙向朱载上表达歉意,解释自己因沉浸于"日课"而未能听见客人的到访。朱载上对其所作日课十分感兴趣,详细询问,才知道东坡平日里是多么用功。东坡已将《汉书》抄了三遍,仍觉不倦,还时常温习。认为"故书不厌百回读,熟读深思子自知"。(苏轼撰,王文诰辑注,孔凡礼点校:《苏轼诗集》第六卷,中华书局1982年版,第247页)书读的多了,自然对创作有潜移默化之影响。他曾引欧阳修的话说,"唯勤读书而多为之,自工。"(苏轼撰,孔凡礼点校:《苏轼文集》第六十六卷,中华书局1986年版,第2055页)世上的人时常不看书亦不勤奋练习写作,所以"少有至者。"可见,勤读书、勤抄书、勤练习,是苏轼为作品进入更广阔传播领域所作出的努力。

其二,编辑全集时有意删汰不满意之作。鲁迅在《集外集》的序言中说:"中国的好作家是大抵'悔其少作'的,他们在自定集子的时候,就将少年时代的作品尽力删除,或者简直全部烧掉。"(鲁迅著:《鲁迅全集》第七卷,人民文学出版社2005年版,第3页)阐释了古人晚年编集时的一个普遍现象——悔其少作。苏轼亦不例外,他在《答张嘉父书》中云:"凡人为文,至老,多有所悔。仆尝悔其少作矣,若著成一家之言,则不容有所悔。当且博观而约取,如富人之筑大第,储其材用,既足而后成之,然后为得也。"(苏轼撰,孔凡礼点校:《苏轼文集》第五十三卷,中华书局1986年版,第1564页)虽然,他此句话的重点是为了阐述其"博观而约取"的思想,但其中,亦透露了自己"悔其少作"的行为。可见,在他创作技巧逐步圆融,风格亦趋于稳定的情况下,重新审视年少时作品,多有不堪卒读之感。而他删掉自己不满意的作品,恰恰反映出其文学精品传播意识。他于《与滕达道书》中云"某启。所示文字,辄取意裁减其冗,别录一本,因公之成,又稍加节略尔。不知如何?"(苏轼撰,孔凡礼点校:《苏轼文集》第五十一卷,中华书局1986年版,第1483页)在《与王定国书》中云:"公属我,文集当有所删润,虽不肖岂敢如此。然公知我之深,举世无比,安敢复有形迹,实愿仰副公意万一,故不敢草草编录。到颍,方有少暇,正欲编次,而遽索之,且乞定国一言,检阅既了,仍以相付,幸也。千万宝爱。不宣。"(苏轼撰,孔凡礼点校:《苏轼文集》第五十二卷,中华书局1986年版,第1525页)两封书信当为苏轼帮别人编集后的说明,虽不是自己的集子,但苏轼还是尽心帮友人"删润""裁减其冗",其文学精品传播意识亦甚明。

苏轼当时声名很大,热心为其编集的人又很多,这就难保别人编辑的作品不存在谬误,苏轼对这些热心编辑者的态度也是极为复杂的。陈师仲,为陈传道之兄。他是苏轼诗集的热心编辑者,他曾亲手为苏轼编写多部集子,就现存资料来看有《超然集》《黄楼集》《钱塘集》等多部诗别集。从现存苏轼书信中,我们可以看出,苏轼对陈师仲所编之集的态度,他在《答陈师仲主簿书》中云:"见为编述《超然》《黄楼》二集,为赐尤重。从来不曾编次,纵有一二在者,得罪日,皆为家人妇女辈焚毁尽矣。不知今乃在足下处,当为删去其不合道理者,乃可存耳。"(苏轼撰,孔凡礼点校:《苏轼文集》第五十卷,中华书局1986年版,第1428页)在《答陈传道五首》(其二)中云:"钱塘诗皆率然信笔,一一烦收录,只以暴其短耳。某方病市人逐利,好刊某拙文,欲毁其板,矧欲更令人刊耶! 当俟稍暇,尽取旧诗文存其不甚恶者为一集。以公过取其言,当令人录一本奉寄。今所示者,不唯有脱误,其间亦有他人文也。"(苏轼撰,孔凡礼点校:《苏轼文集》第五十三卷,中华书局1986年版,第1574页)《超然集》《黄楼集》所编当为苏轼知密州、徐州时期的诗文集。《钱塘集》主要收录苏轼在担任杭州通判时期所作的诗歌,但因乌台诗案,此集已被朝廷禁毁。陈师仲所编之集,当在苏轼"乌台诗案"风波之后。但是,从苏轼"当为删去其不合道理者,乃可存耳"、"今所示者,不唯有脱误,其间亦有他人文也"的措辞来看,他对陈师仲的编辑状况并不满意,认为其中不仅存在脱误,还掺杂别人的文章。而另一位热心编辑者刘沔的编辑状况却与陈师仲恰恰相反,苏轼在《答刘沔都曹书》云:"蒙示书教,及所编录拙诗文二十卷。轼平生以文字言语见知于世,亦以此取疾于人。得失相补,不如不作之安也。以此常欲焚弃笔砚,为暗默人。而习气宿业,未能尽去,亦谓随手云散鸟没矣。不知足下默随其后,掇拾编缀,略无遗者。览之惭汗,可为多言之戒。然世之蓄轼诗文者多矣,率真伪相半,又多为俗子所改窜,读之使人不平。然亦不足怪。识真者少,盖从古所病。……今足下所示二十卷,无一篇伪者,又少谬误。"(苏轼撰,孔凡礼点校:《苏轼文集》第五十卷,中华书局1986年版,第1429页)在此信中,苏轼不仅为刘沔"默随其后,掇拾编缀"的行为所感动,还反复夸赞刘沔所编之集没有遗漏,没有掺杂伪作,还少谬误。正反两例的鲜明对比,反映了苏轼对其作品编辑的态度。他并不反感别人为其编集,但是,却非常介意别人将编辑质量不佳的本子传播于世。他屡次写信提醒编辑者,还说"欲毁其板",可见他希望通过此类方法及时止损,其精品传播意识表露于字里行间。

苏辙《东坡先生墓志铭》称:"(苏轼)有《东坡集》二十卷、《后集》二十卷、《奏议》十五卷、《内制》十卷、《外制》三卷。公诗本似李杜,晚喜陶渊明,追和之者几遍,凡四卷。"(苏辙撰,陈宏天、高秀芳点校:《栾城后集》第二十二卷,中华书局1990年版,第1115页)据胡仔考证:"世传《前集》乃东坡手自编者,随其出处,古律诗相间,谬误绝少。如《御史府》诸诗,不欲传之于世,《老人行》《题申王画马图》,非其所作,故皆无之。"(胡仔撰,廖德明点校:《苕溪渔隐丛话(后集)》第二十八卷，人民文学出版社1962年版，第212页）苏轼生前希望作品以精品传世，故在晚年编集时，将不欲流传的作品全部删削，从始至终践行精品传播的想法。

## ·苏轼与自媒体·

乌台诗案与自媒体的关系，是一个现代的说法，就这个说法指称的事实而言，目前看到最早讨论这一点的是赵翼。赵翼（1727—1814），清代诗人、史学家、学者。字云崧，一字耘崧，号瓯北，又号裘萼，晚号三半老人，在其所著《瓯北诗话》之东坡卷中云[①]：

大概东坡诗有所作，即刊刻流布，故一时才名震爆，所至风靡；而忌之者因得胪列以坐其罪，故得祸亦由此。今即以"乌台诗案"而论，其诗之入于爰书者，非一人一时之事；若非刻有卷册，忌者亦何由逐处采辑，汇为一疏，以劾其狂谬？如"读书万卷不读律，致君尧舜知无术"，则《戏子由》诗也。"赢得儿童语音好，一年强半在城中"，"岂是闻韶解忘味？尔来三月食无盐"，则倅杭时入山村诗也。"沧海若知明主意，应教斥卤变桑田"，则看潮诗也。"根到九泉无曲处，世间惟有蛰龙知"，则《咏王秀才家双桧》诗也。此见于奏章者也。其他如"古称为郡乐，渐恐烦敲榜？"则《送钱藻出守婺州》诗也。"至今天下士，去莫如子猛"，则送子由乞官出京诗也。"横前坑阱众所畏，布路金珠谁不裹？"则《送蔡冠卿知饶州诗》也。"羡子去安闲，吾邦正喧哄"，则广陵《赠刘贡父诗》也。"坐使鞭棰环呻呼，追胥连保罪及孥"，则《和李杞寺丞诗》也。"颠狂不用酒，酒尽会须醒"，则《和刘道原诗》也。"近来愈觉世议隘，每到宽处差安便"，则《游径山》诗也。"世事渐艰吾欲去"，则《游风水洞》诗也。"奈何效燕蝠，屡欲争晨暝"，则亦径山诗也。"杀人无验中不快，此恨终身恐难了"，则《送陈睦、张若济》诗也。"草茶无赖空有名"，"张禹纵贤非骨鲠"，则《和钱安道建茶》诗也。"况复连年苦饥馑"，则《寄刘孝叔》诗也。"纷纷不足怪，

---

[①] 〔清〕赵翼著．霍松林，胡主佑校点．瓯北诗话[M]．北京：人民文学出版社，1963：64—65．（并参照《苏轼资料汇编》上编（四），第1314—1315页）

悄悄徒自伤",则《答黄鲁直诗》也。"荒林蜩蚻乱,废沼蛙蝈淫",则《答张安道》诗也。"疾民尚作鱼尾赤,数罟未除吾颡泚",则《次韵潜师放鱼》诗也。"扶颠未可责由求",则《答周开祖》诗也。以上数十条,为李定、舒亶、张璪、何正臣、王珪等所周内锻炼者,皆在"诗案"中。岂非其诗早已流布,故得胪列以成其罪耶?按李定、舒亶劾疏,亦只"儿童语音好"及"读书不读律""斥卤变桑田""三月食无盐"数条,王珪所奏,亦只咏桧"蛰龙"一条,其余则逮赴狱时所质讯者,何以详备若此?按施元之谓坡得罪后,有司移取杭州境内所留诗,谓之"诗账"。又坡《上文潞国书》谓"被逮时,家口在船,被有司率吏卒穷搜"。岂"诗案"中各条,得自杭州"诗账"耶?抑舟中所搜获耶?(坡《与孙子发书》云:"贾人好利,每取拙文刻市卖。"则"诗案"中诗,或得之坊刻也。)

赵翼注意到了这样一个事实:乌台诗案涉及的几十首(篇)诗文中,少数"系降印行册子内诗",其余的来自何处?"岂'诗案'中各条,得自杭州'诗账'耶?抑舟中所搜获耶?"即从传播环节和苏轼自留文稿中取得。从引文中可以看出,赵翼列举的主要有两类诗,一是游某处的题诗,二是和答赠寄的唱和。而这两类正好是苏轼使用较多的自媒体:题诗和抄送。

萧名娇(2010)统计了乌台诗案涉案作品,也得出类似结论[①]:

总共70篇涉案作品当中,有28篇确定刊载于《钱塘集》,37篇并未刊载其中,另有5篇因文献可能脱漏无法确定是否有刊载。也就是说,没有刊载的作品多达六成,这些作品多是苏轼写给朋友的酬赠唱和之作,并未在公开场合吟诵或题壁,而是私下往来传送。

这里所说的"私下往来传送"正是苏轼常用的自媒体手段之一。苏轼使用的自媒体手段,主要有三种,一是口头、二是题壁、三是传抄。其中传抄应当看成是后世(明清)大量运用的揭帖的早期形态。

---

① 萧名娇.乌台诗案诠释问题的再思考[D].新北:淡江大学,2010.

**口头传播**

人们最基本的传播手段就是自己身体的功能,张口发声正常人都会,于是语言传播成了最基本也是最常用的自媒体。虽然,口语传播有许多限制,但作为最基本的传播方式起到了极大的作用。

王兆鹏(2006)指出①:

口头传播有吟诵、歌唱、讲唱、演出等,《墨子》所说的"诵诗三百,弦诗三百,歌诗三百"就都是口头传播。其他如汉乐府的歌唱、唐宋词的歌妓演唱、敦煌变文的讲唱、宋元话本的说唱、元明清戏曲的演出,都属于口头传播。

为了提高口语传播的效果,历代传播者付出了艰辛的努力,许多传播的案例流传了下来,一些文体也因此而诞生,并历经千年流传至今,例如"口号"。这里的"口号"之"号",当读音为"háo",即"嚎"的音时,是动词,意思也跟"嚎"差不多,有"大声吼叫、大声呼喊"的意思,就是大声吟唱出来,动词的口号也叫"口占";当读音为"hào"时,是名词,用于指前一个"号"的结果,得到的是一首诗。如白居易《游大林寺序》云:"山高地深,时节绝晚……因口号绝句云。"其中的"口号"就是动词,大声吟出了一首绝句。元稹《西川李六醉后见寄口号》云"顿愈头风疾,因吟口号诗",题目中和诗句中的"口号"都是名词。司马光《寒食御筵口号二首》云:"口号成诗,用安之前韵。"题目中的"口号"是名词,文句中的"口号"是动词。苏轼的口号诗在《全宋诗》中有16首,有2首是酬唱赠和之作《次韵姚倅正月三日游山道中口占》《次韵孔平仲学士详定次口占》②。

王水照(1984)认为苏轼在词的创作方面重视口头传播,"自成一家",形成了两种"律"③:

一种是乐谱式的词律,目的是付之歌喉,被之管弦,以求歌唱的谐婉动人;一

---

① 王兆鹏.中国古代文学传播研究的六个层面[J].江汉论坛,2006(5):109—113.
② 薛丹.宋代口占诗研究[D].郑州:河南大学,2015:6.
③ 王水照.苏轼豪放词派的涵义和评价问题[J].中华文史论丛,1984(2).

是平仄式的词律，主要不为歌唱，而是追求文字声韵的和谐，以求诵读的美听。

并统计，在流传下来的苏轼360首词中，曾被歌唱过的词共有24首，可见第二类的词在苏轼词作中占了绝大多数：

根据苏轼词序及其他有关记载，今可考知曾被歌唱过的苏词大约有：《水调歌头》（昵昵儿女语）、《哨遍》（为米折腰）、《江神子》（梦中了了醉中醒）、《减字木兰花》（维熊佳梦）以及上述《阳关曲》等三调五首，以上见词序；还有《江神子》（老夫聊发少年狂），见《与鲜于子骏》，《水调歌头》（明月几时有），见《铁围山丛谈》卷四，《满江红》（东武城南），见《岁时广记》卷十八引《古今词话》，《永遇乐》（明月如霜），见《独醒杂志》卷三，《南歌子》（师唱谁家曲），见《苕溪渔隐丛话·前集》卷五十七引《冷斋夜话》，《戚氏》（玉龟山），见李之仪跋，《蝶恋花》（花褪残红青杏小），见《瑯环记》卷中引《林下词谈》，《玉楼春》（乌啼鹊噪昏乔木），见《王直方诗话》，《鹊桥仙》（缑山仙子），见陆游《跋东坡七夕词后》，共18首。如果再加上自度曲《皂罗特髻》《翻香令》《清华引》《荷花媚》和其他"檃括体"《定风波》（与客携壶上翠微、好睡慵开莫厌迟），则共24首。

杨晓霭（2019）在《北宋神宗时代的文士雅唱——以苏轼为中心》一文中，对苏轼以多种方法创作歌曲，唱出"自是一家"的心声，进行了论述：①

伴随熙丰变法大潮，苏轼及其"友善"者、追随者，在官职升降迁转中，相与论诗书，观字画，悠游山水，歌酒茗饮，以"山光水色替却玉肌花貌"，以"白雪清词"变易"鄙野""不雅"，用"著腔子唱好诗""以诗度曲""檃括"等多种方法创作歌曲，或与朋友"大歌"，或"东州壮士抵掌顿足而歌之，吹笛击鼓以为节"，或"使家僮歌之"，自己"释耒而和之，扣牛角而为之节"，或"微吟"，或"吟啸"，唱出了"自是一家"的心声，适应"变风俗，立法度"的时代需求，变易了"淫冶"的"柳七郎风味"。"移风易俗，莫善于乐"正是苏轼等人"韵高""白雪清词"的传唱，仁宗朝普遍被视为"小词"的曲子词，走向了神宗朝"结人心，厚风俗"的"乐府雅词"，使得大宋帝

---

① 杨晓霭.北宋神宗时代的文士雅唱——以苏轼为中心[J].聊城大学学报（社会科学版），2019（5）：71—80.

国的文艺百花园中,真正呈现出了繁花似锦般的文明昌盛。

并例举了:

熙宁、元丰时期,与苏轼有唱和往来者,依东坡词编年,次第有周豫、钱公辅、张先、陈令举(陈舜俞)、陈述古、杨元素、李公择、王规甫(苏守)、许仲涂(润守)、孙巨源、苏辙(子由)、赵晦之(东武令)、文安国(文勋)、李邦直、赵成伯、袁绹(歌者)、王诜(晋卿)、闾丘孝终(公显)、李公恕、王巩、贾收(字耘老)、徐君猷(黄州太守)、孟亨之(黄州通守)、章楶(质夫)、陈季常(陈慥)、董钺(毅夫)、朱寿昌、曹九章、王文甫、潘大临、王益柔、田待问、刘倩叔、刘士彦、刘仲达等等。

乌尔其(2019)在硕士论文①中认为"苏轼的许多作品就是通过吟诵和演唱的方式进行传播的":

口头传播是最早,也是最普遍使用的一种传播方式。传播时无需动用纸笔,只需将信息通过口头表达的方式传达给受众即可。但是,古代文人注意到,文学作品的流传如果仅靠平白的叙述,则过于平淡,不能发挥文学作品本身艺术价值。所以,采用艺术化的吟诵和演唱的方式来进行文学作品传播,从而使作品达到广为人知的效果。苏轼的许多作品就是通过吟诵和演唱的方式进行传播的。

(一)演唱传播

演唱传播是将诗、词作品配合音乐、演唱并传播给听众的一种方式。这种方式使得文学作品在音乐的陪衬下,更具有美感,也更易于传播。苏轼就喜欢通过演唱的方式传播作品。具体可分为以下两种方式:

一是由作者亲自演唱传播。苏轼喜以诗为词,他曾说自己有三点不如人,一为著棋,一为喝酒,还有一个便是唱曲。因之,大多数人都以为苏轼不会唱词,其实,苏轼确有一部分作品是靠自己演唱传播出去的。《老学庵笔记》记载:"世言东坡不能歌,故所作乐府词,多不协。晁以道云:'绍圣初,与东坡别于汴上。东坡酒酣,自歌《古阳关》。则公非不能歌,但豪放不喜裁剪以就声律耳。'"(陆游撰:《老学庵笔记》第五卷,《宋元笔记小说大观》,上海古籍出版社2001年版,第3498

---

① 乌尔其.苏轼文学的自我传播[D].海口:海南师范大学,2019.

页)苏轼亲自歌唱《谷阳关》的事例,说明其并非不能唱词,而是性格豪放,不喜受声律之约束罢了。《侯鲭录》记载:"东坡老人在昌化,尝负大瓢行歌田亩间……"(赵令畤撰:《侯鲭录》第七卷,《宋元笔记小说大观》,上海古籍出版社2001年版,第2091页)在没有歌妓唱词的情况下,苏轼在田亩间亲自歌唱,可见,其对自我文学作品的传播。苏轼在自己的词作中亦曾多次写自己歌唱之情形,在送别朋友时,有"我歌君乱。一送西飞雁"(苏轼撰,邹同庆、王宗堂点校:《苏轼词编年校注》,中华书局2002年版,第628页)之难舍;喝醉酒后,有"我醉拍手狂歌,举杯邀月,对影成三客"(苏轼撰,邹同庆、王宗堂点校:《苏轼词编年校注》,中华书局2002年版,第426页)之豪情。可见,自我演唱是其传播作品的常态。

二是令歌妓演唱传播。宋代时歌妓唱词之风大兴。宋人一致认为"唱歌须是,玉人檀口,皓齿冰肤。意传心事,语娇声颤,字如贯珠"(王灼撰,岳珍校正:《碧鸡漫志校正》第一卷,巴蜀书社2000年版,第27页),姣好的容颜搭配优美清脆的嗓音,往往将颇富艺术美的宋词唱得宛转悠扬,让人流连忘返。音容笑貌、打扮、舞姿、歌喉等无关语言传播的符号,也给词的传播带来了很好的效果。所以,宋人喜在众宾欢宴的场合令妓歌唱自己的作品,歌妓演唱不仅能够增加词作的魅力,亦能够在短时间内传播作品,是一种极巧妙的自我传播方式。苏轼有歌舞妓数人。每留宾客饮酒,必云"有数个搽粉虞侯,欲出来祗应也"。(吕本中撰:《轩渠录》,《说郛三种》第三十四卷,上海古籍出版社1988年版,第1577页)他在其书信中也曾提到过:"余家有数妾,四五年相继辞去,独朝云者随余南迁。"(苏轼撰,王文诰辑注,孔凡礼点校:《苏轼诗集》第三十八卷,中华书局1982年版,第2073页)《北窗炙輠录》中也记载:"东坡待过客,非其人则盛列妓女,奏丝竹之声,聒两耳,至有终晏不交一谈者。其人往返,更谓待己之厚。至有佳客至,则屏去妓乐,杯酒之间,惟终日笑谈耳。"(施德操撰:《北窗炙輠录》卷下,《宋元笔记小说大观》,上海古籍出版社2001年版,第3323页)可见,他熟谙歌妓唱词娱宾遣兴之功效,苏轼很多作品都是令歌妓演唱并传播出去的。《铁围山丛谈》记载:"歌者袁绹,乃天宝之李龟年也。宣和间供奉九重,尝为吾言:东坡公昔与客游金山,适中秋夕,天宇四垂,一碧无际,加江流倾涌,俄月色如昼。遂共登金山山顶之妙高台,命绹歌其《水调歌头》曰:'明月几时有?把酒问青天。'歌罢,坡为起舞,而顾问曰:'此便是神仙矣。'"(蔡绦撰:《铁围山丛谈》第三卷,《宋元笔记小说大观》,上海古籍出版社2001年版,第3079页)苏轼于众宾欢宴的场合,令歌者袁绹唱其《水调歌头》,自己也开心地为之起舞。于公开场合,令妓歌唱自己的作品,不失为一种有效的自我传播。不仅如此,苏轼每遇歌妓乞词,均不违其意,慷慨予之:

苏轼在黄冈,每用官奴侑觞,群姬持纸乞歌词,不违其意而予之。有李琦者独未蒙赐,一日有请,坡乘醉书"东坡五载黄州住,何事无言赠李琦",后句未续,移时乃以"却似城南杜工部,海棠虽好不吟诗"足之,奖饰乃出诸人右。其人自此声价增重,殆类子美诗中黄四娘。(周辉撰:《清波杂志》第五卷,《宋元笔记小说大观》,上海古籍出版社2001年版,第5063页)

东坡元祐末自礼部尚书帅定州日,官妓因宴,索公为戚氏词,公方与客论穆天子事,颇讶其虚诞,遂资以应之,随声随写,歌竟篇就,才点定五六字。坐中随声击节,终席不问它词,亦未容别进一语。且曰足为中山一时盛事耳。(吴曾撰:《能改斋漫录》第十四卷,中华书局1985年版,第435页)

东坡自禁城出守东武,适值霖潦经月,黄河决流,漂溺巨野,及于彭城。……坡具利害屡请于朝,筑长堤十余里,以拒水势,复建黄楼以压之。堤成,水循故道分流,城中上巳日,命从事乐成之。有一妓前曰:"自古上巳旧词多矣,未有乐新堤而奏雅曲者,愿得一阕歌公之前。"坡写满江红曰:"东武城南……"俾妓歌之,坐席欢甚。(杨湜撰,赵万里辑本:《古今词话》,唐圭璋编:《词话丛编(第一册)》,中华书局1986年版,第29页)

第一则故事写苏轼随纸赠送词作,只有李琦未能蒙赐,后来,苏轼专为她作词,并称其未曾蒙赐与杜甫不写海棠诗的状况相类,巧妙地安慰了李琦,李琦也因之成名。第二则故事写苏轼与友人谈论穆天子事时,一歌妓上前索词,东坡虽惊讶其虚诞,但仍旧赠送词作,整个聚会,不再有人问其他词作。第三则故事写苏轼修筑长堤为百姓谋福利,堤坝修成后,百姓欢愉,一妓上前索词,苏轼慷慨予之。三则故事均为苏轼公开场合赠词的记载,于人数众多的场合,面对歌妓乞词很少予以拒绝,说明苏轼很珍惜在公众场合展现自我的机会,亦为一种自我传播的表现。

此外,《清波杂志》记载苏轼《燕子楼》词盛传一事:

方具稿,人未知之。一日,忽哄传于城中,东坡讶焉。诘其所从来,乃谓发端于逻卒。东坡召而问之,对曰:"某知音律,尝夜宿张建封庙,闻有歌声,细听之乃此词也。记而传之,初不知何谓。"东坡笑而遣之。(曾敏行撰:《独醒杂志》第三卷,《宋元笔记小说大观》,上海古籍出版社2001年版,第3226页)

因词作甚佳,吸引了逻卒的注意,使得作品哄传于城中,对此现象,东坡"召而问之"并"笑而遣之",可见他对自己作品广泛传播的愉悦心情,亦展现了对自己作品传播的重视。

总之,苏轼善于运用演唱方式传播作品,在不善歌的情况下,亲自演唱自己的作品以传播,其传播意识甚明。而在公众场合,主动令妓演唱自己的作品,亦为自我传播的表现。他很少拒绝歌妓乞词,珍惜每一次自我展现的机会,可见,其鲜明的文学传播意识。

(二)吟诵传播

吟诵传播是口头传播的另一种方式,它的传播效力虽不似演唱传播那般神奇,但亦不可小觑。吟诵传播对诵者要求较高,需要整体把握好作品的情感,方可将作品恰如其分地吟诵出来,而吟诵所传达作品的节奏性及情感的饱满程度,令听众为之感动,从而使作品得以更好的传播。周密《齐东野语》记载:昔有以诗投东坡者,朗诵之而请曰:"此诗有分数否?"坡曰:"十分。"其人大喜。坡徐曰:"三分诗,七分读耳。"(周密撰:《齐东野语》第二十卷,《宋元笔记小说大观》,上海古籍出版社2001年版,第5680页)此人凭借吟诵来传播作品,其作在东坡心中高达十分,而其中吟诵之分数,竟占至七成,可见,吟诵对于传播诗词之效力。苏轼喜吟诵,他在《与司马温公书》中云:"久不见公新文,忽领《独乐园记》,诵味不已。"(苏轼撰,孔凡礼点校:《苏轼文集》第五十卷,中华书局1986年版,第1441页)在《与程正甫书》中云:"《桃花诗》,再蒙颁示,诵咏不能释手。"(苏轼撰,孔凡礼点校:《苏轼文集》第五十四卷,中华书局1986年版,第1618页)在《与程全父书》中云:"某启。新诗幸得熟览,至于钦诵。"(苏轼撰,孔凡礼点校:《苏轼文集》

第五十五卷，中华书局1986年版，第1624页）可见，吟诵是苏轼学习诗词的一种方式，他对自己喜欢的作品反复吟诵、学习，并希望自己的作品也可以像别人的作品一样优秀，达到被人吟诵传播的效果。因而，一旦有恰当的场合，苏轼便通过吟诵传播己作。

苏轼喜在众宾欢宴、友朋相聚的场合吟诵自己的作品。杭州僧金镜跋苏轼竹石画卷有记录："壬戌，先生责黄州，仆亦有事于黄。竹逸方君寄此卷素，以乞先生竹石，至则先生往蕲水。俟旬余始还，得拜觐于临皋亭中，握手问故，饮半，剧述前望游赤壁之胜，起而抚松长啸，朗诵《赤壁赋》一过，仆知先生兴酣矣，遂出卷顶恳，蒙慨然挥洒……"（李日华撰，郁震宏、李保阳等点校：《六研斋笔记·紫桃轩杂缀》，凤凰出版社2010年版，第175—176页）苏轼与客人聊天，回顾自己游览赤壁的经历，一时兴起，高声吟诵自己的《赤壁赋》。他于社交场合，公开吟诵自己的作品，可以想见，其对作品的自我传播。不仅如此，他还常劝人在享受美食、饮茶品茗后，"解衣仰卧，使人诵东坡先生《赤壁》前后赋，亦足以一笑也"。（朱弁撰：《曲洧旧闻》第五卷，《宋元笔记小说大观》，上海古籍出版社2001年版，第2991页）此外，他还在《东坡志林》中记录小和尚吟诵自己作品的故事："朱氏子出家，小名照僧，少丧父，与其母尹皆愿出家。照僧师守素，乃参寥子弟子也。照僧九岁，举止如成人，诵《赤壁赋》，铿然鸾鹤声也，不出十年，名闻四方。此参寥子之法孙，东坡之门僧也。"（苏轼撰，王松龄点校：《东坡志林》第二卷，中华书局1981年版，第38页）苏轼特意将此事记录在自己的著作中，可见，其自我推广之意。小和尚凭借其"荡心悦目"的朗诵非常有效地传播了苏轼的作品，自己也因之成名。

可以说，吟诵传播是苏轼文学作品传播的重要方式，正因为他主动推广自己的作品，其作品在当时即广为人传。朱弁《曲洧旧闻》卷八载："东坡诗文落笔，辄为人所传诵，每一篇到，欧阳公为终日喜……"（朱弁撰：《曲洧旧闻》第五卷，《宋元笔记小说大观》，上海古籍出版社2001年版，第3016页）苏轼的作品因富有自身独特的魅力，而时常被人吟诵，甚至一传十、十传百，至崇宁、大观间，不会吟诵东坡诗，文人便"自觉气索"，可以想见，其作品在当时的影响力。但是，口头传播终究不似书面传播那般具有强大的生命力,所以,苏轼的大部分作品还是靠书面传播出去的。

## ·题壁·

王兆鹏(1993)指出题壁"是一种'免费'的、非商品性的、不费功时的传播方式",作者可以"自由免费地发表作品":①

题壁,是作者或"好事者"将自作的或他人的诗词题书于驿壁、馆壁、寺壁、桥梁等建筑物的壁上,供行人观览、传抄。

相对雕印、石刻的动态传播而言,题壁是一种静态的传播方式,因为作为信息载体,壁自身不能像雕印本和石刻碑本那样流通传布,只有通过行人的阅读、传抄才能传播。因而,题壁传播的速度与广度不及雕印与石刻。

然而,题壁又是一种"免费"的、非商品性的、不费功时的传播方式。诗文的创作者可在各种建筑物上自由免费地发表作品,而无需镂印工人和刻石工人的刻印,也无需字模、印板、碑石和凿刻工具,有一支笔就可以在壁上书写,甚至也可以不用笔而用石榴皮等作书写工具(参《苕溪渔隐丛话》前集卷五十八《回仙》)。诗文的接受者则不用花钱就可口诵心记笔抄。这当然也限制了传播范围,不是亲见就难以读到作品。

王兆鹏(2010)还认为"宋代的题壁,很有点像当今的互联网。虽然题壁这种原始的传播方式,在传播功能上无法跟现代电子化的互联网相提并论,但在信息传播层面上,有些特点却颇为近似"。并将题壁诗词和互联网传播进行了类比②:

---

① 王兆鹏.宋文学书面传播方式初探[J].文学评论,1993(2):122—131.
② 王兆鹏.宋代的"互联网"——从题壁诗词看宋代题壁传播的特点[J].文学遗产,2010(1):56—67.

### 一、"发帖"的便捷性

从信息传播的角度来看,当今的互联网,具有开放性、自由性、即时性和无偿性四大特点。开放性,是指一般网络所载信息,都是公开的,无论是政府网,还是个人主页,人们可以任意光顾、浏览、下载和查询。自由性,是说个人上网发布信息、发表言论,是自由随意的,不受时间和空间的限制,无需像在报纸杂志发表文章那样接受各种审查(当然违法的信息除外)。在当今所有大众传媒中,大概只有在网络上,普通民众才享有这种自由发布信息、言论和作品的权利。即时性,是说人们可以在第一时间将想要发布的信息、言论或作品传到网络上,让别人及时浏览阅读。无偿性,是指互联网上,一般信息、言论和作品的发布及下载,都是免费的、无偿的。

宋代的题壁,也具有这四个特点。

先说开放性。宋代题壁,一般都是题写在人群聚集比较频繁、客流量比较大的寺庙、驿站、公私房屋、桥梁等开放性的墙壁上,以便过往行人观看浏览。宋代朝廷常用题壁来发布诏书政令,其中明文规定要在"要害处""要路"上题壁发布。

次说自由性。就像今人可以自由随意地在网络发帖或写博客日志一样,宋人可以自由随意地题壁,发表言论和诗词作品。题壁的内容,可以是警句格言,也可以是诗词作品。

再说即时性。宋代书面的大众传播媒介,主要有题壁、石刻和雕印(含单篇作品印卖、文集刻印等)三种(参王兆鹏《宋文学书面传播方式初探》,《文学评论》1993年第2期)。就其发布的速度而言,首推题壁。石刻,需要将天然石板打磨加工成石碑,再由刻工刻入文字,然后拓印成文本,这几道工序的完成需要相当长的时间;而雕印,更需要制版、排版、印刷等工序,也同样需要相当长的时间。只有题壁,作者可以不需要其他中间环节,就能直接地将有关信息、言论或作品在第一时间题写到墙壁上,就像当今的网络发帖一样,可以一边写作一边上传。写作的完成,同时也是题壁传播的完成。

复说无偿性。宋人题壁,都是免费的、无偿的。题壁和观赏题壁,是宋人文化生活的一部分,人们已经形成了习惯,因而宋代的公共墙壁特别是寺壁、驿壁等,都是事先粉刷好了的,专供过往行人题壁和观瞻。

## 二、浏览的日常性

宋代文人每到一处,都要观看题壁的言论、作品,就像今天都市里的人,每天都要上网浏览新闻信息或视频一样。如今上网,已经成为一种日常生活方式。题壁和观壁,则是宋代文人日常生活的一个重要组成部分。

## 三、"跟帖"的累积性

如今互联网上,有发帖者,有读帖者,更有跟帖者。楼主发帖之后,后来者跟着发表评论意见。有意思的是,宋代题壁,也有这种"跟帖"现象。

题壁既是传播行为,又与创作构成密切的互动关系。题壁的作者,既是创作者,又是传播者。第一作者题壁传播,刺激了接受者的创作欲望,成为创作的推动力,使接受者转换角色,成为新的作者。这是题壁传播与创作互动的常态。

大量的宋代题壁诗词表明,题壁传播与创作的互动,往往是一个动态的连续性的过程,不仅是双向的互动,而且是多向的互联互动。第一作者题壁传播,引来第二作者的题壁创作,第二作者又引来第三作者,第三作者又引来N个后续作者。循环往复,形成了创作—传播—接受—创作—传播—接受的循环互联系统。这是镂板刻印和石刻等传播方式所不具备的特殊功能。

## 四、效应的速成性

作为一种大众传播媒介,题壁的社会效应,也十分显著。至少在发现人才、反映诉求、广告促销三个方面,有着快速的效果。

曹光芳(2010)在其硕士论文[①]中对苏轼题壁诗有一个全景式的讨论:

题壁诗皆有感而发,随性而来,兴之所至,非才思敏捷、才艺突出者不能为之。它对题壁者的才学、胆识以及悟性等都有着较高的要求。敢于放言,敢于挥毫,能为天下人所品鉴,此为胆识;触景生情,才思涌动,一挥而就,此为悟性;有感必发,有情必抒,抒发得当,此为才学。纵观历代文人墨客中,苏轼恰恰是这样一位综合素质极高的天之骄子,在他的诗文创作作品中,题壁是一个十分重要的

---

① 曹光芳.寺院题壁文学探究[D].西安:陕西师范大学,2010.

方面。苏轼的题壁创作,无论是从数量上还是质量上来说,都是同一时代的文人无法企及的。其寺院题壁佳作《题西林壁》更是千古绝唱,可谓是题壁文化中的顶级之作。"凡此种诗,皆一时性灵所发,若必胸中有典释,而后炉锤出之,则意味索然矣。"(〔宋〕苏轼:《题西林壁》,《苏轼诗集》卷二十三,第1219页)题壁诗之特点正在于"即兴",而即兴者,既要有出口成章的过人才思,又要有挥笔而就的不凡笔力。所谓性灵所发,情之所至,不假任何修辞,一气呵成,方为极品。

苏轼自恃其旷世奇才,一生大量题壁为诗,尤喜题写于寺院。他从青少年时期就对周围发生的事情和存在的事物充满了高昂的兴致和热情,随时随地将心灵融入自然,放歌自然,并时常观摩寺院保存的壁画和题壁诗文,且通过寺院之游结识方外之友和时下俊才。虽然题壁创作曾给苏轼带来很多声望和荣誉,但同时带给他的也有坎坷和诬陷。宋哲宗元祐六年(1091),侍御史贾易劾苏轼,摘宋神宗元丰末年苏轼所作《归宜兴留题竹西寺》诗句,诬以悖逆,苏轼因之外放。他曾在文中为自己辩解道:

至五月初间,因往扬州竹西寺,见百姓父老十数人,相与道旁语笑,其间一人以两手加额,云:"见说好个少年官家。"其言虽鄙俗不典,然臣实喜闻百姓讴歌吾君之子出于至诚。又,是时,臣初得请归耕常州,盖将老焉,而淮浙间所在丰熟,因作诗云:"此生已觉都无事,今岁仍逢大有年。山寺归来闻好语,野花啼鸟亦欣然。"盖喜闻此语,故窃记之于诗,书之当涂僧舍壁上。臣若稍有不善之意,岂敢复书壁上以示人乎?(《辩题诗札子》,《苏轼诗集》卷三十三,第937页)

竹西寺之题,招致无端谤议,引发严重后果,定是苏轼题壁时所始料未及的。御史台狱后,苏轼也曾多次设想要封口搁笔,甚至多以迎语行文,但题壁创作始终都没有停止过。

苏轼一生诗文可谓创作颇丰,仅流传至今的各种体裁的诗作就高达2000多首。根据《苏轼诗集》和《苏轼年谱》所提供的线索,可以考察确认的题写于墙壁上的诗文有39首,其中还不包括一些未注明题壁但也与题壁有关的诗文部分。除此之外,散轶而没能流传下来的可能数量还要更多。而寺院之游,又是苏轼生活中不可或缺的一部分。在寺院登临览胜的活动几乎伴随了苏轼一生,并且所及之处,观摩、题写诗文更是他生活中极为重要的一项内容。如果将苏轼的寺院题壁活动按"乌台诗案"分划为前后期,无论是从数量还是内容上,都是有诸多变化的。

先考察"乌台诗案"之前的寺院题壁情况:

【图表略】

由以上图表可知,苏轼最早的题壁创作是在宋嘉祐元年,即1056年时。苏轼时年21,大病后游栖云寺,于是题写了《病狗赋》在栖云寺的墙壁上,可惜《病狗赋》现今已不传。考察苏轼早期的题壁创作,我们可以发现,其中一个显著特点就是在诗题中用比较多的文字介绍题写的过程和意图,并且不厌其详,有的诗题字数甚至还超过了诗文的内容。但是苏轼后期的题壁作品则更多的只是简单的以《题某某壁》着题,不再详加说明。此间或有心理上的细微差别:名未显时,有突出介绍自我的必要,而名扬天下后,这种动机自然淡化,不再做详尽的记录了。

宋神宗元丰二年,即1079年的四月,苏轼在于湖州任途中,在扬州的平山堂作了一首《西江月》,其中有一句提道:"休言万事转头空,未转头时皆如梦。"这一年,苏轼44岁,已进不惑之年。事往矣,"万事转头空",乌台诗案正是他人生的转折点;莫回首,"未转头时如梦",因谤新政而入狱,直至宋徽宗建中靖国元年(1101),苏轼66岁卒于常州的22年间中,有明确记载的寺院题壁尚有12次,列表如下:

【表格略】

就以上两个表格分析,可将苏轼寺院题壁活动分为两个阶段:从21到43岁,22年间寺院题壁共计15次;从44到66岁,22年间寺院题壁共为12次(其中有不明年代的两次,估计应做于后期),两个阶段基本上是均衡的。由此也可以看出,苏轼的寺院题壁活动一直持续到他人生的最后阶段,即建中靖国元年(1101)间,在他66岁时仍有题壁活动,而此年的七月二十八日,一代文豪苏轼卒于常州。最后的两首题壁诗,是当时苏轼从贬谪之所归来,沿途兴极所作。

苏轼一生游历的寺院,有文字记载的也在百座以上,而且所游必留题,其中寺院题壁27次，竟占到了全部题壁诗39首的百分之七十四。并且从年代分布上来看，从苏轼21岁首题栖云寺壁，到66岁终题显圣壁，无论哪个年龄段都有寺院游题，并且还从未间断过。他的旷世之作《题西林壁》为元丰七年，49岁时所作：

横看成岭侧成峰，远近高低各不同。不识庐山真面目，只缘身在此山中。（〔宋〕苏轼：《题西林壁》，《苏轼诗集》卷二十三，第1219页）

这首流芳百世、名垂千古的佳作，竟然是苏轼遭受"乌台诗案"的重大打击之后所作的。此诗一经面世，即刻便名扬天下、被广为传诵。题壁诗的特点是高度凝练，它一气呵成，不加任何粉饰，却能将作者的所思所触、所感所悟、心底万物，浓缩于简简单单的几十个字当中，读来大有当头棒喝、醍醐灌顶之感受，真是非苏轼这样才高八斗的大学士莫为之啊！这首《题西林壁》真可以称之天籁之音，它是存在于你心、我心、他心的真切感受，是能与之共鸣，使心灵震颤的上乘佳作，也是苏轼题壁诗乃至中国古代此类体裁作品的顶级之作。

题壁文化发展到宋代，已然承担了重要的传媒作用，墙壁作为载体，不仅传递着前人信息，还沟通了人际往来。所谓"遥知思我处，醉墨在颓垣"（〔宋〕苏轼：《和蒋发运》，《苏轼诗集》卷二十七，第1432页）；所谓"故人渐远无消息，古寺空来看姓名"（〔宋〕苏轼：《七月二十四日，以久不雨，出祷磻溪。是日宿虢县，二十五日晚，自虢县渡渭，宿于僧舍曾阁。阁故曾氏所建也。夜久不寐，见壁间有前县令赵荐留名，有怀其人》，《苏轼诗集》卷四，第173页）；所谓"试问壁间题字否，几人不为看花来"（〔宋〕苏轼《又和景文韵》，《苏轼诗集》卷三十二，第1668页）；所谓"欢戚已随时事去，壁间只有古人名"（〔宋〕苏轼：《散郎亭》，《苏轼诗集》卷四十七，第2556页）；而苏轼寺院之游的一个重要内容，便是寻觅世人散落在各处的题壁文字。试想游者饱览山川之美后，兴之所至，一挥而就，诗作大都不加修辞，浑然天成，所以题壁之作一般都是人生最为精华部分的凝结。苏轼关注于此，也是人之常情："古寺长廊院院行，此轩偏慰旅人情。"（〔宋〕苏轼：《与舒教授、张山人、参寥师同游戏马台，书西轩壁。兼简颜长道两首》，《苏轼诗集》卷十七，第887页）漫步在古寺长廊间，浏览欣赏着墙上的壁画壁书，终于有所发现！有所获得的惊喜和欢悦可以让旅途的劳累顿时烟消云散。

苏轼之寻,一般都是先有目的的,然后再到此人可能出现的地方,冀有所得。宋仁宗嘉祐元年间,苏轼和父亲以及弟弟同赴京师应举,途经渑池时,"过宿县中寺舍,题其老僧奉闲之壁",所谓"旧宿僧房壁共题"(〔宋〕苏辙:《怀渑池寄子瞻兄》,《栾城集》卷一,第12页)。到嘉祐六年(1061),不过短短的五六年的时间,苏轼再次故地重游,欲重温往日旧题时,却是满目荒凉,"老僧已死成新塔,坏壁无由见旧题"(〔宋〕苏轼:《和子由渑池怀旧》,《苏轼诗集》卷三,第96页),已经人去物非了。苏轼无奈间发出了"人生到处知何似,应似飞鸿踏雪泥。泥上偶然留指爪,鸿飞那复计东西"(〔宋〕苏轼:《和子由渑池怀旧》,《苏轼诗集》卷三,第96页)的感叹。人生烟云,忽而不在,寺之难久,何况世人?苏轼欲再睹旧题,重温往昔,却只能乘兴而来,怅然而归。

苏轼一生之中究竟有多少题壁诗?又有多少题壁诗是书写在寺院里的?前面统计的恐怕只是其中很少的一部分。苏辙在《偶游大愚,见余杭明雅照师,旧识子瞻,能言西湖旧游,将行,赋诗送之》曾云:"昔年苏夫子,杖履无不之。三百六十寺,处处题清诗"。(〔宋〕苏辙:《栾城集》卷十三,第248页,中华书局1999年版)此中"三百六十寺"应是诗家用语,非为确指,但也能从中估量出个大概,可见苏轼真是所到之处必游历,所游之时必题写。而苏轼又多将观壁、题壁的地点选在寺院这一处所,应该与寺院提供的特殊文化氛围有关的:一个旷世的空间,一种超脱的境界,一位空灵的僧人,一份禅悦的闲适,可以说是孤灯残卷,闲云野鹤,情景交融,身心两忘啊!《少年时,尝过一村院。见壁上有诗,云:夜凉疑有雨,院静似无僧。不知何人诗也。宿黄州禅智寺,寺僧皆不在,夜半雨作,偶记此诗,故作一绝》:

佛灯渐暗饥鼠出,山雨忽来修竹鸣。知是何人旧诗句,已应知我此时情。(《舆地记胜》卷二十,第1031页)

苏轼因无名的壁诗而顿生情愫,又因情而或吟诗,所吟无非佛灯、饥鼠、山雨、修竹等寺院常有之物。有佛寺无佛徒,我在,我为僧哉?纵身非是,我心应在。观"旧诗句",悟"此时情",能知我者,壁上诗也。

苏轼的超凡豁达处,便在于他能从逆境中寻求到解脱之道。寺院之游便是一个心理调适的过程,取寺之静,静身静心,摒弃凡俗,让心灵得以升华。修禅的最高境界是空和无,但空无并非无有,而是对既往经验的阻断和舍弃。过去的既留之无益,不如舍弃,重归于无,给我心留出新的空间来。这好比杯中倒水,若水已满杯,是无法再注入新水的。苏轼寺庙之游,应当有放下包袱,排空既有,还我空无之意。所以,寺院之游之于苏轼,既是一种特有的人生体悟,又是体验尘世之外的哲思和韵味的过程。

如果说寺院之游对苏轼而言是一种精神上的满足,那么寺院题壁则是他对此种领悟感受的即兴抒怀。《苏轼诗集》卷十二有一首《去年秋,偶游宝山上方。入一小院,阒然无人。有一僧,隐几低头读书。与之语,漠然不甚对。问其邻之僧,曰:"此云阇黎也,不出十五年矣。"今年六月,自常、润还,复至其室,则死葬数月矣。作诗题其壁》,其诗云:

云师来宝山,一住十五秋。读书尝闭户,客至不举头。

去年造其室,清坐忘百忧。我初无言说,师亦无对酬。

今来复扣门,空房但飕飗。云已灭无余,薪尽火不留。

却疑此室中,常有斯人不。所遇孰非梦,事过吾何求。(《苏轼诗集》卷十二,第575页)

人去室空,所"疑"所"梦",莫非幻耶?抑或真耶?阇黎去后,其身何处?是身随心去,抑或心随身往?苏轼之迷惘,即在于此。昔日之见,非幻也;今日之思,实真也。只是时过境迁,梦幻难辨,心中之幻,无法击破,也无人击破而已。且梦中之幻易灭,而尘世之幻难测,佛家所谓目之所见,皆如镜中影,耳中所闻,皆是空中声。一切始于虚无,一切又归于虚无,只有破除迷障和虚幻,才能返璞归真,从而身心两忘。这也许正是苏轼喜爱寺院之游,常于寺壁之题的缘由吧!也正是融会贯通了儒释道的坎坷人生才成就了这样一位文豪大家——苏东坡!

## ·传抄·

王兆鹏(2006)认为①:

手抄虽然是一种比较原始和落后的传播手段,但在漫长的中国文学传播史上却一直扮演着重要的角色,发挥着重要的作用。当然,在不同时代,它的传播功能和作用是不同的,在唐五代以前,属主流的传播方式,宋元以后,就变成了一种非主流的辅助性传播方式了。至于手抄本的文学作品,是通过哪些渠道、途径传播,不同的时代又有不同。

彭文良(2016)对苏轼主动运用传抄这个类似后世私人揭帖的方式传播自己的作品,有如下论述:②

【抄录传阅】这种传播方式指苏轼抄录给圈子里的朋友传看,有的是因别人索取,写呈送之,如:

《与赵德麟》:今日幸减,录旧诗一篇奉呈。闻公亦欲借示诗稿,幸付去人。

《与程正辅提刑》:兄欲写陶体诗,不敢奉违,今写在扬州日二十首寄上。
([宋]苏轼著,孔凡礼点校:《苏轼文集》,中华书局1986年版,1597)

《与刘壮舆》:诗文二卷并纳上,后诗已别写在卷。后检得旧本,改定数字。
([宋]苏轼著,孔凡礼点校:《苏轼文集》,中华书局1986年版,1583)

大多时候是苏轼主动抄录以送人,如:

《与彦正判官》:试以一偈问之:"若言琴上有琴声,放在匣中何不鸣?若言声在指头上,何不于君指上听?"录以奉呈,以发千里一笑也。

《与朱行中舍人》:老拙百念灰寂,独一觞一咏,亦未能忘。陋句数首,录寄,以为一笑。

---

① 王兆鹏.中国古代文学传播研究的六个层面[J].江汉论坛,2006(5):109—113.
② 彭文良.论苏轼作品在生前的传播形式及其特点[J].中国苏轼研究,2016(1):313—323.

《答钱济明》:旧有诗八首寄之,已写付卓契顺……今录呈济明,可为写放旧居,挂剑徐君之墓也。

《答范梦得》:得闲二十余日,在中和堂、望海楼闲坐,渐觉快适,有诗数首寄去,以发一笑。(〔宋〕苏轼著,孔凡礼点校:《苏轼文集》,中华书局1986年版,1700)

对于苏轼作品传播的重要特点,文章进行了归纳:

苏轼在生前即是一位备受关注和推崇的作家,据宋人朱弁言:"东坡诗文,落笔辄为人所传诵。"(〔宋〕朱弁撰,孔凡礼校点:《曲洧旧闻》,中华书局2002年版,204)另一位受知于苏轼的青年作家李昭玘回忆苏轼作品在当时的传播情况也曾云:"某记为童时,先生父子兄弟一旦出岷峨,四方士大夫称诵其文,曰:有宋以来未尝见此文也。至采拾先生父子兄弟所著书,人人为长编大轴,手自操札,较其所得多少,以相轻重。"(孔凡礼撰:《三苏年谱》,北京古籍出版社2004年版,1239)

日常生活中经常有人向苏轼索要作品,类似今天的约稿,对于苏轼的作品而言,这也是一种传播与接受。相关记载在苏轼文集中有很多,如《与曹子方》:"公劝仆不作诗,又却索近作。闲中习气不免有一二,然未尝传出也。今录三首奉呈。"(〔宋〕苏轼著,孔凡礼点校:《苏轼文集》,中华书局1986年版,1775)《与林子中》云:"某在京师,已断作诗,近日又却时复为之,盖无以遣怀耳。固未尝留本,今蒙见索,容少暇也。"(〔宋〕苏轼著,孔凡礼点校:《苏轼文集》,中华书局1986年版,1657)《与宝月禅师》:"屡要经藏碑,本以近日断作文字,不欲作。既远书丁宁,又悟清日夜煎督,遂与作得寄去。如不嫌罪废,即请入石。"(〔宋〕苏轼著,孔凡礼点校:《苏轼文集》,中华书局1986年版,1888)

当时很多人留意收藏苏轼的作品,苏轼亦自云"世之蓄轼诗文者多矣"(《答刘沔都曹书》)(〔宋〕苏轼著,孔凡礼点校:《苏轼文集》,中华书局1986年版,1430),当然他身边的人因近水楼台之故,所获得最多,如黄州时期所作的《黄泥坂词》即为多位门人收藏:"余在黄州,大醉中作此词,小儿辈藏去稿,醒后不复见也。前夜与黄鲁直、张文潜、晁无咎夜坐。三客翻倒几案,搜索箧笥,偶得之,字半不可读,以意寻究,乃得其全。文潜喜甚,手录一本遗余,持元本去。明日得王晋卿书,云:'吾日夕购子书不厌,近又以三缣博两纸。子有近书,当稍以遗我,毋多费我绢也。'乃用澄心堂纸、李承晏墨书此遗之。"(《书黄泥坂词后》)(〔宋〕苏轼著,孔凡礼点校:《苏轼文集》,中华书局1986年版,2137)

更有甚者,因为时人重视收藏苏轼作品,有人觉得有利可图,便经常向苏轼索取文字以换取好处。如据苏轼门人赵令畤记载,当时名为韩宗儒的人经常用苏轼书帖换取羊肉:"韩宗儒性饕餮,每得公一帖,于殿帅姚麟许换羊肉十数斤……一日,公在翰苑,以圣节制撰纷冗,宗儒日作数简,以图报书,使人立庭下督索甚急。公笑谓曰:'传语,本官今日断屠。'"(孔凡礼撰:《三苏年谱》,北京古籍出版社2004年版,50)

很显然,与文学史上有些生前寂寞、死后热闹的作家不一样,苏轼活着的时候即已享有盛誉,其作品在生前已经拥有相当数量的拥趸。

苏轼本人积极传播自己的作品。苏轼作品的传播过程中,他本人的自主保存、传扬意识体现甚明,这一点,明显区别于其他作家。他的作品,有的写完数十年后仍记得,或者保留完好,如《书润州道上诗》云:"'行歌野哭两堪悲,远火低星渐向微。病眼不眠非守岁,乡音无伴苦思归。重衾脚冷知霜重,新沐头轻感发稀。只有残灯不嫌客,孤舟一夜许相依。'仆时三十九岁,润州道中,值除夜而作。后二十年,在惠州守岁,录付过。"(〔宋〕苏轼著,孔凡礼点校:《苏轼文集》,中华书局1986年版,2151)抄录时间距离写作时间,相去20年,若不是有意识保存,早已难寻踪迹。相同情况亦见于《与刘器之》一文:"志仲本以乌丝栏求某录杂诗耳,某自出意,欲与写《广成子解》篇。舟中热倦,遂忘之,然此意终在也,今岂可食言哉!病不能作志仲书,乞封此纸去。"(〔宋〕苏轼著,孔凡礼点校:《苏轼文集》,中华书局1986年版,1667)书信中提到的《广成子解》写于黄州时期,而此文写作时间为建中靖国初,前后相去近30年,仍保留,并欲书以赠人,足见东坡对自己的作品之珍视。这些都说明他一直在留意保留,并主动传播自己的作品。

苏轼主动传播自己作品的另一表现是,他经常将自己的得意之作,抄录送给多人,比如他对在定州所作的《松醪赋》就颇为得意,从其书信可知尝录送表哥兼姐夫的程之才(正辅):"向在中山,创作松醪,有一赋,闲录呈,以发一笑。"(《与程正辅提刑》)后来又录送给吴传正、欧阳思仲等人:"始予尝作《洞庭春色赋》,(吴)传正独爱重之,求予亲书其本。近又作《中山松醪赋》,不减前作,独恨传正未见。乃取李氏澄心堂纸,杭州程奕鼠须笔,传正所赠易水供堂墨,录本以授(欧阳)思仲,使面授传正,且祝深藏之。传正平生学道既有得矣,予亦窃闻其一二。今将适岭表,恨不及一别,故以此赋为赠,而致思于卒章,可以超然想望而常相从也。"(《书松醪赋后》)(〔宋〕苏轼著,孔凡礼点校:《苏轼文集》,中华书局1986年版,2071)类似如《艇斋诗话》亦载:"东莱喜东坡《赠眼医王彦若》诗,王履道亦言东坡自负此诗,多自书与人。"自我传扬之意甚明。

苏轼文集中关于他有意记录、保留和传录自己作品的记载很多,为了说明问题,不惮烦琐,摘录部分文字于下:

《和陶饮酒并引》:呼儿具纸笔,醉语辄录之。

《与滕达道书》:所有二赋,稍晴,写得寄上。次只有近寄潘谷求墨一诗,录呈,可以发笑也。

《答钱济明》:岭南家家造酒,近得一桂酒法,酿成不减王晋卿家碧香,亦谪居一喜事也。有一颂,亲作小字录呈!

《答秦太虚》:分韵诗语,益妙,得之殊喜。拙诗令儿子录呈。

《与章质夫》:《柳花》词妙绝,使来者何以措词。本不敢继作,又思公正柳花飞时出巡按,坐想四子,闭门愁断,故写其意,次韵一首寄去,亦告不以示人也。《七夕》词亦录呈。

《答金山宝觉禅师》:近有《后杞菊赋》一首,写寄,以当一笑。

苏轼自我传播的另一重要形式就是"自注",即苏轼为了方便别人理解,或者担心别人不能正确理解其作品,故在对应处作注。比如《壬寅二月,有诏令郡吏分往属县灭决囚禁……十九日乃归,作诗五百言,以记凡所经历者寄子由》(〔宋〕苏轼撰,孔凡礼校点:《苏轼诗集》,中华书局1999年版,122)一诗中,在"吏卒尚呀咻"句下注云"十三日宿武城镇,即俗所谓石鼻寨也,云孔明所筑。是夜二鼓,宝鸡火作,相去三十里,而见于武城";在"大钧本无钩"句下注云"十四日,自宝鸡行至虢。闻太公磻溪石在县东南十八里,犹有投竿跪饵两膝所著之处"。此诗多达9处自注,这些注对了解苏轼行程和诗意确实是有帮助的。他如《十月二日初到惠州》中"岭南万户皆春色"句下注云"岭南万户酒",可知万户春即万户酒。苏诗在身后注家纷起,北宋末有10家之多,至南宋王十朋集注,号称百家注苏,为了区别苏轼自注,后世皆定为"公自注"。苏轼诗集中俯拾即是的"自注",是区别于其他诗人集子的重要注释形式。"自注"的传播意识流露甚明:苏轼希望别人能看懂,或者担心别人看不懂,才出注,如仅为自己,则此举显为蛇足。

可以说文学史上,像苏轼这样积极主动传播自己作品的作家并不多见。

苏轼作品在当时和后世能有那么大的影响,除了与他作品自身成就有关外,可能和他本人的刻意保留、主动传播,也不无关系。

## ·自媒体与诗案·

苏轼不止一次由于自媒体传播给自己惹来麻烦。乌台诗案是其中最大的一次,之后也多次发生。这里摘录两个案例。

一个是题壁引来的。

元丰八年(1085)初,苏轼请求居住常州,获准。三月神宗驾崩,五月,年轻的哲宗即位。苏轼南至扬州,游城中名胜竹西寺归来,听到老百姓数十人在路旁笑语,称颂新即位的哲宗是个"少年好官家",苏轼"喜闻百姓讴歌吾君之语出于至诚",且当年淮浙大丰收,喜而作诗,写了《归宜兴,留题竹西寺三首》,第三首为"此生已觉都无事,今岁仍逢大有年。山寺归来闻好语,野花啼鸟亦欣然"。诗中的"闻好语"即指父老颂美的事而言。然而在六年后的元祐六年(1091)八月,侍御史贾易、御史中臣赵君锡却将《归宜兴,留题竹西寺》罗织成罪。贾易将此诗前后联互换,把"山寺归来闻好语"移至首句,诬蔑苏轼是因为神宗去世而高兴,"有欣幸先帝上仙之意"。"人臣泣血号慕正剧,轼以买田而欣踊如此,其义安在?""是可谓痛心疾首而莫之堪忍者也"。贾易、赵君锡参他"闻先帝厌代,作诗无人臣礼"(《续资治通鉴长编》卷四六三,第4331页)。此诗据苏辙所言:"常人为公买田,书至,公喜作诗,有'闻好语'之句。言者妄谓公闻讳而喜,乞加深遣。"(《亡兄子瞻端明墓志铭》,《栾城集》第1418页)苏轼为此专门写了《辩题诗札子》,宣仁皇太后又力为辨明,贾、赵等的参奏才未获准。新党李定等人抓住"世间唯有蛰龙知"一句,诬陷苏轼对神宗"不臣如此",旧党贾易等人又抓住"山寺归来闻好语"一句,诬陷苏轼"闻讳而喜",虽然两党在政治上对立,但陷害苏轼的手段又何其相似! 这种手段正是封建制度的产物,君臣之义既为首要之纲常,那么以攻击皇帝为罪名就最容易置对手于死地了。①

他曾在文中为自己辩解道:

至五月初间,因往扬州竹西寺,见百姓父老十数人,相与道旁语笑,其间一人以两手加额,云:"见说好个少年官家。"其言虽鄙俗不典,然臣实喜闻百姓讴歌吾君之子出于至诚。又,是时,臣初得请归耕常州,盖将老焉,而淮浙间所在丰熟,因作诗云:"此生已觉都无事,今岁仍逢大有年。山寺归来闻好语,野花啼鸟亦欣然。"盖喜闻此语,故窃记之于诗,书之当涂僧舍壁上。臣若稍有不善之意,岂敢复书壁上以示人乎?(《辩题诗札子》,《苏轼文集》卷三十三,第937页)

竹西寺之题,招致无端谤议,引发严重后果,定是苏轼题壁时所始料未及的。御史台狱后,苏轼也曾多次设想要封口搁笔,甚至多以迎语行文,但题壁创作始终都没有停止过。②

另一个是口号引来的,口号是因口头传播而形成的一种诗体,多是在面对成群受众时即兴诵读而成,之后又多被在场受众口头传播到更大范围,当然也有被书面记录下来,转而文字传播的。

苏轼寓惠期间所写的《食荔枝二首》"罗浮山下四时春"和《纵笔》两首诗在惠州是家喻户晓的。诗都写得轻快闲适,凡是读过的人,都把它们看成是苏轼寓惠期间生活惬意,心态悠闲,不以忧戚为怀的铁证。特别是《纵笔》诗,宋曾季狸《艇

---

① 周克勤.乌台诗案研究[D].重庆:西南师范大学,2002.
② 曹光芳.寺院题壁文学探究[D].西安:陕西师范大学,2010.

斋诗话》还把它说成是苏轼再贬儋州的原因:"东坡《海外上梁文口号》云:'为报先生春睡美,道人轻打五更钟'。章子厚见之,遂再贬儋耳,以为安稳,故再迁也。"(惠州市惠城区地方志编纂委员会.惠州志·艺文卷[M].北京:中华书局,2004:488)此文二句即该诗末二句:"白头萧散满霜风,小阁藤床寄病容。为报先生春睡美,道人轻打五更钟"。揆诸"春睡"之词意,大约是绍圣四年二月初迁入惠州白鹤峰新居作品,而苏轼谪贬儋州的日期是在同年闰二月甲辰(十九日),也就是说,在该诗写出不足一个月时间,苏轼就责授儋州,时间如此之短,章惇能否读到此诗?尚难肯定。但尽管如此,人们还是津津乐道于此,明危素《说学斋稿》卷二《惠州路东坡书院记》说法虽然谨慎,但仍然认为苏轼是因"安稳"而招祸:"白鹤峰新居成,权臣闻公之安于惠,再授琼州别驾昌化军安置"(孔凡礼.苏轼年谱·下[M].北京:中华书局,1998:1250)。可见,在人们的思维定势中,苏轼居惠安逸,处世潇洒,"是个秉性难改的乐天派"。(林语堂.苏东坡传[M].天津:百花文艺出版社,2000:5)①

殷啸虎(1993)认为乌台诗案"开了追究吟诗者刑事责任的先例","开以法律手段,通过法律程序追究吟诗者的法律责任之先河"②:

"乌台诗案"虽然草草收场,但它的影响却不容忽视。在此之前,文人因语言文字而获罪者固然不少,但因诗获罪,可以说是从苏轼开始的。古人云:"诗言志",在我国第一部诗歌总集《诗经》中,就有不少讽刺时政的诗篇。这一传统,被后来的诗人们所直接继承。唐代的大诗人李白、杜甫、白居易等人的诗篇中,抨击时政,反映人民疾苦的作品比比皆是,像杜甫的"三吏""三别",白居易的《秦中吟》《新乐府》等,都是这方面的代表作。可以这样说,只要是真正关心国家大事的文人学士,无不以诗托讽,意在言外,这完全是无可非议的。然而,在"乌台诗案"中,这一切都成了"罪状"。虽然对苏轼的最后处理并未完全如制造此案的御史们的心意,但是却开了追究吟诗者刑事责任的先例。自"乌台诗案"后,宋朝的

---

① 杨子怡.小心避祸而又谨慎为义——论苏轼寓惠期间的心态及作为[J].湛江师范学院学报,2006(2):31—37.
② 殷啸虎."乌台诗案"与宋代法制[J].法治论丛,1993(5):63—66.

诗案、诗祸不断，不同政派的官员动辄以对方的某些诗句大作文章，必欲置之死地而后快。宋哲宗时的"车盖亭诗案"就是一个非常典型的例子。当时宰相范纯仁（范仲淹之子）对这种做法十分不满，他说："方今圣朝，务宜宽厚，不可以语言文字之间，暧昧不明之过，诛窜大臣。今日举动，宜与将来为法式，此事甚不可开端也。"（《续资治通鉴长编》第四二七卷）可惜他的建议并没有被接受。南渡以后，诗祸、文祸愈演愈烈。这一切，实肇其端于"乌台诗案"。

"乌台诗案"的另一重要影响，就是开以法律手段，通过法律程序追究吟诗者的法律责任之先河。如前所述，"乌台诗案"的审判，完全是在"法定"的范围内进行的。这一变化，标志着封建法律对思想言论的控制逐步加强；同时，对以诗文"讥刺朝政"的行为，比照"十恶"中的"谋反大逆""大不敬（大不恭）"等有关条款处理的做法，也被后世的统治者直接继承。清朝以"文字狱"著称，那些因文字狱而罹难的人，大都被冠以"谋反大逆"的罪名。在这一方面，审理"乌台诗案"的御史们可谓是始作俑者。

当然，由于北宋特殊的政治环境，对"诗案"的处理，比起明清两代是不同的。"乌台诗案"的主角苏轼结束了在黄州的四年贬官生涯后，又得重返政坛。其后，他又有两次因诗文而遭祸：一次是在宋哲宗元祐六年（1091），侍御史贾易说他得到神宗皇帝去世的消息后，在扬州赋有"山寺归来闻好语"的诗句，是"闻讳而喜"，请求予以追究（《续资治通鉴长编》第四六三卷）。后经苏轼竭力辩解，才得无事，但苏轼也因此而离京出任定州知州。另一次是绍圣元年（1094）在定州知州任上，侍御史虞策等人重翻旧案，弹劾他在任翰林学士时撰写的诰词中有"讥斥先朝"的文字，结果被贬为宁远军节度副使，二惠州安置，后又再贬往海南琼州。直到宋徽宗即位后才被赦还，卒于常州（《宋史·苏轼传》）。苏轼一生虽多次因诗文遭祸，但终得保全性命，以一代文宗名留千古。这比起他的后来者，可算是幸运多了。

# 拾 乌台诗案与东坡精神

·乌台诗案引论·

苏轼成为苏东坡，留下今人称为"东坡精神"的遗产，与乌台诗案有极大的关系。笔者（在CNKI中）查询到的在论文全文中最早使用"东坡精神"一词是在1985年。这一年中，李占东、王相林译述苏东坡在日本的影响时谈道："这大概就是山上次郎先生所说的：'苏东坡——佐太郎的高度一体'或'东坡精神佐太郎身上的再现'吧。"①蒋哲伦在讨论南宋叶梦得对苏东坡词风的传承时说道："前人评论石林，多因该词袭用苏轼七绝《赠刘景文》诗句来说明他们之间的承嬗关系，殊不知其中乐现、开朗、'莫为悲秋浪赋诗'的旷达胸襟，才是东坡精神的真谛。"②另外，谢镇锋在论文《"兹游奇绝冠平生"——苏东坡在海南》中有"所谓'世间万事寄黄梁，且与先生说乌有'。在东坡精神世界里，此类思想，如地下潜流，时时涌出"③之语。

最早将"东坡精神"列入关键词的论文是颜邦逸1997年发表的《苏轼黄州诗词的内在结构与文化定位论要——兼与日本学者吉川幸次郎先生商榷》④；最早在篇名中使用"东坡精神"的论文是李显根发表于2003年的《论苏轼诗文中的"东坡精神"》⑤。

## ·东坡精神的概括·

饶晓明和饶学刚（2008）认为⑥：

谈"东坡精神"，首先得要梳理"精神"一词的含义。一般说来，"精神"包含三个方面的涵意：一、指人的精力、精气、元气；二、指人的气质、神韵、精明；三、指人

---

① 李占东，王相林."沧海何曾断地脉"——苏东坡在日本的影响[J].黄冈师专学报，1985(2):27—32.
② 蒋哲伦.《石林词》和南渡前后词风的转变[J].文学评论，1985(5):123—127+111.
③ 谢镇锋."兹游奇绝冠平生"——苏东坡在海南[J].岭南文史，1985(2):86—93.
④ 颜邦逸.苏轼黄州诗词的内在结构与文化定位论要——兼与日本学者吉川幸次郎先生商榷[J].辽宁师范大学学报，1997(2):50—55.
⑤ 李显根.论苏轼诗文中的"东坡精神"[J].求索，2003(4):232—235.
⑥ 饶晓明，饶学刚.东坡精神，万古流芳[J].乐山师范学院学报，2008(10):8—14.

的意识、思维、心理,即人类社会历史实践过程中所创造的精神财富,包括思想、道德、教育、科学、文化、哲学等方面。我们常谈的"东坡精神",主要是指第三方面的内容。

"东坡精神"具体指什么,李显根(2003)在《苏轼诗文"因物赋形"精神探微》中认为[①]:

纵观苏轼为人为官的一生以及他的作品,"因物赋形",是苏轼的自我写照,也是"东坡精神"的核心和灵魂。苏轼"因物赋形"精神有三个层面,在苏轼的仕宦和贬谪生涯中,三者是始终如一地结合着的,并在他的诗文中得到了淋漓尽致的体现。

这三个层面被概括为:"每到一地,既来之则安之、随遇而安","每到一地,喜欢之,热爱之,将其视作第二故乡","无论升贬,每一地,尽其所能做好事"。

李显根(2003)在《论苏轼诗文中的"东坡精神"》中进一步提出[②]:

苏轼的"东坡精神"起自黄州,张扬于惠州,成熟于儋州。在黄州五年的时间,是苏轼文学创作的鼎盛时期。这一时期,是苏轼人生观的转变时期,更是苏轼"东坡精神"确立的重要时期。惠州两年零七个月,是苏轼"东坡精神"继续发展和升华的时期。在儋州,苏轼的"东坡精神"已经臻于成熟。

而"东坡精神"的内涵被进一步概括为"不因个人的人生挫折而失去对人生目标的不懈追求,执着生活,处穷排难,随缘自适,超然旷达""尽管处境十分险恶,生活极其艰难,但是体察民生疾苦,对人民深切同情,为当地的人民做了许多力所能及的事情,与当地的人民结下了深厚的友谊""主张'民不饥寒为上瑞',反对虐政害民"三个方面。

徐文杰(2006)在其硕士论文《弘扬东坡精神,加强中学生人文精神的培养》

---

① 李显根.苏轼诗文"因物赋形"精神探微[J].甘肃行政学院学报,2003(2):97—98.
② 李显根.论苏轼诗文中的"东坡精神"[J].求索,2003(4):232—235.

中论述了"东坡精神对中学生人生态度和人的价值取向的良好的熏陶感染和渗透能力。深入研究东坡文化,学习东坡精神对培养青少年的人文修养是大有裨益的"。并对东坡精神作了如下概括[①]:

苏东坡有高度的道德感和文化修养,思想上有节操,行动上有准则,把国家和民族的利益放在第一位,时时刻刻为国忧心,为民感叹,为理想鞠躬尽瘁,死而后已。他作为道德价值理念的维护者,有着肩负起拯救社会无序的宏愿,无限忧道忧民的悲情。他丢官丢职,飘泊在外,心里还是为国为君忧心不已。纵观苏东坡的一生,风风雨雨,坎坎坷坷,苏东坡虽然屡次遭受挫折、打击,有几次差点送了命。即便这样,一旦皇帝有召,他便召之即来。他也曾想到过退隐,并且从心里喜欢不为五斗米折腰的陶渊明,但他一生始终不曾真正归田,隐退山林。

东坡有着崇高的道德追求,这种崇高的道德追求又往往成为无私奉献、勇于牺牲和爱国爱民的精神支柱。他的坚忍不拔的对崇高的精神境界的追求,总是同自强不息、刚健有为的人生哲学相联系,总是同"发愤忘食""乐而忘忧""知其不可而为之"的奋争精神共同发展。他对君主忠心耿耿,对国家的贫弱忧心如焚,对老百姓的疾苦深切关注。为官一任,造福一方,不以一身祸福,改变其忧国之心。他追求这种崇高的"为天地立心,为生民立命,为往圣继绝学,为万世开太平"的理想,虽然很难达到,但仍抱着"心向往之"的执着态度,正是由于这种执着,这种坚持己见,使苏东坡一生三次遭贬,饱经忧患和磨难,也正是这种人格精神,成就了苏东坡的崇高和不朽。

东坡作为一代文宗,忠诚宽厚,关心民生,刚直敢言,有远大政治抱负,又有着旷达自适、善处逆境、胸怀博大、乐观向上等高尚品格。他不肯接受人生是重担、是苦难的说法,他认为那不尽然,至于他自己本人,是以求道、得道为快乐。孔子在求道历程中"发愤忘食,乐以忘忧,不知老之将至",而苏轼即使在贬官期间也很难发现其消极悲观。他身处逆境时我们恰恰看到的是遭变故后生命的更加强健,看到是有着文化良知的健全人格。身处逆境之时,他的格言是:成固欣然,败亦可喜。这种心境比简单的出仕入仕抱存更为合理的人生态度。这也是

---

① 徐文杰.弘扬东坡精神,加强中学生人文精神的培养[D].大连:辽宁师范大学,2006.

乐道精神的另一种体现。

王启鹏(2008)通过对苏轼和柳宗元贬谪的比较研究认为①：

"东坡精神"，我以为最主要的特征就是，将传统的儒家思想中的"穷"与"达"巧妙地结合起来，不管他是处在"达"还是"穷"的境地，都能将"兼济天下"与"独善其身"很好地统一起来。

饶晓明和饶学刚(2008)在《东坡精神，万古流芳》一文中指出②：

"东坡精神"，不仅是某一方面文化意蕴的纯粹概念，而且是多种文化意蕴的有机整合，呈现出多角度、多层面、多功能的立体人文符号。就其实质而言，"东坡精神"，是指东坡集民族的真善美于一身的人本主义，人的本体精神，它与人类的高度文化、文明、思想紧密相连，不仅表现在他才华横溢的千古文章上，独立前行的生活经历上，而且表现在他生命、思想、人格、灵魂、情感、心理的力量张扬与震动上。正如林语堂先生所说："他身上显然有一股道德的力量，非人力所能扼制，这股力量，由他呱呱落地开始，既强有力地在他身上运行，直到死亡封闭上他的嘴，打断了他的谈笑才停止。"(林语堂.苏东坡传[M].张振玉译.北京：上海书店,1989.)

并概括"东坡精神"为：

其一，忠君爱国，民为国本。东坡的主要精神是忠君爱国忧民，且常常是三者统一不可分割。除贬地外，他处处事事请示皇上，卫国爱民，实施仁政。

作者并列举了诸多"关注民生""呵护民权""安定民心"和"尊重民主"的事例。

其二，不问坎坷，只论人情。东坡的人生是坎坷的，也是壮丽的，富有传奇色彩。朝廷风云、官场碰撞、熙宁变法、边关剑影、君臣奏对、文人聚会等等，充满了对历史、人生、情感的独特感悟，哲理思辨。

---

① 王启鹏.苏轼贬惠与柳宗元贬永之比较研究[J].乐山师范学院学报,2008(4):8—13.
② 饶晓明,饶学刚.东坡精神,万古流芳[J].乐山师范学院学报,2008(10):8—14.

其三,难中造福,苦中求甘。东坡明白自己"一生罪过,开口常是"。(〔南宋〕王明清. 挥麈录(卷七)[M]. 中华书局,1961.)但他宁可得罪人,也不改变自己"真性情";即使环境恶劣,生活艰难,三次遭到不公正的待遇,他仍从容待之,不改初衷,坚持忠君爱国忧民,行善积德,有"为天地立心,为生民立命,为往圣继绝学,为万世开太平"(〔宋〕张载. 张载集[M]. 中华书局,1978.)的强烈使命感,保持旷达乐观的心态,用现代人的话说,就是十分健康的心理素质和精神状态。

王世德(2009)将"东坡精神"概括为"自主创新,奋发为民"[①]:

贯串于苏轼一生最重要、最突出、最可贵的东坡精神,可以概括为这样四句:"独立自主,发展创新,自强不息,忠于人民。"如要精简也可以浓缩为这样两句"自主创新,奋发为民"。

这个概括不仅简明扼要押韵顺口通俗易懂内涵深厚,而且切合东坡实际。它的基本内涵就是:对待一切事物和思想学说要独立自主,决不盲目跟随,决不随波逐流,决不依附和屈从权势;要博学吸取,一一经过认真检验。第一要从实际出发,具体情况具体分析,看它是否符合实际。第二要看它是否有利于天下万代苍生。他以此为标准加以取舍、选择、扬弃、改造,并且再加以发展创新。他努力发扬生命主体自强不息的精神,奋发有为竭己之力,尽力而为,为逐步实现人民幸福的美好理想,生命不息,奋斗不止。

王世德(2010)在《从新时代高度论东坡精神》中对自己提出的"自主创新,奋发为民"更新为"独立自主,以民为本"[②]:

贯串于苏轼一生的,是他为逐步实现人民幸福的美好理想而生命不息,奋斗不止,极尽生命的极限,自强不息的东坡精神。这又可以用两句话来概括,那就是:"独立自主,以民为本"。

苏轼的这种精神,上承神话中女娲补天、精卫填海的毅力,屈原忠国爱民、上

---

① 王世德. 激情讴歌东坡精神——自主创新·奋发为民[J]. 美与时代(上半月),2009(3):9—10.
② 王世德. 从新时代高度论东坡精神[J]. 文史杂志,2010(5):34—36.

下求索、虽九死而【其】犹未悔的精神,司马迁忍辱承受宫刑,为民族万代写《史记》的意志,诸葛亮"鞠躬尽瘁,死而后已"的忠忱,陶渊明"不为五斗米折腰"和"猛志固常在"的人格,李白"安能摧眉折腰事权贵"的傲骨,杜甫"安得广厦千万间,大庇天下寒士俱欢颜,……吾庐独破受冻死亦足"的胸襟,白居易"心忧炭贱愿天寒","盼得万丈大裘能盖城"的博爱,范仲淹"先天下之忧而忧,后天下之乐而乐"的以天下苍生为念的情结;下启文天祥发扬的"在晋董狐笔,在秦张良椎"的浩然正气,关汉卿"捶不扁,打不烂,响当当"的铜豌豆性格,曹雪芹高举的"个性自由解放"大旗,林则徐"苟利国家生死以,岂因祸福避趋之"的情怀,谭嗣同"我自横刀向天笑",为变法慷慨赴死的气概,鲁迅"横眉冷对千夫指,俯首甘为孺子牛"的风骨。苏东坡的这种精神与中华民族的优良传统一脉相承,代代相传,一起构成我们民族的不屈脊梁和不朽的精神。

陈弼(2010)在《苏东坡魅力和精神的探讨》中,对东坡精神研究课题组概括的十六字、四句话"关注民生,勇于创新,和谐相处,自强不息"进行了讨论,并提出了自己的意见[①]:

关于"东坡精神"的研究,眉山市政协在2008年根据中共眉山市委的有关指示精神,将此课题研究列入年度工作重点,成立了东坡精神研究课题组,按照"政协为主,多方参与"的要求,做了大量工作,开展了历时两个多月的深入研讨,对数十种"东坡精神"的表述作了精心遴选,最后综合各方意见,将"东坡精神"概括为十六字、四句话:"关注民生,勇于创新,和谐相处,自强不息。"并在《苏轼研究》(2008年9月,第3期)刊发了《关于"东坡精神"的研究报告》,报告中对上述四句"东坡精神"表述的内容作了较全面的介绍与阐述。

这次关于"东坡精神"的研讨,是一件创意彰显、很有意义的大好事,在各地引起热烈反响,许多学者积极参与,这对深化苏学研究、弘扬东坡精神大有裨益。笔者通过阅读有关见解,受益匪浅。但同时又感到上述四句话的表述,尚有美中不足之处,似有进一步研讨的必要。其一,爱国主义是中华民族精神的核心内

---

[①] 陈弼.苏东坡魅力和精神的探讨[J].常州工学院学报(社科版),2010,28(1):1—3.

容,热爱祖国、关心祖国的前途和命运,"奋厉当世",同样是东坡精神的重要基调。(当然,历史上志士仁人的爱国、忧国往往与忠君结合在一起,这是历史的局限,不应苛求。)从东坡一生创作的大量诗文和从政实践看,他同屈原、李白、杜甫一脉相承,无疑也是伟大的爱国主义诗人。上述四句中的"关注民生",这当然是爱国、忧国的表现,"民生"与"国计"关系密切,民为国本,但"民"与"国"毕竟是两个涵义不同的概念。四句表述中还应有"爱国"或"忧国"的词语。其二,东坡一生"循理无私",追求独立完美的人格,《宋史》本传说:"(轼)忠规谠论,挺挺大节,群臣无出其右。"这是东坡人格魅力光辉之所在,是东坡精神的重要内涵,应有突出表述。其三,东坡为人处世,既注重和谐相处,自称"眼前见天下无一个不好人",又具有旷达乐观、潇洒自适的态度。林语堂先生在《苏东坡传》中说:"苏东坡是一个无可救药的乐天派。"这也是东坡精神一个不同凡响的鲜明特征,不应忽略。为此,笔者对"东坡精神"的一些表述,不揣冒昧,作如下修改、补充:"爱国亲民,勇于创新,尚和旷达,自强刚正。"

爱国亲民——爱国是东坡精神的核心内容,亲民是爱国的重要表现,二者密不可分。亲民的涵义可包括在思想、言论、行动诸方面爱民,似比忧民、关注民生进了一步,说"亲民"更符合东坡实际。关于东坡忠君爱国,在关于"东坡精神"的一些研究报告中也曾论及,但在十六字中没有表述。

勇于创新——这是上述四句中的原句。东坡的勇于创新,不仅表现在文学艺术的创造上,还表现在他的政治改革方略和从政实践等方面。

尚和旷达——"尚和"即崇尚、注重和谐;"旷达",表现为对是非、荣辱、得失的超越,兼有胸襟博大、豁达大度、忠诚宽厚、善处逆境、乐观向上之义。朱靖华先生在《苏轼是旷世无双的全能文士》中说过:"苏轼是一位乐天旷达的名士。"

自强刚正——"自强"是原句"自强不息"的简化。"刚正"即刚强正直,寓有不畏权势、直而不随、循理无私、正气浩然、清正廉洁诸义。

潘殊闲和陈艳(2018)在《东坡精神的当代诠释》中对"东坡精神"进行了概

括①：

苏轼是一个在众多领域都有卓越建树与贡献的旷世奇才与伟人，具有永恒的人格魅力与文化魅力。寻觅这些魅力，不能不承认，苏轼的身上具有一种跨越时空的"东坡精神"，这就是：爱书善思的学习精神、义无反顾的担当精神、不落窠臼的创新精神、厚德载物的大爱精神、淡泊利禄的名节精神、随缘自适的乐观精神。这些精神是千百年来中华优秀道德质量与文化基因在苏轼身上的凝聚与呈现，同时，又融贯了苏轼成长的家族传统、地域文化与具有传奇色彩的人生仕履，它们在苏轼这个个体身上持续发酵提醇，最终成就了苏轼这个人间不可无一难能有二的"奇迹"。

郭杏芳(2019)在《苏东坡的人格精神及其现代意义——以黄州时期为研究点》中概括道②：

苏东坡一生，不仅留下了丰富的文学财富，更留下了取之不尽、用之不竭的精神财富，其人生范式人格境界和人格精神，有人将之概括为东坡精神。从他人生历程、为政作为、民生情怀、生活态度、创作成果等等方面，可以概括为：随缘自适的乐观精神，勤奋努力的实干精神，不落窠臼的创新精神。

周奎生(2019)在《苏东坡的人格精神及其现代意义》中提出，"苏东坡的人格精神首先表现为深厚博大的人文关怀"，"求真务实的独立人格"，"丰富完美的人生追求"。并认为③：

苏东坡的人格精神是在继承前代优秀传统文化的基础上发展而成的。总体来说，是以儒家思想为主体，兼容释道等众家思想的精华，并结合自己的人生实践、深思妙悟而生成的智慧结晶。其内涵极其丰富，文化元素相当繁多，难以全

---

① 潘殊闲，陈艳.东坡精神的当代诠释[J].蜀学，2018(1)：81—96.
② 郭杏芳.苏东坡的人格精神及其现代意义——以黄州时期为研究点[M]//四川省苏轼研究会.第23届中国苏轼学术研讨会论文集.2019：7.
③ 周奎生.苏东坡的人格精神及其现代意义[M]//四川省苏轼研究会.第23届中国苏轼学术研讨会论文集.2019：17.

面把握。笔者认为颇具特色的当数"诚""群""忍""通"等。

## ·自适、旷达·

王其坦(1995)认为①:

苏轼思想性格的最大特点就是"旷达"。这具体表现为"外儒内道"的处世态度。即在政治上,他主要取儒家经时济世的入世态度:以国计民生为考虑问题的基本出发点,刚正不阿,独立不依,激流勇进,不以个人得失为怀。而在人生态度上,则主要取佛道超然物外的虚无态度:随遇而安,随缘自适。这种外儒内道的世界观和人生观,是儒、佛、道三家思想对他综合影响的结果,也是苏轼在对各家思想融会贯通之后自我舍取的结果。我以为,这种舍取是积极的,成功的。它不仅成为苏轼在北宋中叶激烈的竞争和险恶的政治逆境中自我排遣的精神支柱,也应该是他在文学上取得如此丰硕成果的主要原因之一。

苏轼坎坷的一生中政治上几经挫折,但他不但没有沉沦下去,而且始终坚持着对美好人生和美好事物的执着追求,无论在政治上还是文学上都取得了相当的成绩和成就,我认为这主要就得益于他这种外儒内道的世界观和人生观。正是由于政治上取儒家的入世态度,所以不管政治环境如何险恶,政治压力多么巨大,他始终敢于直面人生。在激烈的竞争中,他耿耿于忧国之心,全然不以个人的利害得失为计,始终独立不依,刚正不阿,而且激流勇进,敢怒敢言。这一切,我们从上面介绍的他的生平经历中已经可以清楚地看出来。同时,从他的一些文学创作中也可以清楚地体现出这种儒家风范。例如,他的七言古诗《荔枝叹》。这是一首反映民生疾苦的政治讽刺诗,写于哲宗绍圣二年,他被贬惠州时。他贬来岭南,朋友郭祥正就写信警告他:"莫向沙边弄明月,夜深无数采珠人。"暗示他要吸取乌台诗案的教训,在贬谪处境中周围一定会有很多监视和告密的人,所以应处处谨小慎微,才能幸免于灾。但他深深有感于当时皇帝的穷奢极欲、官吏的

---

① 王其坦.浅析苏轼的旷达[J].新乡师专学报(社会科学版),1995(4):6—7+39.

媚上邀宠以及由此而骚扰残害百姓的黑暗现实,面对这样的现实,强烈的社会责任感使他难以保持"知荣知辱牢缄口,谁是谁非暗点头"的袖手旁观态度,出于"上益圣德、下济苍生"的儒家政治理想,他终于还是置个人的安危于不顾,满怀激情地借"荔枝叹"来叹茶叶、叹花,从而指名道姓地揭示当朝权贵争新买宠的无耻行径。这是多么旷达的情怀,多么难能可贵的积极干预生活的政治魄力和胆量!也正是由于这种儒家的入世态度,所以他不仅有经世济时的理想,更有经时济世的行动,在激烈的竞争中他被排挤出朝廷,他并不因为个人的失意而躺倒不干,或者随波逐流。相反,在地方官任上,他兴利除弊、政绩卓著。甚至在被迫贯彻他所基本反对的新法时,他既不像某些人那样软磨硬抗,也不像某些人的阳奉阴违,而是采取"因法以便民"的手法,尽量为老百姓做好事。因此,他的政绩历历可数:在凤翔,他努力改变"民贫而役重"的现状;在开封,他取消了上元张灯的旧例,减轻了人民的负担;在密州,他拿出官库的粮食来收养贫民的弃儿;在杭州,他疏浚西湖,筑堤引水,灌溉农田千顷,又凑资开设疾坊,治愈患者数千;在徐州,他率领全城百姓防洪护城,"庐于城上,过家不入";在颍州,他原价出卖官库的粮炭给饥寒灾民;在扬州,他整顿水上交通,废除生事扰民的"万花会";在宝州,他惩治贪官污吏,巩固边防;等等,等等。正是这样,苏轼实现了自己的人生价值。尽管个人仕途失意,在统治阶级内部的斗争中不仅不能左右逢源,而且一再遭受打击,无论新党还是旧党执政,他都成为排斥对象。但是,他得到了社会的承认、人民的爱戴,以致他在常州去世时,"吴越之民,相与哭于市"。

　　苏轼之所以在如此坎坷的政治逆境中还能始终保持如此积极的政治态度,除了他政治上的儒家理想之外,更因为他在个人生活、个人遭际上则更多地采取了佛道超然物外的洒脱态度。苏轼说过:"凡物皆有可观,苟有可观,必有可乐,非必怪奇玮丽者也。铺糟吸酸,皆可以醉。果蔬草木,皆可以饱。推此类也,吾安往而不系?"(《超然台记》)他还认为:"君子可以寓意于物,而不可以留意于物。寓意于物,虽微物足以为乐,虽尤物不足以为病。留意于物,虽微物足以为病,虽尤物不足以为乐。"(《宝绘堂记》)正是这种超然、临达的生活观点,使他对于个人得失、利害、荣辱、进退都不太计较,不太在意,因而在险恶的政治逆境中也就能够很好地自我排遣。譬如他初贬到杭州，就说："我本无家更安往，故乡无此好湖山。"等贬到黄州，他又说："长江绕郭知鱼美，好竹连山觉笋香。"(《初到黄州》)后来贬到惠州，他人还未到，就写诗歌颂其地的风物："闻道黄柑常抵鹊，不容朱橘更论钱。"(《舟行至清远县见顾秀才，极谈惠州风物之美》)及至到了惠州，则更赞道："苏武岂知还漠北，管宁自欲老辽东。"(《十月二日初到惠州》)"日啖荔枝三百颗，不辞长作岭南人。"(《食荔枝》)甚至被贬到荒蛮的海南岛，他还是说："九死南荒吾不恨，兹游奇绝冠平生。"(《六月二十日夜渡海》)正是这种豁达的胸襟，才使苏轼"游于物之外""无往而不乐"，真正做到了祸福不能动其心，利害不能驱其意。不管外界的政治风浪如何险恶，而他内心世界始终保持一汪春水似的澄碧通透和温柔，保持着对人生美好事物、美好情感的不懈追求。从而也大大激发了自己丰富的创作灵感，充分保存了自己旺盛的创作精力，也终于结出了如此丰硕的文学创作之果。苏轼之为苏轼，也正在于此矣！

马银华(1997)认为"苏轼这种旷达自适、顺其自然、随遇而安、进退自如的处世哲学使他在某种意义上成为一个更加纯粹的文人，从而使他成为中国古代文学史上最伟大的作家之一"①：

从思想上认识和选择这样一个努力方向也许并不容易，然而，更困难的却是把这种思想上的认识和选择真正地实现在自己实际生活中，特别是当穷而独善其身时，而不产生精神上的苦闷，儒家先贤孔子孟子都未能做到这一点，以至孔子当时被讥为"惶惶如丧家之犬"。可见，要做到这一点靠避害全身的本能和理智上的强制都是不行的。最重要的是要找出这种处世方式的哲学依据，从而真正从感情上接受它。苏轼却是古代仅有的几个能从思想理论高度寻找这种理想处世方式的作家之一，而苏轼完成这一过程正是靠庄子宇宙人生哲学的反思和对佛教教义透彻的明智的理解，靠思想的豁然洞达和禅坐之功修炼出来的静而达的心境。表面上看，苏轼对儒道释几家思想的吸收好似一盘散沙，杂乱无章，

---

① 马银华.一蓑烟雨任平生——论苏轼的人生哲学与文学创作[J].烟台师范学院学报(哲学社会科学版),1997(3):7—11.

没有头绪，其实不然。从横的方面看，苏轼对各家思想杂取过程中始终贯穿着一个中心追求，那就是他所谓的"静而达"，一种淡泊、通达、荣辱得失无系于心的精神境界，基于这样一个中心追求，苏轼对各家思想加以合理选择和重新整合，从而使各家思想之间能圆融无碍而不龃龉，达到一种完美的内在和谐。如苏轼在接受佛教和老庄哲学思想时，虽也接受了诸如人生如梦的看似与儒家用世思想风马牛不相及的消极虚无主义思想影响。但苏轼并没有由此进而彻底否定人生，或从此走上逃避政治不关心现实的道路，而是从佛老思想中寻觅到一种不计进退荣辱、生死是非物我两忘、绝对自由的超然心境，并由此变得更加旷达超脱，圆通灵活，刚柔相济，进退自如。这是苏轼超出常人的大智大慧。这种智慧使他超越了世俗的功名利禄从而达到人生更高境界。正如吉川幸次郎《中国诗史》（章培恒等译，安徽文艺出版社，1986：12）中所说："通过从多种角度观察人生的各个侧面的宏观哲学，扬弃了悲哀。"从纵的方面来说，苏轼对各家思想的选择与杂取，恰好构成他人生哲学的三个不同层次，苏轼从儒家思想那里主要吸取的是"达则兼济天下，穷则独善其身"可仕可隐的处世方式，构成其人生哲学的最表层；从老庄哲学中吸取的是顺应自然，超然物外不为外物所累的处世态度和思想基础，构成其人生哲学的居间层；从佛教思想中吸取的是随缘自适、物我两忘、身心皆空的静而达的生活心态，构成其人生哲学的最深层，是其人生哲学得以在现实实现的心理基础。

　　黄州五年的贬谪生活，不但没有压垮苏轼，反而把他锻炼成为一个性格顽强、胸怀旷达的伟大作家，正如清赵翼所言"国家不幸诗家幸，赋到沧桑始到工"。从苦难中超脱出来的苏轼，精神上得以新生的苏轼，在面对后来的一个又一个人生考验时，再没有以前的迷茫和惊慌，而是越发变得练达沉静，气定神闲，风雨不能摧垮我，斜阳不能改变我。所以即使垂老之年被新党再次贬到荒凉穷困的岭南时，他还是依然故我，乐天知命，并吟出"日啖荔枝三百颗，不辞长作岭南人"（《食荔枝》）和"九死南荒吾不恨，兹游奇绝冠平生"（《六月二十日夜渡海》）这样达观的诗句。所以苏轼这种旷达自适、顺其自然、随遇而安、进退自如的处世哲学使他在某种意义上成为一个更加纯粹的文人，从而使他成为中国古代文学史上最伟大的作家之一。

李显根(2003)把"东坡精神"的内涵概括为三个方面。其第一个方面就与旷达有关[①]：

一、不因个人的人生挫折而失去对人生目标的不懈追求，执着生活，处穷排难，随缘自适，超然旷达。

在"乌台诗案"中，苏轼差一点被处以极刑。尽管后来被从轻发落，可是到了黄州贬所的初期，苏轼还是心有余悸，心死如灰。这在他的《寒食雨二首》（其二）中表露无遗："春江欲入户，雨势来不已。……那知是寒食，但见乌衔纸。君门深九重，坟墓在万里。也拟哭途穷，死灰吹不起。"这首诗写黄州环境荒凉，生活艰难，再加上春寒正浓、春雨绵绵，作者感慨万千。当看见乌鸦衔着坟前烧剩的纸钱，苏轼才想起今天是寒食节。他又回想自己是被贬之臣，感到自己正处在进退维谷的境地：想实现自己孩提时候就确立的为国为民建功立业的理想，因为自己是谪居荒村的被贬之臣，而不能；想返回有着万里之遥的故乡为先人守墓，因为自己是"本州安置"而没有来去自由的人，而不行。于是，心如死灰而"吹不起"，只求能平静地过日子，也就没有其他什么念头了。后来，他常常去佛寺道观，与佛子道士交朋友。也常常一个人孤零零地在长江边徘徊。苏轼在《答言上人》里是这样描述他放脚江边的："此间但有荒山大江，修竹古木。每饮村酒醉后，曳杖放脚，不知远近，亦旷然天真，与武林旧游，未见议优劣也。"这样放达自由，也是一份天趣。

苏轼正是这样一步一步走向了超然旷达。渐渐地，超然旷达就成为"东坡精神"的精髓。于是，有了后来著名的《定风波·莫听穿林打叶声》词："莫听穿林打叶声，何妨吟啸且徐行。竹杖芒鞋轻胜马，谁怕？一蓑烟雨任平生。料峭春风吹酒醒，微冷，山头斜照却相迎。回首向来萧瑟处，归去，也无风雨也无晴。"这首词作于苏轼贬谪黄州后的第三个春天。那一天，苏轼因去沙湖相田，途中遇到了大雨，而雨具已被打前站的先期拿走。同行的人都因为无法避雨而狼狈不堪，唯独

---

[①] 李显根.论苏轼诗文中的"东坡精神"[J].求索,2003(4):232—235.

苏轼毫不在意,好像什么都没有发生过一样。苏轼就是以"一蓑烟雨任平生"的态度来对待人生道路上的不幸和灾难的。正是这种镇定自若的人生态度,才使他一次次地渡过了难关,始终没有被击垮!在苏轼看来,不管是风吹雨打,还是阳光普照,一旦过去了,都成了虚无。这也反映了他不随物悲喜的人生态度:人在逆境时不要悲观失望,人处顺境时也不要沾沾自喜,始终保持内心的超然和旷达,只有这样,才能在荒凉环境中平静地生活下去。

苏轼热爱生活,对贬谪地的山山水水无限钟情。当他一踏上惠州的土地,就唱出了"不辞长作岭南人"的诗句。将惠州的山水风物作穷形尽相、纤细必达的描绘,就成了苏轼谪居惠州生活的重要内容,也成了他不可或缺的精神支柱。

苏轼把惠州的自然胜景写得壮丽奇美,令人向往。在惠州东北20里,罗浮东麓的白水山佛迹岩,苏轼有诗《白水山佛迹岩》云:"浮山若鹏蹲,忽展垂天羽。根株互连络,崖峤争吞吐。神工自炉鞲,融液相缀补。至今余隙罅,流出千斛乳。"这是写山体结构的雄奇和复杂多姿:山峰若巨鹏欲飞垂羽,崖峤吞吐连络,水乳如神工融液从石隙中流出。苏轼又写道:"双溪汇九折,万马腾一鼓。奔雷溅玉雪,潭洞开水府。潜鳞有饥蛟,掉尾取渴虎。我来方醉后,濯足聊戏侮。回风卷飞电,掠面过强弩。"这是写溪流的汹涌澎湃:双溪经过千拐百弯后汇聚碰撞,有如战场上万马奔腾战鼓擂动;潭洞出来的水流,似玉雪飞溅、飞电掠面。"潜鳞有饥蛟,掉尾取渴虎",更是写出了水流的湍急,浩浩荡荡,奔腾向前不回头。王世贞在谈到诗人处穷反而能得山水之助时说:"穷则穷矣,然山川之胜,与精神有相发者。"(《艺苑卮言》卷八)苏轼之所以把惠州的山水写得是如此的气势磅礴,令人叹为观止,是因为他陶醉于惠州的山山水水,有时简直到了宠辱皆忘的境界。他从惠州的山水中获得了启示,使得他具有了超迈的襟怀和旷达的气度。

同时,把惠州的佳果琪木作了形象的描写。像荔枝,苏轼就写了九首诗。在赴惠州贬所,经过清远县时,他就写道:"到处聚观香案吏,此邦宜著玉堂仙。江云漠漠桂花湿,梅雨翛翛荔子然。闻道黄柑常抵鹊,不容朱橘更论钱。恰从神武来弘景,便向罗浮觅稚川。"(《舟行至清远县,见顾秀才,极谈惠州风物之美》)是对将要到达的贬所的向往:他以欢快的诗笔,极写惠州的风物至多、至美:湿润又多如浮云的桂花、红如火烧的荔枝、价廉物美的黄柑朱橘。同时,还有欢迎他热情的人们。面对这一切,苏轼异常兴奋。他把这次贬谪惠州,看作是像陶弘景挂冠归隐,甚至还想去寻访在罗浮山修炼过丹药的葛洪。当然,苏轼以陶弘景自比,还拟去罗浮山觅葛洪,我们不应当把这首诗看作是苏轼向往神仙道术,而应当理解为是作者胸怀的坦荡,以及对被贬谪惠州泰然处之的心态的自然流露。王文诰说:"灵均之贬,全以怨立言,公(指苏轼)之贬,全以乐易为意。"(《苏海识余》卷一)用王文诰评语来看苏轼的这首《四月十一日初食荔枝》诗,是最恰当不过了。

另外,苏轼还把惠州贬所的环境也写得异常幽美,令人神往。苏轼开始寓居惠州合江楼:"海上葱昽气佳哉,二江合处朱楼开。蓬莱方丈应不远,肯为苏子浮江来。江风初凉睡正美,楼上啼鸦呼我起。我今身世两相违,西流白日东流水。楼中老人日清新,天上岂有痴仙人。三山咫尺不归去,一杯付与罗浮春。"(《寓居合江楼》)合江楼,位于当时惠州府城的东门,因坐于龙江与西江的合流处而得名,所以,苏轼说"二江合处朱楼开"。尽管"我"现在身世两相违,可是,这儿的环境宜人,能让"我"安静地生活,胜过蓬莱仙境。三山,是指近在咫尺的蓬莱中的方丈。罗浮春,苏轼自注云:"予家酿酒名罗浮春。"蓬莱来的方丈都喜欢"我"这个地方,与"我"一起饮酒,也不肯回近在咫尺的蓬莱去。从中我们可以想见苏轼心胸是多么的旷达。

苏轼对儋州的山水风物倍加赞扬。《儋耳》:"霹雳收威暮雨开,独凭栏槛倚崔嵬。垂天雌霓云端下,快意雄风海上来。野老已歌丰岁语,除书欲放逐臣回。残年饱饭东坡老,一壑能专万事灰。"雨后天晴,彩虹低垂,风从海来,悦目又快意。元符三年(1100)正月,哲宗因病去世,徽宗继位,被贬的元祐臣僚们陆续内迁。六月,苏轼离开儋州前写下了这首诗:雨过天晴,苏轼可以回内地居住。雌霓低垂,朝廷中原来排挤打击元祐臣僚们的"新派"已经倒台。雄风来自海上,带来了朝廷下达的内迁诏书。这不是令人感到快意的事情吗?儋州连年收成不好,今年才喜获好收成。同时,贬官也要内迁回去了。已到垂老之年的东坡老,也别无他求,只要能安居一地,随缘而乐。这是何等地从容不迫呀!

看来,苏轼之所以极力歌颂贬谪地的壮丽山水,是想通过山水风物诗的描写、称赏,来表达他离开朝廷的闲适生活和喜悦心情:就像是池鱼回到了故渊,羁鸟飞回了旧林。

邹建雄(2008)分析了"苏轼在经历了'乌台诗案'及被贬谪黄州后","反思人生的价值、意义等带根本性的问题,以随缘适意的审美心态对待现实的无常与无奈,从而逐渐将自己融于黄州,构建适意之人生家园"的心路历程:①

"乌台诗案"事发前,应该说苏轼是处于政治人生相对顺利的时期,怀抱儒家积极入世济世补天的理想。其少时即希望能有所作为,仰慕汉末大名士范滂。当26岁踏上仕途时,面对北宋太平背后隐藏的内外危机,提出了一系列的改革措施。苏轼从不"适人""随人",而是追求"自适"。……他在写给弟弟苏辙的和诗之作《和子由渑池怀旧》中说:"人生到处知何似,应似飞鸿踏雪泥。泥上偶然留指爪,鸿飞哪【那】复计东西。"(苏轼.苏轼诗集[M].北京:中华书局,1982:97)在这里,苏轼从具体的离合事件感悟到人生哲理,"雪泥鸿爪"某种程度上揭示了生命的本真状态:人生的偶然与无常,个人命运难以自主,人生只是寄尘于世而已。既然人生只是一个具有偶然性和暂时性的过程,那就不要在意太多的东西,而要随缘自适。从此诗中可以窥出,苏轼思想观念里开始有了适意人生的因子,并随着苏轼人生体验的累加而不断扩展,这对他以后屡次横遭谪贬而又能任天而动、随缘自适伏下了心灵解脱的种子。

对于为官,苏轼也是认为应该以适意为上。……主张既要出仕,但又不能执迷不悟;既要行义求志,又要懂得急流勇退。仕与隐二者可以恰当地结合起来,随遇而安、任天而动、不必强求。对于苏轼来说,得官不一定为之喜,失官不一定为之悲,顺其自然、泰然处之。

苏轼因抒写了一些或直露、或含蓄地抨击时事的诗作,于元丰二年(1079)44岁时,他转任密州、徐州之后,刚刚调到湖州(今浙江的吴兴)任上时,就以作诗讥讽新法、诽谤朝廷逮捕入狱,经过百余天讯问之后,以水部员外郎黄州团练副使

---

① 邹建雄.适意——苏轼的审美人生态度[J].乐山师范学院学报,2008(6):10—12.

贬往黄州(今湖北黄冈),且不得签书公事,这就是著名的"乌台诗案"。

苏轼在经历了"乌台诗案"及被贬谪黄州后,其世事无常、人生如梦的现实使苏轼历经了一次脱胎换骨的人生洗礼,"梦绕云山心似鹿,魂惊汤火命如鸡"(苏轼.苏轼诗集[M].北京:中华书局,1982:999),这种生死命运被他人操纵的无助、恐惧与凄凉,使他一旦从中走出来之后,便更能冷静地看待人生,并反思人生的价值、意义等带根本性的问题,以随缘适意的审美心态对待现实的无常与无奈,从而逐渐将自己融于黄州,构建适意之人生家园。

苏轼先是寓居于定惠院,同寺院的僧人们一起作息。此时苏轼还是惊魂未定:

缺月挂疏桐,漏断人初静。时见幽人独往来,缥缈孤鸿影。惊起却回头,有恨无人省。拣尽寒枝不肯栖,寂寞沙洲冷。(苏轼.东坡词[A].文渊阁四库全书[Z].台湾:商务印书馆,1983.第1487册,116上)

但苏轼却以自己豪放旷达之心胸逐渐从这种孤冷清绝的心境之中解脱出来。这一思想在他的五言诗《迁居临皋亭》中体现得十分充分:

我生天地间,一蚁寄大磨。区区欲右行,不救风轮左。

虽云走仁义,未免违寒饿。剑米有危炊,针毡无稳坐。

岂无佳山水,借眼风烟过。归田不待老,勇决凡几个。

幸兹废弃余,疲马解鞍驮。全家占江驿,绝境天为破。

饥贫相乘除,未见可吊贺。澹然无忧乐,苦语不成些。(苏轼.苏轼诗集[M].北京:中华书局,1982:1053—1054)

诗中苏轼首先言自己就像一只寄居在大磨盘上的蚂蚁,当匆忙准备向右前进时,可大磨的风轮却带着自己向左行进。接着苏轼阐明了自我意识与社会环境、自然与人类自身的矛盾,彰显了一个鲜明的事实:人无法主宰自己的命运。苏轼同样难以驾驭自我命运,但他从另一视角表达了对这种不幸的看法:这流放就如疲惫的驮马卸下了鞍上的货物,一下子获得了轻松。难道这不正是幸事吗?在这里,苏轼清楚自己的人生境遇,同时也找到了突围这种人生困境的方式,即以一种生命之流的观点来看待人生,以一颗通达的心灵超越人生的穷境:他从现实的遭遇切入,但不粘滞于现实,而是在"穷"处升腾起生命的玄想,让心灵回到宇宙生命本身,在生命的深层与大化同流,获得了一种灵魂的安慰。这种灵魂的安慰不仅是一种生命提升超越的精神活动,又是一种回到现实的安顿行为。就如他自己所说的:"君看古井水,万象自往还。"(苏轼.苏轼诗集[M].北京:中华书局,1982:1639)在这回环往复的境界中,充分展开生命的力量,得到灵魂的自适自如。因此,即使是在最困难的时候,也不觉得绝望;在狭小空间中,也不觉得局促。

因而他不久后自己在城东的一块荒地上躬耕其中,自号东坡居士,而且在山脚下自己盖起一座"雪堂",并准备做真正的"黄州人"。在古代中国,一个封建文人,特别是像苏轼这样才华举朝轰动的士大夫,亲自参与农业耕种,真是空前绝后和不可想象的,尽管苏轼从来没有真正"归田":"齐家治国、兼济天下的儒家进取精神,从小就溶化在苏轼的血液里,这是他后来不能像陶潜那样完全归隐,也不能像王维那样真正地遁入空门,更不能像李白那样虔诚地炼药,寻求个人永生的内在原因。"(木斋.苏东坡研究[M].桂林:广西师范大学出版社,1998:44)木斋之论确为的评。但苏轼对于命运所开的玩笑能够坦然接受,因他认为既然命运在冥冥之中与人耍把戏,那就不是我苏轼自己能决定得了的,也就没理由固执地与造物者过不去了,而应该纵浪大化中,随意自适。由此看待事理万物,苏轼也便随机多变,游刃有余了。

譬如,此时苏轼在黄州写的《赤壁赋》中就表达了其对万物流逝的反思:建功立业、文名垂世、生命主题。然后诗人将人置于荒天迥地之中,剥离人身上附加的一切,回到自我生命本身:正如水之不断逝去,月之不断盈虚,但其实质并未消减一样。人何尝不是如此?个体生命自其诞生之日起,就开始走向死亡,死亡是必然的最终归宿,就如水之流逝和月之盈亏一样。但人类作为整体,却生生不息地繁衍着,每一个个体生命都是其中的链条之一。由此,苏轼最后认为应该放飞心灵,享受现在所拥有的一切,适意而安!苏轼是在时间的维度上叩问着人的价值,阐发了其大化如流、随遇而安的达观。这完全是一种遵循生命之流的智慧,也是一种天人相合的智慧。

这种心态在一首小词《定风波》中也得到了淋漓的表达:当以一种超越宇宙的人生情怀来观照现实生活时,心灵与万物融为一体:"回首向来萧瑟处,归去,也无风雨也无晴。"(苏轼.东坡词[A].文渊阁四库全书[Z].台湾:商务印书馆,1983.第1487册,P133)诗人在对人生的返观中获得心灵的安适,以基于现实又超于现实的审美精神传达出一种任其自然、笑对人生的豪迈之情:"一蓑烟雨任平生"(苏轼.东坡词[A].文渊阁四库全书[Z].台湾:商务印书馆,1983.第1487册,P133)。这充分表明了苏轼面对人生的风风雨雨而达到圆融无碍、随遇自适的超然情怀。

元丰八年(1087【1085】),神宗病故,高太后听政,苏轼先是被启用为登州太守,一路高升至翰林学士知制诰。按常人的思维方式可谓志得意满,标志着苏轼一生仕宦生涯高潮的到来。可是苏轼并没有因此而得意非凡。相反,苏轼时常有回忆以前时光之作,如:

春梦屡寻湖十顷,家书新报橘千头。雪堂亦有思归曲,为谢平生马少游。(苏轼.苏轼诗集[M].北京:中华书局,1982:1643)

譬如追风骥,岂免羁与缨。念我山中人,久与麋鹿并。误出挂世网,举动俗所惊。归田虽未果,已觉去就轻。(苏轼.苏轼诗集[M].北京:中华书局,1982:1499)

蠹蠕食叶虫,仰空慕高飞。一朝传两翅,乃得粘网悲。(苏轼.苏轼诗集[M].北京:中华书局,1982:1884)

我坐华堂上,不改麋鹿姿。(苏轼.苏轼诗集[M].北京:中华书局,1982:1885)

这些诗里有对山水自适生活的眷恋,对归耕田园的向往;还有对仕途人生营营奔走的反思与批判:把仕宦生涯比作"蠹蠕食叶"之蚕,由于仰慕高飞而化为"蝶",可一旦成"蝶"有了"两翅",却又有了被"粘网"的悲哀;更有对自然自由人生道路的选择,即使身在"华堂",也不改其对自由自适人生的追求,从而上升到一种自适自娱的审美的人生。

易玲(2009)则认为苏轼"经过实际的贬谪生活的历练,他所抒发的就是一种豪放与清旷之气。从审美风格而言,'旷达'成为苏东坡谪居黄州后期文学创作的总体特色,他横溢的才华、丰富的情感、旷达的胸襟在作品中都能寻到踪迹"[①]:

"乌台诗案",是苏东坡政治生涯的一次沉重打击。出狱当天他"却对酒杯浑似梦""此灾何必深追究",气节不变;贬赴黄州经过蔡州途中有"伫立望原野,悲歌为黎元"之句;途经岐亭,又感慨"而今风物哪堪画,县吏催钱夜打门";贬至黄州,又有"人间行路难,踏地出赋租"等关心民瘼的歌吟。贬居黄州后,也并未因黄州的偏僻萧条陡生悲情,他的《初到黄州》诗有句云:"自笑平生为口忙,老来事业转荒唐。长江绕郭知鱼美,好竹连山觉笋香。"全诗欢笑戏谑,自我解嘲,但仍然掩盖不住他的牢骚和辛酸。不难看出,苏轼此时的心态比较复杂,一方面是诗祸过后的放松,一方面则对未来生活的不确定性充满迷惘。

东坡初到贬地的"喜"实际上是故作解脱,佯装旷达,是抑郁心境下的表层情绪性宣泄。宋王朝不杀士大夫,贬谪就是最重的惩罚。贬谪毕竟是个严酷的事实,流放生活物质条件极为艰苦,"空床敛败絮,破灶郁生薪"。(《大寒步至东坡赠巢三》)乃至家中"饥鼠号寒饿"(同上)。元丰三年五月,在给参知政事章子厚的信中,苏东坡描绘了初来黄州的生活处境:"……僻陋多雨,气象昏昏也。鱼稻薪炭颇贱,甚与穷者相宜。……现寓僧舍,布衣蔬食,随僧一餐,差为简便。……禄廪相绝,恐年载间,遂有饥寒之忧。"生活窘迫至此,在《答秦太虚》《答李公择》中都有类似记载。苏轼的身体状况也一再出现问题,初到黄州水土不服;其后又接连患过腹泻、中暑、眼疾等病(《与朱鄂州书》《与李方叔书》《与陈朝请书》等曾详细提及)。生活于偏僻小城自是枯寂乏味,"江边弄水挑菜便过一日"(《与王元直》)。祸不单行,"平生亲友,无一字见及,有书与之亦不答",东坡不免悲从中来。《迁居临皋亭》诗看似心淡无境,实则饱含苦涩。

从"乌台诗案"的突然加身,到谪居险僻的黄州,苏轼原有的价值信仰发生变化,他感到生命飘忽不定宛如浮萍,固有的兼济、忠君之志处于"悬置"状态。"世

---

① 易玲."乌台诗案"后苏东坡的心态变迁[J].安徽文学(下半月),2009(4):346.

事一场大梦,人生几度新凉"(《西江月》),"万事到头都是梦"(《南乡子》),"梦中了了醉中醒"(《江城子》),"人生如梦"的思绪时时萦绕心头。李泽厚先生认为"这已不是对政治的退避,而是一种对社会的退避……是对整个人生、世上的纷纷扰扰究竟有何目的和意义这个根本问题的怀疑厌倦和企求解脱与舍弃"(《美的历程》)。东坡在孤独中真实地泛起一种最为深刻、最为悲凉的虚无感。

元丰五年左右,苏轼渐渐习惯了黄州的生活,完成了人格的重塑。这时的苏东坡才真正领悟到了人生的底蕴和真相,获得了精神的自由,这种内省式的性格使得他能超越种种是非、荣辱、得失,而获得内心的平衡与安适。他的旷适性格日趋稳定深刻,反映在创作中便是气象一新,逐渐摆脱苦闷惆怅的情绪,而流露出旷达之气。如刘士林《中国诗性文化》中所言:"儒家的'游于艺'、道家的'与物为春'终以诗化的方式实现了。"

如果说初至黄州苏东坡所抒发的是一种抑郁之气,那么经过实际的贬谪生活的历练,他所抒发的就是一种豪放与清旷之气。从审美风格而言,"旷达"成为苏东坡谪居黄州后期文学创作的总体特色,他横溢的才华、丰富的情感、旷达的胸襟在作品中都能寻到踪迹。此时的苏东坡的文章立意更加高远,行文更加大开大合,收放自如。诚如苏辙所言:"(东坡)既而谪居于黄,杜门深居,驰骋翰墨,其文一变,如川之方至,而辙瞠然不能及也。"明代诗人高启赞苏东坡:"或置诸銮坡玉堂,或放之朱崖黄冈,众皆谓先生之憾,余则谓先生之常。先生盖进而不淫,退而不伤,凌厉万古,麾斥八荒,而大肆其文章者也。"

仔细研究苏东坡贬黄后期所著诗文就会发现,处境的险恶,没有使苏轼走向颓废。他从大自然、从生活中发现了很多的乐趣,他越来越表现得潇洒旷达,他的怨恨和激愤渐渐被自己消融和化解,成为生命的历史,而自己却变得更开阔磊落、更智慧成熟了。苏作中充盈的面对人生困厄不忧不惧、无怨无悔的清旷阳刚之气,是苏词中最具积极意义者,它表现了作者的人格理想与情操气节。总体而言,历经谪贬黄州的人生考验之后,苏轼无论是思想还是性格都更加坚定成熟。或者表现为敢于搏击突如其来的江上风浪的雄伟气势,或者表现为面对仕宦人生道路上瞬息万变、不可预料的风风雨雨之始终泰然自若、视之等闲的旷达气度,"逸怀浩气,超然乎尘垢之外",是为大家。

谈胜轶(2013)用"闲适、旷达"表述"东坡精神高处的歇息"[①]:

读者一定要注意,这"闲适""旷达"是坡公对自己的穷困、孤寂生活的提升,是在被废黜不用、远谪穷荒的环境中产生的。我们还必须看到失意文人的旷达之语,其实是苦闷之语,牢骚之语!纪昀在评价苏轼的《纵笔》诗时曾说:"盖失意人作旷达语,正是极牢骚耳。"(纪昀评点《苏文忠公诗集》卷四十)这正好说到了具有中国特色的失意文人的心坎上!

900多年前的坡公以其穿越苦难之后的闲适、旷达之语,告诉我们要善于摆脱自我羁绊,以获取心灵自由。是的,晚年海外穷独的苏轼,尽管生活在低处,遭遇了种种磨难;但,他善于排解,善于把自己的精神放置在高处,进而化苦忧为享受,聊以慰藉受伤的灵魂!

《记游松风亭》这篇记游小品"情""事""理"的交融已臻胜境。其情,在有节制的抒写中,能见出或焦虑、或释然、或激愤的起伏变化。其事,叙述简洁、平易,然平易中见工巧。其理,寓于事中,由真切的感受生发而出,又能由"理"见出"情"的内涵:东坡精神高处的歇息,其实还是"外旷内悲"和不屈抗争。

黄曙(2014)认为"苏轼的旷达却有着和其他文人本质上的不同之处"并进行了全面的论述[②]:

旷达的人生态度是中国文人在面对困境时的一种乐观表现,历代文人都有旷达的代表,如阮籍的放浪形骸,李白的恃才傲物,欧阳修的玩赏游戏等等,因此旷达不是苏轼所独有的,但苏轼的旷达却有着和其他文人本质上的不同之处。苏轼的旷达并非因仕途的不畅而移情别处,而是长久地保持一种积极进取和建功立业的心态,从未放弃救世济世的理想,其在儋州创办学堂就可看出这一特点。苏轼能够将旷达与积极入世有机结合,这与其思想构成密不可分。苏轼的

---

① 谈胜轶.闲适、旷达:东坡精神高处的歇息——苏轼《记游松风亭》赏读[J].语文月刊,2013(5):90—91.
② 黄曙.苏轼逆境中旷达的人生态度[J].品牌(下半月),2014(10):256.

思想中包含了儒、道、释三家的思想,并能够将其融会贯通。

苏轼自幼便接受了良好的儒家教育,并立下兼济天下的终身志向。虽然在面对低谷时他能旷达以对,未免有君恩未报与壮志未酬的遗憾,"世事饱谙思缩手,主恩未报耻归田"。但儒家同样提倡穷则独善其身,这就不难理解苏轼为何曾多次提请离京任职,远离政治漩涡。而儒家思想提倡的忠君爱国和自我完善,也是支撑苏轼历经沉浮的信念之一,其在低谷期时刻准备着入世,他从未真正地隐退和归田过,"用舍由时,行藏在我,袖手何妨闲处看。身长健,但优游卒岁,且斗樽前"。

佛道思想也是苏轼旷达人生态度的一个重要源泉。佛教的教义极为深广,苏轼仅取其积极有为处,追求"静"与"达",静是祛除杂念,包容万物;达是破除固执,超脱待物。佛教思想让苏轼看透了世俗中的生命短暂和富贵难留,从而能够释然地面对一切不如意,旷达地面对。道家的"真"则是苏轼评判万物的标准,真即是独立于外物之表,不为外物所使役,不为世俗所玷污的纯净之心。从苏轼坚持己见,不被新旧两党所容即可看出,他的主体人格中有一种独立于世的珍贵品质,因而能够不流于俗。道家乐天知命的思想使苏轼能够在困境之中随遇而安,不受外物所劳累,即便开垦种植,也能欣然接受东坡先生的戏侃。

苏轼可谓是吸收了儒道释三家的思想精华为其所用,他首先以入世为根本,将建功立业和经时济世作为人生理想,并时时实践着这种思想。在经历人生的低谷与不遇时,又能以佛道的洒脱思想作为人生态度,正所谓达时尊主泽民,行兼济之志,穷时则泰然自处。

苏轼的作品是其旷达人生态度的文字表现,那些我们耳熟能详的语句,借古抒今,表达了他渴望建功立业、千古留名的期望,表达了他对自己的事业与责任的担当,虽有儒道释三种思想在心灵里碰撞,但最终还是入世的思想战胜了出世的思想,成为了其旷达情怀的最根本的内在支撑。

高三学生黄宜(2017)通过"东坡肉"论析了苏东坡"热爱生活的乐观心态洒

脱旷达超然物外的情怀"[1]：

**"东坡肉"的来历**

苏轼是我国北宋时期著名的大文学家。他不但对诗文、书法造诣很深，而且堪称我国古代美食家，对烹调菜肴亦很有研究。"东坡肉"最早在徐州创制，《徐州古今名馔》记载，宋神宗熙宁十年四月，苏轼任徐州知州，黄河在澶州曹村埽一带决口，苏轼身先士卒，亲荷畚锸，率领禁军武卫营，和全城百姓筑堤保城，最终保住了徐州城。徐州人民欢欣鼓舞杀猪宰羊，上府慰劳，苏轼推辞不掉，便指点家人烧成红烧肉回赠给老百姓，百姓食后，都觉得肥而不腻、酥香味美，便称之为"回赠肉"。这就是"东坡肉"的雏形。《徐州文史资料》《徐州风物志》对其也有记述。

苏轼贬谪黄州时，作有《煮肉歌》："待他自熟莫催他，火候足时他自美。黄州好猪肉，价贱如泥土。贵者不肯吃，贫者不解煮。早晨起来打两碗，饱得自家君莫管。"（苏轼.苏轼文集.猪肉颂：卷二〇[M].北京：中华书局点校本，1986.）人们开始竞相仿制，并戏称为"东坡肉"。苏轼二任杭州知州时，因疏浚西湖有功。大家抬酒担肉给他拜年，苏轼便命将猪肉和酒烧好后给民工吃，家人误听为黄酒和猪肉同烧，大家吃后反而觉得更加酥香味美。"东坡肉"美名才慢慢传遍全国（朱英.中国历史上十一大舌尖上的美食.新华网.2013.）。

追本穷源，苏轼的这种红烧肉最早在徐州创制，在黄州时得到进一步提高，在杭州时闻名全国。

**由"东坡肉"浅析苏轼其人**

1. 与人同乐

苏轼一生交友广泛，与人和乐，喜欢同人分享。这与孟子"独乐乐，与人乐乐，孰乐"的观点相似。苏轼作为学识渊博的文化人，开明士大夫中的一员，对人民有着深厚的感情。他的朋友中有诗人、官吏，也有渔夫、樵民，有僧人，也有道士。苏轼诗文中有关他和友人互相送鱼、送酒、赠茶、赠菜的记载是很多的。[康保苓，徐规.苏轼饮食文化述论[J].浙江大学学报（人文社会科学版）.2002.32

---

[1] 黄宜.浅析"东坡肉"之苏东坡[J].课程教育研究，2017(48)：27.

卷第1期P.98]在"东坡肉"的制作来历中,可以看到百姓赠肉予他,由苏轼自己加工后,又回赠予百姓,共同分享。

2. 乐于实践

实践出真知,光空想是不够的,苏轼喜食猪肉,这也是"东坡肉"能被烹制出来的客观条件之一。但苏轼除了想到,还乐于做到,并乐于实践。结合当时的人情和国情,以黄州流行的传统猪肉烧制法为基础,结合家乡眉山的烧肉法,在反复思考反复实践的基础上,才做出了美味佳肴"东坡肉"。

3. 勇于创新

在黄州时,猪肉极贱,"贵人不肯吃,贫人不解煮"。想创造出美味"东坡肉",只吃不做或只做不吃不行。苏轼勇于创新,自己发明了一种炖猪肉的方法:用少量水煮开后,再用文火炖上数小时,放上酱油。"柴头罨烟焰不起,待他自熟莫催他,火候足时他自美"。此法强调微火慢煨,肉肥而不腻,色香味浓酥糯可口,后来得到民众的喜爱。(周云荣.浅谈苏轼的创新人生——以东坡美食为例[J].黄冈职业技术学院学报.2011.13卷第1期P.11)这样的创新与实践既满足了苏轼自己对于猪肉的热爱,同时也使"东坡肉"得到发展。

4. 洒脱旷达

苏轼是性情中人,始终是坦荡率真的形象。元丰三年(1080),苏轼因"乌台诗案"被贬黄州。苏轼到黄州,"廪禄相绝",家中人口又多,生活环境艰苦,于是"恐年载间,遂有饥寒之忧"。(苏轼.孔凡礼点校·苏轼文集·与章子厚参政书二首之一:卷四十九[Z].北京:中华书局,1986.)可谓"时运不济,命途多舛"。这样的环境他淡泊名利,心态渐渐平和,并不影响其创见能力,论文中所述"东坡肉"即为一例。这是他热爱生活的乐观心态洒脱旷达超然物外的情怀使然。

梅玉荣(2019)认为苏轼"用旷达诙谐来寻求一种心理的平衡与排解"[①]:

"从心理学角度看,旷达潇洒可以认作一种内驱力。他内心里有极度的痛苦,要制约、排遣,通过旷达的制约手段,加强充实自我的精神境界,抵抗不安元

---

[①] 梅玉荣.苏轼黄州谐趣诗文述论[J].黄冈师范学院学报,2019,39(5):14—20.

素的侵扰。"(梅大圣.在困顿中建立"平生功业"的成功范式[M]//丁永淮,梅大圣,张社教.苏东坡黄州作品全编.武汉:武汉出版社,2010:9.)这里是说苏轼用旷达的手段来排遣痛苦,实际上,旷达与诙谐本身有密切的相关性。正因为他能看淡身处的逆境苦处,才可以拥有旷达的胸怀,也才能有幽默的表现。如《答李端叔书》中说,"得罪以来,深自闭塞,扁舟草履,放浪山水间,与樵渔杂处,往往为醉人所推骂,辄自喜渐不为人识……"来到闭塞的地方,他心里肯定憋得慌;放浪山水间,一半是不得已一半是排遣郁闷;为醉人推骂,贬谪使苏轼沦为一平常草民,与此前高居庙堂的形象构成强烈反差,绝对让人不好受。但苏轼却说"自喜渐不为人识",这便是他开启了心理调节机制的结果,用旷达诙谐来寻求一种心理的平衡与排解。

## ·体察民生疾苦·

饶学刚(1994)对苏轼贬居黄州期间同情人民,关心民生疾苦的史实进行了考证[①]:

东坡一到黄州,就悲叹不已:"嗟予潦倒无归日,今汝蹉跎已半生。"然而在政治风浪的摔打中,又变得聪明老练了。他自知口舌论争吃了大亏,不得不转到力所能及地为一方百姓做点立善遗爱的实事,为当地乡亲添点平安生活的实惠。在赴黄州途中,他目睹了"县吏催钱夜打门"的民间疾苦,发出了"下马作雪诗,满地鞭棰痕。伫立望原野,悲歌为黎元"的呼喊。

初到黄州,官舍不让居住,他不得不花钱买了鲍老太太的私房。不久,他发现这位孤老婆子在门外啼哭,原因是迫于饥寒卖房而无藏身之所。东坡马上归还买房并烧毁契约,连买房钱也不要了。【此事见《梁溪漫志·卷之四·东坡卜居阳羡》,当为自海南返回时事。】为此,东坡还找过刺史,"将百姓民疾件件举"。官府拒见,东坡破口大骂。这种为民请命的精神令人钦佩。

---

① 饶学刚.东坡贬居黄州考(续)[J].黄冈师专学报,1994(3):9—16.

东坡同情人民,关心民生疾苦,重视农业生产。元丰三年,他耳闻目睹黄鄂间溺婴现象严重,心情沉重,就写了揭露性文章《黄鄂之风》,"近闻黄州小民贫者生子多不举,初生便于水盆中浸杀之,江南尤甚,闻之不忍"。并致信鄂州太守朱寿昌,提出禁止溺婴措施。元丰五年元月,好友王天麟渡江来访,又言岳鄂间溺儿惨事后,东坡再致函朱太守,要求立法以变此风。复与古耕道成立育儿会,请安国寺僧继连掌其籍岁,具办募捐,发放救济等事宜。

同时学习武昌先进耕作技术,改善农民劳动强度,向江西、广东的农民推广秧马农具:"昔游武昌,见农夫皆骑秧马"扯秧,特别兴奋,赞颂其"日行千畦,较之伛偻而作者劳佚相绝矣"的优越性。

更为可贵的是救死扶伤精神。他谪居期间,黄州发生了一次时疫,东坡施舍圣散子药,被救活的不可胜数。

元丰三年四月作《五禽言》。其二说:"昨夜南山雨,西溪不可渡。溪边布谷儿,劝我脱破裤。不辞脱裤溪水寒,水中照见催租瘢。"通过农民受残酷剥削的痛苦呻吟,深刻揭露了北宋社会的黑暗现实。

十二月二日雨后微雪。太守徐君猷携酒于临皋,畅谈农事。座上东坡作《浣溪沙三首》,第二天酒醒雪大作,又作二首。东坡一面身处"临皋烟景世间无"的美好环境,一面却过着"湿薪如桂米如珠"的贫寒生活。而今,他一想到"雪晴江上麦千车",明年丰收,"人饱我愁无",便得到了很大的安慰。

同时,东坡作《大雪书事》:"黄州今年大雪盈尺,吾方种麦东坡,得此,固我所喜。但舍外无薪米者,亦为之耿耿不寐,悲夫。"如果东坡不是贬于黄州,能产生如此强烈的同情农民的感情和诗文吗?随后他对官府提出了挑战:"寒耕暑耘,官又召而役作之,凡民之所患苦者,我皆免焉。"(《中和胜相院记》)

到了元丰五年六月,东坡又接触到渔民的苦难,作《鱼蛮》诗。"人间行路难,踏地出租赋",深刻地揭露了当朝赋税多如牛毛的罪行,发出了对水乡渔民逃税的同情声。同年十二月,东坡又想到了春耕即将届临,特作《梦中作祭春牛文》:"三阳既至,庶草将兴。爰出土牛,以戒农事。"

为民呼喊、请命、奔走,是东坡忧民的重要表现,而对百姓生存权利一反正统的价值观又是东坡思想的重大转折。

元丰三年,代李珠论京东盗贼状中竟提出了所谓"盗贼"可成为"豪杰"之新见:"历观自古奇伟之士如周处、戴渊之流,皆出于群盗,改恶修善,不害为贤。""若朝廷随材试用,异日攘戎狄,立功名,未必不由此途出也。"

元丰五年五月,东坡作《又一首答二犹子与王郎见和》诗,盛赞劳动人民的创造力,提出了"古来百巧出穷人"的新论。

元丰三年和元丰六年,东坡分别结识了"阳狂垢污"的张憨子和高安乞丐的赵贫子。"张憨子,则可见而不可接,赵贫子则相从半年,可接而不可近。"他们都是当时社会制度造成的。东坡作《张先生》《张憨子》和《记赵吉与子由论神全》《记赵贫子语》,对他们表示深深的怀念和同情。

李显根(2003)把"东坡精神"的内涵概括为"不因个人的人生挫折而失去对人生目标的不懈追求,执着生活,处穷排难,随缘自适,超然旷达""尽管处境十分险恶,生活极其艰难,但是体察民生疾苦,对人民深切同情,为当地的人民做了许多力所能及的事情,与当地的人民结下了深厚的友谊""主张'民不饥寒为上瑞',反对虐政害民"三个方面。其中后两个方面都与"体察民生疾苦"有关①:

二、苏轼尽管处境十分险恶,生活极其艰难,但是体察民生疾苦,对人民深切同情,为当地的人民做了许多力所能及的事情,与当地的人民结下了深厚的友谊。

苏轼贬谪黄州后,环境险恶,生活困顿。可是,他没有失去对人生目标的不懈追求。在黄州贬所,苏轼生活困苦,可是他还是尽其所能,体恤百姓。在《答秦太虚书》中,谈到自己在黄州的生活:"初到黄,廪入既绝,人口不少,私甚忧之。但痛自节俭,日用不得过百五十。每月朔便取四千五百钱,断为三十块,挂屋梁上,平旦用画叉挑取一块,即藏去叉,仍以大竹筒别贮用不尽者,以待宾客,此贾耘老法也。"自己的生活已是这样的潦倒,他却对人民的困苦总是记在心上,当听到溺婴的消息时,"闻之酸辛,为食不下"(《与朱鄂州书》)。还驰书鄂州太守要求

---

① 李显根.论苏轼诗文中的"东坡精神"[J].求索,2003(4):232—235.

革除这种陋习。在《黄鄂之风》中也表示,"吾虽贫,亦当出十千",救济当地的人民。这正是在实现他人生的目标。也如他自己在《雪堂记》里所说的:"吾非逃世之事,而逃世之机。"他不愿意去干那种投机取巧的事情,但对世上看不过去的事情还是要关心的。

苏轼贬谪惠州时,广州还是饮用返潮的咸水,百姓常因此而得病。苏轼了解到这一情况后,就给当时的知州王敏仲写信。苏轼建议王敏仲能从蒲涧山用毛竹筒引水到城,而且提出了详细而又周密的引水办法。王敏仲采纳了这一建议后,苏轼又去信,建议在每一竹筒上钻一个小眼,以用来验证是否通畅。由于苏轼的关心,解决了广州人民长期饮用返潮咸水的问题。当他看到博罗香积寺下的溪水可以用来修建水碓磨面,就建议县令林抃督成其事,后来此建议也得以实现。苏轼还热情地在惠州推行新式农具"秧马",以减轻作田者"腰脊之苦",消除小腿"疮烂"之疾。特别是苏轼在被贬谪的时候,还捐献出自己的犀带,帮助惠州人民修建东新桥。当东新桥修建成功,他还特地赋诗祝贺。他在诗中描绘了该桥头两边百姓在桥上憩息和穿梭往来的热闹场面:"往来无晨夜,醉病休扶携。"(《两桥诗·东新桥》)"父老喜云集,箪壶无空携。三日饮不散,杀尽西村鸡。"(《两桥诗·西新桥》)他还告诫人们,桥应当经常修理,特别是在还没有被毁坏的时候就应当修缮:"常当修未坏,勿使后噬脐。"(《两桥诗·东新桥》)

苏轼还在《和陶劝农六首》这组诗里,苦口婆心地、尽情地宣传内地的耕种技术,呼吁黎汉同胞加强团结,劝告当地父老"利尔耝耟",积极从事农业生产。只要"春无遗勤",就会"秋有厚冀",生活就会较有保障。苏轼十分关心儋州黎族人民的身体健康。当地百姓因生活贫困,又加上缺医少药,只能"病不饮药""杀牛以祷"。苏轼针对这种现象,写了《书柳子厚〈牛赋〉后》一文劝说当地父老不要"以巫为医""以牛为药"。同时,又多次驰书内地的亲友,请他们给他寄药。他也用过自己所掌握的单方,采草药为当地人民治病。他十分关心儋州的教育事业,希望少数民族提高文化。

苏轼在贬谪地为当地人民做了不少这样的好事,深得当地人民的爱戴。当地的人民也给苏轼送来了温暖。《和陶拟古九首》(其九):"黎山有幽子,形槁神独完。……遗我吉贝布，海风今岁寒。"这首诗作于绍圣四年(1097)九、十月间。诗中说的是，冬天要来了，一位"生不闻诗书，岂知有孔颜"的黎山人怕苏轼受寒，送给苏轼"吉贝布"，让苏轼可以抵挡海风寒。《纵笔三首》(其三)："北船不到米如珠，醉饱萧条半月无。明日东家知祀灶，只鸡斗酒定膰吾。"诗中说的是，当地腊月二十四要祭祀灶神，邻居会把烤肉等送一些给苏轼。这一切足以说明苏轼与黎族人民的深情厚谊。

值得我们注意的是，苏轼在与海南黎族人民亲密无间往来的过程中，他的生活情趣趋于旷达而又平和。苏轼曾对子由说："吾于渊明岂独好其诗也哉？如其为人，实有感焉。渊明临终疏告俨等：'吾少而穷苦，每以家弊，东西游走，性刚才拙，与物多忤，自量为己，必贻俗患，黾勉辞世，使汝等幼而饥寒。'渊明此语盖实录也。吾真有此病而不早自知，半生出仕，以犯世患，此所以深服渊明，欲以晚节师范其万一也。"(苏辙《追和陶渊明诗引》)另外，苏轼在《与程全父》的书信里也说道："流转海外，如逃空谷，既无与晤语者，又书籍举无有，惟陶渊明一集，柳子厚诗文数册，常置左右，目为二友。"由于苏轼晚年的一而再、再而三地被贬，使他感悟到应当师法陶渊明。又由于苏轼贬谪蛮远僻陋之地，也使他有机会和有可能接近当地的劳动人民，接触到田园生活。所以，他在贬居儋州时候，尽管已是垂老之年，还是倾力田间活。他的《雨后行菜圃》诗："梦回闻雨声，喜我菜甲长。平明江路湿，并岸飞两桨。天公真富有，膏乳泻黄壤。霜根一蕃滋，风叶渐俯仰。未任筐筥载，已作杯案想。艰难生理窄，一味敢专飨。小摘饭山僧，清安寄真赏。芥蓝如菌蕈，脆美牙颊响。白菘类羔豚，冒土出蹯掌。谁能视火候，小灶当自养。"写出了他享受自己劳动果实的乐趣。因为有了这样田间生活的真实感受，所以，他说："陶靖节云：平畴交远风，良苗亦怀新。非古之耦耕植杖者，不能道此语，非世之老农，亦不能识此语之妙也。"(《题陶渊明诗》)苏轼，实是陶渊明的千古知音。

### 三、主张"民不饥寒为上瑞"，反对虐政害民

苏轼"东坡精神"与他反对"虐政害民"的思想是一致的。他谪居惠州期间写

的《荔枝叹》就是这种思想的集中体现。这首诗从历史上汉和帝以及唐玄宗时代岁贡荔枝写到当朝丁谓(谓之)、蔡襄(君谟)的贡茶和钱惟演的贡花:"十里一置飞尘灰,五里一堠兵火催。颠坑仆谷相枕藉,知是荔枝龙眼来。飞车跨山鹘横海,风枝露叶如新采。宫中美人一破颜,惊尘溅血流千载。永元荔支来交州,天宝岁贡取之涪。""君不见武夷溪边粟粒芽,前丁后蔡相笼加。争新买宠各出意,今年斗品充官茶。吾君所乏岂此物,致养口体何陋耶。洛阳相君忠孝家,可怜亦进姚黄花。"

荔枝是很难保持长时间而新鲜不变质的。刚采下的鲜果如果不马上进行冷藏,在常温下放上个一二天,外面的皮壳就会变黑,肉质就会变味。诗的开头,极为生动形象地描写了汉唐两朝岁贡荔枝的情景。为了使荔枝能保持刚采下来时的新鲜,更为了能够博取宫中美人的一破颜,竟然要求运送荔枝的人日夜兼程。导致人马死亡,影响极其恶劣。为此,在相关的诗句后,苏轼还特意作了自注:"汉永元中,交州进荔枝、龙眼,十里一置,五里一堠,奔腾死亡,罹猛兽毒虫之害者无数。唐羌,字伯游,为临武长,上书言状,和帝罢之。唐天宝中,盖取涪州荔枝,自子午谷路进入。""大小龙茶始于丁晋公,成于蔡君谟。欧阳永叔闻君谟进小龙团,惊叹曰:'君谟,士人也,何至作此事!'""今年闽中监司乞进斗茶,许之。""洛阳贡花自钱惟演始。"岁贡荔枝、贡茶贡花,都是封建官场的恶习,害民的弊政。但是,汉和帝时有唐羌上书罢贡荔枝,而当朝却没有人敢上书罢贡茶、贡花:"至今欲食林甫肉,无人举觞酹伯游。"既然没有人敢上书罢贡茶、贡花,罢岁贡荔枝,那么,我只有向天公呼吁了:"我愿天公怜赤子,莫生尤物为疮痏。雨顺风调百谷登,民不饥寒为上瑞。"这首诗由当地的名产荔枝,联系到极品也会给人民造成悲剧,特别是对当朝丁、蔡之流争新买宠、逞欲害民的罪孽进行了严厉的谴责,表现了作者的一身正气,浓厚的忧民之情跃然纸上。纪昀评这首诗曰:"百端交集,胸中郁勃,有不可以已者,不可以已而言,斯为至言。"(纪昀评《苏文忠公诗集》)这是很有见地的。

在现实生活与创作的关系上,苏轼强调"言必中当世之过"(《凫绎先生诗集叙》)。他是这样说,也是这样做的。有时即使是冒着生命危险,也在所不惜。在惠州写的《和陶咏三良》一诗，就是这方面的代表："此生太山重，忽作鸿毛遗。三子死一言，所死良已微。贤哉晏平仲，事君不以私。我岂犬马哉，从君求盖帷。杀身固有道，大节要不亏。君为社稷死，我则同其归。顾命有治乱，臣子得从违。魏颗真孝爱，三良安足希。仕宦岂不荣，有时缠忧悲。所以靖节翁，服此黔娄衣。""三良殉葬"一事最早见于《诗经·黄鸟》。说的是春秋时秦国子车氏有三子，名奄息、仲行、针虎，都是当时的贤良，亦称三良。秦穆公死时以三良殉葬，时人因对此事甚为愤慨，作《黄鸟》诗，痛悼三良的惨死，谴责统治者的残暴。对于"三良殉葬"的事，苏轼25岁时写有《秦穆公墓》一诗，为秦穆公辩护。苏轼认为秦穆公是春秋时的贤明君主，不可能遗命用三良殉葬："昔公生不诛孟明，岂有死之日而忍用其良"。"三良"之所以殉葬，义与"田横五百士"同，完全是他们自愿报恩。在《秦穆公墓》诗的最后，苏轼说："古人感一饭，尚能杀其身。今人不复见此等，乃以所见疑古人。古人不可望，今人益可伤。"这反映了苏轼当时为"感一饭"之恩而杀身相报的愚忠思想。

到了晚年，被贬谪到惠州，苏轼对秦穆公死时以"三良殉葬"之事才有了深刻的认识。再加上他这之前在宦海浮沉30多年，对封建统治的本质有了清醒的认识。因此，苏轼决意要清算自己以前写《秦穆公墓》诗时的错误认识。在《和陶咏三良》诗中写道："此生太山重，忽作鸿毛遗。三子死一言，所死良已微。"他明确指出了三良之死轻如鸿毛。"杀身固有道，大节要不亏，君为社稷死，我则同其归。顾命有治乱，臣子得从违。"他进一步分析了对待君主的正确态度：对君主的旨意，要看其正确与否才可以决定是服从还是违命。苏轼在晚年能够看清封建皇权的本质，对皇权的神圣进行大胆的批判，是难能可贵的。因此，冯应榴指出："《苕溪渔隐》云：'余观东坡《秦穆公墓》诗全与《和三良》诗意相反，盖少年议论如此，晚年所见益高也。'"（《苏文忠公诗合注》）这并非溢美之词。

王启鹏（2008）在《苏轼贬惠与柳宗元贬永之比较研究》中对其"位卑不敢忘忧国"进行了评论[①]：

---

① 王启鹏.苏轼贬惠与柳宗元贬永之比较研究[J].乐山师范学院学报，2008（4）：8—13.

苏轼在惠州除了受佛家"随遇而安"思想的影响外,更主要的还是受到儒家的积极入世思想的影响。这时他虽然有职无权,但他"位卑不敢忘忧国",仍十分关心百姓的疾苦,尽力帮助百姓解决生活上的困难。他看到惠州百姓插秧全凭人力,劳动强度大,效率又不高,于是他就积极推广曾在武昌看过的插秧农具——秧马。当时,惠州四面环水,交通极其不便,苏轼就积极向太守詹范和广南东路提刑程正辅建议,修筑东、西新桥。资金不够,他捐出了皇帝赏赐的犀带,还动员他弟媳捐出了后宫赏赐的黄金。当时,惠州天气湿热,百姓多病,他就"闲居蓄百毒,救彼跛与盲"。(《次韵定慧钦长老见寄》)所以,"惠人爱敬之"。(《栾城集·墓志铭》)

王世德(2010)对东坡的"独立自主,以民为本"精神进行了高度评价[①]:

苏轼最感动我,给我印象最深的,是他说的这几句话:"昔之君子,唯荆是师。今之君子,惟温是随。所随不同,其为随一也。老弟与温相知至深,始终无间,然而不随耳。"

因为这个"不随",苏轼付出了巨大的代价,牺牲了一生的功名富贵和幸福生活,为此一贬再贬,远迁瘴寒边荒之地,颠沛流离,饥寒困苦,受尽磨难。以他的智慧才华,如果对王安石的变法新政,"少加附会,进用可必"。如果他对司马光尽废新法,不是坚持原则的反对,也可飞黄腾达。但,他就哪个都不随,而是坚持自己"为民、便民、爱民、利民"的渐变思想。王安石的变法中,有过于急功近利的损民作法,他坚决反对;司马光的政策中,把新法中对人民有所好处的"孩子"连同"污水"一起泼去,他也反对——宁可丢官去职,受尽贬谪磨难。"道理贯心肝,忠义填骨髓",此种独立自主的精神品格,真可谓惊天地、泣鬼神,令万代敬仰!

他被贬谪,受尽磨难,常年被称和自称"罪臣"。实际上他完全是无辜的,无罪的,冤枉的,甚至连"过错"都没有。他完全是为了人民和国家的利益,仗义执言,而提出不同的政见,但不能被当局采纳,反而受到贬谪。他明知自己是正确的,有功的,应该受到赞扬和鼓励的;至少应该容许他参与朝政,并能保留意见,

---

[①] 王世德.从新时代高度论东坡精神[J].文史杂志,2010(5):34—36.

决不该判罪处罚……他要以多么巨大的精神力量来克制自己的愤懑,排遣自己的痛苦啊! 在这样很容易也难免使常人消沉绝望的境遇中,他不仅能忍辱负重,而且还能奋发有为,始终坚持"奋厉有当世志",在还可争取、利用的缝隙中,在力所能及的范围内,争取为国家为人民多做些实事、好事。

苏轼在《留侯论》中说:"古之所谓豪杰之士者,必有过人之节。人情有所不能忍者,匹夫见辱,拔剑而起,挺身而斗,此不足为勇也。天下有大勇者,猝然临之而不惊,无故加之而不怒,此其所挟持者甚大,而其志甚远也。"苏轼能忍,能不惊,能不怒,不正是有"过人之节""其志甚远"的大勇者吗? 这里还进一步表明:正因为他怀抱富民强国的远大志向,才能做到宠辱不惊。这也是他最可贵的精神品格。

苏轼能吸取儒家的入世建功思想,而批判它迂腐空疏之处。他吸收了道家天人合一、自然之道的精华,又批判它虚无离世的缺陷。他吸收了佛禅修身济人的精华,又批判它空幻寂灭的不足。他从道佛两家吸取静心宁神的养生方法,是为平静他受冤屈的心境,其效果仍是积极有为。他始终没有出世为僧道,也不学陶潜辞官归隐,归根结底仍是为了"奋发为民"——这一辈子总要有所作为。他在美学思想方面,既不随占有物欲的"留意论",又不随温柔敦厚的"诗教论",而能自主创新,提出他独创的"寓意于物论"。他在散见于文赋的论述中贯穿了一个系统的文艺美学观,提出了超越物质功利占有的审美意识论。这比康德早700多年,真是令人惊叹。

总括而言,贯串于苏轼一生的,是他为逐步实现人民幸福的美好理想而生命不息,奋斗不止,极尽他生命的极限、自强不息的东坡精神。这又可以用两句话来概括,那就是:"独立自主,以民为本"。

陈弼(2010)对苏轼关注民生,热心救助民间疾苦进行了评价[①]:

东坡不仅有许多具有精妙见解的政论,而且基于仁政爱民的主导思想,他一生关注民生,热心救助民间疾苦,留下了被人们传颂千秋的光辉政绩。在密州,

---

[①] 陈弼.苏东坡魅力和精神的探讨[J].常州工学院学报(社科版),2010,28(1):1—3.

赈贫救孤,"洒泪循城拾弃儿";在杭州,疏浚西湖,整治六井,还创立了中国历史上最早的公立医院;在徐州,抗洪筑堤,连日巡视指挥,"庐于城上,过门不入",还曾寻煤冶铁,求雨祈雪,为民解忧;在定州,惩治贪官污吏,整顿边防部队;谪居黄州,偶闻民间溺婴惨情,难过得"为食不下",曾组织"育儿会"加以救济,劝富人出资,他本人虽贫,也出资十千;在常州,抗灾赈济,劳苦奔走,大除夕野宿城郊,不上岸惊官扰民;被贬惠州,还一再写信给地方长官程正辅,建议改革强令以钱折纳谷米的办法,以减轻百姓的负担;在海南,大力传播中原文化,倾心培育地方才俊。这正是:"居庙堂之高,心忧黎民,勤于政务;处江湖之远,胸怀仁爱,造福一方。"

并认为苏轼"奋斗不息地坚持为社会和人民做出积极贡献":

他把"奋厉当世"、"不有益于今,当有觉于后,决不碌碌与草木同腐"作为一辈子的人生追求和价值取向,他奋斗不息地坚持为社会和人民做出积极贡献。特别难能可贵的是,他一生光明磊落,大节挺拔,刚正不阿,爱国爱民,求真务实,在任何情况下,都不趋炎附势,直而不随,仗义执言,敢说真话。突出的例子是他年轻时就冒死为民请命,上奏状批评神宗皇帝减价收买浙灯4000余盏,指出"以耳目不急之玩,而夺其(指百姓)口体必用之资","陛下为民父母,唯可添价贵买,岂可减价贱酬。此事至小,体则甚大"。并进而提出皇帝的宫廷生活包括放灯与游苑宴请之类也应遵从"俭约"的建议。这种冒死劝谏的大胆行为,充分体现了他对国家命运和人民疾苦的深切关怀。总之,为了坚持自己的人生理想,东坡坚守节操,尽管宦海浮沉,历经磨难,甚至远贬海南蛮荒之地,仍无惧无悔,乐观旷达,潇洒自适,始终保持着独立、高洁的人格。

由于东坡具有如此独特、令人心醉的人格魅力,使他成为我国历史上最具感召力、影响力的雅俗共赏的文化名人:他既是历代文士学者敬仰、爱戴、追慕的典范,又是老百姓妇孺皆知的最亲密的朋友。林语堂先生说过,一提到苏东坡,总会引起人们亲切敬佩的微笑。这是符合实际的精当之论。正是这位"中国千古第一文人",法国《世界报》近年特地送给他一项世界级的桂冠,誉称他为"世界千年英雄"。法国《世界报》是欧美大报之一,2000年曾系列推介"公元一千年间的

12位东西方英雄",其中唯一的中国人是苏东坡。该报以两个整版详细评介苏东坡的从政生涯、思想品格与华章文采,颇多赞誉。英国某大学中国研究所,近年曾列出中国历史上四大名人:秦始皇、康熙、毛泽东、苏东坡。其中有两个皇帝,一个政治领袖,仅有一个大文豪,就是苏东坡。可见苏东坡的声望之高和影响之大。

陈英仕(2019)在《从苏轼贬官黄州前的仕途论其人格与旷达思想之初步建立》中,列举了乌台诗案前,苏轼在各处任上关心民瘼为民请命的情况[①]:

苏轼杭州任内,十分关心民瘼,他曾被派至汤村督役修河,见民工在大雨中不得命令依然劳动,写下"人如鸭与猪,投泥相溅惊"(苏轼:《汤村开运盐河雨中督役》,收入苏轼著,傅成、穆俦标点:《苏轼全集》,上册,页86)的不舍与同情。又曾到湖州视察堤岸工程,以阻太湖湖水泛滥。此行途中,见新法实施对人民所造成的灾难,加上天灾影响收成,农民苦不堪言。迨天晴获稻,价格却贱如糠秕,为了应付新制税法,只好卖牛拆屋炊,过着有今朝没明日的日子。苏轼睹此忍不住作《吴中田妇叹》予以批判及讽刺:

今年粳稻熟苦迟,庶见霜风来几时。霜风来时雨如泻,耙头出菌镰生衣。

眼枯泪尽雨不尽,忍见黄穗卧青泥。茅苫一月陇上宿,天晴获稻随车归。

汗流肩赪载入市,价贱乞与如糠秕。卖牛纳税拆屋炊,虑浅不及明年饥。

官今要钱不要米,西北万里招羌儿。龚黄满朝人更苦,不如却作河伯妇。(苏轼:《吴中田妇叹》,收入苏轼著,傅成、穆俦标点:《苏轼全集》,上册,页90)

自己远离政治风暴,百姓却逃不了变法的弊害,一种无奈又悲愤的心情从这首诗的末两句可见一斑。当常州、润州发生旱灾,苏轼也奉命前往赈济放粮,以解民饥,劳而无怨。

苏轼任杭州通判三年,后调密州太守。密州地处贫瘠,时逢天灾,又有蝗祸,加之"手实法"的实行,民不聊生。因此苏轼到任20余日,即上书丞相韩琦,详陈

---

[①] 陈英仕.从苏轼贬官黄州前的仕途论其人格与旷达思想之初步建立[J].远东通识学报,2019(1).

其害。内容言道：

自入境，见民以蒿蔓裹蝗虫而瘗之道左，累累相望者，二百余里，(中略)轼近在钱塘，见飞蝗自西北来，声乱浙江之涛，上翳日月，下掩草木，遇其所落，弥望萧然。(苏轼：《上韩丞相论灾伤手实书》，收入苏轼著，傅成、穆俦标点：《苏轼全集》，下册，页1637)

故奏请朝廷量蠲秋税，自己则斋戒禁酒，苦民所苦，又屡至常山祭祷，祈雨解旱。并提出"定簿便当，即用五等古法"取代"夺甲与乙，其不均又甚于昔者"(同前注)和"揭赏以求人过"(同前注)的手实法。

再者，由于密州饥荒连年，导致"民多弃子"(苏轼：《与朱鄂州书》，收入苏轼著，傅成、穆俦标点：《苏轼全集》，下册，页1652)。苏轼除了忍痛"洒涕循城拾弃孩"(苏轼：《次韵刘贡父、李公择见寄二首·其二》，收入苏轼著，傅成、穆俦标点：《苏轼全集》，上册，页150)，还另置百石粮米别储之。凡收养弃儿者，官府月给六斗以资补助，该法成效显著，拯救数千人。

任职密州期间，我们看到苏轼不因资源短缺而懈怠公务或营私牟利，他仍尽忠职守，与民同甘共苦，认为人生短暂"如屈伸肘"，贫、富、美、陋，"卒同归于一朽"，只要心不羁于外物，不戚戚于贫贱，自能从苦超脱而无所不乐。这般安贫乐道的精神修养，也呼应了稍晚同于密州所作之《超然台记》，其云：

凡物皆有可观。苟有可观，皆有可乐，非必怪奇玮丽者也。餔糟啜醨皆可以醉，果蔬草木皆可以饱。推此类也，吾安往而不乐？(苏轼：《超然台记》，收入苏轼著，傅成、穆俦标点：《苏轼全集》，中册，页875—876)

生活清苦，苏轼犹能爱民持廉，潇洒自若，看透无常，随遇而安，对比当朝尸位素餐、争名夺利的官僚政治，一位伟大的人格者形象跃然纸上。

【宋神宗熙宁九年(1076)】四月，苏轼偕弟至徐州赴任。七月十七日，苏轼到任不到三个月，黄河在澶州曹村埽决口，泛滥于梁山泊，溢于南清河。八月二十一日，水势蔓延至徐州城下，由于城南有两山环绕，又有吕梁山、百步洪扼阻，所以洪水汇集于徐州城东、西、北三面，触山而上，水位高达二丈八尺，比城中平地还高出一丈九寸，加上连日大雨，大水无处宣泄，日益高涨，情势危如累卵。

此时城内富民骚动,欲出城避难,苏轼听闻立即信心喊话:"富民若出,民心动摇,吾谁与守?吾在,是水决不能败城。"[苏辙:《东坡先生墓志铭》,收入苏轼:《苏东坡全集》(台北:河洛出版社,1975年9月),上册,页32]驱使复入,先稳民心,随后亲自至武卫营请求协助。卒长见太守如此担当负责,冒雨踏泥而来,二话不说马上召集部队换上短衣,带上挖土器具,赤足步行,连同征集的民夫五千人,不舍昼夜,于徐州城东南抢筑长堤。"堤成,水至堤下,害不及城,民心乃安"(同前注)。虽暂时解危,然豪雨不断,河水日益暴涨,苏轼不敢稍懈。他指挥官吏分堵而守,发公廪以济穷困,学大禹过家不入,庐于城上。至十月五日,洪水渐退。十三日,黄河回复故道,城全民安,端赖其智勇仁爱、领导有方。因防洪有功,经京东路安抚使等上奏,朝廷降诏奖谕。然黄河之患久矣,故苏轼旋谋永治之策,奏请朝廷拨款增修徐州城堤。来年二月,朝廷从之,改筑城外小城,建四木岸。迨工事了讫,苏轼复于东门城上,以黄土筑墙建一高楼,命名"黄楼"。黄乃土色,五行中土能克水,取其防洪镇水之意。

苏轼另一项在徐州的功绩就是为当地的百姓发掘煤矿,故作《石炭》志之,诗引云:"彭城旧无石炭。元丰元年十二月,始遣人访获于州之西南白土镇之北,冶铁作兵,犀利胜常云。"(苏轼:《石炭并引》,收入苏轼著、傅成、穆俦标点:《苏轼全集》,上册,页211)在此之前,徐州附近并无发现煤矿,每到冬季,燃料缺乏,城民饱受严寒所苦。熙宁九年(1076),因雨雪连绵,更出现城民抱被换薪仍无处可换的窘况,故煤矿的发掘,不仅解决了百姓的缺柴问题,也提供了冶铁所需的火力,城民欣喜之情不可言喻。

刘金祥(2020)认为"苏轼一生写了大量文章和奏章阐述民本思想、抒发民生情怀",并身体力行,"由一个原本高谈阔论的纵横家变成了亲力亲为的实干家"[①]:

民本是我国古老的道统思想,民本思想是中华文化的主流观念,民生情怀是中国古代文人的价值追求。苏东坡早在回眉山为母守孝时就在《策别兵旅二》中

---

① 刘金祥.苏东坡的民本情怀[N].深圳特区报,2020-01-07(B7).

写道："民者，天下之本；而财者，民之所以生也。"恤民、爱民、惠民、富民、敬民深深熔铸在苏轼的民生情怀中，也是使其成为中国古代文坛塔尖人物的重要标配。当独断而急切的王安石为推行新政排斥异己、剪除政敌时，年轻气盛、匡时救世的苏轼纵笔写下了著名的《上神宗皇帝万言书》，以犀利观点和恳切言辞陈述自己的政治哲学和改革主张，并郑重告诫皇帝：君之为君，非由神权所受，得自人民拥护。在君权至高无上且来不得半点质疑的封建社会，苏轼发出的民主呼声和民本呐喊有如石破天惊，这是需要非凡胆识和卓拔远见的。

苏轼一生写了大量文章和奏章阐述民本思想、抒发民生情怀，在屡屡上书无果的情况下，又以诗词创作表现百姓疾苦、反映人民诉求。中外历史证明，一个不顾及民众利益的专制政权必定颓败，一次不能兼听各方声音的改革注定夭折。熙宁二年（1069），"宁为民碎，不为官全"的苏轼遭到王安石白眼和宋神宗罢黜，携家带眷离开京城先后赶赴杭州、密州、徐州等地任职，苏轼也自此开始躬行他在科考策论中所提出的"安民之深，忧民之切，而待天下君子长者之道也"这一政治理想，不仅在让利百姓、惠泽民众上卓有建树，而且写下了众多传承后世的炫美篇章。

城市发展有时面临着难得的机缘，某一著名历史人物主政且将其管理思想、人文理念和道德操行注入到城市肌理，人与城则相知相忆、相映生辉。在杭州，苏轼疏浚运河淤泥、建设输水管道、修筑西湖堤坝，写就了《饮湖上初晴后雨》等炳耀青史的著名诗篇，素有人间天堂之誉的杭州与才华盖世的苏轼相结合，实乃上苍对杭州的眷顾、青睐和恩赐；在密州，苏轼抗旱灭蝗、抓捕盗贼、厉行法度，创作了《蝶恋花·密州上元》等脍炙人口的垂世佳作；在徐州，苏轼抗洪护城、开仓放粮、救济灾民，书写了《放鹤亭记》《登云龙山》《黄楼九日作》等经久传诵的千古名篇；在扬州，苏轼重开漕运、废除花会、减免税赋，写下了《西江月·秘堂》《江城子·墨云拖雨过西楼》等影响甚巨的传世经典。

苏轼担任地方官员期间以民为重、顺乎民意、为民争利，一方面劝耕促织、减役丰财，在改善民生上建功立业；另一方面吟诗作赋、著书立说，为消解民瘼而走笔放言，初步实现了儒家倡导的"立言立德立功"的"三不朽"人生理想。同时，苏轼也由一个原本高谈阔论的纵横家变成了亲力亲为的实干家。用生命温暖着生命,生命定然不会寂寞;用时光点亮了时光,时光必将大放异彩,苏轼在当年主政的多个城市留下了显赫政绩和良好口碑,也留给了当地后人绵绵感动和无尽思念。元丰元年(1078)徐州发生严重干旱,身为太守的苏轼曾往郊外石潭求雨,祈雨成功天降甘霖,他又率官衙人员到城东感谢上苍,途经村野看望乡民时为老翁挥笔"道逢醉叟卧黄昏",为村姑泼墨"旋抹红妆看使君",苏轼不辞辛劳、风尘仆仆,连续走访多个村庄,连枣花落在衣服上的"簌簌"之声都听得真真切切。在皇权至上、君为臣纲的封建社会,也只有一个真正体察民生体贴民瘼的官员,才能写出"照日深红暖见鱼,连村绿暗晚藏乌"这样细腻而逼真的诗章,才能状绘"老幼扶携收麦社,乌鸢翔舞赛神村"这种百姓安居乐业的具体情状。

李公羽(2019)认为"研究和学习苏东坡民本思想的初心,牢记肩负民生发展的使命,有利于我们开创中国现代政治生活新气象,坚持人民群众实践主体地位,谱写中国特色社会主义新篇章"[①]:

2013年4月,习近平总书记视察海南时,走田间,登渔船,进农舍,在三亚亚龙湾玫瑰谷考察时提出"小康不小康,关键看老乡"(黄晓华.美丽篇章藉春风——习近平总书记考察海南纪实[N].海南日报,2013-04-13.)。他谆谆叮嘱海南领导干部:"改革开放之所以得到全国人民衷心拥护,根本一条就是人民生活水平和质量不断得到提高。正所谓'享天下之利者,任天下之患;居天下之乐者,同天下之忧'。不断提高人民物质文化生活水平是事关党和国家长治久安的政治要求,我们要牢记在心,落实在行。"(黄晓华.习近平总书记考察海南讲话引经据典 借古喻今寄厚望[N].海南日报,2013-04-14.)总书记引用的这句古文,是苏东坡在任翰林学士知礼部贡举时所写的《赐新除中大夫守尚书右丞王存辞免恩命不允诏》中提出来的,表达了他与民同忧共患、敢于担当责任的理念与情怀。

作者从"体察民情,关注民怨";"为官一任,造福一方";"同天下忧,割爱为

---

[①] 李公羽.苏东坡民本思想的"初心"与"使命"[J].新东方,2019(5):81—84.

民";"稳健改革,实事求是";"清廉慎独,以存纪纲"五个方面论述了苏东坡民本思想与实践。其中在登州任职仅五天就"为登莱两州百姓争取到不食官盐的特殊盐业政策"最能说明苏轼强烈的为民情怀。

元丰八年(1085),东坡刚从黄州贬谪阴影中出来,以朝奉郎知登州(今山东蓬莱)。到任仅五天时间,即奉旨调回京都,出任礼部郎中、起居舍人。

仅此五天,他已了解到登莱二州百姓,深受官盐之苦,"咫尺大海,而令顿食贵盐,深山穷谷,遂至食淡"。登州莱州,均临渤海,盛产海盐。但朝廷规定食盐官卖,灶户晒盐,官家以低价收、高价卖。"官买价贱,比之灶户卖与百姓,三不及一,灶户失业,渐以逃亡。"遂上书《乞罢登莱榷盐状》,强烈呼吁;"民受三害,决可废罢。"他吁请"罢登莱两州榷盐,依旧令灶户卖与百姓,官收盐税"。哲宗皇帝准其所奏。东坡为登莱两州百姓争取到不食官盐的特殊盐业政策,历代承袭,直至清朝。后人建"苏公祠",并盛赞"五日登州府,千年苏公祠"。

丁永军(2017)曾对此发出感慨[①]:

苏轼虽然为官艰难坎坷,数遭贬谪,但他勇于为民担当。四十载为仕,三十多年地方官任上,始终关注百姓、重视民生,每到一地都留下了兴利除弊、功在百姓的实绩。尽管从秦始皇坐龙墩时起,就不乏至蓬莱寻仙求长生之人,可悠悠几千载,有谁见过真正的神仙?又何曾有人寿齐天地?然而,在蓬莱阁上,在苏公祠的故事里,我似乎找到了人的一个"长生"之道,这就是:"长生不老"在人民心中。苏公祠之所以被冠以"千古"之谓,只当了五日登州府的苏东坡连同他的故事,之所以被蓬莱百姓世代为继地敬仰和传颂,以至成为蓬莱阁上一道特有的人文景观,根本原因就在这里。

有人认为"'五日登州府,千年苏公祠'的说法是不妥的","准确的说法应该是——'五日知登州,风范映千秋'"。从史实的准确角度录以备考:[②]

---

① 丁永军.五日登州府千年苏公祠[N].齐鲁晚报,2017-08-27(A9).
② 雨辰.并非千年苏公祠[J/OL].蓬莱信息港.(2006-4-1).http://bbs.penglai.com.cn/forum.php?mod=viewthread&tid=12014

先说这"五日登州府"。苏东坡所处的北宋时期登州并未升府,苏东坡的职务也只是个知州而已。明洪武九年,登州方升州为府,距苏东坡登州为官已跨越了300多年。所以,把苏东坡说成"五日登州府"是不准确的。

再说"千年苏公祠"。苏东坡自宋元丰八年登州为官,迄今也不足千年。而蓬莱阁上苏公祠的建立,时间就晚得多了。其实,我们今天在蓬莱阁上所见到的苏公祠,是清代同治年间登州知府豫山重修蓬莱阁时从阁前旧址上移建过来的,距今才130多年。那么,在阁前旧址上的那座苏公祠建于何时呢?据臧伟腾同志考证,原苏公祠始建于明崇祯十一年,即1638年,距今也不到400年。对于臧伟腾的这一定论,笔者是赞同的。因为笔者曾与臧伟腾为考证苏公祠的始建时间一块去河南省图书馆查阅过现存最早的明泰昌版《登州府志》,并到蓬莱市档案馆和慕湘藏书楼查阅过清顺治、康熙、光绪等不同版本的《登州府志》。在此基础上,臧伟腾还撰写了一篇专题文章《苏公祠考》。且不说臧伟腾的严谨态度会对史实的准确程度带来多大的可靠性,单从那些旁征博引的大量资料中,便可以使读者毫无疑问地确信,他的结论是确凿无误的。

搞历史首要的是尊重史实,搞成有根有据的信史。因此,最忌误讹和以讹传讹。一句"五日登州府,千年苏公祠"的赞语,说了多少年,写了多少年,至今还在继续流传,传的却是一副历史的虚假面孔,这不能不是一种悲哀。也许本文对于多年已形成的一种说法的否定并不能为人们所接受,但是,历史毕竟是历史,不能用演义、传奇、戏说、调侃之类的东西取代历史,纠史之谬,正史之误,是每个人应有的责任。

苏公祠的修建时间只有数百年,而苏公的人格魅力和照人风采却是千秋永存的。从这一意义上理解,准确的说法应该是——"五日知登州,风范映千秋。"古来登州为官五日者,唯苏公一人。

书稿最后修订时正值举国抗疫,阻击新冠肺炎。将苏轼关注民生、施药救人的内容进行了充实。

《北京日报》2020年2月17日发表了山东省枣庄市台儿庄区委宣传部退休干

部、历史民俗文化研究者郑学富的《苏轼与"圣散子方"》一文,文中提到"身处逆境的苏轼面对突如其来的疫情,不是想到自己的利益安危,而是惦念着水深火热中的百姓"①:

苏轼对中国医学颇有研究,在医药、养生和防疫方面有很多建树。他在少年时期,不仅苦读经史,而且也读了不少医学书籍,如《伤寒论》《千金方》《别药性论》等。他在进士及第入仕后,利用在京城和各地为官的便利,拜访御医、医学大家和民间郎中、僧道,收集到不少宫廷秘方和民间偏方。他运用所学医学知识,义务为百姓看病,救死扶伤。他在任凤翔府签书判官时,看到凤翔地处偏僻,缺医少药,就把在京城抄录的太医院《简要济众方》誊写出来,张贴于市,供百姓采用,得到民众称赞。

有一年,苏轼专程到老家眉山拜访当地名医巢谷,寻医问药,恳求防治瘟疫的药方。巢谷有一祖传秘方"圣散子",但是其家规规定不得传于外人。苏轼言辞恳切,再三请求。巢谷被苏轼的真诚所感动,答应将药方传给他,但是要苏轼指江水为誓永不传人。苏轼发誓后,得到了"圣散子"。

作者记述了方剂的详细配伍,并论述了苏轼在多次瘟疫中献出药方救人性命:

苏轼是政治家,胸怀黎民百姓,他为了挽救千千万万人的性命,也顾不上曾经的毒誓了,将药方献出来。得了瘟疫的百姓用了"圣散子"后,大多数人转危为安。"谪居黄州,比年时疫,合此药散之,所活不可胜数"(《圣散子叙》)。和苏轼同期遭遇贬谪的弟弟苏辙,在任监筠州(治今江西高安)盐酒税期间,也遭遇了一场大疫,苏轼得知后,也将"圣散子"交给子由,救民于倒悬。后来,蕲水名医庞安时到黄州拜访苏轼,二人相见恨晚,结成好友。苏轼将"圣散子"传给了他,庞安时在著作《伤寒总病论》中收录此方,苏轼专门作叙记之。

元祐四年(1089)七月,52岁的苏轼得到皇太后的恩宠得以东山再起,到达杭州任太守。赴任后的苏轼也是春风得意,雄心勃勃,准备大干一场。他利用与皇太后的特殊关系,向朝廷争取资金4万贯修缮官衙、城门、粮仓等。没想到天

---

① 郑学富.苏轼与"圣散子方"[N].北京日报,2020-02-17(11).

有不测风云,在他上任不久,杭州大旱,颗粒无收,饥民哀号,流离失所。由于饥民食用死掉的家畜家禽,造成疫疾大流行。一时米价上涨,人心惶惶,社会不稳。苏轼立即上奏朝廷,请求免去本路上供米的三分之一,又得到赐予剃度僧人的牒文,用以换取粮米救济饥饿的人,向贫病交加的百姓减价出售常平仓的大米,以解饥荒。这才稳定了物价。他还命令官府做了很多饘粥,救济饥民,又拿出"圣散子",配成药剂发给患者,并派官员带着医生到各街巷为患病者医治,救活了很多人。苏轼在《圣散子后叙》中说:"圣散子主疾,功效非一。去年春,杭之民病,得此药全活者,不可胜数。所用皆中下品药,略计每千钱即得千服,所济已及千人。由此积之,其利甚薄,凡人欲施惠而力能自办者,犹有所止。若合众力,则人有善利,其行可久。"更难能可贵的是苏轼能从长远考虑,他深知"杭,水陆之会,疫死比他处常多",于是将朝廷拨付的修缮费节约出来的2000缗钱拿出来,自己又慷慨解囊捐出50两黄金,在杭州城中心众安桥旁,很快建起了一处病坊,取名"安乐坊"。据记载,安乐坊在三年时间里医好了上千个患者。苏轼还未雨绸缪,广蓄粮米、药品,以备急用。

后来,朝廷充分肯定了苏轼的做法,将安乐坊收归朝廷管理,更名为"安济坊",聘请道士主持经营,并拨付经费,还赐给该院医护人员"紫袍",使其具备了"公务员"身份。宋徽宗崇宁元年(1102),朝廷开始在各地设置安济坊,专为穷苦人治病。

文中所论总体不差,但在史料应用上有一些不完备,特别是在给出方剂配伍的情况下,列举了在几次瘟疫横行状况下使用的良好效果,而忽视了因违背中医辨证施治原则应用此方而酿成"杀人无数"的史实,让人产生"使用此方,必有效果"的感觉,就有可能造成严重后果。此文作者,写作此文之前可能没有全面了解相关的研究成果,现择其要者列举。

关于苏轼与巢谷的关系和圣散子方的由来,张卫与张瑞贤(2006)有如下论述[1]:

---

[1] 张卫,张瑞贤.患难见深情——苏轼与巢谷[J].中医药文化,2006(2):42—43.

巢谷,字元修。与苏轼是同乡,苏轼兄弟俩自幼便与其相识。苏轼的弟弟苏辙有一篇关于他的传记——《巢谷传》。传中从几件事情上表现出巢谷令人感佩的古道热肠。"予之在朝,谷浮沉里中,未尝一见。绍圣初,予以罪谪居筠州,自筠徙雷,自雷徙循。予兄子瞻,亦自惠再徙昌化,士大夫皆讳与予兄弟游,平生亲友无复相闻者。谷独慨然自眉山诵言,欲徒步访吾兄弟"。苏辙赞叹他:"此非今世人,古之人也。"当苏辙见到巢谷时,他已经"七十有三矣,瘦瘠多病",不顾苏辙的阻拦,坚持要去海南会见苏轼,途中遇盗,将其行囊偷走。官家逮获盗贼于新州,巢谷在赶往新州的路上病死。"谷于朋友之义,实无愧高恭者"。(《杂文五首·巢谷传》,《栾城后集》卷二十四)

元丰三年(1080)苏轼被贬谪到黄州,不久巢谷闻讯后就从家乡赶到黄州,于雪堂作馆,教授苏轼子苏迈、苏过。

巢谷藏有秘方"圣散子方",是救治伤寒时疫的方子。"若时疫流行,平旦于大釜中煮之,不问老少良贱,各服一大盏,即时气不入其门。平居无疾,能空腹一服,则饮食倍常,百疾不生。真济世之具,家之宝也。"其方不知所从出,巢谷多学好方,秘惜此方,连儿子都不传授,却在苏轼的苦苦哀求下传给了他。苏轼在黄州时,连年时疫,"合此药散之,所活不可胜数",巢谷在刚传方给苏轼时要求他指江为誓,秘不传人。但苏轼还是把圣散子方传给了庞安时,庞安时把它写进书中。(《圣散子叙》,《文集》卷三十四)

刘果和宋乃光(2006)对圣散子方在黄州的应用效果有如下评述:[1]

因为"乌台诗案"的牵连,苏轼被贬黄州,其友巢谷不远千里来与之做伴,并为苏家之"西席",为其子苏迨、苏过之良师。是年黄州及邻近州郡大疫流行,死人无数,忧国忧民的苏轼痛心疾首,却苦无良策。而恰在此时,巢谷用其家传秘方圣散子治好了处于生死边缘的病患。苏轼特作文以赞曰:"一切不问阴阳二感,或男子女人相易,状至危笃,连饮数剂而汗出气通,饮食渐进,神宇完复,更不用诸药,连服取瘥。其余轻者,心额微汗,正尔无恙。药性小热,而阳毒发狂之

---

[1] 刘果,宋乃光.苏东坡与圣散子方[J].北京中医,2006(6).

类,入口便觉清凉,此药殆不可以常理而诘也。若时疫流行,不问老少良贱,平旦辄煮一釜,各饮一盏,则时气不入。平居无事,空腹一服,则饮食快美,百疾不生,真济世卫家之宝也。"此方在当时可谓活人无数,然而巢谷囿于祖训,不愿将其药物组成公诸于世。后经东坡反复劝说,巢氏才勉强同意将此方授之,但要其指松江水为誓,不得传人。东坡得此方后,怀着一颗博爱之心的他并没有遵守誓言,而是将其传给了名医庞安常,他认为这样可以救治更多的病人,而且庞安常也是可传之人,因为他是名医,又善著书,可以普救众生。同时这样也可以使巢谷的名字和圣散子一样传世。而庞氏果然没有辜负东坡居士之望,在其著作《伤寒总病论》中附了此方。并有《圣散子方》一卷流传,以后被收入《苏沈良方》中,圣散子借苏东坡和庞安常之名流传开了。【"庞安时,字安常"(《宋史·庞安时传》)。】

但之后的使用并不全如人意,有史料记载了其使用有效,也有史料记载了其使用无效,甚至"杀人无数"。笔者所见,自20世纪80年代至今,有多篇文章分析了圣散子方。南东求(1985)强调"名家之言,不可全信":[1]

但检验医方的唯一标准是临床实践。"圣散子方"的临床效果如何?宋代有人著书记载。哲宗绍圣年间进士叶梦得《避暑录话》中说,由于苏轼为此方作序,"宣和后,此药盛行于京师,太学诸生信之尤笃,杀人无数,今医者悟,始废不用"。较叶梦得稍晚的医学家陈无择著《三因极一病证方论》时,为诫后人慎之,特将苏轼之序全录下,并在"圣散子方"后加了评语:"此药以治寒疫,因东坡作序,天下通行。辛未年,永嘉瘟疫,被害者不可胜数,往往顷时。"

一个小小的医方,当能"杀人无数"?叶梦得和陈无择都说得很清楚,就是因为苏轼为它作了一个序。苏轼是人们仰慕的"全才",是北宋闻名的翰林大学士,才华横溢,学识渊博,其论述,安能不令"天下六合响应"而求方治之?笃信者多,服药者则愈多,而伤寒病乃急性传染病,自然被害者也就不可胜数了。

---

[1] 南东求.名家之言,不可全信——读苏轼的《"圣散子方"序》有感[J].书林,1985(3).

牛亚华(2008)指出"到了明代又忘记了先前的教训"：①

尽管南宋时已批评过滥用"圣散子方"之弊端，但到了明代又忘记了先前的教训，"圣散子方"再度流行，明俞弁的《续医说》云："圣散子方，因东坡先生作序，由是天下神之。宋末辛未年，永嘉瘟疫，服此方被害者，不可胜计。""弘治癸丑年，吴中疫疠大作。吴邑令孙磐，令医人修合圣散子，遍施街衢，并以其方刊行。病者服之，十无一生，率皆狂躁昏瞀而卒。噫孙公之意，本以活人，殊不知圣散子方中有附子、良姜、吴茱萸、豆蔻、麻黄、藿香等剂，皆性燥热，反助火邪，不死何待。"（［明］俞弁：《续医说》，明嘉靖十六年(1537)刻本）

王佩萱(1997)在一篇300余字的文章中指出问题在于"严重违背了中医辨证施治的基本原则"：②

笔者认为苏轼在"圣散子方"上却犯了一个不可弥补的错误，当然他的出发点是好的，而且还不辞劳苦从同乡巢谷那里求得了此方，并盲目地为"圣散子方"作序，致使名医庞安常虽有疑而不敢非，天下人也因苏子文章而倍以为然，结果，宣和(1119—1125)后此方盛行京师，害人无数。苏轼觉得巢谷"奇侠而取其方"，竟比之孙思邈"三建散"，言此方不管剂量，不分男女老少、方土变异，不论虚实轻重，皆可服用，严重违背了中医辨证施治的基本原则，以至铸成大错。

张立平(2013)认为，应用圣散子应对疫病的历史，"从中吸取了教训，得到了宝贵的经验是，在疫病的诊治过程中，一定要结合运气的大环境详加辨证，才能更好地发挥中医药的巨大疗效"：③

宋代医家陈无择，认识到苏东坡所论的不足之处，并开始从"理"上分析圣散子方。他在《三因极一病证方论·卷之六》（王象礼.陈无择医学全书[M].北京：中国中医药出版社，2005：78—79.）中说："辛未年，永嘉瘟疫，被害者不可胜数，往往顷时，寒疫流行，其药偶中，抑未知方土有所偏宜，未可考也。东坡便谓与三

---

① 牛亚华.《圣散子方》考[J].文献，2008(2).
② 王佩萱.苏轼与"圣散子方"[J].医古文知识，1997(2).
③ 张立平.中医运气学说与圣散子方的涅槃[J].世界中医药，2013(1).

建散同类,一切不问,似太不近人情。"并首次提出了圣散子治疗寒疫的观点,并强调在疫病的诊治中"不可不究其寒、温二疫也"。此时,对圣散子方的认识上了一个台阶,圣散子自此开始了其新的生命。

至明代,俞弁在《续医说》对苏东坡当时所在的黄州的寒湿环境做了更进一步的分析,强调了辨阴阳二证的重要性,认为若不辨阴阳二症,一概施治,杀人利于刀剑。张凤选在《增订叶评伤暑全书》一书,明确地指出:疫多病于金水不敛之年,圣散子寒疫挟湿之方而设,永嘉、宣和年间服此方陨命者,是因为以寒疫之方,误施于温疫而致。其二人之言,可谓切中肯綮,发人深省。

清代,伤寒医家尤怡认识到因为运气环境不同,疫病有表、里、寒、温、热、湿之分,不可一概而论,并明确指出苏东坡圣散子之证,是属"寒湿"之疫,强调"法不可不备,惟用之者得其当耳"。

在圣散子方历经功、过的历程中,后世医家对圣散子方的认识不断地深化,不但总结出了其方的"理"与"用",还原了圣散子方的本真面目,同时也为寒疫挖掘出了一张经典的主方。寒湿之疫流行较少,后世医家积累的经验也是极其有限的。因此"圣散子"治疗寒疫的经验就显得尤为可贵了。我们不妨采纳陈无择之言"不妨留以备寒疫,无使偏废也"。除此之外,我们从中吸取了教训,得到了宝贵的经验是,在疫病的诊治过程中,一定要结合运气的大环境详加辨证,才能更好地发挥中医药的巨大疗效。

在2020年2月抗疫过程中紧急出版的《中国抗疫简史》中采用了一种客观的说法,加了一个限制词,指出"圣散子""对治疗一些伤寒病很有疗效":[①]

苏轼屡遇疫灾,见到大批百姓为疫病夺去性命,他也开始究心医理,撰有医药杂说及医方,后人将其一部分并入《苏沈良方》。他早年从蜀人巢谷处秘传到的"圣散子方",他认为是专治瘟疫,百无一失。他在黄州时,黄州连年大疫,靠了这药,"全活者不可胜数"。这药对治疗一些伤寒病很有疗效,为历代医家称道。

---

① 张剑光. 中国抗疫简史[M/OL]. 北京:新华出版社,2020年. https://xhpfmapi.zhongguowangshi.com/vh512/share/8884523? isview=1.

# 附表:引用文献

(以第一作者姓氏拼音为序)

| | |
|---|---|
| 1 | 白振奎."行之以中道"——对文同在熙宁变法期间政治态度的考察[M]//新宋学(第五辑).复旦大学出版社,2016(00):60—68. |
| 2 | 蔡涵墨,卞东波.1079年的诗歌与政治:苏轼乌台诗案新论[J].励耘学刊(文学卷),2014(2):88—118. |
| 3 | 蔡涵墨,卞东波.乌台诗案的审讯:宋代法律施行之个案[M]//新宋学(第四辑).上海人民出版社,2015:363—382. |
| 4 | 曹光芳.寺院题壁文学探究[D].西安:陕西师范大学,2010. |
| 5 | 曹思彬.苏轼创作动力及源泉之探讨[J].惠阳师专学报(苏轼研究专辑),1984(S1):48—52. |
| 6 | 陈弼.苏东坡魅力和精神的探讨[J].常州工学院学报(社科版),2010,28(1):1—3. |
| 7 | 陈文龙.宋代责授团练副使俸禄考[J].华中国学,2014(2):91—94. |
| 8 | 陈歆耕.林语堂《苏东坡传》的偏见与硬伤[J].文学自由谈,2019(3):47—55. |
| 9 | 陈英仕.从苏轼贬官黄州前的仕途论其人格与旷达思想之初步建立[J].远东通识学报,2019(1). |
| 10 | 戴建国."东坡乌台诗案"诸问题再考析[J].福建师范大学学报(哲学社会科学版),2019(3):143—155. |
| 11 | 邓新民.自媒体:新媒体发展的最新阶段及其特点[J].探索,2006(2):134—138. |
| 12 | 丁永军.五日登州府　千年苏公祠[N].齐鲁晚报,2017-08-27(A9). |
| 13 | 段国超.似是一种失败的心理——就苏轼《念奴娇·赤壁怀古》的主题与刘乃昌同志商榷[J].齐鲁学刊,1980(1):78—80. |
| 14 | 巩本栋."东坡乌台诗案"新论[J].江海学刊,2018(2):192—198. |
| 15 | 郭杏芳.苏东坡的人格精神及其现代意义——以黄州时期为研究点[M]//四川省苏轼研究会.第23届中国苏轼学术研讨会论文集.2019:7. |
| 16 | 郭艳婷.从乌台诗案看北宋官员犯罪司法程序的特点[J].常州大学学报(社会科学版),2014,15(1):57—61. |

续表

| | |
|---|---|
| 17 | 郭志菊.从版印媒介技术发展看宋代的文字狱及书禁报禁[J].新闻大学,2018(3):23—30+147. |
| 18 | 何柏生.东坡先生的法律人生[J].法学,2017(9):57—67. |
| 19 | 何正泰.苏轼"乌台诗案"述评[J].四川教育学院学报,2001(S2):113—116. |
| 20 | 何忠礼.苏轼在黄州的日用钱问题及其他[J].杭州大学学报(哲学社会科学版),1989(4):126—134. |
| 21 | 胡玉平.论元杂剧对"乌台诗案"的叙事重写——以苏轼形象为中心研究[J].江西青年职业学院学报,2013,23(3):81—83. |
| 22 | 黄曙.苏轼逆境中旷达的人生态度[J].品牌(下半月),2014(10):256. |
| 23 | 黄宜.浅析"东坡肉"之苏东坡[J].课程教育研究,2017(48):27. |
| 24 | 简究岸.乌台诗案——北宋湖州知府苏轼[J].观察与思考,1999(12):26—27. |
| 25 | 江梅玲.从"断魂"到"返魂"[J/OL].赣南师范大学学报[2020-01-22].http://kns.cnki.net/kcms/detail/36.1346.C.20200103.1508.022.html. |
| 26 | 蒋哲伦.《石林词》和南渡前后词风的转变[J].文学评论,1985(5):123—127+111. |
| 27 | 李公羽.苏东坡民本思想的"初心"与"使命"[J].新东方,2019(5):81—84. |
| 28 | 李国文.乌台诗案[J].随笔,1997(3). |
| 29 | 李炜光.乌台诗案始末[J].读书,2012(3):69—78. |
| 30 | 李显根.论苏轼诗文中的"东坡精神"[J].求索,2003(4):232—235. |
| 31 | 李显根.苏轼诗文"因物赋形"精神探微[J].甘肃行政学院学报,2003(2):97—98. |
| 32 | 李晓黎.百家注和施顾注中的《乌台诗案》[J].西南交通大学学报(社会科学版),2016,17(2):32—36. |
| 33 | 李裕民.乌台诗案新探[J].宋代文化研究,2009(2). |
| 34 | 李占东,王相林."沧海何曾断地脉"——苏东坡在日本的影响[J].黄冈师专学报,1985(2):27—32. |
| 35 | 李真真.蜀党与北宋党争研究[D].济南:山东大学,2010. |
| 36 | 梁慧敏.诗人之笠:杜甫和苏轼戴笠肖像史及其文化意蕴[D].上海:华东师范大学,2015. |
| 37 | 刘德重.关于苏轼"乌台诗案"的几种刊本[J].上海大学学报(社会科学版),2002(6):5—9. |
| 38 | 刘桂秋.殷勤谢红叶 好去到人间——"红叶题诗"的故事和诗的解读[J].名作欣赏,2000(2):6—9. |

续表

| | |
|---|---|
| 39 | 刘帼超.《乌台诗案》与苏轼的讥讽之作[J].新国学,2017,14(1):120—136. |
| 40 | 刘果,宋乃光.苏东坡与圣散子方[J].北京中医,2006(6). |
| 41 | 刘继增.监察学视域下的"乌台诗案"——以朋九万《东坡乌台诗案》为中心的考察[M]//四川省苏轼研究会.第23届中国苏轼学术研讨会论文集.2019:307—318. |
| 42 | 刘金祥.苏东坡的民本情怀[N].深圳特区报,2020-01-07(B7). |
| 43 | 刘丽珈.《苏东坡突围》之思考[J].乐山师范学院学报,2014,29(2):17—21. |
| 44 | 刘娜.大学生虚拟人际交往的思想政治教育应对研究[D].沈阳:辽宁大学,2018. |
| 45 | 刘兴亮.试论北宋后期士风之转变——以苏轼"乌台诗案"为中心[M]//珞珈史苑2011年卷.武汉:武汉大学出版社2011:177—195. |
| 46 | 刘子立.《苏东坡突围》——对历史的离奇阐释[J].宝鸡文理学院学报(社会科学版),2010,30(2):66—72. |
| 47 | 鲁茜.论"红叶题诗"的文本流传[J].宜宾学院学报,2007(8):11—13. |
| 48 | 吕斌.苏轼的经济状况及其思想、创作[J].三峡大学学报(人文社会科学版),2010,32(S1):142—147. |
| 49 | 罗琴.文同与二苏的交游及交往诗文系年考[J].西南民族学院学报(哲学社会科学版),2001(10):70—75. |
| 50 | 马建红.由苏轼贬谪生涯看宋代贬责中的安置[J].中小企业管理与科技(下旬刊),2012(5):180—181. |
| 51 | 马银华.一蓑烟雨任平生——论苏轼的人生哲学与文学创作[J].烟台师范学院学报(哲学社会科学版),1997(3):7—11. |
| 52 | 梅玉荣.苏轼黄州谐趣诗文述论[J].黄冈师范学院学报,2019,39(5):14—20. |
| 53 | 莫砺锋.黄州东坡史话之四:"东坡五载黄州住"[J].古典文学知识,2008(6):54—61. |
| 54 | 莫砺锋.苏东坡与公共卫生[N].中华读书报,2020-02-19(3). |
| 55 | 莫砺锋.苏轼的敌人[J].学术界,2008(2):237—251. |
| 56 | 莫砺锋.乌台诗案史话之二:柏台霜气夜凄凄[J].古典文学知识,2007(6):38—45. |
| 57 | 莫砺锋.乌台诗案史话之三:营救与出狱[J].古典文学知识,2008(1):44—49. |
| 58 | 莫砺锋.乌台诗案史话之四:涉案作品的文本分析[J].古典文学知识,2008(2):50—57. |

续表

| | |
|---|---|
| 59 | 莫砺锋.乌台诗案史话之一:阴谋的出笼[J].古典文学知识,2007(4):38—43. |
| 60 | 南东求.名家之言,不可全信——读苏轼的《"圣散子方"序》有感[J].书林,1985(3). |
| 61 | [日]内山精也,益西拉姆.苏轼文学与传播媒介——试论同时代文学与印刷媒体的关系[M]//新宋学(第一辑).上海:上海辞书出版社,2001:251—262. |
| 62 | [日]内山精也著."东坡乌台诗案"考——北宋后期士大夫的文学与传媒[M]//传媒与真相——苏轼及其周围士大夫的文学.朱刚译.上海:上海古籍出版社,2013:255. |
| 63 | [日]内山精也著."东坡乌台诗案"考——北宋后期士大夫的文学与传媒[M]//传媒与真相——苏轼及其周围士大夫的文学.朱刚译.上海:上海古籍出版社,2013:255. |
| 64 | 牛亚华.《圣散子方》考[J].文献,2008(2). |
| 65 | 潘殊闲,陈艳.东坡精神的当代诠释[J].蜀学,2018(1):81—96. |
| 66 | 潘殊闲.叶梦得研究[D].成都:四川大学,2005. |
| 67 | 彭文良.论苏轼作品在生前的传播形式及其特点[J].中国苏轼研究,2016(1):313—323. |
| 68 | 彭文良.苏东坡的风趣与幽默述评[J].黄冈职业技术学院学报,2015,17(2):13—18. |
| 69 | 齐人.苏东坡的"朋友圈"[J].前线,2019(12):93. |
| 70 | 邱建立.大字报的起源初探[J].沧桑,2006(5):20—21. |
| 71 | 饶晓明,饶学刚.东坡精神万古流芳[J].乐山师范学院学报,2008(10):8—14. |
| 72 | 饶学刚.东坡贬居黄州考(续)[J].黄冈师专学报,1994(3):9—16. |
| 73 | 饶学刚.东坡黄州生活创作系年[J].黄冈师专学报,1997(2):42—47. |
| 74 | 阮延俊.论苏轼的人生境界及其文化底蕴[D].武汉:华中师范大学,2012. |
| 75 | 四川大学中文系唐宋文学研究室编.苏轼资料汇编上编(二).北京:中华书局,1994. |
| 76 | 苏培安.北宋"乌台诗案"起因管见[J].贵州文史丛刊,1985(3):56—62. |
| 77 | 孙福轩.北宋新党舒亶考论[J].浙江学刊,2012(2):36—42. |
| 78 | 孙建华.沈括的三张面孔[J].国学,2009(4):43—47. |
| 79 | 孙立静.黄州:苏轼人生的重要驿站[N].语言文字报,2019-12-11(6). |

续表

| | |
|---|---|
| 80 | 谈胜轶.闲适、旷达:东坡精神高处的歇息——苏轼《记游松风亭》赏读[J].语文月刊,2013(5):90—91. |
| 81 | 田国良.苏轼著作在宋代的编集、注释和刊刻[J].图书馆,1986(2):10—14. |
| 82 | 田舜龙.苏轼和他的超然台、乌台、啸台[J].语文教学之友,2020,39(2):46—48. |
| 83 | 涂普生.漫说"乌台诗案"[J].黄冈职业技术学院学报,2015,17(4):1—4. |
| 84 | 王豪.从苏辙《亡兄子瞻端明墓志铭》谈"乌台诗案"前后的神宗与苏轼[J].扬州教育学院学报,2019,37(2):27—31. |
| 85 | 王佩萱.苏轼与"圣散子方"[J].医古文知识,1997(2). |
| 86 | 王其垲.浅析苏轼的旷达[J].新乡师专学报(社会科学版),1995(4):6—7+39. |
| 87 | 王启鹏.苏轼贬惠与柳宗元贬永之比较研究[J].乐山师范学院学报,2008(4):8—13. |
| 88 | 王茜.一蓑烟雨任平生——黄州时期的苏轼[J].中州大学学报,1999(3):51—53. |
| 89 | 王世德.从新时代高度论东坡精神[J].文史杂志,2010(5):34—36. |
| 90 | 王世德.激情讴歌东坡精神——自主创新·奋发为民[J].美与时代(上半月),2009(3):9—10. |
| 91 | 王世焱."乌台诗案"中苏轼与李定的交锋[J].新东方,2019(4):78—84. |
| 92 | 王世焱.与其所交,金石弗渝——论苏东坡与张方平忘年之契的情谊[J].中国苏轼研究,2018(2):241—254 |
| 93 | 王树芳.亮节何由令世惊——关于"乌台诗案"的一点看法[J].嘉兴师专学报,1981(1):22—29+57. |
| 94 | 王水照.苏轼豪放词派的涵义和评价问题[J].中华文史论丛,1984(2). |
| 95 | 王伟.林语堂搞错了将"乌台诗案"大白于天下的人[EB/OL].[2010-09-06].http://blog.sina.com.cn/s/blog_5a78a7c60100kt16.html |
| 96 | 王文龙.乌台诗案纵横谈[J].盐城师范学院学报(人文社会科学版),2000(3):12—17. |
| 97 | 王向峰.论苏轼的诗性人格[J].沈阳大学学报,2000(1):86—91. |
| 98 | 王兆鹏.宋代的"互联网"——从题壁诗词看宋代题壁传播的特点[J].文学遗产,2010(1):56—67. |
| 99 | 王兆鹏.宋文学书面传播方式初探[J].文学评论,1993(2):122—131. |
| 100 | 王兆鹏.中国古代文学传播研究的六个层面[J].江汉论坛,2006(5):109—113. |

续表

| | |
|---|---|
| 101 | 魏永征,魏武挥:自媒体的力量——大字报与Blog的效用比较研究[EB/OL].(2008-11-11),http://www.aisixiang.com/data/22174.html. |
| 102 | 乌尔其.苏轼文学的自我传播[D].海口:海南师范大学,2019. |
| 103 | 吴丹,王翠霞.从苏轼到苏东坡——以苏轼黄州作品为考察中心[J].湖北经济学院学报(人文社会科学版),2017,14(9):73—75. |
| 104 | 吴增辉.北宋中后期贬谪与文学[D].上海:复旦大学,2011. |
| 105 | 武守志.苏子杂谈(续)[J].兰州教育学院学报,1997(2):2—9. |
| 106 | 武守志.中国诗的沉重[J].兰州教育学院学报,2004(4):3—11. |
| 107 | 夏诗荷."三舍人议案""乌台诗案"与宋代政治[J].温州大学学报(社会科学版),2007(4):20—25. |
| 108 | 萧名娇.乌台诗案诠释问题的再思考[D].新北:淡江大学,2010. |
| 109 | 萧庆伟.车盖亭诗案平议[J].河北大学学报(哲学社会科学版),1995(1):50—56+85. |
| 110 | 谢镇锋."兹游奇绝冠平生"——苏东坡在海南[J].岭南文史,1985(2):86—93. |
| 111 | 徐文杰.弘扬东坡精神加强中学生人文精神的培养[D].大连:辽宁师范大学,2006. |
| 112 | 薛丹.宋代口占诗研究[D].郑州:河南大学,2015. |
| 113 | 薛颖.北宋官员苏轼的经济状况探析[J].历史教学(下半月刊),2012(8):7—12. |
| 114 | 颜邦逸.苏轼黄州诗词的内在结构与文化定位论要——兼与日本学者吉川幸次郎先生商榷[J].辽宁师范大学学报,1997(2):50—55. |
| 115 | 颜中其.关于苏轼《念奴娇·赤壁怀古》的主题——与段国超同志商榷[J].齐鲁学刊,1980(2). |
| 116 | 杨吉华.缺席的君子:苏轼理想人格追求的双重困境与自我突围[J].河南社会科学,2019,27(9):49—57. |
| 117 | 杨胜宽.苏轼与苏门文人集团的形成[J].乐山师范高等专科学校学报,2000(1):27—34. |
| 118 | 杨挺.印刷传播语境下宋代文学的社会责任观念[J].求索,2007(11):180—182. |
| 119 | 杨曦.传媒视角,求真精神——读内山精也《传媒与真相:苏轼及其周围士大夫的文学》[J].文学研究,2017,3(1):142—151. |
| 120 | 杨晓霭.北宋神宗时代的文士雅唱——以苏轼为中心[J].聊城大学学报(社会科学版),2019(5):71—80. |

续表

| | |
|---|---|
| 121 | 杨子怡.小心避祸而又谨慎为义——论苏轼寓惠期间的心态及作为[J].湛江师范学院学报,2006(2):31—37. |
| 122 | 佚名.少说话没人把你当"哑巴"[J].工友,2010(2):46—47. |
| 123 | 易玲."乌台诗案"后苏东坡的心态变迁[J].安徽文学(下半月),2009(4):346. |
| 124 | 殷啸虎."乌台诗案"与宋代法制[J].法治论丛,1993(5):63—66. |
| 125 | 游任逯.论文同诗[J].温州师专学报(社会科学版),1985(2):1—12. |
| 126 | 于文岗.浮名喧嚣多自谦[J].前线,2016(5):79. |
| 127 | 余秋雨.山居笔记[M].上海:文汇出版社,2002. |
| 128 | 喻世华.苏轼与佛印交游考[J].江苏大学学报(社会科学版),2013,15(4):104—108. |
| 129 | 喻世华.苏轼与沈括的一段公案——沈括"告密"辩[J].湖南城市学院学报,2014,35(5):72—75. |
| 130 | 曾枣庄.论眉山诗案[J].四川师院学报(社会科学版),1980(3):59—64+88. |
| 131 | 翟璐.宋代笔记中的苏轼[D].郑州:河南大学,2013. |
| 132 | 张崇信."乌台诗案"是王安石所为?——对李国文先生《乌台诗案》一文的质疑[J].许昌师专学报,2002(3):60—63. |
| 133 | 张岱年.齐学的历史价值[J].文史知识,1989(3). |
| 134 | 张剑光.中国抗疫简史[M/OL].北京:新华出版社,2020(2). |
| 135 | 张立平.中医运气学说与圣散子方的涅槃[J].世界中医药,2013(1). |
| 136 | 张卫,张瑞贤.患难见深情——苏轼与巢谷[J].中医药文化,2006(2):42—43. |
| 137 | 张耀杰.有话还须好好说——与李国文先生论苏东坡[J].东方艺术,1997(4):11—13. |
| 138 | 赵健.乌台诗案发微(二):告发与处置[J].寻根,2018(4):100—108. |
| 139 | 赵健.乌台诗案发微(一):缘起[J].寻根,2018(3):79—88. |
| 140 | 赵晶.文书运作视角下的"东坡乌台诗案"再探[J].福建师范大学学报(哲学社会科学版),2019(3):156—166+172. |
| 141 | 赵理直.揭示文豪的真面目——苏轼在乌台诗案中的被扭曲和被误读[J].中山大学学报论丛,2006(7):28—31. |
| 142 | 郑学富.苏轼与"圣散子方"[N].北京日报,2020-02-17(11). |
| 143 | 周宝荣.从"乌台诗案"看苏氏兄弟的出版活动[J].河南科技大学学报(社会科学版),2003(3):18—22. |

续表

| | |
|---|---|
| 144 | 周建国.论新党舒亶及其文学创作[J].文学遗产,1997(2):69—77. |
| 145 | 周克勤.乌台诗案研究[D].重庆:西南师范大学,2002. |
| 146 | 周克勤.自信·自由·自尊·自若——苏轼《御史台榆、槐、竹、柏四首》中的士人心态[J].金陵科技学院学报(社会科学版),2009,23(3):38—41. |
| 147 | 周奎生.苏东坡的人格精神及其现代意义[M]//四川省苏轼研究会.第23届中国苏轼学术研讨会论文集.2019:17. |
| 148 | 朱刚."乌台诗案"的审与判——从审刑院本《乌台诗案》说起[J].北京大学学报(哲学社会科学版),2018,55(6):87—95. |
| 149 | 邹建雄.适意——苏轼的审美人生态度[J].乐山师范学院学报,2008(6):10—12. |
| 150 | 祖慧.沈括与王安石关系研究[J].学术月刊,2003(10):52—59. |